Lars Molin
Die Bombe

Berton Roueché
Das Double

Paula Gosling
Die Falle im Eis

rororo

Rowohlt

rororo thriller
Herausgegeben von Bernd Jost

Veröffentlicht im Rowohlt Taschenbuch Verlag GmbH,
Reinbek bei Hamburg, Oktober 1987

Lars Molin, Die Bombe

Die Originalausgabe erschien bei Bokförlaget Alba, Stockholm,
unter dem Titel «Bomben»

Berton Roueché, Das Double

Die Originalausgabe erschien bei Harper & Row, Publishers,
New York, Hagerstown, San Francisco, London,
unter dem Titel «Fago»

Paula Gosling, Die Falle im Eis

Die Originalausgabe erschien bei Macmillan London
Limited, unter dem Titel «The Zero Trap»

Übersetzer siehe Titelseiten
Umschlagtypographie Jürgen Kaffer / Peter Wippermann
Umschlagfoto Thomas Henning / Bettina Scheffler
Gesamtherstellung Clausen & Bosse, Leck
Printed in Germany
780-ISBN 3 499 42828 8

Inhalt

Lars Molin

Die Bombe

Deutsch von
Inge Barnutz

Zu diesem Buch

Die Stahlflasche hing frei im Sonnenlicht.

Langsam ließ er den Arm des Krans über die Beckenkante schwenken und das Seil länger werden. Zentimeter um Zentimeter glitt der glänzende, jetzt leicht wasserbespritzte Stahlzylinder in das flache Wasserbecken des Brunnens.

Ejnar Melander ist ein hervorragender Techniker. Doch das hat bis zu jenem Zeitpunkt ein begrenzter Personenkreis gewußt. An diesem frühen Sommermorgen, einem Sonntag, stellt Ejnar Melander sein Werk im Brunnen vor dem Reichstagshaus auf. Ganz Stockholm, ja die ganze Welt würde bald den Blick auf dieses Kunstwerk der Technik lenken, das er, Ejnar Melander, allein in fünfjähriger Planungs- und Vorbereitungszeit geschaffen hatte.

Heute ist es so weit, daß Ejnar Melander für unbegrenzte Zeit die Macht übernehmen wird. Die Macht über die Stadt, die Regierung, jeden einzelnen Menschen. Heute ist es so weit, daß er seine Pläne verwirklichen kann, daß er tun und befehlen kann, was er will. Er kann eine unvorstellbare Summe Geld oder sogar Gold fordern. Er kann befehlen, daß Tag und Nacht eine Mannschaft der königlichen Soldaten vor seinem Kunstwerk Wache hält. Er kann befehlen, daß sämtliche Frauen Stockholms nackt vorbeiparadieren werden. Er kann zeigen, wie «flexibel» die schwedische Demokratie ist. Er kann alles.

Es dauert nicht lange, da haben Techniker herausgefunden, was das denn für ein merkwürdiges, glänzendes Ding im Brunnen ist.

Ejnar Melander hat eine Atombombe gebaut.

Wird die Bombe auch nur im geringsten bewegt, so zündet der Mechanismus. Im übrigen hat Ejnar Melander ein kleines Funkgerät bei sich, das alle acht Stunden eingestellt werden muß, sonst explodiert ebenfalls die Bombe. Die Batterie für den Auslösemechanismus funktioniert über Jahre.

Ejnar Melander hat eine Atombombe mitten in das Herz von Stockholm gepflanzt. Und Ejnar Melander will Rache.

Lars Molin ist ein bekannter schwedischer Autor und Regisseur. Viele seiner Bücher wurden für den Film oder das Fernsehen bearbeitet. So auch Die Bombe.

In der Reihe rororo-thriller liegt ebenfalls vor Der Kreuzzug (Nr. 2683).

Die Hauptpersonen

Enjar Melander	hat eine Erfindung von ungewöhnlicher Tragweite gemacht.
Mia Melander	ahnt nicht, was ihr Mann erfunden hat.
Tore ‹Backhammer› Berglund	ist Polizist und macht eine unbezahlbare Erfahrung.
Sune Tidfälth	ist Reichspolizeichef und stellt fest, wie schnell aus ‹Sandkastenspielen› blutiger Ernst wird.
Der Staatsminister	verliert nicht gern, überläßt das Kämpfen den anderen.
Der Justizminister	steuert lieber einen harten Kurs.
Farsan Sandberg	ist Polizeichef von Stockholm und manchmal ‹Seiltänzer› vor der Presse.
Per Lindal	ist mit seinem Psychologie-Latein bald am Ende.

1

Die Wohngegend wurde vom Volksmund gleich ‹Molekül› genannt, und sie bestand aus einhundertvierundvierzig völlig gleichen Einfamilienhäusern mit Dreifachfenstern und zusammenhängenden Garagen. Zwölf Dutzend kartonähnliche Häuser, die, schlampig aus dürftigem Holz und Gipsplatten gebaut, braun, grau und dunkelgrün angestrichen waren. Der Spitzname war gar nicht so schlecht; an Hand der Karte des städtischen Bauamtes im Maßstab 1 : 10000 konnte das Wohngebiet mit seinen schlängelnden Straßen wirklich mit dem Modell eines einfacheren Plastikmoleküls verglichen werden.

Wahrscheinlicher ist allerdings, daß der Spitzname von denen stammte, die zuerst in die Häuser eingezogen waren. Das Gebiet war in Eile gebaut worden, um die Wohnungsfrage für die vielen Ingenieure und Techniker zu lösen, die in die Stadt gekommen waren, um ein Kernkraftwerk mit drei Reaktoren zu bauen.

Aber nachdem die Atommeiler gebaut und in Betrieb genommen worden waren, wurden die Häuser von neuen Technikern und Angestellten übernommen, die den Betrieb und die Instandhaltung des riesenhaften Kraftwerkes versehen. Jetzt sind es zumeist kleine Angestellte und einfache Techniker, die hier wohnen. Die Häuser waren ursprünglich als einfache Behausungen gedacht, während man darauf wartete, richtige Prachtvillen aus Ziegelsteinen mit Aussicht über den Östhammarfjärd oder den Öregrundsgrep zu bauen.

Aber nach einigen Jahren war die Gegend soweit ganz hübsch. Büsche und Laubbäume sind herangewachsen, und man hat es nicht weit zum Wald und zum Jogging-Gelände. Asphaltierte Radwege führen geradewegs hinunter zur Stadt, zum Badeplatz und zur Sporthalle. Es gibt inzwischen einen Kiosk und einen Laden für den täglichen Bedarf, einen Friseur und eine eigene Kindertagesstätte.

Im Haus, das dem Stadtwald am nächsten liegt, wohnt der stellvertretende Sicherheitschef des Kernkraftwerkes mit Frau und zwei Teenagern.

Er blieb dort wohnen, obwohl ihm ein größeres und besseres

Haus angeboten worden war. Aber er fühlt sich jetzt hier wohl, die jährlichen Kosten sind niedrig, obgleich er nicht vorgehabt hatte, so lange in der Stadt zu bleiben.

Er verrichtete, wie gewöhnlich, seine Morgentoilette mit größter Sorgfalt und Genuß, eine Gewohnheit, die zum Ritual geworden war und noch aus seiner Offizierszeit stammte.

Gewissenhaft hat er sich zweimal rasiert mit seinem altmodischen Rasierapparat. Die passenden Rasierklingen gibt es kaum noch zu kaufen. Vorsichtig befeuchtet er seine rosigen Wangen mit kühlendem Rasierwasser. Der Spiegel ist noch immer beschlagen nach dem langen Duschen, das mit beißend kaltem Wasser beendet wurde. Er sieht jünger aus als vierundvierzig Jahre.

Er bewegt sich vorsichtig in dem stillen Haus, die Uhr zeigt erst auf kurz nach zwei, als er in die Küche hinauskommt, wo der Kaffee in der automatischen Kaffeemaschine gerade fertig geworden ist. Noch immer nackt, trinkt er eine Tasse im Stehen, bevor er den Kühlschrank öffnet, um sich ein paar kräftige Butterbrote mit Schinken und Käse fertig zu machen.

Durch die Ritzen der Jalousetten blickt er hinaus in den Wald, den er eigenmächtig, ohne Genehmigung des Straßenbauamtes, gelichtet hat. Das Licht ist mild gefiltert zwischen den Bäumen, fast weiß in der Stille der Frühsommernacht, und der Pflaumenbaum auf dem Rasen zeigt nicht mehr viel von seiner ersten zarten Blüte.

Wie immer ist er rechtzeitig fertig, zufrieden zieht er seine alte Schweizer Qualitätsuhr auf, bevor er sie am linken Handgelenk befestigt.

Die Küche ist pedantisch aufgeräumt, das Geschirr abgetrocknet und weggestellt und die Spüle blitzblank. Vor sich hin summend spült er seinen Kaffeebecher und das Buttermesser mit heißem Wasser ab. Dann öffnet er vorsichtig die Schlafzimmertür einen Spalt breit, die Frau schläft tief, den Kopf unter dem Kissen. Die Decke hat sie abgestrampelt, und er breitet sie vorsichtig wieder über sie. Das Zimmer der Kinder ist leer, sie sind, wie immer, nach Dalarna zu den Eltern der Mutter gefahren, gleich nach Beendigung des Schuljahres.

Behutsam macht er die Tür wieder von außen zu. Sie wird noch viele Stunden schlafen. Die drei Flaschen Wein des gestrigen Abends werden ihr den Morgen schwermachen. Sie hatte sie selbst eingekauft, zusammen mit einer Tüte Krabben, um zu feiern, daß die Kinder weg waren. Freundlich und fröhlich hatte er ihr Glas immer wieder gefüllt, hatte für sie den herrlich reifen Käse aufgeschnitten und die Krabben gepellt. Er selbst hatte sich an Bier und Schnaps gehalten und war maßvoll gewesen.

Wie immer, wenn die Kinder nicht da waren, wollte sie auch auf dem Teppich im Wohnzimmer von ihm genommen werden. Aus irgendeinem Grund erregte sie das, er selbst fand es mittlerweile nur noch hart und unbequem. So um neun Uhr herum hatte er sie ins Bett getragen, nachdem sie auf dem Teppich eingeschlafen war. Ihm war das Einschlafen schwergefallen, aber er hatte sich zu ein paar Schlummerstunden gezwungen.

Immer noch nackt, bis auf die Armbanduhr, geht er durch die Küchentür hinaus in den Garten. Das Risiko, daß einer der Nachbarn ihn sehen könnte, wie er da an der Hauswand entlang zur Garage schleicht, ist gering. Er hat den hinteren Garagenteil zu einer Sauna mit Umkleideraum und Dusche umgebaut. Dort liegt schon seine Kleidung auf einer Ruhebank. Es ist ganz neue Kleidung aus weißer, kochbarer Baumwolle bester Qualität. Methodisch zieht er sich an; Unterwäsche mit weiten Beinen, Socken mit langen Bündchen, T-Shirt und ein paar leichte Hosen, die an den Fußgelenken Schnallen haben.

Als er fertig angezogen ist, nimmt er ein kurzes Brecheisen aus einem Kasten und zieht nacheinander Nägel aus der Wandverkleidung. Nach kurzer Zeit hat er die Bretter weggeschafft, die einen kleinen Raum in der Wand verdecken. Dort liegen zwei gut verschnürte Bündel, die er mit einem scharfen Taschenmesser aufschneidet. Die englischen Gebrauchsanweisungen legt er ungelesen zur Seite. Er weiß besser als andere, wie ein Schutzanzug gegen radioaktive Strahlung funktioniert.

Behutsam wickelt er die verschiedenen Teile auf dem Boden aus; der Anzug ist aus asbestähnlichem, ziemlich dickem Stoff angefertigt, mit einer Außenseite, blank wie Metallfolie. Pedantisch zieht er Stück für Stück an und ähnelt immer mehr einem Astronauten. Die Haube mit Glasvisier und Sauerstoffmaske nimmt er unter den Arm, ebenso das Mikrofon und den Miniaturlautsprecher, die dazugehören.

Zum Schluß nimmt er eine große schwarze Trainingstasche von einem Schrank herunter und kontrolliert deren Inhalt an Hand einer plastikverstärkten Liste. Er schaut auf die Uhr und hat noch Zeit für eine Zigarette, ehe er weitergeht. Die Hand, die sie anzündet, ist ruhig, noch hat er nichts von lästiger Nervosität verspürt. Es bedarf nur einiger, ganz leichter Schläge mit dem Brecheisen, um die Öffnung freizulegen, die er zwischen Sauna und Garage angebracht hat, damit er ungesehen hindurchkommt. Einen nackten Mann im

Garten, das könnten die Nachbarn wohl entschuldigen, aber wohl kaum einen in Strahlenschutzkleidung.

Ohne die Leuchtröhren anzuknipsen, geht er in die Garage zu dem einen Auto. Das Licht, das oben vom Dachfenster hereinfällt, reicht völlig aus. Das Auto ist ein Dreitonner mit Hebekran, die Ladefläche ist sorgfältig mit einer verstärkten Plane abgedeckt, und das Fahrerhaus hat die taubenblaue Farbe der Wasserbehörde. Auf den beiden Türen ist auch das Flügelemblem der staatlichen Behörde zu sehen. Ehe er die Tür öffnet, befühlt er vorsichtig die Farbe. Sie ist staubtrocken.

Der Raum ist eigentlich mehr eine Werkstatt als eine Garage. Schweißgeräte, Gasbehälter und große Mengen von Spezialwerkzeug liegen auf engem Raum zusammen mit einem zum Teil auseinandergenommenen, italienischen Sportwagen älterer Ausführung. Das niedrige Auto ist rot, aber die Motorhaube ist probeweise mit genau der gleichen Farbe wie das Lastauto angestrichen. Von einem Regal nimmt er einen alten Anorak, den er über den metallischen Schutzanzug zieht. In den folgenden Stunden wird er sehr schwitzen, trotz der wärmeabstoßenden Innenbeschichtung des Anzugs.

Die Garagentür wird durch einen kleinen Motor betätigt, der leise in die Stille hinein summt. Der Lastwagen startet beim ersten Versuch, und er fährt vorsichtig hinaus. Hinter ihm schließt sich die Garagentür durch eine neu eingebaute Fotozellenautomatik.

Langsam fährt er durch die Häuserviertel, geschickt vermeidet er Löcher und Beulen im Asphalt, als ob er eine empfindliche Ladung schützen wolle.

Die Stadt schläft, während er am Markt vorbeifährt, er begegnet nur einem unausgeschlafenen Taxifahrer und einer alten Frau mit einem Mischrassehund an der Leine.

Die Uhr zeigt fast drei als er die Hauptstraße nach Stockholm erreicht. Er erhöht die Fahrtgeschwindigkeit auf siebzig und schaltet das Autoradio ein. Beinah fröhlich summt er die Melodie mit.

2

Während der Fahrt nach Stockholm hinein wurde ihm bewußt, wie schön die Landschaft Roslagen im Frühsommer ist. Die ersten gelben Rapsfelder sah er bei Hargs Bruk, die schweren Nadelwälder hinunter nach Skebo zu waren durch das frisch ausgeschlagene Grün des Unterholzes und blühende Wiesen aufgelockert. Und bei Rimbo hatten sich Frühnebel und Traber wie spielerisch bewegt.

Kurz vor der Autobahn, die nach Roslagstull führt, hatte er auf einem Parkplatz angehalten, um ein letztes Mal zu rauchen, bevor er die Schutzhaube aufsetzte und die Handschuhe anzog, die zum Anzug gehörten. Gleichzeitig kontrollierte er auch, daß die Sauerstoffzufuhr und der Kontakt des Mikrofons zum Lautsprecher in Ordnung waren. Zum Schluß hängte er einen Geigerzähler in seine Halterung vor die Brust.

Noch erregte er keine Aufmerksamkeit. Die Autos, denen er begegnet war, waren zumeist Lastwagen auf dem Weg nach Kapellskär und zu den Morgenfähren nach Finnland. In Höhe der Galopprennbahn in Täby sah er ein Polizeiauto; aber da es in die gleiche Richtung wie er fuhr, verlangsamte er nur das Tempo und ließ es verschwinden.

Ohne Schwierigkeiten umfuhr er die Rondelle von Roslagstull und Norrtull. Auf dem Sveaväg starrte ein Zeitungsbote großäugig seine Schutzhaube an und ein Taxi, das entgegenkam, blinkte erstaunt mit der Lichthupe.

Aber an der Kungsgata sprang die Ampel auf rot um, statt gelb zu blinken, wie er vorausgesetzt hatte. Auf der Fahrbahn neben ihm hielt ein Brötchenauto. Der Fahrer starrte ihn böse an und kurbelte die Seitenscheibe herunter.

«Fahrt ihr so 'n Scheiß da nachts, was?»

Die Ampel schien sich bei Rot verklemmt zu haben.

«Verflucht noch mal, die Zeitungen werd ich anrufen!»

Dann kam Grün, und er wurde das Brotauto los, das an der Kreuzung nach links abbiegen mußte.

Nun war er beim heikelsten Teil seines Unternehmens. Unzählige Male war er die Reihenfolge durchgegangen, die sein Plan haben sollte, ehe er beschloß, es schnell und zügig zu versuchen. Mit den Absperrungen würde er bis zuletzt warten, auch wenn er jetzt an der Richtigkeit seines Beschlusses zweifelte.

Noch einmal erstaunte ihn, wie wenig Nervosität er verspürte. Die Male, die er die Strecke in einem gemieteten Kleinlaster abgefahren hatte, waren entschieden aufregender gewesen. Das einzige, was ihm jetzt Sorge machte, war der Hebekran, den er gebraucht aus Armeebeständen gekauft hatte, genau wie den Laster auch. Nach der Montage hatte er keine Gelegenheit gehabt, die Hebekraft mit voll gestrecktem Hebearm zu testen. Die Garage war dazu zu klein gewesen, und er wollte nicht unnötig sein Lastauto in der Umgebung zeigen. Aber der Kran würde sicherlich funktionieren; der Hub würde knapp dreihundert Kilo betragen, und der Kran war für das Fünffache vorgesehen.

Mitten vorm Eingang zum Reichstagshaus fuhr er den Laster, so dicht er nur konnte, an die Kante des im ganzen Lande bekannten Fontänenbeckens heran. Es rüttelte, als die Kanten der Felgen an dem geriffelten Betonrand des Beckens entlangschabten.

Nun schaltete er die beiden rotierenden, gelben Warnlichter des Autos ein. Einige Personenwagen fuhren um das Rondell, ohne anzuhalten, und auf der anderen Seite verschwand ein betrunkener Fußgänger die U-Bahntreppe hinunter. Mit ruckhaften Bewegungen zog er den Anorak im Fahrerhaus aus, bevor er ausstieg. Und er fühlte, daß er am Rücken schon schweißnaß war. Dann öffnete er das Ventil zur Sauerstoff-Luft-Mischung. Wie immer war sie leicht zu atmen, fast wie morgendliche Seeluft.

Methodisch folgte er weiter seinem Plan. Schnell rollte er die Plane zum Fahrerhaus hinauf und brachte den Kran in Hebestellung. Der Haken des Stahlseils war schon befestigt.

In einer robusten Holzwiege lag die Last bereit. Es war eine knapp zwei Meter lange Stahlflasche, die an dem einen Ende eine runde Platte hatte. In einigem Abstand blieben zwei junge Männer stehen und sahen ihm neugierig zu. Sie hatten Angeln und Kescher bei sich und waren vermutlich unterwegs, um im Strömmen zu angeln, wo es angeblich jetzt Lachs geben sollte.

Vorsichtig spannte er das Stahlseil durch erhöhten Druck in der hydraulischen Pumpe des Krans. Und mit einer weichen Bewegung hob sich die Last.

Die Stahlflasche hing frei im Sonnenlicht.

Langsam ließ er den Arm des Krans über die Beckenkante schwenken und das Seil länger werden. Zentimeter um Zentimeter glitt der glänzende, jetzt leicht wasserbespritzte Stahlzylinder in das flache Wasserbecken des Brunnens. Endlich stand er dort auf seiner Bodenplatte, wie ein kleiner Zusatz zu dem großen, grünen Glaspfeiler des Brunnens.

Die beiden Angler beobachteten ihn aufmerksam, vielleicht dachten sie, Stockholms Kunstleben sei gerade mit etwas Neuem und Merkwürdigem bedacht worden.

Mit einem vorsichtigen Ruck löste er das Stahlseil. Er sah für einen Augenblick den Stahlzylinder an, atmete erleichtert aus und schloß das Sauerstoffventil. Die erste riskante Phase war vorbei.

Von der Ladefläche zog er ein Bündel speziell angefertigter Stahlkrampen, die er an ungefähr zehn Stellen des Beckenrandes befestigte. Daran hängte er dann eine Schnur mit Fähnchen, die er vom Arbeitsplatz mitgenommen hatte. Alle zwei Meter hing eine große, furchterregende Warnflagge:

Radioaktive Strahlung!
Lebensgefahr!

Er war fast fertig mit der Absperrung, ehe jemand herankam, um die Warnung zu lesen. Die beiden Angler sahen einander verwundert an, bevor dem einen ein lautes Lachen herausplatzte.

«Mensch, was ist das denn hier?»

«Ist der Brunnen vielleicht radioaktiv, hä?»

Aber, wie geplant, antwortete der Mann nicht. Statt dessen stieg er auf das Lastauto und holte einige schnell zu montierende Sperrböcke mit Warnlichtern herunter. Innerhalb weniger Minuten hatte er die Einfahrten zum Rondell versperrt und stellte zum Schluß das Lastauto quer über die Fahrbahnen des Sveaväg.

Die beiden Angler bekamen schnell Gesellschaft von anderen Frühaufstehern, aber es waren nicht besonders viele; der Mann hatte absichtlich einen Sonntagmorgen gewählt. Aufgeregt sprachen die Leute durcheinander.

«Das ist wohl so 'n blöder Spaß.»

«Die tun da immer Waschmittel rein.»

«Studentenrabauken!»

«Soll das komisch sein?»

Als der Mann die Absperrungen ganz beendet hatte, nahm er die große Trainingstasche aus dem Auto und ging ruhigen Schrittes zum Stahlzylinder hinüber, wo er sich auf die Betonkante setzte. Wassertropfen der Fontäne funkelten im Sonnenlicht auf der Stahlflasche.

Die Menschenansammlung kam zögernd zu ihm hinüber, man wußte nicht, was man davon halten sollte. Einige faßten vorsichtig an die Warnschilder.

«Verdammt, was ist das hier?» fragte einer der Angler und drohte mit dem Kescher.

«Nimm den Scheiß weg!»

«Besonders komisch ist das nicht.»

Drüben, an der Einmündung zum Sveaväg, standen jetzt die ersten Autos, einige stimmten ein wütendes Hupkonzert an.

Der Mann im Schutzanzug sah die kleine Menschenansammlung ernst an, dann erhob er sich und schaltete seine Lautsprecherausrüstung ein. Die Stimme klang metallisch, war aber deutlich in der ganzen Umgebung zu hören.

«Gehen Sie hier weg, das Gebiet ist stark radioaktiv!»

«Na, hör mal ...»

Die beiden Angler gingen auf ihn zu, wurden aber durch seine erhobenen Hände mit den Schutzhandschuhen gestoppt.

«Fassen Sie mich nicht an, ich kann Sie nur warnen.»

«Hör doch auf, Mann.»

Die beiden blieben stehen, grinsten ein bißchen dumm und versuchten, durch das gebogene und getönte Glas der Schutzhaube Blickkontakt zu bekommen.

«Wenn Sie mich anfassen, verfaulen Ihre Hände im Verlauf einiger Wochen!»

Einige Fahrer der gestoppten Autos kamen wütend herbei und lasen die Schilder; ratlose und irritierte Gespräche kamen auf.

«Was hat das hier denn zu bedeuten, verflixt noch mal?»

«Ist ein Unglück passiert?»

«Dürfen die mit so was durch die Stadt fahren?»

Die Leute kamen näher und besahen erstaunt den Anzug des Mannes.

«Was hast du denn an?»

«Werden hier Filmaufnahmen gemacht?»

«Das ist 'n Verrückter», meinte einer der Angler, «wir rufen jemand an, der sich um ihn kümmert.»

Der Mann vor ihnen stand immer noch da, die Maske auf, dann knackte es wieder in seinem Lautsprecher.

«Sehen Sie, hier», sagte er und zeigte auf den Geigerzähler, den er auf der Brust trug, «das ist ein Warngerät für Strahlen. Es zeigt jetzt auf Gelb, und das bedeutet, daß die Strahlung so intensiv ist, daß man sich auf dem Gebiet ohne Schutzanzug nicht aufhalten sollte. Wenn der Zeiger auf Rot übergeht, bedeutet das, daß die Strahlung unmittelbar lebensgefährlich wird. Nur einige Sekunden Strahlung bedeuten eine tödliche Dosis, und der Verlauf der Krankheit ist grauenvoll. Man kann es mit Lepra vergleichen. Hände, Zehen und Geschlechtsorgane verrotten unaufhaltsam.»

Durch die kleine Gruppe ging eine Bewegung, erst zog man sich vorsichtig zurück, aber bald liefen einige weg, als gelte es, das Leben zu retten.

Erst auf dem hinteren Gehsteig, wo man sich in Sicherheit fühlte, blieb man stehen. Und als neue Menschen hinzukamen, hielt man sie sofort zurück. Plötzlich wurde die Absperrung respektiert, und der Mann setzte sich wieder auf die Betonkante.

Der eine Angler besah sich ängstlich seine schweißnassen Hände, sie fühlten sich krankhaft schmutzig an, und er rieb sie eifrig an den Hosenbeinen.

«Kommt die Strahlung von der Stahlflasche?» rief jemand.

«Ja», antwortete der Mann.

Nach und nach versammelten sich immer mehr Leute.

«Was ist da drin?»

«Radioaktive Substanz.»

Man wußte nicht, was man glauben sollte, der eine oder andere lachte zunächst, wurde aber von den anderen bald zum Schweigen gebracht. Der Stahlzylinder glitzerte bedrohlich in der Sonne, und bald schien es so, als ginge eine Kälte von ihm aus. Viele lösten sich auch aus der Menschenmenge und entfernten sich mit eiligen Schritten vom Platz.

«Was meinst du denn, was sollen wir tun?» fragte jemand.

«Rufen Sie die Polizei an», sagte der Mann im Schutzanzug.

Der morgendliche Straßenverkehr hatte sich nun verdichtet, und die Autos fingen an, die Durchfahrten bis hinauf zur Kungsgata und weit hinunter in den Hamngatsbacke zu verstopfen.

Der eine Angler fand eine Krone in der Jackentasche und lief zur Telefonzelle vor dem Kaufhaus NK.

Der Mann saß weiterhin ruhig auf der Brunnenkante, die Sporttasche zu seinen Füßen. Die zweite Phase des Planes war abgeschlossen, und er hatte Lust, eine Zigarette zu rauchen. Mit großer Spannung wartete er auf das, was nun geschehen würde, er hatte keine Angst und war nicht einmal besorgt, nur sehr neugierig.

3

Noch vor wenigen Jahren wären die beiden Polizisten im Streifenwagen wohl ganz anderer Ansicht über den schluchzenden Teenager im Rücksitz gewesen. Doch auch die Einstellung der Polizei zu Vergewaltigung hat sich ebenso wie die allgemeine Meinung geändert.

Aber der ältere der beiden Polizisten konnte nicht umhin, sich zu fragen, was sie zu dieser Tageszeit, in dieser Aufmachung und so betrunken, wie sie nun mal war, da draußen zu tun hatte, als sie sie auflasen.

Und wäre sie nicht ganz ohne Hosen gewesen, sie hätten ihr wohl auch kaum geglaubt.

Neben dem dünnen Mädchen im Rücksitz saß eine Polizistin, die Geborgenheit ausstrahlte.

«Versuch mal, Kleines, dich zu erinnern, was für ein Auto die hatten.»

«Das war grün, hab ich doch schon gesagt.»

Im Gesicht hatte das Mädchen ein Pflaster, und statt der zerrissenen Bluse und der abhanden gekommenen Jeans hatte es zu große

Krankenhauskleidung an und einen geliehenen Mantel darüber. Seit einer guten Stunde war das Streifenauto herumgekurvt und hatte versucht, das grüne Auto zu finden, in das sich das Mädchen unten am Norrmalmstorg gesetzt hatte. Um danach auf einem Parkplatz in der Nähe von Norr Mälarstrand von drei Männern vergewaltigt zu werden. Halbnackt und mißhandelt hatte man sie auf dem Kai stehen lassen, wo die Streife sie fand.

«Jedenfalls war es ein großes Auto», sagte das Mädchen kläglich.

Borg fuhr methodisch herum, und Andersson, der daneben saß, hatte allmählich das Rumgucken nach großen, grünen Autos satt. Eigentlich war sein Streifendienst schon seit drei Stunden zu Ende, aber es war hoffnungslos, man hatte zu wenig Leute. Zu Hause erwartete ihn jeden Augenblick die Geburt eines Kindes, und diesmal wollte er auf jeden Fall dabei sein, das hatte er sich fest vorgenommen. Als das erste Kind geboren wurde, war er auf Dalarö bei einer Schlägerei mit einem Rocker, das zweite wurde geboren, während er sich um einen Betrunkenen kümmern mußte bei einem Fußballänderspiel gegen Deutschland im Råsunda-Stadion. Obendrein hatten die Deutschen auch noch mit 4 : 1 gewonnen.

Er wollte gerade irgend etwas sagen, als der Polizeifunk sie anrief.

«Nybroplan», gab Andersson als ihren Standort an.

«Da ist so'n Irrer, der blockiert das Rondell am Reichstagshaus, könnt ihr da mal vorbeischauen?»

Die Stimme im Funk sprach müdes Südschwedisch.

«Wieso Irrer?»

«Da ist jemand, der hat silberne Kleidung an», sagte der Anrufer.

«War der betrunken, der angerufen hat?»

«Weiß nicht, aber seht nach und gebt Bescheid, ja?»

Schon in der Hamngata blieben sie in einem größeren Stau stekken, soweit sie sehen konnten, war die Straße von Autos blockiert. Borg zögerte einen Augenblick, er wollte ungern den Streifenwagen verlassen.

«Wir nehmen ein Taxi zur Kripo», sagte die Polizistin, die sowohl sein Problem erkannte, wie auch ein leeres Taxi am Warenhaus NK erblickt hatte. «Das hier, das kann dauern.»

Mütterlich half sie dem jungen Mädchen beim Aussteigen aus dem Auto; klein und schmal stand es da auf dem Bürgersteig in seiner schlechtsitzenden Krankenhauskleidung.

«Sollst mal sehen, die kriegen wir», sagte Borg tröstend, ohne selbst daran zu glauben.

Und das Mädchen knickste fast und versuchte zu lächeln.

«Die arme Kleine», sagte Andersson, als die Tür zu war.

«Ja, ja.»

«Die können ja einen Schaden für's Leben bekommen durch so was. Im Kopf.»

Borg fuhr das Auto geschickt über die Kreuzung und schaltete das Blinklicht ein, vor allem, damit niemand eine Wagentür aufstieß, während sie sich durchlavierten.

«Die Anti-Auto-Idioten?»

«Am Sonntagmorgen?»

«Autofrei – wir woll'n kein Blei.»

«Ein umgekippter Laster», glaubte Borg.

«Ich wette fünf Kronen, das sind Umweltidioten.»

«Verkehrsunfall.»

Sie arbeiteten oft zusammen und waren beide kleine Spieler. Wenn sich die Gelegenheit bot, dann machten sie ihre Fünf-Kronen-Wetten.

Hinter der Kreuzung fuhr Borg den Wagen vorsichtig auf den breiten Bürgersteig, er verabscheute unnötiges Gehen. Für einen so frühen Sonntagmorgen waren erstaunlich viele Leute auf den Beinen, aber sie machten dem Wagen sofort Platz, ohne, wie sonst üblich, erst mal hineinzustarren. Weiter vorn zog eine merkwürdige Erscheinung ihre Blicke auf sich.

Borg blieb stehen, als er die Absperrung sah und starrte ungläubig auf die warnende Aufschrift.

«Was denn, radioaktiv?»

«Da siehste, diese Umweltidioten, die schlafen nie!»

Andersson grinste und meinte, die fünf Kronen so gut wie gewonnen zu haben, als er aus dem Wagen stieg und sein Koppel zurechtrückte.

«Was geht hier vor sich?» fragte er einige Leute. Sie zeigten nur stumm auf den Brunnen.

Da saß immer noch der Mann im Schutzanzug neben seinem blanken Stahlzylinder.

Die beiden Polizisten guckten sich an, als hätten sie einen billigen Scherz gesehen. Aber bald erfaßte auch sie eine diffuse Unruhe. Es war so unheilverkündend still. Obwohl sicherlich über zweihundert Menschen am Rondell versammelt waren, war es totenstill.

Die Polizisten kletterten über die Absperrung und gingen auf den Mann zu, der sich erhob. In einigen Metern Entfernung blieben sie stehen. Sein Gesicht war schwer zu sehen durch das stark getönte Glas der Schutzmaske, in dem sich vor allem ihre eigenen Gesichter spiegelten.

«Was ist los?» fragte Borg in strengem Ton, «was ist passiert?»

«Ich will mit dem Polizeichef sprechen», klang es aus dem Lautsprecher des Schutzanzuges.

Die Polizisten blickten sich erstaunt an; da gab's jetzt keine Grenzen mehr für diese Idioten.

«Kommen Sie jetzt mit, dann können wir diese Sache klären», sagte Borg und machte einen Schritt vorwärts.

«Fassen Sie mich nicht an, ich bin lebensgefährlich radioaktiv!»

Die Warnung kam wie ein Peitschenhieb und Borg blieb stehen.

Und mit gedämpfterer Stimme wiederholte der Mann seine Warnung noch einmal.

«Jetzt ist Schluß mit der Maskerade», sagte Borg wütend, «nimm diese Haube da ab!»

«Das kann ich nur im Institut für Strahlenschutz.»

Andersson hielt Borg vorsichtig fest, als sein Kollege den Mann gerade packen wollte.

«Warte», bat er, «da stimmt was nicht.»

«Ich möchte niemand Schaden zufügen», fuhr der Mann fort, «aber schon jetzt sind Sie an der Grenze dessen, dem sich ein Mensch aussetzen darf. Und es ist möglich, daß Sie bereits genetische Schäden haben. Auf jeden Fall möchte ich davor warnen, in Zukunft Kinder zu zeugen.»

Borg und Andersson fühlten, wie ihre Unsicherheit wuchs und sahen zur Menschenansammlung hinüber, die ihnen neugierig zuschaute.

«Wer oder was ist denn radioaktiv?»

Der Mann zeigte stumm auf den Stahlzylinder.

Die beiden Polizisten wußten nicht, was sie glauben oder tun sollten und zogen sich einige Schritte zurück, um zu beratschlagen. Der Mann setzte sich auf die Betonkante und wartete; er wußte, dieses war einer der riskantesten Augenblicke des Unternehmens. Aber er hatte sich keine Mühe gemacht, es weniger riskant zu gestalten. Auf kurze Sicht würde ein dummer Polizist stören können, aber auf die Dauer hatte er nichts zu befürchten.

«Verdammt, was ist mit dir», zischte Borg, «hast du Angst vor dem Idioten?»

«Vor nichts habe ich mehr Angst als vor Idioten!»

«Was tun wir jetzt?»

«Weiß der Henker!»

«Alle Kollegen werden uns auslachen.»

«Warum denn?»

«Wenn das so'n verdammt blöder Witz sein soll!»

Nachdenklich kratzte sich Andersson am Kinn.
«Glaubst du das?»
«Man weiß ja nie.»
«Dann nimm ihn fest», sagte Andersson, «ich tu das jedenfalls nicht.»
Nach einiger Zeit reckte sich Borg und ging zögernd auf den Mann zu, der sich erhob, als ob er von einem wichtigen Entschluß Kenntnis nehmen wollte.
«Entschuldigung», fragte Borg, «was ist in der Stahlflasche?»
«Radioaktiver Stoff.»
«Ach ja?»
«Und eine Sprengladung.»
Andersson war jetzt einen Schritt hinter seinem Kollegen, zur Unterstützung.
«Wollen Sie das sprengen?»
«Nicht unbedingt.»
Andersson räusperte sich, um eine klare Stimme zu haben.
«Sind Sie Terrorist», fragte er vorsichtig.
Der Mann sah sie lange durch das Schutzglas an, bevor er antwortete.
«Würde das es Ihnen leichter machen, wenn ich einer wäre?»
«Nee, nur daß man weiß, worauf die Sache hinausgeht.»
«Dann einigen wir uns darauf, daß ich Terrorist bin», sagte der Mann freundlich, «wenn's Ihnen hilft.»
Während Andersson auf seinem Posten blieb, ging Borg schnell zum Polizeiwagen hinüber. Gedankenverloren nahm er das Radiomikrofon aus der Halterung und wiederholte murmelnd, was er sagen würde. Bis zuletzt war er im Zweifel. Terroristen-Alarm war, als setze man eine Mobilmachung in Gang. Innerhalb weniger Minuten würde sein Funkspruch ein ganzes System von verschiedenen Plänen zur Durchführung kommen lassen. Hunderte von Polizisten würden zum Sonderdienst einberufen werden. Sollte der Alarm sich als falsch erweisen, würde Borgs Meldung für die Familien vieler Polizeibeamter den Sonntag verdorben haben. Er atmete tief durch und rief die Zentrale.
«Es ist ein Terrorist», sagte er nervös, «ein Terrorist mit einer verdammt großen Bombe.»

4

Dem Mann im Schutzanzug war durchaus klar, was für einen Aufstand er in der Polizeizentrale verursachte. Im Gegenteil, er war gut informiert über deren Arbeitsweise; er war selbst daran beteiligt gewesen, als einige Antiterroristen-Pläne ausgearbeitet worden waren.

Jetzt saß er auf dem Brunnenrand und folgte gespannt den Maßnahmen der Polizei. Wie erwartet, fing man damit an, das Angriffszentrum abzusperren und zu isolieren. Im Verlauf weniger Minuten kamen mehrere Polizeistreifen herbei, und Borg und Andersson wurden durch besser ausgerüstete Polizisten ersetzt.

Der Verkehr rund um das Reichstagshaus wurde schnell ein Straßenviertel weit nach jeder Seite hin abgesperrt. Die Autos, die man bewegen konnte, wurden von bewaffneten Polizisten weggefahren, während die, die dem Brunnen am nächsten standen, dort bleiben mußten, trotz der wütenden Proteste ihrer Besitzer.

Bald kamen auch Busse mit Spezialkommandos. Diskret wurden sie in Seitenstraßen geparkt, wo Polizeibeamte mit schußsicheren Westen unter der Kleidung entlang der Hauswände in Stellung gingen.

Der Mann auf dem Brunnenrand lachte in sich hinein.

Hinter dem Reichstagshaus bereitete sich das Bombenkommando mit dem gepanzerten Spezialbus vor, der nach deutschen Konstruktionsplänen gebaut worden war. Dazu gehörte auch ein ferngesteuerter Roboter, den man dazu benutzen konnte, Bomben fortzuschaffen oder zu entschärfen.

Das alles verlief genau nach Plan, der Bombenmann kannte das.

Die Polizei hatte sofort nach dem Alarm ihre Terroristenzentrale in Betrieb genommen. Das war eine ganz besondere Organisation, eine Spezialeinheit, deren Existenz sowohl die Politiker wie die Polizeiführung der Allgemeinheit vorzuenthalten versuchten. Sie war in aller Stille nach den Ereignissen auf der jugoslawischen und westdeutschen Botschaft in den siebziger Jahren entstanden. Um einem immer gewalttätigeren Terrorismus gegenübertreten zu können, meinte man, eine paramilitärische, gut ausgebildete Truppe haben zu müssen, die in der Lage ist, kurzfristig eingesetzt zu werden.

Aber die Terroristenzentrale hatte man in aller Stille aufbauen müssen. Es war schwierig, in einer Demokratie wie sie in Schweden herrscht, die Notwendigkeit schwerbewaffneter Militärpolizei geltend zu machen. Besonders in ruhigen Zeiten.

Einer nach dem anderen kamen die Terroristenspezialisten heran;

sie hatten Vorfahrt vor allen Polizeifahrzeugen. Sie kamen direkt aus den Sommerhäusern, vom Sonntagsfrühstück, von Kindern und Frauen oder aus dem Bett. Es war ja Sonntag, auch für Spezialisten der Polizei.

Borg und Andersson wurden schnell über alles Gesehene verhört. Auffallend viele der Expertengruppe waren in Zivil.

«Ist er geistesgestört?»

«Schwer zu sagen, er hat ja die ganze Zeit diese Haube auf.»

«Und redet über einen Lautsprecher auf dem Bauch», fügte Andersson hinzu.

«Ist er bewaffnet?» fragte der Waffenspezialist der Einheit.

«Soweit ich gesehen habe nicht.»

«Wenn er nicht was in der Tasche hat.»

«Das ist eine große Puma-Tasche», erklärte Borg, «ich glaub, er hat ein Funkgerät drin.»

«Jedenfalls guckte da was raus, was so aussah wie eine kurze Antenne.»

Ein ums andere Mal mußten sie wiederholen, was sie gesehen und gehört hatten, keine Einzelheit schien zu unwichtig, um nicht mindestens dreimal durchgenommen zu werden. Andersson drehte sich auf dem Stuhl hin und her, er hatte das Gefühl, man würde ihn auch um die dritte Geburt bringen. Und noch mehr Kinder würden wohl nicht geboren, er und seine Frau waren über fünfunddreißig.

Borg fühlte sich auch nicht wohl in seiner Haut, aber aus einem ganz anderen Grund. Seine Gedanken beschäftigten sich mit den sechs Einsen der Zeitung Aftonbladet. Ein Anruf unter dieser Nummer würde ihm sicherlich ein paar Tausender für seine Mühe einbringen. Als er das letzte Mal Aftonbladet alarmiert hatte, hatte er achthundert Kronen bekommen, und da ging es nur um den Botschafter einer Bananenrepublik, der betrunken am Steuer seines Wagens gesessen hatte und rückwärts abgeschleppt worden war, weil er sich geweigert hatte, das Auto zu verlassen.

Nach einer halben Stunde kam der Chef der Truppe, Polizeiinspektor Sandberg, den man in der Kriminalabteilung, in der er tätig war, sonst Farsan nannte. Als erstes bestellte er erst einmal Kaffee.

Wie Farsan Sandberg, so waren auch alle übrigen der Terroristenzentrale in anderen Abteilungen tätig. Aber alle hatten eines gemeinsam: Sie konnten schnell zur Verfügung gestellt werden, wenn die Lage es erforderte.

Bald wurde mitgeteilt, daß die Absperrung um das Reichstagshaus abgeschlossen war. Alle Zuschauer waren verschwunden, und die nächstliegenden Häuser waren schon durchsucht worden. Zum Glück waren es vor allem Büros und Geschäftsräume.

Der Mann wurde nun von ungefähr fünfzig gut ausgerüsteten Polizisten bewacht, die auf weitere Befehle warteten.

In seinem Silberanzug saß er immer noch auf dem Brunnenrand, die schwarze Trainingstasche zu seinen Füßen. Ein Funkspezialist mit starkem Fernglas hatte Borgs Angaben bestätigt, daß eine Funkantenne aus der Sporttasche hervorguckte.

Nach einer weiteren halben Stunde ging die Zentrale zur Offensive über. Der Führungsstab begab sich schnell vom Polizeigebäude auf Kungsholmen hinüber in den dritten Stock des Reichstagshauses, von wo aus Farsan Sandberg und sein Stab einen guten Überblick über den Brunnen hatten. Zur Sicherheit hatte man einen Schutzwall aus Sandsäcken dicht an den Fenstern aufgebaut.

Farsan sah schweigend auf den Platz hinunter.

War das ein schlechter Scherz?

Wieder ein Verrückter?

Oder war es ernst?

Der Mann saß gemütlich entspannt unten auf dem Brunnenrand, sein einer Fuß wippte lässig, und es sah fast so aus, als säße er dort und sonnte sich.

Farsan gab den Befehl, daß der Panzerwagen auf Hörweite heranfahren solle. Knapp fünf Meter von dem Mann und seiner Stahlröhre blieb er stehen.

Farsan bekam ein Mikrophon in die Hand, das über einen Sender an die beiden außen am Panzerwagen angebrachten Lautsprecher angeschlossen war.

Er zögerte, bevor er sich dazu entschloß, auf den Knopf zu drükken; noch immer behaupteten viele seiner Kollegen, daß die Explosion in der westdeutschen Botschaft durch den polizeieigenen Sender ausgelöst worden war.

«Hier spricht Kriminalinspektor Sandberg», sagte er in strengem Ton, «erklären Sie umgehend, was das alles hier zu bedeuten hat!»

Der Mann unten am Brunnen stand träge auf, wie eine müde Katze, rückte seinen Geigerzähler zurecht und sah hinauf zum Fenster im Reichstagshaus, als ob er geahnt hätte, daß die Stimme von dort käme.

«Bitte, nehmen Sie die Schutzhaube ab und geben Sie auf!»

Der Mann nahm seine große Tasche und ging zum Auto.

«Was soll das», fuhr Farsan auf und merkte, daß er seine Formulierungen nicht so ganz im Griff hatte.

Der Mann ließ sich viel Zeit. Beinahe neugierig guckte er in den

Panzerwagen hinein und nickte dem Fahrer und einem Polizisten, der an einer kleinen Schalttafel saß, beruhigend zu.

«Was ist in der Röhre?» fragte Farsan, der langsam ungeduldig wurde.

«Radioaktiver Stoff», antwortete der Mann unvermittelt, «eine Art Uran.»

«Und was wollen Sie damit?»

«Ich will den Polizeichef sprechen, hab ich gesagt.»

«Der bin ich.»

«Den Reichspolizeichef», sagte der Mann zögernd.

«Das ist unmöglich.»

«Ach nee?!»

«Er ist verreist, er ist nicht in Stockholm.»

«Ich hab genug Zeit, um zu warten.»

Mit diesen Worten ging er zurück zu seinem Stahlzylinder und setzte sich wieder auf den Brunnenrand. Die Sonne warf aufreizende Reflexe seines Anzuges hinauf zu den Fenstern des Reichstagsgebäudes.

Die Gruppe um Farsan stand schweigend da.

Mußte man vor diesem Rohr da wirklich Angst haben? Was meinte er denn mit radioaktivem Stoff? So eine Art Uran?

«Das ist sicher wieder so ein Verrückter», sagte jemand, der nicht länger den Mund halten konnte.

Aber wie auf Bestellung kam vom Panzerwagen unten der Funkspruch; der Mann neben dem Fenster hatte jetzt seine vielen Instrumente abgelesen.

«Hier Assistent Jonsson. Ich habe die Strahlung vom Wagen aus gemessen, soweit das möglich ist; meine Instrumente zeigen hohe Werte, sowohl um ihn, wie um die Stahlröhre herum.»

«Dann ist das Gebiet also radioaktiv?»

«Ja.»

«In welchem Ausmaß, und wie groß ist das Risiko?»

«Das kann ich mit meinen Instrumenten nicht feststellen. Rufen Sie einige Experten des Militärs, die haben die Ausrüstung für genauere Messungen. Aber meine Instrumente zeigen so deutliche Werte, daß ich davon abrate, daß sich jemand ohne Schutzanzug in seine Nähe begibt.»

Farsan überlegte einen Augenblick lang, bevor er weitere Befehle gab.

«Ziehen Sie den Wagen zurück!»

Er setzte sich auf eine Tischkante und zündete sich eines der schwarzen Zigarillos an, die er sonst nur nach dem Essen rauchte.

Um ihn herum wartete man auf Befehle, man verstand sein Zögern. Es gab viele Unbekannte in dieser Gleichung.

«Ziehen Sie alle Mann zurück, die sich in der direkten Umgebung befinden», sagte er nach einer Weile, «sorgen Sie für die Bewachung der am nächsten gelegenen Häuser. Und sehen Sie zu, daß wir so schnell wie möglich solche Schutzanzüge herkriegen, wie er ihn anhat.»

Draußen wurde der Panzerwagen schon weggefahren, und nun, da die Zusammenarbeit anfing zu funktionieren, zogen sich auch nach und nach die verschiedenen Polizeigruppen zurück.

«Und holen Sie ein paar Leute her, die was von Radioaktivität verstehen und die notwendige Ausrüstung haben.»

Einige der Jüngeren im Stab stürzten los, um den Befehl auszuführen. Bevor Farsan seinen nächsten Entschluß faßte, überlegte er lange, wägte die Möglichkeiten gegeneinander ab und zerdrückte dann das halbgerauchte Zigarillo auf einem Blumentopfuntersatz.

«Nehmen Sie Verbindung auf mit dem Reichspolizeichef», bat er schließlich.

5

Es kam sehr selten vor, daß der Reichspolizeichef, Sune Tidfälth, von den speziellen Befugnissen Gebrauch machte, die seine hohe Stellung ihm boten. Im Gegenteil, schon bei seinem Amtsantritt hatte er sehr bescheidene persönliche Richtlinien aufgestellt, ganz entgegen der abstoßenden Großtuerei seiner Vorgänger.

Sein hoher Rang schien auch auf seine bläßliche Persönlichkeit nicht abgefärbt zu haben. Böse Stimmen behaupteten, er würde im Muster der Tapete verschwinden, wenn er sich gegen eine Wand lehne, so farblos sei er.

Er war natürlich auf politischem Wege ernannt worden und wußte, daß er für diesen Posten nie in Frage gekommen wäre, wenn die politische Lage nicht so instabil gewesen wäre. Als hochqualifizierter Jurist ohne Parteibindung, aber bekannt als ein glänzender Organisator, war er für alle politischen Gruppierungen ein annehmbarer Kompromiß, obwohl ihm die praktische Erfahrung der polizeilichen Arbeit völlig fehlte. Er selbst hatte das Amt ohne größeres Aufheben übernommen.

Aber gerade jetzt war er gegen seinen Willen das Opfer aller dieser Befugnisse, die ein Reichspolizeichef in Notlagen hat. Sein

Kopf tat ihm weh, und seine Füße wurden plötzlich bleischwer, als das Flugzeug sich in eine steile Linkskurve legte.

Der Pilot neben ihm machte ihm ein Zeichen, den Mund zu öffnen, um den Druck auf das Trommelfell zu verringern. Aber das half nichts. Sune Tidfälth litt an seinem üblichen allergischen Frühjahrsschnupfen. Normalerweise haßte er das Fliegen, und er hatte nie geglaubt, so einen Flug wie diesen erleben zu müssen.

Vom Sommerhaus in Undersåker war er von einem Polizeihubschrauber abgeholt worden, der ihn zum Militärflugplatz nach Frösön brachte, wo ein zweisitziges Kampfflugzeug auf ihn wartete. Und mit dem Chef der Fliegerstaffel, der selbst am Steuerknüppel saß, waren sie bereits nach fünfunddreißig Minuten beim Einflug auf den Fliegerstütztpunkt Tullinge. Und es sollte ihn nicht wundern, wenn dort schon ein neuer Hubschrauber wartete. So war es auch.

Schon auf dem Weg zum Stadtzentrum orientierte ihn ein Mann aus Farsans Stab, der abkommandiert worden war, um ihn in Empfang zu nehmen. Bald stand er, ein bißchen verwirrt, an den verbarrikadierten Fenstern des Reichstagshauses und sah auf den einsamen Mann und sein Stahlrohr hinunter.

Die Reise hatte knapp zwei Stunden gedauert.

Er putzte sich immer wieder die Nase, um diesen lästigen Druck auf das Trommelfell loszuwerden. Farsan Sandberg gab ihm knapp und militärisch einen Überblick. Er mochte den Reichspolizeichef und seine informellen Methoden nicht leiden. Für einen Mann mit Farsans militärischer Vergangenheit war es schwierig, anzuerkennen, daß die Führung der Polizei des Landes plötzlich in der Hand eines dünnen und rückgratlosen Juristen lag, der sogar einfachere Polizisten und Kanzleiangestellte dazu ermunterte, ihn mit seinem Vornamen anzureden. Sune. Er selbst hatte nie das Bedürfnis gehabt, zu duzen oder geduzt zu werden.

«Und was hast du veranlaßt?» fragte Sune, als Farsan seinen Bericht beendet hatte.

In den letzten Stunden war nicht viel geschehen. Sie hatten eine neuerliche Messung der Radioaktivität durchgeführt, und die Leute vom militärischen Forschungsinstitut FOA hatten vorläufig die Resultate der Polizei bekräftigt.

Der Mann im Schutzanzug hatte unterdessen da unten so still gesessen wie eine Statue, hatte aber die Geschehnisse voll unter Kontrolle.

Farsan Sandberg drehte und wand sich ein bißchen; es war vielleicht ein bißchen übereilt gewesen, den Reichspolizeichef so bald schon hierher zu holen. Aber andererseits sah er keine andere Möglichkeit, diesen Fall weiter zu bearbeiten. Er hatte mehrere neue Versuche über Lautsprecher gemacht, aber der Mann hatte nur geantwortet, er warte geduldig.

Wenn aus keinem anderen Grund, könnte es ja für den Reichspolizeichef von Nutzen sein, einen Einblick in die Arbeit der Antiterror-Zentrale zu bekommen. Nach jedem Terroranschlag wurden immer Stimmen laut, die nach mehr Verstärkung und größeren Zuschüssen verlangten. Aber die Leute vergaßen schnell; die Monate, die die Etatforderungen zur Bearbeitung in Anspruch nahmen, ließ die Wirkung des Schreckens wieder verblassen. Und jetzt war schon eine ganze Zeit vergangen, seit das Land von einem größeren Terrorakt heimgesucht worden war.

So viel Zeit, daß einige davon redeten, die ganze Antiterror-Zentrale aufzulösen. Farsans Werk und Höhepunkt seiner langen Polizeikarriere.

«Wißt ihr, wer er ist?»

«Nein.»

Hier und dort konnte man beim Brunnen vereinzelte Polizisten sehen, die jetzt gleiche Schutzanzüge trugen wie der Mann. Über den blanken Stoff hatten sie als Erkennungszeichen ihre Polizeikoppel gezwängt.

Im übrigen wirkte die Stadt öde und leer, soweit man das von den Fenstern des Reichstagshauses aus sehen konnte. Massive Polizeisperren leiteten Spaziergänger und Autoverkehr weiträumig um. Als Grund dafür gab man zunächst einmal einen schweren Verkehrsunfall im Stadtzentrum an.

Quer über den Platz flitzten plötzlich zwei Polizisten, um einen Fotografen zurückzuhalten, der auf mysteriöse Weise nahe an die innere Absperrung gelangt war.

«Was hast du der Presse gesagt?»

«Bisher noch nichts.»

«Werden sie schon aufdringlich?»

Farsan nickte. Es gab bei der Polizei eine Menge Beamte, die die Zeitungen benachrichtigten und sich etwas nebenbei verdienen wollten.

«Die wissen wohl schon, daß es sich um eine Terroristengeschichte handelt. Der Funkverkehr geht zwar über Verschlüsselungsgeräte, aber das hat wohl nur bestätigt, daß es sich um etwas Großes handelt.»

«Bereite eine Pressekonferenz vor, sobald wir etwas haben.»

Der Reichspolizeichef putzte sich wieder die Nase, endlich ließ der Druck auf den Ohren nach.

«Und weiter?» fragte Farsan beinahe aufdringlich.

«Beschaff mir so einen blanken Anzug», sagte Sune sanft, «ich muß wohl erst mal runtergehen und mir anhören, was er auf dem Herzen hat.»

6

Eine merkwürdigere Begegnung als diese gibt es wohl kaum, dachte der Reichspolizeichef, als er zu dem einsamen Mann am Brunnenrand hinunterging. Der Schutzanzug fühlte sich steif an und man konnte sich schlecht darin bewegen, im Schritt scheuerte er ein bißchen.

Farsan Sandberg hatte ihm bis zuletzt davon abgeraten, selbst zu dem Mann hinunterzugehen; er meinte, daß sie statt dessen das Gespräch über die Lautsprecher des Panzerwagens führen sollten. Oder einen anderen als den Reichspolizeichef hinuntergehen lassen sollten.

«Es weiß ja ohnehin niemand so richtig, wie der Reichspolizeichef aussieht», hatte Farsan gesagt, ehe er merkte, wie geringschätzig seine Worte waren. Aber es stimmte schon, es gab kaum Bilder, außer im Familienalbum, von diesem Reichspolizeichef, der so publikumsscheu war.

Aber Sune Tidfälth hatte die Angelegenheit nicht einmal diskutiert, im Gegenteil, er empfand eine gewisse Neugier. Der Bombenmann stand nun gelassen auf und kam ihm ein paar Schritte entgegen. In ihrer Silberkleidung standen sie sich gegenüber.

«Ich bin der Reichspolizeichef», sagte Tidfälth über seinen Lautsprecher.

Hinter dem Schutzglas meinte er ein paar freundliche, fast muntere Augen unter sehr dunklen Augenbrauen zu sehen, und für einen Augenblick dachte er, der Mann sei Ausländer. Mit einer kleinen Geste zeigte Sune auf seinen Fotoausweis, der an seiner Brust befestigt war.

«Guten Tag», grüßte der Mann, «ich hoffe, ich habe nicht zu viele Umstände gemacht.» Die Stimme war klar und deutlich und absolut nicht die eines Ausländers; unter Umständen konnte man auf einen nordschwedischen Heimatort schließen.

«Wer sind Sie?»

Der Mann lächelte still vor sich hin und bot ihm mit einer Armbewegung an, sich auf den Brunnenrand zu setzen.

«Ich heiße Ejnar.»

Ein Nachname kam nicht, und der Reichspolizeichef konnte sich ein Kichern nicht verkneifen; ein Terrorist, der Ejnar hieß! Er überlegte, was die Leute oben im Reichstagshaus wohl dachten; alles, was hier unten gesprochen wurde, nahm Farsans Gruppe oben auf Band auf. Jedes Wort wurde über einen kleinen Sender übertragen, der an seinem linken Oberschenkel mit Klebestreifen befestigt war.

«Ich heiße Sune», antwortete der Reichspolizeichef lächelnd und hätte beinahe die Hand zur Begrüßung ausgestreckt. Sie setzten sich auf den Brunnenrand. Um sie herum wurden Ferngläser und Teleobjektive eingestellt. Die Gruppe um Farsan Sandberg oben im Reichstagshaus scharrte sich um den kleinen Lautsprecher des Tonbandgerätes.

«Ist das wirklich eine Bombe?» fragte Sune in zweifelndem Tonfall, nachdem er das Rohr genau gemustert hatte.

«Oder bin ich geisteskrank?» Der Mann lachte.

«Ja, wie geht es Ihnen denn?»

«Danke, gut.»

So aus der Nähe war das Rohr nicht imponierender als von oben vom Fenster aus; es sah mehr wie eine kleinere Druckerwalze aus, fand der Reichspolizeichef, der in jungen Jahren einen Sommer lang in der alten, abgewrackten Druckerei der Zeitung *Östersundsposten* gearbeitet hatte.

«Nein, groß ist sie wirklich nicht», sagte der Mann als ob er Sunes Gedanken erriet, «und wie groß die Sprengkraft genau ist, weiß ich auch nicht. Das läßt sich schwer feststellen ohne Sprengproben größeren Ausmaßes, und die kann ich ja nicht so irgendwo machen. Aber es ist bestimmt der stärkste Sprengsatz, der jemals in Schweden hergestellt worden ist.» In der Stimme des Mannes war zurückhaltender Stolz.

«Das ist ja allerhand», sagte Sune gedankenverloren und folgte dem Blick des Mannes, der zärtlich auf das blankpolierte Stahlrohr sah. Es schimmerte im Licht und spiegelte Tausende kleiner Wassertropfen wider, die wie Tau vom Brunnenspiel herabfielen.

«Du meinst, das ist eine Atombombe?»

Der Mann nickte bestätigend.

«Ja, das ist ein Atomsprengsatz.»

«Ich meine nur, weil sie so klein ist», sagte Sune einfältig.

«Stimmt, groß ist sie nicht, jedenfalls sieht sie nicht so aus.»

Sune starrte immer noch wie verhext auf das Stahlrohr.

«Heißt das nicht Megatonne?»

Der Mann schüttelte düster den Kopf. Die Leute wußten nicht

viel über Kernkraft, obwohl man bei einer Wahl die Zukunft des Landes diesbezüglich hatte beeinflussen können. Eine Bevölkerung, die ihre Spirituosen nicht einkaufen durfte, wie sie wollte, hatte über die wichtigste Frage des Landes entschieden, ohne Kenntnis und Verstand.

«Nein, diese hier geht auf nicht mehr als ein paar zehn Kilotonnen. Megatonne ist eine viel größere Gewichteinheit und wird im Zusammenhang mit Wasserstoff angewendet.»

«Ach so?»

In Sunes Kopf wirbelten die Dezimalskalen durcheinander, Dezi-Kilo, Hekto-Milli und wie das alles hieß. Mathematik war nie seine Stärke gewesen. Als er einmal den Wohnzimmerfußboden ausgemessen hatte, um Auslegeware zu kaufen, war sie hinterher einen halben Meter zu kurz, aber fast zwei Meter zu breit gewesen.

«Die Bomben, die die Amerikaner über Japan abgeworfen haben, wogen um die zwanzig Kilotonnen.»

«Das kleine Rohr?» sagte Sune, noch immer zweifelnd.

«Nein, das waren die Bomben der Amerikaner, pro Stück. Diese hier entspricht den beiden zusammen, ungefähr viertausend Lastwagen voll Trotyl. Trotyl ist ungefähr das gleiche wie Dynamit.»

Sune nickte und kam sich reichlich dumm vor, fast wie damals, als seine Lehrerin ihm einen Tadel gab, als sie das Einmaldrei in der Unterstufe der Grundschule durchnahmen. Die Lehrerin hatte graue Haare gehabt, einen strengen Blick und eine große Vorliebe für das Einmaleins.

Der Mann ereiferte sich nun und erklärte mit großen Gebärden die allgemeine Physik der Atomenergie, als ob er eine Vorlesung an einer technischen Hochschule halte. Sune begriff so gut wie nichts. Worte wie Neutronen, Moleküle und Kettenreaktion wirbelten vorbei. Seine Gedanken waren bei etwas ganz anderem, während er geduldig auf eine Pause im Redeschwall wartete.

«Was passiert, wenn sie explodiert?»

Der Mann hielt in seinen Ausführungen inne und blickte ihn fragend an.

«Mit den Menschen und Häusern in der Stadt?»

«Genau weiß ich es nicht», antwortete der Mann langsam. «Das einzige, womit man Vergleiche ziehen könnte, sind die Bomben, die vor vielen Jahren über Japan gesprengt wurden. Aber die wurden in der Luft gesprengt, in einer Höhe bis zu tausend Metern. Diese hier steht auf der Erde, und man kann schwerlich sagen, wie groß der Unterschied sein wird. Aber ich nehme an, alle Gebäude der Innenstadt würden zerstört, und Feuer und Druckwelle würden einen Wirkungsradius von zwanzig Kilometern haben.»

«Dann würden ja Millionen Menschen getötet!»

Der Mann sah ihn traurig an. Sein Gesicht war jetzt leichter zu erkennen, die Sonne fiel nicht direkt auf das Glas der Schutzhaube.

«Ja», antwortete er ruhig, «sie könnte Millionen Menschen töten.»

«Das wäre ja entsetzlich!»

«Außerdem ist dieses hier keine saubere Bombe. Sie würde bei einer Explosion eine große radioaktive Wolke bilden. Welchen Schaden das anrichtet, richtet sich vor allem danach, woher der Wind kommt. Aber bei Ostwind würde es unangenehme Folgen haben.»

Sune Tidfälth bekam trotz der Sonnenstrahlen einen kalten Rükken. Die Vorstellung war so erschreckend, er konnte es kaum glauben. Aber der Mann nickte überzeugend, während er sprach, wie ein väterlicher Forstmeister, der gerade einer aufgebrachten TV-Diskussionsrunde im zweiten Fernsehkanal die Wirkung des Hormoslyr beschrieben hat.

«Aber wir wollen hoffen, daß sie nicht detoniert», sagte er leichthin.

Eine Weile saß Sune schweigend da; es dauerte ein bißchen, bis er die unheilverkündenden Worte des Mannes geschluckt hatte, die eher wie eine Erläuterung als wie eine Drohung vorgebracht worden waren.

«Woher kommt sie?»

«Du glaubst nicht, daß es ein Atomsprengkörper ist?»

«Natürlich glaub ich das.»

«Du glaubst, ich lüge?»

«Aber nein.»

«Oder daß ich geisteskrank bin?»

«Aber nein doch, nur, woher kommt sie?»

Der Mann antwortete nicht sofort. Statt dessen stand er auf und ging zum Stahlrohr, langsam hob er sich auf die Zehen und rollte die Füße wieder ab, die Arme auf dem Rücken.

«Ich hab die gebaut.»

«Was hast du gesagt?»

«Ich hab die gebaut.»

Sune war von der Antwort nicht sonderlich überrascht, es war beinahe so, als habe er genau diese Antwort erwartet. Die Geschichte war so verrückt, daß die Behauptung nicht ganz unglaubwürdig klang. Nein, Sune merkte, daß er gegen seinen Willen anfing, dem Mann zu glauben, der so ruhig war. Es lag nichts Drohendes, Wahnsinniges oder Verzweifeltes in seinem Blick.

«Aber wie, um alles in der Welt, kann man eine Atombombe bauen?» entgegnete er matt.

«Technisch gesehen ist das nicht besonders schwierig, normale Geschicklichkeit reicht aus. Die Voraussetzung ist nur, daß man an das Explosionsmaterial herankommt, irgendwie. Dann braucht man nur ein ordentliches Stahlrohr, wie dieses hier, eine passende Stahlkugel und eine ganz gewöhnliche Sprengladung. Das kritische Material tut man auf den Boden des Rohres, die Stahlkugel und der Sprengstoff sitzen ganz oben. Wenn die Stahlkugel in das Material hineingedrückt wird, dann beginnt eine Kettenreaktion, die die eigentliche Explosion ergibt.»

«Wie eine Kanone?»

«Ja, vereinfacht kann man das mit einem Kanonenrohr vergleichen. Das Stahlrohr muß nur so lange halten, bis die Kettenreaktion in Gang gesetzt worden ist. Schwieriger ist das nicht, jedenfalls theoretisch nicht. Praktisch kommen einige knifflige Probleme hinzu. Aber mit normaler Geschicklichkeit und ein bißchen Beharrlichkeit...»

Und während er sprach, deutete er mit der Hand außen am Rohr an, wie die Vorrichtung innen aufgebaut war.

«Wie feuert man die denn ab?»

«Das wird per Funk ausgelöst.»

Zum erstenmal bekam Sune richtig Angst, aber nicht vor dem Mann neben sich. Beinahe mit Panik dachte er an den Sender, den er unter dem Anzug hatte, und an alle Sender, die die Polizei eingeschaltet hatte.

«Keine Gefahr», sagte der Mann, der die Angst des anderen bemerkt hatte, «die kann von keinem außer von meinem Sender ausgelöst werden. Die reagiert nur auf eine ganz bestimmte Frequenz und hat außerdem mehrere Kontrollsicherungen.»

Sune nickte erleichtert und fühlte einen Schweißtropfen an der Nasenspitze, ohne ihn abtrocknen zu können. Er versuchte, seine Gedanken wieder zu ordnen, das Gespräch wurde immer absurder und er überlegte, was die Gruppe im Reichstagsgebäude wohl dachte, die um den Bandspieler versammelt war.

Aber die konnten, verdammt noch mal, denken, was sie wollten, dachte er trotzig, es gab nicht viele auf der Welt, die ein Gespräch mit einem aktiven Atombombenbesitzer geführt hatten. Und worüber redete man mit einem Atombombenbesitzer?

«Was willst du mit der Bombe?» fragte er schließlich. Er merkte, daß es ihm schwerfiel, das Rohr ‹Bombe› zu nennen.

Der Mann antwortete nicht, noch immer hob er sich langsam auf die Zehen und rollte die Füße wieder ab, wie er da so stand und seine angebliche Bombe ansah.

«Liegt ein politisches Motiv dahinter?»

Der Mann drehte sich erstaunt um.

«Nein.»

«Worum geht es denn dann?»

«Das ist meine Bombe.»

«Ja, aber warum hast du sie hierher gestellt?»

Der Mann schüttelte unwirsch den Kopf, als habe er die Frage nicht verstanden.

«Irgendwas willst du doch damit, sonst hättest du sie wohl nicht hierher gestellt?»

Langsam sah der Mann auf, bis sich ihre Blicke trafen; Ejnars Augen hatten einen verletzten, traurigen Ausdruck.

«Ich hab sie gemacht», sagte er tonlos.

«Ja, das hast du gesagt.»

«Ich hab sie ganz allein gebaut.»

«Ja, ich verstehe.»

«Nein, das kannst du nie und nimmer verstehen», murmelte Ejnar, «ich glaube nicht, daß es irgend jemand gibt, der das richtig verstehen kann. Es gibt niemand, der einen Atomsprengsatz ganz allein gebaut hat. Ich hab es.»

«Ja, ja», Sune versuchte zu scherzen, «aber was willst du denn mit dem, was du da zusammengebastelt hast?»

Wieder sah der Mann weg, es schien ihm unmöglich, seine Empfindungen in Worten auszudrücken.

«Geht es um Geld?»

Diese Beleidigung traf ihn wie ein Schlag; er trat zurück zum Stahlrohr und besah sich intensiv die blanke Oberfläche. Die Schweißnähte waren durch das Löten etwas bläulicher als der Stahl, aber geschickt gemacht, ganz plan und ohne Unebenheiten. Eine meisterhafte Metallarbeit würde jeder sagen, der etwas davon verstand. Die Rohroberfläche war hochglanzpoliert, so sehr, daß nicht einmal die Stahlleine Kratzer hinterlassen hatte oder Scheuerstellen.

«Handelt es sich dann um eine Ungerechtigkeit?» versuchte der Reichspolizeichef das Gespräch fortzusetzen.

Und trotzdem war das Gehäuse wohl nicht so außergewöhnlich, dachte Ejnar, es gab wohl auch andere, die so etwas anfertigen konnten. Dazu brauchte man nur gute berufliche Geschicklichkeit.

Der Inhalt, das war das wirklich Feine an seiner Schöpfung. Ein Eingeweide, das vermutlich niemand außer ihm zu sehen bekommen würde. Die Stahlkugel an der Stahlrohrspitze war exakt, auf hundertstel Millimeter genau, gedreht, so, wie sie da bereitlag, um von den zehn Kilogramm Sprengstoff weggeschleudert zu werden, den er selbst mit größter Vorsicht hergestellt hatte.

Aber eingebettet in die oberste Sprengstoffschicht lag das Feinste, ein schwarzer kleiner Kasten, der das Hirn des Ganzen war. Der ferngesteuerte Zünder, den er aus besten amerikanischen und japanischen Elektronenelementen gebaut hatte, die es überhaupt zu kaufen gab. Empfindlich und exakt lag der Miniatursensor bereit, um auf eine der zehn Zündungsalternativen zu reagieren, mit denen er programmiert war.

Um eine Antwort zu bekommen, legte Sune dem Mann behutsam die Hand auf die Schulter, nur ganz leicht und ohne einen einzigen Gedanken daran, daß es gefährlich sein könnte, ihn zu berühren.

«Sag mir, was willst du mit deiner Bombe, Ejnar?»

Der Mann unterbrach sein Nachdenken, der Blick klärte sich, wie nach einem kurzen Schlaf. Vorsichtig, fast zärtlich, streichelte er mit dem Handschuh über die seidig schimmernde Oberfläche, bevor er sich langsam zum Reichspolizeichef umdrehte.

«Ich weiß es nicht», sagte er leise, «ich weiß es wirklich nicht.»

7

Seit geraumer Zeit hatte die Zentrale der Feuerwehr- und Polizeiwache in Östhammar den Polizeichef gesucht, bis sie mit ihm in Kontakt kam, in einem Streifenwagen tief im Wald. Nach Luft schnappend hatte Backhammer eine wichtige Telefonnummer aufgeschrieben und den Assistenten Jonsson das Auto wenden lassen, obwohl sie noch nicht zu dem gekommen waren, was sie sich vorgenommen hatten. Sonntags morgens pflegten der Polizeichef und sein am meisten an der Jagd interessierter Polizist sich der Hege zu widmen. Sie brachen meistens gegen sechs Uhr auf, mit Brotbeutel und Feldstecher versehen. Offiziell hatten sie Dienst. Am Sonntagmorgen aber passierte selten etwas in Roslagen.

Backhammer, der zur Staatsforstverwaltung einen guten Draht hatte, besaß einen Pachtvertrag über fünfhundert Hektar Wald. Gemeinsam mit acht anderen Polizeibeamten und Feuerwehrmännern hatte er das Fischerei- und Jagdrecht für dieses große Gebiet. Die

Pachtsumme belief sich auf elftausend im Jahr, aber das hatte man schnell wieder in der Kasse, allein schon in der Woche der Elchjagd, in der es fast unmöglich war, Polizei- oder Feuerwehrwagen im Distrikt zu besetzen.

«Was ist denn das nun», fragte Jonsson, «warum haben sie das nicht im Radio gesagt?»

«Weiß ich doch nicht», murrte Backhammer und streckte sich, daß der Rücksitz knackte.

«Ist das was Geheimes?»

«Möcht ich wohl annehmen.»

Jonsson fuhr erst schneller, als sie auf einen größeren asphaltierten Weg kamen. So eilig würde Backhammer es nie haben, daß er riskierte, einen seiner vielen Elche durch einen Verkehrsunfall zu verletzen. Irgendwie meinte er, die Telefonnummer zu kennen. Stand sie nicht auf einer dieser Listen, die die Polizeidirektion immer wieder verschickte?

Seit man in der Direktion das EDV-System eingeführt hatte, schien die Hälfte der Post aus Listen zu bestehen.

Backhammer interessierte sich nicht besonders für die Listen und Schreiben der Polizeidirektion. Hatten sie den Vermerk ‹Vertraulich›, legte er sie meistens in einem Ordner ab, auf dem er ‹Geheim› gekritzelt hatte; der Rest des vielen Papiers landete direkt im Papierkorb. Ihm war die Polizeidirektion scheißegal, er kümmerte sich um seinen Bezirk auf seine Weise und damit basta. Außerdem machte er das sehr gut.

Selten hatten sie schwerere Verbrechen an der Küste, meistens waren es Bootsdiebstähle und Sommerhauseinbrüche. Erst während der letzten Jahre hatten sie ein bißchen von Rauschgiftvergehen bemerkt, meistens im Sommer. Aber ansonsten war es ruhig.

Außer vielleicht bei Backhammer zu Hause. Er war auf seine alten Tage Vater von zwei Kindern geworden, außer den sieben schon erwachsenen aus früheren Ehen. Zwei und vier Jahre alt waren die Kinder aus seiner vierten Ehe, sein Sohn aus erster Ehe ging schon auf die Vierzig. Er hatte Pech gehabt mit seinen Frauen. Nicht auf die herkömmliche Weise mit Untreue, Zank und Scheidungen. Sie waren ihm krank geworden, hatten sich gequält und waren gestorben. Und diese drei Todesfälle hatten Backhammer sehr wohl gezeichnet, auf mancherlei Art. Er war im Herbst einundsechzig geworden, in der Woche nach der Elchjagd. Aber Ejvor, seine Frau, wurde zu Weihnachten erst zweiunddreißig.

Aber obwohl sie im Vergleich zu ihm so jung war, ängstigten

und beunruhigten ihn ihre und die Gesundheit der Kinder mehr als seine eigenen, langsam beginnenden Wehwehchen. Er war ein Hypochonder für andere geworden.

Jedes kleine Husten oder Niesen seiner Frau oder der Kinder machte ihn nervös, und ungezählt waren die warmen Kleidungsstücke und Hustenmittel, die er mit heimgebracht hatte. Er ging selbst immer zu leicht gekleidet, wie einer, der seit seiner Jugend nie einen Tag krank gewesen ist.

Abgesehen von den unvermeidlichen Verletzungen und Blessuren, die er sich in seiner langjährigen Laufbahn als Ringer zugezogen hatte. Eine Sportart, die ihm, neben den vielen WM- und olympischen Medaillen, auch seinen Spitznamen fürs Leben gegeben hatte. Backhammer, das war ein Spezialgriff gewesen, der viele seiner Kämpfe entschieden hatte.

Von Norden her näherten sie sich Östhammar, und Jonsson ging auf die vorgeschriebene Geschwindigkeit gleich nach dem diesbezüglichen Schild herunter, er kannte auch Backhammers Ansichten über Straßenverkehr und Kinder.

«Wenn die man nicht von der Sicherheitspolizei, von der SÄPO ist», sagte Backhammer und fummelte an dem Zettel herum.

Jonsson sah ihn an und grinste.

«Irgend so'n Idiot, der wieder die Vaxholm-Festung verkauft hat?»

In sich hineinlachend fuhren sie auf den leeren Platz am Polizeigebäude. Sie hatten erst vor etwa einem Monat eine Übung mit einem Mann von der SÄPO gehabt, wobei es um Spionagerisiken ging; und das gab immer noch Anlaß zum Scherzen.

«Warte auf mich», bat Backhammer und ging hinein zu seinem Telefon.

8

Die Telefonnummer war die direkte Verbindung zur neueröffneten Antiterrorzentrale im Polizeigebäude auf Kungsholmen. Nach wenigen Augenblicken wurde Backhammer weiterverbunden zum Führungsstab im Reichstagsgebäude.

«Gut, Backhammer, daß du so schnell anrufst.»

Backhammer war einer der wenigen Polizeibeamten, die Farsan sowohl duzte, als auch mit dem freundlich gemeinten Spitznamen anredete. Vor einigen Jahren hatten sie in Backhammers Bezirk zusammengearbeitet bei einer schwierigen Untersuchung eines

Mordfalles, der in einem Sommerhaus geschehen war. Die Angelegenheit hatte sich im Sande verlaufen und der Mordfall war noch immer nicht geklärt. Der nachhaltigste Eindruck der Untersuchung bestand wohl für Farsan in dem Respekt gegenüber dem rundlichen Kollegen aus der Provinz, den er früher auch als Sportler bewundert hatte.

«Um was geht's denn», fragte Backhammer in seiner ruhigen Art, «ist es was Wichtiges?»

Er selbst hatte keinen besonders großen Respekt vor der Kriminalpolizei in Stockholm. Wenn man das ganze Jahr über in Roslagens Sommerhausparadies wohnte, wollte man gern glauben, aller Ärger käme aus der Hauptstadt.

«Siehst du Fernsehen?»

«Am Sonntagmorgen?»

Nachdem der Reichspolizeichef seine Einwilligung gegeben hatte, sendete das zweite Fernsehprogramm seit einer Stunde eine Sonder-Übertragung. Man hatte ganz oben am Reichstagsgebäude ein paar Kameras angebracht, und einer ihrer bekanntesten Reporter gab jetzt kurzgefaßte Direktkommentare. Farsan hatte dagegen protestiert, daß das Fernsehen so bald schon Zutritt haben sollte. Aber vielleicht hatte Sune Tidfälth recht, so viele Journalisten und Fotografen hatten schon Tips bekommen, daß man genausogut mit offenen Karten spielen konnte. Es war auch fast unmöglich, den Platz abzusperren, und Presse und Fernsehen hätten mit Leichtigkeit trotzdem mit langen Tele-Objektiven ihre Bilder bekommen können. Aber bald würde die Polizei wohl gezwungen sein, gegen alle Leute aus den eigenen Reihen etwas zu unternehmen, die Tips und Hinweise gaben.

Kurz und knapp erklärte Farsan dem Polizeibeamten aus Östhammar, worum es ging.

«Eine eigene Atombombe?»

«Ja.»

«Bist du nüchtern?»

«Aber das kommt wohl doch bald raus», seufzte Farsan, «und die ganze Atom-Mafia wird über uns herfallen.»

«Und was willst du», fragte Backhammer verwundert, «soll ich die für dich entschärfen?»

Farsan stand da und sah gedankenverloren aus dem Fenster. Der Platz war völlig leer, nachdem der Reichspolizeichef mit dem Bombenmann im Panzerwagen weggefahren war.

Aber im Brunnen stand noch der bedrohliche Stahlzylinder.

Die Bilder im Fernseher vor ihm waren genauso dürftig wie die

Kommentare. Und hätte man nicht den Filmstreifen eines Amateurfotografen bekommen, der als erster zur Stelle gewesen war, hätte man nicht viel zu zeigen gehabt. So wurde der eilig entwickelte Film immer und immer wieder gezeigt. Zu sehen waren, ohne Ton, die beiden Männer in den Schutzanzügen bis zu dem Augenblick, in dem sie in den Panzerwagen einstiegen. Die Bilder waren nicht besonders gut, aber der Fotograf würde sicherlich ein Vermögen an ihnen verdienen.

«Bist du noch dran», fragte Backhammer, «was soll ich denn für dich tun?»

«Eine Kontrolle im Kernkraftwerk in Forsmark.»

«Soll ich Atome zählen?»

«Nein, aber vielleicht das Personal, falls einer fehlt.»

«Glaubst, es ist einer von dort?»

«Kontrollier besonders diejenigen, die mit radioaktivem Abfall arbeiten. Da oben irgendwo soll es ein Lager für so was geben.»

«Die meisten kenne ich, das dauert also nicht lange.»

«Wir kontrollieren alle Kernkraftwerke. Aber Forsmark liegt sozusagen am nächsten.»

«Ist das etwa eine Übung?» fragte Backhammer plötzlich mißtrauisch.

«Übung?»

«Ja, so eine Schnapsidee vom SÄPO oder vom Zivilschutz oder so was?»

«Nein, Backhammer, das hier kann unvorstellbare Folgen haben.»

«Atombombe», murmelte Backhammer mit großem Zweifel.

«Und sei vorsichtig, wir möchten nicht, daß die Sache herauskommt.»

«Sagtest du nicht, der ganze Scheiß läuft im Fernsehen?»

Farsan Sandberg legte langsam den Hörer auf und blickte wieder hinunter zum Stahlrohr. Er konnte noch immer nicht verstehen, warum der Reichspolizeichef so schnell seine Einwilligung für eine Fernsehübertragung gegeben hatte. Der Mann war ja wirklich nicht dafür bekannt, in der Öffentlichkeit Schlagzeilen machen zu wollen. Oder war es eine Forderung des Bombenmannes gewesen? Oder wollte er den gefährlichen Spekulationen Einhalt gebieten, die sonst aus allen Tips und Hinweisen entstanden wären?

Irgendeinen Grund mußte er gehabt haben, und Farsan hielt sich nicht länger damit auf, es zu erraten. Er sammelte jetzt nur noch Fakten. Bis zum Zeitpunkt einer Schlußfolgerung hatte es Zeit mit den phantasievollen Spekulationen. Nun kam eine Ordonnanz von der Funküberwachung mit einem Befehl direkt vom Reichspolizeichef.

«Das Zimmer des Reichstagspräsidenten ist so herzurichten, daß es bewohnt werden kann. Bettzeug, Farbfernseher und Mineralwasser herbeischaffen sowie eine direkte Telefonverbindung herstellen.»

«Bewohnen», murrte Farsan, als er die Mitteilung gegenzeichnete, «bewohnen.» Ein Wort, das sich wie ein längerer Zeitraum anhörte, wie Nächte, vielleicht wie viele Tage und Nächte.

9

Es war für den Reichspolizeichef keine Schwierigkeit gewesen, den Bombenmann davon zu überzeugen, daß es an der Zeit war, die Schutzkleidung abzulegen. Im Gegenteil. Ejnar hatte sich das als nächsten Schritt gedacht. Aber, wie sich herausstellte, war das wesentlich schwieriger als Sune es sich gedacht hatte. Im Panzerwagen waren sie zum Strahlenschutzinstitut gefahren worden, das man vorher unterrichtet hatte. Dort wurde beiden die gleiche Sorgfalt zuteil.

Zunächst wurden sie in einen Extraraum geführt, in dem sie durch Hochdruckduschen abgeduscht wurden, deren gesamtes Abwasser wieder aufgefangen wurde. Durch ein dickes Schutzfenster wurde die Prozedur von einem Techniker beobachtet, der sie erst nach genauen Messungen in den nächsten Raum weitergehen ließ, in dem die Schutzanzüge ausgezogen werden durften.

Nur mit Unterwäsche bekleidet, wurden sie in den nächsten Raum dirigiert, wieder mit Duschen. Hier nahm ihnen ein Mann in Schutzkleidung auch die letzten Kleidungsstücke ab. Alles, was sie hatten, sollte vernichtet werden.

Das letzte Waschen wurde sorgfältig überwacht, und erst nach einer weiteren, hautnahen Messung durften sie in einen normalen Umkleideraum gehen.

Während des ganzen Vorganges hatte keiner von ihnen etwas gesagt. Aber ab und zu hatten sie einander angesehen, und Sune zog wie immer den Bauch ein, wenn er mit anderen als der engsten Familie in der Sauna war.

Wie die meisten seines Alters hatte er mit den Jahren einige Kilo zugenommen. Aber seine letzten fünf Kilo hatten sich nicht über den Körper verteilt, sie hatten sich wie ein Ring um seinen Bauch gelagert, während Arme und Beine schmal geblieben waren.

Der Bombenmann dagegen hatte seinen Körper gut unter Kontrolle, er hatte genau dasselbe Gewicht wie zu seiner Militärzeit vor über zwanzig Jahren. Das einzige, was sich mit der Zeit verändert hatte, war ein zunehmender Haarwuchs, schwarze und widerspenstig abstehende Körperhaare an Rücken und Schultern.

Als er plötzlich anfing zu sprechen, war Sune erstaunt, seine Stimme klang ganz anders als durch den Lautsprecher. Sie war freundlich und leise, fast scheu und zaghaft.

«Bald sieht man wie ein Affe aus», kommentierte er seinen Haarwuchs.

«Den meisten fallen ja die Haare aus in unserem Alter.»

«Weiß der Teufel, was besser wäre.»

Sune schätzte, daß sie gleichaltrig waren, gute Vierzig etwa.

Der Mann trug immer noch seine schwarze Tasche mit sich, jetzt aber in anderer Form. Nach dem ersten Duschen hatte er eine gleichartige, aber kleinere, aus der äußeren Hülle herausgewurschtelt. Zwischen den Taschen hatte eine schützende Schicht aus Alu-Folie gelegen. Die Radioantenne, die herausgeguckt hatte, hatte er abgeschraubt und durch eine neue, ausziehbare ersetzt, die in der inneren Tasche gelegen hatte. Und nach sorgfältigen Messungen hatte man ihm erlaubt, sie mitzunehmen.

Im letzten Raum lag frische Kleidung für sie bereit. Aber Ejnar hatte eigene bei sich. Aus der Tasche packte er weiße Unterwäsche aus, Wollsocken, ein helles Oberhemd und eine leichte, hellblaue Hose. Schuhe und Jacke waren aus französischem Ziegenleder. Er war zur gleichen Zeit fertig angezogen wie Sune, der solange eine Art Anstaltskleidung anzog, mit der er sich zufriedengeben mußte, bis seine eigenen Sachen aus dem Reichstagsgebäude kamen.

Sune sah mit Erstaunen die Verwandlung des Mannes, fertig angezogen machte er einen eleganten und ungezwungenen Eindruck, und mit einer kräftigen Bürste, die er aus der Tasche genommen hatte, brachte er schnell sein Haar in Ordnung.

Sune versuchte, mit seiner schlechtsitzenden Kleidung zurechtzukommen, und plötzlich lachte Ejnar.

«Ich sehe furchtbar aus, nicht?»

Zum Trost durfte er Ejnars Haarbürste benutzen. Er bürstete ein paarmal vorsichtig und besah sich dann im Spiegel. Oben in der Mitte wurde das Haar beunruhigend schütter.

«Was machen wir jetzt?» fragte er und gab die Haarbürste zurück.

«Ich möchte etwas zu essen haben», sagte Ejnar bescheiden, «ich habe seit heute nacht nichts zu mir genommen. Ein belegtes Brot und Kaffee, das reicht.»

«Das würde guttun», stimmte Sune ihm zu, der auch kein Frühstück bekommen hatte.

Mit tiefen, gierigen Zügen rauchte Ejnar eine erste Zigarette, bis ihm einfiel, anzubieten.

«Danke, ich habe aufgehört.»

«Wenn ich das doch könnte.»

Jetzt war das Institutspersonal, auf Farsans Anordnung hin, durch einige Polizisten in Zivil verstärkt worden. Sie hielten sich diskret im Hintergrund, einer von ihnen sollte belegte Brote aus einem nahegelegenen Café holen, das rund um die Uhr für die Taxichauffeure der Stadt geöffnet war. Die beiden Männer setzten sich in die Kantine des Instituts und warteten. Ejnar zündete schon seine dritte Zigarette innerhalb der kurzen Zeit an.

«Wo fangen wir an?» fragte Sune behutsam.

«Ich weiß nicht, was meinst du denn?»

«Willst du etwas Besonderes mit der Bombe?»

«Ich werde es mir überlegen», antwortete Ejnar gedankenverloren, «ich werde wirklich versuchen, darüber nachzudenken.»

10

Sofort nach dem Gespräch mit Farsan Sandberg ließ Backhammer sich nach Hause fahren. Er dachte an das, was Farsan gesagt hatte. Es hörte sich zu unglaublich an, um wahr zu sein. Und er überlegte, welche Techniker er im Kraftwerk kannte und bemerkte, daß er wohl übertrieben hatte, als er behauptete, er kenne die meisten von ihnen.

Viele von denen, die er kennengelernt hatte, waren nicht mehr da. Nach dem ganzen Aufstand mit Volksbefragungen und unsicheren Arbeitsverhältnissen waren viele Techniker nach Forsmark gekommen und wieder weggezogen. Möbelwagen kamen und fuhren täglich, und viele trugen das TIR-Schild, für Umzüge ins Ausland. Vor allem zogen die Betriebstechniker weg, so dumm war doch wohl keiner, solange zu warten, bis er ohne Arbeit dastand. Und wenn nun wirklich die Kernkraftwerke nach und nach stillgelegt werden sollten, wer sollte dableiben, um das zu tun?

Vermutlich wußte das wohl niemand!

Er blieb in der Tür stehen und blickte verstohlen auf Ejvor, die vor dem Fernseher saß. Sie war hübsch, fand er, eine Meinung, die sicherlich nicht zu verallgemeinern war. Sie waren beide ziemlich dick, das Essen spielte eine große Rolle im Eigenheim am Hövdingestig. Aber er liebte und schätzte ihren üppigen Körper genauso wie ihr freundliches Gemüt. Ihre Brüste waren groß und weich, der Po war mächtig und paßte gut zu seinen großen Ringerhänden. Sie hatte dickes, dunkles Haar, und ihre Augen leuchteten wie braune Haselnüsse in ihrem Gesicht.

Für ihr Schlafzimmer hatten sie speziell angefertigte Betten bestellen müssen. Nicht, um irgendein hübsches und bezauberndes Möbelstück mit Buchablage und Lämpchen zu bekommen. Es war nur einfach so, daß sie etwas Stämmiges aus massiver Fichte brauchten, damit es ihre zusammengelegt zweihundert Kilo sowohl in ruhiger Lage als auch in Bewegung aushielt. Lange konnte er sie nicht so betrachten, bald entdeckte ihn sein Jagdhund und danach kamen die beiden Kinder angerannt. Er setzte sich schnell auf den Fußboden, um nicht umgeworfen zu werden. In der letzten Ehe hatte er plötzlich Zeit für Kinder, sein Dienst wurde ihm nie so wichtig, daß er keine Zeit für sie hatte.

In seinen früheren Ehen hatte er kaum bemerkt, daß er Kinder hatte, sie wurden geboren, wuchsen heran, bekamen Masern, hatten das Abitur gemacht und eigene Kinder bekommen. Heute fiel es ihm schwer, sich daran zu erinnern, wie es gewesen war, als seine jetzt erwachsenen Kinder klein waren, es sei denn an Ingrid, die als Kind schweres Asthma gehabt hatte. Er erzählte Ejvor, was Farsan gesagt hatte, und sie ergänzte seinen Bericht mit dem, was sie im Fernsehen gesehen hatte.

«Glauben sie, daß es einer aus Forsmark ist?»

Der Kommentator im Fernsehen hatte einige Male den Schutzanzug des Mannes erwähnt. Zunächst glaubte man, es sei eine Art Verkleidung. Aber als herauskam, daß der Reichspolizeichef einen ebensolchen getragen hatte und einige Polizisten sich auch damit vor irgend etwas schützten, hatten die Vermutungen zugenommen. Im letzten Teil der Sendung hatte man angenommen, daß das Stahlrohr einen giftigen oder sonstwie gefährlichen Inhalt habe. Aber niemand hatte bisher etwas von Radioaktivität gesagt.

«Verdammte Idioten», murrte Backhammer und zwängte sich aus dem Polizei-Overall, den er so gern trug. Er war vermutlich der einzige Polizeistellenchef im Lande, der im täglichen Dienst am liebsten den Overall trug. Aber das hatte vor allem mit seiner Figur zu tun. Der Overall war das einzige Dienstkleidungsstück, das ihn nicht überall beengte. Die normalen Polizeihemden rissen im Rückenteil, wenn er nieste, und die Polizeihosen waren immer an den Oberschenkeln zu eng. Aber er hatte es sich zum Prinzip gemacht, einen Menschen in dessen Haus nie anders als in Zivilkleidung aufzusuchen. Er wußte zu gut, wie leicht Gerede und Gerüchte in einer kleinen Stadt die Runde machten.

«Aber nun ist es wohl doch keiner aus dem Forsmark-Werk?»

«Ich fahre zu Melander nach Hause, er weiß ja das meiste.»

Sie nickte zustimmend. Melander und seine Frau zählten zu ihren Freunden, oder zumindest zum engeren Bekanntenkreis. Berglunds, wie die Familie Backhammer eigentlich hieß, hatte nicht viel übrig für Freunde und Bekannte. Kinder und Verwandte nahmen Zeit in Anspruch, und was ihnen dann noch blieb, hoben sie am liebsten für sich selbst auf.

Aber Melanders waren eine Ausnahme. Sie waren umkomplizierte und nette Menschen aus dem Norden, mit denen man zwangloser zusammen sein konnte. Die Bekanntschaft war aus dem gemeinsamen Jagdinteresse der Männer entstanden.

Als er vor Melanders Einheitsvilla anhielt, kam ihm der Gedanke, daß er vielleicht erst hätte anrufen müssen. Es war Sonntagvormittag, und er erinnerte sich, wie seine und Ejvors Vormittage ausgesehen hatten, bevor die Kinder dazwischenkamen.

Melanders Kinder waren groß, und da kamen wohl auch die Gelegenheiten wieder. Aber vielleicht nicht für ihn, dachte er ein bißchen wehmütig, wenn seine Kinder so groß sein würden, war er sicherlich zu alt für solche Vergnügen.

Niemand öffnete, trotz seiner langen Klingelzeichen.

Nach einer Weile ging er um das Haus herum, um nachzusehen, ob sie an der Rückseite der Terrasse saßen. Das ganze Viertel wirkte wie ausgestorben. Vielleicht saß man im Haus und verfolgte das Bombendrama am Fernseher? Er schüttelte kurz den Kopf – Atombomben –, das hörte sich verrückt an.

Bombenterror hatte er aus der Nähe erlebt, als ein Fischer drohte, das ‹Stadthotel› zu sprengen, falls man ihm nicht sofort Zutritt verschaffte. Daß es fünf Uhr in der Frühe war, hatte den Mann nicht gekümmert, er hatte selbst so unregelmäßige Arbeitszeiten. Backhammer hatte ihn für ein paar Stunden eingelocht und den angefangenen Bericht in den Papierkorb geworfen.

Mehr aus einem Impuls heraus versuchte er es an der Fenstertür, die in die Küche führte. Sie öffnete sich leise in gutgeschmierten Scharnieren. Alles bei Melanders funktionierte wie geschmiert und war wohlgeordnet. Manchmal empfand er es wie einen Vorwurf gegen seine eigene Antriebslosigkeit, wenn er hier zu Besuch war. Seine und Ejvors Türen quietschten, die Waschmaschine ratterte, und ab und zu blieb die Heizung stehen, weil sie vergessen hatten, rechtzeitig Heizöl zu bestellen.

Mit lauten Schritten ging er in das Haus hinein, hin und wieder räusperte er sich, um nicht zu überraschend aufzutauchen. In der Wohnzimmertür blieb er wegen eines leisen, glucksenden Geräusches stehen, es hörte sich an, als ob eine Frau still vor sich hin weinte. Zuerst wollte er beschämt hinausschleichen. In schönen Augenblicken konnte Ejvor auch still weinen vor Glück. Aber dann sah er die Frau allein auf dem großen Ecksofa des Zimmers sitzen. Ihr Haar war ungekämmt, und sie hatte einen verwaschenen Morgenrock an. Vorsichtig klopfte er an den Türpfosten.

Sie starrte unverwandt geradeaus, der große Farbfernseher hielt ihre ganze Aufmerksamkeit gefangen. Langsam ging er auf sie zu.

«Mia, bist du allein zu Hause?»

Sie hatte die Schultern hochgezogen und schien in der Wärme zu frieren.

«Mia, bist du traurig?»

Er folgte der Richtung ihres starren Blickes, das Fernsehen brachte immerzu Wiederholungen der paar Aufnahmen, die gemacht worden waren, bevor der Bombenmann und der Reichspolizeichef im Panzerwagen weggefahren waren. Durch ein starkes Tele-Objektiv sah man die beiden Männer bis zur Hälfte auf dem Bild, hinter den Schutzgläsern konnte man flüchtig ihre Gesichter sehen.

Die Frau wimmerte vor sich hin.

Backhammer sah sie erstaunt an.

«Die ganze Angelegenheit ist noch immer ungeklärt», sagte der Fernsehreporter mit aufgeregter Stimme, «und noch haben wir keine offiziellen Kommentare bekommen können. Aber alles deutet auf eine Art Terroraktion hin. Das Stahlrohr im Brunnen, die Schutzmasken und die großen Absperrungen, die die Polizei errichtet hat, weisen darauf hin, daß es etwas Ernsteres sein muß als eine einfache Bombendrohung. Einem hartnäckigen Gerücht zufolge soll der Inhalt des Stahlrohres ein giftiges Material sein, möglicherweise radioaktiver Stoff oder Nervengas. Es ist schwierig, diese Mutmaßungen zu belegen, die Schutzanzüge der Polizei schützen sowohl vor Radioaktivität wie vor Gas. Und es ist unmöglich, mit der verantwortlichen polizeilichen Führung in Kontakt zu kommen für einen Kommentar. Bis auf weiteres hat man auf eine Pressekonferenz um elf Uhr verwiesen. Sie hörten Bengt Swedlund für *Rapport*, nun zurück ins Studio.»

Die Frau wiegte ihren Körper vor und zurück und schien Backhammers Anwesenheit nicht zu bemerken.

«Sag, was ist denn los, Mia?»

Er ging zum Fernseher und drehte den Ton weg, ließ das Gerät aber an.

«Mia?»

Langsam, fast abwesend, zog sie die Füße hoch und unter sich auf das Sofa. Behutsam ging Backhammer zu ihr hin und nahm ihre Hände zwischen seine. Sie fühlten sich feucht und kalt an. Ihr Atem roch nach abgestandenem Wein, und ihr Morgenrock öffnete sich ein wenig, weil er nicht zugeknöpft war.

«Was ist los, Mia?»

Erst nach einer Weile richtete sie ihren starren Blick auf ihn, ihre Augen sahen ihn, ohne darüber erstaunt zu sein, daß er im Zimmer war.

«Das ist Ejnar», sagte sie mit leiser Stimme.

«Was denn?»

«Das ist Ejnar, der im Fernsehen ist!»

Er setzte sich neben sie und starrte auf den Bildschirm.

«Bist du sicher?»

«Jaa.»

Dann kam wieder das Bild vom Stahlrohr auf den Bildschirm, und Backhammer stand schnell auf, um den Ton lauter zu stellen. Der Fernsehreporter war jetzt womöglich noch aufgeregter.

«Nach den Informationen, die *Rapport* jetzt erhalten hat, soll die Polizei angeblich die Schutzanzüge tragen, weil der Terrorist behauptet hat, daß die Stahlflasche einen stark radioaktiven Stoff enthält. Ob diese Behauptung zutrifft, ist zur Zeit unmöglich zu beantworten. Aber die Polizei geht bei Terroristendrohungen immer davon aus, daß sie ernst gemeint sind. Zumindest für den Anfang. Aber die Möglichkeiten, an radioaktiv gefährliches Material zu gelangen, sind in Schweden so gut wie ausgeschlossen, sagen die Experten, mit denen *Rapport* in Kontakt gewesen ist. Wohin dieses alles nun führen mag, das erfahren wir wohl in ungefähr einer Stunde. *Rapport* bleibt bis auf weiteres auf Sendung und meldet sich wieder vom Reichstagshaus, sobald etwas Neues geschieht.»

Als Pausenbild ließ man das Stahlrohr auf dem Bildschirm, untermalt von getragener Klaviermusik. Und Backhammer fiel eine andere getragene Musik ein, die er in seiner Jugend gehört hatte, die schicksalsschwere Musik, die immer gespielt wurde im Radio, während man auf neue, schreckliche Berichte über den Vormarsch der deutschen Armee wartete. Besonders war ihm ein Klavierkonzert von Grieg in Erinnerung, das wieder und wieder gespielt wurde, nur unterbrochen für kurze Mitteilungen über Norwegens schnellen Zerfall zu einem Vasallenstaat.

Ihn fror plötzlich in der Wärme.

«Bist du dir ganz sicher, daß es Ejnar ist?»

Sie nickte nachdrücklich und sah ihn verzweifelt, voller Jammer an.

«Es ist Ejnar.»

11

Der Staatsminister kam gleich nach dem Justizminister im Reichstagshaus an. Beide kamen in privaten, schußsicheren Autos und wurden von einer großen Polizeieskorte begleitet. Der Terroristenalarm hatte sofort erhöhte Schutzbereitschaft der Polizei ausgelöst. Und die Mitglieder der Regierung, die Familien und andere denkbare Terroristenziele wurden plötzlich wie Kronjuwelen bewacht.

Der Reichspolizeichef hatte den Staatsminister sofort nach seiner Rückkehr ins Reichstagshaus verständigt. Das Oberhaupt des Landes hatte ferngesehen und war deshalb etwas vorgewarnt. Er berief eine Sondersitzung der Regierung ein, als ihm die Situation klar geworden war.

Der Reichspolizeichef begegnete ihm auf der Treppe, sie waren einander nicht unbekannt und wußten außerdem, daß ihre politischen Ansichten ähnlich waren, auch wenn Sune Tidfälth seine Sympathien natürlich nie offen zeigte.

Einen Schritt dahinter folgte der Justizminister wie ein Schatten.

Die Sitzung wurde ganz informell im Arbeitszimmer des Staatsministers eröffnet, obwohl es nur einen Korridor entfernt und ein Stockwerk unter dem Zimmer des Reichstagspräsidenten lag, in dem sich der Mann einquartiert hatte.

«Was will er?» fragte der Staatsminister neugierig und zog sich die Jacke aus.

Der Mann hatte sich, nachdem er das Wecken und eine warme Mahlzeit für fünf Uhr bestellt hatte, schlafen gelegt. Die Tür hatte er von innen abgeschlossen, nachdem er eine Sicherheitskette am Türpfosten befestigt hatte.

«Was wollte er zum Abendessen haben?» fragte der Justizminister trocken.

«Fleisch und eine Flasche dänisches Bier.»

«Das ist doch wohl die Höhe», sagte der Staatsminister, «glaubt der, er sei hier in einer Pension?»

Nach einer ersten schnellen Bestandsaufnahme beschlossen sie, die Pressekonferenz später anzusetzen. Die Presseleute mit ihrer knappen Zeiteinteilung maulten, aber die Fernsehleute freuten sich über die Frist. Sie waren gerade dabei, auf Wunsch der Eurovision-Zentrale in Brüssel, für eine Sendung über ganz Europa umzuschalten. Und man bereitete schon eine Satellitenübertragung in die USA und nach Kanada vor, für den Fall, daß Interesse bestände.

Farsan Sandberg kam gut vorbereitet zur ersten Berichterstattung, der Staatsminister hörte ihm zu, ohne zu unterbrechen. Wie gewöhnlich wirkte er ratlos, er saß nie für längere Zeit still, und Leute, die ihn nicht kannten, hätten leicht auf Nervosität getippt. Sune Tidfälth berichtete von dem Punkt an weiter, wo Farsan Sandberg aufhörte.

Die anderen saßen still da, während der Staatsminister zwischen seinen vielen Zimmerpflanzen umherging. Hier und dort entfernte er ein welkes Blatt und drehte den Topf, damit er auch von der anderen Seite Sonne bekam.

Noch waren nur wenige Männer und eine Frau im Zimmer, aber ab und zu kam jemand, der herbeigerufen worden war, Stadträte, Militärs oder andere erforderliche Experten.

Der Justizminister lauschte mit geschlossenen Augen. Der SÄPO-Chef rieb sich vorsichtig die schmerzende Nase, sein Gesicht war feuerrot, weil er am Tag zuvor aus Versehen in der Sonne eingeschlafen war. Der Industrieminister zeichnete Strichmännlein auf seinen Notizblock, den er immer bei sich hatte. Der Finanzminister sah zerstreut aus dem Fenster auf das, wovon man sagte, es sei eine Bombe. Er selbst glaubte daran genausowenig wie daran, daß die Zinsen auf vier Prozent heruntergehen könnten.

«Jaha», war der einzige Kommentar des Staatsministers, als der Reichspolizeichef ausgeredet hatte.

Die Familienministerin kam direkt aus Södertälje von einer Schulelternkonferenz. Im Polizeiwagen, auf dem Weg hierher, hatte man ihr kurzgefaßt berichtet, ohne daß sie begriff, was ihr Auftrag sein könnte.

«Vor allem müssen wir alle Formen von Panik und Hysterie vermeiden», sagte der Staatschef, «wir alle wissen, wie ‹atomkundig› unser Volk geworden ist.»

Die letzten Worte hatten einen Unterton, der mehr bitter als ironisch klang. Die Volksbefragung vor einigen Jahren war auf eine, wie er meinte, unglaublich naive Art und Weise verlaufen.

«Kann das eine Art politische Demonstration sein?» überlegte er plötzlich mißtrauisch.

«Wir wissen es nicht», sagte Farsan.

«Der Centrum-Partei kann man alles mögliche zutrauen.»

Sune saß in Gedanken versunken, konnte es so einfach sein? Eine Art Demonstration dagegen, daß der Ausbau der Kernkraftwerke so lange dauerte?

«Die radioaktive Strahlung deutet wohl nicht auf eine Centrum-Demonstration hin», gab Farsan gelassen zu bedenken.

«Wenn also keine Strahlung gewesen wäre, hätten Sie ihn dann festgenommen?» fragte der Finanzminster.

«Nein, nicht bevor wir mit Sicherheit gewußt hätten, welchen Inhalt das Rohr hat.»

«Warum das denn?»

«Auch wenn es nur Dynamit enthält, reicht es aus, um das ganze Stadtviertel in die Luft zu jagen.»

«Dann ist die Frage also, was enthält es?»

Der Staatsminister piekte irritiert in den Tischläufer mit einem Brieföffner aus Rentierhorn, den er zum fünfzigsten Geburtstag von der Arbeiterkommune in Arjeplog geschenkt bekommen hatte. Vermutlich erhoffte man sich eine größere Industrie als Gegengeschenk da oben in Lappland.

Ein paar Männer der FOA, die herbeigerufen worden waren, fanden, es sei an der Zeit, den Mund aufzumachen.

«Theoretisch könnte es tatsächlich eine einfachere Atombombe sein», sagte der ältere der Experten und zündete sich umständlich seine Meerschaumpfeife an, ohne zu wissen, daß das Rauchen bei Regierungssitzungen verboten war. Aber niemand vermochte heute zu protestieren, auch nicht, als der Arbeitsminister aus seiner Ecke ein kleines Hüsteln hören ließ.

«Aber wir können diese Möglichkeit praktisch ausschließen», fuhr der Experte fort und blies eine große Dunhill-Wolke in das Zimmer hinein. «Vor allem, weil der Mann Schwede zu sein scheint.»

Der andere Experte nickte zustimmend.

«Um die primitivste Atombombe herzustellen, braucht man Plutonium. Und Plutonium gibt es in Schweden nicht, und hat es nie gegeben.»

«Warum strahlt das Rohr denn dann?» fragte Farsan Sandberg mit weicher Stimme.

«Wir wissen es nicht genau.»

«Raten Sie doch», bat der Staatsminister.

«Der Laster, das Absperrungsmaterial und der Schutzanzug sehen so aus, als kämen sie aus irgend einem Kernkraftwerk.»

«Weiter.»

«Stellen wir uns eine Person vor, die die Möglichkeit hat, an radioaktives Material heranzukommen. Dann sehe ich zwei Möglichkeiten, diesen Abfall zu nutzen. Im ersten Fall würde er nur an der Außenseite des Stahlrohres und des Anzuges sitzen.»

«Genug, um uns an der Nase herumzuführen?»

Farsan Sandberg nickte nachdenklich, die Idee war so dumm nicht.

«Und im zweiten Fall?»

«Enthält das Rohr geringhaltig radioaktiven Abfall.»

«Noch hochgradig?»

«Nein, das ist auf Grund der Hitze zu schwierig in der Handhabung.»

Rundum nickte man, und FOA's Experten wippten mit den Knien und genossen es, wenigstens dieses eine Mal von der Regierung geachtet zu werden.

«Wie zuverlässig ist ihre Messung?» fragte der Staatsminister nach einer Weile.

«Wir hatten die Gelegenheit, den Platz äußerst sorgfältig zu messen, nachdem der Mann das Gebiet verlassen hatte. Die Stahlflasche zeigt ein klares, radioaktives Strahlungsbild, ohne deshalb einen besonders hohen Meßwert zu ergeben.»

«Wie hoch?»

«In ein, zwei Metern Abstand ist kein Schutzanzug erforderlich.»

Gemurmel ging durch die Runde, und man blickte erstaunt auf die Experten.

«Warum haben denn dann die Polizisten Schutzanzüge an?»

«Das dürfen Sie uns nicht fragen», sagte der Pfeifenraucher gelassen, «das ist nicht unsere Idee.»

Man blickte zu Farsan Sandberg hinüber, dem unbehaglich zumute war. Ausgerechnet diese Anzüge, die jetzt im Fernsehen und in jeder größeren Zeitung zu sehen waren. Ausgerechnet diese Anzüge, die verursachten, daß alle Journalisten sich um das Reichstagshaus versammelten.

«Das waren reine Sicherheitsvorkehrungen», murmelte Farsan, der Kritik und den Fragen ausgesetzt, «hätte ich diese Vorsichtsmaßnahme nicht getroffen, hätte ich innerhalb einer Viertelstunde das Schutzkomitee der Polizeigewerkschaft auf dem Hals gehabt. Wir haben Mitbestimmung, auch bei der Polizei, denken Sie daran.»

Einigen wurde die Komik des ganzen bewußt, und sie grinsten verstohlen, andere fanden es überhaupt nicht komisch.

«Wie kann man sich Gewißheit darüber verschaffen, was in dem Rohr ist?» fragte der Staatsminister mit unterdrückter Wut.

«Wahrscheinlich nur, indem man es öffnet.»

«Haben Sie das versucht?»

«Nein, es ist rundum verschweißt», erklärte einer der Experten, der sich das Rohr am genauesten angesehen hatte, «und man kann es nur gewaltsam öffnen. Zum einen würde das Zeit kosten, zum anderen könnte es für den, der die Arbeit ausführt, verheerend sein. Wir können nicht ausschließen, daß es auch einen ganz gewöhnlichen Sprengstoff enthält.»

«Und ich glaube nicht, daß Ejnar das zulassen würde», philosophierte Sune Tidfälth, «er ist sehr stolz auf sein Werk.»

«Ejnar?»

«Ja, er hat sich so genannt», erinnerte Farsan trocken, «der Terrorist.»

Eine ganze Weile saßen sie schweigend da, eine fette Fliege surrte herum, wurde aber überall weggewedelt. Der Justizminister räusperte sich, als wolle er ausspucken.

«Da sind drei Fragen, die eine schnelle Antwort erfordern», sagte er. «Eins: Wer ist er? Zwei: Was ist in dem Stahlrohr? Drei: Was will er mit seiner Drohung erreichen?»

«Vier», sagte der Staatsminister, «verdammt nochmal, was sagen wir der Presse?»

Farsan wollte gerade etwas gegen die Reihenfolge der Fragen einwenden, als er an das Telefon im Nebenzimmer gerufen wurde. Er ging sofort, um das Gespräch entgegenzunehmen. Er verließ sich soweit auf seinen Stab, daß sie wohl kaum etwas Unwesentliches durchgestellt hätten.

Im Zimmer beschäftigte man sich weiterhin mit den vier Fragen, kam aber nicht weiter als zu vagen Annahmen. Der Terrorist Ejnar war der einzige, der die Lösung wußte, falls er nun nicht Mithelfer außerhalb des Reichstagshauses hatte.

«Wir müssen ihn fragen, wenn es ihm beliebt, aufzuwachen», folgerte der Staatsminister. Eigentlich war es unbegreiflich, hier im Zimmer saß die ganze Regierung, machtlos, und wartete auf das Erwachen eines einzigen, unbekannten Mannes.

«Stellen Sie eine telefonische Verbindung nach unten zu ihm her, wenn es an der Zeit ist», bat der Staatsminister.

«Das ist bereits geschehen», sagte Farsans erster Mann und Stellvertreter.

«Dann kann man ihn also anrufen», kicherte der Wohnungsbauminister.

«Ja, man braucht nur den Hörer abzuheben.»

Die Fliege setzte sich dem Finanzminister auf die Glatze und inspizierte sie.

«Übernimmst du weiterhin die Gespräche mit ihm, Tidfälth?»

Sune nickte.

Der Finanzminister scheuchte die Fliege plötzlich mit einer großen Geste davon. Alle drehten sich zu ihm um, weil sie dachten, er habe etwas zu sagen.

«Verdammte Fliege!» kam es beschämt.

Farsan Sandberg kam leise wieder herein, er blieb an seinem Stuhl stehen, ohne sich zu setzen.

«Der Mann heißt Ejnar Melander», sagte er langsam, «und er ist stellvertretender Sicherheitschef im Kernkraftwerk in Forsmark.»

Der Finanzminister schlug die Fliege tot, und der SÄPO-Chef guckte starr auf den Fußboden.

12

Es war natürlich Backhammer gewesen, der Farsan Sandberg den Namen und die Adresse des Bombenmannes mitgeteilt hatte. Außerdem hatte er eine kurze Beschreibung dessen, was er im Hause gesehen hatte, machen können. Leider war es ihm nicht gelungen, in die Garage hineinzukommen, die mit einem seltsamen Schloß ohne Schlüsselloch verriegelt war. Aber durch das Fenster hatte er im Halbdunkel den roten Sportwagen gesehen und einiges an schwerem Werkzeug.

Und ihm war eingefallen, daß er die Garage nie geöffnet gesehen hatte oder drinnen gewesen war, obwohl er Ejnar seit mehreren Jahren kannte. Ejnars englischer Kombi-Wagen hatte immer in der Garagenauffahrt gestanden, Sommer wie Winter.

Farsan gab ihm sofort den Befehl, das Haus absperren zu lassen, bis seine Leute am Nachmittag zur Tatortuntersuchung kämen.

«Wie geht es seiner Frau?» fragte Farsan, nachdem er den ganzen Bericht bekommen hatte.

«Es geht wohl so», antwortete Backhammer, der sich unbehaglich fühlte, weil sie im Zimmer war.

«Kennst du ihn gut?»

«Ziemlich.»

«Ach so?»

«Wir gehen zusammen zur Jagd.»

«Aha?»

«Er ist ein erfolgreicher Jäger, sehr guter Schütze.»

«Glaubst du, daß bei ihm irgendwas nicht stimmt?»

«Was denn?»

«Na, ob irgendwas nicht stimmt bei ihm, im Kopf?»

Backhammer überlegte einen Augenblick, bevor er antwortete. Mia ging aus dem Zimmer, und er hatte das Gefühl, freier sprechen zu können.

«Du meinst, ob er übergeschnappt ist?»

«Ja.»

«Nein, das glaub ich nicht.»

Er kannte Ejnar Melander als einen ruhigen, stabilen und ausgewogenen Menschen, wenn er auch manchmal ein bißchen schweigsam und in sich gekehrt war.

Es entstand eine Pause, in der Farsan die Möglichkeiten seiner Beschlüsse durchdachte. Backhammer sah sich um, Mia kam jetzt wieder herein, mit einem Glas Wasser, in dem sich ein paar Kopfschmerztabletten gerade auflösten.

«Kannst du die Frau nach Stockholm bringen?»

«Muß das sein?»

«Ja, ich glaube, das ist notwendig.»

«Ja, na dann ...»

Backhammer empfand einen starken Widerwillen gegen Stockholm, der vielleicht vor allem darin begründet war, daß er sich so schlecht zurechtfand in der Stadt. Die Male, die er mit Ejvor dort gewesen war, um einzukaufen, hatte er sich verfahren und hatte in dem Gedränge fürchterlich geschwitzt. Vollkommen unnötige Fahrten, fand er, es müßte einfachere Einkaufsmöglichkeiten geben. Warum nicht durch Postversand?

«Wir schicken einen Hubschrauber rauf», schlug Farsan vor.

«Nein, um Himmels willen!»

«Kannst du denn für eine schnelle Überführung selbst sorgen?»

«Ich nehme mein Auto.»

«Es eilt», sagte Farsan, als erinnere er sich an Backhammers klapprigen Volkswagen.

«So eilig ist es nie», schnitt Backhammer ihm das Wort ab.

Und Farsan Sandberg mußte sich damit abfinden. Backhammer haßte Polizeihubschrauber, die Wild und Autofahrer erschreckten. Aber als er gerade den Hörer auflegen wollte, mußte er seinen Stolz hinunterschlucken.

«Kannst du einen Wagen oben am Roslagstull bereitstellen?» bat er mutlos.

«Wir kommen mit einer Eskorte.»

«Nee, verdammt, bloß nicht so'n Aufwand. Nur jemand, der mir den Weg zeigt.»

«Findest du nicht zum Reichstagshaus?»

«Neeee.»

Brummelnd legte Backhammer den Hörer auf. Verflixte Stockholmer Polizei. Wie würden die sich in seinem Distrikt zurechtfinden? Wenn er sie bitten würde, zur Raggar-Insel zu fahren, nach Braxholm oder Tofta? Dann fiel ihm die Frau ein, die immer noch den Morgenrock anhatte.

«Wir müssen nach Stockholm fahren, Mia.»

13

Die angesetzte Pressekonferenz war Stunde um Stunde hinausgeschoben worden, und bald warteten diejenigen, die zuerst gekommen waren, fast drei Stunden. Sie hielten sich im größten Presseraum des Reichstagshauses auf, der überfüllt war von den Leuten von Presse, Radio und Fernsehen. Außer den gewöhnlichen politischen Berichterstattern, drängten sich eine ganze Menge Kriminal- und Allgemeinreporter auf dem engen Raum.

Vermutungen und Spekulationen wurden ausgetauscht während man wartete, in einer der Gruppen stand der Mann vom *Aftonbladet* im Mittelpunkt. Die sechs Einsen, die die Zeitung als Ziffern für heiße Tips per Telefon angegeben hatte, ergaben oft eine reiche Ausbeute.

Die Stimmung im Raum war merkwürdig, fast als stünde eine Auktion mit sehr wertvollen Dingen bevor. Wenige hatten sich die Mühe gemacht, schon etwas zu schreiben, es gab so viele Fragezeichen, daß man es lieber bleiben ließ, um nicht genauso unklar und ungenau zu berichten wie das Fernsehen. Die Geschichte erschien unwirklich.

Einige der kursierenden Gerüchte waren so wirklichkeitsfern, daß nicht einmal der Naivste meinen konnte, es sei auch nur ein Fünkchen Wahrheit daran.

«Das ist bestimmt irgend so 'n Idiot», deutete ein älterer Journalist die Auffassung der Mehrheit.

Dann, gegen drei Uhr, fing die Pressekonferenz endlich an.

Der Staatsminister machte persönlich die Einleitung, und das erstaunte viele Presseleute. Stand es so ernst? Heute trat er bescheiden auf, und das bedeutete auch nichts Gutes. Er war korrekt gekleidet, mit Krawatte und Jackett, bei der Hitze.

Nach einer sehr kurz und allgemein gehaltenen Einleitung ließ er den Reichspolizeichef Tidfälth vor, der in stockenden Worten seine Ausführungen direkt vom Papier ablas.

Farsan Sandberg hielt sich schweigend im Hintergrund, obwohl er während der ganzen Jahre viele spannungsgeladene Pressekonferenzen geleitet hatte. Der eine oder andere unter den Kriminalreportern erkannte ihn wieder, von irgendeiner Mordfalluntersuchung, und fragte sich bestimmt, was er wohl hier zu tun habe. Aber Farsan war Schweigen auferlegt, offiziell gab es ja keine Antiterror-Zentrale.

Die Presse kam nur schwerfällig mit ihren Fragen in Gang, die mitgeteilten Tatsachen brauchten ihre Zeit, um verdaut zu werden.

«Er behauptet also, das Rohr enthält einen radioaktiven Stoff», fragte *Aftonbladet* nach einer Weile.

«Warum hätte sonst der Reichspolizeichef einen Schutzanzug getragen», meinte daraufhin *Dagens Nyheter*.

«Ausschließlich aus Sicherheitsgründen», antwortete Sune mit festem Blick.

«Es gibt also etwas Konkretes, wogegen man sich schützen muß?»

«Und der Staatsminister wäre wohl nicht so bald schon mit einbezogen worden», ergriff jemand anderes das Wort, «wenn es das nicht gäbe – etwas Konkretes?»

Der Staatsminister erkannte das Dilemma, in dem Sune Tidfälth sich befand. Der Umfang des Einsatzes, die Schutzanzüge und seine persönliche Anwesenheit erschwerten der Presse, es als die Drohung eines einfachen Irren hinzunehmen.

Nach einigen Sekunden gab der Staatsminister einem Impuls nach. Er war bekannt und beliebt bei der Presse wegen seiner Impulsivität. Aber aus dem gleichen Grund von seinem Pressesprecher ebenso gehaßt, der im Laufe der Jahre den Spitznamen «Dementi» bekommen hatte.

«Schalten Sie bitte die Kameras aus», unterbrach er lebhaft, «dann werden Sie eine umfassendere Erklärung bekommen.»

Man sah sich verwundert um im Raum, etwas Derartiges hatte es noch nie gegeben. Nach und nach hielt man jedenfalls sowohl Kameras wie Tonbandgeräte und Recorder an, und als die Fernsehbeleuchtung auf normales Licht heruntergeschaltet worden war, fuhr der Staatsminister mit leiser Stimme fort. Zum Glück hatte man, auf Farsan Sandbergs Anraten, eine Direktsendung verboten.

«Entschuldigen Sie, Sie werden Gelegenheit haben, Ihre Fragen zu wiederholen. Aber bevor wir weitermachen, muß ich eine Bitte an Sie richten. Sie haben fast alle Tatsachen des Falles zu hören bekommen, nur äußerst wenig haben wir Ihnen vorenthalten. Desto gefährlicher aber ist es, wenn es in ungeordneter Form an die Öffentlichkeit gelangt.»

Sein ernsthafter Blick wanderte durch den Raum, er hatte die Situation im Griff, so etwas konnte der Staatsminister wirklich gut. Seine Ernsthaftigkeit schien ganz echt, und seine Stimme ließ Nachdenklichkeit mitschwingen.

«Diese ganze Situation kann sich in ein Gelächter auflösen, ich weiß es nicht, aber sie kann auch ungeheuer schrecklich werden. Es kommt ein bißchen darauf an, wie Sie mit dieser Angelegenheit in den Massenmedien umgehen. Sie verstehen vielleicht selbst, was geschehen könnte, wenn die Leute sich einbildeten, vor dem Reichstagshaus stehe eine richtige Atombombe.»

Zu seinen langsamen und deutlichen Worten nickte er kräftig.

«Gemeinsam müssen wir alles in unserer Macht Stehende unternehmen, um Unruhe und Panik zu vermeiden. Kann ich mich darauf verlassen, daß Sie die Situation nicht auf kurzsichtige, sensationslüsterne Art und Weise ausnutzen?»

Und wieder ließ er seinen festen Blick über die Presseleute gleiten, die die Hälse reckten, um nichts zu verpassen. Hier und dort bekam er schon ein kraftvolles Nicken als Antwort.

Die meisten hatten nie von etwas Vergleichbarem gehört, aber einer der älteren konnte sich erinnern, daß der damalige Staatsminister Per-Albin Hansson während des Krieges einige Male genauso gehandelt hatte. Aber da hatten ja die Deutschen und ein ganzer Weltkrieg an die Tür gepocht.

«Du kannst dich auf uns verlassen», sagte einer der älteren im Namen der ganzen Presse.

Farsan Sandberg traute kaum seinen Ohren. Verließ sich der Staatsminister wirklich auf all diese Hyänen? Farsan selbst traute den Massenmedien wenig, gebranntes Kind, das er war, durch viele Mordfalluntersuchungen. Es dauerte meistens nur wenige Tage bei einem schwierigen Fall, bevor irgendeine Zeitung die Polizei angriff, und dann fielen die anderen meistens schnell in den Ruf mit ein.

«Danke», sagte der Staatsminister ein bißchen gerührt, «ich werde so was hier nicht zur Gewohnheit werden lassen. Aber offensichtlich haben wir es mit einem kranken Menschen zu tun. Einem sehr kranken Menschen, der behauptet, daß das Stahlrohr da unten eben eine – Atombombe ist.»

Er ließ die Worte wirken, bevor er mit derselben ruhigen Stimme weitersprach.

«Wir hätten ihm natürlich nicht geglaubt, wenn das Rohr nicht leicht, und beachten Sie, ich sage leicht, radioaktiv wäre. Unsere Messungen haben ergeben, daß man die Stahlflasche nicht ohne Schutzbekleidung berühren sollte. Was sie wirklich enthält, wissen wir noch nicht, aber schlimmstenfalls kann es irgendeinen leicht radioaktiven Abfall enthalten. Möglicherweise kann das Rohr auch einen herkömmlichen Sprengstoff enthalten. Deshalb wäre ich, bis auf weiteres, dankbar, wenn Sie diese Angaben so wiedergeben wie sie sind: als nicht bewiesene Möglichkeiten.»

Und auf sein Handzeichen liefen wieder die Kameras und Bandspieler, und die Fernsehbeleuchtung mit ihrem kreideweißen Schein flammte wieder auf.

Die nun folgenden Fragen nahmen die Rücksicht, die der Staatsminister angestrebt hatte, jetzt konnte er auf einfache, verständliche und nicht zuletzt beruhigende Art antworten.

«Wo ist der Mann zur Zeit?»

«Er liegt im Zimmer des Reichstagspräsidenten und schläft.»

«Er schläft?»

Die Presseleute waren sprachlos.

«Ja, er hat offenbar die ganze Nacht über schwer gearbeitet, um das Rohr herzuschaffen.»

«Das Gerücht mit der Radioaktivität im Rohr, ist daran etwas Wahres?»

Das ging fast einen Schritt zu weit. Der Mann von *Expressen* fühlte sich von seinen Kollegen unter Druck gesetzt. Aber der Staatsminister nickte ruhig, er hatte nicht beabsichtigt, diese Frage ganz auszuschalten, sondern nur, daß man sie so behutsam stellte, wie es nun der Fall war.

Und langsam erklärte er die Theorien der Männer von FOA, vor allem die, daß der radioaktive Stoff nur außen auf das Rohr gestrichen worden sei, um die Polizei zu täuschen und zu erschrecken.

«Wenn Sie wollen, können Sie ein Foto von mir da draußen machen, neben dieser sogenannten Bombe. Das einzige was ich nicht tun werde, ich werde sie nicht betätscheln ohne Schutzhandschuhe. Unsere Experten glauben, daß man davon ein Ekzem bekommen kann.»

«Liegt eine politische Absicht dahinter?» fragte *Svenska Dagbladet* taktvoll.

«Das wissen wir noch nicht. Der einzige, der mit ihm gesprochen hat, ist der Reichspolizeichef.»

Und ganz selbstverständlich gingen die Fragen zurück an Sune

Tidfälth, der sehr verlegen wurde, als man ihn bat, zu den Mikrophonen zu gehen.

«Können Sie ihn beschreiben?»

Der Reichspolizeichef überlegte eine Weile, wie sollte er den Bombenmann beschreiben? Ejnar, mit dem haarbewachsenen Rücken und der schwarzen Tasche, der weißen Unterwäsche und der weichen Stimme.

«Er scheint wie wir alle zu sein.»

«Nichts, was auf Geistesstörung hinweist?»

«Auf jeden Fall nicht äußerlich.»

«Wie benimmt er sich?»

«Bescheiden, besonnen, ja, fast ein bißchen zerstreut.»

Hinter dem stechenden Scheinwerferlicht sah man sich an, das hörte sich nicht gut an mit einem zerstreuten Bombenmann.

«Hatten Sie Angst vor ihm?»

«Nein.»

«Dann lag also in seinem Benehmen nichts Bedrohliches?»

«Nein, ganz und gar nicht.»

«Glauben Sie an seine Behauptung?»

«Welche Behauptung?»

«Daß in der Stahlflasche eine Atomsprengladung ist?»

Sune zauderte, bevor er antwortete. Wenn er seine ehrliche Meinung sagte, würde er der Bitte des Staatsministers ihre Eindringlichkeit nehmen. Es belastete ihn, daß er der einzige war, der Ejnars Worten glaubte. Nicht alles und nicht buchstäblich. Aber doch, auf eine unklare Art und Weise konnte er Ejnars Angaben nicht als bloße Dummheiten abtun.

«In gewisser Weise glaube ich ihm», sagte er langsam und stützte die Ellenboben auf das Rednerpult, «aber ich muß das anders erklären, damit Sie mich nicht mißverstehen. Als ich Kind war, sah ich zu Hause oft Wölfe in unserem Garten. Zuerst hatte ich große Angst vor ihnen, ich wagte mich ihretwegen kaum vor die Haustür. Sie waren gelblich geflammt, zottig und hatten große, weiße Zähne, wie Wölfe eben. Aber mit der Zeit wurden sie meine besten Freunde. Bald fing ich an, mit ihnen zu spielen, ich warf Bälle und Stöcke für sie, wie man das mit Hunden tut. Aber meine Eltern konnten meine Wölfe nicht sehen, obwohl ich sie manchmal bis in die Küche mitnahm. Ich bekam Prügel statt dessen, weil ich log. Meine Eltern nannten das Lügen. Immer wieder bekam ich Prügel, aber trotzdem konnte ich mich nicht dazu überwinden, meine Freunde zu verleugnen. Auch, wenn es nur Wölfe waren. Einmal, als ich gerade Prügel bezogen hatte, bat ich meine Freunde, sie sollten Vater richtig fest beißen. Aber die Wölfe lachten nur und leckten mir tröstend das Gesicht. Sie sagten, es würden andere Zeiten kommen, Zeiten, in denen die Leute besser lernten, Wölfe zu erkennen. Denn, stellen Sie sich vor, sie behaupteten, es gebe Wölfe in jedem Garten. Große, zottige, gelblich geflammte Wölfe mit weißen Zähnen.»

An diesem Punkt geriet die Pressekonferenz irgendwie ins Stokken, viele empfanden stillschweigend Mitleid mit dem einsamen Bombenmann.

«Bloße Phantasie also», sagte der Mann von *Expressen* frei heraus.

«So nannte Vater meine Wölfe auch.»

«Er glaubt also, daß er eine Bombe hat?»

«Ja.»

Genau das war wohl der Punkt, an dem er Ejnars Worten glaubte. Bomben und Granaten waren unbekannte Dinge für ihn, aber er hatte gelernt, zu sehen und zu verstehen, wenn jemand fest an etwas glaubte. Also, was immer auch in dem Stahlrohr sein mochte, für Ejnar war und blieb es eine von ihm konstruierte und gebaute Atombombe.

«Ein gelblich geflammter Wolf», lachte jemand, «das wird sicherlich ein geflügeltes Wort.»

Die Pressekonferenz wurde beendet mit dem Bescheid, die Medien in regelmäßigen Abständen zu unterrichten. Die Leute beeilten sich, aus dem Hintereingang hinauszukommen, um noch die Sendungen fertig zu machen oder rechtzeitig zum Redaktionsschluß fertig zu sein. Einige Fotografen durften mit polizeilicher Erlaubnis nach unten gehen, um ein paar Nahaufnahmen vom Stahlrohr zu machen. Der Verwegenste unter ihnen legte sich mit einem Weitwinkelobjektiv auf den Bauch, um das zu fotografieren, was am nächsten Tag auf der Vorderseite der *Dagens Nyheter* erscheinen sollte. Die Wassertropfen schimmerten auf der Oberfläche des Stahlrohrs, und die vielen Fenster des Reichstagshauses glitzerten in der Sonne.

Sune Tidfälth fühlte eine Hand auf seiner Schulter, es war der Staatsminister, der ihn auf dem Flur eingeholt hatte.

«Das war großartig», sagte er erleichtert, «dafür solltest du eigentlich den großen Kulturpreis des Gewerkschaftsbundes bekommen!»

14

Backhammer kam auf dem gleichen Weg nach Stockholm, den Ejnar mit dem Lastwagen vor nur zwölf Stunden gefahren war. Auch Backhammer fiel auf, wie schön Roslagen im Frühsommer war, aber er hätte die Fahrt sicherlich mehr genossen, wenn nicht die Frau neben ihm gewesen wäre.

Ab und zu hatte er versucht, mit ihr zu sprechen, hatte aber keine Antworten bekommen. Die ersten -zig Kilometer hatte sie still dagesessen und in die Ferne gestarrt. Aber bei Rimbo fing sie an, so heftig zu weinen, daß er das Auto anhalten mußte. Langsam sammelte sie sich soweit, daß sie weiterfahren konnten, aber hin und wieder wurde ihr Körper von anhaltenden Weinkrämpfen geschüttelt.

Unten bei Brottby hielt er an einem Selbstbedienungsrestaurant an, das sonntags geöffnet war. Ihr Gesicht war blaß, unausgeschlafen und verweint, und die Leute drehten sich nach ihnen um, als sie hineingingen. Und als Backhammer Kaffee und belegte Brote für sie beide holte, spürte er den regelrechten Unmut des Personals. Es gibt Schweine, die ihre Frauen schlecht behandeln, deutete er den schiefen Blick der Frau an der Kasse.

Das Lokal war zur Hälfte gefüllt mit Leuten, die über das Wochenende frei hatten und das Sonntagsangebot aßen, ‹Schnitzel Tartar› für siebzehnfünfzig. Die Kinder bekamen gebratene Fleischklößchen und Kartoffelbrei aus Pulver zum halben Preis.

Mia biß langsam in ein belegtes Brot und versuchte, ihn anzulächeln, sie fühlte sich furchtbar elend, und das nicht nur wegen des Katers. Hinten im Lokal war ein Fernseher, der immer noch das Standbild des Stahlrohrs zur selben getragenen Musik sendete. Aber keiner im Restaurant schien sich besonders für das Drama zu interessieren.

«Ich kann es nicht fassen», sagte sie plötzlich.

«Ja, du hast recht.»

«Glaubst du, daß es eine richtige Bombe ist?»

«Was glaubst du selbst», fragte er, «kann Ejnar Bomben bauen?»

Als sie nicht antwortete, ging er, um noch Kaffe zu holen, und diesmal fiel ihm die Sahne ein, die sie sonst zum Kaffee nahm. Während er in der Schlange wartete, guckte er gedankenversunken auf die Uhr, die im Lokal war. Die Fahrt hatte wirklich lange gedauert. Aber es war wohl auch gut, wenn sie sich die Zeit nahmen, die sie brauchte, um zu sich zu kommen. Denn falls Farsan

Sandberg vorhatte, sie zu vernehmen, dann war es wohl sinnlos, wenn sie sich nicht gefaßt und einen klaren Kopf hatte?

Sie sah so verlassen aus, wie sie dasaß, die Schultern ganz hochgezogen, als ob sie fröre. Ihr Haar war schlecht gekämmt, und ihr Blick irrte umher, als suchte sie ihn. Sie hatte sich sehr verändert, dachte er, und stellte sich zum Vergleich vor, wie sie gewesen war, als sie gerade in die Stadt gezogen waren. War das wirklich erst sieben Jahre her? Aber Ejvor jatte schon recht, sie hatte einmal gesagt, sie glaube, Mia sei bedeutend älter als ihr Mann. Und Backhammer betrachtete sie genauer. Sie hatte ziemlich viel zugenommen in den sieben Jahren, und die äußere Erscheinung hatte die Spannkraft eingebüßt, die sie früher besessen hatte. Das Gesicht war aufgedunsen, und die Falten um die Mundwinkel ließen sie verbittert, fast vergrämt aussehen.

Irritiert hörte Backhammer auf, seinen Gedanken nachzuhängen. Alle werden ja älter und wohl kaum hübscher dadurch. Die Menschen altern, so ist das eben. Aber er mochte Mia gern und das seit ihrer ersten Begegnung. Warum, das wußte er nicht genau, mit gewissen Menschen war es wohl einfach so, man mag sie, ohne richtig zu wissen, warum.

«Ich sehe wohl schrecklich aus», sagte sie, «hast du einen Kamm?»

Er nickte und lieh ihr seinen Blechkamm, den er seit Jahren hatte.

In der kleinen Toilette versuchte sie, sich zurechtzumachen, sie spülte ihr Gesicht mit kaltem Wasser, damit die Schwellungen unter den Augen verschwinden sollten und versuchte, das lange Haar in Ordnung zu bringen. Aber um ihm einen solchen Glanz zu geben, wie sonst, hätte sie eine ordentliche Bürste haben müssen und viel Zeit. In der Handtasche fand sie Lippenstift und Lidschatten, das würde wohl ein bißchen helfen. Dann blieb ihr Blick am Spiegelbild hängen. Ein Schütteln durchfuhr sie, und sie schloß die Augen.

Auf ihrem Frisiertisch hatte sie all die Jahre ihr Hochzeitsfoto stehen gehabt. Lächelnd hatte ein siebenundzwanzigjähriges Gesicht zugesehen beim Eincremen der Haut mit Kosmetika, die die Faltenbildung verzögern sollten, und beim Färben der ersten grauen Strähnen.

Auf dem Bild trug sie ein weißes Spitzenkleid und die Brautkrone der Gemeinde, schräg hinter ihr stand Ejnar in Paradeuniform als kaum dreiundzwanzigjähriger Leutnant der Infanterie.

Eines Morgens, vor einigen Monaten, hatte sie das Bild an die Wand geschmissen und die Scherben in einer Kommodenschublade begraben. Aber bald hatte Ejnar es vermißt und mit seiner üblichen

Geschicklichkeit den Rahmen so ordentlich wiederhergestellt, daß man nicht sehen konnte, daß er beschädigt gewesen war. Sie war gezwungen gewesen, es dankbar lächelnd wieder an seinen Platz zu stellen.

Wahrscheinlich verstand er nicht, warum der Rahmen kaputtgegangen war. Oder vielleicht tat er es doch.

Ihr Altwerden war so ungerecht, Ejnar behielt doch ohne Anstrengung sowohl sein Gewicht, als auch seine gute, körperliche Verfassung, während ihr Körper und Gesicht einfach verfielen. Seine Jahre hatten ihn nur schöner gemacht, die Züge schärfer und die Haltung männlicher.

Backhammer lächelte ihr freundlich zu, als er seinen Kamm zurückbekam.

«Hübsch hast du dich gemacht.»

Sie rührte in der Tasse und trank den Rest aus, obwohl er kalt geworden war.

«Glaubst du, er ist irgendwie nicht in Ordnung?» fragte Backhammer behutsam.

«Ob er verrückt geworden ist?»

«Nur so, etwas Vorübergehendes?»

Sie schüttelte schicksalsergeben den Kopf, und er merkte, daß es schwierig war, über solche Dinge wie Geistesstörung oder Krankheit zu sprechen.

Die Musik im Fernseher hinten in der Ecke untermalte noch immer dasselbe Bild.

«In der Garage hast du auch nichts Besonderes gesehen?»

«Die Garage war ja sozusagen sein persönliches Eigentum. Wir haben ja sogar das Auto draußen stehen, damit er für alle seine Sachen Platz hat.»

«Und euer Junge?»

Olle, er wurde in einigen Wochen achtzehn, war ausgesprochen desinteressiert an mechanischen Dingen. Ejnar pflegte zu sagen, er habe schon seit der Geburt zwei linke Hände gehabt. Aber im Laufe der Jahre hatte Ejnar versucht, ihm den Umgang mit Werkzeug beizubringen, bis der Junge eine panische Angst bekam vor allem, was Mechanik hieß.

«Aber Fußball kann er ja gut», sagte sie, wie zu seiner Rechtfertigung.

«Und das Mädchen?»

In den letzten Jahren war es ihr und dem Vater immer schwerer gefallen, miteinander auszukommen. Nach ihrer ersten Teenager-Zeit war er ihr aus dem Weg gegangen. Fast so, als sei er scheu und ängstlich geworden. Und dennoch hatte er das Mädchen dem Jungen immer vorgezogen, weiß Gott, wie oft hatte sie Olle deshalb trösten müssen.

«Und was geschah dann?»

Als sie ungefähr fünfzehn Jahre alt war, hatte das Mädchen angefangen, mit Jungen zu gehen, nicht gleichaltrige, sondern wesentlich ältere, die sie ausnutzten. Eine Schwangerschaft im vergangenen Jahr hatte sie durch eine schnelle Abtreibung gelöst, und seither sprach Ejnar nicht mehr mit ihr.

«Sie gehen sich nur aus dem Weg.»

Sie war lebhafter geworden, seit sie angefangen hatte zu erzählen. Und Backhammer war ein guter Zuhörer, der nur hin und wieder ein Wort einschob, um ihr zu helfen.

«So ist er nun mal», seufzte sie, «er zieht sich immer zurück, wenn etwas ist.»

Das war immer eine von Ejnars Besonderheiten gewesen, er stritt nie, auch nicht, wenn etwas eindeutig ungerecht gegen ihn war. Er zog sich nur zurück und leckte still seine Wunden. Und in all den Ehejahren hatte er sich nie vor ihr beklagt oder sich auch nur traurig gezeigt. Sie hatte nie eine Möglichkeit gehabt, zu erfahren, was er wirklich dachte und fühlte. Und diese Verschlossenheit zeigte er nicht nur in der Familie so, auch in seinem Beruf war er nicht anders. Und deshalb hatte seine Offizierslaufbahn nur bis zum Hauptmann geführt, obwohl sein Examen in Karlberg glänzend gewesen war.

«Ist er denn gern in Forsmark?»

«Er sagt ja nie etwas.»

«Ach so.»

«Während der letzten Jahre hat er sich zunehmend in der Garage aufgehalten. Und ich konnte nicht zu ihm rausgehen. Ich kam mir irgendwie unerwünscht vor. Wenn ich kam, hörte er nur auf zu arbeiten, stand schweigend da und hörte sich an, was ich zu sagen hatte. Aber mehr wurde es nie, er hörte nur zu, und dann merkte ich, er wollte, daß ich ginge.»

Backhammer nickte verständnislos.

Und doch hatte Ejnar auf seine Art versucht, den Kindern nahezukommen. Den italienischen Sportwagen hatte er vom Schrott für ein Spottgeld gekauft und wollte ihn zu Olles achtzehntem Geburtstag aufarbeiten. Aber der Junge hatte sein Desinteresse gezeigt und nicht einmal das Geld annehmen wollen, das der Vater ihm für die Fahrstunden gab.

«Nun wird er wohl nie mehr fertig», seufzte sie, als sie gingen.

Röchelnd fuhr der Volkswagen an und Backhammer steuerte vorsichtig auf die Vorfahrtsstraße. Er fuhr Auto wie der erste Mensch, aber das wußte er auch.

«Er ist ja sehr geschickt.»

Backhammer nickte zustimmend; er hatte selbst einiges davon gesehen. Einmal hatte sich an einem Jagdtag die Automatik von Backhammers amerikanischer Schrotflinte so sehr verhakt, daß er für den Tag nach Hause fahren wollte. Aber Ejnar hatte die Büchse innerhalb weniger Minuten repariert, ohne anderes Werkzeug als seinem Jagdmesser und einem Kronenkorken.

«Glaubst du, daß er eine Bombe gebaut haben könnte?»

«Er hat sich mit so was ja im Regiment beschäftigt, Granaten und Minen.»

Eine ganze Weile saßen sie schweigend. Backhammer quälte den Volkswagen auf achtzig, als sie auf die Autobahn gekommen waren.

«Unseren ersten Fernseher hat er selbst gebaut.»

«Er hat einen Fernseher gebaut?»

«Er hat die Teile natürlich gekauft.»

Plötzlich kicherte sie kurz, wie bei einem lustigen Gedanken.

«Aber das Verrückteste war, als er das Flugzeug baute.»

«Ein Flugzeug?»

«Es war ja nicht so groß, man konnte damit nicht fliegen. Es hatte ungefähr zwei Meter Spannweite, aber es hatte einen richtigen Motor und konnte starten und landen, genau wie ein richtiges Flugzeug.»

«Wie konnte man das denn bedienen?»

«Mit einem kleinen Radiokasten mit zwei Schalthebeln drauf.»

«Hat er das noch?»

Das Flugzeug hatte eine Bruchlandung gemacht, als Olle es ausprobieren sollte. Nervös wie er war, durch alle Ermahnungen, war ihm der Radiokasten auf die Erde gefallen, so daß das herrenlose Flugzeug in einen großen Baum abgestürzt war. Ejnar hatte die Reste wortlos zusammengesammelt und war weggegangen, das Gesicht bleich vor Wut. Olle hatte sich aus Angst die Hose naßgemacht und war weggelaufen und hatte sich verkrochen.

«Und dabei war es doch gar nicht Olle, der es fliegen lassen wollte, Ejnar war es, der ihn absolut dazu kriegen wollte.»

Schon vor Roslagstull tauchte in Backhammers Spiegel ein Polizeiwagen auf. Er hielt sich hinter ihnen, ohne überholen zu wollen. Farsan Sandbergs Eskorte hatte ziemlich lange auf sie gewartet. Und am Norrtull fuhren zwei Motorräder der Polizei neben dem

Volkswagen auf. Backhammer nickte demjenigen der beiden Fahrer gnädig zu, der ihm ein Zeichen gab hinterherzufahren.

«Warum, glaubst du, hat er die Bombe gebaut?»

«Ich weiß nicht.»

«Glaubst du, es geht um Geld?»

Durch kleine Straßen näherten sie sich dem Reichstagshaus, und Backhammer wurde immer dankbarer für die wegweisende Hilfe.

Für einen kurzen Moment mußten sie an einer massiven Polizeisperre anhalten, Backhammer zeigte seinen Ausweis, und sie wurden sofort von einem Verkehrspolizisten durchgelassen, der mit einer Maschinenpistole bewaffnet war.

«Verflixt, ist denn Krieg?» murrte Backhammer vor sich hin, als er aus Versehen den dritten Gang einlegte statt des ersten.

«Es geht nicht um Geld», sagte sie plötzlich eifrig.

«Worum dann?»

«Ejnar ist der anständigste Mensch, den ich kenne!»

15

Backhammer und Mia kamen zu einem ungeeigneten Zeitpunkt. Es hätte wirklich nichts ausgemacht, wenn sie einige Stunden später gekommen wären. Oder vielleicht einige Stunden früher, wie Farsan Sandberg ärgerlich hervorhob.

Ejnar Melander war gerade aufgewacht, und sein bestelltes Essen war auf dem Wege nach oben.

Mia wurde gleich von einem der Männer in Obhut genommen, die unmittelbar mit Farsan zusammenarbeiteten, einem Verhörspezialisten, der wie ein wohlwollender Tabakwarenhändler aus Gnesta aussah. In einem Sitzungsraum im zweiten Stockwerk begann er freundlich, sie über die wichtigsten Einzelheiten auszufragen. Sie antwortete mit leiser Stimme und wünschte, es wäre Backhammer gewesen, der sie ausfragte.

Der rundliche Revierchef blieb verwirrt stehen, Leute liefen hin und her und sahen gehetzt und wichtig aus.

«Kommt mit», sagte Farsan und nahm ihn am Arm, «wir können dich sicherlich brauchen.»

«Nee, ich fahre nach Hause.»

«Du bist der einzige hier, der ihn kennt.»

«Seine Frau auch.»

«Die heben wir für später auf.»

Schnellen Schrittes ging Farsan ihm voran durch den Korridor, hier und dort nickte er den Leuten ermunternd zu. Im Hause waren nun viele, die zu arbeiten hatten, aber vielleicht noch mehr Leute, die nur warteten. Das Reichstagscafé war geöffnet worden und belegte Brote und in Plastik verpacktes Gebäck fanden regen Absatz.

Im Zimmer des Staatsministers saßen, außer einigen Polizeibeamten, nur der Staatsminister, der Justizminister und der SÄPO-Chef. Backhammer wurde vorgestellt, und man bot ihm einen Platz neben dem Reichspolizeichef an. Sie hatten einander vorher nie gesehen.

Alle saßen schweigend da und lauschten, erst nach einiger Zeit konnte Backhammer ausmachen, woher das Geräusch kam. Aus einem Lautsprecher tönte es, als wenn jemand mit gutem Appetit esse, ein Besteck, das klirrte und ein Glas, das abgesetzt wurde, um Bier einzuschenken.

«Ich glaube, jetzt ist es Zeit», sagte der Staatsminister.

Sune Tidfälth nickte und nahm den Telefonhörer.

Nach einigen Klingelzeichen antwortete der Mann.

«Hej, Ejnar, hier spricht der Reichspolizeichef; hast du gut geschlafen?»

«Danke.»

«Und das Essen hat geschmeckt?»

«Ganz vorzüglich.»

«Wie hast du dir den weiteren Ablauf vorgestellt?»

«Du bist im Hause, oder?»

«Eine Treppe tiefer.»

«Ist es nicht am besten, du kommst nach oben?»

«Ja, sicher.»

«Es ist immer angenehmer, im Gespräch sein Gegenüber zu sehen.»

«Ich komme gleich», sagte der Reichspolizeichef in beinah munterem Ton.

«Da ist nur eines», sagte Ejnar lässig, «ich werde abgehört, oder? Und ich finde, das ist unangenehm. Frag bitte, wo die Mikrofone sitzen. Denn es scheinen doch mindestens zwei zu sein? Es würde zumindest viel Zeit sparen, sonst muß ich das ganze Zimmer durchsuchen.»

«Wird erledigt.»

«Danke.»

Fragend wandte er sich den anderen zu, als er den Hörer aufgelegt hatte.

«Das eine sitzt unter der Tischplatte des Couchtisches», sagte der SÄPO-Chef ruhig, «und das andere ist ganz links unten im Gardinensaum mit einer Nadel befestigt.»

Sune nickte und wollte gerade gehen.

«Diese Mikrofone sind doch wohl früher nicht dagewesen?» fragte der Staatsminister.

Der SÄPO-Chef drehte sich aufgebracht um.

«Natürlich nicht!»

«Nein, wir haben sie gleichzeitig mit dem Fernseher angebracht», sagte Farsan ablenkend.

Persönlich fand er, daß der SÄPO-Chef ein großer Scheißer war und eine Bürde für die gesamte Polizei. Aber so weit wollte er es nicht kommen lassen, daß es einen offenen Streit mit dem Chef der Nebenabteilung gab.

«Wir hören nie ohne Genehmigung ab», sagte der SÄPO-Chef gekränkt.

Der Reichspolizeichef blieb in der Türöffnung stehen.

«Viel Glück, Tidfälth», sagte der Staatsminister freundlich.

«Ich rufe nach unten durch, sobald etwas passiert.»

«Wenn du Hilfe brauchst, ich bin hier», sagte der Justizminister eifersüchtig.

Einer seiner Vorgänger auf diesem Posten war berühmt geworden wegen seiner Geschicklichkeit, mit desperaten Terroristen zu verhandeln.

16

Ejnar öffnete ihm weit die Tür, es war etwas ganz anderes, als das scheue, spaltbreite Öffnen des Reichstagspräsidenten. Zuerst suchten sie die versteckten Mikrophone hervor. Sie waren sehr klein und schwer zu finden. Das eine war nicht größer als eine gewöhnliche Nadel, die man auf Landkarten steckt. Ejnar besah sie sich sehr interessiert, dann warf er sie hinaus auf den Korridor, wo sie am nächsten Morgen bestimmt dem Staubsaugen zum Opfer fallen würden. Sune brachte es nicht fertig, etwas zu sagen, obwohl er wußte, daß sie mehrere tausend Kronen pro Stück kosteten.

«Kaffee?» fragte Ejnar freundlich.

Sie setzten sich an den Tisch, der von einem Kellner des Opernkeller-Restaurants gedeckt worden war; die Rechnung würde dann wohl von Farsan Sandberg gegengezeichnet werden. Sie saßen sich gegenüber, und Sune guckte neidisch auf Ejnars Zigarette; so zum Kaffee, wie jetzt, vermißte er das Rauchen am meisten.

«Was willst du, Ejnar?»

Ejnar betrachtete ihn lange, bevor er antwortete.

«Was würdest du sagen an meiner Stelle?»

«Ich?»

«Ja, wenn du meine Bombe hättest?»

Sune runzelte die Stirn, jetzt war er dabei, in die gleiche Falle zu gehen wie da draußen am Brunnen. Es schien, als sei es unmöglich, in einem Gespräch mit Ejnar die Initiative zu behalten.

«Daran hab ich noch nicht gedacht.»

«Das ist verständlich.»

«Aber jetzt bin ja nicht ich derjenige, der die Bombe hat. Du allein hast die Bombe.»

«Laß uns also mal sagen, du bekämst meine Bombe?»

Sune schüttelte langsam den Kopf.

«Was würdest du denn dann damit machen?»

«Sie wegnehmen!»

Ejnar lächelte ihn an, seine Augen blitzten ein wenig schelmisch.

«Würdest du das wirklich?»

«Ganz bestimmt!»

Ejnar schenkte den Rest aus der Thermoskanne in ihre Tassen nach.

«Ich glaube, dir fehlt ein bißchen Phantasie, mein Lieber. Du hast keine Ahnung, was für ein Gefühl das ist, eine Bombe zu haben. Versuch dir das mal vorzustellen.»

«Was für ein Gefühl ist es denn», parierte Sune, «ein schönes?»

«Auf jeden Fall ist es nicht unbedingt unangenehm.»

Sie sahen aus dem Fenster, wo das Stahlrohr schwach in der Dämmerung glänzte.

«Du mußt doch wissen, was du damit willst?»

«Nein.»

«Irgendwas mußt du doch gedacht haben, als du sie gebaut hast?»

«Nicht besonders viel», gab Ejnar ohne Umschweife zu.

«Aber an irgend etwas mußt du doch gedacht haben?»

«Nein.»

«Also, jetzt glaub ich dir nicht.»

«So war das nicht, die Bombe war nichts, bevor sie hier plötzlich stand. Da erst wurde sie zur Wirklichkeit und viel größer, als ich in der Garage hätte ahnen können.»

«Was war sie denn in der Garage?»

«Ein Stahlrohr, ein Problem des Schweißens, der Chemie, des

Transportes. Tausende schwieriger, kleiner Einzelheiten, deren Lösung Monate dauerte. Ich kann verstehen, wie die Leute aus der Nevada-Gruppe empfunden haben.»

«Offenhauser und die?»

«Vor allem Fermi.»

Ejnar erhob sich und sprach weiter, den Blick auf sein Stahlrohr gerichtet.

«Die stellten jeder ihr Stück der Bombe her, jeder sein kleines, praktisches Puzzle. Sie überlegten und experimentierten wochenlang mit kleinen, unbedeutsamen Einzelteilen, aber sie überblickten nie das Ganze. Ich glaube nicht mal, daß sie über die Absicht ihrer ganzen Arbeit sprachen. Sie dachten meistens technische Gedanken über qualifizierte, technische Arbeit.»

«Und dann?»

«Setzte ein anderes Denken ein.»

Ejnar löste den Blick von der Bombe und kam näher.

«Bis die erste Bombe fertig war, überwog das technische Denken. Danach ging das Projekt in ein anderes Stadium über. Die Techniker hatten zu Ende gedacht und das politische Denken setzte ein. Man begann plötzlich, in Fachausdrücken der Machtsprache zu reden.»

«Fermis Gedanken wurden durch Trumans ersetzt?»

«So kann man das wohl ausdrücken.»

«Was für ein Gefühl hatte Fermi, glaubst du, als sie seine Bombe explodieren ließen?»

«Ich weiß nicht, aber eine ganze Menge der übrigen Techniker regten sich ziemlich auf.»

Sune konnte nicht mehr stillsitzen, seine Beine kribbelten, und er ging ein bißchen hin und her, um sich zu beruhigen.

«Dann bist du jetzt dabei, ein Truman zu werden?»

«Da ist etwas dran», gab Ejnar zu.

«Der Techniker in dir wird langsam verdrängt?»

«Ja, die Bombe ist ja fertig.»

«Und steht an ihrem Platz», sagte Sune und setzte sich. «Und nun?»

«Das weiß ich eben nicht!»

«Du meine Güte!»

«So leicht ist das nicht», sagte Ejnar nachdenklich, «mein ganzes Leben lang habe ich wie ein Techniker gedacht. Niemals habe ich für einen Tag etwas Ganzes überschaut; es braucht seine Zeit, sich daran zu gewöhnen.»

Sune atmete schwer, blieb aber sitzen, es hatte keinen Zweck, sich aufzuregen. Ejnar lehnte sich im Sessel zurück und lächelte in sich hinein.

«Ich möchte wissen, was die Techniker aus der Nevada-Gruppe getan hätten, wenn ihnen die Bombe selbst gehört hätte.»

Den Reichspolizeichef überkam immer mehr ein lähmendes Gefühl, wie er da so saß. Es war, als ob der Mann ihm gegenüber nicht begriff, was er angerichtet hatte mit seinem Stahlrohr. Begriff er nicht, daß er viele Menschen rund umher in einem Würgegriff hielt?

«Die Bombe kann dort, wo sie steht, nicht bleiben», sagte er nach einer Weile.

Ejnar sah ihn verwundert an.

Sune tastete sich unsicher durch die Gedanken, was geschehen würde, wenn die Bombe draußen im Brunnen stehen bliebe. Was würden die Leute davon halten? Welche Reaktionen würde das auslösen? Wie lange würden die Leute glauben, daß man es mit einem harmloseren Irren zu tun habe? Wieviele Tage und Nächte würde es dauern, bis die Panik um sich griff? Würden die Menschen die Stadt verlassen? Oder?

«Ejnar», sagte er schließlich mit müder Stimme, «wir müssen jetzt ernsthaft reden. Die Bombe muß heute nacht weggeschafft werden. Schon jetzt habe ich Schwierigkeiten, das Militär daran zu hindern, sie wegzubringen. Die glauben auch nicht für einen Augenblick an deine Behauptungen.»

Ejnar zündete eine neue Zigarette an, obwohl er gerade erst eine ausgemacht hatte. Aber sein Kettenrauchen machte keinen nervösen Eindruck, es sah eher nur nach Zerstreutheit aus.

«Ich mache dir einen Vorschlag», fuhr Sune fort, «wir legen die Bombe in die Reichstagsgarage, wo du voll und ganz die Kontrolle über sie hast. Dann hast du Zeit, in aller Ruhe nachzudenken. Für dich ändert es ja nichts, aber für uns würde es vieles erleichtern.»

Ejnar schüttelte energisch den Kopf.

«Das geht nicht.»

«Aber stell dir doch vor, wie die Leute reagieren, wenn sie da stehen bleibt?»

Ejnar sah wieder hinaus auf seine Bombe.

«Die Zündung ist in verschiedene Kreise geschaltet. Einer davon bewirkt, daß man die Bombe nicht fortbewegen kann.»

17

Im Zimmer des Staatsministers war es schummrig, nur einige Schreibtischlampen leuchteten hinter den herabgelassenen Jalousetten. Es waren nun noch weitere Menschen hinzugekommen, auf jedem Stuhl saß jemand und hörte dem Gespräch aus dem Zimmer des Reichstagspräsidenten über einen großen Lautsprecher zu. Die Tonqualität war nicht besonders gut, und der Techniker am Verstärker schnitt ab und zu Grimassen.

Mia Melander blieb in der Tür stehen, als sie vom Vernehmungsleiter hereingeführt wurde. Schweigend lauschte sie der Stimme ihres Mannes. Durch die vielen Fragen, die an sie gerichtet worden waren, fühlte sie sich ermüdet, es gab so vieles, worauf sie keine Antwort hatte geben können.

Backhammer stand auf und bot ihr seinen Stuhl an.

Alle saßen mit ernster Miene da, der Staatsminister streckte ihr seine Hand entgegen und begrüßte sie freundlich, andere nickten höflich.

«Da gibt es also nicht viel zu wählen», sagte Ejnars Stimme aus dem Lautsprecher.

Mia fand, daß er traurig klang.

«Die Leute können in der Umgebung nicht arbeiten, wenn sie stehen bleibt», sagte Sune. «Tausende können nicht zur Arbeit gehen, verstehst du das nicht?»

«Natürlich verstehe ich das.»

«Ungeahntes kann passieren, wenn das so weitergeht!»

Für eine Weile entstand Schweigen, dann kam Ejnars weiche Stimme wieder.

«Was könnte denn eigentlich passieren», fragte er neugierig, «ich hab mir das ein bißchen überlegt. Ich glaube nicht, daß so furchtbar viel passiert, jedenfalls nicht gleich.»

Der Staatsminister wandte sich Mia zu, die dankbar war für das Halbdunkel im Raum.

«Sie dürfen gleich mit ihrem Mann sprechen», versprach er.

Sie brachte nur ein Nicken zustande und fühlte, wie sie errötete, bis zum Hals hinunter.

«Die Leute werden das Geschehen neugierig verfolgen», fuhr Ejnar fort, «vielleicht verlassen einige die Stadt für einige Zeit, aber eine Massenflucht wird es nicht geben. Ich hab etwas ferngesehen, bevor du kamst. Wenn ich weiterhin als ein bedingt gefährlicher Idiot dargestellt werde, dann wird die Geschichte anfangs nicht mehr Aufsehen erregen, als das Drama am Norrmalmstorg.»

Wieder wurde es still im Lautsprecher.

Der Staatsminister wandte sich flüsternd an zwei Männer, die später als alle anderen gekommen waren. Sie schüttelten abwehrend den Kopf. Farsan Sandberg wippte nervös mit dem Fuß und versuchte, sich die Konsequenzen vorzustellen, die in den Worten des Bombenmannes lagen. Vielleicht brauchte man nur das Gebiet um Hötorget abgesperrt zu halten?

«Und wenn wir die Bombe doch wegnehmen?» sagte Sune mit leichter Drohung.

«Sie hat eine Pendelzündung», sagte Ejnar gelassen. «Erzähl das den Leuten vom Militär, dann wissen sie Bescheid.»

«Verdammt», knurrte einer der Soldaten im Zimmer des Staatsministers.

Alle blickten erstaunt den fluchenden Offizier an.

«Das ist das Teuflischste, was man sich denken kann. Wir können das Stahlrohr nicht bewegen, das kleinste Wackeln kann es explodieren lassen.»

«Melander ist nicht gerade ein Laie auf diesem Gebiet», schob ein anderer Offizier ein, «wir haben gerade seine militärische Personalakte vom Militär bekommen. Zweimal war er Lehrer für Spreng-Ausbildung, ausgerechnet mit Fernauslösung als Spezialfach.»

Sie sahen zu Mia hinüber, die bestätigend nickte.

«Einmal hat er zehntausend bekommen», sagte sie mit matter Stimme, «weil er was erfunden hatte, das Minen leichter zum Explodieren brachte.»

«So ein Mist», sagte der Staatsminister.

Mia blickte auf den Fußboden und hätte am liebsten den Raum verlassen. Irgendwie fühlte sie sich für Ejnars Tat verantwortlich.

«Verzeihen Sie», sagte der Staatsminister, der sah, wie peinlich es ihr war, «Sie können ja nichts dafür.»

Sie schüttelte nur traurig den Kopf.

Backhammer verfolgte die Vorgänge aus Mias Richtung, gegen den Türpfosten gelehnt konnte er das Mienenspiel und die Reaktionen sehen. Die beiden Männer, die ein wenig abseits saßen, waren offenbar Ärzte. Ihm war so, als kenne er den einen aus irgendeiner Fernsehsendung über Jugendkriminalität, von der Ejvor gemeint hatte, er solle sie sich ansehen.

«Was wirst du denn tun, während du ‹denkst›?» fragte Sune Tidfälth oben im Zimmer des Reichstagspräsidenten.

«Heute abend werde ich ins Kino gehen. Im *Park* läuft ein guter Film, kommst du mit?»

«Ins Kino willst du gehen?» fragte Sune langsam, als habe er falsch gehört.

«Also, du kannst da unten Bescheid sagen, damit sie mich rauslassen.»

«Ich weiß nicht, ob sie dich rauslassen.»

«Bist du nicht der Reichspolizeichef?»

Sune drehte und wand sich ein bißchen auf seinem Stuhl, dann stand er auf. Er war sehr unzufrieden mit dem Gespräch und fürchtete sich ein wenig davor, mit dem Rest der Gruppe im Zimmer des Staatsministers zusammenzutreffen.

«Stell dich darauf ein, daß der Staatsminister mit dir per Telefon sprechen will», sagte er beim Hinausgehen.

«Bitte schön, gern», sagte Ejnar, «ich guck solange Fernsehen.»

Sune Tidfälth machte die Tür sorgfältig hinter sich zu.

18

Der Reichspolizeichef war sehr erstaunt, als er feststellen mußte, daß man das Gespräch vom Zimmer des Staatsministers aus sowohl mit angehört als auch auf Band aufgenommen hatte. Der SÄPO-Chef zeigte verlegen ein Mikrophon vor, das Sune in seiner Jacke gehabt hatte; das Mikrophon mit Sender war nicht größer als ein Zehn-Öre-Stück.

«Wir haben nichts gesagt, damit du dich nicht gehemmt fühlen solltest.»

Im Zimmer herrschte eine gedrückte Stimmung, Kommentare wurden spontan nicht gegeben.

«Da sitzen wir ja schön in der Tinte», sagte der Staatsminister verärgert.

Man saß in kleinen Gruppen zusammen, jede mit ihrem Teil des Problems beschäftigt. Die FDA-Experten hielten sich an die beiden Offiziere, die etwas auf einen Block zeichneten.

«Er hat sich also einen Kinobesuch vorgenommen», sagte der Staatsminister.

«Was läuft denn im *Park*?»

Es war ein ständiges Kommen und Gehen. Papiere, Akten, Dokumente wurden gewälzt. Man versuchte, eine Bestandsaufnahme von Ejnar Melanders derzeitigem Leben und seiner Vergangenheit zu machen.

«Darf er denn ins Kino gehen?» fragte Farsan.

Jemand lachte auf.

Die Sprengstoffexperten des Militärs waren die ersten, die für ihren Teil einen Beschluß faßten.

«Wir rühren die Bombe nicht an», sagte ein Pionier-Oberstleutnant, «bevor wir nicht volle Klarheit über die Konstruktion und den Inhalt haben.»

Der Chef des Polizei-Sprengkommandos, der sich übergangen fühlte, pflichtete ihnen bei.

«Die Atombombentheorie können wir wohl ausklammern. Aber unter Berücksichtigung der Kenntnisse über Sprengstoffe, die Melander hat, können wir nicht vorsichtig genug sein.»

In der Runde wurde genickt.

«Ist noch kein Bescheid aus Forsmark da, ob was fehlt?» fragte Farsan Sandberg.

«Es wurde mir zugesagt, mich direkt zu benachrichtigen», sagte der SÄPO-Chef. «Ich habe es als zu meinem Aufgabengebiet gehörig beurteilt.»

Die Pausen wurden lang, niemand wußte so recht, wo man den Ansatzpunkt machen sollte in dieser Angelegenheit. Schließlich beschlossen sie, einen begrenzten Teil des Hötroget abzusperren und dem Mann Zeit zu lassen. Etwas anderes gab es praktisch nicht zu tun.

«Und dann müssen wir weiterhin mit ihm reden.»

«Natürlich», sagte der Staatsminister, «gleich rufe ich an.»

Viele Blicke wanderten auch zu Mia hinüber, die wieder rot wurde.

«So, wie es jetzt steht», sagte Farsan ermunternd, «scheint es am naheliegendsten zu sein, die Sache auf persönlicher Ebene zu lösen.»

«Ganz sicher», stimmte der eine der Psychologen mit nasaler Stimme zu.

«Wie beurteilen Sie ihn?» fragte der Staatsminister.

«Wir haben zu wenige Unterlagen, um ihn beurteilen zu können.»

«Glauben Sie, daß er Ernst machen kann mit dieser Drohung?»

«Bis jetzt hat er noch niemand bedroht.»

«Bitte?»

«Nein, er hat nur eine Bombe hingestellt und uns gewarnt, nicht unvorsichtig mit ihr umzugehen. Daß wir das als eine Drohung empfinden, ist etwas anderes.»

«Was will er denn, Ihrer Meinung nach?»

Der ältere der Psychologen, Lindal hieß er, sah amüsiert aus.

«Es ist wohl so, wie er gesagt hat, er weiß es nicht recht.»

«Jetzt jedenfalls will er ins Kino gehen», sagte der Psychologe mit der nasalen Stimme.

«Darf er denn?» fragte Farsan zögernd.

«Ja, das finde ich», sagte der Psychologe Lindal, der einem größeren Publikum als Verhaltensforscher auf dem Gebiet der Kriminologie bekannt war.

Schweigend saß die Runde da und verdaute die Worte des Psychologen.

«Ich finde nicht, daß er so einfach ins Kino gehen darf», sagte der Justizminister mit Nachdruck, «ich finde nicht, daß wir nachgeben sollen. Da, wo er sitzt, sitzt er gut.»

Der Psychologe Lindal schüttelte lächelnd den Kopf.

«Man muß ihn mit einem Selbstmordkandidaten vergleichen», sagte er, «mit einem Menschen, der seines beschissenen Lebens so müde und überdrüssig ist, daß er damit droht, sich selbst und noch einigen anderen das Leben zu nehmen. Was tut man mit ihm? Natürlich zeigt man Wege auf, die aus dem, was so unmöglich erscheint, herausführen. Zeigt, daß das Leben verlockend schön und lebenswert ist. Auf jeden Fall sperrt man ihn nicht in den Kartoffelkeller ein.»

Mia drehte und wand sich in ihrer Ecke und wollte protestieren. Wenn sie auch nicht gerade märchenhaft glücklich zusammengelebt hatten, so war es doch kein beschissenes Leben gewesen, das sie geführt hatten.

«Wie verfahren wir weiter mit ihm?»

«Mit Gesprächen auf persönlicher Ebene fortfahren.»

«Sie werden doch wohl auch mit ihm sprechen?» fragte der Staatsminister Mia.

«Ich weiß nicht, was ich sagen soll», antwortete sie verstört.

«Es reicht, wenn Sie nur ein bißchen mit ihm reden», sagte der Psychologe Lindal ermunternd.

Sie nickte verängstigt, und der Psychologe bemerkte ihr Zögern.

«Vielleicht möchten Sie allein mit ihm sprechen?»

Sie schüttelte traurig den Kopf.

«Wir anderen werden jetzt gehen», fuhr Lindal fort, «wir können auch woanders weiterreden.»

Und wie auf ein Zeichen verließen sie das Zimmer, es gab überall genug leere Sitzungsräume. Nur einige wenige, von denen man meinte, sie würden am dringendsten benötigt, blieben.

Der Staatsminister lehnte sich zurück und sah Sune Tidfälth an, der lange Zeit nichts gesagt hatte. Mitarbeiter, die nicht so viel redeten, mochte der Staatsminister leiden.

«Ich werde versuchen, ein bißchen Dampf zu machen, damit der Bescheid aus Forsmark kommt», sagte der SÄPO-Chef, als er ging.

Übrig blieben Farsan Sandberg und der Psychologe Lindal.

«Kannst du nicht hierbleiben, Backhammer?» bat sie, als er gehen wollte.

Er sah Farsan fragend an, der durch ein Nicken sein Einverständnis gab.

«Du kannst vielleicht auch mit ihm reden», sagte Mia, «er mag dich doch gern.»

Mit einem Gefühl der Belästigung setzte sich Backhammer auf einen leeren Stuhl, dessen Sitz noch warm war. Der Justizminister machte sich als letzter auf, verhielt einen Augenblick in der Tür, als ob er zeigen wollte, daß er fühlte, wie sehr er gebraucht wurde, aber niemand nahm sein Zögern zur Kenntnis.

Die Tür wurde behutsam zugemacht, und Sune nahm den Telefonhörer ab, ohne daß ihn jemand darum gebeten hatte.

19

Ejnar Melander hörte dem Staatsminister zu und schob hier und dort ein leises Ja oder Nein als Antwort auf eine direkte Frage ein. Die Stimme des Staatsministers war ruhig und entspannt, und das Gespräch bekam einen Klang von besorgter Freundlichkeit, fast so, als sprächen sie über zunehmende Fälle von Erkältung in der Familie.

Herrgott, dachte Backhammer, er spricht wie mit einem Idioten, klar und deutlich und mit einem beschützenden Unterton. Wenn Idioten etwas verabscheuten, dann dieses, auf diese Art und Weise angeredet zu werden. Aber der Staatsminister leierte weiter im selben Tonfall und mit demselben Verständnis, wie es auch die völlig ungeeigneten Bewacher bei Jugendstrafprozessen zu tun pflegten.

Mit einschmeichelnden Worten kreiste er um den Kern des Problems. «Melander, Sie verstehen doch, daß uns allen genauso daran gelegen ist, diese Angelegenheit sobald wie möglich zu klären?»

«Ja.»

«Wie gut, daß wir uns darin einig sind. Nehmen Sie sich jetzt ruhig Zeit, Melander, und lassen Sie uns dann Ihren Vorschlag wissen. Ich bin rund um die Uhr bereit, Sie anzuhören.»

«Ah, ja.»

«Wenn Ihnen an praktischen Dingen etwas fehlt, dann sagen Sie's nur. Im Augenblick brauchen Sie nichts?»

«Nein.»

«Dann bedanke ich mich fürs erste, und ich würde mich freuen, wenn wir uns bald zu einem neuen Gespräch zusammenfinden. Da ist noch jemand, der mit Ihnen sprechen möchte. Guten Abend. Bis dann.»

Mia bekam den Hörer, der sich lauwarm und widerlich anfühlte in ihren schweißnassen Händen. Sie zögerte.

«Ejnar», kam es schließlich, «ich bin es nur.»

Es dauerte lange, bis er antwortete.

«Wie bist du hierher gekommen?»

«Backhammer hat mich gefahren.»

Sie erhielt einen freundlich ermunternden Blick des Psychologen.

«Wie geht es dir, Ejnar?»

«Warum bist du hier, Mia?»

Sie sah die Männer rundum bittend an.

«Ich weiß nicht», sagte sie unsicher.

Er ließ sie warten, und das Schweigen legte sich wie ein Eisenring um ihre Brust.

«Aber ... Ejnar, Lieber?»

Sie konnte es nicht zurückhalten, ihr Gesicht zuckte im Weinkrampf.

«Warum tust du so was, Ejnar?»

Sein Schweigen war wie eine Mauer.

«Lieber, Ejnar, sag was?»

«Ich will nicht mit dir reden, Mia», sagte er hart. Seine Stimme war fest, weder erregt noch ärgerlich. Dann kam ein Knacken im Hörer. Er hatte aufgelegt.

«Lieber, liebster Ejnar», wimmerte sie, «ich bin es doch nur!»

Der Psychologe nahm ihr vorsichtig den Hörer aus der Hand. Bedächtig legte er ihn in die Gabel zurück.

Mia weinte stumm, die Tränen liefen nur langsam über ihre Wangen.

Der Staatsminister starrte peinlich berührt auf den Tisch.

Backhammer stand auf und legte behutsam seinen Arm um ihre Schultern, und wie ein kleines Kind schmiegte sie sich an ihn und weinte immer heftiger.

«Mia, Mia», sagte er und wiegte sie tröstend.

Für eine Weile sagte niemand etwas, man ließ sie sich ausweinen.

Allmählich beruhigte sie sich, obwohl der Körper hin und wieder von verhaltenem Weinen geschüttelt wurde. Backhammer setzte sich mit ihr auf das Sofa und streichelte ihr sacht über das Haar.

«Nun, nun», sagte er tröstend, «das wird wieder, du sollst mal sehen.»

In der Tasche fand er ein Taschentuch für sie.

«Was ist mit ihm los?» fragte sie ihn und sah ihm in die Augen.

«Ich weiß nicht, niemand weiß das wohl.»

«Er wollte nicht mit mir reden.»

«Es kam nur so überraschend für ihn.»

«Meinst du?»

«Ja, wir hätten ihn nicht überraschen sollen.»

Sie wischte sich hilflos die gerötete Nase.

«Hast du seine Stimme gehört?»

«Wieso?»

«Es war, als hätte ich sie nie vorher gehört», schluchzte sie, «sie war so boshaft.»

«Nee, ich fand, er hörte sich an wie immer», log Backhammer.

«Er wollte nicht mit mir reden.»

Der Psychologe Lindal kam ruhig zu ihr herüber und nahm ihre Hand.

«Jetzt hören wir auf», sagte er freundlich, «heute war ein anstrengender Tag für dich. Wir besorgen dir ein Zimmer, und dann mußt du richtig ausschlafen. Morgen wird es dir sicherlich besser gehen, paß mal auf.»

«Ich kann nicht schlafen.»

«Ich helfe dir, du bekommst nachher eine Tablette von mir.»

Er half ihr vom Sofa hoch, einen Augenblick lang blieb sie vor Backhammer stehen, der sie teilnahmsvoll ansah.

«Kannst du nicht mit ihm reden?» bat sie kläglich.

«Ich weiß nicht, ob er mit mir reden will?»

«Er mag dich doch.» Ihr Blick hing flehentlich an ihm.

«Ich werd's versuchen», versprach er.

Sie ging unsicher; der Körper war ermattet wie nach einer starken physischen Anstrengung, und Lindal schob seinen Arm unter ihren. Backhammer blieb in der Tür stehen und sah ihr nach, bis sie beide in den Fahrstuhl stiegen.

«Wohin geht sie jetzt?»

«Ich werde ein Zimmer besorgen, in einem Hotel in der Nähe», sagte Farsan, «und jemand, der heute nacht bei ihr wacht.»

«Bestell mir auch ein Zimmer», sagte Backhammer, «gern in der Nähe ihres Zimmers.»

Farsan nickte und verließ das Zimmer, um diese Aufgaben an den Stab weiterzugeben.

«Woran kann das liegen, daß er nicht mit ihr sprechen wollte», fragte der Staatsminister in Gedanken versunken, «wie ist die Ehe der beiden, wissen Sie das?»

Er wandte sich an Backhammer, dessen Namen er vergessen hatte.

«Ihr Verhältnis zueinander habe ich eigentlich immer als gut empfunden.»

Sune Tidfälth hatte während des ganzen Gespräches schweigend dagesessen, nun stand er nachdenklich auf.

«Kennst du ihn gut, Backhammer?»

«Ja, so einigermaßen ...»

«Gut genug, um mit ihm ins Kino zu gehen?»

Backhammer blickte seinen höchsten Chef verblüfft an und meinte, ein freundliches Glitzern in dessen wässrigen, blauen Augen zu sehen.

«Ich war seit Jahren nicht im Kino.»

20

Backhammer machte nicht einmal den Versuch, dem Film im *Park* zu folgen. Er war zu sehr mit seinen Gedanken beschäftigt. Im Saal waren nur wenige Menschen, etwa fünfzig, verteilt über die vielen Bankreihen. Von der Seite sah er Ejnar an, der neben ihm saß. Ab und zu lachte er ein bißchen und bot Karamellbonbons aus einer knisternden Zellophantüte an.

Backhammer war kurz vor acht zu Ejnar hinaufgekommen. Ejnar hatte darauf nicht besonders reagiert, es war fast so, als sei er erwartet worden.

«Hej, Backhammer, setz dich!»

Er saß vor dem Fernseher, wo ein verlängertes «Rapport» gesendet wurde.

«Du wolltest ins Kino, hab ich gehört.»

«Dachte ich.»

«Ist der Film gut?»

«Ich weiß nicht, willst du mit?»

Das Fernsehen zeigte wieder die wenigen Aufnahmen, die es von Ejnar und dem Reichspolizeichef gab, im übrigen bestanden die Nachrichten aus diffusen Kommentaren von verwirrt dreinschauenden Personen.

«Wollen wir uns einen genehmigen?»

Backhammer nickte, es war ja nicht eindeutig, ob er noch im Dienst war.

Ejnar schenkte zwei Gläser aus einer Flasche ein, die er in seiner schwarzen Tasche hatte, einer flachen Ballantine-Flasche, die er steuerfrei auf einer Ålandfähre gekauft hatte.

«Ist ein bißchen schudderig, wie Großvater immer sagte.»

«Skål», sagte Backhammer.

Dann erschien der Staatsminister auf dem Bildschirm und Ejnar drehte neugierig den Ton lauter.

«Ist er genauso dumm, wie er sich gibt?» fragte er.

«Ich weiß nicht», sagte Backhammer, «ich kenne ihn genausowenig wie du.»

Der Staatsminister faßte sich kurz. Er wirkte zurückhaltend und sehr ernst. Dabei gelang es ihm gleichzeitig, Ruhe auszustrahlen.

«Der Mann hat also immer noch keine konkreten Forderungen gestellt?»

«Nein, noch nicht.»

«Aber er wird es tun?»

«Wahrscheinlich.»

«Bis auf weiteres sitzt er also da und denkt nach?»

«Ja, er wollte eine Bedenkzeit haben, und die hat er bekommen.»

«Und was ist mit dem Gerede von der radioaktiven Strahlung?»

«Das hat sich als reichlich übertrieben herausgestellt», unterbrach der Staatsminister plötzlich voller Eifer. «Die Polizei hat nur darauf reagiert, weil Strahlungen vorhanden waren. Sie hatte aber keine Möglichkeit, zu messen, wie stark die Strahlung war, und deshalb, etwas übereilt, die Sache mit den Schutzanzügen.»

«Wie groß ist das Risiko für Leute, die in der Stadt wohnen?»

«Null.»

Eine schnelle Zusammenfassung wurde gemacht. Zwischen den Zeilen war wieder die Andeutung zu verspüren, daß man es wahrscheinlich mit einem Geistesgestörten zu tun habe, einem Menschen, der nicht richtig begriff, was er tat.

Ejnar schaltete den Fernseher aus, als der Staatsminister durch einen neuen grauen Experten auf dem Bildschirm ersetzt wurde, und füllte ihre Gläser.

Danach waren sie durch das Reichstagshaus nach unten gegangen, auf einem von Farsan genehmigten Weg, der fast menschenleer war. Sie begegneten nur einigen Polizisten in Zivil, die ihnen neugierig nachsahen.

Sie hatten keine Schwierigkeiten gehabt, Eintrittskarten im *Park* zu bekommen. Aber für Backhammer zog sich der Film in die Länge; außerdem war der Platz zu schmal für ihn. Für lange Augenblicke versank er in Gedanken und wurde dann durch Ejnars Lachen wieder zurückgerufen. Es war ein warmes, freundliches Lachen, weit entfernt von Wahnsinn oder Idiotie.

Was war mit ihm geschehen? Backhammer konnte es nicht recht begreifen. Ejnar Melander, ein ganz normaler Nachbar, ein Jagdfreund, den er auf mancherlei Art schätzen gelernt hatte.

Er blickte ihn vorsichtig von der Seite her an, als ob er etwas Ungewöhnliches entdecken wollte. Aber Ejnar war wie immer, nur vielleicht ein bißchen entspannter. Aber das konnte ja auch vom Alkohol kommen. Schließlich war der Film zu Backhammers Erleichterung zu Ende, und sie standen wieder auf dem Bürgersteig.

Backhammer nahm seine Umgebung behutsam in Augenschein und konnte auf einen Schlag mindestens drei Polizisten in Zivil ausmachen. Die ganze Zeit standen sie unter der Aufsicht von Farsans Leuten, und jeder Schritt, den sie taten, wurde an die Zentrale weitergegeben.

«Wollen wir irgendwo etwas essen?» fragte Ejnar, «was hältst du von Hering und Schnaps?»

Backhammer folgte Ejnar mit hinunter zum *Backahästen*, das er offenbar allen Restaurants vorzog, die näher lagen. Sie bekamen einen Fenstertisch in dem schwach besuchten Lokal, und ein Kellner kam mit der Speisekarte. Beide bestellten das gleiche, Hering, Knäckebrot, Västerbotten-Käse und für jeden einen Skåne-Aquavit.

«Warum sind hier so wenig Leute?» fragte Ejnar.

«Das hat wohl mit diesem Drama da zu tun», sagte der Kellner, «die Leute sehen wohl fern.»

«Ach so.»

«Obwohl, viel Drama ist das ja gar nicht. Da war das was anderes, als sie losballerten am Norrmalmstorg. Da hatte man vier Tage frei, bei voller Bezahlung.»

«Ja, das war was anderes», sagte Ejnar langsam.

«Das meine ich aber auch!»

Der Kellner brachte schnell die Schnäpse und das Bier.

«Schön, daß du aufgetaucht bist, Backhammer», sagte Ejnar und hob sein Schnapsglas.

«Ich bin dienstlich hier.»

«Bist du darauf gekommen, daß ich es war?»

«Nein, das war Mia.»

«Ach so.»

«Ja. Man hatte mich zu dir nach Hause geschickt, um zu hören, ob du etwas wüßtest.»

Ejnar nippte mit einem kleinen Lachen an seinem Schnaps.

«Wie gefällt es dir denn hier? *Brända Tomten* und *Bäckahästen* waren die einzigen Gaststätten, in die wir in Uniform gehen durften, als wir in Karlberg stationiert waren.»

«Und warum?»

«Man war wohl der Meinung, die wären anständig genug. Da waren nur wohlbehütete Mädchen, die die Schenkel spreizten, um geheiratet zu werden!»

«Wann war das?»

«Sechsundfünfzig.»

«Ja, das war auch so ein Jahr.»

«Wo warst du da?»

«In Melbourne, die Olympiade war dort.»

«Hast du gewonnen?»

«Ganz knapp.»

Ejnar zündete sich eine neue Zigarette an, obwohl die vorige noch qualmend im Aschenbecher lag.

«Das waren noch Zeiten», sagte er gedankenverloren, «du hast den Leuten Arme und Beine zerbrochen und wurdest berühmt, während ich lernte, wie man tötet für dreihundertdreißig im Monat.»

Backhammer lächelte versonnen.

«Ich war Polizeibeamter von Beruf, ich glaube, ich hatte so um die fünfhundert im Monat. Drei Kinder. Und wenn ich noch was extra dazubekam durchs Ringen, dann kam das gerade recht. Fahrradpolizist konnte man sich damals nennen, es gab fast keine Polizeiautos.»

«Damals hattet ihr doch noch einen Säbel?»

«Junger Mann, als ich bei der Polizei anfing, hatten wir noch einen Helm, so alt bin ich!»

Das Essen kam, und sie lehnten sich zurück, damit der Kellner an den schmalen Tisch heranreichen konnte.

«Trotzdem, verflixt nochmal, wie die Jahre vergangen sind», sagte Ejnar bei den ersten Bissen, «es ist kaum zu glauben. Zweiundfünfzig hörte ich zum erstenmal von dir.»

«Die Olympiade in Helsinki?»

«Du wurdest berühmt, weil du auf dem Siegerpodest geheult hattest.»

Backhammer lächelte ein bißchen verlegen.

«Heutzutage heult man wohl nicht mehr auf dem Siegerpodest, sondern macht Geschäfte und zählt das Geld.»

«Ach ja», seufzte Backhammer, «überall geht es jetzt nur noch ums Geld.»

Aber es stimmte wirklich, er hatte geweint, damals in Helsinki, wie ein Kind. Die Nationalhymne «Du gamla, du fria», die Goldmedaille und das Wissen, daß seine Frau todkrank war, das war zuviel geworden für ihn. Ein Jahr später war sie gestorben, und da lag vielleicht auch die Erklärung für sein Konditionstief bei der Weltmeisterschaft 54.

Aber diese ganzen Jahre verschwammen für ihn, Ringkampfmatten und Geburten von Kindern, Polizeidienst und schlechte wirtschaftliche Verhältnisse. Vielleicht würde sein Erinnerungsvermögen in einigen Jahren besser sein, alte Menschen bekommen ja oft ein sagenhaftes Gedächtnis für längst vergangene Zeiten.

Er seufzte.

«An was denkst du?», fragte Ejnar.

«An all die Jahre.»

«Denkst du oft daran?»

«Nein, nicht so oft.»

«Warum nicht?»

«Sie sind vorbei, und es passiert immerzu Neues. Es hat keinen Sinn zurückzublicken.»

«Nein, vielleicht nicht.»

«Was passiert ist, ist passiert. Daran kann man nicht viel ändern.»

In Backhammers Leben hatte es keinen Platz für Kummer und Trübsal gegeben, auch wenn er sich manchmal gewünscht hatte, es möge anders verlaufen. Aber er hatte immer genug um die Ohren gehabt mit Kindern, Ehefrauen, Haus und Boot, und wenn er nun bald in Pension ging, dann wollte er vielleicht eine Hundezucht für Smålandsstövare aufmachen.

«Aber manchmal kann ich es nicht lassen und denke, wie anders alles hätte sein können», sagte Ejnar, «wenn's nicht so wäre, wie es ist. Wenn man es nur anders angefangen hätte, wäre jetzt alles anders.»

«Glaubst du wirklich?»

«Angenommen, ich wäre nicht Soldat geworden, das hätte ein ganz anderes Leben bedeutet. Eigentlich wollte ich gar nicht Offizier werden. Aber es kam eben so. Wenn ich an all die Idioten denke, die weiter in die Schule und auf die Universität gingen ... Und ich lernte zu morden!»

«Vielleicht hättest du lieber Polizist werden sollen?»

Ejnar nahm noch von dem Hering, der etwas zu weich war. Mit einer Geste bestellte er für jeden von ihnen noch einen Schnaps. Backhammer protestierte nicht, schließlich war er wohl doch nicht im Dienst.

«Von dem, was man so getan hat im Leben, gibt es wenig, was man wirklich tun wollte», sagte Ejnar nach einer Weile. «Man hat sich allen Erwartungen angepaßt, die an einen gestellt wurden, selbst hat man sein Leben nie bestimmen dürfen. Was man selbst wollte, das wurde nebensächlich.»

«Weshalb bist du denn Offizier geworden?»

Ejnar hörte auf zu essen und sah ihn ernst an.

«Die Ausbildung kostete nichts.»

«Also wie in der Polizeischule?»

«Die Realschule konnte mein Alter gerade so eben noch bezahlen, wenn es auch schwerfiel. Aber dann war es wirtschaftlich unmöglich, auch wenn meine Alte ihre Träume hatte.»

«Hattest du gute Zeugnisse in der Realschule?»

«Ja.»

«Und dann?»

«Bei der Musterung war ein Offizier, der erzählte, ich könnte das Abitur machen, kostenlos, falls ich mich anwerben ließe. Das hab ich dann getan, als ich siebzehn geworden war.»

«Um das Abitur machen zu können?»

Ejnar nickte.

«War das so wichtig?»

«Ich weiß nicht, für wen es wichtiger war, für meine Mutter oder für mich. Du hättest ihre Augen sehen sollen, als ich fertiger Offizier war. Ich war ein Titan, ein Halbgott für sie. Pfui Teufel. Außerdem hatte ich nur so ein Viertel-Abitur gemacht. Doch das wurde mir erst klar, als es zu spät war und ich in der Scheiße festsaß.»

Backhammer nickte verständnisvoll und sah zum Fenster hinaus. Saßen die Leute wirklich zu Hause und warteten am Fernseher? Die Straße war fast menschenleer, nur das eine oder andere Taxi fuhr vorbei auf dem Weg zum *Dramaten*, dem Theater, oder zum *Riche*, einem Restaurant.

«Die Offiziersjahre haben mich fast kaputtgemacht. Wäre ich nicht zum technischen Waffendienst übergewechselt, ich weiß nicht, was dann passiert wäre.»

«Das war doch nur ein Job.»

«Es lag kein Sinn darin.»

«Das Leben besteht doch nicht nur aus Arbeit.»

«Eine solche Arbeit beeinflußt alles, auch das Privatleben.»

«Vielleicht gilt das für den Polizeiberuf auch, manche haben ja kein Privatleben, nicht mal in den Ferien», sagte Backhammer in Gedanken.

«Ich wollte es nicht werden, aber ich wurde es dennoch. Offizier. Und über lange Jahre traute man sich nicht, das zuzugeben, nicht mal sich selbst gegenüber. Dann hätte man es auch keinen Tag länger beim Regiment ausgehalten.»

«Hast du dir deshalb die Garage zurechtgemacht?»

Ejnar nickte. «Warum gehst du zur Jagd?» fragte er schüchtern.

Sie ließen sich Kaffee und Cognac kommen. Backhammer merkte, daß es ihm ein bißchen zu Kopfe stieg, entschloß sich aber, keinen Gedanken daran zu verschwenden. Ejnars Blick war weit entfernt, gedankenverloren, und er stocherte zerstreut mit einem abgebrochenen Streichholz in der Kerze.

«Hast du mal daran gedacht, wie viele Idioten es um uns herum gibt?» sagte er. «Wir haben sogar ein System geschaffen, um noch mehr Idioten hervorzubringen. Heutzutage kann man selten vor einem Menschen Respekt haben. Moral ist ein Modewort geworden. Gleichzeitig verbreitet sich die Dummheit. Guck dir nur mal die Politik an, infantilere Gedankengänge gibt's doch kaum. Und weil die Dummheit mehr und mehr zunimmt, haben die Idioten eine bessere Möglichkeit, sich breitzumachen. Denk nur an diesen Idioten, der mich vorhin angerufen hat.»

«Du meinst den Staatsminister?»

«Ja, er vertritt nichts anderes als Idiotie, er ist der Oberidiot, der in seine Stellung emporgehoben wurde, weil man es zuläßt, daß sich die Dummheit breitmacht.»

Er stocherte weiter in der Kerze herum, das Wachs lief auf das Tischtuch herunter.

«Du klingst bitter, Ejnar.»

«Vor einigen Jahren habe ich Tagebuch geschrieben. Das war nur so eine Idee, nur um zu sehen, wo meine Zeit blieb. Nach einer Woche habe ich das Buch verbrannt. Ich hielt es nicht aus, mit anzusehen, wie entsetzlich vergeudet meine Zeit war!»

Er blickte plötzlich auf, die Augen hatten jetzt einen härteren Glanz.

«Eine ganze lange Woche hindurch stand nur Mist in dem Buch, es gab nicht eine einzige bedeutsame Minute während einer ganzen langen Woche. Keine Erinnerung, kein Gefühl oder auch nur ein Impuls, der es wert gewesen wäre, für die Nachwelt aufgehoben zu werden. Und wenn ich mein lebenlang Tagebuch geschrieben hätte, es wäre genauso kümmerlich leer gewesen. Verstehst du?»

Der Cognac war gut und Backhammer gönnte sich, was er selten tat, eine Zigarre zum Kaffee.

«So kannst du das nicht sagen», wandte er nach einer Weile ein, «die Tagebücher der meisten Leute würden genauso ärmlich aussehen. Es gibt nicht viele, die es zu so interessanten Memoiren bringen wie Gandhi oder Hitler.»

Ejnar lehnte sich zurück, auf seiner Stirn stand Schweiß, und der Blick wurde allmählich matter. Langsam knüllte er seine Serviette zu einem kleinen Ball zusammen. Dann beugte er sich mit einem plötzlichen Lächeln vornüber und warf den Papierball auf Backhammer, so daß er abprallte und in dessen Kaffeetasse fiel.

«Wir sind so philosophisch geworden, jetzt trinken wir noch einen Cognac und scheißen auf dieses Gerede. Wenn man schon mal ausgeht, dann auch richtig!»

«Klar», sagte Backhammer und fischte die nasse Serviette aus dem Kaffee. Sie bestellten wieder.

«Ich versteh schon, was du meinst», sagte Backhammer ernst.

«Wirklich?»

«Es fehlen einem nur die Worte, man spricht ja im allgemeinen nicht über so was.»

«Über die verfluchten Träume!»

Der Cognac kam auf dem elegant getragenen Tablett des Kellners herangeschwebt.

«Prost! Auf die Dummheit», sagte Ejnar.

Sie nahmen jeder einen Schluck und sahen einander an. Ejnars Blick hatte etwas Spöttisches. Der Alkohol hatte ihn lebhafter und offener gemacht, als Backhammer ihn in den Jahren ihrer Bekanntschaft je erlebt hatte.

«Erzähl ein bißchen was über deine Bombe.»

«Fragst du als Polizist?»

«Man kann wohl kaum sagen, daß ich jetzt im Dienst bin», sagte Backhammer lachend und erhob seinen Cognacschwenker.

Ejnar grinste auch, Backhammer war eben doch immer mehr Mensch als Polizist.

«Wie gefährlich ist die?»

«Die ist sehr gefährlich.»

«Lebensgefährlich?»

«Ja.» Ejnar lächelte noch immer, aber mitten in seinem Lächeln gab es eine tiefe Ernsthaftigkeit.

«Warum hast du sie gebaut?»

«Ich hab sie angefangen, nachdem ich das Tagebuch gelesen hatte.»

«Das du verbrannt hast?»

Ejnar nickte, und ein wenig des Feuers in seinem Blick kam wieder, als er sich zurechtsetzte.

«Schon die ersten Gedanken an die Bombe haben viel verändert. Es war, als hätte alles einen anderen Sinn bekommen. Darüber hätte ich ein Tagebuch schreiben können, aber da hatte ich keine Zeit dazu. Der erste Gedanke war nur so eine Laune, aber dann nahm ich die Idee ernster, und es machte immer mehr Freude, sich damit zu beschäftigen. Ich muß schon sagen, das ist wohl die großartigste Zeit meines Lebens gewesen.»

«Wielange hast du dich damit beschäftigt?»

Ejnar überlegte ein bißchen, die Gedanken und die Beschäftigung mit dem Problem hatte es lange vor der praktischen Arbeit in der Garage gegeben.

«Fünf Jahre lang.»

Backhammer drehte sein leeres Glas zwischen den Handflächen.

«Wollen wir noch einen kleinen Cognac trinken?» sagte er nach einer Weile.

Ejnar nickte und bestellte ein Päckchen Zigaretten zusammen mit dem Alkohol.

«Und dann gehen wir in ein anderes Restaurant», sagte er lächelnd. «Wir hätten schon lange mal ausgehen sollen, Backhammer.»

«Ja», sagte der Polizist aus Östhammar, «das hätten wir wohl tun sollen.»

21

Im Zimmer des Staatsministers hatte man die Fernsehsendungen auf einem tragbaren Gerät gespannt verfolgt. Einige Minuten nach seinem Auftritt kam der Staatsminister zurück. Die Sendung war aus dem nahegelegenen Presseraum des Reichstagshauses ausgestrahlt worden. Niemand machte Bemerkungen zu seinem Auftritt. Es gab keinen Anlaß dazu.

Der Staatsminister war hungrig und müde, aber auf seinem Schreibtisch wartete ein Tablett mit Hühnchen, Bier und Brot, das auf Veranlassung der Polizei heraufgebracht worden war. Die anderen im Zimmer hatten schon gegessen und saßen mit Kaffeetassen aus Plastik da.

Der Staatsminister sah sich um und genoß ein bißchen das Schweigen, während er aß. Die Atmosphäre war spannungsgeladen, wie immer vor einem entscheidenen Sammeln der Kräfte. Das Krisenschweigen.

Irgendwie mochte er das Schweigen und die Stimmung. Er hatte es gelernt in den vielen Stunden, manchmal ganze Tage und Nächte, die sie in solchen Krisensituationen zusammen verbrachten. Und er erinnerte sich an die Male, die er in solchen Räumen gesessen hatte und zählte einige der glücklichsten Stunden seines Lebens zu denen, in denen eine Drohung in Erleichterung umgeschlagen war. Wahlnächte, Währungskrise und Zusammenbruch der Regierung.

«Wo ist er jetzt», damit brach er das Schweigen.

«Sie sitzen im Restaurant», antwortete einer von Farsans Männern, der in Funkkontakt mit den Bewachern draußen in der Stadt stand. «Sie trinken jetzt den dritten Cognac zum Kaffee.»

«Er hat doch wohl nicht eine Schwäche für Alkohol, unser lieber Ejnar?»

Sobald Ejnar und Backhammer das Zimmer des Reichstagspräsidenten verlassen hatten, wurden seine Sachen genau durchsucht. Aber das kleine Funkgerät war weg; er trug es offenbar unter der Jacke bei sich. Die schwarze Trainingstasche hatte nichts Aufsehenerregendes enthalten, ein bißchen Unterwäsche, eine angefangene Whiskyflasche, Toilettensachen und einige Bücher.

«Also hat er das Funkgerät mitgenommen?»

«Ja, das ist ja nicht größer als ein gewöhnlicher Transistor.»

«Vielleicht sollten wir unseren eigenen Funkverkehr beschränken», sagte Farsan nachdenklich, «man weiß ja nie, wie qualifiziert sein Sender ist.»

Einer der Offiziere sah von seinen Anzeichnungen auf.

«Da brauchen wir uns keine Gedanken zu machen. Melander hat auch auf dem Gebiet eine Spezialausbildung. Er hat eine sehr gute Beurteilung nach dem besten Funk-Kursus der Armee bekommen.» Der Staatsminister hielt seine Tasse zum Nachschenken hin.

«Was sind das für Bücher, die er hat?»

«Ein Krimi in Englisch und ein technisches Buch über italienische Sportwagen.»

Ein jüngerer Polizeibeamter betrat das Zimmer, in der Hand hielt er ein Papier. Er brauchte einen Augenblick, um Farsan zu entdekken, der unterschreiben mußte.

«So langsam kriegen wir Informationen, aber es dauert, bis wir an die Computer rankommen. Weil Wochenende ist, sind die Leute so schwer zu erreichen.»

Farsan überflog das Papier, während die anderen neugierig zusahen. Es war eine merkwürdige Runde, die da im Zimmer saß, Leute, die sich sonst wohl nie begegnet wären, wenn es nicht Terroristen und Systemfeinde gegeben hätte. Der Staats-, Justiz- und Verteidigungsminister, der Reichspolizeichef, Farsan Sandberg und seine nächsten Mitarbeiter und einige Militärs mit eindeutiger Bindung an den SÄPO-Chef. Ein wenig abseits saßen die beiden Psychologen, die Erfahrung sowohl aus dem zivilen Bereich wie aus der Polizeiarbeit besaßen.

Farsan sah von seinem Papier auf. «Dieses hier ist ein erstes Resultat einer Zusammenstellung der Computeraussagen. Es ist ziemlich unvollständig und wird nach und nach ergänzt werden. Ihr bekommt gleich noch alle eine Kopie.»

«Laß mal hören», ermunterte ihn der Staatsminister.

Farsan suchte seine Brille hervor und räusperte sich.

«Ejnar Eskil Melander, geboren am 12. 8. 1937 in der Gemeinde Torp der Kommune Sollefteå im Regierungsbezirk Västernorrland. Vater war ungelernter Arbeiter, verstarb 1966, seine Mutter lebte bis 1972. Realschulabschluß in Sollefteå 1953 mit auffallend guten Noten. Verpflichtete sich beim I 21 in Sollefteå 1955, Schule für Zugführer, Militärgymnasium und dann Prüfung beim Regiment in Karlberg 1959, als Bester bestanden. Blieb Berufsoffizier, Leutnant 1961, Hauptmann 1969. Nicht so gute Beurteilung als Kompanieoffizier. Sehr gute Beurteilung nach allen Spezialkursen, die er besucht hat. Funktechnik, Sprengtechnik, Armeeschule für Minenleger. Hat auch ein Jahr als Speziallehrer für Sprengdienst hinter sich. Abschied auf eigenen Wunsch 1974, um im gleichen Jahr bei den staatlichen Wasserwerken anzufangen. Spezialkurse sowohl in England wie auch hier in Schweden. Stellvertretender Sicherheitschef im Kernkraftwerk Forsmark seit 1977. Weiterer Aufstieg ausgeschlossen, da ihm dazu das erforderliche Ingenieur-Examen fehlt.»

«Das hört sich doch wie eine ganz anständige Karriere an», sagte Sune Tidfälth, als Farsan eine Pause machte, um einen Schluck Kaffee zu trinken.

«Persönliches», fuhr Farsan mit seiner trockenen Stimme fort, «verheiratet seit 1962 mit Mia Larsson, zwei Kinder, geboren 1963 und 1965. Eigenes Reihenhaus, Neutronenweg 19, 74070 Östhammar. Keine Anmerkung im Kriminalregister. Hingegen einige Male Strafanzeige wegen Überschreitung der Geschwindigkeitsbegrenzungen zwischen 1972 und 1977. Im Zusammenhang mit der letzten Anzeige wurde sein Führerschein für acht Monate von der Bezirksverwaltung in Uppsala eingezogen. Im März 1978 hat er ihn zurückbekommen. Keine Anmerkungen wegen Trunkenheit am Steuer. Keine Anmerkungen im Kreditkarten-Register. Auf Anfrage wurde er als absolut kreditwürdig beurteilt. Die Krankenkasse hat nur Aufzeichnungen über kurze Krankschreibungen während der letzten fünf Jahre. Dreimal zwischen drei und fünf Tagen. Einkommen im vergangenen Jahr: 144 000 und 245 000 als steuerpflichtiges Vermögen. Er besitzt eine geringe Anzahl Aktien in ganz gewöhnlichen Unternehmen, zwei Autos, wovon das eine abgemeldet ist, und ein Familiengrab in der Gemeinde Multrå in Ångermanland. Ja, das hat der Computer heute abend so zusammengestellt.»

Die von Farsan versprochenen Kopien trafen ein und wurden schnell verteilt, damit jeder seine Anzeichnungen machen konnte. Einige sprachen leise, aber eine Diskussion kam nicht zustande, und einige gähnten unverhohlen. Für die meisten war es ein langer Tag gewesen.

Der SÄPO-Chef, der für einige Stunden nicht dabei gewesen war, kam rücksichtsvoll herein und setzte sich.

«Wo sind sie jetzt?»

Die Funktruppe saß in ihrem Auto außerhalb des Berzelii-Parks, der Verbindungsmann lauschte eine ganze Weile an seinem Hörer.

«Sie stehen draußen vor dem Restaurant ‹Berns›, und es scheint so, als wollten sie reingehen.»

Der Verbindungsmann lauschte angestrengt, offenbar konnte er schlecht hören.

«Sie sind reingegangen», sagte er dann und brach den Kontakt ab, «die machen offenbar eine ordentliche Runde. Der Bombenmann ist eindeutig betrunken, oder nicht mehr ganz standfest, wie der Kollege das ausdrückte.»

Sune Tidfälth konnte nicht anders, er lachte los.

«Was ist denn daran so komisch?» fragte der Justizminister sauer.

«Ein bißchen komisch ist es doch wohl», sagte Sune auffordernd.

«Das finde ich nicht.»

Aber hier und dort im Raum pflichtete man dem Reichspolizeichef bei, auch wenn man sich das Lachen verkniff. Farsan Sandberg brach als erster auf. Er mußte seine Leute für den Schichtdienst einteilen, da sich die Sache offenbar hinzog, und er hatte gelernt, mit seinen Kräften hauszuhalten. Für die anderen gab es die Möglichkeit, im Hause oder in einem nahegelegenen Hotel zu übernachten.

«Weckt mich, wenn was passiert», sagte Sune Tidfälth und ging ohne Umschweife.

Auch die anderen wollten aufbrechen. Einer nach dem anderen verließ den Raum.

Schließlich saß der Staatsminister allein hinter seinem vollbepackten Schreibtisch. Nachdenklich las er noch einmal die Computerzusammenstellung durch.

Draußen wurde das Stahlrohr jetzt von der Brunnenbeleuchtung angestrahlt. Es fröstelte ihn ein wenig, und er ließ die Jalousetten herunter.

22

Der Staatsminister saß immer noch in seinem Zimmer, obwohl es gegen zwei Uhr war. Er hatte gerade beschlossen, hier zu übernachten, ein paar Stunden Schlaf auf dem Sofa mußten reichen. In einem Einbauschrank hatte er Decke und Kissen liegen, aus anderen Nächten, in denen er in Ruhe hatte nachdenken wollen. Natürlich standen für ihn ein reserviertes Zimmer und ein bezogenes Bett irgendwo im Haus bereit, aber er hatte es nie benutzt. Wenn er in seinem Dienstzimmer blieb, dann deshalb, weil er nachdenken wollte. Brauchte er nur Schlaf, dann fuhr er nach Hause, er wohnte nicht so weit entfernt.

Als er sich gerade den Schlips abbinden wollte, klopfte es leise an der Tür. Es war der SÄPO-Chef, der seinen wohlgekämmten Kopf hereinsteckte.

«Bist du allein?»

Der Staatsminister zeigte einfach auf einen Besucherstuhl. Er hatte seinen SÄPO-Chef nie so recht leiden mögen, auch kaum einen seiner Vorgänger. Aber diesen hier, den hatte er aus dem Nachlaß einer bürgerlichen Regierung übernommen, die ein kurzes Gastspiel an der Spitze gegeben hatte.

Natürlich sah er ein, daß das Land eine Sicherheitspolizei brauchte, selbstverständlich mochten die Linken sagen, was sie wollten. Aber es fiel ihm schwer, sich mit einem Sicherheitsdienst abzufinden, der auf eine Art und Weise betrieben wurde, als seien der Zweite Weltkrieg, der Eiserne Vorhang und die Mauer in Berlin aktuelles Tagesgeschehen. In einer Zeit, in der die eigentlichen Verräter des Landes auf wirtschaftlicher Ebene zu finden waren. Die moderne Art, Länder zu vernichten, hing ja nicht mehr von Bombenflugzeugen ab, jetzt, da die Wirtschaftskriege täglich den Frieden bedrohten, mit Devisen und Rohstoffen als Waffen.

«Was möchtest du?» fragte er schroff.

«Es geht um etwas, für das du dankbar sein wirst, solange es nur unter uns bleibt.»

Der Staatsminister sah den Mann kalt an. Der SÄPO-Chef war nervös, schwitzte etwas auf der Stirn, und seine Hände fummelten ununterbrochen an den messerscharfen Bügelfalten seiner Hose herum.

«Wir sind allein.»

«Ich weiß nicht recht, wie ich anfangen soll. Alles fing zur Zeit meines Vorgängers an.»

Gar nicht dumm, einen toten Vorgänger zu haben, dachte der Staatsminister. Ein schweigender Grabstein, unter dem man die schlimmsten Fehler verscharren kann.

«Während der fünfziger und sechziger Jahre gab es eine ziemlich hitzige Debatte über Atomwaffen», fuhr der SÄPO-Chef fort, «die dann in den siebzigern als Kernkraftdebatte weitergeführt wurde.»

«Ich kenne diese Geschichte», sagte der Staatsminister ironisch.

«Während der ganzen siebziger Jahre ging es in der Debatte nur um die friedliche Anwendung der Kernkraft, auch wenn man hier und da einmal die Neutronenbombe erwähnte. Aber im großen und ganzen betrachtete man die militärische Debatte als beendet, wenigstens in den Medien. Wir dürfen nicht vergessen, daß in dieser Zeit eine Abrüstung bei der Luftwaffe stattfand, Einschränkungen in der Armee und nahezu eine Verschrottung der Flotte. Aber die militärische Atomwaffendebatte ging weiter, wenn auch nicht auf den ersten Seiten der Zeitungen. Es gab starke Kräfte, sowohl in der Politik, wie bei den Streitkräften, die es für unverantwortlich hielten, die Verteidigungskraft zu mindern. Ich glaube, zu dieser Zeit, als die Debatte unterschwellig weiterlief, fing die ganze Sache an.»

«Komm zur Sache», trieb der Staatsminister irritiert voran.

«Es gab politische und militärische Gruppierungen, die sich darüber einig waren, daß wir uns auf dem Gebiet der Atomwaffen Handlungsfreiheit verschaffen wollten. Die Möglichkeit, diese Freiheit zu wählen, ergab sich, als die englischen Übereinkommen zur Aufarbeitung radioaktiven Abfalls geschrieben wurden. Durch eine bewußt vage Formulierung schloß man die Möglichkeit der Rücksendung einer wichtigen Komponente nicht aus, die zur Herstellung von Atomwaffen gebraucht wird.»

Der Staatsminister starrte den SÄPO-Chef verständnislos an, der immer stärker schwitzte.

«Ich möchte nochmals betonen, daß ich mit diesen Beschlüssen nichts zu tun hatte, alles geschah zur Zeit meines Vorgängers, ich wurde nur vor die vollendete Tatsache gestellt.»

«Was war das für eine Komponente, die man zurückbekommen konnte?» fragte der Staatsminister zögernd.

«Plutoniumnitrat.»

«Plutonium?»

Der Staatsminister schüttelte den Kopf, die Behauptung war vollkommen widersinnig. Schweden war eines der ersten Länder gewesen, das den Atomwaffensperrvertrag unterschrieben hatte.

«Die NATO war voll und ganz einverstanden, unserem Land wurde großes Vertrauen entgegengebracht. Und es gibt bestimmt andere, ebenso vertrauenswürdige Länder, die entsprechende Lieferungen bekommen haben. Im ganzen geht es um ungefähr fünfzig Liter Plutoniumnitrat. Die Menge ist so gering gehalten, damit keine Möglichkeit bestehen sollte, etwas anderes als nur ausgesprochen defensive Atombomben zu bauen.»

«Wann sind diese ‹Rücksendungen› passiert?»

«Das war vor meiner Zeit, ich weiß nur, wann die Plutoniumbehälter an ihren jetzigen Verwahrungsort gebracht wurden.»

«Und wo liegt der?» fragte der Staatsminister voll böser Vorahnung.

«In Forsmark.»

«Wo der stellvertretende Sicherheitschef Ejnar Melander heißt.»

«Ja.»

«Die Lieferungen waren in zehn eineinhalb Meter hohen Stahlbehältern erfolgt, die einen Durchmesser von knapp zwanzig Zentimetern hatten. Sie waren mit einem gewöhnlichen Urantransport nach Studsvik gekommen, wo sich das dortige Forschungspersonal ihrer angenommen hatte. Schließlich waren die unliebsamen Stahlrohre nach Forsmark überführt worden, als man vor einigen Jahren dort eine provisorische Entsorgungsanlage errichtet hatte.»

Noch hatte der Staatsminister nicht besonders auf die Mitteilung des SÄPO-Chefs reagiert; er hatte oft eine Reaktionsverzögerung bei Katastrophenmeldungen, die seine Umgebung mit guten Nerven verwechselte. Aber dem war nicht so, es dauerte nur eine Weile bei ihm, dann reagierte er wie andere Menschen auch.

«Bei einer Kontrolle heute abend waren alle zehn Stahlrohre an Ort und Stelle. Aber bei einer Gewichtskontrolle zeigte sich, daß sie zu leicht waren. Deshalb öffnete man einige, und die waren, statt mit Plutoniumnitrat, mit einer Bleilösung gefüllt. Außerdem waren die eigentlichen Behälter nicht die ursprünglichen. Es scheint, als ob jemand entsprechende hergestellt und sie ausgetauscht hat, gegen die, die damals aus England kamen.»

Der Staatsminister ging hinüber zu dem Fenster, das zum Brunnen hin lag, und tippte irritiert an der Jalousette. Das Stahlrohr sah in der Nacht grünschimmernd aus, das machte wohl die Beleuchtung des großen, grünen Glaspfeilers, der die Farbe weitergab. Der Staatsminister war immer, wie die meisten Stockholmer, der Ansicht gewesen, daß der Brunnen häßlich aussah.

«Aber verdammt zum Donnerwetter noch mal», explodierte er plötzlich, «wie konnte so was denn ohne unser Wissen passieren!»

Der SÄPO-Chef stand ebenfalls auf.

«Beruhige dich», sagte er, «das hier passierte, bevor weder du noch ich die Verantwortung hatten, die wir jetzt haben.»

«Das ist wider alle Gesetze und Verfassungen! Das wird ein Mordsspektakel geben. Du wirst mehr Leute verhaften müssen, als du dir je hast träumen lassen!»

Der Staatsminister war so erregt, daß er förmlich auf und ab sprang, und die Stimme klang mal dumpf brüllend, mal piepsig fistelnd.

«Mein Lieber, beruhige dich!»

Der SÄPO-Chef setzte sich langsam. Im gleichen Maße, wie die Erregung des Staatsministers zugenommen hatte, war er ruhiger geworden.

«Der Staatsminister der betreffenden Regierung war sicherlich unterrichtet», sagte er kalt.

«Was sagst du da, verdammt noch mal?»

«Aber er hat die Angelegenheit wohl ‹vergessen›.»

«Du lügst, du verdammter Schnüffler!»

Der SÄPO-Chef kümmerte sich nicht um die Beschimpfung, er sprach mit seiner üblichen trockenen Stimme weiter.

«Ich glaube auch, daß da noch andere in dieser Regierung saßen, die ihre Einwilligung für diese ‹Importe› gaben. Aber das wird wohl kaum in einem Protokoll stehen, ich glaube, man ist mehr durch ‹Unterredungen› zu dem Ergebnis gekommen.»

«Das kann doch nicht wahr sein. In unserem Land!»

«Und ich glaube nicht, daß auch nur einer, der bei diesen ‹Überlegungen› dabei war, etwas mit der Sache zu tun gehabt haben will, wenn es an die Öffentlichkeit dringt.»

«Das wird dem Staatsanwalt überlassen bleiben!»

«Und es scheint auch keine Beweise im eigentlichen Sinne zu geben.»

Der Staatsminister starrte wütend den Mann an, der ihm am Schreibtisch gegenüber saß.

«Aber du hast, seit du SÄPO-Chef bist, davon gewußt?»

«Ja, natürlich.»

«Und was waren deine gewichtigen Gründe, mich darüber nicht zu informieren? Wegen jeder Scheißfrage rennst du hier aus und ein und petzt, wer mit wem schläft und welche ein bißchen zu viel trinken. Warum hast du von dieser Sache nichts erzählt?»

«Es war politisch sehr schwierig in den letzten Jahren», sagte der SÄPO-Chef leise, «besonders in einer Stellung wie meiner. Man wußte kaum von einem Tag zum anderen, wen man als Chef hatte. Und in vier Monaten haben wir Reichstagswahl, und kannst du mir sagen, wer nach dieser Wahl das Land regiert? Ich trau mich nicht mal, Vermutungen darüber anzustellen. Wir haben drei Regierungen in knapp vier Jahren gehabt, und keine davon war wirklich stark. Die Politik der Meinungsumfrage stand an erster Stelle, und die Frage nach der Kernkraft hat jede Wahl gesteuert, bis hin zu immer schlafferen Regierungen. Wenn es auch in den Wahlen äußerlich um anderen Kleinkram, wie Abzüge für Hauseigentümer, Steuern und Mitbestimmung ging, es war dennoch die Kernkraftdebatte mit ihrem religiösen Anstrich, die den Vorrang hatte. Was meinst du wohl, was das dann für ein Gefühl ist, illegal importiertes Plutonium im Keller zu lagern?»

«Du hättest den amtierenden Staatsminister davon in Kenntnis setzen müssen!»

«Der das zu einer hysterisch aufgebauschten Frage im Wahlkampf gemacht hätte?»

«Das war deine Pflicht, du hast dich eines groben Dienstvergehens schuldig gemacht!»

Der SÄPO-Chef besah sich sehr genau seine Schnürsenkel, dann fuhr er fort. «Wenn du und deine Partei das vor der letzten Wahl zu wissen bekommen hätten, wie hättet ihr dann gehandelt?»

Der Staatsminister antwortete nicht.

«Ihr hättet natürlich die Frage im Wahlkampf benutzt, oder?»

«Ist das denn keine Wahlkampffrage? Eine Frage äußersten Vertrauens?»

«Nein, das ist eine viel gefährlichere Frage.»

«Für wen denn?»

«Für unsere Beziehung zur NATO, wenn schon nicht anders.»

Nach einem letzten Blick auf das Rohr ließ der Staatsminister die Jalousette zukippen und setzte sich auf seinen Stuhl. Seine größte Erregung war vorüber, und die Stimme klang beinahe normal.

«Was für eine Absicht lag denn hinter deinem Schweigen?»

«Ich habe gewartet.»

«Worauf?»

«Auf eine stabile Regierung, die die Kernkraftfrage in den Griff bekäme.»

«Auf die können wir wohl noch lange warten», sagte der Staatsminister bitter.

Sie saßen eine Weile schweigend da und schienen sich zu taxieren.

«Ich habe keine parteipolitische Bindung», sagte der SÄPO-Chef überzeugend, «ich habe nicht mal gewählt, seit ich diesen Posten bekam. Die ganze Sache habe ich von meinem Vorgänger übernommen. Es sind weniger als zwanzig Personen, die über diese Angelegenheit Bescheid wissen. Mir selbst ist diese Sache sehr zuwider. Aber das sind mir andererseits die meisten unserer Aufträge. Ich habe noch acht Jahre bis zur Pensionierung, und ich wollte das vor meinem Rücktritt in Ordnung bringen. Aber bis auf weiteres lag das Plutonium ja gut dort, Melander hatte die allerbesten Empfehlungen, und außer ihm sind es nur noch drei Leute, die genau wissen, wo das Lager ist. Ich wollte diese Frage anschneiden, wenn eine Partei ein stabiles Wahlresultat als Grundlage hat, sagen wir, mit einer Mehrheit von zehn Mandaten. Dann hätte man in dieser Frage etwas tun können, ohne Gedanken an kurzsichtige, politische Stimmengewinne.»

«Wie hätte man es denn dann machen sollen?»

«Man hätte das Plutonium genauso still und leise zurückgeschickt, wie es einmal gekommen ist.»

«Hätte die NATO es denn entgegengenommen?»

«Natürlich, sie hätten gar keine andere Wahl gehabt.»

Der Staatsminister versuchte jetzt, in anderen Bahnen zu denken, aber es war, als könne er die wachsende Gefährlichkeit von Melanders kleinem Stahlrohr nicht richtig akzeptieren.

«Wir dürfen auch nicht vergessen», sagte der SÄPO-Chef, «daß ihr erst vor einigen Jahren vollkommen einig ward in bezug auf unsere Kernkraftpolitik. Diejenigen, die dieses Plutonium hergeholt haben, taten das nicht mit bösen Absichten, auch wenn wir es heute noch so sehr verurteilen. Das waren und sind genauso gute Schweden, wie sonst irgendeiner von uns.»

Schweigend blieben sie sitzen. Es gab nicht mehr viel zu sagen, bevor man nicht die Folgen für den morgigen Tag bedacht hatte, der eine völlig neue Situation bringen würde. Wenn man auch weiterhin hoffen konnte, daß Melander bluffte, man mußte sich wohl an den Gedanken gewöhnen, daß das Stahlrohr da draußen um ein Vielfaches gefährlicher sein konnte, als irgend jemand hätte ahnen können.

«Wie verfahren wir nun weiterhin?» fragte der Staatsminister in dem Versuch, etwas freundlicher zu sein.

«Nach diesem Gespräch ist es für mich logisch, um meine Entlassung zu bitten.»

Der Staatsminister blickte ihn ziemlich lange an, bevor er antwortete.

«Entschuldige bitte meine Schärfe», bat er bescheiden, «wir werden dich mehr brauchen als irgendeinen anderen.»

Der SÄPO-Chef senkte den Kopf zum Zeichen dafür, daß er das Angebot, seinen Posten zu behalten, annahm, schwerer fiel ihm, die Entschuldigung zu schlucken.

«Die Frage ist, ob wir die Sache bekannt werden lassen oder nicht», sagte er zusammenfassend.

«Ja, ich weiß nicht recht», antwortete der Staatsminister.

«Vielleicht sollten wir versuchen, die Frage zu überschlafen?»

«Ja, das glaube ich auch.»

23

Der Morgen verlief hektisch für den Staatsminister, schon gegen sieben Uhr saß er in einer neuen Besprechung mit dem SÄPO-Chef, der genauso schlecht geschlafen hatte wie er. Sie ließen sich Kaffee und belegte Brote kommen.

Sie blickten aus dem Fenster, der Tag versprach schön zu werden, nachdem die Sonne erst einmal einen leichten Morgennebel vertrieben hatte, der von Osten her gekommen war. So weit ihr Blick reichte, war die Stadt noch menschenleer, der Verkehr aus nördlicher Richtung wurde schon an der Kungsgata gestoppt, die zur Vasagata hin auch für Privatverkehr zugelassen worden war. Aber glücklicherweise beherbergte das Viertel um das Reichstagshaus vor allem Büros und Geschäfte, die bis auf weiteres geschlossen bleiben sollten.

«Hast du geschlafen?»

«Wenig», gab der SÄPO-Chef zu und nahm noch Kaffee.

Sie hatten gerade einen Bericht über den gestrigen Abend bekommen, über Ejnars Betrunkensein und über sein Verhalten sowie über Backhammers Hilfe.

«Hast du dir was überlegt?»

Der SÄPO-Chef nickte nachdenklich.

Die Nachricht, die man bekanntgeben mußte, würde für die Öffentlichkeit schwer verständlich sein. Vor allem die Wahrheit darüber, daß man während der Kernkraftdebatte der siebziger Jahre und während der Volksbefragung in den achtzigern insgeheim ein Plutoniumlager angelegt hatte.

«Wer würde danach noch einem Politiker Glauben schenken?» seufzte der Staatsminister.

«Du und deine Partei, ihr habt doch wohl keine Schuld an dieser Sache?»

«Oberflächlich gesehen vielleicht, aber es würde dem Glauben der Menschen an die Politik als Ganzes einen unermeßlichen Schaden zufügen.»

«Wollen wir mit der Veröffentlichung warten?»

«Ich glaube, ja.»

«Obwohl du daraus erheblichen politischen Gewinn schlagen kannst?»

«Das sind solche Gewinne, die auf lange Sicht schwere Niederlagen einbringen.»

Sie stellten eine Liste derer zusammen, die von dem Plutoniumlager wußten. Es wurden nicht so viele Namen, weil einige schon gestorben waren.

«Diese Personen sind so sehr in die Angelegenheit verwickelt, daß ich mit Sicherheit für ihr Schweigen garantieren kann. Aber meiner Ansicht nach können wir dieses hier nicht nur für uns behalten. Wir sollten noch ein paar Leute voll und ganz davon unterrichten.»

Sie beschlossen, eine Gruppe innerhalb des Krisenstabes zu bilden. Nachdem sie sich über die Namen geeinigt hatten, wurden die besagten Personen nach oben gerufen. Die ersten, die kamen, waren der Reichspolizeichef und Farsan Sandberg. Beide hörten die Mitteilung mit Gelassenheit an, Sune Tidfälth nickte, fast, als habe er das erwartet.

Die beiden Psychologen hielt man, wegen ihrer Sachkenntnisse, für unentbehrlich in der Gruppe. Einige höhere Offiziere und den Oberbefehlshaber konnte man auch nicht übergehen.

Der Justizminister kam sofort ins Zimmer, als er gerufen wurde, es schien, als habe er draußen vor der Tür gewartet.

«Wer noch?» fragte der Staatsminister.

«Ich würde gern Backhammer dabeihaben», sagte Farsan zurückhaltend, «den Polizisten aus Östhammar. Er ist der einzige, der Melander gut kennt, und das kann vieles erleichtern.»

Man nickte, und die Psychologen wiesen darauf hin, daß er am vorangegangenen Abend sehr gute Arbeit geleistet hatte.

«Heißt er wirklich Backhammer?» fragte der Justizminister, der ausgesprochen unsportlich war.

«Er heißt eigentlich Berglund, der alte Ringkampfmeister Ture Berglund. Er hat drei olympische Goldmedaillen gewonnen durch den altmodischen Backhammer-Griff. Deshalb wird er so genannt.»

«Oh, verflixt, der ist das», sagte der Staatsminister, «ich saß damals am Radio, als er 1956 in Helsinki gewann.»

«1952», berichtigte Farsan, «er weinte auf dem Siegerpodest.»

«Dieser kräftige, große Mann?» fragte der Justizminister zweifelnd.

Ob nun Backhammer mit in die Gruppe kam, weil er in Helsinki geheult hatte oder weil er Melander kannte, das wurde nie klargestellt. Er selbst fühlte sich durch den Auftrag nicht sonderlich geehrt, er wäre am liebsten nach Hause, nach Östhammar, gefahren, wo vier freie Tage auf ihn warteten.

«Was soll ich denn tun?» fragte er mürrisch, nachdem er gerufen worden war.

«Halten Sie den Kontakt mit ihm», sagte er Psychologe Lindal, «versuchen Sie, eine Vertrauensbasis zu schaffen.»

Der Reichspolizeichef bekam die schwierige Aufgabe, die Presse aus der Sache herauszuhalten, die Rolle des Staatsministers sollte ein bißchen heruntergespielt werden, um der Angelegenheit nicht mehr Bedeutung zu geben, als ihr ohnehin zugefallen war. Farsan erteilte kurze Befehle auf der direkten Telefonleitung, sobald etwas beschlossen worden war. Schon jetzt saßen viele aus seinem Stab und telefonierten herum, um die Abgeordneten auf dem Weg ins Plenum aufzuhalten.

«Soll ich versuchen, ihn dazu zu bewegen, seine Frau zu treffen?» fragte Backhammer.

«Eine sehr gute Idee», sagte einer der Psychologen begeistert.

«Darf er wieder das Haus verlassen?»

«Wir können ihn nicht daran hindern, außer mit Gewalt», sagte Farsan in Gedanken versunken, «und ich würde darin keinen tieferen Sinn sehen. Wir bewachen ja doch jeden seiner Schritte.»

«Ich finde das bedenklich», wandte der Justizminister ein.

Aber noch maß niemand der Frage größere Bedeutung bei, und man konnte weitermachen. In den frühen Morgenstunden hatten sich die Berichte auf Farsans Tisch angesammelt. Die Gruppe, die das Haus und die Garage in Östhammar untersucht hatte, war zu Ergebnissen gelangt, die sensationell gewesen wären, wenn der SÄPO-Chef ihr nicht zuvorgekommen wäre. Unter anderem hatte man einige halbfertige Prototypen gefunden, die dem Stahlrohr unten im Brunnen ähnlich waren. Und in einem Schrank war man auch auf einen Stapel Zeichnungen gestoßen, die zur Analyse an die FOA geschickt worden waren.

«Aber kann das wirklich ein richtiger Atomsprengsatz sein?» fragte Farsan beunruhigt.

Oder hatte er nur die Plutoniumbehälter gestohlen und sie aus dem Weg geräumt, damit sie auf einen Bluff hereinfielen? Und gehörten die Zeichnungen und der Aufbewahrungsort der Prototypen zur Verwirrungstaktik?

«Das meiste läßt wohl darauf schließen, daß er nicht blufft», sagte der Staatsminister besorgt.

«Ob er sie zünden kann, weiß ich nicht», sagte der SÄPO-Chef, «aber wir müssen wohl davon ausgehen, daß das Rohr mit Plutonium und Sprengstoff gefüllt ist.»

Backhammer hing schweigend seinen eigenen Gedanken nach. Ob das eine richtige Bombe war oder nicht, das kümmert ihn nicht besonders. Statt dessen dachte er an Ejnar und an ihr Gespräch gestern abend. Er war in einem merkwürdigen betrunkenen Zustand gewesen; es schien mal mehr, mal weniger zu sein, und dennoch hatten sie ungefähr gleichviel getrunken. Aber Backhammer hatte ja fast das Doppelte an Körpergewicht und konnte mehr vertragen.

«Was meinst du, Backhammer?» fragte der Psychologe Lindal.

«Verzeihung», sagte Backhammer verwirrt, «ich hab an was anderes gedacht.»

«Hat er eine richtige Atombombe?»

Backhammer gab nicht sofort Antwort.

«Ejnar hat noch nie gelogen.»

Man nickte; das war ein Eindruck, den viele gewonnen hatten.

«Er ist beinah krankhaft ehrlich. Borgt er sich eine Patrone an einem Jagdtag, gibt er sofort am nächsten Tag eine gleiche zurück.»

Hin und wieder blickten sie auf den Hötorg hinunter, der menschenleer war, bis auf die wenigen Polizisten, die das Stahlrohr bewachten. Diejenigen, die mit Bussen und mit der U-Bahn kamen, um in der Nähe ihrer Arbeit nachzugehen, mußten umkehren und nach Hause fahren. Schon am frühen Morgen waren alle Geschäftsinhaber und Bürochefs davon unterrichtet worden, daß nicht wie sonst geöffnet werden könne. Eine schnelle Berechnung hatte ergeben, daß das Stahlrohr fast achttausend Menschen «arbeitslos» machte.

«Wir müssen die Sache unbedingt beschleunigen», sagte der Staatsminister, nachdem sie Farsans Absperrungsplan für die Innenstadt durchgesehen hatten.

«Die Frage ist nur, wie?» hielt Farsan dem entgegen.

In der Nacht hatte er alle Möglichkeiten erwogen, ohne auf eine wirkliche Lösung zu kommen. Nicht einmal bei seinen verwegensten Antiterrorübungen hatte seine Phantasie etwas Derartiges voraussetzen können.

«Wir setzen ihn unter Druck», sagte der Justizminister kalt.

«Wie denn?» fragte Lindal verdutzt.

«Die Bombe soll innerhalb von vierundzwanzig Stunden verschwunden sein.»

Verblüfft blickte man auf den Justizminister, der eine Lösung zu haben schien.

«Wie würdest du denn vorgehen?»

Die Angelegenheit war offenbar von den Offizieren diskutiert worden, denn der Justizminister nickte dem zu, der den Rang eines Oberstleutnants hatte.

«Ein schnelles Eingreifen, das ihn von dem Funkgerät trennt, und danach übt man den nötigen Druck auf ihn aus, damit man erfährt, wie die Bombe konstruiert ist.»

«Gott im Himmel», seufzte Lindal, und der Staatsminister bedauerte schon, daß er die Offiziere mit in die Gruppe hineingelassen hatte.

Der Oberstleutnant sah sie entschlossen an, er scherzte nicht.

«Wir machen das jetzt ein bißchen peu à peu», sagte der Psychologe Lindal entspannt, «wir sollten uns nicht in erster Linie auf die Bombe fixieren. Die Lösung liegt in dem Menschen, in Ejnar Melander. Wer ist er, und wie denkt und reagiert er? Über mehrere Jahre hat er an einer Bombe gebaut, einem schreckenerregenden Apparat. Warum hat er das getan? Er hat offenbar nicht mal daran gedacht, wozu er sie benutzen will. Das allein sagt viel. Aber die Herstellung hat ihm Freude gemacht und große Ruhe geschenkt. So sagt er selbst. Aber nun ist die Zeit der Herstellung vorbei und damit wohl auch die Freude. Und die Ruhe. Durch was wird er die Herstellung ersetzen? Mir graut vor dem Augenblick, in dem ihm klar wird, wie vollkommen wir in seiner Gewalt sind.»

«Was willst du damit sagen?»

«Er befindet sich in einer Situation, in der ihm alle seine Träume erfüllt werden können, jedenfalls, was das rein Materielle anbelangt.»

Schweigend saß man eine Weile da.

«Was glaubst du, wovon träumt er?» fragte der Staatsminister.

«Ja, wovon träumen wir?»

Man sah einander an.

«Melander ist in einem schwierigen Alter, genau wie die meisten von uns. Jung genug, um zu hoffen, aber auch alt genug, um zu verstehen.»

«Hoffen, was denn?»

Der Psychologe Lindal steckte sich seine Pfeife an und lächelte einigen der Offiziere zu.

«Warum laufen so viele Männer unseres Alters den Vasa-Skilanglauf», sagte er spöttisch.

«Was hat der Vasa-Lauf, verdammt noch mal, mit der Bombe zu tun?»

«Männer in Melanders und meinem Alter bilden sich oft ein, das Beste im Leben sei vorbei, und sie versuchen auf verschiedene Art und Weise, sich und ihrer Umgebung zu beweisen, daß man noch mit ihnen rechnen muß.»

«Kindische Überlegung», wandte der Oberstleutnant wütend ein.

«Wir kleiden uns jugendlich, wir sind überall dabei, strampeln uns auf dem Fahrrad und auf Skiern ab. Alles nur, um unseren billigsten Träumen Genüge zu tun.»

«Jetzt übertreibst du?»

«Ich glaube nicht, leider.»

«Dann ist also diese Bombe hier so ein verdammter Vasa-Lauf?»

«Nein, das ist eine viel, viel größere Garantie für deine Träume!»

«Wie meinst du das?»

«Stell dir vor, was würdest du tun, wenn du die Macht über alle Menschen bekämst?»

«Pfui Teufel ...»

«Melander kann verlangen, was er will, mit seiner Bombe; es kommt nur darauf an, welche Träume er hat.»

«Träume hin, Träume her», murrte der Oberstleutnant.

Sie saßen eine Weile da und schwiegen. Jeder von ihnen überlegte wohl, was er tun würde, wenn er die Möglichkeit bekäme, alles so zu tun und zu lassen, wie er es in seinem Innersten hätte haben wollen.

«Und was wollen wir jetzt tun?» fragte Backhammer neugierig.

«Versuchen, so zu denken wie er», sagte Lindal abschließend, «so schrecklich wie irgend möglich denken. Was würde man tun, wenn man plötzlich die Macht hätte, über allen Gesetzen, Ordnungsregeln und jedweder Moral zu stehen?»

«Vollkommen idiotische Überlegung», sagte der Justizminister und sah flehentlich zu den Offizieren hinüber, «ich bin der Ansicht, wir lassen es hart auf hart kommen!»

«Und wie sollte das aussehen?» fragte Lindal sanft.

«Wir nehmen ihm das Funkgerät weg und setzen ihn unter Druck.»

«Sollen wir vielleicht einen Folter-Spezialisten aus Chile kommen lassen?»

«Natürlich nicht!»

«Man braucht ja nicht auf die Äußerlichkeiten einzugehen», sagte einer der Offiziere kleinlaut, «wir sind ja schließlich in Schweden.»

«Aber wenn er sich nun über alle Gesetze hinwegsetzt?»

«Jetzt reden wir dummes Zeug», sagte Farsan in aller Ruhe, «wir machen es mal schön der Reihe nach!»

«Verstehen Sie denn nicht», sagte der Justizminister in etwas lauterem Ton, «in einer Demokratie kann man nicht nur so einfach nachgeben. Ich bin der Auffassung, daß wir dem Mann gegenüber entschiedener auftreten müssen!»

Die Psychologen schüttelten langsam die Köpfe.

«Welche Auffassung vertreten Sie denn?» fragte der Staatsminister, der sich zunehmend über den Justizminister ärgerte.

«Wir sollten Melander so bald und so gut wie möglich kennenlernen. Wir müssen erreichen, daß er die Tragweite seines Handelns begreift.»

Der Justizminister starrte die anderen wütend an, aber Tidfälths einlenkende Stimme kam ihm zuvor.

«Darf ich den Vorschlag machen, daß wir den weichen Kurs so lange verfolgen, wie er uns voranbringt», sagte er, «daß wir uns aber gleichzeitig auf eine härtere Gangart vorbereiten. Die Militärs machen so weiter, das Hauptaugenmerk dabei auf die Bombe und ihre Konstruktion gerichtet, die Polizei setzt über Backhammer ihre Kontakte direkt zu Melander fort.»

Der Vorschlag wurde angenommen, und Farsan Sandberg begriff plötzlich, warum Tidfälth, in einer politisch schwierigen Zeit, Reichspolizeichef geworden war.

«Aber das wird unter Protest geschehen», sagte der Justizminister, um sein Ansehen bangend, «meiner Ansicht nach kann man dem Terror auf die Dauer niemals nachgeben.»

«Wir sind hier nicht in Israel», sagte der Staatsminister trocken.

24

Backhammer benutzte die Treppe, um zum Dienstzimmer des Reichstagspräsidenten zu gelangen. Er blieb vor der Tür stehen und atmete tief aus, bevor er anklopfte.

Die Sitzung im Zimmer des Staatsministers war durch einen Polizisten unterbrochen worden, der mitgeteilt hatte, daß oben bei Ejnar Melander großer Lärm sei. Es hatte sich angehört, als ob Papier zerrissen, Holz zerbrochen und Stoff zerfetzt wurde. Nach einiger Zeit war ihre Abhöranlage mit einem scharfen Knall verstummt.

«Hatten Sie ein neues Mikrophon angebracht?» fragte Backhammer, «er wollte doch nicht abgehört werden.»

«Dieses hier war fast nicht zu finden», sagte Farsan kleinlaut.

Erst nach geraumer Zeit öffnete Ejnar.

«Schönen Dank auch für gestern», sagte Backhammer, als er eingetreten war.

Ejnar war angezogen, aber das Haar war noch naß vom Duschen, und die Wangen glänzten frischrasiert. Das Oberhemd vom gestrigen Abend war gegen ein frisches, ebenso schlichtes ausgewechselt. Backhammer sah sich verwirrt im Zimmer um, die gesamte Einrichtung war zerstört.

«Hier ist es», sagte Ejnar und legte eine Wanze auf seine Handfläche.

Die helle Stofftapete war von den Wänden gerissen, die Gardinen zerfetzt und die Polsterung der Möbel war über das ganze Zimmer verteilt.

«Möchtest du sie jetzt wohl bitten, mit diesen Dummheiten aufzuhören?»

«Ich hatte keine Ahnung davon, die müssen das angebracht haben, als wir im Restaurant saßen.»

Ejnar grinste kurz und nahm den Telefonhörer, mit freundlicher Stimme bestellte er das Zimmer mit gelber Tapete und braunem Teppichboden und etwas dunklerer Ledergarnitur guter Qualität.

Der Polizist, der den Anruf entgegennahm, schrieb es zur Weitergabe an Farsan auf.

«Richten Sie aus, daß ich die Sache bis heute nachmittag erledigt haben will.»

Mit einem kleinen Lachen legte er den Hörer auf.

«Und was machen wir, solange die hier tapezieren?»

«Wir gehen in die Stadt, kaufen ein bißchen ein.»

«Hast du kein Frühstück bekommen?»

«Die dachten wohl, ich hätte das Ausschlafen nötig», gluckste Ejnar. «Du sollst wohl mein Kindermädchen sein, wie?»

Backhammer nickte.

«Hast du ein Auto?»

«Ja, den VW.»

«Mein Gott, das ist doch kein Auto!»

25

Backhammer wartete geduldig in einem Sessel, während Ejnar die notwendigen Formulare ausfüllte, um ein Auto bei InterRent auf der Birger Jarlsgata mieten zu können. Er sprach voller Eifer mit dem Autovermieter und schien zum Schluß das erreicht zu haben, was er wollte. Er kreuzte die Zusatzversicherungen an und bezahlte mit einer Kreditkarte.

Backhammer sah verstohlen auf die Straße hinaus, auch jetzt folgten ihnen Farsans Beobachter in Zivil. Die Bewachung war unauffällig, und er glaubte nicht, daß Ejnar sie bemerkt hatte. Es waren sicherlich um die zwanzig Polizisten, die sich in kurzen Zeitabständen ablösten, keinen von ihnen sah man jeweils länger als ein bis zwei Minuten.

Sie hatten am großzügigen Frühstücksbuffet im Hauptbahnhof gefrühstückt. Ejnar hatte sich viel Zeit gelassen und kräftig zugelangt. Kaffee, belegte Brote, gekochte Eier und zum Abschluß einen Teller Cornflakes mit Milch. Während des Essens hatte er langsam die Morgenzeitungen durchgeblättert, die er in der Bahnhofshalle am internationalen Zeitungskiosk gekauft hatte. Sogar die deutschen und englischen Zeitungen hatten das Bild seiner Bombe auf der Vorderseite, wenn auch kleiner als die schwedischen.

Nirgendwo im Text kamen Ejnars Name oder berufliche Stellung vor, auch nicht als Andeutung oder Vermutung. Der Appell des Staatsministers an die Presse war berücksichtigt worden. Statt dessen aber waren die Artikel leicht mokant. In einigen wurde der Vorgang fast wie der Schelmenstreich eines Irren dargestellt, der die Gesellschaft und die Polizei an der Nase herumführte.

Vielleicht war es ganz erklärlich, daß sie so geschrieben hatten, nachdem man am späten Abend die negativen Messergebnisse der FOA erhalten hatte. Die Polizei wurde ein wenig lächerlich gemacht, weil es einen so großen und nach Ansicht vieler Leute zu schnellen Einsatz gegeben hatte. Mit «Panik-Polizei» hatte *Svenska Dagbladet* seinen präzise formulierten Leitartikel überschrieben.

Die Fernsehsendungen vor Ort waren zu Ende, allerdings hatte man die Aufnahmegeräte noch dort belassen, um ausführlichere Berichte in den gewöhnlichen Nachrichtensendungen zu bringen. Aber der richtig große Einsatz hatte sich im Sande verlaufen, schon lange bevor man die Satellitensendung in die USA hatte beginnen können.

«Willst du sie nicht genauer lesen?» fragte Backhammer, als Ejnar die Zeitungen liegen ließ.

«In ein paar Tagen werden sie interessanter», meinte Ejnar.

Die nächste Station war NK gewesen, wo Ejnar ordentlich eingekauft hatte, Unterwäsche in Sechserpackungen, Strümpfe in Großverpackungen und einige Hemden guter Qualität. In der Radioabteilung des Warenhauses entschied er sich für einen Kassettenrecorder und eine Handvoll Kassetten mit klassischer Musik. Überall bezahlte er mit Kreditkarten, er hatte offenbar einen ganzen Pakken davon in seiner Brieftasche.

Am InterRent-Schalter bekam Ejnar die Schlüssel und einen Hinweis, wo sein soeben gemieteter Wagen stehe.

Es war ein eleganter Wagen, ein schwarzer Porsche 923 neuester Ausführung. Ejnar stellte vergnügt den Fahrersitz ein und fuhr geschickt aus der engen Garage nach oben. Backhammer schnallte sich automatisch den Sicherheitsgurt um, Ejnar hingegen ließ seinen hängen. Der Warnblinker für die Sicherheitsgurte erlöschte nach einiger Zeit.

«Nimmst du den Gurt nicht?»

«Nehme ich nie.»

«Warum denn nicht?»

Ejnar lachte leise und fuhr zügig in Richtung Norrtull.

«Heutzutage können die Leute nicht mehr Auto fahren, und durch Gurte wird das nicht besser.»

Der Porsche war ein ziemlich außergewöhnlicher Sportwagen, wenn dieses auch nicht das schnellste Modell war. InterRent hatte immer einige davon, meistens für ausländische Mieter und für Leute, die nicht nach den Kosten zu fragen brauchten.

«Nee, die Sicherheit hängt nicht vom Gurt ab, sondern davon, ob du Auto fahren kannst. Sonst sollte man es wohl auch gar nicht tun, oder?»

Er kutschierte den tief brummenden Sportwagen lässig durch den dicken Verkehr. Backhammer war ein bißchen neidisch, er selbst war immer schweißgebadet im Großstadtverkehr.

«Bald darf man sich nicht mehr ohne Gurt, Helm und Präservativ in einen Wagen setzen.»

«Ich hab keinen Gurt in meinem Volkswagen, dazu ist der zu alt.»

Er hatte sich nie darum bemüht, Gurte anzuschaffen.

Für ihn war der Volkswagen mehr ein Moped als ein Auto.

Auf dem Weg zur Autobahn fuhren sie am Karolinska sjukhuset, dem großen Krankenhaus, und am Norra kyrkogården, dem Friedhof, vorbei. Ejnar testete das Auto ein paarmal mit schneller Beschleunigung und hartem Bremsen, fast wie ein Musiker, der eine fremde Geige stimmt.

«Kein schlechter Wagen», gab er zu.

«Wollen wir nach Östhammar?» fragte Backhammer.

«Weshalb sollte ich da hinfahren?»

Sie saßen eine Zeitlang schweigend, Ejnar fuhr nun schneller und pendelte schnell auf der Fahrspur hin und her, um rechts und links Autos zu überholen.

«Nein, ich komme wohl nie mehr nach Östhammar zurück.»

«Willst du die Jagd aufgeben?»

«Es gibt andere Jagdgründe.»

Er streichelte über das Lenkrad, es gefiel ihm, die Steuerung funktionierte auf den Millimeter genau. Und wieder prüfte er die Bremsen in schwindelerregenden Manövern, gefolgt von blitzschnellen Beschleunigungen.

Als sie in die Nähe von Häggvik kamen, hatte der Verkehr nachgelassen, und Ejnar stellte die Rückenlehne anders ein, setzte sich bequemer hin und lächelte Backhammer zu.

«Fährst du gern im Auto?» fragte er freundlich.

«Ich fahre ja dienstlich eine ganze Menge.»

«Wie fahren Polizisten?»

«Sie haben eine gute Ausbildung, besonders die neuen Jungs.»

Ejnar stellte die elektrischen Außenspiegel ein, und Backhammer drehte sich um. Hundert Meter hinter ihnen fuhr ein dunkelgrüner Volvo, der ihnen schon seit der Auffahrt Haga Norra gefolgt war.

«Da hast du deine gut ausgebildeten Kollegen», sagte Ejnar munter.

Dann trat er im vierten Gang voll auf das Gaspedal, und der Wagen gehorchte mit einem Aufheulen. Backhammer wurde durch die schnelle Beschleunigung an die Rückenlehne gedrückt und blickte bestürzt nach vorn. Der Motor heulte auf, und der Tourenzähler kletterte immer höher. Kurz bevor der Zeiger in das rote Feld glitt, legte Ejnar den fünften Gang ein.

Es ging entsetzlich schnell, schon beim letzten Schalten hatte der Tacho die 160-km-Markierung überschritten. Und am Verkehrsübungsplatz bei Upplands Väsby waren sie bei gut 230 Stundenkilometern, und der Volvo hinter ihnen war seit langem verschwunden.

Aber allmählich gewöhnte Backhammer sich an das Tempo, obwohl er noch nie in seinem Leben mit solch halsbrecherischer Geschwindigkeit gefahren war. Es war nicht länger schrecklich, der Wagen gab nun ein anderes Motorengeräusch von sich, das Geheul hatte sich in ein dumpfes Murren verwandelt, und der Wagen lag wie auf den Asphalt geklebt. Ejnar behielt die Richtung sicher im Griff, durch kleine, angepaßte Bewegungen des Steuers. In seinen Händen war der Wagen mehr ein Instrument als ein Auto.

Bald begann Backhammer, die Fahrt zu genießen. Es war unglaublich. Es fühlte sich fast an wie Fliegen, ohne Geruckel und Gestoße schob sich der Wagen Kilometer für Kilometer vor.

«Einmal haben sie mir den Führerschein entzogen», sagte Ejnar plötzlich, als er die Geschwindigkeit verlangsamte, um aus der Ausfahrt zum Flughafen Arlanda abzufahren.

«Warum das denn?»

«Geschwindigkeitsüberschreitung.»

«Dann mußt du aber verdammt schnell gefahren sein!»

«Ja.»

Sie fuhren zur Halle für den Auslandsflugverkehr. Backhammer guckte aus dem Seitenfenster, es fühlte sich an, als schlichen sie nach der Fahrt eben, obwohl das Auto über achtzig fuhr.

«Man macht so merkwürdige Vergleiche», sagte Ejnar gedankenverloren, «was für dich schnell ist, das ist für mich nicht schnell. Ich hab versucht, das zu erklären, als sie mir den Führerschein abnahmen. Das war ein Beamter auf der Bezirksverwaltung, oder richtiger gesagt, eine Beamtin, die den Fall bearbeitete. Es hat nicht mal genützt, daß ich gebettelt und gebeten habe, ich hätte ihr ja die Füße geküßt, um ihn behalten zu können.»

«Aber du hast ihn jetzt wiederbekommen?»

Er nickte lächelnd.

«Bald lade ich sie zu einer anständigen Ausfahrt ein.»

Er parkte elegant auf InterRents gebührenfreiem Parkplatz.

«Wie schnell bist du denn gefahren?» fragte Backhammer mit roten Wangen.

«Zweihundertzehn, der geht nicht schneller.»

Er sagte es mit einem Bedauern in der Stimme, während er das elektrische Wagenschloß bediente. Backhammer nickte vor sich hin, zweihundertzehn Kilometer in der Stunde!

«War das nun ein schönes Gefühl, wie?»

«Was wollen wir hier?»

«Ein Bier trinken und Flugzeuge angucken.»

«Warum?»

«Ich finde, sie sehen schön aus, ich kann stundenlang sitzen und sie ansehen.»

«Tatsächlich?»

«Andere Menschen können stundenlang sitzen und Vögel beobachten, ich guck mir Flugzeuge an.»

Sie gingen durch die Auslandshalle hindurch, die voller Charterreisender und anderer Fluggäste war. Aber es gab große Unterschiede zwischen den beiden Kategorien der Reisenden. Zum Beispiel diese Frauen von Heb-Reisen in ihren geblümten Kleidern, die mit ängstlichem Gesichtsausdruck ihre Handtasche an sich gedrückt hielten, während die Managertypen mit ihren Aktenkoffern und dem SAS-Ticket in der Brusttasche ihres Anzuges eine etwas gelassenere Einstellung zu ihrem Flug hatten.

Backhammer war seit Mitte der fünfziger Jahre nicht mehr geflogen, erinnerte sich aber wie heute an die lange und unangenehme Reise zur Olympiade nach Melbourne. In einer viermotorigen Propellermaschine waren sie geflogen, und sechsundvierzig Stunden hatte es gedauert. Aber das sollte ja heutzutage besser sein.

Sie setzten sich in die Bar im Obergeschoß. Durch das Panoramafenster konnte man fast den ganzen Flugplatz überblicken. Der Barkeeper erkannte ihn und nickte Ejnar zu, der zwei deutsche Biere bestellte. Gerade unterhalb des Fensters wurde ein Jumbo-Jet in den fröhlichen Farben der Western Orient abflugbereit gemacht. Die letzten Passagiere gingen an Bord, die Türen wurden geschlossen und alle Service-Fahrzeuge, die um die Maschine wie ein Schwarm gehangen hatten, wurden weggefahren. Von ihrem Platz in der Bar aus konnten sie direkt ins Cockpit des Riesenflugzeuges hineinsehen, wo drei uniformierte Männer gerade die letzten Kontrollen vor dem Start durchführten.

Ein großes Schleppfahrzeug, das trotzdem klein wirkte neben der großen Maschine, wurde in die Nabe des vorderen Rades eingeklickt, um den Riesen von der Einstiegsrampe wegzuziehen.

«Sieh mal, so häßlich und schwerfällig sieht sie auf dem Boden aus», sagte Ejnar. «Aber sie braucht nur in die Luft hochzukommen, dann ist sie eine Schönheit.»

An der Wartebahn wurde das Schleppfahrzeug ausgeklinkt, nun sollte der Riese es selbst schaffen. Und die Fensterscheiben klirrten, als die Jetmotoren angeworfen wurden.

«Wie groß die ist», sagte Backhammer beeindruckt, «wieviel wiegt denn so eine Maschine?»

«Dreihundertfünfzig Tonnen.»

Dann hielt das Flugzeug am Rande der Startbahn an, die Motoren donnerten mit höchster Umdrehungszahl, und das Flugzeug rüttelte heftig, ohne sich vorwärts zu bewegen.

«Er kontrolliert die Bremsen», sagte Ejnar sachkundig.

Dann flatterten die verschiedenen Ruder, wie es schien ganz planlos. Es war, als winke die Maschine allen armen Erdgebundenen zum Abschied zu.

«Die Ruderkontrollen», sagte Ejnar zu einem Schluck Bier, «jetzt bittet er um Starterlaubnis vom Tower.»

Das Flugzeug heulte auf und begann langsam vorwärts zu rollen, träge und scheinbar widerwillig. Es schien unbegreiflich, daß es abheben können würde. Aber dann raste es immer schneller über die Betonbahn, bis es fast unmerklich abhob. Die Räder wurden eingezogen, und das große Flugzeug legte sich in eine Linkskurve und stieg zugleich steil nach oben.

Dreihundertfünfzig Tonnen Metall und Menschen, das war, als hätte sich ein ganzer Eisenbahnzug in die Luft geschwungen, dachte Backhammer, das ging eigentlich über die Grenze des Faßbaren. Der Kellner brachte noch zwei Flaschen Bier. Backhammer holte schnell seine Brieftasche heraus, um als erster bezahlen zu können. Ejnar saß unbeweglich da und sah dem entschwindenden Flugzeug nach. Bald war davon nur noch ein Rauchstreifen zu sehen.

«In dreißig Stunden sind sie in Los Angeles», sagte er leise.

26

Daß Melander das Gelände verlassen hatte, hatte den Vorteil, daß die Techniker eine ausführliche Besichtigung der Bombe vornehmen konnten. Die FOA-Leute hatten schon die in Östhammar gefundenen Zeichnungen durchgesehen und verglichen sie nun mit dem Stahlrohr, das auf seiner festen Platte am Brunnenrand stand.

Das Material war hochwertiger, rostfreier Stahl, und sie bewunderten die meisterhafte Schweißarbeit. Allerdings hatte man auch eine Menge von Material in der Garage gefunden, an dem Melander seine Geschicklichkeit vervollkommnet hatte. Sie berechneten den Umfang und das Gewicht des Rohres und maßen nochmals die Radioaktivität, die weiterhin gesunken und nun kaum noch meßbar war. Das, was das Interesse der Experten besonders auf sich zog, war natürlich der Zündungsmechanismus, der sowohl auf Melanders Zeichnungen, als auch in dem halbfertigen Prototyp vorhanden war, den man gefunden hatte. Es war eine einfache, aber sinnvolle Vorrichtung.

Im Stahlrohr hing eine dünne Kupferstange, die durch eine kleine Batterie mit Strom gespeist wurde. Solange der Kupferstab frei hing, geschah nichts. Wurde aber die Bombe seitlich geneigt, würde die Kupferstange die Innenwand des Stahlrohres berühren und so den Stromkreis schließen, der die Ladung am oberen Ende explodieren lassen würde. Lag dann wirklich die angegebene Plutoniummenge auf dem Boden des Rohres, so könnte es tatsächlich zu einer Atomexplosion kommen.

Jemand schlug vor, ein ganz kleines Loch ganz unten in das Stahlrohr zu bohren, um zu untersuchen, ob es wirklich Plutonium enthielte. Aber man beließ es bei dem Gedanken, es war viel zu riskant, auch wegen der Giftigkeit des Plutoniums. Das einzige, was sie wirklich taten, war, daß sie einige Bleigewichte unten um das Stahlrohr legten, damit es festeren Halt haben sollte. Aber das war eigentlich nicht notwendig, das Rohr stand so schon äußerst stabil auf seiner Platte.

«Für den Fall eines Erdbebens, wenn überhaupt!»

Aber sie wurden sich einig, daß man das Rohr wohl kaum anrühren durfte, bevor nicht die Stromzufuhr zur Kupferstange irgendwie unterbrochen werden konnte. Und wie das zu erreichen war, wußte wohl nur Melander.

«Hoffentlich ist ihm das nicht egal gewesen», sagte einer der Experten düster, «vielleicht kann man das Rohr nicht wegschaffen, bevor die Batterie leer ist.»

Sie stellten einige Vermutungen darüber an, welcher Batterietyp als Stromquelle verwendet worden war.

«Man braucht so unwahrscheinlich wenig Strom», sagte ein Elektro-Experte, «schon die Batterien, die es in jedem Radiogeschäft gibt, reichen aus, um den Stromkreis für ein paar Jahre intakt zu halten. Und wenn er Spezialbatterien ergattert hat, dann kann man nie wissen. Der neue Typ, der für Herzschrittmacher entwikkelt wurde, scheint wer weiß wie lange zu halten.»

«Sieht es so schlecht damit aus?»

«Dann würde das Rohr ja für etliche Jahre hier liegenbleiben, und wir könnten nur abwarten.»

Sie überdachten und wägten diese Möglichkeit eine Weile ab, dann gingen sie. Sollte das Stahlrohr wirklich zu einem Bestandteil des Straßenbildes werden? Später vielleicht eine Attraktion für Touristen, wie die «Wasa» oder die Freiluftausstellung mit den Skulpturen, der «Millesgården»?

«Wenn sich herausstellt, daß es so schlecht steht damit», sagte der leitende FOA-Experte, «dann müssen wir das gräßliche Ding in Beton eingießen, damit es garantiert all die Jahre hindurch fest auf seinem Platz steht. Es ist nicht mal gesagt, daß wir es noch zu unseren Lebzeiten berühren dürfen, vielleicht würde es ein Erbe für die kommende Generation.» Er blickte finster auf das Rohr, bevor er weitersprach.

«Ohne Übertreibung kann man wohl sagen, unsere Kinder finden ein gottverdammtes Erbe vor.»

27

Mia Melander hatte die Nacht im Hotel Sheraton verbracht, wo man sie in einer der ruhiggelegenen Suiten in der obersten Etage untergebracht hatte. Aber sie hatte den Luxus nicht sonderlich bemerkt, der sonst ausländischen Geschäftsleuten und anderen Prominenten vorbehalten war. Nach dem starken Schlafmittel, das sie vom Psychologen Lindal bekommen hatte, hatte sie viele Stunden tief geschlafen. Im zweiten Raum der Suite hatte die ganze Nacht hindurch eine Polizistin gesessen. Gegen acht Uhr war sie von einer ausgeruhten Kollegin abgelöst worden.

Erst am Vormittag erwachte Mia. Verwirrt blickte sie um sich, befühlte die Bettwäsche und erinnerte sich langsam daran, wo sie war. Auf einen Stuhl hatte man einen weißen Morgenrock und die notwendigsten Toilettenartikel gelegt, die für sie besorgt worden waren. Die Polizistin hatte das Frühstück bestellt, sobald sie hörte, daß Mia aufgewacht war, und ein Kellner deckte draußen auf der Terrasse, die zum Riddarfjärden hinaus lag, für drei Personen.

«Doktor Lindal wird bald kommen», sagte sie als Erklärung für die dritte Tasse.

Der Psychologe kam zu spät, um noch warmen Kaffee zu bekommen, und die Polizistin nickte freundlich und ließ sie allein. Er berichtete in großen Zügen, was sich zugetragen hatte, überging aber, was er über den möglichen Inhalt der Bombe wußte.

«Du mußt erzählen, was du über ihn weißt.»

«Glauben Sie, daß ihm das helfen könnte, Herr Doktor?»

«Sag Per zu mir», sagte der Psychologe freundlich, «oder Pelle, wie meine Freunde.»

Sie errötete ein wenig.

«Glaubst du, daß es ihm helfen könnte?»

«Außerordentlich.»

«Ist er ... krank?»

«Nein.»

«Ich meine ...»

«Ob er übergeschnappt ist», lachte der Psychologe, «nein, das glaube ich nicht.»

«Dann weiß er also, was er tut?»
«Vielleicht nicht bis ins kleinste.»
«Was wird mit ihm passieren?»
«Ich weiß es nicht», antwortete der Psychologe Lindal ehrlich.
«Ich will nicht, daß ihm etwas Schreckliches zustößt!»
Er nahm ihre Hand zwischen seine Hände und blickte sie fest an.
«Es wird ihm nichts Schreckliches zustoßen», versprach er zuversichtlich, «sondern wir werden alles tun, um ihm zu helfen.»
Mia nickte und zog langsam ihre Hand zurück.
«Liebst du ihn, Mia?»
Für einen Augenblick sah sie völlig ratlos aus, dann nickte sie langsam.
«Wir haben doch Kinder», sagte sie schlicht, «zwei.»
«Liebt er dich?»
Sie sah verlegen auf den Tisch und rutschte ein wenig hin und her.
«Ich weiß es nicht», sagte sie nach einer Weile, «ich weiß es tatsächlich nicht.»
«Warum weißt du das nicht?»
«So etwas kann man nicht mit Sicherheit wissen.»
«Was glaubst du denn?»
«Was soll man glauben?»
Sie fühlte sich durch die persönlichen Fragen verwirrt und spürte, wie sie wieder rot wurde.
«Sind sie dir unangenehm, meine Fragen?»
«Ja», gab sie zu, «das sind sie.»
«Warum?»
Sie holte ein paarmal tief Luft, dann sah sie ihm in die Augen.
«Ich bin bald achtundvierzig Jahre alt», sagte sie langsam, «da stellt man keine solchen Fragen. Nach fast neunzehn Ehejahren. Man lebt zusammen und hat Kinder und sonstwas gemeinsam. Aber man stellt sich solche Fragen nicht.»
«Nein?»
«Vielleicht hat man Angst vor den Antworten.»
Sie suchte nach einer Zigarette, und Lindal reichte ihr sein gerade angebrochenes Päckchen.
«Wie lebt es sich denn zusammen mit Ejnar?»
«Ja, was soll ich da sagen?»
«Fühlst du dich geborgen?»
«Ja ...»
«Geordnete wirtschaftliche Verhältnisse?»
«Ja ...»
«Ist das Zusammenleben mit ihm einfach?»

«Ja ...»

«Überhaupt keine Schwierigkeiten?»

«Was meinst du mit Schwierigkeiten?»

«Ja, irgend etwas, das du an ihm ändern möchtest?»

Sie dachte eine ganze Weile darüber nach, gleichzeitig rauchte sie mit tiefen Lungenzügen.

«Er ist so schweigsam.»

«Spricht er nicht mit dir?»

«Er ist nicht sehr umgänglich.»

Nun richtete sie sich in dem Liegestuhl auf und wurde sehr eifrig bei ihrer Erklärung, fast so, als hätte sie etwas Böswilliges gesagt, das sie zurücknehmen wollte.

«Ich meine nicht, daß es falsch ist, wenn man allein sein möchte, das meine ich nicht. Er spricht natürlich mit mir und mit den Kindern und den Nachbarn. Er kann sehr vergnügt und nett sein, das ist es nicht. Sondern da ist irgend etwas in ihm, das nie rauskommt, verstehst du?»

«So?»

«Wir können über irgendwas reden, aber wenn ich alles gesagt habe, was ich sagen wollte, dann ist es, als hätte er noch eine Menge für sich behalten. Was er aber nie ausspricht. Vielleicht liegt es daran, daß ich dumm bin, daß ich ihn nicht verstehe.»

Der Psychologe nickte, noch immer nachdenklich.

«Hast du das immer so empfunden?»

«Dieses Gefühl hat wohl in den letzten Jahren zugenommen», gab sie traurig zu.

«Woran liegt das?»

«Vielleicht daran, daß die Kinder groß geworden sind, daran, daß ich mehr Zeit habe, über Ejnar und mich nachzudenken.»

«Hast du mit Ejnar mal darüber gesprochen?»

Sie sah ihn erstaunt an.

«Nein.»

«Und warum nicht?»

«Über so was redet man nicht.»

Sie drückte die Zigarette aus und stand auf, trotz der Sonne fror sie im Morgenrock.

«Wie ist eure Ehe?»

Er sah sie ernsthaft an, so, als verstehe er alle ihre Schwierigkeiten, und sie fühlte, wie die Wärme des Errötens wieder in ihr Gesicht strömte.

«Sie ist gut.»

«War sie das immer?»

«Es ist wohl unterschiedlich gewesen», sagte sie zögernd, «mal besser, mal schlechter.»

«So ist das wohl in jeder Ehe», kam er ihr zu Hilfe.

«Aber schlecht war sie nie», sagte sie mit Nachdruck.

Er nickte wieder, als hätte er eine Wahrheit notiert.

«Wie ist es denn im Augenblick?»

«Es war nie so gut wie jetzt», sagte sie mit trauriger Stimme, «deshalb versteh ich ja auch nichts. Anfangs hatten wir es schwer, in vieler Hinsicht, in der Ehe, mit den Kindern und mit der Verwandtschaft, und noch so allerlei dazu. Aber die letzten Jahre waren schön, Ejnar und ich haben es zusammen nie so gut gehabt wie jetzt!»

28

Backhammer und Ejnar kehrten zum Mittagessen im alten *Stadshotell* in Sigtuna ein. Obgleich das Restaurant gut besucht war, bekamen sie einen Tisch mit Aussicht über den Mälar-See. Ejnar ließ die Speisekarte kommen und sah sich entspannt ihm Lokal um, in dem sich ein bißchen Jahrhundertwende-Stimmung verbreitete. Die vielen Gäste aßen schnell ihr Tagesgericht, um dann zu ihren Arbeitsplätzen in den Büros und Banken in der Stadt zurückzueilen.

«Der gepökelte Lachs ist Spitze», sagte Ejnar und legte die Speisekarte zur Seite.

«Ist das wahr?»

«Wie das Amen in der Kirche.»

Bald saßen sie fast allein in dem großen Speisesaal, einige Kellnerinnen wechselten Tischtücher aus und räumten im Hintergrund auf, und aus einem verborgenen Lautsprecher erklang einschmeichelnde Klaviermusik. Backhammer reckte sich, das war schon ein merkwürdiger Auftrag, den er da bekommen hatte. Wenn er so weitermachte, würde er wohl bald die Kilo zunehmen, die er so mühsam abzuwehren versuchte.

Von Zeit zu Zeit legten er und seine Frau Ejvor ein paar ehrgeizige Diät- und Trimm-dich-Wochen ein, um ein paar Kilo abzunehmen. Mit Widerwillen und Mühe fuhren sie Rad oder schwammen, und die Hauptmahlzeiten bestanden aus Salatblättern und Möhrensaft. Meistens hielten sie es einige Tage durch, danach wurde geschwelgt wie lange nicht.

Er sah Ejnar neugierig an, dessen Blick weit über den Mälar-See schweifte. Sie waren einige Stunden in der Bar auf dem Flugplatz Arlanda geblieben, um die Flugzeuge anzusehen. Backhammer fand schon bald, daß das eine wie das andere aussah, aber Ejnar hatte ihm geduldig die Unterschiede erklärt.

Erst als alle großen Flugzeuge von der Fläche verschwunden waren, brachen sie auf. Bis dahin hatte jeder drei Biere getrunken, und Backhammer hatte einige Bedenken vor der Fahrt mit dem Wagen gehabt, hatte aber nichts gesagt.

Jetzt kam eine beschlagene Weinflasche zum Lachs.

«Willst du wirklich Wein trinken?» fragte Backhammer taktvoll.

«Ja, vielleicht möchtest du lieber einen Schnaps?»

«Nein, ich dachte an das Auto.»

Ejnar warf den Kopf in den Nacken und lachte herzlich.

«An das kleine Promillchen?»

«Ja.»

«Zur Zeit gilt das wohl nicht für mich.»

«Wieso?»

«Genausowenig wie Geschwindigkeitsbegrenzungen.»

Ejnar sah ihn belustigt an.

«Du tust, was du willst, meinst du?»

«Da war niemand, der uns auf der Autobahn angehalten hat, oder? Obwohl deine Kollegen uns die ganze Zeit an den Fersen hingen.»

Der Kellner servierte von dem hausgepökelten Lachs, während Ejnar die Schüsseln mit den Kartoffeln in Dillsoße nahm und sie Backhammer hinhielt.

«Riech mal, wie gut das duftet.»

Ejnar hatte recht, der Lachs war Spitze im *Stadshotell*.

«Dann gelten also die Gesetze nicht mehr für dich?» fragte Backhammer mit vollem Mund.

«Nein, das ist doch wohl selbstverständlich.»

Backhammer war nicht einmal erstaunt, und Ejnars Worte waren so selbstsicher, daß er sich nicht die Mühe machte, zu widersprechen.

«Dann befindest du dich also in einem gesetzlosen Zustand?»

«Lieber gesetzlos als rechtlos», grinste Ejnar und hob das Weinglas.

Der Wein war bestimmt auch einer der besseren des Restaurants, und Backhammer überlegte, ob die Polizeiverwaltung wohl seinen Anteil der Kosten übernehmen würde. Ansonsten waren es nur die Alkoholspione, die ein Recht auf hochprozentigere Getränke als Dünnbier im Dienst hatten. Aber das hier war wohl ein Spezialfall.

Sie aßen schweigend weiter, aber hin und wieder begegneten sich ihre Blicke. Ejnar hatte etwas Munteres in seinen Augen, das Backhammer zum Lachen brachte. Da saßen sie wie zwei Schuljungen, die sich für ein paar Stunden aus der Verantwortung und dem Einerlei gestohlen hatten.

Der Kellner deckte die Teller ab, nachdem er den Rest in der Flasche zwischen ihnen geteilt hatte. Und noch bevor Backhammer etwas sagen konnte, bestellte Ejnar Kaffee und Cognac für sie.

«Sollen wir wirklich auch noch Cognac trinken?»

«Du fährst doch nicht», lachte Ejnar glucksend.

«Nee, nee ...»

Während des Essens hatte er versucht, etwas Konstruktives in ihr Gespräch einzuschieben, ab und zu hatte er von der Bombe gesprochen, aber keine Antwort bekommen. Es war, als ob Ejnar die ganze Zeit nur dann sprach, wenn er Lust dazu hatte, auf Fragen, die er nicht mochte, antwortete er einfach nicht.

«Bist du schon mal hier gewesen?» fragte Backhammer unverfänglich.

Ejnar blickte hinaus über den Mälar-See, der spiegelblank zwischen Hängebirken und zarten Trauerweiden zu sehen war. Es war kein Segelwetter, ein Boot, das gerade den Hafen verlassen hatte, mußte den Motor benutzen, um weiter draußen vor den Wind zu kommen.

«Einmal habe ich hier im Hotel über Mittsommer gewohnt», erzählte Ejnar unaufgefordert, «das war wohl das schönste Wochenende, das ich in meinem ganzen Leben erlebt habe. Das war in meinem letzten Jahr in Karlberg. Das Wetter war phantastisch, und ich war froh, wirklich froh – auf eine Art, die kein Lachen braucht.»

Der Ausdruck seiner Augen hatte etwas Träumerisches bekommen, mit der Hand strich er sacht über das Tischtuch.

«Wir taten nichts Besonderes, wir ließen die Stunden vergehen. Wir aßen hier unten, außer beim Frühstück, das auf dem Zimmer serviert wurde. Zimmer sechzehn hatten wir. Über die Teekanne war so eine dicke Wollmütze gestülpt, zum Warmhalten. Die Fenster standen zur Bucht hin offen, und die Sonne schien auf die Tapete. Die war englischblau.»

Er lächelte in sich hinein und drehte den Cognacschwenker zwischen den Händen.

«War das, als du Mia kennengelernt hast?» fragte Backhammer behutsam.

«Das war nicht Mia», sagte Ejnar in kurzem Ton.

Backhammer bedauerte sofort, daß er ihren Namen genannt hatte, aber nach einigen Augenblicken war Ejnar wieder in der Stimmung und erzählte weiter.

«Das war eine andere Frau, eine hellblonde Frau, mit blauen Augen und ganz schmalen Händen. Sie hatte eine Art zu sprechen, wie ich es nie gehört hatte, ihre Stimme war wie ein Musikinstrument.»

Backhammer schüttete aus alter Gewohnheit den letzten Tropfen Cognac in den Kaffee.

«Aber damit will ich nicht Abwertendes über Mia sagen», sagte Ejnar nach einer Weile.

«Du mußt mit ihr sprechen, Ejnar.»

«Ich will nicht.»

«Du mußt, Ejnar.»

«Nein.»

«Du kannst sie nicht einfach wegschieben, nach so vielen Jahren.»

«Für sie ist es am besten, Backhammer, glaub mir!»

Und wie zum Zeichen dafür, daß das Gespräch beendet war, ließ er die Rechnung kommen, die er mit einer weiteren Kreditkarte bezahlte, diesmal mit einer grünen American Express-Karte, vor der sich der Kellner tief verbeugte.

«Wie viele solche Karten hast du?»

«Einen ganzen Packen», antwortete Ejnar und zeigte sie, «es hat mir Spaß gemacht, sie mir vor einigen Jahren zu beschaffen. Die bekommt ja nicht jeder, man muß finanziell unbescholten sein, besonders für die grüne, weil sie unbegrenzten Kredit gibt. Ich weiß nicht, warum ich sie mir beschafft habe, vielleicht, weil ich es genoß, als vertrauenswürdig zu gelten.»

Er unterschrieb unordentlich und bekam seine grüne Karte zurück. Das Zeichen dafür, daß sogar hartgesottene Geschäftsleute in Amerika ihn als vollwertigen Mitbürger anerkannten.

29

Sune Tidfälth war gleichermaßen erleichtert und überrascht darüber, wie leicht ihm das Lügen gefallen war, als er vor der Presse wieder seinen Bericht zur Lage abgegeben hatte. Die Worte gingen ihm leicht von der Zunge, und das meiste waren keine wirklichen Lügen, er log nicht, weil er dazudichtete, sondern seine Unwahrheiten bestanden in der Fortlassung der Dinge. Der Presseraum war gut besetzt, wenn auch nicht so gut gefüllt wie am Vortage.

«Kommt der Staatsminister nicht?» fragte jemand.

Der Presse fiel es schwer, die Geschehnisse zu überschauen, obwohl das Reichstagshaus Stunde um Stunde bewacht war. Und von der Stimmung nach dem pathetischen Appell des Staatsministers war nicht mehr viel übrig, seit die letzten Messungen der FOA bekanntgegeben worden waren. Andererseits war es ja aber bei dem massiven Polizeiaufgebot geblieben, und der Reichstag hatte für heute seine Sitzung eingestellt. Da stimmte doch etwas nicht.

«Der Staatsminister ist anderweitig beschäftigt», log Sune in lokkerem Ton.

«Und jetzt gibt es kaum noch Spuren von Radioaktivität?»

«Nein.»

«Wie sollen wir das verstehen?»

«Wir sind, sozusagen, aufgelaufen», sagte Sune finster, «die Schutzanzüge und der Staatsminister wurden ein bißchen vorschnell herbeigeholt. Aber vor einigen Stunden glaubten wir an das Schlimmste und handelten natürlich dementsprechend. Im Nachhinein fällt es ja leicht, schlau zu sein.»

«Aber was ist mit dem Gerücht, daß der Mann aus einem Kernkraftwerk kommt?»

«Wie gesagt, alles passierte ein bißchen übereilt.»

«Dann war's also nichts weiter?»

«Wie bitte?»

«Dann ist es also nur eine gewöhnliche Bombe?»

Die Stimme des Fragestellers klang enttäuscht.

«Es scheint so», antwortete Sune, «wenn man bei einer Bombe ‹nur› sagen kann.»

«Kann sie nur durch den Terroristen entfernt werden?»

«Ja.»

Es wurde allgemein immer schwerer verständlich. Ein Terrorist ganz ohne irgendwelche Bedingungen ...

«Und er hat noch immer nicht gesagt, was er damit bezweckt?»

«Nein.»

«Es gibt also noch immer keine politischen Forderungen?»

«Wir können wohl alle politischen Motive gänzlich ausschließen.»

Einige Journalisten sahen von ihren Notizblöcken auf.

«Was ist damit gemeint?»

Sune Tidfälth lächelte, ein wenig belästigt.

«Ich weiß nicht, wie ich das ausdrücken soll.»

«Ist das ein Vollidiot?» fragte der Reporter der *Aftonbladet*.

«Er ist jedenfalls geistig nicht ganz gesund», sagte Sune abmildernd.

«Dann ist es also ein Irrer?»

«Es ist wohl mehr ein technisch begabter Psychopath als ein lallender Irrer», sagte Sune, «aber ich wäre dankbar, wenn ihr das nicht einfach so schreiben würdet. Wir können ihn nicht davon abhalten, die Zeitungen zu lesen, und ich weiß nicht, wie er reagiert, wenn ihr ihn in den Schlagzeilen als Irren bezeichnet.»

«Was werdet ihr unternehmen?»

«Ihn schmoren lassen.»

Daraufhin kamen viele Fragen, und einige Journalisten hatten ein besonders schroffes Auftreten ihm gegenüber, als ob sie ihre Nachsichtigkeit bei der Konferenz des Vortages kompensieren wollten. Sie fühlten sich irgendwie um eine gute Story betrogen und griffen den Reichspolizeichef aus allen denkbaren Richtungen an.

«Das ist ja lachhaft, das die gesamte Polizei nicht mit einem einzelnen Irren fertig wird!»

«Wir haben keine Schwierigkeiten, uns das Lachen zu verkneifen», antwortete Sune mit Nachdruck.

«Laßt ihn das Ding doch sprengen, da ist doch sowieso bestimmt nichts im Rohr.»

«Und Menschenleben werden ja wohl nicht aufs Spiel gesetzt?»

Sune Tidfälth schüttelte energisch den Kopf.

«Dann soll die Innenstadt also bis auf weiteres abgesperrt bleiben?»

Sune zeigte sich nach außen verbindlich, fast entschuldigend, aber im Innern bewegte ihn eine starke Abneigung gegen seine gezwungenen Worte. Wenn er das Vertrauen der Presse noch einmal benötigte, würden sie dann ihm und seinen Worten Glauben schenken? Die Konferenz hatte ihn irgendwie in eine schmale Sackgasse getrieben. Wer einmal lügt, lügt immer, lautete ein Sprichwort aus seiner Kindheit.

Ohne größere Begeisterung schlenderten die Journalisten aus dem Presseraum. Die Geschichte hatte natürlich noch immer einen großen Nachrichtenwert, und die ganze Welt verfolgte neugierig das Geschehen vor dem schwedischen Reichstagshaus. Aber der richtige Pfiff und das Ausmaß, das die Radioaktivität dem Vorgang verliehen hatte, waren abhanden gekommen. Übrig war nur ein verdammter, armer Irrer.

Sicherlich würde auch das als Nachricht lange seine Wirkung haben, aber am vorhergehenden Abend hatten viele geglaubt, den Auftakt zur größten Terroristenaktion der Welt mitzuerleben. Die Enttäuschung war groß, oder, wie jemand es ausdrückte: «Typisch, schwedischer Scheißterrorist!»

30

Mia Melander stocherte gedankenverloren in dem dünnen Pfannkuchen, oder Crêpe, wie er auf der Speisekarte bezeichnet wurde. Sie hatte keinen besonderen Appetit, trank aber gern von dem gekühlten Roséwein, der dazu serviert wurde. Sie war ein bißchen verschwitzt nach dem Spaziergang vom Hotel hinunter in die Altstadt, wo sie in einem Straßencafé auf dem Stortorg, dem großen Marktplatz, saßen. Pelle Lindal hatte für sie beide bestellt, und nun sah er besorgt ihrem sinnlosen Stochern im Essen zu.

«Hast du keinen Hunger?» fragte er freundlich.

«Nein ...»

Er nahm oft seine Klienten mit auf kleine Spaziergänge, die immer in guten, aber schlichten Restaurants endeten. Er hatte mit den Jahren gelernt, daß die Leute sich natürlicher benahmen, wenn er zu den Gesprächen eine sinnvolle Beschäftigung fand.

Sie hatten nun einige Stunden miteinander gesprochen, und sie hatte schon das Gefühl, ihn seit Jahren zu kennen. Aber mehr wie einen älteren Verwandten als einen Freund, vielleicht wie einen älteren und klügeren Bruder.

«Es war sehr chaotisch, als wir uns begegneten. Ich war mit einem anderen Mann verlobt, mit dem ich einige Jahre zusammen wohnte.»

Hin und wieder knüpfte sie an das Gespräch an, das sie auf der Terrasse des Sheraton-Hotel begonnen hatten. Wenn sie aufhörte zu sprechen, drängte der routinierte Psychologe sie nicht, sondern leitete das Gespräch einfach über auf Alltäglichkeiten, um dann allmählich wieder zum Thema zurückzukommen: Ejnar Melander.

«Er war auch Offizier», fuhr sie mit leiser Stimme fort, «Hauptmann, und ein paar Jahre älter als ich. Ulf hieß er. Ulf af Berg. In seiner Familie hatte es seit Generationen Offiziere gegeben.»

«So?»

«Mein Vater war auch Offizier, er nahm seinen Abschied als Hauptmann. Hauptmann Larsson. Er war der erste in der Familie, der Berufsoffizier geworden war, die anderen waren Bauern oder Kleinbauern, irgendeiner war Lehrer oder Pastor geworden. Aber er war jedenfalls der einzige, der Offizier wurde, Hauptmann Larsson.»

Lindal nickte, ohne den eigentlichen Inhalt der Aussage zu verstehen.

«Offizier war schon immer ein schlechtbezahlter Beruf, ich glaube, das liegt daran, daß es solche Männer wie Ulf gibt. Er brauchte den Sold nie, sie hatten einen Familienfond, aus dem er jedes Jahr Geld bekam. Viel mehr, als er als Sold kriegte. Deshalb war Ulf sehr beliebt bei den jüngeren Offizieren, er lud ja andauernd ein. Aber mit den höheren Offizieren verkehrte er auf eine andere Art, ich weiß nicht, wie ich das erklären soll?»

«Wie denn?»

«Er war ihnen ebenbürtig, es war, als ob er schon zu ihnen gehörte, als er noch Hauptmann war. Sein Vater war der Chef des Armeestabes, und sein Onkel war Oberst und hatte ein eigenes Regiment. Also war es klar, daß Ulf eine gute Karriere machen würde.»

«Hat er das?»

«Ja, er ist offenbar Oberst jetzt, in Schonen.»

«Warum hast du dich denn von ihm getrennt?»

«Ich weiß nicht», antwortete sie verlegen.

«Hast du dich Hals über Kopf in Ejnar verliebt?»

«Nein.»

Ejnar hatte zu den zehn jüngeren Offizieren gehört, die ab und an zu Bergs privaten, kleinen Festen eingeladen worden waren. Aber er war nicht besonders gern gesehen, er tanzte schlecht und man hielt ihn ganz allgemein für eine Trantüte.

«Er tat mir leid», gab sie plötzlich zu.

«Warum?»

«Hauptmann Larsson», antwortete sie unverständlich.

Sie schwieg und aß ein paar Bissen von dem Pfannkuchen, obwohl er kalt geworden war, und Lindal schenkte aus der Karaffe ihr Glas voll.

«Es war nicht nur der Name Larsson, der falsch war», sagte sie nach einer Weile, «es war auch schwierig, mit einem Larsson-Komplex Offizier zu sein. Jedenfalls war das damals so. Larsson, das ist der Name für einen kleinen, grauen Menschen, der immer nur arbeitet und schuftet. Aber bei Festen, Bällen und Paraden ist er ganz unangebracht, da kommt es dann zu feuchten Händen und Stottern. Ja, nicht ich bin tiefsinnig, das sind die Worte meines Vaters, die er jedesmal wiederholte, wenn man ihn bei einer Beförderung übergangen hatte. Und das waren etliche Male. Aber es war ja nicht nur der Name, den hätte er ja gegen einen stilvolleren tauschen können. Es war Larsson selbst, die falsche Person für einen Offizier. Er hätte Feldwebel werden sollen, wenn er nun unbedingt Offizier werden wollte. Als Unteroffizier wäre all das Graue, Grobschlächtige und schwerfällig Fleißige vorteilhaft gewesen. Dann hätte man ihm seine Arbeit aufbürden und ihn im Kasino wegen seiner Tüchtigkeit loben können.»

«Und mit Ejnar war es das gleiche?»

Sie nickte still.

«Er hatte rechnen gelernt, statt tanzen.»

«Wie kam es denn, daß ihr geheiratet habt?»

Mia blickte auf den Tisch und drehte den Oberkörper zur Seite, und er verstand, daß sie darüber nicht sprechen wollte, jedenfalls noch nicht.

«Erzähl ein bißchen von dir, Mia?»

«Da gibt es nicht viel zu erzählen.»

Sie trank ein paar Schlucke Wein und versuchte, ihn anzusehen:

«Du warst damals sehr hübsch?» fragte er taktvoll, um sie nicht zu verletzen.

«In der Stadt haben sie mich zur Lucia gewählt, obwohl ich nicht blond war. Das muß zweiundfünfzig gewesen sein. Du weißt, wie es damals war, ich war bei ein paar Schönheitswettbewerben dabei und wurde für eine Filmrolle mit Tage Severin ausgewählt. Es hört sich jetzt albern an, nach so vielen Jahren. Ich war sehr kindlich damals, aber auf diese Weise kam ich nach Stockholm. Dann war ich Fotomodell, nicht so ein richtiges, nur für die Titelseite der Wochenzeitschriften und so was. Aber um leben zu können, mußte man eine andere Arbeit haben, die Bezahlung als Fotomodell war so schlecht. Also war ich bei der Giroabteilung der Post und sortierte Postanweisungen und träumte davon, reich und berühmt zu werden.»

«Aber das wurdest du nie?»

«Eine Zeitlang glaubte ich es. Mein Gesicht war oft in den Zeitschriften, und immer war eine Menge los. Ständig gab es Leute, die anriefen, man hatte nie einen Moment für sich allein.»

«Es gab viele Feste?»

«Dann begegnete ich Ulf, der zu der Zeit Lehrer in Karlberg war. Und als er in den Norden, nach Sollefteå, sollte, da verlobten wir uns, und ich ging mit ihm.»

«Hast du ihn geliebt?»

«Ich hatte Stockholm satt.»

Aber da oben war es ihnen gut gegangen, Ulf hatte eine hübsche Wohnung, und außerdem verschaffte er ihr einen Platz als Sekretärin bei der Regimentsverwaltung. Eine Arbeit, für die sie nicht die formalen Kenntnisse besaß, aber sie hatte es schnell gelernt.

«Warst du damals glücklich?»

Glücklich war vielleicht nicht das richtige Wort, erleichtert war eine bessere Bezeichnung. Die Jahre waren schnell vergangen, und bald war sie die einzige der Gleichaltrigen aus ihrer Heimatstadt, die nicht verheiratet war, die keine Kinder geboren hatte und Mann und Haus versorgte.

«Warum habt ihr nicht geheiratet?»

Sie hatte nicht begriffen, wie Ulf af Berg war, das sollte sie erst viel später merken. Er war praktisch und berechnend, wo sie naiv und kindlich war.

«Bis zum Hauptmann läuft die Karriere der Offiziere im selben Regiment mit Beförderung in einer bestimmten Reihenfolge. Leutnant, Oberleutnant, Hauptmann und bestenfalls Kompaniechef. Nur jeder achte wird zum Major befördert, und dann kann eine Versetzung zu einem anderen Regiment oder vielleicht zu irgendeinem Stab kommen.»

Als sie mit ihm in den Norden gezogen war, hatte er noch ungefähr drei Jahre bis zur Beförderung zum Major, und er hielt ungeduldig diese ‹Hundejahre› durch.

«Zu Anfang sprachen wir vom Heiraten, aber je näher seine Beförderung rückte, desto stiller wurde es um die Ehe», sagte sie bitter, «zuerst habe ich nichts begriffen.»

In dem letzten Jahr wurde auch seine Art der sexuellen Beziehung zu ihr immer roher, gleichzeitig war er aber vorsichtiger denn je, um sie nicht zu schwängern.

«Warum lief das so?»

«Hauptmann Larsson.»

«Er wollte dich nicht heiraten wegen deiner Familie?»

«Eher wegen seiner Familie.»

«Hatten die etwas dagegen?»

«Ich habe nie jemanden aus seiner Familie kennengelernt, schon das sagt alles.»

Ihr traten Tränen in die Augen, als sie an ihre Demütigung dachte. Während dieses letzten Jahres hatte er versucht, sie loszuwerden, bei Festen und Abendessen schob er sie förmlich den unverheirateten Offizieren zu. Es war ein Gefühl, als wollte er sie feilbieten. Und die jungen Offiziere wurden in dem Maße zudringlicher, in dem Ulfs Gemeinheiten zunahmen. Bald war es nicht mehr ungewöhnlich, daß man sie offen betätschelte, und einige Male wäre sie fast in ihrer eigenen Wohnung vergewaltigt worden.

«Dann fing er an, mich zu schlagen», sagte sie und konnte das Weinen nicht zurückhalten.

«Und warum?»

«Er wollte mich loswerden!»

Lindal machte eine Pause und ging, um ihr eine Papierserviette zu holen.

Die anderen Offiziersfrauen gingen ihr bei den Kasinofesten aus dem Weg, und sie wurde immer einsamer. Dann, spät abends bei einem Fest, hatten zwei Leutnants sie in die Herrentoilette gezerrt und sich über sie hergemacht. Mit zerrissenem Schlüpfer und schmutzigem Kleid hatte sie allein nach Hause gehen müssen. Spät in der Nacht war Ulf nach Hause gekommen und hatte sie aus dem Bett gezerrt.

«Du verdammtes Luder», hatte er geschrien und ihr das Nachthemd heruntergerissen.

Am darauffolgenden Tag konnte sie nicht zur Arbeit gehen, ein Auge war blaugeschlagen, und sie konnte kaum sitzen.

«Ejnar hat sich um mich gekümmert», sagte sie, um ihre eigenen Gedanken zu Ende zu bringen.

Sie war bald nach der verhängnisvollen Nacht zu ihren Eltern nach Hause umgezogen, aber auch dort nur stiller Verachtung begegnet. Hauptmann Larsson wußte, die Kollegen in den Kasinos betrachteten seine Tochter als liederliches Weibsbild.

«Ejnar war in Papas Kompanie und kam dienstlich manchmal zu uns ins Haus. Er war sehr zurückhaltend und freundlich. Und ich war traurig und völlig fertig mit den Nerven.»

Ulf af Berg hatte dann im Herbst seinen ersehnten Majorsrang erhalten und zog weiter, nach Südschweden, als Junggeselle, nachdem er in guter Tradition ordentlich Abschied gefeiert hatte.

«Ich zog zu Ejnar, der hatte eine kleine Einzimmerwohnung», sagte sie fast verschämt, «und das habe ich nie bereut. Dann gab ich meine Arbeit beim Regiment auf und bekam einen Job im Tempo-Büro. Wir heirateten zu Pfingsten, aber da war Olle, das älteste Kind, schon unterwegs.»

«Habt ihr über das gesprochen, was zwischen Ulf und dir geschehen war?»

«Nein.»

«Warum nicht?»

«Ich glaube nicht, daß er das wollte.»

«Und du? Wolltest du?»

«Ich wollte wohl am liebsten etliche Jahre meines Lebens vergessen.»

«Und hat er niemals irgendwas gefragt?»

«Nein, nie.»

«Findest du das nicht merkwürdig?»

«Ich weiß nicht ...»

«War er eifersüchtig?»

«Ich weiß nicht, auf jeden Fall ließ er es sich nicht anmerken.»

«Glaubst du, daß er etwas wußte?»

Nachdem sie eine Weile geschwiegen hatte, nickte sie zaghaft.

«Die Offiziere sind alte Klatschbasen», sagte sie bitter, «die Kasinos sind die reinsten Kaffeekränzchen.»

«Und wolltest denn du nie mit Ejnar darüber sprechen?»

«Ich hab mich nicht getraut.»

Der Psychologe bezahlte für sie beide und legte einige Kronenstücke als Trinkgeld auf den Tisch.

«Aber er hielt es im Regiment aus, trotz des Geredes?»

«Er übernahm alle Kommandierungen, die außerhalb abliefen und die er bekommen konnte.»

Sie gingen über den Marktplatz hinüber zum Hügel an der Storkyrka, die Sonne wärmte herrlich, und die Tauben flogen in Scharen vor ihren Füßen auf. Die Kirchturmuhr schlug die volle Stunde und auf der Treppe zur Börse saß ein älterer Mann, der neben seiner Portweinflasche eingeschlafen war.

«Wir wurden so ziemlich von jedem gesellschaftlichen Verkehr im Regiment ausgeschlossen, und das war es wohl, was ihn dazu veranlaßte, sich bei der Wasserbehörde zu bewerben, auch wenn es nach außen hin wegen des besseren Einkommens war.»

Und in Östhammar hatten sie das Haus gekauft, das ihr erster richtig fester Wohnsitz wurde nach all dem Herumziehen während der Offiziersjahre, und sie hatte eine gute Arbeit als Schreibkraft im Hauptbüro des Kernkraftwerkes Forsmark bekommen.

«Und trotzdem, die schweren Jahre haben wir nie richtig hinter uns gelassen.»

«Was meinst du damit?»

«Es war, als müßten wir uns wegen irgend etwas schämen.»

«Warum denn?»

«Weil wir nie darüber gesprochen haben.»

31

Der Staatsminister sah besorgt in seine Karten, er war nie ein guter Kartenspieler gewesen und hatte nun auch noch das Pech, zwischen Ejnar und Backhammer zu sitzen, die beide gut Kille spielen konnten.

Ejnar eröffnete das Spiel heimtückisch mit einer Zwei und sah den Staatsminister dabei lächelnd an, der mit einem Seufzer die einzige Karte hergeben mußte, die ihn hätte retten können. Backhammer legte einen Blarr ab und Sune zog sich mit einer Acht aus der

Affäre, so daß der Psychologe Lindal den Stich mit einer billigen Zehn nehmen konnte.

Lindal fühlte sich beim Anblick seiner restlichen Karten nicht wohl. Sollte er den Staatsminister oder sich selbst retten? Dann spielte er die Karte, die den Staatsminister ordentlich hereinlegen und einen kleinen Verlust in eine Katastrophe verwandeln würde. Der Staatsminister blieb mit einem Kuckuck, der zweithöchsten Karte des Spieles, sitzen, und das war nun nicht so gut, denn sie spielten eine besondere Variante des Spieles.

Der Staatsminister nahm die Karten auf, die Ejnar zu einem neuerlichen Spiel gekonnt austeilte. Er hatte seit Jahren nicht Karten gespielt, nicht, seit die Kinder, als sie richtig klein gewesen waren, ihm beim Schwarzen Peter ordentlich die Leviten gelesen hatten. Jetzt ärgerte er sich richtig über die Niederlage, er haßte jegliches Verlieren.

Die Spielpartie war Ejnars Idee gewesen, jeden Montag traf er sich mit Backhammer und drei weiteren Jagdkameraden zum Kartenspiel zu Hause bei einem von ihnen. Und Ejnar hatte gemeint, sie sollten diese Tradition nicht aufgeben.

«Wollen wir denn zu zweit spielen?» war Backhammers Frage gewesen.

«Die Jungs können doch wohl herfahren?»

Als Backhammer diese Idee dem Führungsstab vorgetragen hatte, nahm der Psychologe die Chance wahr.

«Das wäre eine gute Möglichkeit, ihn näher kennenzulernen. Wir spielen eine Partie mit ihm, wirklich, keine schlechte Idee, Backhammer.»

Ejnar hatte sofort den Staatsminister und ein paar andere als Mitspieler akzeptiert und einen Spieltisch und etwas zum Knabbern aufs Zimmer bestellt.

In seinem Dienstzimmer hatte der Staatsminister im Schnellverfahren die Regeln des Kille-Spieles von einem der besseren Kartenspieler der SÄPO lernen müssen.

Aber die ersten beiden Stunden waren vergangen, ohne daß man Melander irgendwie nähergekommen war. Er nahm das Kartenspielen ernst, und die Spielrunden verliefen genauso schweigend, wie an den normalen Spielabenden in Östhammar.

Der Staatsminister eröffnete mit einer Neun. Ejnar überbot mit einer Elf, alle überboten, bis es Backhammer gelang, dem Spiel mit einem Schwein eine Wendung zu geben. Mit listigem Blick zog er seinen Kille hervor, die höchste Spielkarte, was vor allem dem Staatsminister in die Parade fuhr, der die Sache mit dem Abwerfen nicht begriffen hatte. Und nach ein paar weiteren gespielten Karten saß der Staatsminister wieder als Verlierer da. Fast wütend warf er seine letzte Karte auf den Tisch.

«Na ja», sagte Ejnar gereizt, «ein Glück, daß du mit den Wählern nicht Karten spielen mußt.»

«Dann müßte ich es eben besser lernen.»

«Meinst du, das könntest du?»

Der Staatsminister sah Ejnar erstaunt an ...

«Es gibt Leute, die lernen das Kartenspielen nie.»

«Das glaube ich nicht!»

«Das ist wie mit Musik», lächelte Ejnar, «es gibt Leute, die lernen das Singen nie.»

Sune Tidfälth rechnete umständlich die Punkte aus, der Staatsminister blieb fast zweihundert schuldig, und wenn es so weiterging, würde er hoch verlieren.

Sie warteten auf das nächste Austeilen, aber der Staatsminister saß da, die Spielkarten in der Hand.

«Das ist doch meistens Glück mit den Karten?»

Ejnar lächelte herablassend.

«Auf die Dauer hat das wenig mit Glück zu tun.»

«Das glaub ich nicht.»

«Nein, es geht dabei um das Gefühl.»

Der Staatsminister suchte irritiert nach Worten.

«Wollen wir weiterspielen?» fragte Sune.

«Es bedarf einer Intuition», fuhr Ejnar fort, den spöttischen Blick auf den Staatsminister gerichtet, «einem Gefühl dafür, ob man richtig oder falsch spielt, und das fehlt dir völlig.»

«Wie gut dann, daß ich kein Spieler bin.»

«Das bist du doch wohl im allerhöchsten Grade.»

Ejnar lachte boshaft.

Sune Tidfälth teilte die Karten in fünf Haufen und legte den Rest zur Seite, besorgt sah er den Staatsminister an, der seinen Ärger nicht verbergen konnte. Die anderen nahmen die Karten auf, als Ejnar plötzlich die Hand des Staatsministers festhielt.

«Befühl sie erst mal! Fühlen sie sich richtig an?»

«Was meinst du damit?»

«Du glaubtest, es sei meistens Glück, das mit den Karten?»

Ejnars Blick war ein bißchen höhnisch, beinahe boshaft.

«Wie steht's mit dem Gefühl, du kannst sonst auch meine Karten dafür nehmen!»

Ohne zu antworten tauschte der Staatsminister seine eigenen gegen Ejnars Karten. Sune Tidfälth sah betreten aus dem Fenster.

Ejnar breitete seine Karten schnell zu einem Fächer aus, das Blatt war so gut, daß damit nicht einmal ein Anfänger verlieren konnte. Derweil der Staatsminister immer wütender auf sechs Luschen starrte.

Ejnar lächelte Sune ermunternd zu und eröffnete das Spiel mit dem einen seiner beiden Killar. Wenige Minuten später hatte der Staatsminister doch wieder verloren, obwohl Lindal und auch Sune versucht hatten, ihm zu helfen.

«Verdammter Mist», murrte der Staatsminister verärgert.

«Das Gefühl fehlt», sagte Ejnar.

«So schlechte Karten wie ich hatte, dürfte man gar nicht bekommen.»

«Wie bei mir», sagte Ejnar und sah Sune belustigt an, «so gute Karten wie ich hatte, dürfte man auch gar nicht bekommen.»

Nur langsam begriff der Staatsminister die Situation.

«Und dennoch, du hast nur die bekommen, die ich haben sollte, wenn du ein bißchen Gefühl gehabt hättest!»

Sune Tidfälth hatte, während sie sprachen, die Karten gut hingeschummelt, um dem Staatsminister zu helfen. Ob Ejnar das gesehen oder geahnt hatte, war unmöglich zu sagen, aber der Tausch war geschickt gemacht worden. Das nächste Spiel teilte Backhammer aus, schnell und gewandt verteilte er ohne Schummelei.

«Wollen wir jetzt auch tauschen?» fragte Ejnar spöttisch.

«Nein.»

«Meine können doch besser sein?»

«Jetzt nehme ich meine eigenen Karten!»

«Ganz sicher?»

«Ich will meine Karten behalten!»

«Dann trügt das Gefühl also nicht?»

Diese Runde wurde katastrophal für den Staatsminister, und schon nach zwei weiteren Spielen saß er wieder mit einem dicken Verlust da, höher als die vorhergegangenen.

«Welch ein Glück, daß du ein gutes Gehalt hast», sagte Ejnar.

Im Spiel entstand eine natürliche Pause, und Sune rief unten an, um den Imbiß kommen zu lassen, den er für neun Uhr bestellt hatte. Für ihn lag, trotz allen Ernstes, etwas Komisches in der Situation, und ihm hatte das Spiel Spaß gemacht, das er seit der Hochschule nicht mehr gespielt hatte. Außerdem hatte der Staatsminister an die dreihundert Kronen an ihn verloren, und er überlegte, ob er sie wohl zurückzahlen müsse.

«Eine größere Intuition benötigt man also nicht, um Staatschef zu sein», sagte Ejnar provozierend.

«Ich pflege nicht Karten zu spielen», antwortete der Staatsminister kurz angebunden, «Kille habe ich vorher noch nie gespielt.»

«Und warum tust du es dann?» fragte Ejnar verwundert.

Die Stimmung war geladen, als der Imbiß kam, schwedisches Bauernfrühstück mit rohen Eidottern und rote Bete. Bier und Schnaps standen für sich auf einem Tablett, zusammen mit den Cognacgläsern zum Kaffee.

«Skål und willkommen», sagte Ejnar beim Schnaps.

Der Staatsminister aß wenig, während Ejnar, der ihm gegenübersaß, einen guten Appetit zeigte. Lindal stocherte auch nur im Essen, aber Backhammer und Sune ließen es sich gut schmecken. Der Psychologe sah Ejnar verstohlen an, war es jetzt nicht an der Zeit, über etwas Ernsthafteres als Kartenspielen zu sprechen?

«Auf der Autobahn bist du ja ganz schön schnell gefahren», sagte er, als kein anderer etwas sagte.

«Gibt das ein Strafmandat?» fragte Ejnar belustigt.

«Wir werden sehen.»

«Ich war auch nicht nüchtern, als ich zurückfuhr.» Und er strahlte, als hätte er einen komischen Witz erzählt.

Sie aßen schweigend weiter.

Ejnar und Backhammer waren gegen fünf Uhr zurückgekommen, der Porsche stand noch draußen, abgeschlossen und vollgetankt. Der Justizminister war der Meinung gewesen, man müsse sich sofort um den Wagen kümmern, aber Farsan Sandberg hatte das auf sich beruhen lassen.

Ejnars Zimmer war in der gewünschten Farbe und mit den gewünschten Möbeln renoviert worden. Der zertrümmerte Fernsehapparat war gegen einen größeren ausgetauscht worden und gegen sechs Uhr hatten sie die neuesten Nachrichten angesehen. Ejnar wurde immer noch der Bombenmann genannt, aber nun machte man offenere Andeutungen darüber, daß er an psychischen Beschwerden leide. Ejnar hatte nur gelacht und einige «Idiot»-Grimassen vor Backhammer gemacht.

«Wie hast du dir den weiteren Verlauf hier vorgestellt?» fragte der Staatsminister.

«Wir machen wohl noch ein paar Spiele, falls ihr nicht müde seid.»

«Ich meine natürlich mit deiner Bombe!»

«Dann ist es jetzt also eine Bombe?»

«Wir müssen das nun mal klären», sagte der Staatsminister, insgeheim immer noch verärgert.

Ejnar schenkte allen Kaffee ein und stellte die Cognacgläser hin.

«Was willst du haben für deine Bombe?» Lindal beugte sich vor, um die Asche von seiner Zigarre abzustreifen.

Ejnar lachte leicht.

«Willst du sie kaufen?»

«Du kannst es gern so nennen, wenn du willst.»

Ejnar stand auf und ging zum Fenster hinüber und sah mit einem fast zärtlichen Blick zum Brunnen hinunter.

«Und du glaubst also, daß ich sie für Geld gemacht habe?»

«Man kann sie natürlich auch für anderes als für Geld verkaufen», sagte Lindal, «was möchtest du haben?»

Alle tranken ihren Kaffee und warteten.

«Vielleicht verschenke ich sie», sagte Ejnar und nahm Platz, «da gibt es sicherlich so eine politische Außenseitergruppe, die sie haben möchte.»

«Das gibt's doch nicht», zischte der Staatsminister.

«Der kommunistische Jugendverband vielleicht?»

«Mach nicht solche dämlichen Witze», sagte Backhammer mit müder Stimme.

«Nee, du hast recht», sagte Ejnar, «man verschenkt keine Bomben.»

Der Staatsminister versuchte, sich zu entkrampfen, damit seine zunehmende Irritation nicht zu offenkundig wurde.

«Ejnar», sagte er in erzwungenem ruhigem Ton, «sag nur einen annehmbaren Preis.»

«Was ist ein annehmbarer Preis für eine Atombombe?»

«Bitte.»

«Ja, was kann der empfohlene Richtpreis für eine Atombombe sein?»

«Gib dir Mühe, ernsthaft zu sein!!»

Ejnars Lächeln verschwand plötzlich, als er sich zum Staatsminister umdrehte.

«Mir ist diese Sache ernster, als du vielleicht meinst!»

Der Psychologe fand die Pfeife in der Jackentasche und zog sie, zusammen mit einem Pfeifenreiniger, heraus.

«Aber ich dachte, ihr wäret zum Kartenspielen hergekommen», sagte Ejnar abschließend.

Sie setzten sich wieder auf ihre Spielplätze und begannen eine neue Runde. Dem Staatsminister fiel es schwer, das Spiel zu begreifen, und bald saß er wieder als Verlierer da.

«Nee, jetzt reicht es», sagte er wütend und warf seine Karten hin.

«Ein schlechter Verlierer bist du auch», sagte Ejnar boshaft.

«Nein, aber jetzt ist es Zeit aufzuhören», sagte der Staatsminister und versuchte zu lächeln, aber es wurde nur eine saure Miene.

Backhammer sammelte die Karten ein und steckte sie in das Futteral, und Sune rechnete die Aufzeichnungen durch, zur Feststellung der Gewinne und Verluste. Die gesamte Verlustsumme des Staatsministers war nicht von Pappe.

«Elfhundertdreißig», wiederholte der Staatsminister verblüfft, als er die Summe hörte, die er Ejnar schuldete, «so viel habe ich nicht bei mir.»

«Ein Scheck geht auch», sagte Ejnar.

«Ihr anderen könnt euer Geld später bekommen», versuchte es der Staatsminister, während er den Scheck für Ejnar ausschrieb.

«Nee, nee, man bezahlt immer sofort», sagte Ejnar, «siehst du, das gehört zum Gefühl.»

Und der Staatsminister mußte auch den anderen ihre Schecks ausschreiben, während Ejnar sich auf dem Stuhl zurücklehnte und höhnisch lächelte.

«Deine Frau hat es sicherlich nicht leicht», sagte er teilnahmsvoll.

«Wie meinst du das?» Der Staatsminister hörte auf zu schreiben und starrte Ejnar an.

«Ein Mann mit Mangel an Gefühl und Intuition.»

«Wie ist es denn mit deiner eigenen Frau?»

Ejnar ging wieder an das Fenster und stellte die Jalousetten so ein, daß alle das Stahlrohr sehen konnten.

«Wollen wir eine Partie um das da spielen?»

Widerwillig sahen sie nach unten auf die Bombe.

«Um welchen Einsatz denn?» fragte der Staatsminister zögernd.

Ejnar kam näher auf ihn zu, das Lächeln war noch da.

«Du kannst um deine Frau spielen», sagte er. «Gewinnst du, hast du beide, die Bombe und sie. Und wenn du verlierst, dann kann sie eine wirklich ‹gefühlvolle› Nacht erleben.»

Immer noch lächelnd holte er das Kartenspiel wieder hervor, mischte und legte es zum Abheben auf den grünen Spieltisch; die vier Männer starrten ihn an, als trauten sie ihren Augen nicht.

«Du bist ja nicht bei Trost», fuhr es dem Staatsminister heraus.

«Es war nur ein Vorschlag.»

«Verdammt ...»

Der Staatsminister riß die Tür auf und ging, ohne noch etwas zu sagen, die drei anderen gingen gleich nach ihm. Backhammer blieb in der Tür stehen und sah Ejnar traurig an, der immer noch lächelte.

Farsan Sandberg saß als Verbindungsmann im provisorischen Führungsraum der Antiterrorzentrale, ein Stockwerk unter dem Bombenmann. Durch eine Direktverbindung hatte er Kontakt zum Polizeipräsidium und der dortigen Computeranlage auf Kungsholmen. Im Verlauf des Abends begann er, ein System in seinen vielen Teleschreiben und Notizen zu erkennen. Zuerst kam die Erklärung für die abnehmende Strahlung der Bombe heraus.

Im Strahleninstitut hatte man genauestens Melanders hinterlassene Ausrüstung untersucht. Die Radioaktivität, die am ersten Tage gemessen worden war, stammte von dem Geigerzähler, den er außen über dem Schutzanzug getragen hatte. Das Innere des Meßgerätes war herausgenommen und durch einen stark strahlenden Stoff ersetzt worden, der aus dem Abfalldepot in Forsmark stammte.

Melander hatte sie also geblufft. Bluffte er auch in anderer Hinsicht? Was war mit dem Inhalt der Bombe?

Hinzu kam die Messung der FOA von dem Bombenäußeren, sie stimmte nicht mit der verschwundenen Plutoniummenge überein. Nach Aussagen der Experten konnte Melanders Rohr nicht mehr als knapp Zweidrittel des Gestohlenen enthalten.

Aber die FOA-Leute nahmen das nicht als ein gutes Zeichen, vielmehr wurde es zu einem weiteren Unruheherd. Denn wo befand sich denn dann das übriggebliebene Plutonium? Die Giftigkeit des Stoffes an sich war schon erschreckend.

Die vier Kille-Spieler kamen zu Farsan herunter, der Staatsminister war noch immer erregt, die drei anderen dagegen bedeutend ruhiger. Sofort nachdem sie das Zimmer des Reichstagspräsidenten verlassen hatten, mußten sie die Schecks dem Staatsminister wieder zurückgeben, der sie in lange Streifen zerriß.

Backhammer gähnte ausgiebig, der Tag war lang gewesen, und er war wirklich sehr müde. Am Nachmittag war es ihm gelungen, kurz zu Hause anzurufen. Ejvor hatte Sehnsucht nach ihm, aber er hatte am Telefon nicht viel sagen können, er wurde ja abgehört. Aber er würde Näheres erzählen, wenn er nach Hause käme.

«Ich fürchte, das hier ist nur ein kleiner Vorgeschmack auf das, was noch kommt», sagte der Psychologe Lindal, «er testet uns die ganze Zeit.»

«Testet?»

«Ja, überlegt euch mal, was im Verlauf des Tages passiert ist. Er ist zu schnell gefahren, er ist betrunken gefahren, und er hat gezeigt, daß er gewitzter ist als der Staatsminister. Wenigstens als Kartenspieler.»

Der Staatsminister wurde rot vor Wut.

«Verflucht, was hat das Kartenspiel mit Intelligenz zu tun?»

«In Melanders Hirn hat es das wohl.»

Der Staatsminister machte einige verärgerte Runden im Zimmer.

«Also, du solltest Rosemarie als Einsatz geben?» fragte der Justizminister verdutzt, als er den Bericht über die Schlußphase des Kartenspiels gehört hatte.

«Der Mann ist total verrückt!»

«Er hat es damit nicht ernst gemeint», sagte Lindal beschwichtigend, «er hat dich damit nur aufgezogen, als er sah, wie ärgerlich du wurdest.»

Der Staatsminister nickte, es tat ihm schon leid, daß er da oben die Fassung verloren hatte.

«Ja, natürlich war das ein Scherz», versuchte er es in leichtem Tonfall.

«Für wie lange?» fragte der SÄPO-Chef.

«Was meinst du damit?»

«Ja, wie lange dauert es, bis aus seinem Scherz Ernst wird?»

Sie blickten einander an.

«Ich glaube, die Bombe ist zu groß», sagte Farsan plötzlich von seinem Tisch her, «sie ist zu groß, und ganz bestimmt zu groß für Kleinkram. Sie ist genauso unhandlich wie die Superbomben der Großmächte. Man kann sie nur für den Fall großer Konflikte gebrauchen. Man kann wohl kaum mit ihnen wegen irgendwelchen Kleinkrams klappern und dann verlangen, daß man glaubwürdig sein soll.»

«Du meinst», verdeutlichte Lindal, «daß er nur eine Bombe hat, und daß er sie nicht für irgendeinen Scheißkram hergeben kann?»

Farsan nickte.

«Dann erhebt sich wohl die Frage, was er als groß oder klein bezeichnet. Die Proportionen können sich sehr verschieben für Menschen mit Melanders Veranlagung.»

«Was willst du damit sagen?»

«Stell dir vor, du hättest ein bißchen Veranlagung zum Größenwahn, und das haben wir ja wohl alle ein bißchen. Und laß uns mal sagen, jemand hat dir etwas Böses getan, hat sich ungerecht dir gegenüber verhalten. Und mit den Jahren vergißt du das nicht, im Gegenteil, es würde im gleichen Maße zunehmen, dieses Gefühl, wie du neue Ungerechtigkeiten und Enttäuschungen erlebst.

Schließlich ist das Gefühlspotential so groß geworden, daß du an nichts anderes denken kannst.»

«Ja, und?»

«Und dann bekommst du eines Tages die Macht, dich zu revanchieren.»

«Pfui Teufel», fuhr es dem Staatsminister spontan heraus.

«Nehmen wir mal an», fuhr Lindal unbeirrt fort, «daß Melander einen Lehrer, Vorgesetzten oder eine Frau hat, die ihn vor Jahren zutiefst verletzt haben.»

«Und jetzt würde er sich rächen wollen?»

«Vielleicht durch öffentliche Auspeitschung oder fernsehübertragene Hinrichtung da unten am Brunnen.»

«Hirngespinste», sagte der Staatsminister trocken.

«Wir würden so etwas niemals zulassen», sagte der Justizminister entschlossen.

«Nee, so was kann ich mir bei Ejnar nicht vorstellen», sagte Backhammer aus seiner Ecke.

Sie sahen erleichtert hinüber zu dem vertrauenerweckenden Polizisten aus Östhammar.

Aber Lindal war nicht bereit, das Thema fallen zu lassen.

«Ich sag das nur, damit euch klar ist, daß es hier nicht irgendwelche normalen Grenzen gibt, wenn es schiefgehen sollte. Zur Zeit testet er nur einfache Situationen. Aber ganz plötzlich, irgendwann, kann er die Grenze überschreiten, wo die Norm nicht mehr zählt.»

«Was kann ihn daran hindern?»

«Wenn seine Erziehung und seine christliche Überzeugung tief genug verankert sind, überschreitet er diese Grenze nicht. Deshalb gibt es in der Gesellschaft ja ausgeprägte Scham- und Anständigkeitsgefühle.»

«Nun laß mal die Phantasie nicht mit dir durchgehen», sagte der Staatsminister beunruhigt.

«Dieser Schritt ist in jedem Menschen angelegt.»

«Nee ...»

«Das ist der Augenblick, in dem der Bankräuber aufhört zu warnen und statt dessen schießt, um an das Geld zu kommen, das er haben will. Wenn er keine Rücksicht mehr nimmt gegenüber dem Leben anderer, wenn er nichts mehr empfindet. Wir haben einige neue Untersuchungen darüber aus den USA und aus Deutschland.»

«Kaltblütig», sagte Sune bekräftigend, «es gibt ein Buch, das heißt so.»

Schweigend saßen sie da, nachdem der Psychologe zu Ende gesprochen hatte, es war, als fiele es ihnen schwer, Lindals Gedanken in sich aufzunehmen. Vielleicht, weil sie so erschreckend waren.

«Er würde keine Mittel scheuen», sagte der SÄPO-Chef in Gedanken versunken.

«Gibt es solche Menschen?»

Lindal nickte bekümmert.

«Warum, glaubt ihr, haben wir denn unsere geschlossenen Anstalten für Geisteskranke?»

Farsan kritzelte auf seinem Block herum.

«Wir sollten vielleicht die ausfindig machen, mit denen er sich überworfen hat, um sie schützen zu können?»

«Er hat ja genügend Zeit, um auf sie zu warten», sagte Lindal.

Der Staatsminister, der eine gute Weile schweigend dagesessen hatte, schien mit einemmal zu explodieren, weiß im Gesicht sprang er auf und schlug mit den geballten Fäusten auf Farsans Tisch.

«Ich lasse mir das hier nicht bieten!»

Erstaunt sahen sie ihn an.

«Ich lasse mir das hier nicht bieten!»

Der Justizminister reagierte als erster.

«Beruhige dich», sagte er schroff, «setz dich hin, verdammt noch mal!»

Nur langsam kam der Staatsminister zu sich, seine Hände zitterten noch lange vor Wut. Es war, als hätte die Geschichte ein anderes Ausmaß angenommen, oben im Zimmer des Reichstagspräsidenten. Erst dort oben war die Bedrohung seiner eigenen Person ihm klargeworden. Und er sah Rosemaries Gesicht vor sich, die Frau, mit der er seit fast fünfundzwanzig Jahren zusammenlebte, ihr feingeschnittenes Gesicht mit den freundlichen Augen.

«Ich lasse mir das nicht bieten», preßte er nur mühsam beherrscht hervor.

«Bis auf weiteres wird dir wohl nichts anderes übrigbleiben.»

«Mich von seiner Willkür abhängig machen?»

«Ja», sagte Lindal, «das ist scheußlich.»

Der Staatsminister holte tief Luft, um die Stimme zu festigen, diese Nacht gedachte er nicht in seinem Dienstzimmer zu verbringen. Er brauchte ein paar Stunden Ruhe und Entspannung.

«Ruft mich zu Hause an, wenn was ist!»

Und als ob er es nicht eine Sekunde länger aushielt, stürzte er zur Tür. Die anderen blickten ihm erstaunt nach.

«Er war erregt», sagte Lindal verständnisvoll.

Alle nickten, ein bißchen peinlich berührt, aber wer war denn nicht müde?

Bald gingen sie alle, jeder kehrte an seinen Platz zurück, es war, als ob der Ausbruch des Staatsministers allem Denken die Kraft genommen hatte.

Bei Farsan Sandberg blieb nur noch der SÄPO-Chef, der einen unermüdlichen Eindruck machte in seinem makellos gebügelten Anzug. Einer Papprolle entnahm er ein Bündel großer Papiere und entrollte sie auf dem Tisch. Farsan beugte sich voller Eifer über sie und zog die Lampe heran, um besser sehen zu können.

«Würden wir das schaffen?»

«Vierundzwanzig Stunden.»

«Wenn man offen arbeiten kann, ich meine mit Radio und Fernsehen?»

«Achtzehn Stunden.»

Auf dem Tisch lag der erste Entwurf für eine völlige Evakuierung Groß-Stockholms. Fast zwei Millionen Menschen waren von der Planung betroffen, Kinder und Erwachsene, Kranke und Rentner. Sogar die Tiere im Freilichtmuseum Skansen und die Pferde von der Trabrennbahn Solvalla waren in die ersten Berechnungen der Militärs mit einbezogen.

Farsan pfiff durch die Zähne, das imponierte ihm.

«Weil Sommer ist, ist es ja leichter», sagte der SÄPO-Chef bescheiden.

Der Plan war wie eine große Übung der Zivilverteidigung aufgezogen, und es gab nur wenige, die wußten, daß ihr Plan binnen kurzem Wirklichkeit werden konnte.

«Die Valutareserven und das Goldlager der Reichsbank werden schon morgen verlegt», fuhr der SÄPO-Chef fort, «ebenso einige unschätzbare Kunstgegenstände.»

«Schaffen wir denn so eine Evakuierung?»

«Mit Ausnahmezustand natürlich und mit vollem militärischen Einsatz. Schon morgen werden alle Polizisten zu Wehrübungen in die Nähe der Stadt einberufen. Innerhalb vierundzwanzig Stunden haben wir volle Bereitschaft für den Notstand.» Der SÄPO-Chef rollte seine Pläne zusammen und steckte sie wieder in die Papprolle.

«Aber die schnellste Alternative muß nicht unbedingt zur Durchführung gelangen», bemerkte er trocken.

«Wieso?»

«Wenn eine Notlage eintritt, werden wir Melander das Leben nehmen, bevor er die Möglichkeit hat, die Bombe zu sprengen.»

«Geht das denn?»

«Er wird tot sein, bevor er umfällt.»

Farsan sah ihn nachdenklich an.

«Wie macht man das?»

«Nervengas.»

«Aber wer macht das?»

«Jemand, dem man vertraut.»

33

Erstaunt las Backhammer die Mitteilung auf einem Zettel, den man ihm gegeben hatte, als er den Schlüssel im Sheraton geholt hatte. Obwohl er müde war, war er neugierig auf das Luxushotel. Es war Jahre her, daß er in einem Hotel gewohnt hatte, und damals war er zusammen mit zwei, drei anderen Ringern in einem Olympia- oder Weltmeisterschafts-Quartier untergebracht worden.

Mia hatte den Zettel geschrieben, sie erwartete ihn in einer der Bars, wo er sie schnell neben einem Mann fand, der um die fünfzig Jahre alt war, und der den Arm um sie gelegt hatte.

«Hej, Mia», sagte Backhammer und setzte sich auf der anderen Seite neben sie.

Sie tranken aus hohen Gläsern etwas, das wie Tomatensaft aussah.

«Sehen Sie nicht, die Dame ist beschäftigt», zischte der Mann hinter ihrem Rücken.

Sie lächelte Backhammer an und er merkte, daß sie einen kleinen Schwips hatte.

«Natürlich weiß ich, daß sie beschäftigt ist», sagte Backhammer zu dem Mann, «ich bin ja seit achtundzwanzig Jahren mit ihr verheiratet.»

Der Mann bekam einen starren Blick, konnte aber zunächst nichts sagen.

«Kommst du von Ejnar?»

Backhammer nickte.

«Verflixt, dann kannst du für die Schlampe auch bezahlen», sagte der Mann und warf Backhammer wütend die Rechnung zu, ehe er ging.

Backhammer sah Mia an, sie trug ein neues Kleid, und das Haar war gebürstet und glänzte wie immer.

«Können wir nicht gehen?» bat sie.

Backhammer bezahlte für die beiden Gläser und hakte sie ein.

«Ich konnte nicht allein im Zimmer sitzen», sagte sie auf dem Wege nach oben im Fahrstuhl.

«Sollte nicht jemand bei dir sein?»

«Ich wollte allein sein.»

«Wirklich?»

«Ich habe die Kinder angerufen», antwortete sie hilflos.

Der Fahrstuhl hielt in der obersten Etage und die Türen öffneten sich lautlos.

«Und was haben sie gesagt?»

«Ich konnte ja nichts sagen, ich habe so getan, als sei ich zu Hause in Östhammar.»

Backhammer sah auf seine Schlüsselnummer, als er seine Tür aufschloß. Er hatte das Zimmer nebenan, wie er Farsan gebeten hatte. Sie ließ ihre Tür hinter sich offenstehen und Backhammer verstand, daß sie ihn bei sich haben wollte.

«Möchtest du ein Glas Wein?» fragte sie, während er sich im Zimmer umsah.

Das Zimmer war nicht besonders luxuriös, aber das Hotel war an der richtigen Stelle gebaut und die Aussicht über den Riddarfjärd war großartig. Die Nacht war hell, und nur einige, wenige Lampen spiegelten sich in der blanken Wasseroberfläche. Auf der Brücke, die vom Stadtteil Söder nach Stockholm hineinführte, fuhr ein erleuchteter D-Zug in den Hauptbahnhof ein. Er öffnete die Tür und trat auf den großen Balkon, die Luft war noch immer warm nach dem sonnigen Tag. Ganz weit unten lag die Straße, wo die lächerlich uniformierten Pförtner herumliefen, um Autotüren zu öffnen oder zu schließen, für fünf Kronen pro Türenschlagen. Sie kam auf den Balkon hinaus mit den Gläsern, richtigen Weingläsern mit Fuß.

«Skål, Mia.»

Er erzählte kurz, was im Laufe des Tages geschehen war, wobei er besonders das Kartenspielen fast als lustig zu schildern versuchte.

«Warum tut er das?»

«Ich weiß es nicht, Mia.»

Aber über den Scherz mit der Frau des Staatsministers sprach er in seinem Bericht nicht.

Genauso schlicht erzählte sie dann von dem Gespräch mit dem Psychologen Lindal.

«Er war sehr freundlich und verständnisvoll», sagte sie zum Schluß.

Am Nachmittag hatte sie einige Kleidungsstücke eingekauft, da sie aus Östhammar in Alltagskleidung weggefahren war, die sich mehr für den Garten als für das Sheraton eignete.

«Was war das für ein Kerl da unten?»

«Er verkaufte Maschinen oder so was.»

Ihr Körper war angespannt, beinahe so, als hätte sie gegen etwas angekämpft oder um nicht irgendwie zusammenzuklappen. Ihr Blick fixierte etwas, das sowohl weit entfernt wie auch ganz nahe sein konnte, und er schüttelte sie vorsichtig, wie um sie zu wecken.

«Mia?»

«Ja?»

Ihr Blick kam zurück und sie versuchte, ihn anzulächeln.

«An was hast du gedacht?»

Ihr Glas war schon leer, und sie füllte es wieder, ohne Backhammers Glas zu beachten.

«Alles ist so merkwürdig.»

Sie setzten sich auf die Korbstühle, die vom Abendtau ein wenig feucht waren. Jetzt fühlte Backhammer, wie müde er wirklich war, während Mia aussah, als könne sie noch stundenlang wach bleiben. Sie saß mit geradem Rücken ganz vorn auf der Stuhlkante, das Glas in den Händen.

«Stimmt denn vielleicht mit mir irgendwas nicht?» fragte sie tonlos.

Er setzte sich mühsam aufrecht hin, verdammt schmal waren die Stühle.

«Mit dir ist alles in Ordnung, Mia.»

«Warum tut er es denn dann? Wir haben doch das Haus und die Kinder, und es geht uns wirklich recht gut. Wir haben es doch besser als viele andere. Warum tut er das?»

Sie sah ihn mit einem auffordernden Blick an, als ob er wissen könne, was im Kopf ihres Mannes vorging.

«Ich weiß nicht mehr als du, Mia.»

«Was sagt er denn?»

«Er spricht über alles andere, nur nicht über die Bombe.»

«Was hat er denn über mich gesagt?»

«Wir haben nicht über dich gesprochen.»

«Warum nicht?»

«Ich weiß es nicht.»

Sie füllte ihr halbvolles Weinglas wieder nach, ohne an seines zu denken.

«Hat er den Verstand verloren?»

«Nein, Mia.»

«Er könnte ihn verlieren.»

Er sah sie eine Weile an, der Blick war wieder weit entfernt.

«Warum glaubst du das?»

«Manchmal, wenn ich dasaß und ihn insgeheim beobachtet habe, dann habe ich etwas gesehen, wovor ich Angst bekam. Da war etwas Furchtbares in seinen Augen, etwas Furchtbares, an das er dachte, etwas, das mir immer Angst eingejagt hat.»

Nervös zündete sie eine Zigarette an, ihre Hände zitterten ein wenig.

«Als ob er ging und etwas Furchtbares ausbrütete.»

«Hast du dieses Gefühl schon lange?»

«All die Jahre.»

«Aber er war doch nie schlecht zu dir, Mia?»

«Nicht direkt.»

Und ohne sich beherrschen zu können, erzählte sie von dem Vorfall mit dem Hochzeitsfoto, wie sie es an die Wand geworfen und wie gut er es wieder repariert hatte, um es auf die Frisierkommode zurückzustellen, als wolle er sie an ihr tägliches Älterwerden erinnern.

«Ist das nicht nur so ein Gefühl bei dir?»

«Er hat lange Jahre hindurch auf etwas gewartet», sagte sie und goß sich wieder ein.

«Trink jetzt nicht mehr, Mia.»

«Ich hab dich ganz vergessen», sagte sie und kippte etwas aus ihrem in sein leeres Glas.

«Auf was, glaubst du, hat er gewartet?»

«Darauf, daß ich alt werden würde.»

Sie ging langsam an das Balkongeländer und sah auf die Straße hinunter; Backhammer ging beunruhigt zu ihr hin.

«Verstehst du?» sagte sie kläglich. «Er hat nur darauf gewartet.»

«Das stimmt nicht», sagte er und streichelte ihr tröstend über den Arm.

Ihr Gesicht wandte sich langsam seinem zu, ihre Augen flehten um die Wahrheit.

«Findest du, daß ich sehr alt geworden bin?»

Er zögerte vielleicht ein bißchen zu lange, bevor er antwortete.

«Nein, du bist fast so wie bei unserer ersten Begegnung.»

«Das stimmt nicht.»

Sie sah fort, blieb aber vor ihm stehen.

«Ich habe fast zehn Kilo zugenommen, obwohl ich es nicht wollte, die Haut ist häßlich und schlapp geworden, das Haar ist beinahe grau, wenn ich es nicht färbe, und ich kann keine Kinder mehr bekommen. Ich bin alt, Backhammer.»

Ihre Stimme war erschreckend tonlos in ihrer Aufrichtigkeit.

«Wir werden alle älter, Mia.»

«Nicht Ejnar.»

«Aber ja doch, er auch. Warte nur.»

«Ich bin mehrere Jahre älter als er.»

«Ich bin viel älter als meine Frau.»

Sie sah ihn wieder an, schüttelte verdrossen den Kopf und sah auf einmal so klein und einsam aus neben ihm.

«Das ist anders, Ejvor kann mit dir Kinder bekommen, obwohl du alt bist, das kann Ejnar mit mir nicht mehr. Das ist so verdammt ungerecht.»

Plötzlich fiel ihr das Weinglas aus der Hand, so daß der Wein an seine Hosenbeine spritzte.

«Oh, was ist nur mit mir los!»

Sie fiel auf die Knie und half ihm, die Scherben aufzusammeln.

«Jetzt ist es Zeit zum Schlafen, Mia.»

Sie nickte und ließ sich in das Zimmer führen, er verschloß die Balkontür und warf die Scherben in einen Papierkorb. Als sie sich auf das große Doppelbett setzte, sah sie noch kleiner und erbärmlicher aus, als er sie je gesehen hatte. Die Schultern hingen herab und das Kinn lag so auf der Brust, daß sich ein Doppelkinn bildete. Er blieb in der Tür stehen und sah sie ernst an.

«Dann gute Nacht, Mia.»

Sie nickte und streifte geistesabwesend die Schuhe von den Füßen, er war unsicher, konnte er so von ihr gehen?

«Kommst du jetzt selbst zurecht?»

«Gute Nacht, Backhammer ...»

«Ich wohne im Zimmer nebenan, falls etwas ist.»

«Ich weiß.»

Sie versuchte, ihn anzulächeln, ohne daß es ihr gelang.

«Klopf ruhig, wenn was ist», sagte er, bevor er die Tür zumachte.

Sie blieb auf dem Bett liegen, den Blick an die Decke gerichtet. Dann stand sie mit einem Ruck auf und holte eine neue Flasche Wein aus dem Schrank, und ohne es auszuspülen, füllte sie Backhammers Glas bis zum Rand.

34

Backhammer wachte gegen vier Uhr mit dem Gefühl auf, daß noch jemand im Zimmer sei, aber er öffnete die Augen nur einen winzigen Spalt und atmete weiter, als schliefe er fest. Irgendwie hatte er es erwartet, daß Mia ihn wecken würde, und hatte deshalb seine Tür nicht abgeschlossen.

Ganz langsam gewöhnten sich seine Augen an das Halbdunkel, und er sah sie da mitten im Zimmer stehen, bekleidet mit Sheratons weißem Morgenrock, ein Weinglas in der Hand. Ihr Körper schwankte vor und zurück, sie war offensichtlich sehr betrunken. Langsam drehte er sich, angeblich schlafend, um besser sehen zu können.

Ohne Hast trank sie aus dem Weinglas und es schien, als ob sie im Dunkeln lächelte. Dann öffnete sie den Morgenrock und ließ ihn zu Boden fallen. Ihr Körper leuchtete in seiner weißen Masse im Raum, während das dunkle Haar unten am Hals den Eindruck erweckte, als schwebe ihr Gesicht frei über dem Körper. Sie stand ein wenig breitbeinig und durch die schwarzen Schamhaare schien es auch, als fehle unterhalb ihres Bauches ein Stück des Körpers.

Völlig still lag Backhammer und überlegte verzweifelt, was er tun sollte. Weich streichelte sie sich über den Leib, hinunter zu den gespreizten Schenkeln.

Backhammer war in seinen Ehen treu gewesen, bis auf eine Nacht voller Neugier in Frankreich, wo er und einige andere Ringer während einer Tournee es in einem Bordell mit ein paar Negerinnen probiert hatten. Backhammer hatte monatelang an seinem schlechten Gewissen gelitten und sich jeden Morgen in ängstlicher Erwartung einer widerlichen Geschlechtskrankheit genauestens untersucht. Außerdem war die Negerin eine Enttäuschung gewesen; warum, war ihm nie richtig klar geworden.

Nun kam Mia mit wackligen Schritten näher, sie atmete schnaufend, als ob sie nicht genug Luft bekäme. Ein wenig ungeschickt hob sie seine Decke hoch und wühlte sich zu ihm ins Bett, ihre Haut fühlte sich heiß an, als sie ganz dicht an ihn herankam. Backhammer lag still und steif.

Vielleicht, glaubte er, fühlte sie sich nur allein und wollte nur neben ihm schlafen? Und ganz vorsichtig rutschte er ein bißchen, um Platz zu machen. Aber sie war nicht gekommen, um zu schlafen, ihr feuchter Mund suchte sein Gesicht, und ihre Hände rissen mehr unter seinem neuen Schlafanzug, als daß sie tasteten. Außerdem hatte er angefangen, auf ihre Nähe zu reagieren, ihr feister Körper erinnerte an Ejvors.

Entschlossen setzte er sich im Bett auf und knipste die Leselampe an.

«Mia», sagte er mit einer Stimme, als sei er gerade erst aufgewacht, «was ist los?»

Sie kicherte und rieb ihren Kopf an seiner Brust, während ihre Hände zur gleichen Zeit sein größer werdendes Glied festhielten.

«Hör mal zu, du», sagte er vorwurfsvoll, «jetzt hör aber auf.»

Einen Augenblick lang hatte er Schwierigkeiten, sich zu befreien, ihre Hände waren weich und rhythmisch. Aber dann gelang es ihm, sich auf den Fußboden zu stellen, und er knöpfte verlegen den Schlafanzug über dem halb erigierten Glied zu.

Sie blieb im Bett liegen und hatte ihm den Rücken zugewandt. Vorsichtig drehte sie den Kopf.

«Mach das Licht aus», bat sie leise.

«Mia, du bist besoffen.»

«Komm doch», flüsterte sie.

«Nein, Mia.»

Und sie kniete sich im Bett hin und sah ihn bittend an. Die spärliche Beleuchtung warf lange Schatten über ihren Körper, der nun nicht mehr die gleiche weiße Leuchtkraft hatte wie im Halbdunkel. Die Haut wirkte grauer und das Gesicht hatte einen schlaffen Ausdruck, und die großen Brüste hingen über den Bauch herunter, als ob sie gerade ein Kind bekommen hätte.

«Ich saug auch dran», flüsterte sie zischend.

«Nein, Mia, du mußt jetzt schlafen.»

«Komm her du, zum Teufel!»

«Du mußt jetzt schlafen», sagte Backhammer immer wortkarger.

«Alle Männer mögen das», lallte sie, «denn das gibt keine Kinder!»

Und langsam kam sie aus dem Bett und auf ihn zu, er wich nach rückwärts zur Fensterwand aus, bis er nicht mehr weiter konnte.

«Jetzt hörst du auf», sagte er scharf.

Aber sie hörte nicht auf ihn, ihr Blick war starr und er hob die Hände, um sie abzufangen. Aber dann plötzlich blieb sie stehen, kaum einen Meter von ihm entfernt, und lächelte, spreizte die Schenkel und hob ihm ihre schweren Brüste entgegen.

«Bin ich nicht schön?»

Er sah sie zweifelnd an und wußte nicht, was er tun sollte.

«Jetzt werden wir schlafen, Mia, sonst kommen wir uns morgen nur dumm vor!»

«Bin ich nicht schön?»

«Ja, doch, du bist sehr schön. Aber jetzt müssen wir schlafen!»

Da verwandelte sich ihr Blick in ein gehässiges Starren.

«Du kannst verdammt froh sein, daß du mich kriegst. Ich suche immer selbst aus, verstehst du! So ist das, wenn man am hübschesten ist. Habe ich nicht schöne Brüste? Fühl doch mal im Loch, das ist wie feuchte Seide.»

Backhammer gelang es, sie mit einem festen Griff an den Oberarmen aufzuhalten, erstaunt blickte er sie an, die Wörter und Gebärden wurden immer vulgärer, und der Speichel rann an ihrem Kinn hinunter.

«Alle Männer sind geil auf mich», flüsterte sie mit immer schwächerer Stimme, «alle wollen sie mich haben.»

Backhammer versuchte, sie durch Rütteln zur Besinnung zu bringen, ihre Augen hatten einen gelblichen Farbton angenommen und ihre Gesichtsmuskeln zuckten.

Mit jäher Kraft riß sie sich los und strauchelte ein paar Schritte über den Fußboden. Der Schrei war so laut, daß die Fensterscheiben klirrten, und Backhammer tat einen schnellen Schritt nach vorn und gab ihr eine Ohrfeige, um sie zum Schweigen zu bringen. Er schlug vielleicht ein bißchen härter zu, als er gewollt hatte, weil sie im gleichen Augenblick einen Schritt auf ihn zuging.

«Ruhe, verflixt», sagte er matt. «Es gibt außer uns noch mehr Leute im Hause!»

Die Wirkung der Ohrfeige kam überraschend. Sie warf sich auf den Boden und umschlang seine Beine.

«Schlag mich nicht», bat sie immer wieder.

«Das war nicht so gemeint, Mia, ich wollte dich nur zur Ruhe bringen!»

Verlegen beugte er sich nieder und versuchte, sie dazu zu bringen, ihn anzusehen.

«Schlag mich nicht», flüsterte sie mit immer leiserer Stimme, «du kannst mit mir machen, was du willst, nur schlag mich nicht!»

«Mia?»

«Mach, was du willst ...»

Lange blieb er mit ihr auf dem Fußboden sitzen. Er streichelte ihr leicht über das Haar, das schweißnaß geworden war. Nur langsam entkrampfte sich ihr angespannter Körper. Behutsam zog er sie hoch und führte sie zu seinem Bett, in das er sie wie ein Kind hineinlegte.

«Jetzt mußt du schlafen, Mia», sagte er und stopfte die Decke ordentlich um sie herum.

Allmählich kam wieder ein Ausdruck in ihre Augen, und die Atmung wurde gleichmäßiger. Backhammer setzte sich auf die Bettkante und nahm ihre Hände in seine. Zuerst waren sie nur kalt und schlaff, aber nach einer Weile reagierten sie auf seinen festen Griff.

«Gute Nacht jetzt, Mia.»

Und als er leicht über ihre Stirn streichelte, schloß sie die Augen, wie seine Kinder es taten, wenn er ein Stündchen bei ihnen auf dem Bettrand saß, weil sie nicht einschlafen konnten. Nach einiger Zeit schlief sie tief.

Backhammer blickte sie eine Zeitlang an, dann holte er sich eine Extrawolldecke und legte sich neben sie. Aber noch lange drückte sie ängstlich seine Hand im Schlaf.

«Armes, kleines Mädchen», murmelte er traurig.

35

Gegen fünf Uhr läutete das Telefon mit der direkten Verbindung zum Zimmer des Reichstagspräsidenten. Farsan Sandberg nahm den Anruf selbst entgegen, weil er allein im Zimmer des Führungsstabes war und auf dem bequemen Sofa übernachtete, das zur Einrichtung gehörte.

Es war Ejnar, der kurz angebunden eine Schreibmaschine, Papier und Briefumschläge nach oben bestellte. Farsan fand das Verlangte in einem Büroraum auf dem Korridor und schleppte die Sachen im Fahrstuhl selbst nach oben. Er war ein bißchen neugierig darauf, wie Melander aussah; er war einer der wenigen im Führungsstab, die keinen persönlichen Kontakt mit dem Bombenmann gehabt hatten. Und er hatte auch nicht vor, zu sagen, wer er sei. Melander würde ihn bestimmt für irgendeinen älteren Polizeibeamten halten.

«Danke», sagte Ejnar, als er, eine Zigarette im Mundwinkel, die Tür öffnete.

Farsan setzte die Maschine selbst nach seiner Anweisung ab, er wollte sie vorn an der Fensterwand haben, von wo aus er den Brunnen sehen konnte.

«Sie wissen, wie die funktioniert?» fragte Farsan und schloß die Maschine an eine Wandsteckdose an.

«Ja, natürlich.»

Farsan blieb noch für einen Augenblick stehen, um den Anblick des Zimmers in sich aufzunehmen. Ejnars Sachen lagen verstreut herum, der Sender, der auf dem Tisch stand, sah wie jedes x-beliebige Transistorradio aus. Aus dem neuerworbenen Kassettenrecorder kam leise Musik, es war etwas Klassisches, das Farsan wiedererkannte, aber nicht einordnen konnte.

«Was hören Sie?»

«Vivaldi.»

Farsan blieb in der Tür stehen, Ejnar hatte sich schon an der Schreibmaschine niedergelassen.

«Wünschen Sie sonst noch irgendwas?»

«Nein, danke.»

Die Tür fiel hinter ihm ins Schloß, aber auf dem Korridor blieb Farsan noch eine Zeitlang stehen, um zu lauschen. Nach einem Weilchen fing Ejnar an, auf der Maschine zu schreiben, so ungleichmäßig, daß man merkte, wie ungewohnt es für ihn war und er nie Maschineschreiben gelernt hatte.

Unten in seinem Zimmer konnte Farsan nicht wieder einschlafen, statt dessen führte er sich vor Augen, was er gesehen hatte. Er hatte erwartet, Ejnar betrunken zu sehen oder zumindest nicht ganz nüchtern, aber er war völlig nüchtern gewesen, wenn auch etwas verkrampft. Das Bett war unbenutzt gewesen oder möglicherweise frisch gemacht, aber wahrscheinlich hatte er überhaupt nicht geschlafen. Farsan wußte nicht, wie er das zu deuten hatte. Fing der Mann an, nervös zu werden, oder bereitete er irgendeine neue Attacke vor?

Und was wollte er schreiben?

36

Über der morgendlichen Beratung an diesem Dienstag lag etwas von Griesgrämigkeit und Zerschlagenheit, ein Beweis dafür, daß die meisten aus der Gruppe schlecht geschlafen hatten. Backhammer war überhaupt nicht erschienen, hatte aber der Telefonzentrale mitgeteilt, er werde im Laufe des Vormittags kommen.

Es gab nichts Neues, und so gingen sie irritiert wieder und wieder die alten Fragen durch. Die Psychologen gaben eine Zusammenfassung ihrer Eindrücke, aber praktisch ergaben diese keine neuen Ansatzmöglichkeiten. Der Justizminister saß schweigend dabei, seine Einstellung war ja nun auch bekannt.

Irgendwie hatte sich der Führungsstab in zwei Lager geteilt. Die Militärs der harten Linie und der Justizminister auf der einen, die Psychologen, Farsan und der Staatsminister auf der anderen Seite. Die Offiziere erstatteten Bericht über ihre Untersuchungen, die Bombe konnte nicht fortbewegt werden, auch nicht über eine kurze Strecke.

«Demzufolge muß sie an ihrem Platz entschärft werden.»

«Aber, verflucht noch mal», rief der Staatsminister gereizt, «es muß doch einen Ausweg geben!»

Niemand antwortete ihm, die Stille im Raum war kompakt. Vom oberen Korridor wurde gemeldet, daß Melander noch immer tippe.

«Was schreibt er denn?»

«Wie soll ich das wissen?» sagte Farsan.

«Daß er schreibt, ist gut», sagte Lindal verbindlich, «er faßt vielleicht seine Gedanken zusammen.»

Der Staatsminister warf einen kurzen Blick auf den Justizminister, der offensichtlich näher zu den Offizieren gerückt war.

«Wenn man ihn vom Sender wegbekäme», fragte er leise, «würde das eine Entschärfung erleichtern?»

«Das wissen wir nicht», antwortete der Funkexperte, «sein Funkschlüssel kann beliebig zusammengesetzt sein.»

«Aber der Sender ist einer der springenden Punkte?»

«Wenn wir den zu fassen bekämen, könnten wir vielleicht den Code entschlüsseln.»

Wieder saßen sie eine Zeitlang schweigend da.

«Sofern sich Melander nicht zur Zusammenarbeit bereit erklärt», sagte einer der Offiziere verführerisch.

«Wie?»

«Es gibt viele Möglichkeiten.»

Der Staatsminister blickte auf, auch ihm waren im Laufe der Nacht solche Gedanken gekommen.

«Kann man ihn dazu bewegen?»

«Auf die eine oder andere Weise», antwortete der Oberstleutnant, ohne mit der Wimper zu zucken.

Farsan sah den Mann entsetzt an.

«Folter?» fragte er spöttisch in die Pause hinein, die entstand.

Der Psychologe Lindal hatte im Verlauf der Unterhaltung ein rot angelaufenes Gesicht bekommen, aber es gelang ihm nicht, einen Einwurf zu machen, Sune Tidfälth kam ihm zuvor, der seine Worte abgewogen hatte, ehe er sich äußerte.

«Bietet ihm ein paar Millionen in Gold und einen Flug in ein Land eigener Wahl an.»

Alle drehten sich erstaunt zum Reichspolizeichef um, der ihren Blicken gelassen begegnete.

«Ob er das Angebot annehmen würde?» überlegte der Staatsminister in Gedanken versunken.

«Und nimmt irgendein anderes Land ihn auf?» fragte der Justizminister.

«Ich weiß es nicht», antwortete Sune, «aber macht ihm das Angebot, dann hat er etwas, das an seiner Seele nagt.»

«Dagegen gibt es wohl moralische Einwände», sagte der Justizminister trocken.

«Aber bei Folter nicht?» fragte Lindal. «Eine merkwürdige Moral, die du da hast.»

«Schon gut, schon gut», sagte der Staatsminister beschwichtigend, «bleiben wir sachlich.»

Nach und nach schlossen sich die meisten Sunes Vorschlag an, er paßte auch gut zu Lindals Versuch vom Vorabend, eine Kompromißlösung anzubieten. Vielleicht würde es mit einem konkreten Angebot besser gelingen?

«Sagen wir fünfzig Millionen», sagte Sune, «das ist ein angemessener Preis.»

Im gleichen Augenblick läutete das Telefon aus dem Zimmer des Reichstagspräsidenten, und automatisch nahm Sune das Gespräch entgegen.

«Ist Backhammer da?» fragte Ejnar mit fröhlicher Stimme.

«Er hat sich offensichtlich ein bißchen verspätet.»

«Wenn er auftaucht, möchte er, bitte, raufkommen.»

«Kann ich etwas ausrichten?»

Die anderen versuchten mitzuhören, aber da die Abhöranlage nicht mehr da war, mußten sie sich mit Sunes bestürzten Kommentaren zufrieden geben.

«Das ist die falsche Zeit», wandte er ein, «es ist doch Frühsommer!»

Der Reichspolizeichef legte den Hörer zurück, wobei er durch die Zähne pfiff.

«Was wollte er?» fragte der Staatsminister unruhig.

«Elche jagen.»

«Was?»

«Morgen.»

«Elche jagen?»

«Mit den Kille-Spielern und einigen anderen Gästen.»

«Jetzt ist doch keine Jagdzeit», wandte einer der Offiziere ein, «die Kälber werden ja noch gesäugt.»

«Melander weiß das, er ist ein routinierter Jäger.»

«Sagte er auch, wo er jagen wollte?»

«Auf Halle und Hunne!»

«Den königlichen Jagden», rief der Offizier aus, der dort im vergangenen Herbst als Jagdgast gewesen war. «Das ist der allerbeste Bezirk, den es hierzulande für die Elchjagd gibt!»

«Wo der König immer jagt?» fragte der Staatsminister kleinlaut.

«Eine Bombe im Brunnen und ein Terrorist, der die königlichen Elche jagen will», sagte Lindal mürrisch, «warum bin ich nicht Veterinär geworden, wie Mutter es wollte.»

Sie sahen einander an. Es war nicht leicht, Melanders Mitteilung ernst zu nehmen.

«Verstehst du was von der Elchjagd?» fragte Sune den Staatsminister nach einer Weile.

Aber niemand im Zimmer verzog das Gesicht.

37

Den ganzen Morgen war Backhammer herumgelaufen, als hätte er Ameisen in den Beinen; er war früh aufgewacht und hatte sich aus dem Bett geschlichen. Mia schlief noch immer tief, mit geöffnetem Mund, und er bewegte sich geräuschlos, um sie nicht zu stören. Leise zog er sich an und ging in ihr abgeschlossenes Zimmer hinüber, um den Führungsstab anzurufen, als die Zeit für das morgendliche Treffen näherrückte.

Er blieb eine Zeitlang in ihrem Sessel sitzen und sah sich zerstreut um. Ihr Bett war zerwühlt und ihre Kleidung lag überall im Raum verstreut. Auf dem Tisch standen noch ein paar leere Weinflaschen und ein leeres Glas.

Als er zurückschlich, schlief sie noch, aber nicht mehr so tief. Er mochte sie nicht wecken und hatte ein bißchen Angst vor ihrer Reaktion. Aber gegen halb neun fing sie an, sich im Schlaf zu bewegen, und bald darauf fuhr sie hoch.

«Guten Morgen, Mia», sagte er vorsichtig.

Sie blickte ihn nur starr an.

«Wie geht es dir?» fuhr er freundlich besorgt fort.

Erschreckt sah sie ihn an, und er sah, wie ihre Hände sich langsam unter der Decke bewegten, als ob sie heimlich ihren Körper befühlte.

«Du bist hier gestern abend eingeschlafen», sagte er in leichtem Tonfall, «du warst sehr müde.»

Sie blickte sich verstohlen im Zimmer um und versuchte zu lächeln, aber es wurde nicht mehr als eine verlegene Grimasse.

«Sag doch was», sagte er bedrückt.

«Ist das dein Bett?»

«Ja.»

Ihre Verlegenheit wuchs blitzschnell zu einem Erröten, und sie zog sich das Überschlaglaken über das Gesicht.

«Mia, was ist los?»

Erst nach einer Weile kamen ihre Augen zum Vorschein, und er legte ihr den Morgenrock auf das Bett.

«Geh in dein Zimmer», sagte er freundlich, «ich komme dann bald mit dem Frühstück.»

Sagen wir …

… fünfzig Millionen, sagte Sune Tidfälth. Ein Bomben-Angebot.

Wer die richtigen Leute in der Hand hat, braucht sie nur noch hinzuhalten – die Leute und die Hand.

Sauberer ist die kontrollierte Kettenreaktion der Geldvermehrung durch Zins und Zinseszins.

«Was ist denn passiert?»

«Du bist hier eingeschlafen.»

«Ich bin nackt», sagte sie kläglich.

«Ich gehe raus, dann kannst du dich in Ruhe anziehen.»

«Warte, ja? Bitte!»

Ihre Pupillen waren groß und dunkel, und die Schatten unter den Augen ließen ihre Angst stärker erkennen.

«Was ist passiert?» fragte sie verzagt.

«Du konntest nicht schlafen und bist zu mir gekommen, kannst du dich nicht daran erinnern?»

«Und dann?»

«Bist du eingeschlafen.»

Ihre Augen lösten sich von seinem festen Blick, und ihre Hände nestelten ununterbrochen an der Kante des Überschlaglakens.

«Kannst du dich nicht daran erinnern, Mia?»

Aber sie gab keine Antwort, sondern wich nur dem Blick aus.

«Du warst ein bißchen angetrunken», sagte er besänftigend, «du hattest wohl noch mehr Wein getrunken, nachdem ich gegangen war.»

«Warum habe ich nichts an?» flüsterte sie, «hast du ...»

Sie konnte ihn nicht ansehen und die letzten Worte erstarben im Laken. Er setzte sich behutsam auf die Bettkante und drehte ihr Gesicht zu sich.

«Kannst du dich wirklich an gar nichts erinnern, Mia?»

«Wir haben auf meinem Balkon miteinander geredet ...»

«Es ist nichts passiert, Mia, nichts, worüber wir uns schämen müssen. Ganz und gar nicht. Du warst ein bißchen zu betrunken, und das darf man mal sein in so einer Situation. Dann hast du wahrscheinlich geduscht und dir den Morgenrock angezogen. Du hast wohl das Nachthemd vergessen. Und dann bist du zu mir gekommen, um noch ein bißchen zu reden und da bist du eingeschlafen. Du wolltest nur nicht allein sein. Etwas anderes war nicht, Mia, glaub mir!»

Er gab seiner Stimme einen so festen und glaubwürdigen Ton wie möglich und sah ihr ganz ruhig in die Augen. Mia nickte langsam, während er sprach, war aber immer noch sehr rot.

«Du warst nur traurig», sagte er und nahm ihre Hand, «manchmal wird man so traurig.»

Dann blieb ihr Blick an ihm hängen.

«Hast du mich nackt gesehen?» fragte sie mit zitternder Stimme.

«Es war dunkel», sagte er tröstend, «und ich schlief im Sessel.»

«Du Armer ...»

«Den Morgenrock hast du ausgezogen, nachdem du ins Bett gekrochen warst, es war wohl einfach zu warm.»

Er stand auf, damit sie sich in Ruhe anziehen konnte, aber wieder hielt sie ihn zurück.

«Ist das wahr?»

«Ganz bestimmt», antwortete er gefaßt.

«Du hast mich nicht nackt gesehen?»

«Ganz bestimmt nicht, Mia.»

«Ich schäme mich!»

«Das mußt du nicht tun.»

«Wie ich mich aufführe!»

«Dafür hat man Freunde, Mia, auch, um sich ‹aufzuführen›.»

«Ich könnte heulen.»

«Jetzt hole ich deine Sachen und bestelle Frühstück», entschied er und ging schnell, um ihr keine Zeit zu lassen, ihn noch einmal aufzuhalten.

Aber konnte ein Mensch wirklich so völlig vergessen, dachte er auf dem Weg zurück in ihr Zimmer, konnte man so ganz und gar vergessen, ohne wenigstens ein paar Gedankenfetzen zu behalten? Natürlich hatte er einige Fälle von totaler Gedächtnisstörung in seinem Dienst als Polizist erlebt, aber dabei hatte es sich um schwer alkoholisierte Menschen gehandelt. Aber er fühlte, daß sie ihn nicht belog, trotzdem war er erstaunt über den Unterschied zwischen der morgendlichen Schüchternheit und der hemmungslosen, rohen Vulgärheit in der Nacht.

38

Für die Beteiligten zog sich der Dienstag in die Länge, und trotz aller Versuche, die Sache geheimzuhalten, begann eine gewisse Unruhe sich in immer größerem Umkreis zu verbreiten. Der Staatsminister und der Rest der Regierung befanden sich bis auf weiteres in der Reichstagssitzung, die in das Stadttheater verlegt worden war. Abwesenheit dabei hätte Anlaß zu unnötigen Spekulationen geben können. Aber die Sitzung verlief lahm, es war, als warteten viele auf etwas, und die Bankreihen waren ungewöhnlich gut besetzt für einen schönen Frühsommertag.

Ohne größere Debatte wurden einige Routineangelegenheiten abgehandelt. Viele sahen verstohlen zum Staatsminister hinüber, der nachdenklich aussah.

Im Führungsstab herrschte größere Aktivität, ohne daß etwas

Wichtiges geschah. Die Leute kamen und gingen aus verschiedenem Anlaß, und Farsan und Sune waren die einzigen, die die ganze Zeit über zur Stelle waren. Man hatte versucht, Melander anzurufen, aber der hatte offensichtlich den Hörer neben das Telefon gelegt, um ungestört zu sein.

Gegen zwölf Uhr bestellte er Mittagessen durch die Wache auf dem Korridor, Schinken und Eier mit Milch.

«Verdammt, was macht er denn?»

«Schreibt vielleicht sein Testament?»

Gegen zwölf Uhr kam Backhammer, er setzte sich schweigend auf einen freien Stuhl. Die anderen sahen ihn abwartend an.

«Schickt jemand zu Frau Melander runter», bat er, «es geht ihr wirklich nicht gut.»

Einer der jüngeren Psychologen machte sich sofort auf den Weg. Backhammer saß schweigend und finster da, wie ein großer, brütender Berguhu. Auf dem Weg nach oben hatte er sich entschlossen, nichts über das zu erzählen, was während der Nacht vorgefallen war; es gab Grenzen für das, was man einem Menschen zumuten durfte. Als er Mia verließ, war sie ruhig und gefaßt gewesen, aber unter der Oberfläche ihrer Entspanntheit schien sich etwas vorzubereiten.

«Sie wollte ihn treffen», sagte er leise.

«Ausgezeichnet», sagte der Psychologe, der Lindal vertrat, der in der Stadt war.

«Da bin ich mir nicht so sicher.»

«Warum sollte das denn nicht gut sein?»

«Ich weiß nicht», sagte Backhammer, «aber irgendwie habe ich ein ungutes Gefühl.»

Backhammer fühlte sich erschöpft, es war, als hätte ihm die Nacht irgendwie die Erklärung für die ganze Geschichte gegeben. Alles hatte wohl einen einfacheren Grund, als jemand aus dem Führungsstab ahnte, die ganze Sache war eigentlich sehr simpel und persönlich, und hatte nur durch Melanders Stellung und sein technisches Können ein viel zu großes Ausmaß bekommen. Der Fall erinnerte ihn an etwas, das er schon einmal erlebt hatte.

«Ich meine, es wäre gut, wenn sie ihn sehen würde», sagte Farsan entschieden.

Backhammer stand voller Unbehagen auf, er mochte nicht stillsitzen, und er hatte Sehnsucht nach Ejvor und den Kindern, nach Östhammar und nach gewöhnlichen Leuten, die begriffen, wie wütend normale Menschen in ihrem Innern sind.

Sune berichtete von der gewünschten Elchjagd.

«Das auch noch», sagte Backhammer unmutig.

Ejnar Melander war nie richtiges Mitglied in Backhammers Jagdgemeinschaft geworden, er hatte als Gast jagen dürfen, nach der wohlwollenden Zustimmung der anderen. Aber darin lag nichts Erniedrigendes, es war nicht vielen vergönnt, wirklich Mitglied in einer der Jagdgemeinschaften in Roslagen zu werden. Aber je mehr er von Ejnars Verletzbarkeit erkannte und hörte, desto mehr sah er ein, daß dieses auch zum Bombenbau beigetragen haben konnte.

«Hast du sonst noch irgendwas im Gefühl?» fragte Farsan ohne Ironie.

«Nein, aber findet heraus, welche Menschen ihn daran gehindert haben, das zu werden, was er einmal werden wollte, wer an seiner Stelle befördert worden ist und wer ihm schlechte Dienstzeugnisse ausgestellt hat.»

Die Psychologen nickten zustimmend, es stimmte gut mit ihrem Bild von Melander überein.

«Das Ganze hier läuft auf eine Art Rache hinaus», seufzte Backhammer, «er will für alte Kränkungen heimzahlen, und ich habe Angst, daß er für alle kleinen und großen Ungerechtigkeiten ein verdammt gutes Gedächtnis hat. Solche Menschen wie Ejnar Melander haben das meistens!»

39

Der Psychologe Lindal hatte sich den Vormittag für eine Verabredung mit dem Oberst Ulf af Berg vorbehalten. Es war einfach gewesen, das zu arrangieren, weil der Oberst sein Regiment in Schonen vor etwa einem Jahr verlassen hatte und zur Zeit beim Armeestab tätig war, in Erwartung der Ernennung zum General. Sie hatten sich im Dienstzimmer des Oberst verabredet, das groß und wohnlich war und durch die Wahl der Bilder und Teppiche eine persönliche Note trug.

Ulf af Berg war ein Mann von kleinem Wuchs in den Fünfzigern, dem Fernseh-Conférencier Lennart Hyland nicht unähnlich. Dieser Eindruck wurde durch seine Glatze und das aufgesetzte Lächeln noch verstärkt.

Die Sekretärin hatte Kaffee in richtigen Porzellantassen bereitgestellt und einen Teller mit frischen Kopenhagenern. Lindal wies auf die Brisanz der ganzen Angelegenheit hin, und der Oberst nickte beruhigend, er hatte täglich mit Geheimakten zu tun.

«Ejnar Melander», antwortete er erstaunt auf Lindals Frage, «als ich ihn zuletzt sah, war er Offizier beim I 21 in Sollefteå, aber das ist viele Jahre her. Damals war er Leutnant oder Oberleutnant, ich erinnere mich nicht so genau. Warum fragen Sie nach ihm, soll er der neue Oberbefehlshaber werden?»

«Erzählen Sie offen, was Sie über ihn wissen, ich mache keine Notizen, wie Sie sehen, aber trotzdem ist es von größtem Gewicht, was Sie sagen.»

«Und für wen?»

Lindal zeigte seinen Ausweis vom militärischen Geheimdienst, um Zeit zu sparen, die Karte, die er so selten und ungern zeigte. Der Oberst gab sie zurück, als habe sie einen schlechten Geruch.

«Ein unbegabter Karl war das, Melander, jedenfalls militärisch gesehen, obwohl er als einer der kommenden Stars auf Karlberg galt.»

«Und weiter?»

«Es ist so lange her, seit ich das I 21 verließ, es muß doch da oben Leute geben, die mehr über ihn wissen.»

«Sie kannten damals gleichzeitig eine Frau dort oben, Mia Larsson.»

Der Oberst bekam einen etwas unruhigen Blick.

«Warum fragen Sie danach?»

«Sie ist mit Ejnar Melander verheiratet.»

Der Oberst genehmigte sich eine angemessene Gedankenpause, indem er die Tassen neu füllte.

«Sie kannten sie ziemlich gut, wenn ich das recht verstanden habe.»

«Das liegt so viele Jahre zurück», wehrte der Oberst ab.

«Aber Sie lebten einige Jahre mit ihr zusammen?»

«Sie hat das vielleicht so empfunden», sagte der Oberst unbeschwert. «Sie hat bei mir gewohnt, mal länger, mal kürzer.»

«Sie waren miteinander verlobt?»

Der Oberst stand auf und trat an das Fenster, die Aussicht paßte genau zur Zimmereinrichtung.

«Damals war man verlobt», sagte er fast amüsiert.

«Warum?»

«Man fand, das gehöre sich», sagte der Oberst vieldeutig, «für alle Teile. Das war doch in den fünfziger Jahren, und die heutige Ansicht über Sexualmoral war wohl da oben in Sollefteå noch nicht richtig bekannt.»

«Wie beurteilen Sie denn heute Ihr Verhältnis zu Mia?»

«Sie war ganz einfach meine Geliebte.»

Der Psychologe nickte verständnisvoll.

«Ich hatte noch ein paar Sklavenjahre abzusitzen da oben», mokierte er sich, «und sie war freundlich und nett und hat mir die Beine gewärmt, während das Nordlicht flackerte. Was sie sich möglicherweise eingebildet haben mag, dafür bin ich nicht verantwortlich. Wir hatten es die Jahre über schön zusammen, und mehr war das nicht.»

«Wie sind Sie mit ihr bekannt geworden?»

Es schien, als sei die ganze Angelegenheit dem Oberst peinlich.

«Warum wollen Sie das denn wissen, das ist doch Jahre her. Jetzt hat sie mich bestimmt vergessen.»

Lindal wartete routiniert, bis die Antwort kam.

«Das war in Stockholm, ich war Lehrer auf Karlberg.»

Der Oberst setzte sich, wie zum Schutz, hinter seinen Schreibtisch. Irritiert schob er einige Papierstapel beiseite.

«Sie war sehr schön, nicht wahr?» fragte Lindal.

«Ja, das stimmt.»

«Begabt?»

«Ich habe das Gefühl, Sie wollen versuchen, mir ein schlechtes Gewissen zu machen», rief der Oberst plötzlich aus, «als ob ich für etwas verantwortlich bin, das ihr zugestoßen ist. Sie war nach Stockholm gekommen lange bevor ich ihr begegnet bin, und sie hatte einige Jahre lang in der Kadettenclique mitgemacht.»

«Kadettenclique?»

«Die Kadetten rissen sich um sie. Wenn der eine Jahrgang abging, gab immer irgendwer den Neuen ihren Namen als Tip. Sie war auf bestimmt zehn Kadetten-Bällen hintereinander, mit verschiedenen Kadetten.»

«Warum ist sie mit Ihnen nach Sollefteå gegangen?»

«Hat sie das gesagt?»

Lindal blickte ihn ernst an.

«Sie ist nicht mit mir umgezogen, verdammt noch mal, sie tauchte plötzlich dort auf, da oben in dieser Lappenhölle, weil ihre Eltern dort wohnten.»

«Aber Sie verlobten sich miteinander?»

«Das kam vor allem dadurch, daß ihr Vater einer meiner Kollegen war.»

«Auch ein unbegabter Kerl?»

Der Oberst sah ihn erstaunt an.

«Nein, ganz im Gegenteil, Hauptmann Larsson war einer der besten Kasernenoffiziere, denen ich je begegnet bin.»

«Ja?»

«Außerdem war er ein Ehrenmann, und ich meine mich zu erinnern, daß ihm der Abschied als Major genehmigt wurde.»

«Warum haben Sie sie geschlagen?»

Der Oberst erstarrte.

«Was haben Sie gesagt?»

«Warum haben Sie sie geschlagen?»

«Hat sie das gesagt?»

Der Psychologe Lindal antwortete, wie üblich, nicht auf Gegenfragen.

«Das ist ein paarmal vorgekommen», gab der Oberst säuerlich zu, «aber da hatte sie es verdient.»

«Wieso?»

«Sie hatte eine verfluchte Art, die Männer immer anzuheizen, es war, als sei sie nicht zufrieden, wenn nicht alle, die sich im Raum befanden, geil auf sie waren. Ich glaube nicht, daß sie sich soviel dabei dachte, es war mehr wie eine alte Gewohnheit, daß sie von allen gemocht und bewundert sein wollte.»

«War sie untreu?»

«Das glaube ich nicht, aber sie machte immer den Eindruck, als wenn sie es ganz schnell werden könnte.»

Der Oberst holte seine Papierstapel wieder auf ihren Platz zurück.

«Mit so einer Frau zu leben, das ist beinahe unmöglich, falls man sich nicht alles gefallen lassen will.»

«Ach ja?»

«Sie hatte offenbar auch einiges dafür leisten müssen, um dabeisein zu dürfen», sagte er hart, «jedenfalls wenn man den Gerüchten glauben durfte.»

«Welchen Gerüchten?»

Der Oberst wurde immer unsicherer und kramte eine Zigarette aus der Schreibtischschublade hervor.

«Bleibt das hier zwischen uns?»

«Natürlich ...»

«Als junger Mensch war ich wohl verdammt romantisch, sie war ja nicht ganz salonfähig in meiner Familie. Aber ich verliebte mich und fühlte mich stark zu ihr hingezogen. Anfangs war es sehr schön zwischen uns, und ich dachte wirklich daran, sie mitzunehmen zu meinen Eltern. Aber da holten die Gerüchte sie ein. Zuerst konnte ich sie nicht glauben, ich hatte alberne Schlägereien, um sie zu verteidigen. Aber dann wurden mir die Gerüchte von meinen besten Freunden wiedergegeben, von Leuten, die mich ganz bestimmt nicht verletzen wollten.»

«War es schwierig, sich von ihr zu trennen?»

«Irgendwie schon, sie war eine sehr ungewöhnliche Frau.»

«Inwiefern?»

«Sie war scheu und unverschämt zugleich, falls Sie verstehen, was ich meine.»

«Was war die Ursache, daß es schließlich zum Bruch zwischen Ihnen kam?»

Der Oberst lehnte sich im Sessel zurück, bis dieser anfing zu knarren.

«Bei einem Manöver in Jämtland hörte ich ihren Spitznamen.»

«Und wie war der?»

«Karlbergs Steckdose.»

Der Psychologe aß schweigend noch einen Kopenhagener, sie waren wirklich frisch gebacken.

«Die letzten Monate habe ich mich widerwärtig gegen sie benommen», sagte er in bedauerndem Ton, «ich bereue das aufrichtig, aber was hilft es. Meine Provokationen führten zu Dummheiten, und sie hat sich wohl nur gewehrt, auf ihre Art.»

«Nämlich?»

«Da war vor allem eine Geschichte mit zwei jungen Leutnants, die ich nicht verwinden konnte, ich möchte darüber nicht sprechen, aber ich bin nie über diesen Vorfall hinweggekommen.»

Der Oberst saß eine Weile schweigend da, dann stand er auf.

«Ich hoffe, Melander war klüger und toleranter.»

Der Psychologe bedankte sich mit einem festen Händedruck.

«Es ist mir schwergefallen, nicht an sie zu denken», sagte der Oberst schlicht.

An der Tür blieb Lindal, die Hand auf dem Drücker, stehen.

«Wußte Melander von ihrem Ruf, als er sie kennenlernte?»

«Ich weiß es nicht.»

«Was glauben Sie denn?»

«Ich wußte ja auch zwei Jahre lang nicht davon!»

40

Gegen ein Uhr, kurz vor Sune Tidfälths Pressekonferenz wurden zwei Briefumschläge von Melander heruntergeschickt. Farsan Sandberg öffnete sie und sie lasen jeder einen Brief, und als sie fertig waren, tauschten sie sie aus.

Backhammer saß ohne große Neugier noch auf seinem Stuhl, die Geschichte war ihm zu geschmacklos geworden.

«Oh, verflucht», rief Sune aus.

Es waren sonderbare Briefe, in der Form wie in der Wortwahl erinnerten sie an militärische Tagesbefehle.

«Laut lesen», bat jemand aus der Gruppe.

«Das sind Einzelheiten für die Jagd», sagte Farsan, «Reiseroute und Teilnehmerliste.»

«Wer soll denn mit?»

«Der Staatsminister, der König, der Justizminister, der Oberbefehlshaber, der Erzbischof, Backhammer und der Reichspolizeichef. Abfahrt morgen früh, sechs Uhr, mit Crownairs Lear-Jet.»

«Der verdammte Kerl spinnt ja!» sagte jemand mit einem hysterischen Lachen.

Sune trug den Inhalt seines Briefes ganz informell vor.

«Er verlangt Militärwache für seine Bombe. Vom Königlichen Vesternorrlands Infanterieregiment aus Sollefteå. Paradeuniform. Die Wache soll ab morgen vormittag gehalten werden.»

«Und was soll das?»

Sie schauten hinüber zu Backhammer, der grübelnd abseits saß.

«Liegt ein geheimer Groll dahinter?»

«Sehr wahrscheinlich.»

«Was tun wir mit den Briefen?»

«Laßt sie liegen, bis die anderen aus der Sitzung kommen.»

«Können wir das denn?»

«Das hat Zeit», sagte Sune Tidfälth mit Nachdruck, «ich habe jetzt die Presse.»

Sie sahen teilnahmsvoll hinter ihm her, niemand beneidete ihn um diese Aufgabe. Und niemand bemerkte, daß Backhammer gleichzeitig das Zimmer verließ.

41

Das Gefühl des Unbehagens, das Backhammer während der Nacht und am Morgen gehabt hatte, verstärkte sich, als er die Treppe zum Dienstzimmer des Reichstagspräsidenten hinaufging. Sonntag und Montag waren vergangen, ohne daß er in Ruhe hatte nachdenken können. Der Vorfall mit der Bombe und Ejnars Entschluß hatten ihn, wie auch die Polizeidirektion, irgendwie gelähmt. Während der ganzen Zeit waren sie gedanklich immer einen Schritt hinter dem Geschehen.

Er klopfte laut an die Tür, die kurz danach geöffnet wurde.

«Gut, daß du gekommen bist», sagte Ejnar, der müde aussah.

Das Haar war ungekämmt, und er trug dasselbe Hemd wie am Tag zuvor. Backhammer nahm unaufgefordert in einem Sessel Platz. Um die Schreibmaschine herum, hinten am Fenster, lagen große Haufen weggeworfenen Papiers.

«Sitzt du und schreibst ein Buch?» fragte Backhammer ironisch.

«Hast du nicht gelesen, was ich nach unten geschickt habe?»

«Ich lese keinen Blödsinn.»

Backhammer nahm den Sender, der auf dem Tisch stand, und lauschte an der Rückseite; es war ein schwaches, surrendes Geräusch zu hören.

«Sei vorsichtig damit, der wird aufgeladen.» Und er zeigte auf die Schnur, die in der Steckdose steckte.

«Können wir denn jetzt nicht mal ernsthaft miteinander reden, Ejnar?» Seine Stimme war ernst und hatte einen entschlossenen Unterton. Backhammer hatte die ganze Geschichte langsam satt.

«Es ist Ernst», sagte Ejnar.

«Verdammt noch mal, was soll der ganze Zirkus denn?» fragte Backhammer und stand drohend auf.

Ejnar ergriff schnell das Radio und stellte es auf die Fensterbank, als habe er Angst, es könne umgestoßen werden und zu Boden fallen.

«Jetzt ist es nun mal so», sagte er.

«Was immer du willst, Ejnar, komm doch, verflucht noch mal, zum Ende!»

«Ich hab es nicht eilig.»

«Aber ich, ich will jetzt nach Hause fahren!»

«Reg dich ab, Backhammer, heben wir einen?»

«Ich will keinen Schnaps.»

«Warum denn nicht?»

«Ich möchte nicht.»

«Dann eben nicht.»

Ejnar genehmigte sich einen doppelten Whisky und zündete eine Zigarette an.

«Was ist los mit dir, Backhammer, ich dachte, wir wären Freunde?»

«Freunde? Die du so behandelst?»

Backhammer ging zum Fenster und sah hinunter.

«Du bist verflixt geschickt, Ejnar, so eine Teufelsmaschine ganz allein zu bauen, das ist phantastisch. Ich wäre nicht mal auf die Idee gekommen, und zusammenbasteln könnte ich so was schon gar nicht. Aber wozu soll das gut sein? Hat es dich glücklicher gemacht?»

Ejnar wich aus, indem er sich nachschenkte.

«Warum löst du deine Probleme nicht wie vernünftige Leute? Jemand die Fresse polieren, der Ollen eine Tracht Prügel verpassen und den Gören die Ohren langziehen, wenn's nötig ist. Das kann ich begreifen, aber das nicht, nee, wirklich nicht!»

«Ich bin krank, willst du das damit sagen?»

«Das weiß ich nicht.»

«Man meint, ich sei geisteskrank, nicht?»

«Erklär das alles hier, sonst gehe ich!»

Ejnars Irritation hatte während des Gespräches weiter zugenommen, er hatte sein Glas ausgetrunken und kam an den Tisch, um wieder nachzuschenken. Aber mit einer schnellen Handbewegung nahm Backhammer die Flasche weg.

«Du hast genug», sagte er ruhig.

«Her mit der Flasche!»

«Nein.»

«Her damit!»

Einen Augenblick lang sah es so aus, als wollte Ejnar sich über Backhammer hermachen, aber im letzten Moment hielt er sich zurück. Trotz seines Alters war Backhammer sicherlich imstande, sich zu verteidigen.

«Jetzt setz dich und erzähle, worauf das Ganze hinausläuft», bat Backhammer fast freundlich.

Langsam setzte sich Ejnar und stellte das Glas ab. Backhammer beugte sich vor und goß es wieder voll und goß außerdem in ein anderes Glas ein, zwei Zentimeter.

«Jetzt heben wir einen, wie ganz normale Leute», sagte er und schob das eine der Gläser zu Ejnar hinüber. Die Flasche behielt er jedoch auf seiner Tischseite. «Bitte, erzähl jetzt.»

Ejnar schob in Gedanken versunken das Glas auf dem Tisch vor und zurück, es war, als hätte er das Trinken vergessen.

«Hast du irgendwann mal an Selbstmord gedacht?» fragte er unvermittelt und blickte auf.

«An was?»

«Daran, dir das Leben zu nehmen?»

Backhammer beugte sich vor und stubste Ejnars Hand an, als ob er ihn wecken wollte.

«Warum sagst du so was?»

«Ich hab das getan. Eine Zeitlang waren das ganz gewöhnliche Gedanken für mich.»

«Ejnar!»

«Es ist sicherlich zwanzig Jahre her, daß ich zum erstenmal den

Gedanken hatte, aber ich kann mich ganz genau erinnern. Das war im Granatenlager des Regimentes, als ich Munition für unsere Geschütze holte. Und ich sag dir, ich hatte ein schönes Gefühl bei dem Gedanken, mehrere Minuten lang fühlte ich mich vollkommen glücklich.»

«Wolltest du dich im Granatenlager umbringen?»

Ejnar nickte.

«Und manchmal, wenn ich mit dem Auto schnell fuhr, kam wieder der Gedanke, ich sollte in einen entgegenkommenden Lastzug hineinfahren.»

«Wirklich?»

«Es wurde nichts daraus.»

Er nippte und lächelte Backhammer plötzlich zu.

«Aber jetzt ist es Jahre her, daß ich solche Gedanken gedacht habe.»

Backhammer sah ihn lange an.

«Ejnar, nimm das Geld, das die Regierung dir anbieten wird, und fahr in ein anderes Land und fang noch mal von vorn an.»

Ejnars Lächeln erstarrte.

«Dieses Land ist doch ganz in Ordnung.»

«Ja, im großen und ganzen ist es gut.»

«Ja, im großen und ganzen», sagte Ejnar ernst, «was würdest du ändern wollen?»

«Ich?»

«Ja, sag doch mal.»

Ejnars Augen waren genauso freundlich wie seine milde Stimme.

«Glaubst du denn, du kannst bekommen, was du willst?» fragte Backhammer erstaunt.

«In gewissen Grenzen.»

Backhammer streckte sich und nahm die Flasche vom Tisch. Ejnars Lächeln war echt, er strahlte wie ein gütiger Vater.

«Möchtest du noch einen Whisky haben?» fragte Backhammer.

«Gern, danke.»

«Aber du bekommst keinen.»

«Warum denn nicht?»

«Die Flasche habe ich.»

«Wie meinst du das», fragte Ejnar, immer noch lächelnd.

«Du hast ja die Bombe.»

«Und?»

«Und trotzdem bekommst du nichts aus dieser Flasche.»

«Jetzt benimmst du dich albern, Backhammer.»

«Das kannst du gern finden, aber du bekommst trotzdem nichts aus dieser Flasche hier. Es hilft nichts, auch wenn du noch so viele Bomben hast.»

Und gemächlich ging Backhammer zur Toilette des Reichstagspräsidenten, wo er den Inhalt hineinkippte und spülte. Als er zurückkam, saß Ejnar noch immer lächelnd auf seinem Stuhl.

«Was sollte das?»

«Du hast ja deine Bombe.»

Ejnar streckte die Hand aus und fummelte nach dem Telefonhörer, nach kurzer Zeit war er in Kontakt mit dem Führungsstab.

«Wir haben hier oben keinen Whisky mehr», sagte er in herrischem Ton, «schickt sofort zwei Flaschen Chivas rauf!»

Backhammer warf die leere Flasche in den Papierkorb und ging zur Tür.

«Wohin willst du?»

«Ich denke, ich fahre besser nach Hause.»

«Nein ...»

«Ich habe diese Dummheiten satt!»

«Jetzt bleibst du hier, Backhammer!»

«Sonst läßt du die Bombe explodieren, oder?»

«Backhammer, bitte!»

«Leck mich am Arsch», sagte Backhammer wütend und ging.

Ejnar, der hinterherlief, bekam beinahe die schwere Tür ins Gesicht.

«Bitte, Backhammer, bitte, was ist denn los mit dir?»

«Ich hab dich satt.»

«Wir wollen doch morgen zur Elchjagd.»

«Was heißt wir?»

«Du hast doch wohl meine Einladung bekommen?»

«Befehl, meinst du wohl?»

«So habe ich das nicht gemeint, Backhammer?»

«Ich habe abgesagt.»

«Das kannst du doch nicht tun!»

«Das kann ich.»

«Deinetwegen habe ich das doch veranlaßt!»

«Meinetwegen?»

«Ich hatte die Garage und du hattest die Jagd, erinnerst du dich nicht, daß wir das gesagt haben?»

Backhammer starrte ihn verblüfft an.

«Wenn du einen Elch zur falschen Zeit schlachten willst, dann ist das deine Sache.»

«Du kommst mit!»

«Auf keinen Fall.»

«Verlaß dich darauf.»

Backhammer ließ die Tür los und ging zur Treppe.

«Du kommst mit, ob zu willst oder nicht», schrie Ejnar hinter ihm her.

Am Treppenabsatz stieß ein Polizeibeamter um ein Haar mit Backhammer zusammen, es gelang ihm gerade noch, zwei Whisky-Flaschen, die er auf einem Tablett trug, vor dem Herunterfallen zu retten.

«Pfui Deubel», knurrte Backhammer voller Abscheu hinter dem Polizisten her, der sich beeilte, die Treppe hinaufzukommen.

42

Der Staatsminister hatte gerade so viel Zeit, daß er auf der Fahrt von der provisorischen Unterkunft des Reichstages zum Reichstagshaus die Abendszeitungen schnell durchsehen konnte. Neben ihm saß der Justizminister, der die Zeitungen in der Reihenfolge las, in der sie ihm überreicht wurden.

Die Presse war im Ton mokanter geworden, und einige benutzten gleich mehrere Spalten, um die Polizei zu verhöhnen und um alle lächerlichen Nebensächlichkeiten hervorzuheben, denen man auf die Spur gekommen war.

Expressen hatte einen langen Leitartikel unter der Überschrift: HANDLUNGSUNFÄHIGKEIT, der von seinem Vorgänger, dem ehemaligen Staatsminister geschrieben worden war.

Die beiden Minister wurden in groben Zügen über das Tagesgeschehen und die Beschlüsse des Führungsstabes unterrichtet. Die morgige Elchjagd wurde vorbereitet, und das Regiment in Sollefteå bereitete sich im Laufe des Abends auf den Abmarsch vor. Aber es wurde natürlich nicht marschiert; falls notwendig, würden einige speziell eingesetzte Linjeflyg-Maschinen vom Flugplatz in Kramfors kommen.

«Was hat der König gesagt?» fragte der Staatsminister beunruhigt, als die Elchjagd zur Sprache kam.

«Wir haben nur gesagt, es sei ein wichtiger Auftrag, und er hat nichts gefragt.»

«Hat er nichts gefragt?»

«Im Hintergrund war großes Kindergeschrei, deswegen war er ein bißchen gestresst.»

Backhammer saß ein wenig abseits, er hatte gerade von den Psychologen einen Rüffel bekommen, weil er aufgebraust war, aber gleichzeitig waren da andere, die ihn unterstützten und meinten, es sei an der Zeit, klare Fronten zu schaffen.

«Ich gehe zu keiner Elchjagd mit.»

Sie drehten sich um und sahen den Polizisten aus Östhammar an.

«Und warum nicht?»

«Die Jagd ist jetzt nicht frei.»

Der eine oder andere lachte ein bißchen, bis man begriff, daß es Backhammer ernst damit war.

«Sie müssen mitkommen», sagte der Staatsminister.

«Keineswegs.»

«Tu's freiwillig», sagte Farsan freundlich, «sonst müssen wir dir vielleicht den Befehl geben.»

«Um etwas Rechtswidriges zu tun?»

«Du brauchst ja auf keinen Elch zu schießen.»

«Nein, ich komme nicht mit», beschloß Backhammer und verschränkte die Arme.

«Nur, weil die Jagd nicht frei ist?»

Im Raum machte sich Unmut breit und man blickte verstohlen auf den Staatsminister, der wohl das letzte Wort haben würde, aber auch er wurde durch Backhammers Standhaftigkeit verunsichert.

«Na ja, wir wollen abwarten, wie sich das entwickelt», sagte er gummiweich, «gibt es sonst noch etwas?»

«Seine Frau wird ihn heute abend sehen», sagte Farsan, «und das bedeutet vielleicht, daß morgen keine Elchjagd stattfindet.»

«Ist er damit einverstanden?» fragte Backhammer überrascht.

«Ja, wir haben gefragt, und er war damit einverstanden.»

«Ob das wohl gut ist?»

«Warum sollte das nicht sein?»

«Wenn er nur nicht darauf aus ist, ihr etwas anzutun.»

«Das glaube ich nicht.»

«Kommt sie her?»

«Er hat uns gebeten, einen Tisch in einem ungestörten Restaurant zu besorgen.»

«In welchem?»

«Im *Latona*, das kann man am leichtesten absperren.»

«Und abhören», vermutete der SÄPO-Chef.

Farsan schüttelte den Kopf; er riskierte nicht, das irgendeine Störung eintrat. Das abendliche Treffen konnte vielleicht die ganze Frage lösen. Er hatte sogar die Angestellten des Restaurant gegen seine eigenen Leute ausgetauscht.

«Hast du keinen Polizisten, der Geige spielen kann?» scherzte Sune.

Backhammer stand auf, von neuem beunruhigt, aber er sagte nichts mehr; es gab Grenzen, auch für sein Gerede über Vorahnungen und Gefühle.

«Wollen wir hoffen, daß dieses Treffen bewirkt, daß wir keine Elche jagen müssen», sagte der Staatsminister, der bessere Laune bekommen hatte, «schießen kann ich genauso schlecht wie Kille spielen.»

Backhammer war der einzige im Zimmer, der nicht lachte.

43

Mia war eine halbe Stunde zu früh zu der Verabredung mit ihrem Mann gekommen, und man hatte ihr einen freien Tisch unten in einem der Kellergewölbe gegeben. Ein freundlicher Ober hatte ihr eine Speisekarte so elegant vorgelegt, daß man wirklich nicht ahnen konnte, daß er eigentlich Kriminalkommissar beim Sittendezernat war.

Sie war sehr erregt und rauchte vorsichtig, damit der Lippenstift nicht abging. Sie zitterte vor dem Treffen mit ihrem Mann, obwohl der Psychologe Lindal während der Unterhaltung am Nachmittag sie sehr ermutigt hatte.

Dann, als sie sich bereits die dritte Zigarette anzündete, stand er plötzlich am Tisch.

«Hej, Mia», sagte er lächelnd und setzte sich ihr gegenüber.

Sie betrachtete ihn aufmerksam, sein Gesicht wirkte magerer und vielleicht ein wenig angespannt, aber die Augen waren wie immer, freundlich und klug, mit einem Schuß ironischen Humors. Unter seiner kurzen Lederjacke trug er ein Oberhemd, das sie noch nie gesehen hatte, es war geschmackvoll, wie alles, was Ejnar kaufte. Bevor er ihre Hand nahm, hängte er sein Funkgerät an die Stuhllehne und verdeckte es mit der Jacke.

«Hübsch siehst du aus!»

Und sie erwiderte das Lächeln, es stimmte, sie fühlte sich hübsch, Sheratons Friseur und Kosmetikerin hatten ein Wunderwerk an ihr vollbracht. Sie hatten ihr einen neuen Haarschnitt gemacht und Schminke aufgetragen, die ihr Gesicht schmaler und ihren Hals länger erscheinen ließen. Dazu hatte sie ein Kleid gekauft, das ein bißchen Weite hatte, um ihre Figur zu kaschieren.

«Du mußt entschuldigen, daß ich ein bißchen zu spät komme, ich habe eine Menge um die Ohren.»

Sie nickte verständnisvoll, als hätte er sich dafür entschuldigt, daß er durch unvorhergesehene Überstunden zu spät nach Hause gekommen wäre.

«Das macht nichts, Hauptsache, du bist gekommen.»

Sie fühlte sich erleichtert, als sie seine Hand hielt, sie hatte erwartet, daß er ganz anders auftreten würde. Die Fernsehsendungen und die Zeitungen hatten doch von einem kranken Menschen berichtet, dem es schwerfiel, sein Handeln unter Kontrolle zu behalten. Ejnar sah jedoch aus wie immer.

Wie gewöhnlich, nahm er die Speisekarte und las sie ihr vor, das war immer ein Vergnügen für ihn, wenn sie ein Restaurant besuchten, langsam alle Gerichte zu lesen, damit ihnen nicht etwa was Gutes entging.

Erleichtert verspürte sie die Lust zu weinen, eine Zärtlichkeit stieg in ihr auf, die sie selten hatte empfinden dürfen. Sie hätte ihn anfassen mögen, seinen Kopf streicheln und sich ganz dicht an ihn kuscheln mögen.

«Such du aus», sagte sie wie üblich.

Er winkte dem Oberkellner und bestellte Vorspeise und Hauptgericht gleich zusammen.

«Etwas zu trinken?»

«Eiswasser, bitte.»

Der Kellner notierte erstaunt die alkoholfreie Bestellung, er hatte gehört, der Terrorist sei besonders hinter Alkohol her und trug deshalb die große Weinkarte des Restaurants unter dem Arm.

«Ich hab ja das Auto», sagte Ejnar erklärend.

Mia war genauso erstaunt wie der Kellner, ein guter Wein war immer ein Muß gewesen, wenn sie bessere Restaurants besucht hatten. Deshalb war sie ein bißchen enttäuscht, sie hätte selbst ein, zwei Gläser gebraucht, um ihre lähmende Gezwungenheit loszuwerden. Sie hatte der Versuchung widerstanden, etwas zu trinken, bevor sie das Hotel verließ.

«Hast du mit den Kindern telefoniert?» fragte er freundlich.

Und das Gespräch kam in Gang als sie sich auf vertrautem Gebiet fühlte. Den Kindern ginge es gut und sie ließen ihn grüßen. Beide hatten einen Ferienjob in der Nähe des großväterlichen Hauses bekommen.

«Und dem Hauptmann geht es gut?»

Hauptmann Larsson war ein vitaler Pensionär, der auf seine alten Tage Kartoffelanbau in mittlerem Ausmaß betrieb. Während der ganzen Jahre als Offizier war der Bauer in ihm lebendig geblieben und er war wohl der einzige Offizier im I 21, der sein Leben lang die Bauernpartei gewählt hatte.

«Erde zu Erde», scherzte Ejnar als die Vorspeise kam.

Das Restaurant war gut besucht, die Leute lachten und waren fröhlich, schöne Frauen lächelten gutgekleideten Männern zu, und von einem Personalfest eine Treppe höher war ein altmodisches Kampflied zu hören.

Was Mia nicht wußte, war, daß alle heute, die sich im Restaurant befanden, Polizisten unterschiedlicher Rangordnung und aus verschiedenen Aufgabengebieten waren. Es war immer die gleiche Gruppe, die das Publikum spielte, als Restaurantgäste oder als Mitreisende, wenn irgendein wichtiger, ausländischer Gast oder ein unbeliebter Politiker «die Leute» kennenlernen wollte. In Polizeikreisen wurde sie boshaft «SÄPO's Gourmetclub» genannt.

Ejnar war umgänglich und gesprächig, er machte Scherze und erzählte kleine Geschichten, die sie schon kannte, aber das machte nichts. Allein schon, daß er so war wie immer, bereitete ihr Freude. Hin und wieder streichelte er fast jungenhaft ihre Hand.

Als sie die Vorspeise, Lachssalat, gegessen hatten, kam das Hauptgericht, Moorschneehuhn mit Sahnesauce und Gelee. Nun erst hatte sie sich soweit gefangen, daß sie sich traute, nach wichtigen Dingen zu fragen.

«Wie soll es weitergehen mit uns?»

«Gut.»

«Ich habe Angst, Ejnar.»

«Die brauchst du nicht zu haben.»

«Wie soll das denn enden?»

«Du hast doch die Sonne immer gern gehabt?»

«Ja, und?»

«In Zukunft wirst du viel Sonne bekommen!»

Als ob er ihr von einem verfrühten Weihnachtsgeschenk erzählte, berichtete er über das Angebot der Regierung, über Millionen in Gold, irgendwo in der Sonne. Und er malte eine Zukunft aus in einem südamerikanischen Land, weit fort von Schnee und Kälte, einem Land mit weißen Sandstränden, hohen Palmen und Nichtstun.

«Ja, aber ...»

«Das machen wir so», sagte er mit funkelnden Augen.

«Und die Kinder?»

«Die kommen natürlich mit.»

Sie waren beim Kaffee angelangt, als sie plötzlich bemerkte, wie sein Fuß ihren nackten Unterschenkel zärtlich streichelte. Sie lächelte ihm zu, beinahe ein bißchen verlegen, obwohl er das hunderte von Malen getan hatte.

Natürlich wollte sie dasselbe wie er, er hatte es sicherlich gut überlegt, das war ja immer so gewesen, wenn dieses hier auch ziemlich überraschend kam.

«Welche Sprache spricht man dort?»

«Portugiesisch.»

Sprachen fielen ihr leicht, und sie hatte viele Abendkurse besucht, um abends nicht allein sein zu müssen, wenn er dienstlich abkommandiert worden war.

«Das ist ja ziemlich ähnlich wie Spanisch.»

Es war, als ob all ihre Fragen wegen der Bombe, sie selbst und die Kinder betreffend, einfach ausgelöscht wurden. Sie empfand eine Freude, als hätte sie ihr Leben zurückbekommen, und sie drückte mit strahlenden Augen ganz fest seine Hand. Und er erzählte mit seiner gewohnten Lebhaftigkeit, so daß das Zukunftsland für sie immer mehr Gestalt annahm.

«Wünschen die Herrschaften noch etwas?» fragte ihr Kellner.

«Die Rechnung, bitte.»

Sie hing ihren Gedanken nach, während er mit seiner grünen Kreditkarte bezahlte, behutsam tippte er ihr auf die Nasenspitze und lächelte über ihr Erstaunen.

«Woran denkst du, Liebling?»

Eine Frage bedrückte sie noch.

«Was geschieht, wenn wir nicht fahren dürfen?»

Er sah sie mit plötzlichem Ernst an.

«Entweder bin ich gezwungen, die Bombe zu sprengen oder ich muß aufgeben, und dann werden sie mich für den Rest meines Lebens einsperren.»

«Mein Gott.»

Aber er streichelte beruhigend ihren Arm, die beiden Möglichkeiten gab es nicht in seinen Zukunftsplänen.

«Wir fahren zu mir», flüsterte er beinahe schüchtern. Langsam beugte er sich vornüber und streichelte ihre Wange.

«Ja? Wollen wir das tun?»

«Können wir statt dessen nicht in mein Hotel fahren?»

Er schüttelte den Kopf und ergriff das Funkgerät, wie ein stummes Zeichen zum Aufbruch, und hängte es sich unter die Jacke um.

«Du sollst mal sehen, was für eine Aussicht ich von meinem Fenster aus habe», sagte er lächelnd und bot ihr den Arm.

Draußen stand der schwarze Porsche im Halteverbot.

44

Backhammer saß in einem Bürozimmer auf demselben Flur wie der Führungsstab, er wippte gedankenverloren mit dem Schreibtischstuhl, die Füße hatte er auf den Rand der dritten, herausgezogenen Schublade gelegt. Genauso saß er auch in seinem Dienstzimmer in Östhammar. Er hatte gerade den Hörer nach einem fast einstündigen Telefongespräch mit seiner Familie aufgelegt, und ihm war wohler. Nach drei Tagen Alleinsein hatte Ejvor ziemlich viel auf dem Herzen gehabt, und die Kinder hatten auch an der Schnur gezerrt und wollten mit ihm reden. Sogar der Stövare hatte ein paarmal fröhlich gebellt, als er Herrchens Stimme aus dem Hörer vernommen hatte. Zuerst hatten sie über tausend unwesentliche Dinge gesprochen, ehe sie zu wichtigeren Themen kamen. Die Waschmaschine war kaputtgegangen und der Hund war ausgerissen, sie hatte durch die ganze Stadt hinter ihm herjagen müssen.

Aber er konnte ihr nicht viel erzählen und wünschte sich, er könnte sie ungestörter treffen, hier in diesem Hause wußte man nie, wer wen abhörte. Zum Schluß hatte sie gesagt, daß es bei ihr zwei Wochen über die Zeit sei. Backhammer hatte darauf nicht viel gesagt, würde ein Kind kommen, so käme es eben, das war ihre eheliche Übereinkunft.

Aber als er den Hörer aufgelegt hatte, machte er sich einige Vorwürfe, ob es richtig von ihm war, bei ihrer Gesundheit Kinder in die Welt zu setzen. Er selbst würde es wohl kaum schaffen, sie als Erwachsene zu erleben. Aber andererseits, seine Eltern hatten ihn spät bekommen und waren außerdem sehr alt geworden.

Aber er schüttelte die Zweifel ab, man hatte das Leben nicht in der Hand, statt dessen war man dankbar für alles, was lebte und keimte. Das war etwas, das er bitter hatte lernen müssen, als seine anderen Ehefrauen gelitten hatten und gestorben waren.

Farsan Sandberg kam herein, nachdem er angeklopft hatte.

«Hier sitzt du?»

Er setzte sich auf die Schreibtischkante.

«Ich fahre jetzt heim nach Östhammar», sagte Backhammer gelassen.

«Kannst du nicht noch ein paar Stunden warten?»

«Warum denn?»

«Es sieht so aus, als käme es zu einer Lösung.»

Der Kellner-Polizist aus dem *Latona* hatte in regelmäßigen Abständen über das Bericht erstattet, was er von dem Gespräch zwischen Mia und Ejnar hatte aufschnappen können.

«Es hört sich so an, als ob er versuchte, sie zu überreden, mit nach Brasilien zu fahren.»

«Läßt die Regierung sich darauf ein?»

Farsan nickte nachdrücklich.

«Draußen in Arlanda ist man damit beschäftigt, eine SAS-Maschine für den Start vorzubereiten.»

«Da stimmt was nicht», sagte Backhammer und nahm die Füße herunter.

«Glaubst du nicht, daß er fährt?»

«Ich weiß nicht.»

Einer von Farsans vielen jüngeren Kollegen steckte den Kopf zur Tür herein.

«Sie kommen jetzt», sagte er voller Eifer, «er hat auf dem neuen Platz geparkt.»

Ejnar hatte einen eigenen Platz in der Reichstagsgarage für den Porsche bekommen, der allmählich unnötige Aufmerksamkeit erweckte.

«Komm mit», sagte Farsan und ging Backhammer voraus.

Sie gingen den ganzen Korridor entlang, stiegen die Treppe hinab und blieben an einem Zimmer stehen, das Backhammer unbekannt war. Auf Stühlen saßen im Kreis der Staatsminister und der Kern des Führungsstabes, und hinter einem ganzen Aufbau von Verstärkern hockte ein Mann mit Kopfhörer und stellte ein großes Tonbandgerät richtig ein.

«Sie nehmen jetzt den Fahrstuhl nach oben», sagte der Techniker, das eine Ohr am Kopfhörer.

Als letzter kam der Psychologe Lindal hereingeschlendert.

Farsan bot einen freien Stuhl an, aber Backhammer blieb verblüfft stehen.

«Hört ihr doch ab?» flüsterte er.

Im Zimmer war ein so andächtiges Schweigen, daß man unwillkürlich flüsterte.

«Das kann man unmöglich entdecken», gab Farsan flüsternd zurück.

«Er stellt das Zimmer auf den Kopf, wenn er etwas ahnt.»

Farsan nahm ihn ein wenig beiseite und erzählte mit leiser Stimme.

«Das ist die SÄPO, die dies hier angeordnet hat, ich hatte keine Ahnung davon, was für unglaubliche Sachen die haben. Im Zimmer ist kein Mikrophon. Sie haben die äußere Fensterscheibe gestern rausgebaut, als wir reparierten, es gibt also nur noch eine Fensterscheibe. Und wenn man im Zimmer spricht, dann vibriert die

Glasscheibe durch die Schallwellen ein bißchen, und diese leichten Erschütterungen werden durch einen Radarstrahl an einem Fenster im niedrigsten Haus am Hötorg aufgefangen.»

«Haben die das die ganze Zeit über getan?»

Farsan schüttelte den Kopf.

«Das geht nur, wenn es mindestens halbdunkel ist, bei Tageslicht würde er die Radarkuppel sehen.» Ihr Gespräch verstummte von selbst als sie hörten, wie ein Schlüssel in ein Schlüsselloch gesteckt wurde. Die Übertragung durch den Lautsprecher war deutlich und klar, und der Techniker stellte die Lautstärke ein und gleichzeitig auch das Tonbandgerät.

«Er hat sich bestimmte Kleinigkeiten ausgedacht, an denen er sehen kann, ob wir im Zimmer waren», fuhr Farsan flüsternd fort, «er legt einzelne Haare auf eine bestimmte Weise. Aber wenn er erst sicher ist, daß wir nicht im Zimmer gewesen sind, glaubt er auch nicht, daß wir ihn abhören können.»

«Seid ihr im Zimmer gewesen?»

«Nein, das ist ein ganz unnötiges Risiko.»

Die Tür wurde geöffnet und geschlossen, und im Lautsprecher hörte man das Geräusch von Schritten. Als die anfingen zu sprechen, waren ihre Stimmen so deutlich, als wären Mia und Ejnar im Abhörraum.

«Ja, hier wohne ich, ganz schön elegant, nicht?»

«Ja, doch, schön ist es», sagte sie mit dünner Stimme.

Den Schritten nach zu urteilen, gingen sie an das Fenster.

«Da hast du sie», sagte Ejnar mit stolzer Stimme.

«Ist das die, die du zu Hause in der Garage gebastelt hast?»

«Ja, natürlich.»

«Ohne daß wir eine Ahnung davon hatten.»

Jemand zündete eine Zigarette an.

Dann hörte man etwas, das ein leichter Kuß sein konnte.

«Kannst du nicht ein paar Lichter ausmachen, Ejnar?» bat sie bescheiden.

«Natürlich.»

Und man hörte, wie er umherging und an Lichtschaltern drehte.

«Gut so?»

Sie setzten sich auf das Ledersofa, das leise knirschte.

«Daß ich nichts gemerkt habe», kicherte sie.

«Dazu bist du zu dumm.»

Es entstand eine kleine Pause.

«Warum sagst du das, Ejnar?»

«Weil es stimmt.»

Sie kicherte wieder, wieder wurde eine Zigarette angezündet.

«Nein, ich bin wohl nicht die Allerschlaueste», sagte sie ausweichend.

«Nein.»

Dann hörte man ein paarmal ein Knacken in einem Apparat, bevor Musik im Lautsprecher zu hören war, es war wieder diese klassische Musik, die Farsan nachts gehört hatte, Vivaldi, aber diesmal waren es die zarten Töne des «Frühling».

«Hast du die?» sagte sie voller Wärme. «Unsere Schallplatte!»

Ein paar Minuten lang kam nur Musik aus dem Lautsprecher, ab und zu bewegten sie sich auf dem Sofa.

«Wann fahren wir denn?» fragte sie nach einiger Zeit.

«Eine herrliche Musik ist das.»

«Ja ...»

Wieder hörte man für längere Zeit nur Musik, die weichen Streicher fingen an zu spielen.

«Warum guckst du mich so an», sagte sie mit aufsteigender Angst in der Stimme.

Aber als Antwort summte er nur eine der schwersten Partien des Streichers mit. Einige Minuten verstrichen und dann hörte die Musik auf. Er stand auf, um die Kassette zu wenden.

«Du denkst immer mit dem Loch, Mia.»

«Ejnar?»

Dann begann die Musik wieder, diesmal war es der «Herbst» mit all seiner Wehmut.

«Ejnar, wann fahren wir denn, wir müssen doch den Kindern Bescheid sagen.»

«Nicht wir fahren, du wirst fahren», sagte er langsam.

Deutlich hörte man, wie sie nach Luft schnappte.

«Kommst du nicht mit, Ejnar?»

«Nein.»

«Ja, aber ...»

«Du bekommst morgen ein paar Millionen und ein Flugzeug.»

«Nein ...»

Im Abhörraum sah man einander an, auf einmal kam alles ganz anders, und die Erleichterung, die man vor einigen Stunden empfunden hatte, wurde in eine Unruhe verwandelt, die einen erschaudern ließ. Und Backhammer wurde plötzlich klar, was Mia gemeint hatte, als sie sagte, sie habe Ejnars Stimme beim ersten Telefongespräch nicht wiedererkannt.

«Ejnar, Lieber?»

«Du wirst morgen fahren», sagte er entschlossen, «ich will dich nie wieder sehen!»

Von neuem entstand eine lange Pause, untermalt von wehmütiger Musik.

«Aber warum denn, Ejnar?»

Er beantwortete die Frage nicht, statt dessen war zu hören, wie er aufstand und über den Fußboden ging.

«Da gibt es noch ein paar Leute, die das Land in der nächsten Zeit verlassen werden», sagte er mit kalter Stimme, «einige, die hier nicht erwünscht sind.»

Dann konnte man hören, wie er den Verschluß einer Flasche abschraubte und etwas in ein Glas goß.

«Das kannst du doch nicht tun, Ejnar?»

«Warum denn nicht?»

«Ich liebe dich, Ejnar», jammerte sie mit kläglicher Stimme.

Wieder summte er mit, als eine schwere Passage in dem Musikstück kam.

«Aber wir sind doch verheiratet!»

Er traf die Töne sicher und hatte die Schallplatte bestimmt oft gehört, plötzlich pfiff er die Melodie eines Streichers mit, die quer durch die Stimmführung ging.

«Was hab ich dir getan, Ejnar?»

Ihre Stimme hörte sich immer gequälter an, und Backhammer rutschte vor Unbehagen unruhig hin und her. Im Abhörraum war es totenstill, und die Zigarettenglut des SÄPO-Chefs fraß sich in den Filter hinein, ohne daß er es bemerkte.

«Du, du hast viele geliebt.»

«Ejnar!»

«Oder keinen.»

Die Pause wurde lang und bedrückend, und Backhammers Handknöchel traten weiß hervor.

«Du wußtest, daß ich andere vor dir hatte!»

«‹Karlbergs Steckdose›.»

Ihre Stimme versagte beinahe, als sie versuchte, zu protestieren.

«Das sind Lügen. Ejnar, hörst du?»

«Ja, ich höre.»

«Du hast mich nie nach etwas gefragt?»

«Und du hast mir nie etwas erzählt.»

«Lieber, liebster Ejnar!»

Wieder ertönte sein sicheres Pfeifen, spielend begleitete er eine Streicherstimme in die höchsten Höhen hinauf, ohne einen falschen Ton.

«Das ist so lange her», sagte sie leise, «und wir haben doch Kinder, Ejnar.»

«Ich weiß nicht, Olle kam erstaunlich schnell, und Lisa scheint ja vor allem deine Flittchenmentalität geerbt zu haben.»

Mia blieb wie gelähmt auf dem Sofa sitzen, die Beine fühlten sich weich an und der Magen leer, obwohl sie gerade noch so satt gewesen war nach dem guten Abendessen. Der Umschwung von der Stimmung im *Latona* war so überraschend schnell vor sich gegangen, daß ihr Abwehrmechanismus nicht funktionierte.

«Wir haben es doch ganz gut gehabt, Ejnar?»

«So?»

«Das haben wir doch», kam es kläglich.

Wieder machte er eine lange Pause.

«In Offizierskreisen hielt man dich für den Bums des Jahrhunderts, Mia.»

«Die lügen ja nur!»

«Ein merkwürdiger Unterschied zu unseren kümmerlichen Bumsereien.»

«Mußt du solche Wörter sagen?»

«Bumserei?»

«Kann ich auch etwas Whisky haben?»

«Noch nicht.»

«Bitte, ja?»

«Du weißt, wie es mit dir geht, und jetzt will ich mit dir reden.»

«Ich will aber welchen!»

«Nein.»

Es entstand wieder eine lange Pause zwischen ihnen. Schließlich sprach er leise und eindringlich.

«Du hast mir alles kaputtgemacht, Mia. Niemals habe ich ein solches Gefühl gehabt wie damals, als ich dir zum erstenmal begegnet bin. Als du lächeltest, spürte ich innerlich einen richtigen Schmerz. Aber du hast es kaum bemerkt, du warst ja damals dabei, in den Bergschen Adel einzuheiraten. Aber du warst das Schönste, was ich je gesehen hatte, niemals habe ich so ein Verlangen nach irgend etwas verspürt, wie damals nach dir. Und dennoch, ich begriff, daß ich dich nie würde haben können. Du standest so unerreichbar hoch über mir, dein langes Haar, deine schönen Augen, die Beine, die Brüste ... Was hab ich mir nur eingebildet? Ein dummer und häßlicher Klotz, hölzern und steif, ohne jede Begabung für Geselligkeiten. Aber ich benahm mich wie eine Blaumeise, die meint, sie sei ein Schmetterling geworden, und sie merkte den Unterschied wohl erst, als sie sich auf das Veilchen setzte.»

«Ejnar?»

«Als ich dich bekam, so plötzlich und unerwartet – du verstehst, was für Erwartungen ich hatte.»

«O nein ...»

«Alles, was ich über dich gehört hatte, alle Gerüchte und Geschichten. Und nun hattest du mich allen anderen vorgezogen. Ich glaube, du weißt nicht richtig, was Stolz sein kann, Mia, das ist ein phantastisches Gefühl.»

«Ich war auch froh, Ejnar.»

«Aber du hast mich hintergangen, Mia.»

«Das ist nicht wahr!»

«Erinnerst du dich, wie wir das erste Mal miteinander geschlafen haben?»

«Nein.»

«Natürlich tust du das.»

«Ich war damals so völlig fertig!»

«Es war, als hättest du vorher nie einen Mann gesehen, du hast mir fast einzubilden versucht, du seist noch Jungfrau. Lange, langweilige Nachthemden, Licht aus und nicht zu oft.»

«Das ist doch so lange her, Ejnar!»

«Du warst nicht so ganz die, für die du dich ausgegeben hattest, die bis in den Morgen hinein mit den Offizieren nackt tanzte.»

«Das hab ich nie getan!»

«Ich habe Fotos davon gesehen, bevor wir heirateten.»

«Nein!»

Wieder füllte er sein Glas.

«Ich kam mir so furchtbar dumm und betrogen vor. Statt das erleben zu können, wovon ich geträumt hatte, bekam ich das Gegenteil. Du hattest mich nur als Notausgang benutzt.»

«Du irrst dich, Ejnar.»

«Dann wurdest du schwanger und benahmst dich wie ein Edelfräulein, das für zehn Jahre ins Kloster gegangen war, um eine Jungfrauengeburt vorzubereiten.»

«Du bist ungerecht.»

«Erst als du zum erstenmal mit mir betrunken warst, fing ich an, zu verstehen.»

«Ich kann mich nicht so genau daran erinnern.»

Er saß schweigend da, abwartend, aber es kam nichts weiter.

«Na?»

«Kann ich etwas Whisky haben?»

«Natürlich», sagte er mit unendlich müder Stimme, «dann nehmen wir eben unseren üblichen Ausweg.»

Er füllte noch ein Glas, ziemlich viel goß er ein.

«Ich weiß nicht, wie oft ich versucht habe, mit dir zu reden», fuhr er in bitterem Ton fort, «und es endete immer wieder so wie jetzt. Wir betäuben einen Teil des Hirns, um einen anderen zu beleben.»

Sie trank das erste Glas sofort aus und er schenkte neu ein.

«Du bist so verflucht ungerecht, Ejnar!»

«Guck mal an, du brauchst nur ein Glas, schon fängst du an zu fluchen!»

«Du bist ungerecht.»

«Du veränderst dich ein bißchen, wenn du Alkohol trinkst, Mia, und behaupte nicht, du wüßtest das nicht.»

«Jeder wird wohl anders, wenn er ein bißchen was trinkt.»

Nach dem ersten, schnellen Glas war Mia vorsichtiger mit dem Alkohol.

«Drei Jahre hat es gedauert, bis wir uns gemeinsam betrunken haben. Es war, als hättest du Angst vor Alkohol. Mal war es dieser Grund, mal jener. Die Kinder wurden gestillt oder du hattest Magenverstimmung. Ich glaube sogar, du hast den Führerschein gemacht, damit du nichts zu trinken brauchtest, wenn wir mal eingeladen waren.»

«Was war denn daran falsch?»

«Nichts, wir sparten ja massenhaft Taxigeld.»

Er füllte wieder ein Glas.

In der Nacht nach dem sechzigsten Geburtstag deines Vaters warst du unglaublich betrunken. Es war eine sagenhafte Nacht für mich. Du warst herrlich verrückt, wenn ich auch ein bißchen Angst vor dir hatte. Du verlangtest so viel, daß ich Angst hatte, es nicht zu schaffen. Und solche Sachen, wie du in der Nacht gesagt hast, hatte ich noch nicht gehört, obwohl ich schon so lange Soldat war. Aber ich war glücklich, ich glaubte, daß du das Alte vergessen hättest, daß du mich so sehr haben wolltest.»

«Du bist nicht ganz klug!»

«Ich war also glücklich, den ganzen Tag glücklich. Im Regiment glaubten sie wohl, ich sei übergeschnappt. Ich stürzte nach Hause, das ganze Leben lag vor mir, tausend Dinge wollte ich dir erzählen. Aber in der Nacht warst du wieder wie immer, ich durfte kaum dein Flanellnachthemd hochziehen!»

«Ich genierte mich!»

Ejnar lachte höhnisch.

Die Männer im Abhörraum saßen noch immer und schwiegen, der Psychologe schloß leicht die Augen, der Staatsminister dagegen zupfte nervös an einem Stück Nagelhaut herum.

«Einige Monate danach wurde ich befördert und wir feierten ein bißchen. Es war die gleiche Geschichte, ich hatte am nächsten Morgen kaum die Kraft, zum Dienst zu gehen. Aber als ich abends nach Hause kam, war alles weg. Wie eine Fata Morgana, die verschwunden war. Du wolltest von nichts wissen; als ich dich an das erinnerte, was du gesagt hattest, hast du dich im Zimmer eingeschlossen.»

«Du hast eine teuflische Phantasie, Ejnar!»

«Aber hieraus entstand allmählich ein widerwärtiges Muster, Mia, wir fingen an, ab und zu zu trinken. Ein paar Flaschen Wein zum Essen, Cognac zum Kaffee, und vorm Insbettgehen einen Hering und einige Schnäpse. Und du brauchtest nicht viel, schon nach ein paar Gläsern trat die Wandlung ein, dein Gesicht bekam weichere Züge und in die Augen trat ein verschleierter Blick.»

«Du bist gemein, Ejnar.»

«Wie war es denn sonst?»

«Du bist verdammt gemein!»

«Bis jetzt haben wir so gelebt, Mia. Ausgewogen und vernünftig, unterbrochen von intensiven Nächten, an die du keine Erinnerung hattest oder von denen du am nächsten Tag nichts wissen wolltest.»

«Du lügst!»

«Wie war es denn sonst?»

«Jedenfalls doch nicht so?»

«Wie war es denn?»

«Kann ich noch etwas Whisky haben?»

«Nicht, bevor du nicht sagst, wie es war.»

«Ich will jetzt was haben!»

«Nein.»

«Her damit!»

«Wenn du schreist, schlage ich dich», sagte er hart.

Nach einem Seufzer fing sie mit einemmal an, mit leiser Stimme zu sprechen.

«Nicht alles, was sie über mich sagen, ist wahr, Ejnar, aber vieles. Das weißt du. Und das hast du immer gewußt. Es ergab sich einfach so. Sie haben mich ausgenutzt. Ich war sehr dumm. Und einsam. Sie boten mir immer Alkohol an. Um mich dahin zu bringen, wohin sie mich haben wollten. Ich wurde nie in Ruhe gelassen. Immer war irgendwer hinter mir her. Ich konnte nichts dafür, es lief wie es lief.»

«Außer mit mir», sagte Ejnar erbittert, «ich wollte keine Jungfrau, ich wollte eine lebendige Frau. Was du vorher getrieben hattest, interessierte mich nicht, ich verstand nur nicht, was dich mir gegenüber so anders sein ließ. Was war denn an mir auszusetzen?»

Mia lachte heiser, bevor sie weitersprach.

«Mit dir, Ejnar, war alles anders. Ich wollte es nie so haben, wie es mit Ulf und den anderen gewesen war. Ich war nicht so eine, ich hatte es nie gewollt, es ergab sich einfach so. Mit dir wollte ich es so haben, wie andere Frauen es auch hatten. Kinder bekommen, gutes Essen für dich kochen. Dich sanft streicheln. Mit dir in einem kleinen Haus leben. Von den Kindern Weihnachtsgeschenke bekommen. Mit dir alt werden. Wollte schüchtern sein bei dir. Sein dürfen. Deine Hand im Kino halten. Und wenn wir einschliefen. Ich wollte mit dir schlafen, wenn es dunkel war. Ich wollte etwas Richtiges versuchen. Du warst besser als alle anderen, die ich gekannt hatte, Ejnar. Das ist wahr. Ich wollte ein ordentliches Leben. All das Alte sollte vorbei sein. Ich war glücklich mit dir. Sehr glücklich. Mit dir und den Kindern.»

Längere Zeit saß sie schweigend da, Ejnar räusperte sich leise.

«Aber du wolltest es so haben wie die anderen Schweine. Eklig und roh. Und du machtest denselben Trick wie sie. Wenn du mich haben wolltest, hast du mich dazu überredet, Alkohol zu trinken. Ich konnte nicht widerstehen, genausowenig wie ich den anderen Schweinen widerstehen konnte. Und ich dachte, will er, daß ich so bin? Wie ein Luder, wie eine Offiziershure? Ja, das bin ich gewesen. Ich fing an, mich mit dir genauso zu fühlen. Manchmal war ich dennoch glücklich. Wenn du in der Küche laut aus der Zeitung vorlasest. Wenn du neben mir einschliefst. Wenn du badetest und ich dir beim Haarewaschen helfen mußte.»

Sie verstummte, nahm selbst die Flasche und goß sich ihr Glas voll.

«Vergangene Zeiten, Mia, skål!»

Aber seine Stimme war ohne Ironie, sie war nur müde. Sie trank ein paar tiefe Schlucke von dem guten Whisky, den sie nie als Genußmittel schätzen gelernt hatte.

Backhammer merkte, wie seine Hände sich vor Wut ballten.

«Engel und Hure», sagte Ejnar in weichem Tonfall, «Traum unserer gesamten Zivilisation.»

Für eine Weile saßen sie und schwiegen, die Musik hatte schon lange aufgehört zu spielen.

«Diese verdammten Kerle, die alles kaputtgemacht haben.»

«Was du nicht sagst.»

«Schweine, die an einem herumfressen, an einem zerren und einen dann so verachten, daß man sterben könnte.»

Die Stimme klang hysterisch, aber es folgte kein Anfall.
«Nimm doch noch ein Glas», sagte Ejnar.
Sie trank in tiefen Zügen.
«Wir werden uns wahrscheinlich nicht mehr sehen.»
Schweigend tranken sie beide.
«Zieh dich aus», sagte Ejnar barsch.
Wieder wurde es still im Lautsprecher des Abhörzimmers, dann hörte man Rascheln und daß Kleidungsstücke hingeworfen wurden.
«Komm her!»
«Jetzt sabberst du wieder, du widerlicher Kerl!»
Und sie trank ihr Glas aus und schenkte sofort wieder nach.
«Verdammte Scheißkerle!»
Sie atmete schnaufend, wie am Abend vorher bei Backhammer. Plötzlich warf sie ihr Glas weg, Ejnar lachte leise.
«Komm doch, du verdammter Bock!»
Die Töne aus dem Lautsprecher wurden immer unbestimmbarer und Backhammer stand irritiert auf.
«Ich schlag dich tot, wenn du mich beißt!»
Man blickte einander an im Abhörzimmer, das Geräusch von Schlürfen oder Saugen wurde zuviel für Backhammer, der einen Schritt auf den Techniker zuging, der hinter dem Aufnahmegerät saß.
«Mach aus», sagte er heiser.
Er versuchte selbst an die Kontakte zu kommen, um die immer unangenehmeren Geräusche auszuschalten, aber es gelang ihm nicht, er brachte nur das Band des großen Tonbandgerätes durcheinander.
Farsan und der SÄPO-Chef bekamen je einen seiner fuchtelnden Arme zu fassen.
«Beruhige dich, Backhammer», zischte Farsan.
«Mach aus!»
«Dann mußt du rausgehen», sagte der SÄPO-Chef.
«AUSMACHEN!»
Backhammer befreite sich mit Leichtigkeit, und der Techniker, der nicht wollte, daß seine Apparate zerschlagen wurden, schaltete den Strom aus. Es wurde totenstill im Raum, Backhammer rückte seine Kleidung zurecht und blickte wütend um sich.
«Versuch, dich zu beruhigen», sagte Lindal freundlich, «wir sind genauso aufgebracht wie du.»
«Der muß gestoppt werden», sagte Backhammer und hatte schon einen Schritt zur Tür hin getan, bevor Farsan ihn zurückhielt.

«Was willst du tun?»

«Mia runterholen!»

«Auf keinen Fall», sagte der Psychologe erschreckt, «da kann sonstwas passieren, wenn du da reinstürmst. Verstehst du das denn nicht?»

«Wir haben da oben Leute, die eingreifen, falls er gewalttätig wird.»

Backhammer sah den SÄPO-Chef an.

«Ist dieses hier etwa nicht Gewalt?»

Damit riß er sich aus Farsans Griff so heftig los, daß er gegen die Wand prallte und sich die Hand verstauchte.

«Er hat eine Bombe», schrie der Staatsminister hysterisch, «vergiß das nicht!»

«So darf er sich nicht aufführen!» brüllte Backhammer und warf die Tür hinter sich zu.

Er brauchte einige Augenblicke, um sich auf dem Korridor zu orientieren, dann verfiel er in einen Laufschritt. Sein Gesicht war hart und entschlossen, und die großen Fäuste waren geballt, als er oben an der Treppe ankam.

Aber im Abhörraum hatte man schnell reagiert, ein Telefongespräch hatte der Wache vor der Tür des Reichstagspräsidenten Beine gemacht.

Backhammer blieb auf dem Korridor stehen, mehrere durchtrainierte Polizisten in Schutzkleidung standen zwischen ihm und der Tür des Reichstagspräsidenten.

«Auf was haben wir uns da eingelassen, verdammt noch mal», murmelte er verzweifelt.

Unten im Abhörraum lief der Bandspieler weiter.

«Fester doch», wimmerte Mia, «zeig doch, daß du ein richtiger Mann bist!»

Backhammer fuhr mit dem Fahrstuhl ins Erdgeschoß, sein ganzer großer Körper zitterte. Überall schien er von Polizisten bewacht zu sein. Er atmete die kühle Abendluft in tiefen, befreienden Zügen ein und ging mit langen, ziellosen Schritten in Richtung Innenstadt.

45

Backhammer ging planlos durch die Stadt, erst nach Stunden kam er zur Ruhe, außerdem war er müde geworden. An der Ferse hatte er sich eine schmerzhafte Blase gelaufen. Außerdem stellte er fest, daß er sich verlaufen hatte, und er brauchte eine ganze Weile, bis er sich zurechtfand. Offensichtlich war er im Kreis gegangen und gar nicht weit vom Hauptbahnhof entfernt.

Er ging zum *Sheraton* hinunter. In der Nähe des Tegelbacken wurde er innerhalb einer Minute von zwei jungen Frauen belästigt, und wütend bog er in eine andere Straße ein.

«Die Stadt ist verrückt», schimpfte er verärgert vor sich hin, «haben die Leute denn nur Mist im Kopf?»

Auf dem Weg zum Hotel reifte sein Entschluß. In der Jackentasche hatte er seine Autoschlüssel, und er würde den Volkswagen schon finden, obwohl er irgendwo im Wirrwarr der Straßen um das Reichstagsgebäude geparkt war.

Er fuhr mit dem Fahrstuhl nach oben in sein Zimmer im *Sheraton*, um seine Sachen zu holen; bei dem Gedanken an die Heimfahrt wurde die Laune plötzlich besser.

In einem Sessel wartete Farsan Sandberg. Backhammer blieb in der Tür stehen und sah ihn verdutzt an. Farsan sah müde aus, und an der einen Hand trug er einen leichten Verband.

«Entschuldige», sagte Backhammer mit einem Blick auf die Hand, «es war nicht so gemeint.»

Er sammelte die wenigen Sachen zusammen, die er in den letzten Tagen gekauft hatte.

«Ich fahre jetzt nach Hause!»

«Aha.»

«Ich kann doch nichts mehr tun.»

«Sag das nicht, Backhammer.»

«Außerdem ist mir übel von der ganzen Geschichte.»

«Wem geht das nicht so», sagte Farsan.

Er erzählte, wie sich die Geschehnisse in Ejnars Zimmer entwikkelt hatten. Nach einer weiteren Stunde voller Erniedrigungen hatte er Mia hinausgeworfen auf den Korridor; nackt und völlig betrunken war sie, und es war schwierig gewesen, mit ihr fertig zu werden. Beinahe bewußtlos hatte sie auf obszöne Art und Weise der gesamten Wachmannschaft ihre Dienste angeboten.

«Wo ist sie jetzt?»

«In der Klinik.»

«Nervenklinik?»

Farsan nickte ernst und konnte Backhammer kaum in die Augen sehen.

«Ich glaube, es steht ziemlich schlecht um sie.»

Backhammer hatte schnell seine wenigen Sachen zusammengepackt.

«Und morgen will er auf Elchjagd.»

«Ohne mich jedenfalls», sagte Backhammer entschieden.

«Wohin soll das alles noch führen?»

Backhammer setzte sich auf die Bettkante, behielt aber die Tasche in der Hand, als Zeichen dafür, daß er nicht zu überreden war.

«Ich will ihn nicht mehr sehen», erklärte er, «ich würde ihn verprügeln.»

Er war noch immer aufgebracht, wenn auch seine Wut jetzt langsam in Traurigkeit verwandelte. Es gab Grenzen, und Ejnar hatte alle Grenzen überschritten. Backhammer konnte kein Verständnis mehr aufbringen.

«Wenn ich doch auch nach Hause fahren könnte», sagte Farsan mit einem Seufzen, als sie im Fahrstuhl nach unten fuhren.

Schweigend gingen sie zusammen die menschenleeren Straßen hinauf zum Reichstagshaus. In einer der Gassen fand Backhammer sein altes Auto.

«Am liebsten wäre mir, du bliebest hier. Du bist der einzige, der ihn jetzt kennt.»

«Die Frage ist, ob ich ihn jemals mehr als nur oberflächlich gekannt habe.»

Der Motor war verschlissen und undicht und startete erst nach etlichen erprobten Kniffen.

«Ich möchte dir keinen Befehl geben», sagte Farsan.

Die Gruppe im Reichstagshaus hatte sich durch das widerwärtige Geschehen am Abend noch mehr gespalten. Der Justizminister wurde ganz offen von immer mehr Leuten unterstützt, die sich für härtere Methoden aussprachen. Und auch Farsan hatte angefangen, gegen die weiche, psychologische Linie Stellung zu beziehen, vermochte allerdings nicht so weit zu gehen, daß er die harten Vorschläge der Offiziere unterstützte.

«Wenn ihr mich zwingt, höre ich auf, als Polizist zu arbeiten.»

Es war ihm ernst, trotz seiner fünfunddreißig Jahre bei der Polizei.

Farsan nickte.

«Ich verstehe deinen Entschluß und werde ihn respektieren.»

«Man muß Grenzen setzen!»

Das Auto holperte davon, und Backhammer suchte sich mühsam den Weg zum Roslagstull. Auf der Autobahn gen Norden war ihm, als ob das alte Auto sich selbst einen Tritt gäbe und sich darüber freue, nach Hause fahren zu dürfen.

Backhammer saß in Gedanken versunken, er sah Mias große Augen vor sich und hörte wieder ihre Frage: «Findest du, daß ich sehr alt geworden bin?»

46

Gegen vier Uhr morgens kam Backhammer nach Hause, sein Jagdhund erkannte das Motorengeräusch des Autos wieder und weckte das ganze Haus mit seinem fröhlichen Gebell. Und seine Frau und die Kinder kamen ihm schon unten im Flur entgegen. Backhammer sank auf einen Hocker und war zufrieden und froh, die Kinder und der Hund rannten derweil um die Wette um ihn herum.

Erst eine Stunde später wurde es wieder ruhig im Haus, aber die Kinder wollten auf keinen Fall schlafen, bevor er nicht ein Stündchen bei ihnen gesessen hatte. Sie lagen in einem Bett, wie immer, wenn sie sich einsam fühlten. Die Jüngste schlief sofort ein, während ihr Bruder alles daransetzte, die Augen offen zu behalten.

Und Backhammer erzählte ihm das Märchen vom blauen Elefanten, eine endlose Geschichte, die er sich selbst ausdachte, während er erzählte. Mit den Jahren war sein leuchtend blauer Elefant zu einem pädagogischen Monstrum geworden, um den Kindern die notwendige Disziplin im Straßenverkehr beizubringen.

«Er ist auf der Autobahn mit dem Fahrrad gefahren?» fragte der Junge entsetzt. «Das darf man doch nicht!»

«Und ohne Licht», unterstrich Backhammer sehr ernsthaft.

«Du hast ihm doch aber ordentlich die Meinung gesagt?»

Das Kind schlief allmählich ein, Backhammer streichelte ihm liebevoll über das blonde Haar und stellte die Lampe auf gedämpfte Nachtbeleuchtung um. Er selbst war als Kind gezwungen worden, im Stockfinstern zu schlafen und hatte große Angst vor der Dunkelheit gehabt.

In der Küche hatte Ejvor alles auf den Tisch gestellt, was sie im Kühlschrank finden konnte. Zufrieden nagte er bald darauf an einem Schweinsrippchen, mit einem Bier und einem Schnaps dazu. Plötzlich streckte sie die Hand aus und strich ihm über das Gesicht.

«Ist es noch nicht vorbei?»

«Nein», sagte er mit vollem Mund, «es ist noch nicht vorbei.»

«Warum bist du denn dann nach Hause gekommen?»

«Ich wollte nicht mehr mitmachen!»

Den ganzen Morgen blieben sie sitzen und allmählich, wie im Selbstgespräch, erzählte er, was sich ereignet hatte, seit er von zu Hause weggefahren war. Sie hörte ihm zu, ohne ihn zu unterbrechen.

Still folgte sie ihm in das Schlafzimmer, es gab im Augenblick nicht viel zu sagen. Mit ihrem weichen Körper kuschelte sie sich dicht an ihn, aber er war zu müde, er konnte nur schlafen, und er legte nur seinen Kopf erschöpft an ihre Brust.

Durch ihr Streicheln über sein Haar und seine Stirn schlief er ruhig ein. So, stellte er sich vor, würde er einmal sterben wollen.

47

Zur morgendlichen Besprechung am Mittwoch war der Führungsstab mit einigen weiteren Verantwortlichen verstärkt worden, man hatte den Innenminister und den Verteidigungsminister hinzugezogen. Durch die Abhöranlage, die bis gegen vier Uhr in Betrieb gewesen war, wußte man, daß Melander ein paar Stunden lang auf der Schreibmaschine geschrieben hatte. Dann hatte er sich hingelegt und unter leichtem Schnarchen gut geschlafen. Offenbar war er ganz gefaßt und hatte keinen Alkohol mehr getrunken, nachdem er Mia hinausgejagt hatte.

Der Staatsminister trug ungewohnte «Amtskleidung»: ein kariertes Hemd und derbe Hosen, und sein erster Gedanke war die Sorge um den Tagesablauf, die Elchjagd auf Halle und Hunne. Alles war schon zur Abfahrt vorbereitet, trotz der heftigen Proteste des Justizministers.

Zur vereinbarten Zeit weckte Sune Tidfälth telefonisch Melander. Verblüfft legte er den Hörer nach kurzem Gespräch auf.

«Die Elchjagd findet nicht statt.»

«Hat er gesagt, warum?» fragte der Psychologe Lindal.

«Es ist Schonzeit.»

«Hat er das gesagt?»

«Backhammer habe ihn darauf hingewiesen!»

Erstaunt sahen sie einander an, und einigen fehlte der kräftige Polizist vom Lande sehr.

«Anrufen und den König abbestellen», war Farsans erster Befehl.

«Was sollen wir zu ihm sagen?»

«Irgendwas, er versteht sowieso nichts.»

Eine Reihe anderer Details wurde erledigt, und Melanders Frühstück wurde zur gleichen Zeit nach oben geschickt, während sie ihren Morgenkaffee zu sich nahmen.

Västernorrlands Infanterieregiment kam in diesem Augenblick auf dem Flugplatz in Bromma in eine Maschine nach der anderen an und wartete auf weitere Befehle.

«Die dürfen nicht auf der Bildfläche erscheinen», sagte Farsan.

«Wieso?»

«Für wie dumm haltet ihr die Presse? Ein Dutzend Polizisten, die das elende Ding bewachen, das mag ja angehen, aber wohl kaum eine ganze Ehrenwache aus einem norrländischen Verband.»

«Und wenn wir das ganze Gebiet absperren?»

Farsan knurrte vor sich hin und dachte an Backhammer.

«Es gibt Grenzen», sagte er schließlich.

Beunruhigt blickte man ihn an.

«Jetzt ist Schluß mit diesem Zirkus.»

Viele von ihnen nickten, obwohl Lindal zu beschwichtigen versuchte, er fand es taktisch noch immer besser, in kleinen Dingen nachzugeben, als das Risiko eines totalen Konflikts einzugehen.

«Sind Sie der Meinung, daß das, was er gestern abend mit der Frau gemacht hat, eine Lappalie war?» fragte der Justizminister unerbittlich hart.

Aber es schien, als wollte man über den gestrigen Abend nicht laut reden, das Geschehen hatte die meisten angeekelt und deshalb war die Sache nicht diskutiert worden.

«Geht es ihr gut?» fragte jemand.

«Das glaube ich nicht», sagte Farsan trocken.

»Wo ist Backhammer?» fragte plötzlich der Staatsminister.

«Wie denkt er darüber?»

«Er ist nach Hause gefahren.»

«Wer hat ihm die Erlaubnis gegeben?»

«Das gestern abend hat ihm gereicht, hat er gesagt.»

«Gib ihm den Befehl, herzukommen!»

«Dann wird er wohl seinen Dienst bei der Polizei quittieren», sagte Farsan, «und das will ich nicht.»

Die Männer saßen einen Augenblick lang schweigend da. Farsans Unwillen war fast körperlich spürbar.

«Das ist doch zum Kotzen», sagte einer der Offiziere, «ein Polizist, dem die Augen feucht werden.»

Sie bekamen ihren Kaffee und es entstand eine Pause, die alle nötig hatten.

«Ich bin der Meinung, daß wir ihn kurzhalten sollten», sagte der Justizminister, als er seine zweite Tasse Kaffee trank.

Viele nickten, als sei dies eine Abstimmung.

«Dann bekommt er also keine Militärwache?»

«Nein.»

Die Psychologen akzeptierten den Willen der Mehrheit im Raum.

«Aber wenn wir mehr Druck auf ihn ausüben», sagte Lindal nach einer Weile, «dann müssen wir behutsam vorgehen. Ich halte ihn für äußerst labil, nach dem, was gestern abend passiert ist.»

«Er hat einen guten Schlaf, er ißt ordentlich und sieht so aus, als gefiele es ihm, und er hat ein ruhiges und überlegtes Auftreten», sagte der Justizminister ironisch. «Wenn das kennzeichnend ist für einen labilen Menschen, dann müssen wir wohl vorrangig die psychiatrischen Kliniken ausbauen. Denn dann sind wir wohl allesamt mehr oder weniger krank.»

Lindal starrte in seine Tasse. Aber bevor die Diskussion weiter auf Kollisionskurs gleiten konnte, wurde sie durch einen Polizisten unterbrochen, der von Melander mit einem braunen Briefumschlag heruntergeschickt worden war. Der Brief war ziemlich dick, und Farsan breitete die Bögen auf dem Tisch aus, damit mehrere gleichzeitig lesen konnten. Wie beim vorigenmal waren die Seiten säuberlich geschrieben und wie direkte Befehle abgefaßt.

Auf dem ersten Bogen wurde mitgeteilt, Melander werde seine Militärwache um zehn Uhr empfangen.

«Da kann er lange warten», sagte der Justizminister und merkte, wie seine Aktien stiegen, sowohl bei den Offizieren wie bei den Polizeibeamten.

Auf den übrigen Papieren standen Namen, Personen- und Adressenverzeichnisse und in einigen Fällen auch Telefonnummern. Einige Namen waren unterstrichen.

«Was ist denn das?» fragte der SÄPO-Chef, der den ersten Bogen nicht gesehen hatte.

«Er möchte diese Leute sehen.»

«Möchte ist nicht das richtige Wort, hier steht nämlich: will.»

Die Listen enthielten siebzig Namen, die meisten davon waren den Männern im Zimmer unbekannt, aber auch der eine oder andere sehr bekannte Name war darunter.

Viele Finger machten Halt bei dem Namen der Frau des Staatsministers, der auf der ersten Seite stand. Weiter unten standen auch die Namen einer Prinzessin, einiger Schauspielerinnen und einer Ansagerin von Sveriges Radio.

Von den siebzig Namen waren gut vierzig Frauen. Viele Männer auf der Liste hatten militärische Ränge, unter ihnen war auch Oberst Ulf af Berg vom Armeestab. Und zum Schluß standen einige international bekannte Namen von Forschern.

«Verdammt noch mal, was soll das denn bedeuten?» fragte der Staatsminister wütend, als er den Namen seiner Frau zum drittenmal gelesen hatte.

Die Listen wurden eilig kopiert und schon bald saß jeder mit einer Kopie in der Hand und rätselte über den Sinn der Namensliste.

Einige hatten ihre Vermutungen, besonders, wenn sie an die Vorgänge der letzten Nacht dachten. Name für Name gingen sie durch, ohne einen Zusammenhang untereinander zu finden.

«Vermutlich Rache und Demütigung», sagte Lindal düster.

Sie starrten auf ihre Listen.

«Glaubst du?»

«Er will diesen Menschen irgendwas antun», sagte Lindal, «sicherlich meinte er diese Leute, als er gestern abend davon sprach, daß die im Land unerwünscht sind.»

«Ja, aber was hat er denn gegen eine Ansagerin im Fernsehen?»

Auf den ersten Blick war der Zusammenhang schwer erkennbar.

«Ist das nicht die mit den tollen Brüsten?» platzte ein Offizier heraus. «Sollen wir jetzt eine Grenze setzen?» fragte er.

Ringsumher nickte man, in der Gruppe schwelte eine verhaltene Wut.

Der Psychologe Lindal schwieg, obwohl er merkte, daß die anderen seinen Protest erwarteten. Aber er war müde, er hatte schlecht geschlafen, wie immer, wenn er in dem Reihenhaus auf der Insel Essingen allein war. Er hatte gestern nachmittag seine Familie nach Karlstad geschickt, von wo aus sie in ihr Sommerhaus in Trängsmark weiterfahren sollten. Er wußte nicht, warum er sie so heimlich losgeschickt hatte, aber nun war er dankbar für diese Eingebung. Wie verhielt es sich mit den anderen Mitgliedern des Führungsstabes, waren deren Frauen, Kinder und andere Angehörige noch in der Stadt?

Sune faßte, wie üblich, die Überlegungen der anderen zusammen. «Wir sollten herausfinden, wo sich alle diese Personen befinden und untersuchen, in welcher Beziehung sie zu Melander stehen oder standen. Danach vergeuden wir keine Zeit mehr, sondern lassen es, was die Militärwache anbelangt, hart auf hart gehen.»

«Wie sollen wir das vorbringen?» fragte Farsan.

«Das wird Sache der Polizei sein.»

Der Justizminister erhob sich. «Nach außen hin bin ich der Vertreter des Gesetzes im Lande», sagte er und sah den Staatsminister, der unsicher wurde, entschlossen an. Aber er hatte die stille Unterstützung der Gruppe.

«Am besten halte ich mich da raus», sagte der Staatsminister ausweichend, «besonders, da der Name meiner Frau dabei ist.»

Es wurde beschlossen, daß Sune Tidfälth, Farsan Sandberg und der Justizminister für die neuen, härteren Methoden verantwortlich sein sollten.

Obwohl noch nichts Konkretes erreicht worden war, spürte man Erleichterung in der Tischrunde. Irgendwo mußte eine Grenze gezogen werden.

48

Ejnar Melander hörte mit freundlichem Ernst zu, als der Justizminister ihm den härteren Kurs darlegte, über den der Führungsstab am Morgen beschlossen hatte. Es würde keine Militärwache geben, und man denke auch nicht länger zuzulassen, Melander außer Haus gehen zu lassen.

Nach einer Weile fing Melander an zu lachen, zunächst nur wie ein Kichern, dann aber immer herzhafter. Es dauerte eine ganze Weile, bis er sich wieder sammelte.

«Sie müssen entschuldigen», sagte er, noch immer lächelnd, «aber ich nahm an, ich hätte es mit erwachsenen, intelligenten Menschen zu tun!»

«So sieht unser Entschluß jedenfalls aus», sagte der Justizminister kurz und abschließend.

Melander beugte sich über den Tisch, über seine rechte Schulter hing das Funkgerät.

«Ich bin erstaunt», sagte er immer noch lächelnd, «ich dachte, Sie würden einen ganz anderen Weg wählen und war mehr darauf vorbereitet.»

«Welchen Weg?» Sune Tidfälth konnte die Frage nicht unterdrücken.

«Ich dachte, Sie würden jetzt Gewalt und Folter anwenden.»

Der Justizminister blickte verwirrt aus dem Fenster.

«Ich hatte zumindest Streckeisen und glühende Kohlen erwartet!»

«Ach?»

«Deshalb habe ich gerade den Sender auf einen Fünfminutenintervall für die Sprengung eingestellt.»

Er hielt das Gerät hin. Plötzlich fing eine kleine Lampe an aufzuleuchten, und gleichzeitig ertönte ein leiser Summton.

«Jetzt bleibt noch eine Minute», sagte Ejnar vergnügt.

«Schalten Sie das aus», sagte Farsan ernst, «Folter kommt nicht in Frage. Wir leben schließlich in einem zivilisierten Land!»

Der Summton wurde deutlicher, die Lampe blinkte schnell.

«Wie schnell doch manchmal Sekunden vergehen», sagte Melander und sah sie an.

«Schalten Sie das aus», bat der Justizminister erschöpft.

«Noch dreißig Sekunden!»

«Schalten Sie aus!»

Dem Justizminister war der Schweiß auf die Stirn getreten, und Sune trat instinktiv vom Fenster zurück.

Da nahm Melander, noch immer lächelnd, das Funkgerät und ging zum Fenster. «Versprecht mir, mich nicht länger wie einen Irren zu behandeln», sagte er freundlich.

«Schalten Sie aus!»

Der Justizminister erschrak fast über die Heftigkeit seiner eigenen Stimme.

Melander drehte ihnen langsam den Rücken zu, so, daß sie den Sender nicht sehen konnten. Mit zwei flinken Handgriffen schaltete er Lampe und Summton aus. Verächtlich stellte er den Sender vor den Justizminister auf den Tisch zurück.

«Die Foltermethode können wir also als nicht zweckdienlich ausklammern», sagte Melander; «außerdem ist der Code so schwierig, daß ich mich vielleicht nicht an ihn erinnern kann, wenn ich durch physischen Schmerz verwirrt würde. Er besteht aus zwölf Zifferkombinationen, die ich nur im Kopf habe.» Er sah sie mit zunehmenden Ernst an, das Lachen war längst vergessen.

«Aber ich verstehe, wie eure Überlegungen waren», fuhr Ejnar fort und richtete sich vor allem an Sune Tidfälth. «Ihr seid zu dem Ergebnis gekommen, daß die Bombe zu groß und zu unhandlich ist, oder? Daß ich sie wohl kaum wegen irgendeiner Kleinigkeit hochgehen lasse. Und das stimmt natürlich, ich lasse sie nicht hochgehen, nur weil ihr mir zum Beispiel eine Parade auf dem Marktplatz hier draußen abschlagt, bei der alle Frauen Stockholms völlig nackt marschieren und Dudelsack für mich spielen sollen.»

«Kommen Sie zur Sache», bat der Justizminister müde.

«Als Mensch bin ich nur ein Resultat der Politik, die du mitgeprägt hast. Bezeichnend für diese Politik sind alle Versicherungen und Sicherheitseinrichtungen. Also habe ich natürlich eine Reihe Sicherheiten für alle denkbaren Situationen.»

«Ach, wirklich?»

«Schicken Sie mir Per Sonesson vom FOA?»

Die Männer saßen eine Weile schweigend da, bis der Justizminister Sune sein Einverständnis zunickte, worauf dieser nach unten telefonierte.

«Was soll das bedeuten?» fragte Farsan.

«Wir warten auf den Sachverständigen», sagte Ejnar freundlich, «dann brauche ich das nicht mehrmals zu erklären.»

Und bei diesen Worten wandte er sich wieder den Morgenzeitungen zu, die er gerade gelesen hatte, als die Verhandlungsgruppe anklopfte.

Erst nach einer halben Stunde unerträglichen Wartens kam der FOA-Mann, blieb in der Türöffnung stehen und sah Ejnar überrascht an, der ihm zulächelte.

«Hej», sagte der FOA-Mann dümmlich.

«Hej, Per.»

«Du bist das, der ...»

«Ja, was dachtest du denn?»

Der FOA-Mann setzte sich erstaunt in einen leeren Sessel.

«Kennen Sie sich?» fragte Farsan zurückhaltend.

Ejnar nickte.

«Per war derjenige, der für das Plutoniumlager verantwortlich war, bis es nach Forsmark verlegt wurde. Und ich übertreibe wohl nicht, Per, wenn ich behaupte, daß du einer der wenigen im Lande bist, die ein gediegenes Wissen über Plutonium und seine Eigenschaften besitzen?»

Per nickte, es war ihm peinlich.

«Ihr habt das Volumen des Stahlrohres gemessen, stimmt's?»

Per nickte abermals.

«Und ihr seid zu dem Schluß gekommen, daß es zu klein ist, um all das Plutonium zu enthalten, das in Forsmark gelagert war. Und zumindest du warst unruhig über die Frage, wo das übrige Plutonium sein könnte?»

Der FOA-Mann nickte zu jedem Satz.

«Worauf willst du hinaus, Melander?» fragte der Justizminister.

Ejnar tat so, als müsse er überlegen, ehe er mit seiner umständlichen Erläuterung fortfuhr.

«Im vorigen Winter habe ich eine ganze Menge über unsere Probleme der Wasserversorgung gelesen. Es ist erstaunlich, wie verschwenderisch wir damit umgegangen sind, obwohl Wasser allmählich knapp wird. Besonders für Städte von der Größe Stockholms. Wäre nicht der Mälar-See, könnte man kaum die Stadt mit Frischwasser versorgen.»

«Komm zur Sache.»

«Ich will damit sagen, daß ich das restliche Plutonium in gefährlicher Nähe einiger sehr empfindlicher Wasserversorgungsanlagen aufbewahre.»

Alle starrten Melander verblüfft an, der das Gespräch zu genießen schien. Ruhig steckte er sich eine neue Zigarette an und setzte sich bequemer.

«Und wie verwahren Sie das?» fragte Farsan und hatte ein trockenes Gefühl im Mund.

«In Stahlbehältern, es war so viel, daß es sogar für mehrere reichte.»

«Was geschieht, wenn Plutonium in eine Wasserversorgungsanlage gelangt?» fragte Sune den FOA-Mann.

«Pfui Teufel», antwortete Per, «das ist einer der giftigsten Stoffe, die es gibt!

«Du wirst einen der Behälter bekommen, um ihn zu untersuchen, Pelle, dann bleiben mir in Zukunft solche Aufwartungen wie diese hier erspart.»

Er nahm einen Bogen Papier und zog einen Füllfederhalter hervor.

«Er liegt im Halm-See, vor Märsta, und so wird er geöffnet.»

Per rückte näher heran und sah neugierig zu, wie Ejnar zeichnete. Als sie fertig waren, überreichte Melander das Papier, als Zeichen dafür, daß die Unterhaltung beendet war.

«Und der Empfang der Militärwache findet wie verabredet statt.»

Farsan hielt mitten in der Bewegung des Aufstehens inne. «Sie kommen nicht vor heute mittag», sagte er so gefaßt wie möglich.

Ejnar lächelte ihn mit fröhlichen Augen an. «So was mag ich», sagte er, «du hattest für das Kartenspiel auch ein feines Gespür. Du möchtest sicher meine Karten sehen, bevor du weitere Schritte unternimmst, oder?»

Farsan nickte.

«Sagen wir statt dessen vierzehn Uhr.»

Die vier Männer verließen das Zimmer. Der FOA-Mann blickte besorgt auf die Beschreibung, die er mit auf den Weg bekommen hatte. Ejnar Melanders Zeichnung und Erklärungen waren die eines Technikers, klar und eindeutig, ohne Spielraum für Mißverständnisse.

Schon wenige Minuten später war eine Polizeistreife mit Tauchern auf dem Weg zum Halm-See.

49

Im Zimmer des Führungsstabes wartete man, schweigend und irritiert, irgend jemand versuchte ein Gespräch anzufangen, wurde aber sofort abgekanzelt. Die Polizeistreife, die in Märsta auf der Suche war, hatte eine besondere Funkfrequenz zugeteilt bekommen, und ein Techniker wartete voller Spannung.

Viele im Raum saßen in Gedanken versunken. Es war die Sorge um die Kinder, die Ehefrauen und die Verwandten. Im Laufe des Nachmittags würden sicherlich noch andere als Lindals Familie heimlich zu Verwandten oder in die Sommerhäuser geschickt werden, die weit von der Stadt entfernt lagen.

Farsan sortierte seine Papiere sorgfältig, um nur irgend etwas zu tun zu haben. Er zweifelte immer stärker an seiner Aufgabe. Melander hielt sie unwiderstehlich mit eiskaltem Griff fest. Er hatte erwartet, Melander würde Mias bevorstehende «Ausweisung» zur Sprache bringen, aber es schien, als habe er das vergessen oder als hielte er es vielleicht für unwichtig. Farsan hatte mit den Ärzten des Krankenhauses gesprochen, in das sie eingeliefert worden war. Sie war nach der Betäubung, die man für notwendig gehalten hatte, aufgewacht, hatte aber nur verschwommene Erinnerungen an das, was in der Nacht geschehen war. Bis auf weiteres sollte sie zur Beobachtung und zur Pflege im Krankenhaus bleiben.

Nach gut einer Stunde kam der Anruf vom Halm-See. Melanders Karte war exakt gewesen, und sie hatten einen eimerähnlichen Behälter aus Stahl in vier Meter Tiefe gefunden. Er war bereits auf dem Weg zur FOA für eine eingehende Untersuchung durch Per Sonesson.

Farsan überließ Sune das Telefon, als er mit dem Regimentschef des I 21 Kontakt bekommen hatte, und der Reichspolizeichef bat mit freundlicher Stimme um volle Wache ab vierzehn Uhr. Der Oberst wiederholte den Befehl kommentarlos, aber Sune spürte förmlich, was der andere dachte.

Die folgende Stunde wurde noch zermürbender. Ein paarmal war Farsan nahe daran, beim FOA anzurufen und darum zu bitten, sich zu beeilen, sah aber ein, daß die Männer ohnehin so zügig wie möglich arbeiteten. Das Gespräch, das schließlich kam, erschlug jeden Hoffnungsschimmer.

«Der Mann ist ein technisches Genie», sagte Per Sonesson ohne Bewunderung, «es ist das Teuflischste, was ich je gesehen habe.»

Der Stahlbehälter war zur Hälfte mit Plutoniumnitrat gefüllt und außerdem mit einer kleinen Sprengladung versehen, die nur dazu da war, den Behälter entlang der Schweißnaht zu sprengen. Der Auslösemechanismus hatte als Grundelemente eine hochwertige Zeituhr mit Quarzbatterie. Bei diesem Behälter, den sie aus dem See gefischt hatten, war die Uhr so eingestellt, daß sie in vier Tagen die Sprengung ausgelöst hätte. Aber es gab auch einen eingebauten Senderteil in diesem Mechanismus, durch den man entweder die Uhr stoppen oder auch direkt – also ohne Uhr – sprengen konnte.

«Alle Möglichkeiten sind abgedeckt», sagte Per beklommen, «ich kann keine schwache Stelle in dem System finden.»

Farsan legte den Hörer auf und teilte den anderen im Zimmer den Inhalt des Telefongesprächs mit. Die zwei Stunden bis vierzehn Uhr zogen sich hin. Aus Melanders Zimmer war nichts zu hören, wahrscheinlich hielt er seinen Mittagsschlaf.

Farsan las, wie viele andere auch, die Listen noch einmal durch.

«Was er gegen all die Leute wohl hat?» fragte der Staatsminister unruhig.

Der Justizminister saß ihm mit geschlossenen Augen und über dem Bauch gefalteten Händen gegenüber. Gab es Grenzen? Der Kaffee in seiner Tasse war kalt geworden.

50

Oberst Widal vom Königlichen Västernorrlands Infanterieregiment hielt man für eine merkwürdige Figur; auch seine Offizierskollegen taten das. Obwohl es sicherlich nicht an Gelegenheiten gefehlt hatte, saß er noch immer in der Stadt, in der er geboren war, seinen Wehrdienst absolviert und seine ersten Offiziersjahre verbracht hatte. Vom Offiziersanwärter bis zum obersten Chef der militärischen Einheit hatte er zweiunddreißig Jahre gebraucht. Und jetzt bewohnte er die Dienstvilla des I 21, und damit waren alle seine Träume in Erfüllung gegangen. Mit zweiundsechzig Jahren sah er voller Zuversicht sowohl auf die Vergangenheit wie in die Zukunft. Seine Kinder machten sich gut, beide Söhne waren Kompaniechef, und seine einzige Tochter hatte gerade einen Karrierediplomaten geheiratet.

Die meisten Jahre seiner Militärzeit hatte er in Sollefteå verbracht, bis auf einige kürzere Perioden im Kongo und in Gaza. Standhaft hatte er allen schmeichelhaften Angeboten auf schnelle Beförderungen widerstanden. Er hatte sich sein Ziel gesetzt: die Dienstvilla beim I 21. Und die hatte er bekommen.

Jetzt stand er draußen vor dem Reichstagshaus und rümpfte irritiert die Nase. Er war einer der wenigen noch diensttuenden Offiziere mit Kriegserfahrung. Im Winter 1943 war er eine Zeitlang in Finnland gewesen, eine Tatsache, die man außerhalb der Offizierskreise nicht mehr gern laut erwähnte.

1944 mußte sein Regiment sich in aller Eile nach Tornedalen begeben, um die Grenze zu bewachen. Auf der anderen Seite fanden gerade die letzten Gefechte zwischen den Finnen und den ehemaligen deutschen Verbündeten statt.

Das Regiment hatte, damals wie jetzt, kurzfristig Marschbefehl erhalten. Damals waren die Truppe, die Pferde und die Kanonen in Güterwaggons verladen worden, während sie jetzt nur leichtbewaffnet in Zivilflugzeugen gereist waren.

Aber er war zu dem Schluß gekommen, daß es vor achtunddreißig Jahren leichter gewesen war, die Einheit zu verlegen.

Nun schaute er ernst auf seine Ehrenkompanie, die beim Brunnen Aufstellung genommen hatte. Die Zugführer hatten die Männer «Rühren» lassen.

Man wußte nicht genau, worauf das Ganze abzielte, einige glaubten bis zuletzt, sie seien südwärts geschickt worden, um irgendeine Königliche Ehrenwache zu übernehmen, doch Widal selbst war der Meinung, es handele sich um eine idiotische Alarmübung. Nun warfen sie verstohlene Blicke auf das Stahlrohr, das sie im Fernsehen gesehen hatten, und waren unangenehm berührt davon, daß sie so dicht daneben stehen mußten. Wenn nun dieser irre Kerl das Ding gerade jetzt hochgehen ließe?

Von Zeit zu Zeit sah Widal auf seine Uhr, um zum exakten Zeitpunkt «Achtung» zu kommandieren. Die Türen zum Reichstagshaus wurden zum vereinbarten Zeitpunkt geöffnet, und vier Männer kamen heraus. Widal stand in stattlicher Haltung an der Spitze seiner Truppe, seine Uniform war untadelig, und die vielen Auszeichnungen blitzten an seiner Brust. Er trug neun Kokarden, alles, vom Dienst in Finnland bis hin zu der ungewöhnlichen Auszeichnung, die nur denen verliehen wird, die im Gefecht verletzt worden waren. Für ihn war es nur eine Erinnerung an ein leichteres Minenunglück im Kongo.

Seine Mütze saß exakt im richtigen Winkel, der Rücken war gerade, und der Blick war fest und klar.

Die vier Männer blieben vor ihm stehen, einer trug Uniform und hatte ein bekanntes Gesicht. Der Oberbefehlshaber der Streitkräfte.

Viele waren der Ansicht, und wahrscheinlich mit gewissem Recht, dieser Posten hätte Widal vorbehalten bleiben müssen, wenn er nicht so starrköpfig in Norrland geblieben wäre und statt dessen Karriere gemacht hätte, über Stäbe und Untersuchungsausschüsse.

«Herr General, die Ehrenkompanie des Königlich Västernorrländischen Regimentes meldet sich zur Stelle!»

Der OB grüßte knapp und übernahm die Truppe. Die Kommandos und Befehle wurden den militärischen Dienstvorschriften entsprechend erteilt.

Dann wurde «Rührt euch!» befohlen, und Widal konnte sich die drei anderen Männer näher ansehen. Den Staatsminister und den Reichspolizeichef erkannte er wieder, von den Fernsehsendungen der letzten Tage. Aber auch der dritte kam ihm irgendwie bekannt vor, als er einige Schritte vortrat.

«Guten Tag, Widal.»

Der Oberst sah ihm in die Augen und erkannte ihn wieder. Widal hatte ein sehr gutes Personengedächtnis.

«Melander», sagte er erstaunt.

Ejnar drehte sich erklärend zu den anderen um und lächelte.

«Widal war eine Zeitlang mein vorgesetzter Hauptmann beim I 21.»

«Ach so», sagte der Staatsminister beunruhigt. «Aber das ist ja schon viele Jahre her.»

Der Oberst versuchte, Melander zuzulächeln, aber unter dessen hartem Blick gelang es ihm nicht ganz.

«Geben Sie den Befehl ‹Stillgestanden›», sagte Melander.

Der Oberst sah den Oberbefehlshaber fragend an, formell hatte er die Kompanie übergeben und stand selbst unter dem Befehl des OB.

«Tun Sie das», sagte der OB mit müder Stimme.

«Ehrenkompanie – stillgestanden!»

Melander blickte belustigt auf den Oberst, der in so strammer Haltung dastand, daß er bestimmt nach ein paar Minuten Rückenschmerzen bekommen würde.

«Ich übernehme die Inspektion!»

Aber Melander kümmerte sich nicht um die Kompanie, sondern konzentrierte sich ausschließlich auf Oberst Widal.

«Es ist schon etliche Jahre her, Widal. Ist Widal immer noch so ein Schwein wie damals, als er Hauptmann der vierten Schützenkompanie war?»

«Nein», sagte der Oberst und versuchte einen Seitenblick auf den OB.

«Dann hat Widal sich also gebessert?»

«Ich habe nie ... nie ...»

«Habe ich Widal um etwas anderes als Antworten auf meine Fragen gebeten?»

«Nein.»

«Nein, Herr Hauptmann, heißt das!»

«Nein, Herr Hauptmann.»

Widal biß die Zähne zusammen und überlegte, warum der OB so schweigend dastand.

«Dann hat Widal sich also gebessert?»

«Nein, Herr Hauptmann.»

«Dann ist Widal also noch immer ein Schwein?»

In der Kompanie wurden Blicke getauscht, und die Zugführer mußten mit schnellen Seitenblicken für Ruhe sorgen.

«Herr Hauptmann, Oberst Widal bittet darum, sich äußern zu dürfen!»

«Abgelehnt. Also so ist das, Widal ist noch immer ein Schwein?»

Der Staatsminister trat ein paar Schritte nach vorn, um den Vorfall zu beenden. «Bitte, Melander», bat er eingeschüchtert.

Aber Melander hörte nichts; er ging um den Oberst herum wie eine Katze um eine wehrlose Maus. Der Oberst stand noch immer stramm, fing aber an, die Geduld zu verlieren nach der anfänglichen Verdutztheit.

«Was soll denn das?» versuchte er seinen OB zu fragen.

«Stillgestanden», brüllte Ejnar ihm ins Ohr.

«Tun Sie, was er sagt», sagte der OB leise, «wir sind ihm völlig ausgeliefert.»

Mit einem Nicken deutete er auf Melanders Funkgerät und Widal begriff.

«Wir fassen zusammen», sagte Melander militärisch, «Widal war schon als Hauptmann ein Schwein, und er hat sich seither nicht gebessert.»

«Nein, Herr Hauptmann!»

Widal beschloß, sich mit dieser Behandlung abzufinden, aber innerlich kochte er.

«Soll das vielleicht ein ‹Stillgestanden› sein, Widal, schlapp sieht das aus!»

Der Oberst streckte sich noch mehr.

«Schuhe schlecht geputzt, Widal!»

«Jawohl, Herr Hauptmann.»

«Was ist das für ein Flitterkram, den Widal an der Brust hat?»

«Auszeichnungen, Herr Hauptmann!»

«Ich nenne das Protzerei, Widal.»

«Jawohl, Herr Hauptmann.»

Melander streckte die Hand aus und riß die Auszeichnungen ab.
«So ein Flitterkram ist nichts für einen Soldaten, Widal.»
«Nein, Herr Hauptmann.»
Darauf nahm Melander die neue Mütze des Oberst, zerbrach den Schirm an mehreren Stellen, riß das Armeeabzeichen ab und zerfetzte das Futter.
«Widal vernachlässigt seine Uniformmütze.»
«Jawohl, Herr Hauptmann.»
Melander setzte sie ihm wieder auf und trat einige Schritte zurück, um besser sehen zu können.
«Sie sieht sehr ungepflegt aus, Widal.»
«Jawohl, Herr Hauptmann.»
Der Staatsminister und der Reichspolizeichef sahen einander verstohlen an, während Melander fortfuhr, dem Oberst Rangabzeichen, Knöpfe und Achselklappen abzureißen. Sune trat einen Schritt vor, um einzugreifen, wurde aber durch Melanders Blick davon abgehalten, er hatte seine Hand über die Bedienungsvorrichtung seines Funkgeräts gewölbt.
«Finden Herr Staatsminister nicht auch, daß Widal sehr ungepflegt aussieht?»
«Doch, ja», antwortete der Staatsminister unsicher.
«Ein ausgesprochen ungepflegtes Aussehen?»
«Durchaus.»
Melander drehte sich zum Staatsminister um. «Oder?»
«Ja, Oberst Widal sieht sehr ungepflegt aus.»
Anfangs hatte vielleicht noch der eine oder andere der Wehrpflichtigen heimlich gegrinst, aber jetzt verzog keiner mehr eine Miene. In perfekter Haltung starrten sie geradeaus. Melander ging einige Stufen hinauf, so daß er höher stand als der Oberst, der sich für einen Augenblick entspannte.
«Stillgestanden», brüllte Ejnar so laut, daß sogar Sune Tidfälth, der nur als Briefbote beim A 4 in Östersund seinen Wehrdienst geleistet hatte, eine etwas straffere Haltung annahm.
Und in der nun herrschenden Grabesstille öffnete Melander langsam seinen Hosenschlitz, und ohne daß jemand auf den Gedanken kam, ihn daran zu hindern, pinkelte er seinen alten Kompaniechef an. Der Strahl traf den Mann ins Gesicht, rieselte über die Uniformjacke und machte mit einigen Tropfen an seinen Hosen Halt. Oberst Widal stand völlig erstarrt da und fühlte, wie der Urin an der Innenseite seines Hemdes hinunterlief. Er blickte geradeaus und seine Augen glühten, einen Moment lang hätte er töten können.

«Widal sieht nicht richtig sauber aus», sagte Melander, als er den Schlitz wieder zugezogen hatte, «Tatsache ist, ich finde, daß Widal nach Pisse riecht.»

Der Oberst schloß die Augen und ballte die Hände zu Fäusten, um nicht voreilig zu reagieren.

«Also, Widal, riecht Widal nach Pisse?»

«Jawohl, Herr Hauptmann!»

«Mag Widal den Pissgeruch?»

«Nein, Herr Hauptmann.»

«Dann, finde ich, sollte Widal ein Bad nehmen.»

«Jawohl, Herr Hauptmann.»

«Widal, im Brunnen baden, ausführen!»

Mit starrem Blick wandte sich der Oberst militärisch um und marschierte zum Brunnen hinunter, hier und dort fing er kurze Blicke auf, die ihm eine starke Stütze gaben.

Als er in den Brunnen gestiegen war und anfing, sich so gut es ging zu waschen, war er über die Kälte des Wassers erstaunt. Warum hatte Melander gerade ihn aufs Korn genommen? Ihm kamen blasse Erinnerungen an den Mann, der ein Jahr lang oder so, Leutnant in seiner Kompanie gewesen war. Soweit er sich erinnern konnte, waren sie gut miteinander ausgekommen. Melander war ein guter Offizier gewesen. Vielleicht ein bißchen zu verträumt. Sorgfältig wusch er seine kaputte Uniformmütze ab.

Plötzlich hielt er inne. War es nicht Melander gewesen, der so verdammt nach Fußschweiß gerochen hatte? Und den er einmal bei einem Kompanietreffen zum Füßewaschen weggeschickt hatte? Vielleicht war das psychologisch falsch gewesen, ihn vor den Offizierskameraden so zu behandeln, aber das war an einem Tag geschehen, an dem er, Widal, müde und verdrossen gewesen war.

Widal wrang seine Mütze aus und ging an seinen Platz zurück. Unerschrocken sah er Melander in die Augen.

«Melde, gebadet zu haben, Herr Hauptmann», sagte er mit klarer Stimme, «es war schön und erfrischend.» Die Augen des Oberst hatten einen neuen Glanz bekommen, und er wich Melanders stechendem Blick nicht aus.

Da ließ Melander ihn in Ruhe, als habe er plötzlich genug von ihm, und wandte sich dem OB zu.

«Befehlen Sie dem Piss-Oberst, er soll jetzt die Wache beginnen.»

Der Oberbefehlshaber tat einen Schritt nach vorn und gab den Befehl mit freundlicher Stimme. Melander überblickte die Truppe kurz, als überlege er noch, dann drehte er sich um und ging schnell zum Reichstagshaus hinauf, wo ihm Polizisten die Türen öffneten.

Der durchnäßte Regimentschef sah ihm gedankenvoll nach, dann wandte er sich den drei Männern vor ihm zu. Plötzlich lächelte er, und das galt vor allem seinem höchsten Chef.

«Die Herren scheinen einen Klumpen im Hals zu haben?»

«Worauf der Piss-Oberst sich verlassen kann», antwortete der Oberbefehlshaber freundlich und reichte ihm die Hand.

51

Im Laufe des Nachmittags breitete sich im Führungsstab verzweifelte Hoffnungslosigkeit aus. Vorschläge, die eilig gemacht wurden, waren nicht durchdacht und zeugten mehr von Irritation als von der notwendigen Klugheit.

Der Pressedienst war zusammengebrochen, und der Staatsminister hatte persönlich eingreifen müssen, um das Fernsehen daran zu hindern, Aufzeichnungen von Melanders Begegnung mit Oberst Widal zu senden. Sune Tidfälth und der Staatsminister saßen nun schon seit einer Stunde in einer stürmischen Sitzung der Presse gegenüber, und Farsan wurde klar, daß die wirkliche Bedeutung der Drohung höchstens noch einige Stunden geheimgehalten werden konnte.

FOAs Berichterstattung war übersichtlich und unzweideutig. Der Inhalt jedes einzelnen Plutoniumbehälters, die rund um die Stadt verteilt waren, reichte aus, um den Boden und das Grundwasser für sehr lange Zeit zu vergiften. Farsan saß untätig da, er fühlte sich wie gelähmt und war dankbar, als der Psychologe Lindal ihn zu einer Kaffeepause mitnahm. Sie ließen sich in dem Zimmer nieder, das Lindal für den eigenen Gebrauch mit Beschlag belegt hatte. Normalerweise war es das Zimmer eines bürgerlichen Mitgliedes des Reichstages, der einen Fimmel für naive Kunst und merkwürdig geformte Steine von der Insel Gotland hatte.

Lindals Leute hatten eilig eine Untersuchung über Melanders Listen durchgeführt, ohne dadurch sehr viel klüger geworden zu sein. Die meisten von denen, die zu erreichen gewesen waren, erinnerten sich nur schwach an ihn, und einige hatten ihn weder gesehen oder waren ihm gar begegnet. Einige Frauen kannten ihn etwas besser, aber bei weitem nicht alle. Gemeinsam für alle Männer mit militärischem Rang war, daß sie irgendwann irgendwie einmal Melanders Vorgesetzte gewesen waren.

«Man kann nur das Schlimmste befürchten», sagte Lindal.

«Es stehen viele Frauen auf den Listen.»

Lindal rührte in seiner Tasse herum, als wolle er dadurch betonen, daß er nur einfach Vermutungen aussprach. «Ich glaube, daß es eine oder mehrere Frauen gibt, die ihn zutiefst gekränkt haben, und ich bin mir nicht sicher, ob es nur seine Ehefrau gewesen ist.»

«Glauben Sie, daß er versuchen wird, sich an all diesen Frauen zu rächen?»

«Er witzelte über eine Parade, bei der alle Frauen in Stockholm nackt Dudelsack für ihn spielen sollten», sagte Farsan und wurde ein bißchen rot bei dem Gedanken daran, wie das wohl aussehen würde.

«Ich bin mir nicht sicher, ob er witzelte.» Lindal lehnte sich zurück und zündete die Pfeife an, er war außer Haus gewesen und hatte Tabak gehamstert. «Die Stockholmer Frauen sterben von so was nicht, nein, mehr Angst habe ich davor, was er mit denen vorhat, die weiter unten auf der Liste stehen. Oberst Widal hatte sich doch nur, wenn auch etwas ungeschickt, über seinen Fußschweiß ausgelassen. Aber was glaubst du, was passiert, wenn Ulf af Berg an die Reihe kommt?»

«Was glaubst du denn?»

«Da kann man wohl auf etwas besonders Widerwärtiges gefaßt sein!»

«Dann gibt es also nur noch eine gewaltsame Lösung?»

Lindal schüttelte den Kopf. Vermutlich hatten sie diesbezüglich ihr Pulver schon verschossen, falls es überhaupt Möglichkeiten gegeben hatte. So wie Melander geartet war, konnte man davon ausgehen, daß er sich voll und ganz abgesichert hatte.

Sie saßen noch eine Weile schweigend da, es gab nichts zu tun, außer zu warten.

«Jetzt haben wir also unseren eigenen Caligula bekommen», sagte Farsan. «Der und Nero in einer Person.»

«Was hatte eigentlich Nero und Caligula so grausam werden lassen?»

«Die Geschichte. Stell dir vor, diese Sache hier wird nach tausend Jahren erzählt.»

Farsan hatte auf seine alten Tage ein neues Interesse für Geschichte bekommen, und er verbrachte seine Freizeit damit, alles was ihm auf diesem Gebiet unter die Finger kam, zu kaufen und zu lesen. Und er hatte viel freie Zeit. Nach seiner Scheidung vor einigen Jahren hatte er keine Kraft gehabt, ein neues Verhältnis aufzubauen.

«Und dann diese isolierende Unantastbarkeit. Sie hatten so lange mit eigenen Wertvorstellungen und Gesetzen gelebt, daß sie kein Gefühl mehr für Recht oder Unrecht hatten. Caligula ging sogar so weit, daß er sich selbst zum Gott ernannte, jedenfalls, wenn man der Fernseh-Version glauben soll.»

«Ist es mit Melander genauso schlimm?»

«Ich weiß es nicht, noch haben wir bei ihm keine weiche Stelle entdeckt, noch gibt es niemand, der ihm etwas bedeutet, außer vielleicht Backhammer. Er hat ja dessen Absage zur Elchjagd respektiert. Und trotzdem, komisch ist das schon, diese geltungsbedürftigen und komplexbeladenen Menschen pflegen im allgemeinen einen schwachen Punkt zu haben, irgendeine Stelle, an der sie empfindlicher sind als andere.»

«Wie ist das mit seiner Tochter?»

Die Tür wurde aufgerissen und einer von Farsans Assistenten stürzte herein.

«Er fährt aus der Garage raus, was sollen wir tun?»

Farsan sah fragend zu Lindal, der nur den Kopf schüttelte.

«Laßt ihn fahren.»

Der Mann rannte los, um alle Beteiligten zu alarmieren.

«Was willst du denn machen», fragte Lindal, als er Farsans Unsicherheit sah, «dir auf die Mütze pinkeln lassen?»

52

Backhammer hatte nach dem Mittagessen beim Polizeiposten in Östhammar vorbeigeschaut, wo man offensichtlich bestens ohne ihn auskam. Die einzige Frage des Stellvertretenden war gewesen, in welcher Farbe er den Teppichboden haben wollte, der für sein Zimmer bestellt werden sollte. Backhammer hatte das Archiv durchsucht und sich eine Mappe mit nach Hause genommen, obwohl das verboten war.

Zum Lesen setzte er sich in die Küche, vor allem, um mit Ejvor zusammen zu sein, die einen großen Backtag eingelegt hatte. Überall lagen halbfertige Zimtschnecken herum.

«Kanntest du einen Kerl, der Jimmy Persson hieß?»

«Meinst du Jimmy von zu Hause?»

«Ja.»

Sie nickte. Wer kannte nicht Jimmy Persson in dem kleinen Dorf, in dem sie aufgewachsen war. Da gab es nicht viele, die berühmt oder auch nur bekannt wurden außerhalb der Dorfgemeinschaft, aber Jimmy hatte tagelang Schlagzeilen gemacht, jedenfalls in den beiden Lokalzeitungen.

«Ich bin mit ihm in die Schule gegangen.»

Er zeigte ihr die Seite der Mappe mit der Personenbeschreibung. Ein Mann war auf den Fotos, von beiden Seiten und von vorn.

«Das ist er.»

Jimmy Persson war ein Waldarbeiter, der sich vor einigen Jahren mit seiner Frau und zwei kleinen Kindern in einer Dienstwohnung der Domäne verbarrikadiert hatte. Über mehrere Tage und Nächte hatte er die Familie und die Umgebung mit einer Schrotflinte bedroht.

«Das war ein schreckliches Ereignis», erinnerte sie sich.

«Ja.»

«Sitzt er nicht für immer hinter Schloß und Riegel?»

Jimmy Persson war für nicht ausreichend psychisch gesund befunden worden, um von einem gewöhnlichen Gericht verurteilt zu werden, statt dessen hatte man ihn auf unbestimmte Zeit in eine Nervenheilanstalt eingewiesen.

«Er ist seit mehreren Jahren draußen», sagte Backhammer und legte die Mappe beiseite, «er hat nur ein paar Jahre in der Irrenanstalt gesessen, bevor er für gesund erklärt wurde.»

«Was du nicht sagst», sagte sie überrascht.

Backhammer hatte im Laufe des Nachmittags einige Telefongespräche geführt und war selbst genauso erstaunt gewesen. Er war dabei gewesen, als Jimmy schließlich zusammenbrach und abgeführt wurde. Backhammer hatte es nicht für möglich gehalten, daß er so gesund würde, daß er eines Tages wieder freigelassen werden würde, so wie er damals ausgesehen hatte. Die Augen hatten einen glasigen Ausdruck gehabt, der Schaum hatte ihm vorm Mund gestanden, und er hatte unzusammenhängendes Zeug herausgebrüllt, als sie ihm die Zwangsjacke anzogen, damit er sich nicht selbst verletzte.

«Hast du sie später einmal gesehen», fragte er, «wie sieht sie jetzt aus?»

«Sie hat furchtbare Narben behalten und kämmt das Haar so, daß man das Fehlen des Ohres nicht sieht.»

Jimmy war in den letzten Stunden des Dramas völlig durchgedreht und war auf das hübsche Gesicht seiner Frau mit einem Brotmesser losgegangen, überall war Blut gewesen, und Backhammer hatte ihr eines Ohr im Töpfchen des Kleinsten gefunden.

«Jetzt wohnt er irgendwo in Südschweden», erklärte er, «und er hat wieder geheiratet und neue Kinder bekommen mit einer Frau, die er im Krankenhaus kennengelernt hat. Sie war wohl als eine Art Pflegerin dort angestellt gewesen.»

«Was du nicht sagst.»

«Aber er hat einen anderen Namen angenommen, damit sich niemand an ihn erinnert.»

Ejvor war auf einmal froh. Es geschah selten, daß man von Menschen hörte, die Schlimmes durchgemacht hatten und dann noch auf den rechten Weg gekommen waren, so wie Jimmy.

«Er ist Vermessungstechniker beim Landvermessungsinstitut da unten.»

Nach ein, zwei Jahren Pflege war es einem Arzt gelungen, ihn für Fortbildung zu interessieren, und er hatte großes technisches Talent an den Tag gelegt. Allmählich hatte er begrenzt freien Ausgang bekommen, der so gelegt wurde, daß er sich auf immer höherem Niveau technisch fortbilden konnte. Und man hielt es für sehr wahrscheinlich, daß er eines schönen Tages den Abschluß als Vermessungsingenieur machen könnte.

«Jimmy», sagte sie mit Zweifel in der Stimme.

«Er war offenbar sehr begabt.»

«In der Schule war er zurückgeblieben.»

Das Abschlußzeugnis hatte er nur aus Gutmütigkeit vom Lehrer bekommen, und die Noten waren allesamt nur «genügend» gewesen. Aber das war nicht so schlimm, in dem Jahr, in dem er konfirmiert wurde, hatte sein Vater eine Säge mehr geschliffen und ihn zum Holzfällen mitgenommen.

Ejvor war ihm ab und an begegnet in den Jahren nach dem Schulabschluß, im Kino, beim Tanzen und bei anderen Gelegenheiten. Er war schüchtern gewesen und hielt sich am liebsten am Rande der Clique von jungen Männern im Dorf; wenn er einmal tanzte, hatte er sich vorher ordentlich Mut angetrunken.

«Es war, als ob mit ihm etwas nicht stimmte.»

«Im Kopf?»

«Er guckte immer auf die Erde, wenn er mit einem sprach. Oder sah einem auch auf die Schulter. Es war, als konnte er den Leuten nicht in die Augen sehen. Einen Spitznamen bekam er deshalb auch.»

«Was denn für einen?»

«‹Guckdaneben› wurde er genannt.»

Die ganze Familie war merkwürdig gewesen. Der Vater war sehr groß und breit gewachsen und sah wirklich aus, wie einer aus dem Alten Testament, und die Mutter war seit vielen Jahren von niemandem im Dorf gesehen worden. Aber es wurde behauptet, sie sei sehr hübsch und sei aus dem Ausland, nicht aus Finnland oder Norwegen oder einem gewöhnlichen Land, sondern richtig von weither. Aber sie ging niemals aus dem Haus. Der Vater oder eines der Kinder, besorgten alle Einkäufe und sonstigen Besorgungen. Es wurde behauptet, sie sei menschenscheu und verstecke sich, wenn man anklopfe.

«Dann verheiratete sich Jimmy plötzlich mit einem recht hübschen Mädchen aus dem Dorf und zog in das Haus der Staatsforstverwaltung, eine Treppe hoch. Ich glaube, nie zuvor war man im Dorf so überrascht gewesen. Auf einmal wohnten sie dort, verheiratet und alles, es hatte alles kaum eine Woche gedauert.»

«Veränderte er sich positiv damals?»

Sie nickte, erinnerte sich, er hatte ein Auto gekauft, wie andere Leute auch, und er hatte sich besser gekleidet. Die Frau wurde bald rundlich, und das Kind kam zu früh auf die Welt, aber keiner im Dorf sagte etwas Häßliches darüber, es war üblich, daß man erst hinterher zum Pfarrer ging.

«Dann bekamen sie noch ein Kleines.»

Jimmy mühte sich in den Wäldern der Domäne ab und wurde umgeschult, er wurde Fahrer eines riesigen Geländetraktors, der selbsttätig die Bäume absägte und wegtransportierte.

«Aber das ganze Dorf wußte, daß irgendwas nicht in Ordnung war.»

«Wieso?»

«Es war wohl nicht ganz sicher, ob die Kinder von ihm waren!»

Die Frau war dafür bekannt gewesen, daß sie viele Angelegenheiten außerhalb des Dorfes zu erledigen hatte. Sie hatte Schwestern und Verwandte in der Stadt, die besucht werden mußten, alte Leute und Freundinnen, bei denen man vorbeischauen mußte. Die beiden Geburten sah man ihrem schönen Körper nicht an, und als die ‹Pille› aufkam, um weitere Schwangerschaften zu verhindern, blieb sie so schön.

«Jimmy war ein solcher Träumer, daß er selbst an seine Phantasien glaubte. So war er schon in der Schule gewesen. Ich erinnere besonders gut, wie er einmal erzählte, er hätte ein eigenes Zimmer zu Hause. Das war ja ganz unmöglich, sie waren sieben Personen in der Familie und wohnten genauso beengt wie wir anderen. Aber er blieb dabei, er hatte ein eigenes Zimmer. Wir anderen neckten ihn und wollten das Zimmer sehen, das er in allen Einzelheiten beschrieb. Aber er wollte es nicht zeigen, mal hatte er die eine, mal die andere Ausrede parat. Aber eines Tages warteten wir Knirpse alle an der Hausecke als er hineingehen wollte und rannten ihm nach, bevor er die Tür zuschlagen konnte.»

«Hatte er ein eigenes Zimmer?»

«Natürlich nicht, aber wir sahen seine Mutter.»

«Und, was war denn mit ihr?»

«Sie saß im Rollstuhl, das war das ganze Geheimnis.»

«Warum erfand er denn das alles?»

«Sie schämten sich, weil sie gelähmt war.»

Nach der Schule hatte er sich auch neue Sachen ausgedacht, um sich hervorzutun, er war ständig auf dem Weg nach Irgendwo, er ging immer herum und wartete auf ein großes Ereignis. Über lange Zeit erzählte er, daß er bei der Luftwaffe angenommen war und wartete auf den Einberufungsbefehl, der nie kam. Dann war es die Polizeischule und die Marine und alles, was man sich denken kann. Irgendwann fahre ich weg, sagte er immer, in diesem Scheißdorf kann man ja nicht wohnen. Und alle anderen Altersgenossen fuhren weg, einer nach dem anderen, während Jimmy bei seiner Plakkerei im Wald übrigblieb.»

«Wie kam es denn, daß er sein Leben so verpatzt hat?»

«Forsmark!»

Das Dorf lag näher am Kernkraftwerk als die Stadt, und das hatte die Isolation durchbrochen, mit Vor- und Nachteilen. Die Leute hatten Arbeit bekommen, viel Geld und einen neuen Lebensstil.

«Seine Frau traf sich mit den Bauleuten an den Tanzabenden unten am Hasselbacken und blieb wohl an einem Deutschen oder Italiener hängen, die als Facharbeiter hergekommen waren. Sie war hübsch, Jimmys Frau, aber nicht sehr schlau. Sicher war sie es wohl nicht allein, die meisten Frauen in der Stadt nahmen wohl einen Konstrukteur Minotti oder einen Ingenieur Schmidt ins Bett, um sich den Alltag ein bißchen zu verschönern. Aber Jimmys Frau war zu dumm, um zu begreifen, wo die Grenze war. Die meisten dieser Jungs hatten natürlich irgendwo eine Familie. Aber eines Tages sagte sie Jimmy, sie hätte ihn satt und er solle abhauen und die Kinder mitnehmen. Aber es zog sich so hin, und es kam wohl ein deutscher Konstrukteur mit einem BMW, als der Italiener mit dem Lancia verschwand.»

Backhammer lachte glucksend. Das Entzücken der Frauen über die ausländischen Jungs vom Bau war in der Stadt recht verbreitet gewesen, jedenfalls zu Anfang. Und es hatte zu vielen Scheidungen geführt.

Auch Ejvor hatte das Neue wohl ausprobiert, hatte aber begriffen, daß man sich, der engstirnigen Dorfmoral wegen, entscheiden mußte. Ihre Eltern konnten sich wohl kaum einen kleinen Minotti mit Lancia in der Verwandtschaft vorstellen.

Also war Ejvor in die Volkstanzgruppe eingetreten und hatte statt dessen Backhammer kennengelernt. Und das paßte ihr, den

Eltern und dem Dorf besser, auch wenn er schon etwas älter war. Man verstand jedenfalls, was er sagte, und außerdem war er Jäger und einer, der den Wald liebte.

«Meinst du, mit Ejnar ist es wie mit Jimmy?»

«Ja, irgendwie schon.»

«Nee, Ejnar ist ja ein ganz anderer Mann, er hat ja eine gute Arbeit und kann jede Frau kriegen, die er haben will, und an Mia ist doch nichts auszusetzen.»

«Magst du Ejnar leiden?»

«Er ist nett.»

«Könntest du scharf auf ihn werden?»

«Warum fragst du denn sowas?» fragte sie verlegen.

«Da ist etwas mit Ejnar, das ich nicht verstehe.»

«Auf diese Art habe ich nicht an ihn gedacht.»

«Tu das mal, bitte, ja?»

Sie lächelte ihn ein bißchen gekünstelt an und machte die Augen zu. Nach einer kurzen Weile öffnete sie sie wieder.

«Jetzt hab ich fertiggedacht.»

«Und?»

«Nein ...»

«Warum denn nicht?»

«Wenn ich von Männern phantasiere, ich meine, falls ich das nun mal tun sollte, dann müssen sie etwas Besonderes haben. Etwas, das einem auffällt, ein Mann hat ja nicht nur einen Schwanz, das haben sie ja alle. Es muß etwas Besonderes sein, schöne Hände, ein Lächeln oder sonst was. Etwas, das kein anderer hat, verstehst du?»

«Und das hat Ejnar nicht?»

«Nein, irgendwie ist er anonym.»

In Gedanken versunken legte Backhammer die Mappe zusammen, um nicht zu vergessen, sie wieder mitzunehmen.

«Was habe ich denn?»

«Ein schönes Bäuchlein.»

53

Der Kriminalpsychologe Bromark hörte erstaunt dem jungen Mädchen zu, das ihm in dem Motelrestaurant, in dem es arbeitete, an einer Anrichte gegenübersaß. Sie hatte eine Schürze um und eine alberne Mütze auf, die französisch wirken sollte, und sie war wütend.

«Mir sind die scheißegal!»

Der Psychologe war mit dem Nachmittagsflugzeug oben angekommen und hatte sie ohne Schwierigkeiten gefunden. Lisa Melander war etwa sechzehn Jahre alt, machte aber einen älteren Eindruck. Sie war hübsch, erinnerte aber nicht unbedingt an die welkende Schönheit ihrer Mutter. Ihre Augen hatten dieselbe Form und Farbe wie Ejnars.

«Als ich das zum erstenmal im Fernsehen gesehen hab, da war mir klar, daß er das war.»

«Wieso?»

«Mit diesem Rohr hat er sich seit Jahren in der Garage beschäftigt, hat geknurrt und es böse angeglotzt, daß wohl schon aus dem Grund eine Bombe draus geworden ist.»

Der Psychologe überlegte einen Augenblick, bevor er fortfuhr; Lisa hatte sich zu dem Vorschlag, nach Stockholm mitzukommen, auch nur für ein paar Stunden, vollkommen abweisend verhalten.

«Ich will diesem Idioten nicht begegnen, schon gar nicht, wenn er durchgedreht ist!»

Der Psychologe bat sie, mit ihm nach draußen zu gehen, und sie holte sich die Erlaubnis für eine Freistunde. Sie gingen zum spiegelblanken Siljan-See hinunter, aus einiger Entfernung sahen sie einen Bauern, der das erste saftige Gras für das Futtersilo mähte. Der Parkplatz des Motels war voller Autos, obwohl die Touristensaison noch nicht begonnen hatte. Aber das Haus war auch bekannt wegen seiner guten Konferenzmöglichkeiten, mit Sauna und Tanz am Abend.

Als sie außer Hörweite waren, erzählte er die Wahrheit über die Bombe, nachdem er ihr das Versprechen abgenommen hatte, darüber Schweigen zu bewahren, und sie es ihm gegeben hatte. Es überraschte sie nicht besonders, es schien, als gehörte es zu dem Bild, das sie sich vom Vater machte, daß er Atombomben herstellen konnte.

«Ich weiß nicht, wie oft ich zu Hause gesagt habe, sie soll ihn rausschmeißen.»

«Warum denn das?»

«Der spinnt.»

«Wie meinst du das?»

«Ja, aber das hast du doch selbst gesagt.»

«Was?»

«Atombomben in der Garage bauen, das ist doch wohl verrückt?»

Der Psychologe nickte dumm, es hörte sich verrückt an.

«Ich fahre nie mehr nach Hause», fuhr Lisa entschlossen fort, «ich bleib hier eine Weile und lern das Praktische, und dann werde ich auf die Hotelfachschule gehen und alles ins Lot bringen. Die letzten zwei Jahre war alles so durcheinander.»

«Und das lag an deinem Vater?»

Sie zögerte mit der Antwort.

«Ich hab nicht besonders viel Grips, manchmal bin ich sogar dümmer als Mama. Und mit meinem Bruder ist es noch schlimmer. Aber seit wir klein waren ist es so gewesen, als hätten wir immer nur an einem langen Ausscheidungswettkampf für die Olympiade teilgenommen. Wir beiden sollten immer die Besten sein. Wir sollten die schwierigsten Fächer in der Schule belegen und alle Sprachen lernen. Als ich zwölf war, bekam ich mein erstes Magengeschwür, nur deshalb. Jedesmal, wenn ich aufs Klo mußte, blutete es, kannst du dir das vorstellen?»

Der Psychologe nickte verständnisvoll.

«Und solange ich denken kann, hab ich immer nur versucht, es ihm recht zu machen, versucht, die Beste zu sein, obwohl mir das Zeug dazu fehlte. Es wurde nie gefragt, wie und ob ich das schaffte. Und ich habe gepfuscht und getrixt. Die Beste in allem. Ich!»

Sie setzten sich auf einen Baumstamm, den man als Sitzbank unten am See hingelegt hatte. Etwas weiter weg zog ein Motorboot einen Kielwasserstreifen auf der blanken Oberfläche. Der Psychologe machte noch einen unbeholfenen Versuch, sie zum Mitkommen zu überreden, das war ja formell sein Auftrag.

«Ja, aber so schlecht denkst du doch wohl nicht von ihm?»

«Am meisten tut es mir um Mama leid.»

«Dann fahr doch ihretwegen mit.»

«Nein, irgendwann muß sie auch mal erwachsen werden!»

Sie stand auf und fing an, zum Motel zurückzugehen, sie schüttelte sich, als wollte sie ein großes Unbehagen loswerden. Nach einigen Schritten holte er sie ein.

«Nein», sagte sie entschieden, bevor er etwas sagen konnte, «ich komm auf keinen Fall mit!»

«Begreifst du, was das bedeuten würde, wenn er seine Bombe hochgehen ließe?»

«Ich könnte ihn doch nicht daran hindern.»

«Das glaube ich aber doch.»

«Dann glaub das, aber ich kenne ihn!»

«Lisa, bitte?»

«Du kannst mich nicht zwingen, oder?»

«Nein, das kann ich nicht.»

«Na, also.»

Ungeduldig blieb sie am Personaleingang der Küche stehen.

«Was sollen wir mit ihm tun, deiner Ansicht nach?» fragte er.

«Keine Ahnung.»

«Irgendwas, du kennst ihn doch, Lisa?»

Sie richtete ihren Blick auf den See, in die große Weite, nach Siljanäs und Orsa zu.

«Steckt ihn in die Irrenanstalt», sagte sie in schroffem Ton, «da gehört er hin!»

54

Der Justizminister rutschte auf dem Sessel hin und her und versuchte, ungezwungen auszusehen, was ihm nicht gelang. In der Hand hielt er ein Glas mit Whisky, zu dem ihn Melander gerade eingeladen hatte. Melander selbst stand an die Fensterbank gelehnt, den Rücken zum Brunnen. Neben ihm stand der Sender, die Antenne war herausgezogen. Er hatte geduscht und sich nach der Spritztour mit dem Porsche umgezogen und wirkte, mit einem dünnen Tuch im Hemdkragen, kühl und elegant.

«Skål», sagte er freundlich und lächelte dem Justizminister zu.

Eine Stunde nach seiner Rückkehr hatte Melander unten angerufen und verlangt, der Justizminister solle nach oben kommen, zu «Konsultationen». Einen Augenblick lang glaubte man in der Führungszentrale, Melander finge an, weich zu werden, und daß man vielleicht ein Ende dieses erbärmlichen Theaters erreichen könne. Das war ein Irrtum gewesen.

«Vielleicht möchten Sie Eis dazu haben?»

«Nein, danke.»

Der Justizminister trank den Alkohol in möglichst kleinen Schlucken, um das Magengeschwür nicht zu reizen. Melander kam näher und setzte sich, wie zu einem vertraulichen Gespräch.

«Der Justizminister ist doch wohl derjenige, der letztlich für die Gesetze verantwortlich ist?»

«Ja.»

«Dachte ich mir.» Umständlich füllte er ihre Gläser wieder, knapp einen Zentimeter hoch.

«Justizminister verstoßen nie gegen das Gesetz, oder?»

«Nein, dann werden sie des Amtes enthoben.»

Melander stand auf und ging zum Sender hinüber und fingerte behutsam daran herum.

«Auch Staatsminister verstoßen nie gegen das Gesetz?»

«Nein.»
«So, das hab ich mir gedacht.»
«Was wollen Sie?» fragte der Justizminister kurz.
«Ich dachte an Per Albin Hansson und den Transport der Deutschen durch Schweden.»
«Dafür wurde ein Sondergesetz erlassen.»
«Ach so, ein Sondergesetz.»
«Worauf wollen Sie hinaus, Melander?»
«Die schwedischen Offiziere, die in der finnischen Armee Dienst taten während des Krieges, wurde dafür auch ein Sondergesetz erlassen?»
«Nein, da war man wohl großzügiger.»
«Und warum?»
«Finnlands Angelegenheit war auch unsere, die öffentliche Meinung war zu stark, um zu dem Zeitpunkt dagegen anzugehen.»
«Dann sind also alle Gesetze ein bißchen dehnbar?»
Der Justizminister stellte verärgert sein Glas aus der Hand.
«Bei einer so starken Bedrohung wie dem Nazismus war man vielleicht dazu gezwungen, so zu handeln. Ich war damals nicht dabei, aber ich kann verstehen, welche Überlegungen diesen Handlungen zugrunde lagen. Das Wohl des Landes verlangte womöglich diese Nachgiebigkeiten, auch wenn wir im Nachhinein sagen können, es war moralisch unverantwortlich ...»
Mitten in seinen Erläuterungen begriff er, wohin Melander ihn haben wollte, und er bedauerte sofort, was er gesagt hatte.
«Aber man handelte damals aus einer wirklichen Notlage heraus», sagte er abschließend.
«Das war ganz sicher so», sagte Melander und lächelte säuerlich.
Der Justizminister trocknete nervös seine schwitzigen Handflächen an den Hosenbeinen und blinzelte Melander an, der sich die dritte Zigarette angezündet hatte, seit er nach oben gekommen war.
«Wie beurteilt man, ob sich ein Land in einer Notlage befindet?»
«Wie meinen Sie das?»
«Ich dachte an diese Sondergesetze.»
Der Justizminister fühlte den dumpfen Schmerz seines Magengeschwürs. «Zur Zeit befinden wir uns nicht in einer Notlage», war seine klare Feststellung.
«Aber wir befinden uns doch im Bereich der Dehnbarkeit», Melander lächelte, «oder?»
«Melander, bitte», sagte der Justizminister flehend, «ich verstehe nicht, worauf Sie hinaus wollen. Wir garantieren Ihnen freies Geleit

in jedes gewünschte Land, viel Geld und beinahe alles, was Sie an materiellen Dingen wollen. Was wollen Sie denn noch? Hören Sie auf mit diesen Gedankenspielereien, das sind keine humanen Gedanken.»

Melanders Lächeln war noch immer freundlich, er wirkte beinahe so, als habe er nicht zugehört.

«Wenn ich es richtig verstehe, dann muß der Reichstag diese Sondergesetze verabschieden?»

«Melander, bitte, hören Sie jetzt auf mich!»

Melander saß nachdenklich schweigend.

«An was für Gesetze denken Sie?», fragte der Justizminister ermattet.

«Das sind rein philosophische Überlegungen.»

«Sagen Sie irgend etwas Konkretes.»

«Nein, das ist für mich von ausschließlich philosophischem Interesse.»

«Und ist vollkommen sinnlos.»

«Wieso?»

«Es ist etwas anderes, einem kranken und aggressiven Nazi-Deutschland gegenüber nachzugeben. Es ist unwahrscheinlich, daß wir derartiges noch einmal erleben müssen. Andererseits: Sie können reden, soviel Sie wollen, rein philosophisch!»

Wieder spürte der Justizminister, daß er sich zu sehr erregte. Aber das Magengeschwür schmerzte so verflixt.

«Man hat das Gefühl, als ob der Bedarf an Philosophen in unserem Lande begrenzt ist», sagte Melander. Er lachte kurz auf. «Denn wir sind wohl mehr für unsere Kompromißbereitschaft bekannt?»

«Nicht, wenn es um demokratische Grundprinzipien geht!»

«So, so», sagte Melander spöttisch.

Der Justizminister schwieg, um Melander nicht noch mehr zu provozieren, und vermied es auch, ihn anzusehen.

«Ich glaube», sagte Melander gedankenverloren, «man kann jedes demokratische Grundprinzip fallen lassen, wenn es notwendig ist.» Er beugte sich vor und blickte den Justizminister an.

«Und hat man erstmal angefangen, Prinzipien zu verschrotten, dann, glaube ich, kann man sehr weit gehen.»

Der Justizminister starrte eigensinnig auf den Tisch.

«Herrgott», fuhr Melander fort, «die Geschichte ist voll von kaputten Prinzipien.»

«Melander, bitte», sagte er, «Sie haben krankhafte Gedanken.»

Melander blieb bei seinem Lächeln. «Ich glaube, das gilt auch für den Justizminister.»

Der Minister stand verwirrt auf.

«Ich glaube, du wirst ein kleines Prinzip fallen lassen müssen, heute abend schon ...»

Der Justizminister wollte das Zimmer verlassen.

«Setz dich hin!»

«Ich gehe.»

Melander ging ein paar Schritte vorwärts und drückte den Justizminister mit Leichtigkeit wieder in den Sessel. Der Minister war klein und hager und hatte nie mit Gewalt zu tun gehabt, außer in den Fällen von Mißhandlung, über die er seinerzeit als Amtsrichter zu entscheiden hatte.

«Justizminister verstoßen also niemals gegen das Gesetz?»

«Nein!»

«Dann werden wir beide einen Verstoß gegen das Kuppeleigesetz ausprobieren, heute abend schon.»

Der Justizminister erstarrte und versuchte, an Melander vorbeizugucken.

«Sie haben keine Tochter?»

«Nein!»

«Aber irgendeine passende junge Verwandte haben Sie bestimmt. Kommen Sie gegen neun Uhr mit ihr nach oben, und sagen Sie da unten Bescheid, daß ich zur gleichen Zeit ein kleines Souper haben will. Gern gratinierte Seezunge mit zwei Flaschen halbtrockenem Champagner dazu. Das ist doch ein passendes Essen für eine junge Dame?»

Mit einer Geste zur Tür hin beendete er das Gespräch. Der Justizminister stand mit zittrigen Beinen auf.

«Das kommt nicht in Frage», zischte er heiser.

«Das wäre schade.»

Der Justizminister zeigte seinen Abscheu ganz unverhohlen. «Sie sind widerlich, Melander!»

«Neun Uhr also.»

Noch immer lächelnd schob Melander den Justizminister auf den Korridor hinaus.

«Und sie sollte nicht zu alt sein, die junge Dame!»

Der Minister blieb vor der geschlossenen Tür stehen, seine Beine schlotterten, und er fühlte sich gedemütigt wie nie zuvor. Machtlos schaute er auf das Türschloß und ballte die Fäuste, aber er war kein Mann der Gewalt. Mit ruckhaften Bewegungen ging er zum Fahrstuhl, ohne sein Ohnmachtsgefühl loszuwerden.

55

Als der Justizminister heruntergekommen war, hatte er gezittert wie bei einem Schüttelfrost. Aber er hatte nichts zu erzählen brauchen, da SÄPOs Funktrupp die Radarabhöranlage so umgestellt und verbessert hatte, daß sie auch tagsüber funktionierte.

Er hatte starke Magenschmerzen und irgend jemand lief los, um ein Glas Wasser für seine Pillen zu holen. Der Staatsminister klopfte ihm beruhigend auf die Schulter, obwohl er selbst alles andere als ruhig war.

«Ihr habt es gehört», sagte der Justizminister ein ums anderemal.

Rundherum wurde genickt.

Lindal saß auf dem Sofa, eine entsetzliche Angst beschlich ihn.

«Warum will er Sondergesetze erlassen?»

«Und für wen?»

«Was will er damit erreichen?»

«Angenommen, er will die Todesstrafe wieder einführen?»

Lindal hatte gerade mit seinem Kollegen gesprochen, der Melanders Tochter in Dalarna aufgesucht hatte, und erinnerte sich an ihre Worte. «Setzt ihn in die Irrenanstalt, da gehört er hin!»

Der SÄPO-Chef kam schnell herunter, nachdem er das Band allein abgehört hatte.

«Es ist halb acht», sagte er besorgt, als ob das ganze für ihn nur ein praktisches Problem sei.

Erstaunt sah man ihn an, es war, als habe man die gerade diskutierten Fragen, die Melanders Forderungen hervorgerufen hatten, die Gedanken und Spekulationen bis hin zu Folter und Todesstrafe, vergessen.

Die Magenmedizin wirkte Wunder beim Justizminister, er hatte wieder Farbe im Gesicht und stand nun empört auf.

«Wir können nicht auf seine Forderungen eingehen, das geht einfach nicht.»

«Um welchen Preis?»

«Södertälje, Huddinge oder irgendein Ort dieser Größe», sagte Farsan.

Die Offiziere hatten im Laufe des Nachmittags Hunderte von Männern ausgeschickt, um Wasserversorgungsanlagen und andere kritische Stellen in Groß-Stockholm absuchen zu lassen. Sie waren ergebnislos zurückgekehrt, würden die Suche aber bei Tageslicht wieder aufnehmen.

«Wenn er heute abend so einen Giftbehälter sprengt», sagte ein

Wasserexperte beklommen, «dann ist das Schlimmste daran, daß wir nicht wissen, in welchem Gebiet er das tut. Das kann irgendwo geschehen. Und es bleiben knappe zwei Stunden Zeit. Das bedeutet, daß wir das Wasser im ganzen Mälar-Tal absperren müssen, solange, bis wir genau wissen, wo es passiert ist.»

«Wir müssen Zeit gewinnen», sagte ein Offizier, «egal wie.»

Plötzlich redeten alle gleichzeitig, man plädierte für direkte Gewaltanwendung und wollte Melander dazu zwingen, seine Terrorinstrumente herauszurücken.

«Er hat sich schließlich über alle menschlichen Gesetze hinweggesetzt!»

«Zieht dem verdammten Kerl das Fell über die Ohren», schrie ein Oberstleutnant wütend.

«Halt, Ruhe», sagte Farsan und hob die Hände, «nun mal alle nacheinander!»

Betreten schwiegen sie und sahen ein, daß sie sich wie Schulkinder benommen hatten.

«Zunächst geht es um eine junge Dame mit dazugehörigem Souper.»

Das Gesicht des Justizministers wurde hochrot vor Entrüstung, er würde eher die härtesten Methoden gegen Melander befürworten, als irgendeine Frau dieser Sache auszusetzen.

Sune Tidfälth saß da, schweigend und nachdenklich, wie schon bei den letzten Besprechungen, irgendwie fühlte er sich schuldig für diese Eskalation. Vielleicht war es seine Nachsichtigkeit gewesen, daß die härteren Methoden so lange verdrängt worden waren, so daß sie nun keine Wirkung mehr hatten?

«Wir müssen diese Sache hier in zwei Teile aufteilen», sagte er mit müder Stimme, «zuerst den polizeilichen für die allernächsten Stunden, aber dann müssen wir uns mit dem politischen Teil auseinandersetzen. Wir müssen herausbekommen, wie weit wir gehen können, welche Zugeständnisse wir machen können, und was diese, wenn es dazu kommt, kosten dürfen.»

«Was schlägst du vor?» fragte der Staatsminister gekränkt. Natürlich hätte er, als Chef der Regierung, dem Geschnatter mit konstruktiven Gedanken Einhalt gebieten müssen.

«Als erstes müssen wir eine junge Frau herbeischaffen», sagte der SÄPO-Chef in Sunes lange Gedankenpause hinein.

«Damit will ich nichts zu tun haben», sagte der Justizminister mit bebender Stimme.

«Das erledigt die SÄPO.»

«Wie?»

«Es gibt professionelle Frauen, an die wir uns manchmal wenden.»

«So junge?»

«Sie sehen vielleicht nur so jung aus.»

«So kurzfristig, geht denn das?»

Der SÄPO-Chef sah sie besorgt an, scheinbar begriff er erst jetzt, wie laienhaft sie dachten und handelten. Aus seiner abgeschabten Aktentasche holte er Melanders Listen heraus.

«Wir haben uns ein bißchen vorbereitet», sagte er, «wir haben alle Frauen kontrolliert, die auf seinen Listen stehen, und in den Fällen, in denen er sie nicht persönlich kennt oder sie seit einigen Jahren nicht mehr gesehen hat, haben wir versucht, Stellvertreterinnen zu besorgen. Das betrifft besonders die Fälle, in denen wir sexuelle Rachemotive voraussetzen können. Es handelt sich dabei um Frauen, die gegen Bezahlung bereit sind, sich zur Verfügung zu stellen, und sie sind sich im klaren darüber, was auf sie zukommen kann.»

«Verdammt, solche gibt's?»

«Was heißt ‹solche›», sagte der SÄPO-Chef schroff. »Die Frauen sind dazu bestimmt, deine eigene Frau zu schützen.»

«Kann man ihn so leicht hinters Licht führen?»

Aber der SÄPO-Chef war schon drüben bei der Telefonvermittlung, wo er mit einem seiner Mitarbeiter sprach. Es dauerte nur ein paar Minuten, dann machte sich der Mann auf den Weg. Die Stühle wurden zusammengerückt und die Tür zum Korridor vom SÄPO-Chef eigenhändig zugemacht.

«Ich bin derselben Meinung wie Tidfälth», sagte er ernst, «es scheint an der Zeit zu sein, daß politisch Stellung genommen wird. Weder wir, noch die Polizei und noch weniger das Militär können ohne politische Grundeinstellung weiterarbeiten. Diese Sache hier ist nun auf einem solchen Niveau, daß ausschließlich die politische Führung die Verantwortung für die Befehle übernehmen kann, die in den nächsten vierundzwanzig Stunden vielleicht notwendig werden können.»

Der Staatsminister nickte müde zum Zeichen des Einverständnisses, die Regierung würde innerhalb der nächsten Stunde einberufen werden.

56

Das gewünschte Souper aus dem *Operakällaren* wurde gebracht, und Farsan inspizierte eigens das Bestellte, er hob die Deckel hoch und sog den Duft voller Wohlbehagen ein. Seezunge mit Trüffelsauce und Safran-Reis, er war hungrig, als er dem Polizisten das Zeichen gab, den Servierwagen nach oben zu bringen.

Gleichzeitig wurde der Justizminister mit der jungen Frau bekanntgemacht, die er zu Melander bringen sollte. Er schüttelte traurig den Kopf, als er das junge Mädchen sah.

Sie war klein und wirkte zerbrechlich, mit einem Körper, der noch nicht voll ausgewachsen zu sein schien, das Haar war schlicht gekämmt und in ihrem kaum erkennbaren Make-up sah sie aus, als sei sie gerade eben vierzehn Jahre alt.

«Kindchen», sagte der Justizminister, den ein schlechtes Gewissen quälte.

«Ich weiß, was ich tue», sagte das Mädchen ärgerlich.

Der Justizminister nickte und setzte sich in das leere Zimmer.

«Es ist nicht das erste Mal», sagte das Mädchen entschuldigend, «die rufen mich meistens an, wenn irgendein Kerl was ganz ungesetzliches probieren will.»

«Warum?»

«Damit ich ‹später was zu erzählen habe›.»

«Meinst du Erpressung?»

«Ja, ich weiß doch gar nicht, was die SÄPO eigentlich macht. Weißt du das denn nicht, du bist doch Justizminister?»

Er räusperte sich ein bißchen.

«Entschuldige, aber wie alt bist du.»

«Zweiundzwanzig», sagte sie und machte einen spitzen Mund, so daß es schwer war, ihr das zu glauben.

Bald darauf wurde sie von einem SÄPO-Mann mit den wichtigsten Fakten vertraut gemacht, die sie wissen mußte, um sich als die Nichte des Justizministers ausgeben zu können, die normalerweise auf die Adolf-Fredrik-Musikschule ging und Klavier spielte.

«Und dann kannst du doch den gleichen Schmus machen wie letztes Mal beim Deutschen», schlug der SÄPO-Mann vor, «ich glaube, jeder etwas ältere Kerl fällt darauf rein.»

Sie nickte, fast ein wenig geschmeichelt. «Ja, das funktioniert gut», sagte sie.

Der achtundfünfzigjährige Justizminister überlegte im stillen, was das denn für ein Schmus war, auf das ältliche Kerle hereinfielen. Aber er war zu verlegen und wagte nicht zu fragen.

«Sonst noch was Besonderes?»

«Nein.»

«Keine Flecken?»

«Was?»

Sie sah den Justizminister an, der rot wurde.

«Das ist sehr nützlich, wenn man jemanden von einer vorzeitigen Abreise abhalten will», erklärte der SÄPO-Mann, «Saugflecken bewirken oft, daß man sich einige Tage von seiner Frau fernhält. Und das kann nützlich sein, wenn man in Zeitnot ist.»

«Dann war also nichts weiter», sagte sie und stand auf.

Als sie das schlichte, pastellfarbene Kleid zurechtstrich, sah sie sehr jung aus.

«Nein, tu einfach, was er will.»

«Jungfrau?»

«Ja, ich denke schon.»

Der Säpo-Mann drückte den Knopf, der den Fahrstuhl herunterkommen ließ.

«Du weißt, wir sind in der Nähe, falls er gewalttätig werden sollte.»

Sie nickte und warf einen zufriedenen Blick in den Spiegel.

An der Hand des Justizministers wartete sie vor Melanders Tür.

«Vergiß nicht, mir einen Kuß auf die Wange zu geben», flüsterte sie, «das macht man so mit Nichten.»

57

Binnen einer Stunde hatte sich die Regierung zu der Sondersitzung versammelt, die der Staatsminister anberaumt hatte. Als letzter kam der Justizminister in den Sitzungsraum, mit hochrotem Gesicht nach der Begegnung mit Melander, der das Mädchen in weißem Hemd, Krawatte, grauer Hose und Jackett empfangen hatte. Sobald der Justizminister sich niedergelassen hatte, wurden die Türen geschlossen.

Die Punkte der Tagesordnung wurden vorbildlich schnell und konzentriert behandelt. Die Polizei und die Leute von der SÄPO erstatteten ihre Berichte, erst danach kam die Armeeführung in den Raum. Nachdem die Außenstehenden berichtet hatten, mußten sie alle nacheinander den Raum verlassen. Zu einigen wenigen Punkten wurden eingehendere Erklärungen verlangt. Aber schon nach einer halben Stunde ließ man die Politiker allein. Verhängnisvolle Stimmung lag über dem Raum, der Staatsminister ergriff das Wort.

«Sie haben selbst gehört, wie fruchtlos alle unsere Versuche gewesen sind, um diese Frage hier zu lösen. Man kann den Mann für harmlos oder geistesgestört halten. Seine Forderungen kann man auch für kindisch oder sinnlos halten, auf längere Sicht gesehen. Aber wir können uns nichts vormachen, indem wir sagen, die Opfer, die er verlangt, sind zu klein im Verhältnis zum Risiko, das wir eingehen, falls es sich zeigt, daß seine Bombe das ist, was er behauptet. Bisher hat er sich nur an einzelnen Menschen vergriffen. Übrigens glaube ich nicht, daß er die Absicht hat, sich an unserem Land als Staat zu vergreifen. Seine Aktivitäten werden sich wahrscheinlich daraufbeschränken, sagen wir, etwa zehn Menschen zu ‹bestrafen›. Aber für mich gibt es da keinen Unterschied, ob er den Staat oder einen einzelnen Menschen bedroht. Seine Drohung ist in beiden Fällen gleich gefährlich.»

Er hielt inne und ließ den Blick über seine Regierungskollegen schweifen. «Um dieses zu erklären, muß ich auf meine Auffassung über das innerste Wesen des demokratischen Staates eingehen. In einem totalitären Staat wird man immer das Individuum für die große Masse opfern. In unserer Demokratie darf dieses niemals auch nur als eine Möglichkeit gesehen werden. Wir haben die Demokratie vor allem zum Schutz des Rechtes des Individuums geschaffen. Opfern wir auch nur einen einzigen Menschen, um als Staat bestehen zu bleiben, so ist das, was bleibt, keine Demokratie mehr. Dann sind wir auf einem Weg, der zu Wertmaßstäben führen kann, die uns vollkommen fremd sind.»

Hier schloß er seine Rede, um den anderen die Möglichkeit zu geben, ihren Beitrag zu bringen, aber es kam keine Wortmeldung.

«Der Preis für eine Demokratie», fuhr er nach der Pause fort, «was kann er uns im Ernstfall, wie hier, kosten? Die ganze Demokratie! So hoch ist der Einsatz. Die materiellen Verluste sind unwichtig. Wenn die Wahl fällt, Eigentum oder Menschen zu schützen, wählen wir natürlich die Freiheit des Menschen. Denn Demokratie herrscht nur so lange, wie es ihr gelingt, das Recht eines jeden einzelnen Menschen auf Freiheit, freie Meinungsäußerung und Unabhängigkeit zu verteidigen. Wenn wir hierin Abstriche machen, können wir als Staat wohl überleben, aber wir sollten uns nicht länger als eine Demokratie bezeichnen!»

Diejenigen, die den Regierungsraum hatten verlassen müssen, versammelten sich unten bei Farsan Sandberg, wo man schweigend saß oder in Gruppen Gespräche führte.

In Melanders Zimmer herrschte Ruhe, wurde berichtet, das ungleiche Paar saß noch beim Essen, und er plauderte freundlich und charmant mit ihr, wie Männer mittleren Alters das mit jüngeren Frauen zu tun pflegen.

Farsan zog Sune Tidfälth zur Seite.

«Wer gibt ihm Bescheid, wenn es soweit ist?»

«Ich meine, es ist am besten, wenn du das tust», sagte Farsan, «ich weiß nicht, ob er mir noch vertraut.»

«Dann fahre ich wohl zu ihm hin.»

«Wir stellen einen Hubschrauber bereit.»

Sune runzelte die Stirn, er verabscheute alles, was mit Fliegen zusammenhing.

«Wir warten wohl erstmal den Beschluß der Regierung ab.»

«Aber warne ihn schon mal.»

Die Sitzung der Regierung dauerte nicht lange, gegen elf Uhr wurden die Türen geöffnet. Es war eine schweigende und ernste Gruppe, die herauskam, der Staatsminister voran. Sune Tidfälth ging unsicher auf ihn zu.

«Wir haben den Ausnahmezustand verhängt, mit sofortiger Wirkung», sagte der Staatsminister beinahe feierlich, «und wir haben beschlossen, nach den Vorschlägen der Armeeführung zu handeln.»

Ringsherum reckten sich die Menschen, atmeten auf, als wehe ein neuer Wind, trotz des äußerst ernsthaften Beschlusses.

Es war ein prinzipieller Beschluß, ohne Seitenblicke oder Rücksichten auf einzelne Gruppen.

«Wir zahlen den höchsten Preis der Demokratie», sagte der Staatsminister pathetisch.

Farsan war erleichtert, als er an seinen Schreibtisch ging, in einigen Minuten würden ausgeruhte Kräfte oben in der Führungszentrale des Armeestabes ans Werk gehen.

Der SÄPO-Chef schaute durch das Fenster der Wachablösung des I 21 zu.

Langsam trat der Staatsminister an den Reichspolizeichef heran. «Glaubst du, daß wir richtig gehandelt haben?» fragte er zurückhaltend.

«Jedenfalls aus einer Perspektive, die weiter reicht als unsere.»

58

Backhammer ging mit zunehmender Verärgerung auf den Hof hinter der Polizeistation, um auf den ankommenden Hubschrauber zu warten. Die Außenbeleuchtung des Polizeigebäudes war als Orientierungshilfe eingeschaltet worden, obwohl die Nacht nicht dunkel war.

Die Telefonzentrale der Polizei hatte ihn zu Hause angerufen, und er war Sune gegenüber zunächst recht wortkarg gewesen. Er hatte keine Lust mehr mitzumachen, egal ob mit Befehl oder ohne.

«Sieh dir das Fernsehen an», hatte Sune das Gespräch beendet, «ich bin dann in etwa einer Stunde oben.»

Ejvor hatte schon vor dem Fernseher gesessen, die laufende Sendung war unterbrochen worden, während er telefoniert hatte.

Ein ernst aussehender Ansager teilte mit, daß über das Land der Ausnahmezustand verhängt worden sei. Direkt danach erschien der Staatsminister auf dem Bildschirm. Kurz und ohne Umschweife berichtete er, was geschehen war, seit am Sonntagmorgen das Stahlrohr in den Brunnen gestellt worden war.

Als eine der ersten Maßnahmen hatte die Regierung eine völlige Evakuierung Groß-Stockholms mit sofortigem Beginn beschlossen.

Backhammer ging verdutzt an den Fernseher und drehte den Ton lauter.

Andere erschienen auf der Bildfläche, um den Evakuierungsplan zu erläutern. Polizei und Militär hatten bereits die Innenstadt für jeglichen Kraftverkehr gesperrt, und nun rief man die Menschen dazu auf, die Befehle genau zu befolgen. Alles Eigentum sollte zurückgelassen werden, das einzige, was mitgenommen werden durfte, war Bargeld und kleinere Wertsachen, außerdem Lebensmittel für drei Tage. Die Stadtteile sollten in einer bestimmten Reihenfolge evakuiert werden, diejenigen, die ein Auto besaßen, sollten es sofort bis zum letzten Platz besetzen. Es sollten keine Autos mit freien Sitzplätzen aus der Stadt fahren dürfen. Alle übrigen Menschen sollten sich mit ihren Sachen auf den Straßen versammeln, um dann auf andere Weise abtransportiert werden zu können.

Mehrmals wurde vor Panik gewarnt, gleichzeitig wurden die scharfen Gesetze für den Ausnahmezustand verlesen. Jeder Diebstahl oder anderer Rechtsbruch sollte hart bestraft werden.

Backhammer hatte verwirrt seine Frau angesehen, die wie erstarrt dasaß.

«Was sollst du dort tun?»

«Ich weiß nicht, was passiert ist.»

«Mußt du fahren?»

Er nahm ihre Hände.

«Ich werde vielleicht gebraucht.»

Es war wie Abschiednehmen, obwohl Backhammer das nicht gewollt hatte, und gegen ihren Willen weinte sie, als er hinausging zum Wagen. Er drehte sich zögernd um und warf noch einen Blick auf sie, auf die Kinder, auf den Hund und das Haus. Er kam sich so unendlich hilflos vor, als er zur Stadt hinunterfuhr.

Geduckt kam der Reichspolizeichef angelaufen, sobald die Rotoren des Hubschraubers aufgehört hatten, sich zu drehen. In kurzen Worten erklärte er Backhammer die Lage.

«Du kennst Melander.»

«Nein.»

«Aber er vertraut dir.»

«Weiß der Teufel, ob er das tut.»

«Du bist der einzige, der ihm widersprochen hat und den er respektiert hat.»

«Die Elchjagd?»

«Ja.»

«Das war nur dummes Zeug.»

Sune Tidfälth hatte sich nun wieder gefangen und begründete seine und Farsans Pläne. Backhammer nickte sorgenvoll.

«Ist es eilig?»

«Nicht sonderlich», antwortete Sune, «den größten Teil der Nacht wird er wohl beschäftigt sein.»

Backhammer war unbehaglich zumute, der Hubschrauber stand stumm hinter ihnen wie eine bedrohliche Riesenmücke.

«Ich verstehe es, wenn du dich weigerst, wir verlangen nicht wenig von dir, Backhammer.»

«Nein.»

«Du wirst der letzte sein, der die Stadt verläßt.»

Backhammer nickte, er dachte an etwas anderes.

«Mir mir zusammen.» Sune hatte sich plötzlich entschlossen. «Ich werde auf dich warten!»

«Ja.»

«Möchtest du deine Familie sehen, bevor du abreist?»

Backhammers Gedanken waren bei der Familie gewesen. Hatte er ein Recht darauf, auf ihre Kosten ein solches Risiko einzugehen?

«Wir fliegen jetzt», sagte er, «es läuft aufs gleiche raus.»

«Bist du sicher, Backhammer?»

«Ja, es läuft aufs gleiche raus.»

Sie kletterten in den Hubschrauber hinauf, und der Pilot war ihnen mit den Sicherheitsgurten behilflich. Der Platz und die Straßen um die Polizeistation herum waren menschenleer, alle saßen zu Hause vor ihren Fernsehapparaten. Etwas Gleichartiges hatte es in der Geschichte des Landes nie gegeben, und nach etwa einer halben Stunde sah auch der verbissenste Skeptiker ein, daß es Ernst war.

Zur gleichen Zeit begannen auch die Behörden in Östhammar, wie alle im ganzen Land, mit dem Evakuierungsplan zu arbeiten. Der Zivilschutz wurde tätig, um Hilfe für die Tausende vorzubereiten, die in wenigen Stunden kommen würden. Schnell wurden Versorgungslager eingerichtet und Kochmöglichkeiten überprüft. Schulen und andere öffentliche Räumlichkeiten wurden für die zu erwartende Schar der Obdachlosen beschlagnahmt. Die Heimwehr und der Katastrophenschutz wurden über das Regionalradio zum Dienst beordert.

Der Polizeihubschrauber gewann schnell an Höhe und flog mit Kurs auf Stockholm.

59

Wenn nicht die entsetzliche Bedrohung gewesen wäre, die Evakuierung Groß-Stockholms hätte ein Volksfest werden können. Nach etwa einer Stunde waren die führenden Persönlichkeiten des Fernsehens in der Sendung aufgetreten und hatten die Stimmung besänftigt.

Die Gefahr war wohl nur, daß aus dem ganzen so eine Art Unterhaltungssendung im Stil wie «Hylands Hörna» werden konnte, dachte Farsan, der dort im Reichstagshaus vor einem kleinen Schwarzweiß-Fernseher saß. Aber der massive Einsatz von Polizei und Militär funktionierte, die Straßen wurden nach Stadtteilen abgesperrt, bis es für die einzelnen Häuserblocks Zeit wurde, sich in einer Kolonne auf den Weg zu begeben.

Restaurants und Tanzlokale waren ohne größere Schwierigkeiten geschlossen worden, aus Kliniken und Pflegeheimen wurden die Patienten herausgeholt, und draußen in Solvalla verlud man die kostbarsten Traber in Transportbusse, die übrigen Pferde wurden innerhalb der Umzäunung der Trabrennbahn ins Freie gelassen.

Hier und dort entstand natürlich Panik und Verwirrung, aber das Militär setzte schnelle, bewegliche Hilfstruppen ein.

Schon während der ersten Stunde war von einigen Herzinfarkten berichtet worden, wovon einige zum Tode geführt hatten. Die Leute wurden aufgefordert, ihr Zuhause unverschlossen zurückzulassen, damit man schnell kontrollieren konnte, daß niemand in der geräumten Stadt übrigblieb. Verschlossene Türen wurden aufgebrochen, und hier und dort fand man tatsächlich Menschen, die die ganze Aufregung nicht mitbekommen hatten.

Der Hubschrauber war schon bei Rimbo auf die erste Autokolonne getroffen, der Verkehr floß zügig, weil jeglicher Verkehr stadteinwärts vorübergehend gesperrt war. In langen Reihen zog sich der Strom der Autos gen Norden, fort von der sterbenden Stadt.

«Merkt Ejnar nichts», fragte Backhammer verwundert, «hat er nicht einmal das Radio an?»

«Er hat kein Bild auf dem Fernsehschirm, nur Schneegestöber, denn alle normalen Programme sind beendet, aber für das Radio hat er auf allen drei Kanälen eigene Programme bekommen.»

«Wird das ausschließlich für ihn gemacht?»

«Ja.»

Melander wußte überhaupt nichts von dem, was in der Stadt geschah.

«Aber wie lange kann das gut gehen?»

«Das Mädchen hält wohl noch ein paar Stunden durch.»

Sie hatte den Auftrag, ihn solange wie möglich zu beschäftigen, und SÄPO zweifelte nicht an ihrer Geschicklichkeit.

Der Hubschrauber glitt über die Stadt hinweg, er sollte auf dem Dach des Polizeipräsidiums auf Kungsholmen landen. Auf der Landeplatte begegneten sie den Regierungsmitgliedern, die in aller Eile nach Uppsala geflogen werden sollten, um dort eine provisorische Regierung zu installieren.

Schon im Polizeiwagen auf dem Weg zum Reichstagshaus bekamen sie einen Eindruck davon, wie umfassend die Aktion war. Im Funkverkehr ging es drunter und drüber, obwohl ständig befohlen wurde, die Frequenzen nicht zu überlagern.

Die Straßen waren voller Autos, die sich langsam auf die Stadtausfahrten zu bewegten, alle Ampeln waren ausgeschaltet, statt dessen stand an jeder Straßenecke Militärpolizei. Autos, die mit einem Schaden liegenblieben oder verunglückten, wurden von Kranwagen einfach an den Straßenrand geschleppt.

Die Polizei kam nur sehr langsam durch das Meer der Autos und Menschen voran. In der ganzen Stadt herrschte intensives Treiben. Am Stadsgården wurden alle Fähren und Fahrzeuge mit Menschen, besonders aus dem Värmdö-Gebiet, vollgestopft, und draußen in Bromma und Arlanda hoben alle großen Flugzeuge zu Kurzflügen nach den am nächsten liegenden Flughäfen ab, um den Druck auf die umliegenden Gemeinden zu verringern.

Aber trotz der Unglücke und Krankheitsfälle nahm die Bevölkerung die Evakuierung besser auf, als man erwartet hatte. Schwierig war es mit denjenigen, die von ihren Familien und Angehörigen getrennt wurden, aber die Polizei tat ihr Bestes, damit sich alle zurechtfanden.

Das Telefonnetz war trotz Fernseh-Appell schon während der ersten Stunden so überlastet worden, daß es zum großen Teil zusammengebrochen war. Aber das Militär und die Polizei vertrauten ganz auf ihren eigenen Funkverkehr oder auf die Telefonverbindungen, die sie unabhängig vom normalen Fernsprechverkehr zur Verfügung hatten.

Dem Polizeiwagen gelang es nicht, bis vor das Reichstagshaus zu fahren; Backhammer und Tidfälth mußten aussteigen und das letzte Stück zu Fuß gehen.

Am Hauptbahnhof hatten sich viele tausend Menschen mit Koffern und Taschen zusammengefunden. Geduldig warteten sie auf einen Platz in den ständig ein- und ausfahrenden Pendelzügen, den Bussen und U-Bahn-Zügen. Die Reihe der Taxis, die sonst immer dort stand, war verschwunden. Durch ihren üblichen Fahrdienst wußten sie, wo alte Menschen wohnten, und waren deshalb zu ihrem Transport eingeteilt worden.

Sune und Backhammer drängten sich mit vorgezogenen Schultern durch die Menschenmasse zum Reichstagshaus, viele glaubten, sie wollten sich vordrängeln, und einige drohten ihnen offen. Aber der hochgewachsene Backhammer ging voran, hielt seinen Polizeiausweis hoch und bahnte den Weg.

Die meisten Leute hatten viel zuviel Gepäck, aber die Busse nahmen nur pro Person einen Koffer mit. Ein älteres Paar war gezwungen, zwei große Bilder in Goldrahmen zurückzulassen. Aber um alle zurückgelassenen Gegenstände kümmerte sich das Militär; es wurde in den Lagerräumen des Bahnhofs aufbewahrt.

Erst oben in den Querstraßen am Sergels torg lichtete sich ein wenig das Gedränge, und sie konnten schneller gehen. Backhammer war zuerst an der Absperrung und hob das Seil hoch, damit Sune darunter hindurchkriechen konnte. Weiter kamen sie gar nicht, schon kam ein Polizist mit Maschinenpistole auf sie zu, der sie nicht vorbeiließ, bevor sie sich nicht noch einmal ausgewiesen hatten.

Einen Augenblick lang blieben sie stehen, ehe sie in das fast leere Reichstagshaus hineingingen. Im Brunnen stand die Bombe, umgeben von einigen Mannschaften des I 21. Die Männer standen unbeweglich da und starrten mit leerem Blick geradeaus, die Maschinengewehre neben sich.

60

Farsan Sandberg war fast der einzige, der im zweiten Stock in der Zentrale des Führungsstabes saß, die meisten anderen waren gegangen, weil sie andere Aufgaben im Evakuierungsplan übernommen hatten. Er hatte einen kleinen Schwarzweiß-Fernseher vor sich und aß geistesabwesend ein Käsebrot. Als Backhammer, dicht gefolgt von Sune, in der Tür erschien, erhellte sich Farsans Gesicht. Sie setzten sich, Farsan hatte einen anständigen Vorrat an belegten Broten und Bier besorgt. Zwei seiner Männer teilten sich das Sofa und versuchten zu schlafen. Sie waren sicherlich schon seit zweiundsiebzig Stunden im Dienst.

«Was gibt's?» fragte Sune und öffnete eine Bierflasche.

Die Abhöranlage war zeitweise außer Funktion gewesen, irgend etwas im Radarapparat war nicht in Ordnung, was Störungen verursachte, und die SÄPO konnte bei der Eile der Evakuierung keinen fachkundigen Techniker herbeischaffen.

«Aber wenn sie anfängt zu schreien, das hören wir», sagte Farsan besorgt.

Vor Ejnars Zimmer, auf dem Korridor, standen noch immer einige Polizisten in Bereitschaft. Aber nach dem, was die SÄPO gesagt hatte, war das engagierte Mädchen nicht so schnell kleinzukriegen.

«Was soll ich denn jetzt tun?» fragte Backhammer.

«Wir können nur abwarten.»

«Vielleicht werde ich vor morgen früh gar nicht gebraucht», gähnte Backhammer.

Mit einer Handbewegung bedeutete Farsan seinen Männern, vom Sofa zu verschwinden, und bot es Backhammer an.

«Versuch, ein bißchen zu schlafen», sagte er freundlich, «du wirst es nötig haben.»

Backhammer ließ sich schwerfällig nieder und zog sich die Schuhe aus.

«War das alles hier wirklich notwendig?»

«Daß du kommen solltest?»

«Nee, ich meine, daß alle Stockholmer verfrachtet werden?»

Backhammer hatte ein schlechtes Gewissen, weil er aufgebraust war und sie allein gelassen hatte, vielleicht hätte er ja doch Ejnar auf andere Gedanken bringen oder jedenfalls die schlimmsten Dummheiten abwehren können.

Der Reichspolizeichef öffnete eine neue Bierflasche und gab sie ihm.

«Das werden wir nie herausbekommen», sagte er tiefsinnig.

61

Für diejenigen, die noch im Reichstagshaus waren, zogen sich die Stunden unendlich langsam dahin, während sie all den anderen, die die Evakuierung leiteten und durchführten, fast zu schnell vergingen. Obwohl alle Reserven im Einsatz und Fahrzeuge und Polizisten aus ganz Mittelschweden hinzugekommen waren, schien der Strom der Bevölkerung dennoch unabsehbar.

Jeder Bus und jedes größere Auto aus einem Umkreis von dreißig Kilometern war jetzt auf dem Weg nach Stockholm, um die immer aufgeregteren Menschen aus einer Stadt zu holen, in der sich die Angst wie eine Gaswolke verbreitete. Polizeistreifen kontrollierten die Stadtteile, wenn sie als geräumt gemeldet wurden.

Erstaunlich wenige Verbrechen wurden gemeldet, aber gegen ein Uhr kam der erste ernstere Zwischenfall. Drei Männer hatten versucht, in eine Postanstalt im südlichen Stadtteil einzubrechen, waren aber von einer Patrouille der Militärpolizei entdeckt worden. Und in Übereinstimmung mit dem Gesetz für den Ausnahmezustand hatte die Patrouille geschossen, als die Männer versucht hatten zu entkommen. Zwei waren schwerverletzt worden, der dritte war sofort tot.

Der Staatsminister las nachdenklich den gelben Bericht, den man ihm in das Fernseh-Gebäude geschickt hatte.

«Die Nachricht muß nach draußen», sagte der Justizminister streng, «als eine handfeste Warnung.»

Nach kurzer Überlegung wurde sein Rat befolgt, es war wohl am besten, sofort jeder Art von Plünderei und Vandalismus entgegenzutreten.

Es bestand ein Direktkontakt zwischen Reichstagshaus und dem Fernseh-Studio, das mehr oder weniger zum Führungszentrum dieser gigantischen Evakuierung geworden war.

Alle Viertelstunde berichtete Farsan über Ejnars Zimmer «alles ruhig» und bekam als Gegeninformation einen kurzen Bericht darüber, wie weit die Räumung fortgeschritten war.

Oben an der Tür war vergeblich gelauscht worden. Nach einem kurzen, kleinen Tumult dort drinnen war alles still. Erschreckend still, fand Farsan, äußerte aber nichts über seine Unruhe.

Methodisch räumte er von seinem Tisch Berichte und Unterlagen, die er mit sich nehmen wollte, wenn es an der Zeit war, aufzubrechen. Aber bis dahin sollten noch Stunden vergehen.

Mit einemmal hielt er mit dem Aufräumen inne und schnupperte neugierig. Langsam drehte er sich um und sah die beiden anderen an. Backhammer war in voller Montur auf dem Sofa eingeschlafen und mit einer Decke zugedeckt worden. Aber im Sessel saß Sune Tidfälth mit einer zur Hälfte gerauchten Zigarette.

«Was tust du denn», fragte Farsan verdutzt, «rauchst du?»

«Ich glaub, ich hab's nötig», sagte Sune verlegen.

Nun war er doch der Versuchung erlegen.

«Rauch du nur», sagte Farsan freundlich, «Lungenkrebs ist im Augenblick bestimmt nicht die größte Gefahr.»

62

Borg und Andersson gehörten zu einer der vielen Streifen, die zügig die Gebiete nacheinander absuchten, die als geräumt gemeldet worden waren. Gegen vier Uhr waren sie in die Nähe von Solna torg gekommen.

Bei den meisten Wohnungen waren die Türen unverschlossen, als Zeichen dafür, daß sie leer waren. Aber die Polizei durchsuchte sie trotzdem eilig, damit keiner aus Versehen zurückgelassen wurde.

In den meisten Wohnungen brannte Licht, auch etwas, das man über das Fernsehen angeordnet hatte, um es den Durchsuchungsmannschaften zu erleichtern. Überall waren die Spuren eines eiligen Aufbruchs zu sehen; halbgegessene Mahlzeiten und angefangene Weinflaschen, Fernsehapparate, die eingeschaltet waren, und hier und dort eine Waschmaschine, noch mit Wäsche gefüllt.

Den Streifen folgten Busse mit Soldaten, um die wenigen aufnehmen zu können, die man fand. Von Zeit zu Zeit stießen sie auf Menschen, die sich nicht aus der Stadt begeben wollten. Meistens waren es Ältere oder Betrunkene, die die Gefahr nicht einsehen wollten oder nicht daran glaubten. Fast immer gelang es, sie in wenigen Minuten zu überreden, aber einige Male hatte man Gewalt anwenden müssen. Die letzte war eine alte Frau aus dem Rosundaväg gewesen, die sich bis zuletzt mit einem Kleiderbügel verteidigt hatte und zum Bus hinausgetragen werden mußte.

Für jede durchsuchte Wohngegend wurde über Funk ein «Okay» an die spezielle Einheit gesendet. In einer der Wohnungen blieb Andersson besonders lange. Das war in seiner eigenen Vierzimmerwohnung in der Vegagata. Beklommen ging er von einem Zimmer in das andere und besah sich all die wohlbekannten Dinge, hängte die Kleidung der Kinder auf und roch an dem Nachthemd seiner Frau. In ihrem Schlafzimmer stand das Bettchen, das für ihr Baby hergerichtet worden war, das im Laufe des Tages aus der Klinik heimkommen sollte. Das Kind, dessen Geburt er miterlebt hatte. Traurig klapperte er mit einer altmodischen Kinderrassel, die er selbst einmal als Baby gehabt hatte.

Er dachte darüber nach, wo die Familie sein konnte. Die Kinder waren wohl mit dem Kindermädchen evakuiert, seine Frau und das Neugeborene zusammen mit den Krankenhaustransporten nach Uppsala geschickt worden.

Als er gehen wollte, zögerte er einen Augenblick beim Anblick der unverschlossenen Tür, dann suchte er einen Schlüssel hervor und drehte ihn zweimal im Sicherheitsschloß um. Es gab bestimmt noch mehr Kollegen in der Stadt, die auf ähnliche Weise gegen die Verordnungen handelten. Plötzlich wurde er von seinem Kollegen gerufen, im Walkie-talkie knisterte es.

«Andersson, ich habe ein Problem in vierundachtzig, zweiter Stock.»

Er lief zum Treppenaufgang nebenan, und im Vorbeilaufen zog er den einen Soldaten vom Bus mit sich, der zweite mußte dableiben, um sich um die alte Frau zu kümmern, die noch immer drohend den Kleiderbügel in der Hand hielt.

In vierundachtzig hatte Borg das Türschloß öffnen können, aber die Sicherheitskette war vorgelegt. Von drinnen hörte man die betrunkenen Stimmen von zwei Männern und einer Frau.

«Mitkommen!»

«Nee, verflucht noch mal!»

«Warum denn nicht?»

«Ich hab nichts getrunken, ich bin so sauber wie ein neugeborenes Kind», sagte der eine Mann, Panik in der Stimme.

«Die ganze Stadt wird geräumt.»

«Meinst du, ich hab Scheiße im Gehirn, Bulle?»

«Seht ihr nicht Fernsehen?»

«Da gibt es nur Mist, wie üblich.»

«Was gibt es denn im Fernsehen?»

«Irgend so 'ne Unterhaltungssendung, die Leute sollen raus und irgendwohin fahren, verdammtes Geschwätz!»

Borg sah Andersson unsicher an, bevor sie den Soldaten vorließen, der eine Rauchgranate von seinem Gurt löste, sie entsicherte und in die Wohnung hineinrollte. Für ein, zwei Minuten schlossen sie die Tür von außen, damit der Rauch besser wirken konnte. Dann entfernten sie die Kette durch einen Schlag mit einer kurzen Axt und öffneten die Tür sperrangelweit.

«Hier entlang», rief der Soldat.

Nach einer Weile kamen die beiden Männer hustend heraus.

«Wo ist die Frau?»

Der Soldat stülpte sich eine Rauchmaske auf und lief hinein, nach wenigen Minuten kam er mit der Frau heraus, die hustete, bis sie erbrach.

«Zum Teufel, ich hab nichts getan», sagte der eine der Männer, als der Husten aufgehört hatte, «ich wollte morgen zurückfahren.»

«Darum geht es nicht», sagte Borg und drängte sie die Treppe hinunter.

«Bloß, weil ich mal einen gehoben hab, wie?»

«Vorwärts jetzt!»

«Verdammte Gaunergesellschaft!»

Die Männer zerrten und zogen, so daß Borg gezwungen war, sie mit Handschellen aneinander zu ketten, und mit Anderssons Hilfe bekam er sie in den Bus.

Auf dem Weg aus der Stadt fanden die aus dem Gefängnis Hall Geflohenen eine überzeugte Sympathisantin in der alten Frau mit dem Kleiderbügel.

63

Gegen fünf Uhr morgens begann die Evakuierungsleitung ihre Arbeit optimistisch zu sehen. Die schwierigsten Probleme waren gelöst, und nach den Stockungen der ersten Stunden liefen die Transporte reibungslos. Natürlich befanden sich noch immer einige Hunderttausend Menschen in der eigentlichen Gefahrenzone, aber sie würden bald unterwegs sein. Die größte Schwierigkeit hatte die Räumung der Gebiete in und um Värmdö und Ekerö bereitet, weil diese Leute durch das Stadtzentrum hindurch transportiert werden mußten.

Bald darauf wurde die eigentliche Todeszone als geräumt erklärt, und man konnte sich daran machen, das Gebiet, das man im Armeestab die Strahlenschäden-Zone nannte, zu räumen. Sie war auf der großen Wandkarte als zweiter Kreis gekennzeichnet worden.

Der dritte und unvergleichbar größte Kreis, die Zone für Erbschäden, würde erst in einigen Stunden evakuiert werden können, wenn alle aus den inneren Zonen fortgeschafft worden waren.

Mit zu den letzten Dingen, die man aus der Innenstadt brachte, gehörten einige unersetzbare Kunstgegenstände aus den Museen und aus der Königlichen Rüstkammer. Zur gleichen Zeit fuhr ein Panzerwagen zu allen Computerzentren, um Datenbänder einzusammeln, die als unersetzlich für die Volkszählung und die Verwaltung galten.

Auf der Wandkarte des Armeestabs kennzeichnete ein Leutnant ein Gebiet nach dem anderen mit grüner Farbe.

Das Fernseh-Studio, von wo aus die Räumung geleitet worden war, leerte sich allmählich. Der Betrieb sollte nach Uppsala überführt werden, wo sich während der Nacht alle mobilen Einheiten des Fernsehens versammelt hatten. Das schwedische Drama wurde jetzt auf der ganzen Welt am Fernseher verfolgt. Obwohl das Räumungsgebiet für Journalisten vollkommen gesperrt war, sprachen die Bilder ihre eigene Sprache.

Der Staats- und der Justizminister packten ihre Papiere zusammen, sie gehörten zu den ersten, die vom Gärde aus in den großen Marinehubschraubern ausgeflogen werden sollten, gemeinsam mit der Leitung der Fernsehgesellschaft.

Der Staatsminister hatte gerade dankend die Evakuierungshilfe abgelehnt, die von den USA über die NATO angeboten worden war. Irgendwie war es ein schönes Gefühl gewesen, nein zu sagen. Zu gegebener Zeit würden auf anderer Ebene Gespräche mit der NATO aufgenommen werden. Dabei sollte ihre Rolle als Exporteur von Plutonium genauestens untersucht und an die Öffentlichkeit gebracht werden.

Der Justizminister war im Verlauf des Abends eine gute Stütze gewesen, und er betrachtete den früher so knurrigen Alten aus dem Norden mit neuem Wohlwollen. Vielleicht hatte er auch nur die Verdienste dieses Pedanten nicht recht zu schätzen gewußt.

Kurz vor ihrer Abfahrt rief er Farsan Sandberg im Reichstagshaus an. Alles war noch immer ruhig unten am Sergels torg.

«Alles Gute, Sandberg», sagte der Staatsminister herzlich, und der Justizminister nickte bestätigend.

Als er den Hörer auflegte, empfand er auf sonderbare Weise mitten in dieser Trübsal eine merkwürdige Zufriedenheit. Dieses hier war wohl der ernsthafteste Entschluß, den ein Staatsmann in Friedenszeiten durchgesetzt hatte, und sollte es falsch gewesen sein, dann würde ihn das sicherlich bis in die Geschichtsbücher hinein verfolgen. Aber merkwürdigerweise war er weder unruhig, noch hatte er Gewissensbisse. Diese Sache hier würde er mit Leichtigkeit verantworten können. In vielen anderen Fragen während aller Jahre hatte er nie die gleiche Sicherheit verspürt, sondern war oftmals wochenlang voller Gewissensbisse und Unruhe herumgelaufen, wegen irgendwelcher Scheißentscheidungen. Wegen Entscheidungen, die unbedeutend waren für die Entwicklung der Gesellschaft, wegen Kompromissen und Zugeständnissen, die dennoch nicht von Gewicht gewesen waren für die Leute.

«Komm schon, Alter, wir fahren jetzt», sagte er leichthin zum Justizminister, der ihn erstaunt ansah.

64

Kurz vor acht Uhr rief der einzige übriggebliebene Mann der Wache vom Korridor des Reichstagspräsidenten unten an, das Mädchen war gerade von Melander aus dem Zimmer geschickt worden und war mit dem Fahrstuhl auf dem Weg nach unten. Farsan, der gerade Kaffee aufbrühte, stellte noch eine Tasse mehr dazu, während Sune ihr entgegenging, damit sie sich nicht in dem großen, leeren Haus verliefe.

Backhammer war gerade aufgewacht und sah aus dem Fenster, am Brunnen wurde die Wache von einer neuen Mannschaft abgelöst, die vom Hamngatsbacke heraufmarschierte.

Das Mädchen ließ sich erschöpft in einen Sessel sinken. Sie hatte dasselbe an wie am Abend vorher, und war genauso dezent geschminkt. Aber bei näherem Hinsehen konnte man erkennen, daß die Nase leicht geschwollen war und geblutet hatte.

«Hat er dir weh getan?» fragte Farsan vorsichtig.

Sofort nach dem Hinsetzen hatte sie sich eine Zigarette angezündet.

«Das war meine eigene Schuld.» Sie rauchte, und sie ließen sie in Ruhe.

Dann erzählte Farsan, was während der Nacht geschehen war.

«Ist wirklich die ganze Stadt auf und davon?» fragte sie ungläubig.

Farsan nickte.

Draußen wartete der letzte Streifenwagen der Polizei darauf, die junge Frau zum Gärde zu bringen, wo ein Hubschrauber wartete.

«Schaff ich es noch, die Katze zu holen, wir wohnen fast beim Gärde?»

«Natürlich schaffst du das», sagte Sune beruhigend.

Sie biß eine Ecke von einem Butterbrot ab und nahm einen Schluck Kaffee.

«Wie war es?» fragte Farsan freundlich.

«Merkwürdig.»

«Warum hat er dich geschlagen?»

«Ach was, das war meine Schuld.»

Langsam fing sie an zu erzählen. Hin und wieder machte sie lange Pausen, es war, als könnte sie nur schwer einordnen, was sich oben bei Melander abgespielt hatte.

«Ich hatte ein völlig falsches Bild von ihm bekommen.»

Es hatte sich wirklich nicht so entwickelt, wie sie es sich vorgestellt hatte. Die Male, bei denen sie als Verbindung zwischen Wirtschaft und SÄPO tätig gewesen war, hatte sie sich hauptsächlich sexuell betätigen müssen.

«Er hat nicht mal mit mir geschlafen!»

«Hat er nicht?» sagte Sune dämlich.

«Was habt ihr denn getan?» fragte Farsan genauso dumm.

«Geredet.»

Das Abendessen hatte lange gedauert, bestimmt zwei Stunden, erst dann waren sie beim Kaffee angelangt. Sie hatte nur ein bißchen Champagner bekommen und keinen Cognac zum Kaffee. Aber das war ihr eigentlich ganz recht gewesen, bei schwierigen Aufträgen war sie lieber ganz nüchtern. Besonders in den Fällen, in denen man Sadisten zu befürchten hatte.

Aber Melander hatte auch nicht viel getrunken, die zweite Flasche stand noch ungeöffnet da oben, und am Cognac hatte er nur genippt.

«Er warnte mich davor, Alkohol zu trinken, bevor mein Körper voll ausgewachsen sei!»

Sie konnte nicht anders, sie mußte kichern bei dem Gedanken.

«Habt ihr die ganze Nacht geredet?»

«Fast.»

«Über was denn?»

«Das Leben.»

Es fiel ihr immer noch schwer, ihre Eindrücke einzuordnen. Melander war so völlig anders gewesen, als sie gedacht hatte. Freundlich, fürsorglich und nett. Er hatte alles getan, um ihr einen schönen Abend zu bereiten.

«Ich weiß nicht, wie ich das sagen soll, aber es war so, als wären wir uralte Bekannte.»

«Über was habt ihr denn gesprochen?»

«Er hat viel von sich erzählt. Es schien ihm wichtig zu sein, daß ich es verstand. Manchmal wurde er sehr persönlich und ein bißchen verlegen.»

«Ja, und?»

«Er sagte ein langes Gedicht auf, das vom Meer handelte.»

«Vom Meer?»

«Ja, er konnte es auswendig.»

Sie befühlte vorsichtig ihre schmerzende Nase.

«Wie sieht sie aus?»

«Sieht man kaum», sagte Farsan sachkundig, «morgen merkst du nichts mehr davon.»

«Warum hat er dich geschlagen?»

«Ich hab die ›Kinderopfer-Show‹ abgezogen.»

«Und wie geht die?»

«Tränen in den Augen und sich langsam ausziehen.»

«Er hat mich geohrfeigt und ins Badezimmer rausgeschickt, zum Anziehen. Das war zu Anfang, bevor ich besser Bescheid wußte. Dann hat er mir das Nasenbluten gestillt und mich getröstet. Obwohl es gar nicht so schlimm war, ich hab eine sehr empfindliche Nase, und sie blutet sehr leicht.»

Sie schwieg eine Weile und dachte nach.

«Aber so was hab ich noch nie erlebt!» Und nach einer weiteren Pause: «Auch privat nicht.»

Farsan kratzte sich am Kinn. Er hätte sich rasieren sollen.

«Was hat er über sich selbst erzählt?» fragte Backhammer vom Sofa her.

«Meist von seiner Jugend, er hat bestimmt gedacht, ich sei nicht älter als sechzehn. Na, da hat er viel erzählt von der Zeit, als er selbst in dem Alter war.»

«Ja, und?»

«Ihm ist es beschissen gegangen.»

Sie nickte kräftig zu ihren Worten.

«Sein Vater wurde krank, da war er sechzehn, und diese Krankheit war wohl ganz was Schreckliches!»

«Was für eine Krankheit war das?»

«Tuberkulose. Irgendwas, das die Lunge kaputtmachte.»

«Schwindsucht», sagte Backhammer, «früher war das eine weitverbreitete Krankheit.»

«Ich hab kaum davon gehört», fuhr das Mädchen fort, «die gibt es wohl nicht mehr?»

«O nein ...»

«Aber jedenfalls diese Krankheit war so schrecklich, daß alle plötzlich Angst vor der Familie bekamen.»

«Sie war sehr ansteckend», erklärte Backhammer.

«Auf eine Schulreise in die Berge durfte er nicht mit, keiner wollte mit ihm im Zimmer schlafen, weil sein Vater diese fiese Krankheit hatte. Und dabei war er doch ganz gesund, und der Vater lag in einem merkwürdigen Krankenhaus, weit entfernt.»

«Sanatorium», sagte Backhammer.

«Genauso hieß das.»

«Wurde er gesund?»

«Nein, er ist gestorben.»

Backhammer nickte, viele starben im Sanatorium an Schwindsucht.

«Aber gleich als der Vater diese Krankheit bekam, wurde es so schwierig für die Familie. Im Dorf gingen die Leute ihnen aus dem Weg und redeten schlecht über sie, sie sollten wegziehen. Es war etwas Verächtliches, wenn man das hatte, fast so wie Syphilis, sagte er, und sah aus, als wollte er weinen.»

Sie streckte ihre Tasse vor, und Farsan schenkte ihr wieder ein.

«Die Armenkrankheit», sagte Backhammer bedrückt. «nur arme Leute bekamen sie. Das glaubte man jedenfalls, und deshalb wurde sie wohl so verachtenswert. Und man bekam sie vor allem durch schlechte Wohnverhältnisse und minderwertiges Essen!»

«Das war so, als hätte man Läuse, hat er gesagt!»

«Noch schlimmer, man wurde gebrandmarkt durch die Ansteckungsgefahr, und man ging nicht in die Nähe von Leuten, die Schwindsucht hatten oder gehabt hatten. Und gesund wurde man nie, auch nicht, wenn schon alle Ärzte der Welt einen gesundgeschrieben hatten. Die Angst vor der Krankheit blieb!»

«Woher weißt du denn das alles?» fragte das Mädchen, «genauso hat er das auch gesagt.»

«Ich hatte einen Bruder, der an TBC starb, als er vierzehn war», sagte Backhammer ernst, «und ich hatte es selbst ein bißchen als Junge.»

Sie sahen ihn erstaunt an.

«Konntest du denn damals Ringkämpfe machen?» fragte Sune.

Wenn man sich Backhammer ansah, konnte man meinen, er sei gegen alles gefeit.

«Im Sanatorium gab es einen Arzt, der mich dazu gebracht hat, mit dem Training anzufangen, um widerstandsfähiger zu werden.»

Für eine Weile saßen sie schweigend da, das Mädchen holte einen Spiegel hervor und besah sich die Nase, ehe sie noch etwas mehr Puder darauf tupfte.

«Dann wollte er, daß ich übernachten sollte, es war ja so spät geworden. Und ich dachte ja, nun finge das Fest erst an. Zog mich in der Toilette aus, cremte mich ein und kroch in sein Bett. Er sah mich lange an und lächelte, dann ging er selbst zur Toilette. Es war ein bißchen unheimlich, man weiß ja nie, ob sie brutal sind. Viele wollen gerade deshalb kleine und junge Mädchen haben. Aber er war ziemlich lange auf der Toilette, und als er kam, gab er mir einen Gutenachtkuß auf die Wange. Dann nahm er sich ein Kissen und eine Decke und legte sich auf das Sofa. Und so haben wir für den Rest der Nacht gelegen. So was hab ich noch nie erlebt!»

«Warum hat er sich so verhalten, was meinst du?»

«Er hat mich nicht als sexuelles Objekt gesehen.»

«Wie meinst du das?»

«Er hat mich mehr als eine Angehörige betrachtet, fast als ein Kind.»

Ein Telefonanruf aus der Eingangshalle unten erinnerte sie daran, daß es höchste Zeit für das Mädchen war, sich zum wartenden Hubschrauber auf dem Gärde zu begeben. Aber trotzdem beeilte sich das Mädchen nicht.

«Er hat so vieles erzählt, von dem ich keine Ahnung hatte, mir hat das vorher niemand gesagt. So einen Vater hätte ich gern gehabt, einen mit dem man über alles mögliche reden kann.»

Farsan streckte die Hand aus. «Vielen Dank für die Hilfe!»

«Aber ich kann nichts dafür», fügte sie hilflos hinzu, «ich mochte ihn . . .»

Farsan begleitete sie hinaus zum Fahrstuhl und erklärte ihr den Weg im Erdgeschoß, um sich zurechtzufinden.

«Ich habe ihm versprochen, mit ihm Mittag zu essen.»

«Das wird abgesagt.»

«Was wird mit ihm?»

«Ich weiß nicht.»

Sie stand noch im Fahrstuhl, ohne auf den Knopf zur Abfahrt zu drücken.

«Das mit der Bombe verstehe ich nicht. Über die haben wir auch nicht geredet. Aber tief im Innern ist er so gebildet und empfindsam. So einen Mann hab ich früher noch nie gesehen. Verstehst du?»

Farsan nickte ihr zu und schickte den Fahrstuhl nach unten.

65

Ejnar Melander ließ sich viel Zeit, er ging im Schlafanzug umher und fühlte sich auf eine unbestimmbare Art froh. Er putzte sich die Zähne und rasierte sich mit zweimaligem Einseifen und machte sogar einige Male Liegestütz zu der forschen Morgengymnastik aus dem Radio. Das Geschirr des gestrigen Abends hatte er schon zusammengestellt und in den Korridor hinausgefahren, bei der Gelegenheit hatte er bei der Wache das Frühstück und die Zeitungen nach oben bestellt.

«Richten Sie aus, daß ich mir einen gemütlichen Morgen mache», sagte er gutgelaunt, «und nicht die ausländischen Zeitungen vergessen!»

Nachdem er die Nachrichten gehört hatte, schaltete er das Radio ab und stellte statt dessen den Recorder an, in dem noch eine Kassette mit Leonhard Cohen lag. Er ließ sich in einem Sessel nieder und spreizte die Zehen, gleichzeitig warf er einen desinteressierten Blick nach unten auf den Brunnen, wo ein Zug des I 21 sein Stahlrohr bewachte.

Er lachte leise vor sich hin. Das war ein schöner Abend gewesen. Maria. Ein nettes Mädchen. Sie saß vermutlich jetzt im Verhör, unten bei ihrem Onkel und der Polizei, die sie nach jeder Einzelheit ausfragen würden, wie der Abend verlaufen sei. Er lachte lauter. Er hätte etwas darum gegeben, die Miene des Justizministers sehen zu können, dachte er, und es würde ein wahres Vergnügen werden, weitere Gespräche mit ihm zu führen.

Er hatte kaum glauben können, daß es ernst gemeint war, als der Minister mit dem jungen Mädchen vor der Tür gestanden hatte. In vollem Ernst hatte er eine Sechzehnjährige übergeben, die von einem fremden Mann ausgenutzt werden konnte! Man mußte sich wirklich fragen, wohin das Land steuerte.

Es tat ihm leid, daß er sie geohrfeigt hatte, die Backpfeife hätte er für den Onkel aufheben sollen. Aber plötzlich war das junge Mädchen aus der Toilette gekommen, nackt und mit Tränen in den Augen, dazu bereit, sich alles gefallen zu lassen.

Als sie wieder angezogen war, hatte er versucht, es ihr zu erklären. Er überlegte, ob sie wohl verstanden hatte, was er meinte. Seine eigene Tochter ging ihm immer aus dem Weg, wenn er mit ihr zu reden versuchte. Aber Maria war anders gewesen. So gescheit und reif für ihr junges Alter.

Auf einmal empfand er über seine eigenen Kinder eine heftige Verbitterung. Lisa. Die sich so vollkommen hatte ausnutzen lassen, angezapft und dann ausgeschabt von gestressten Ärzten. Wenn sie wenigstens den Mut gehabt hätte, das Kleine zu bekommen! Verbraucht, lange bevor sie etwas zu geben hatte. Und sie fand, er sei ein Idiot.

Mit bitterer Miene ging er zur Tür, um das Frühstück hereintragen zu lassen.

Das Zeitungsbündel war genauso dick wie sonst, aber er hatte das Gefühl, sie schon gelesen zu haben. In etwa stand dasselbe darin wie gestern, und das Bild von ihm war immer noch das eines begrenzt gefährlichen Irren.

Er reckte sich und gähnte herzhaft. Sein Tagesprogramm sollte eigentlich ein Gespräch mit dem Staatsminister enthalten und eine Vorbereitung und Zuspitzung auf das Gespräch mit Ulf af Berg und den anderen Offizieren auf seinen Listen sein. Aber das konnte auch einen Tag warten oder zwei.

Er freute sich auf das Mittagessen mit Maria. Das Wetter lud dazu ein, einen Autoausflug in eines der Gasthäuser im Grünen zu machen. Vielleicht Ulriksdal?

66

Der Evakuierungsstab arbeitete von einem Felsbunker aus unablässig weiter, die Transporte gingen immer zügiger. Besonders die Pendelzüge und die U-Bahn hatten sich als sehr nützlich erwiesen. Außerdem ging auch von Arlanda aus der Pendelverkehr nach Norden und Süden. Jede zweite Minute startete und landete eine Maschine. Mit Hilfe einiger ausländischer Flugunternehmen unterhielten SAS und die einheimische Fluggesellschaft Linjeflyg eine Luftbrücke, die fast zehntausend Menschen pro Stunde beförderten.

Am Morgen wurde die Leitung für die Radio- und Fernsehsendungen nach Uppsala verlegt, wo sich die Regierung schon niedergelassen hatte. Die Unterbrechung der Sendungen dauerte kaum eine Minute; in dieser Zeit wurde umgeschaltet.

Nachdem es gelungen war, alle Menschen aus der Innenstadt herauszuholen, genehmigte die militärische Führung, daß einige Lastwagen innerhalb weniger Stunden alle Staatspapiere und andere wichtige Daten und Unterlagen aus der Stadt transportierten. Eine Behörde nach der anderen wurde aufgesucht und das Material nach Listen zusammengesammelt, die die verschiedenen Verwaltungen aufgestellt hatten.

Im Reichstagshaus wunderten sich Farsan und die anderen darüber, daß Melander sich so ruhig verhielt, er fing doch sonst immer schon sehr zeitig an.

Gegen zehn Uhr kam der Bescheid aus Uppsala, daß die Evakuierungsleitung sich selbst als letzte aus der innersten und gefährlichsten Zone evakuiert hätte.

«Außer euch, natürlich», sagte der Anrufer in verlegenem Ton.

Aber jetzt waren jedenfalls die, die direkt dem Tod oder Strahlenverletzungen ausgesetzt gewesen waren, aus der Risikozone heraus. Diejenigen, die sich noch in der äußeren Zone befanden und gerade zur Abfahrt aufbrachen, liefen keine Gefahr, direkte Schäden zu erhalten, hier lag die Gefahr mehr im Bereich der genetischen Veränderungen.

Nach dem Gespräch fand eine kürzere Beratung in Farsans Zimmer statt, und sie beschlossen, nicht länger zu warten, Backhammer stand entschlossen auf und ging zur Tür.

«Wie lange soll ich ihn aufhalten?»

«Mindestens drei Stunden, es kann aber auch schneller gehen.»

«Wie erfahre ich das?»

Farsan überlegte eine Weile.

«Wir schalten den Strom im Haus ab.»

Gerade als Backhammer aus dem Zimmer gehen wollte, wurde er von Sune Tidfälth aufgehalten.

«Versuch nichts mit ihm, Backhammer, es ist zu spät dafür, was immer er auch sagt. Halt ihn nur solange von seinem Funkgerät fern.»

«Falls er es sich nicht anders überlegt.»

«Glaubst du daran?»

Backhammer schüttelte den Kopf und ging die Treppe hinauf. Farsan seufzte und sah dem älteren Kollegen nach. Er wünschte, es hätte eine andere Möglichkeit gegeben, als die Gutwilligkeit des alten Polizisten aus Östhammar auszunutzen, aber es gab niemand anderen, der beides besaß, Melanders Vertrauen und die körperlichen Kräfte, die erforderlich waren.

67

Langsam öffnete Ejnar Melander die Tür, als Backhammer geklopft hatte. Am Hals hing eine halbfertig geknotete Krawatte um den hochgeschlagenen Hemdkragen. Aber über sein Gesicht ging ein Strahlen, als er sah, wer es war.

«Backhammer, das ist aber schön!»

Backhammer nahm auf dem Sofa Platz und versuchte, entspannt zu wirken. Vorsichtig sah er sich im Zimmer um. Der Sender stand auf der Fensterbank, die Antenne war halb herausgezogen.

«Wo bist du gewesen?» fragte Ejnar neugierig.

«Zu Hause und habe ein bißchen nach dem Rechten gesehen.»

«Wie war's denn?»

«Ach, danke, wir bekommen wohl noch ein Baby», sagte Backhammer stolz.

«Du bist wohl nicht ganz bei Trost, wieviele hast du jetzt?»

«Das wird das neunte. Aber zu Hause waren wir elf Geschwister, zehn Jungs und ein Mädchen.»

Ejnar zog seine Krawatte zu, er war elegant gekleidet, mit frischgeputzten Schuhen und hellem Oberhemd zu einem Paar grauer Manchesterhosen.

«Willst du irgendwohin gehen?»

«Zum Mittagessen.»

Backhammer empfand auf einmal, wie schnell die Zeit verrann, er blickte aus dem Fenster. In weniger als einer halben Stunde würde die Wache zum letztenmal abgelöst werden.

«Aus der Elchjagd ist nichts geworden?»

«Das war nur, um mit denen ein bißchen zu stänkern.»

«Und den Oberst pinkelst du an?»

Ejnar lachte in sich hinein und warf ihm ein paar Zeitungen zu.

«Wenn man schon ein Irrer ist, dann muß man eben sein Image pflegen!»

Während Backhammer so tat, als überflöge er die Zeitungsseiten, wägte er seine Chancen ab. Der Sender stand ganz ungeschützt auf dem Fensterbrett und es schien, als denke Melander nicht im geringsten daran, daß er ihn wegnehmen könnte. Oder verließ sich Melander so sehr auf seinen Auslösemechanismus?

Vor dem Spiegel kämmte sich Melander noch einmal das Haar, bald würde er es sich im Nacken schneiden lassen müssen. Er hatte dieselbe Frisur, die er seit jeher getragen hatte, kurz im Nacken und an den Ohren, rechts den Scheitel und die Haare glatt gekämmt.

Backhammer faltete die Zeitungen zusammen und sah ihn an, er mußte ihn irgendwie dazu bewegen, nicht auszugehen.

«Ich kann nicht so gut laufen, ich habe mir das eine Knie geprellt.»

Backhammer zeigte es, indem er versuchte, das eine Bein anzuwinkeln, gab aber mit einem verzerrten Gesicht auf.

«Habe ich mir auf der Treppe zu Hause gestoßen.»

Von Zeit zu Zeit warf Backhammer einen verstohlenen Blick auf die Uhr, die Minuten krochen langsam dahin.

«Hast du keinen Kaffee?»

«Da drüben hab ich eine Thermoskanne stehen, bleib du sitzen, ich hole dir was!»

Backhammer bekam eine Tasse voll, die Zuckerstückchen lagen auf der Untertasse.

Es entstanden lange Pausen, die Melander nicht bemerkte, er war vollauf mit seinem Aussehen und seiner Kleidung beschäftigt. Mit einer kleinen Schere aus dem Necessaire schnitt er vorsichtig einige lange Haare in der Nase ab.

«Warum bist du wiedergekommen?» fragte er plötzlich.

«Der Führungsstab wollte es.»

«Und warum?»

«Man meint, es sei von Vorteil, daß ich dich kenne.»

«Ist es das, ein Vorteil?»

Melander drehte sich langsam vom Spiegel um.

«Nein.»

«Aha?»

«Es gibt wohl niemanden, für den es ein Vorteil ist, dich gekannt zu haben, Ejnar.»

«Was sagst du da?»

«Mia ist in der Nervenklinik.»

«Da wäre sie schon seit langem, wenn sie mich nicht gehabt hätte.» Er wendete sich dem Spiegel zu und kümmerte sich weiter um die Haare in der Nase.

«Und deine Tochter will dich nicht mehr sehen.»

Ejnar beendete die Nasenpflege und kam zum Sofa.

«Bist du hergekommen, um wieder Ärger zu machen, Backhammer?»

Backhammer rutschte nach vorn, um leichter aufstehen zu können.

«Was glaubst du, wer du bist, Ejnar? So eine Art Gott?»

Melander wich Backhammers unerbittlichem Blick aus.

«Der das Recht hat, mit unserem Leben zu spielen, mit dem Leben unserer Kinder?»

«Ich weiß, was ich tue.»

«Das glaube ich nicht.»

«Jedenfalls ist das ausschließlich meine Sache.»

«Nein.»

«Du wirst jedenfalls nicht viel tun können, um mich daran zu hindern.»

«Bist du glücklich darüber, mir schaden zu können? Ejvor und den Kindern?»

«Ich will dir nichts Böses antun, Backhammer, weder dir noch Ejvor oder den Kindern. Das weißt du auch!»

Backhammer hielt seinen prüfend suchenden Blick auf ihn gerichtet.

«Was ist eigentlich mit dir passiert, Ejnar?»

Melander antwortete nur mit einem leichten Lachen und fing an, mit einem kleinen Messer aus dem Etui irritiert an seinen Nagelrändern herumzufummeln.

«Ich habe wirklich keine Lust mehr, diesen Unsinn weiter anzuhören», sagte er nach einiger Zeit, «ich will dir nichts Böses antun, Backhammer, fahr lieber nach Hause zu Ejvor und den Kleinen.»

«Nein, noch nicht.»

«Warum nicht?»

«Erst sollst du die Wahrheit hören.»

«Dann weißt du also, was Wahrheit ist?»

Backhammer saß aufs äußerste gespannt, sein Körper reagierte mit derselben zitternden Bereitschaft wie in den Sekunden vor einem Endkampf auf der Ringkampfmatte.

«Du willst heute mit einem Mädchen zu Mittag essen?»

«Ja, das hatte ich vor.»

«Sie ist so ganz das Mädchen, für das du sie gehalten hast.»

«Was meinst du denn, für wen ich sie gehalten habe?»

«Sie ist einer der besten Lockvögel, die die SÄPO hat.»

Melander brach in Gelächter aus.

«Sie wird meistens dort eingesetzt, wo man sich Beweise schaffen will. Gegen hohe Bezahlung läßt sie sich sozusagen vergewaltigen. Und weil sie außerdem aussieht, als sei sie minderjährig, kann man das gut bei Erpressungen ausnutzen.»

Melander lachte weiter, aber sein Blick wurde unsicher.

«Das ist eine Tatsache.»

«Du redest Blödsinn!»

«Sie benahm sich wohl wie Mia, als du sie damals kennenlerntest, der Unterschied ist nur, daß dieses Mädchen schlau genug ist, sich bezahlen zu lassen.»

«Jetzt gehst du, Backhammer», sagte Melander.

«O nein, ich sitze gut hier.»

Melander starrte wütend den hochgewachsenen Polizisten an, der einen Gesichtsausdruck hatte, wie ihn Melander nie zuvor gesehen hatte, Backhammer wirkte wie ein massiver Felsbrocken, und Melander wurde unsicher.

«Am besten gehst du jetzt!»

«Ich bleibe hier sitzen.»

«Geh jetzt.»

«Das Mittagessen ist übrigens abbestellt, sie hatte, glaube ich, wieder eine Bestellung für eine Vergewaltigung.»

«Halt die Schnauze!»

Böse starrten sie einander an, Melander wurde immer erregter, Backhammer fühlte, wie die gewohnte Eiseskälte in ihm hochkroch. Die totale nervliche Ruhe, die oftmals seine Kämpfe gegen mehr temperamentgeladene Ringer entschieden hatte.

«Ich kann dich umbringen», zischte Melander.

«Das will ich wohl glauben, aber nicht gerade jetzt.»

Melander wiegte seinen Körper wie zum Absprung, aber bevor er aufstehen konnte, kam Backhammer geschickt auf die Beine. Wie eine große und fette, aber immer noch geschmeidige Katze ging er rückwärts zum Fenster, bis er das Fensterbrett am Rücken spürte und eine Antennenstange, die sein Nackenhaar streifte.

«Bleib da sitzen, Ejnar, das ist für uns beide das Beste.»

Melander kümmerte sich nicht darum, sondern ging zum Telefon.

«Da wird niemand antworten», sagte Backhammer freundlich, «das ist abgestellt.»

Melander haute ein paarmal auf die Gabel des Apparates, dann warf er den Hörer auf und ging auf die Tür zu.

Am Brunnen vollzog sich der letzte Postenwechsel, Oberst Widal sah blinzelnd zum Fenster hoch, wo er etwas zu erkennen glaubte.

«Hallo», rief Melander in den Korridor hinaus, «schmeißen Sie den Mann hier raus!»

«Da wird wohl auch niemand sein.»

«Was willst du damit sagen?»

Melander kam langsam auf ihn zu, in den Augen glühte neuerwachter Haß, und er hielt seine Fäuste bereit.

«Verdammt noch mal, was willst du damit sagen?»

«Wir beide sind allein im Haus, Ejnar.»

«Wo sind denn die anderen?»

«Die haben die Stadt verlassen.»

Melander starrte mißtrauisch und ging ein paar Schritte vorwärts, um den Wachposten unten auf dem Brunnenplatz sehen zu können. Scheinbar beruhigte ihn die Anwesenheit der Soldaten und gab ihm Sicherheit.

«Du redest Blödsinn, Backhammer», sagte er und kam näher.

Obwohl der Angriff maskiert gewesen war und schnell kam, hatte Backhammer keine Schwierigkeiten, sich gegen den fünfzehn Jahre jüngeren Mann zur Wehr zu setzen. Der Griff kam blitzschnell, wie in alten, großen Zeiten, und er konnte es nicht lassen, er führte ihn aus. Die einfache Reaktion seiner Hand ging direkt über in einen Lindena, der Melander mit dem Rücken gegen die Wand schlagen ließ, daß ihm die Puste ausging. Backhammer fühlte einen leichten Schmerz in der Seite, seit Jahren hatte er so einen Griff nicht mit voller Kraft ausgeführt.

Melander rollte stöhnend hin und her und schnappte nach Luft, aber Backhammer kümmerte sich nicht um ihn, er wußte, es würde ein paar Minuten dauern, bis sein mißhandeltes Zwerchfell wieder in den richtigen Atemrhythmus kam.

In der Zwischenzeit trug er schnell den Sender beiseite und zerrte Melander an die Heizung an der Fensterseite. Aus der einen Tasche zog er ein Paar Handschellen, mit denen er Melanders Handgelenk an einem Heizungsrohr befestigte.

Nach einer Weile konnte Melander wieder normal atmen, und er setzte sich hin und sah verständnislos auf die gefesselte Hand. Dann sah er sich weiter um, bis sein Blick dem Backhammers begegnete. Der hatte sich auf das Sofa gesetzt und hatte den Sender vor sich stehen.

«Wollen wir jetzt ernsthaft miteinander reden, Ejnar?»

68

Die Räumung verlief zügiger als angenommen worden war. Als der Verkehr aus Stockholm langsam nachließ, konnte man leichter vorankommen. Es war sogar möglich gewesen, einige beladene Lastzüge von den Großmärkten zu holen, von wo aus Gemüse und Lebensmittel über ganz Stockholm verteilt wurden.

Noch weitere Wertsachen und Bankpapiere waren geholt worden, aber sowohl Kunstsachverständigen wie Geschäftsleuten schauderte es bei dem Gedanken, welche Werte verlorengingen, falls die Bombe gesprengt würde. War es überhaupt möglich, den Verlust der Stadt Stockholm richtig einzuschätzen?

Der Führungsstab war nun im Schloß in Uppsala untergekommen, wo die Bezirksverwaltung Räume zur Verfügung stellen mußte. Aus dem Reichstagshaus war seit langem keine Meldung gekommen, obwohl die Verbindungen zu Farsan Sandberg und Sune Tidfälth offen waren.

Was im Zimmer des Reichstagspräsidenten geschah, das wußte niemand.

Allmählich wurden auch die Probleme kritisch für die Leute, die mit der Evakuierung beauftragt waren. Sie mußten sich um Tausende von Menschen kümmern, die nichts zu essen und nichts zu tun hatten und die über das halbe Land verstreut waren. Besonders der Aspekt der Beschäftigung war wichtig, um psychische Störungen zu vermeiden.

Die Räumung war doch nicht so einwandfrei verlaufen, wie man zunächst angenommen hatte, auf den Straßen waren um die vierzig Menschen umgekommen, und über Jönköping war eine DC 9 zu niedrig eingeflogen und verunglückt. In den ersten Berichten wurde von vielen Todesopfern gesprochen.

Außerdem hatten die umliegenden Krankenhäuser viele Einlieferungen mit Herzstörungen und Überanstrengungen bekommen.

Aber ansonsten lief alles nach Plan, schon jetzt waren kleinere Zentralen voll damit beschäftigt, Quartier- und Lebensmittelfragen im ganzen Land zu lösen. Viele Tausende aßen statt in Restaurants in Schulen, Altersheimen oder im Freien, direkt aus der Gulaschkanone der Armee.

Hier und dort wurden kritische Stimmen laut, ob das alles wirklich notwendig war. Aber die meisten Leute waren noch so durcheinander, daß sie gar nicht auf die Idee kamen, etwas in Frage zu stellen.

Um das Gebiet Mälardalen zu entlasten, wurden bereits Weitertransporte in die anderen Landesteile durchgeführt. Die Züge und die Flugzeuge gingen in Richtung Malmö, Göteborg und Luleå. Und die Leute auf dem Lande nahmen die Evakuierten auf die beste Weise auf, bereitwillig wurden Wohnungen zur Verfügung gestellt und Essen herbeigeschafft, so gut es ging.

In Stockhom waren, außer den Männern am Sergels torg, bald nur noch einige Beobachter in unterirdischer Stellung, die die erforderliche Schutzausrüstung besaßen. Mit stark geschwärzten Fernstechern beobachteten sie das Zentrum.

Im Dom zu Uppsala hielt der Erzbischof eine Fürbitte für Stockholm und alle seine verjagten Einwohner.

«Herr, erbarme dich über diese unglücklichen Menschen!»

69

Ejnar Melander hatte auf die neue Situation mit Schweigen reagiert, und Backhammer, mit all seiner Erfahrung als Polizist, störte ihn nicht. Sie würden schon noch Grund zum Sprechen haben, zur Zeit war am wichtigsten, daß die Evakuierung abgeschlossen wurde.

Backhammer saß noch auf dem Sofa und betrachtete Melander besorgt. Einen Augenblick lang hatte er daran gedacht, Farsan heraufzuholen, sah darin aber keine Lösung. Schließlich ging er zum Telefon und gab das vereinbarte Signal auf der Telefongabel. Farsan antwortete mit nervöser Stimme, und Backhammer erzählte, was vorgefallen war. Auch Farsan sah keinen Grund hinaufzukommen.

«Aber ihr könnt die Wache jetzt einziehen», sagte Backhammer fast im Befehlston, «und außerdem ist es wohl besser, wenn ihr jetzt die Stadt verlaßt.»

«Wir warten auf dich, Backhammer.»

«Das braucht ihr nicht.»

«Ach doch, ich möchte es aber. Möchtest du sonst noch was?»

«Stell die Fernseh-Verbindung her, falls noch gesendet wird.»

Backhammer legte den Hörer auf und ging zur Heizung hinüber, um Melander zu helfen, die Handschelle so weit nach oben zu verschieben, daß er aus dem Fenster sehen konnte.

«Glaub mir, Ejnar, in der ganzen Stadt ist wirklich keine Menschenseele mehr.»

«Blödsinniges Gerede!»

«Heute nacht ist sie geräumt worden.»

«Das geht gar nicht.»

Backhammer zeigte nach unten auf den Brunnen, wo sich die letzte Wache schnell in einigermaßen geordneten Reihen zurückzog, mit Oberst Widal an der Spitze.

«Sie sind die letzten, die die Stadt verlassen.»

Melander setzte sich mit dem Rücken an die Heizung.

«Die Zeitungen, die du bekommen hast, sind nur in einem einzigen Exemplar gedruckt worden, für dich.»

Backhammer ging zum Fernsehapparat.

«Und das Radio- und Fernsehprogramm der letzten vierundzwanzig Stunden wurde nur zusammengestellt, um dich irrezuführen.»

Dann schaltete Backhammer den Fernseher ein, und nach kurzem Brausen kam das Bild, das gleiche auf beiden Kanälen.

Offenbar wurde direkt von mobilen Einheiten aus gesendet, die Bilder zeigten Tausende wartender Menschen, Züge, die ankamen und abfuhren, Flugzeuge, die in die Luft aufstiegen, und volle Straßen, auf denen überladene Privatautos fuhren.

«So sieht das richtige Fernsehprogramm aus.»

Dann wurde das Studiobild eingeschaltet, und das beruhigende Gesicht des Staatsministers erschien auf dem Bildschirm.

«Ich möchte nur bekanntgeben», sagte er mit leichtem Triumph in der Stimme, «daß die Räumung Stockholms nun fast völlig beendet ist. Vor einigen Minuten haben die letzten Transporte die unmittelbare Gefahrenzone verlassen. Somit kann das Geschehen in eine neue Phase eintreten. Natürlich hoffe ich, wie jeder von Ihnen, daß es zu einer schnellen ungefährlichen und endgültigen Lösung kommt. Wir können nur abwarten, was geschieht. Die Polizei arbeitet unermüdlich weiter daran, den Mann dazu zu bewegen aufzugeben. Außerdem möchte ich meine Dankbarkeit zum Ausdruck bringen über das überwältigende Vertrauen, das alle in diesen schweren Stunden gezeigt haben. Und ich möchte Sie dringend bitten, die Entschlossenheit, den Mut und die Besonnenheit zu bewahren, die Sie in der vergangenen Nacht gezeigt haben. Eine Entschlossenheit, die in der Welt Erstaunen hervorgerufen hat, einen Mut, der sich dem Unfaßbaren entgegenstellt, und ein Vorbild für viele andere kleine Demokratien, die täglich von offener oder verdeckter Gewalt bedrängt werden. Wir haben gezeigt, daß es einer starken Demokratie möglich ist, den höchsten Preis für die Freiheit zu bezahlen!»

Er fuhr noch einige Minuten fort in seiner Lobrede, dann kam das Militär in die Sendung und gab eine Übersicht über seine unzähligen Maßnahmen.

«Mach aus», bat Melander von der Heizung her.

«Warum denn?»

«Ich will das nicht hören!»

Backhammer stellte den Ton leiser, ließ aber die Bilder als stummes Druckmittel weiterlaufen.

Melanders Gesicht war grau wie Asche geworden.

«Mach mich hier los!»

«Nein, dann versuchst du nur, den Sender zu bekommen.»

«Du mußt ihn mir ja sowieso geben.»

«Und das glaubst du?»

«Das Funksignal muß in bestimmten Zeitabständen neu eingestellt werden.»

Backhammer betrachtete ihn prüfend, sagte er die Wahrheit oder versuchte er einen Bluff.

«Wenn ich ihn nicht vor drei Uhr wieder einstelle, dann löst er die Bombe aus.»

«Stimmt das wirklich?»
«Ja.»
Weil Backhammer sah, wie unbequem er saß, gab er Melander ein Kissen, das er gegen die Heizung legen konnte. Melander lehnte sich zurück und strich sich mit der freien Hand über das Gesicht.
«Wollen wir das jetzt ins reine bringen?» fragte Backhammer entgegenkommend.
«Nein.»
«Wir müssen das tun, Ejnar.»
«Nein.»
«Es gibt einen Ausweg, glaub mir.»
«Es gibt keinen, Backhammer, so ist es nun mal.»
«Und wenn du das Land verläßt?»
«Es gibt kein Land, das mich aufnimmt.»
«Man könnte dir helfen, deine Identität zu wechseln.»
«Um wieder eine anonyme Ratte zu werden?»
«Eine anonyme Ratte mit Geld.»
«Nein, danke.»
«Sind wir nicht alle anonyme Ratten?»
Ejnar schloß wieder die Augen.
«So oder so muß es zu einer Lösung kommen», sagte Backhammer und setzte sich auf den Tisch.
«Warum denn?»
«Das mußt du doch einsehen?»
«Dazu ist es zu spät, Backhammer, viel zu spät.»
Backhammer schenkte den letzten Kaffee ein und gab ihm die Tasse.
«Danke.»
«Wie fing denn das alles an, Ejnar?»
Ejnar trank langsam den lauwarmen Kaffee.
«Ich weiß nicht, frag einen Psychologen!»
«Du hast dem Mädchen einiges erzählt.»
«Das Luder!»
«Du hast über deine Kindheit gesprochen?»
«Backhammer?»
«Du hast über die Krankheit deines Vaters erzählt.»
«Hör auf.»
«Wie man sich deiner Familie gegenüber benommen hat ...»
Melander sah von der Tasse auf, mit einemmal lachte er ein wenig.
«Backhammer, lieber Freund, fang du nicht auch so an wie diese Nutten.»

«Ejnar ...»

«Ich habe immer Respekt vor dir gehabt, laß es dabei bleiben.»

Backhammer nickte schweigend und blickte auf die leere Stadt, während das Fernsehen immer wieder die stummen Bilder zeigte. Es wurde wohl aus allen Bezirken des Landes gesendet, die Reportagen gingen von Luleå im Norden bis Malmö im Süden, überall nahm man Tausende obdachloser Menschen in Empfang.

«Sieh dir die Aufnahmen an», sagte Backhammer, «muß das denn wirklich so sein?»

«Glaubst du, daß nun alles klar ist?»

«Ich meine schon, Ejnar.»

«Willst du hierbleiben und für die Sache sterben?»

Melander setzte sich zurecht und stellte die Kaffeetasse von sich.

«Glaubst du, daß man Stockholm so billig verkauft?»

Backhammer zog den Tisch näher heran.

«Vielleicht könnte man dadurch viele Schwierigkeiten gut lösen!»

«Indem man Stockholm verkauft?»

«Ich habe darüber nachgedacht», fuhr Backhammer fort, «es könnte eine gute Lösung für viele Probleme sein. Wenn es Stockholm nicht mehr gäbe. Wenn dieser Misthaufen dem Erdboden gleichgemacht würde, dann würden sicherlich viele dafür dankbar sein, glaub mir!»

«Du spinnst ja!»

«Auf den ersten Blick würde es wohl allerhand kosten, aber auf den zweiten würde man viel dadurch gewinnen.»

«Eine Hauptstadt gibt man nicht so einfach preis!»

«Wir würden eine neue Stadt für zwei Millionen Menschen bauen müssen. Oder vielleicht mehrere kleinere. Jedenfalls würde etwas geschehen. Die Arbeitslosigkeit würde verschwinden. Wir hätten etwas, das uns vereinigte. Und das, was gebaut würde, gefiele den Menschen vielleicht besser, als das, was wir jetzt haben.»

Backhammer machte eine Pause, um sich in seine eigenen Gedanken zu vertiefen.

«Vor ein paar Tagen habe ich einige Ziffern gehört, einer der Offiziere nannte sie. Deine Bombe da draußen würde nur acht Prozent der Produktion zerstören, aber fast die gesamte Bürokratie und vierzig Prozent des Energieverbrauchs würden wegfallen.»

«So kann man keine Überlegungen anstellen!»

«Ich kann das, als alter Polizist aus der Provinz.»

«Ein Glück, daß du nicht das Land regierst!»

Backhammer hielt das Funkgerät in der Hand und lächelte.

«In gewisser Weise tue ich das wohl jetzt.»
«Sei vorsichtig damit.»
«Und vielleicht brauchen wir Ideen, die nicht ganz normal sind.»
Er setzte sich noch näher an Melander heran, der ihn anstarrte.
«Wir haben einen Künstler in Östhammar, ursprünglich kommt er aus Holland. Einem Land, das sich auch durch eine Katastrophe erneuerte. Er hat eine Geschichte erzählt, von einem Negervolk, irgendwo unten in Afrika. Die waren wie wir, sie jagten und machten den Boden fruchtbar, trugen zusammen und schufteten viel mehr, als sie brauchten. Aber als ein Jahr vergangen war, versammelten sie sich auf einer Lichtung und hatten allen Kram mitgebracht. Dann verglich man, wer am meisten zusammengebracht hatte, bevor man ein Riesenfest feierte, dessen Höhepunkt darin bestand, daß sie alle ihre Habseligkeiten verbrannten. Und als sie wieder nüchtern geworden waren, da gingen sie nach Hause, um für das Fest im nächsten Jahr von neuem anzufangen.»
«Und so sollte also unsere Zukunft aussehen?»
«Nicht ich habe die Bombe gebaut, Ejnar.»
«Das war doch nicht der Sinn mit der Bombe.»
«Was war denn dann der Sinn?»
Backhammer stand langsam auf, beugte sich nach vorn, packte Melander vorn am Oberhemd und stieß ihn leicht gegen die Heizung.
«Was wolltest du denn damit?»
«Halt die Schnauze!»
«Was hast du dir durch sie erträumt? Die Welt zu verändern? Gerechtigkeit zu verlangen?»
«Halt die Schnauze!»
«Was immer du für Träume hattest in der Jugend, du hast sie dir doch, soweit sie nicht vollkommen unmöglich waren, erfüllen können. Mit deinem Kopf und deinen Händen. Meinst du vielleicht, daß du das einzige Schwindsuchtkind bist, das hier aufgewachsen ist? Das sich durch Gemeinheiten und Scheiße durchwühlen mußte? Aber du hast nur dich gesehen. Du warst zu schlau und zu pfiffig, als daß du genauso hättest leben wollen wie andere Leute auch. Du wolltest mehr sein als die anderen. Weil du einen klugen Kopf mitbekommen hattest. Und wozu hast du den benutzt? Pisse!»
Backhammer ließ das Hemd los und setzte sich auf den Tisch.
«Es genügte dir nicht, nur ein gewöhnlicher Mensch zu sein. Du hast es so gemacht, wie viele andere, die Köpfchen hatten und eine Ausbildung bekamen. Du wolltest eine Sonderstellung haben, weil

du dich für klug hieltest. Und nicht irgendeine Sonderstellung. Ihr wurdet von den Möglichkeiten, die für euch zur Wahl standen, geblendet, ihr mußtet auf diesem Weg die Schwindsucht verleugnen, die Armut und die Eltern.»

«Hör auf jetzt!»

«Und deine Jagd ging weiter, Mia und die Kinder sollten feiner sein als sie eigentlich waren, um akzeptiert zu werden. Deine Eltern hast du vergessen, als du losstürmtest. Aber man schafft es nicht ohne seine nächsten Angehörigen, Ejnar. Wenn du sie verleugnest, verleugnest du dich selbst.»

«Ich habe es immer allein geschafft!»

«Das sehe ich.»

«Niemand hat mich unterstützt!»

«Sogar die Bombe hast du allein gebaut.»

«Ich schaffe es allein!»

Mit einemmal blinkte es im Fernseher, dann war nichts mehr zu sehen.

«Was war das?»

«Das elektrische Licht in der Stadt ist abgeschaltet worden.»

Backhammer schaute auf seine Armbanduhr.

«Aber ich glaube, es hat keinen Sinn, mit dir zu reden, bevor du nicht einiges begriffen hast.»

«Ich schaffe es allein, das hab ich immer gemußt.»

Backhammer sah sich kurz im Zimmer um und sammelte die Reste von Melanders üppigem Frühstück zusammen und stellte sie auf ein Tablett zu Melanders Füßen. Die große Blumenvase spülte er sorgfältig aus, dann füllte er sie mit frischem Wasser und stellte sie Melander in Reichweite hin.

«Wo hast du die Zigaretten?»

Er fand selbst eine halbe Stange in einem Schrank, als Melander nicht antwortete.

«Was tust du?» fragte Melander unruhig nach einiger Zeit.

«Ich will nicht, daß du hungern mußt.»

«Wieso?»

«Ich fahre bald weg.»

«Das kannst du nicht.»

«Doch, das kann ich.»

«Dann explodiert die Bombe.»

«So?»

«Backhammer, der Sender muß vor drei Uhr anders eingestellt werden!»

«Daran glaube ich nicht», sagte Backhammer so leichthin.

«Bitte, zum Teufel noch mal!»

«Bete lieber zu Gott.»

Backhammer suchte noch ein paar weitere Sachen zusammen, das Zeitungsbündel und den batteriegetriebenen Recorder. Als er auf einen Knopf drückte, ertönte wehmütige Musik aus dem Lautsprecher.

«Backhammer», bat Melander verzweifelt.

Schließlich schob Backhammer ihm das Telefon hin, die Schnur reichte so gerade eben.

«In ein, zwei Tagen rufe ich dich an», sagte Backhammer freundlich.

«Backhammer!»

Melander war während Backhammers Vorbereitungen blaß geworden, ungeschickt kam er auf die Knie und flehte mit der freien Hand.

«Du nimmst mir das Leben, Backhammer!»

Backhammer blickte ihn lange an, ehe er antwortete.

«Es ist deine Bombe, Ejnar!»

Melanders Gesicht glänzte plötzlich schweißnaß.

«Du bist doch mein Freund, Backhammer!»

«Ich hätte es vielleicht werden können ...»

«Ich habe nie etwas Böses gegen dich im Sinn gehabt, hörst du ...»

Melanders letzte Worte gingen in trockenes Schluchzen über, und Backhammer blieb in der Tür stehen.

«Laß mich nicht allein», bat Melander.

Backhammer betrachtete ihn ernsthaft.

«Entschärfst du die Bombe?»

Melander sah ihn verzweifelt an.

«Ich helfe dir, Ejnar.»

Melander sackte langsam an der Heizung in sich zusammen, als wäre ihm die Luft ausgegangen.

«Ejnar?»

Melander blickte langsam auf, er flüsterte beinahe.

«Man kann sie nicht entschärfen», sagte er kläglich.

Backhammer nickte ruhig, es war so, wie er angenommen hatte.

«Gibt es überhaupt keine Möglichkeit?»

«In einigen Jahren, wenn die Batterien verbraucht sind.»

«Und bis dahin muß jemand den Sender jede achte Stunde neu einstellen?»

«Ja.»

Backhammer empfand keine Wut, nur ein großes und unbestimmbares Mitleid.

«Du Armer», sagte er in freundlichem Ton, wie zu einem verletzten Jagdhund.

«Ich habe doch nie geglaubt, daß ...»

Melander fehlten die Worte, und sein Körper wurde von Krämpfen geschüttelt, bevor er in ungestümes Weinen ausbrach. Aber schon nach ein, zwei Minuten faßte er sich wieder.

Backhammer hockte sich unschlüssig vor ihn und traf auf seinen bettelnden Blick.

«Ich habe vor dir immer Respekt gehabt, Ejnar, laß ihn mich behalten.»

Melander nickte und rutschte mit dem Rücken an die Heizung.

«Ich bin ein alter Mann, Ejnar, das meiste im Leben habe ich hinter mir. Wenn es auch schön wäre, die Geburt des Babys mitzuerleben, unbedingt erforderlich ist es nicht. Ich hab nämlich niemals unbedingte Forderungen an das Leben gehabt. Es war, wie's war, im guten wie im schlechten. Meistens hatte ich mit Dummköpfen zu tun. Mit Polizisten und kleinen Verbrechern, Frauen, die nicht so schön waren wie auf den Illustrierten und eine schlechte Ausbildung hatten, mit ganz gewöhnlichen Kindern, die nicht besonders begabt waren. Aber das war mir genug, Ejnar, weil ich sie immer gern hatte. Vielleicht, weil sie mir so ähnlich waren?»

Während er sprach, holte er sich den Sender und besah ihn sich so genau, als sähe er ihn zum erstenmal. Behutsam stellte er ihn neben Ejnars Füße.

«Ich rufe dich in ein paar Tagen an, Ejnar.»

Melander starrte auf das Gerät, das in Reichweite stand.

«Bis auf weiteres kannst du dich wohl um den Sender kümmern, wenn es an der Zeit ist.»

Und mit einem letzten Nicken ging er aus dem Zimmer, die Tür fiel hinter ihm ins Schloß. Er mußte die Treppe benutzen, weil die Fahrstühle nicht mehr fuhren. Er ging ohne größere Eile und verspürte auch keine Angst.

Farsan Sandberg und Sune Tidfälth empfingen ihn mit angespannten Gesichtern.

«Ist es eilig?»

«Wir leben durch eine Gnadenfrist.»

Der Hubschrauber wartete mit langsam rotierenden Flügeln, und sie hatten kaum die Tür geschlossen, da hob er mit einem Donnern ab. In weitem Bogen flogen sie hoch über die schöne, aber vollständig menschenleere Hauptstadt.

Die Parks lagen im schönen Frühsommer verlassen da, und keine Freizeitboote strichelten die spiegelblanke Ostsee. In der Wetterfahne des Rathauses, die die drei Kronen trug, spiegelte sich fröhlich die Sonne, während die Stadt unter ihnen immer kleiner wurde.

Der Pilot ging bis auf vierhundert Meter Höhe, dann flog er mit höchster Geschwindigkeit mit Kurs auf Uppsala. Solna und Sollentuna flogen unter ihnen vorbei, die leere Autobahn lag wie zwei blanke Bänder da. Häggvik und Tureberg glitten vorüber, und bald konnten sie in der Ferne den Flugplatz Arlanda erkennen, der knapp außerhalb der Risikozone lag.

Backhammer saß still auf dem Rücksitz, den Blick nach innen gekehrt.

Kurz bevor sie Märsta überflogen, flammte ein riesenhafter Schein hinter ihnen auf, ein sekundenwährendes, kreideweißes Licht, das das gewöhnliche Tageslicht matt wirken ließ.

«Festhalten!»

Mit entsetztem Gesicht bekam der Pilot den Hubschrauber wieder unter Kontrolle und wartete atemlos. Nach einigen Sekunden kam die erste Druckwelle, die den Hubschrauber im Handumdrehen gute einhundert Meter nach unten zog. Die Maschine zitterte wie ein angeschossenes Tier, sie flog mit fast doppelter Geschwindigkeit. Die Druckwelle ließ für einige Sekunden nach, dann kam eine neue, aus der anderen Richtung.

Aber das Ganze dauerte nur knapp eine Minute, bald flog der Polizeihubschrauber genauso zuverlässig und sicher wie immer. Backhammer schloß die Augen und faltete die Hände über seinem dicken Bauch.

Berton Roueché

Das Double

Deutsch von
Jutta Schwarz

Zu diesem Buch

«Chick», sagte Arlene und holte tief Luft. «Ich glaube, ich hab ihn gefunden.»

«Was sagst du da?»

«Chick! Du weißt sehr wohl, was ich meine. Ich sagte, ich glaube, ich hab unseren Mann gefunden.»

Ich sagte nichts. Ich konnte nicht.

Ich weiß nicht, wann wir zum erstenmal über diese Möglichkeit gesprochen haben. Irgendwann wird die Idee in mir oder Arlene entstanden sein. Seit meiner Pensionierung leben wir sehr zurückgezogen und haben viel Zeit nachzudenken – über uns, über unser Leben, unsere Zukunft... Zukunft? Pensionierung bedeutet lebenslänglich. Und der einzige Gnadenerlaß heißt Geld.

Wir hatten geglaubt, das Leben in Springs, East Hampton, wäre billiger als in der Stadt. Wir hatten unsere Wohnung in New York aufgegeben und uns das Haus hier draußen gekauft. Aber wir haben schnell gemerkt, wie teuer das Leben auch hier ist. Arlene hatte keine Lust mehr, zu schuften und zu knausern, damit wir über die Runden kamen. Arlene ist ja auch noch wesentlich jünger als ich; da kommen ihr schneller die bitteren Gedanken über unser unabänderlich eingeschränktes Dasein.

Aber jetzt haben wir einen Plan. Einen Plan, den wir bis ins kleinste Detail ausgetüftelt haben. Und dieser Plan ist der Schlüssel zum Paradies. Zu einem neuen Dasein irgendwo im Süden. In Florida vielleicht...

Wir wollen ein zweites Leben beginnen.

Berton Roueché, 1911 in Kansas City geboren, studierte an der University of Missouri und schrieb für zahlreiche Zeitungen und Zeitschriften, ehe er 1945 zum *New Yorker* kam, dessen Mitarbeiter er bis heute blieb. Er lebt mit seiner Frau seit 1956 in der Künstlerkolonie Amangansett, wo er mehrere Kriminalromane schrieb.

Die Hauptpersonen

Charles «Chick» Landon Hill	glaubt, daß sein zweites Leben angenehmer sein wird und erlebt eine große Überraschung.
Arlene Crawford Hill	hat ihr zweites Leben bis ins Detail geplant und ahnt nicht, welche Überraschungen sie sich damit bereitet.
Edwin «Ed» Fago	lebt in den Tag hinein und weiß nicht, daß seine Tage gezählt sind.

Erster Teil

1

Arlene trat aus der Küchentür und blieb auf der obersten Stufe stehen. Sie hatte wohl am Küchenfenster gestanden und beobachtet, wie ich den Strand entlangwatete. Eine Weile stand sie da, gesichtlos, mit seltsam goldenem Haar im Sonnenlicht, bis sie sicher war, daß ich sie entdeckt hatte und winkte mir zu. Komm zum Essen. Ich winkte zurück. Muscheln sammeln ist Arbeit, harte Arbeit für einen Mann meines Alters, selbst wenn es nur für eine Mahlzeit war. Und ich hatte Hunger. Ein letzter Zug an der Zigarette, dann trat ich sie im kiesigen Ufersand des Teiches aus. Zu Hause, unten in Missouri, hätten wir ‹See› dazu gesagt, aber hier am Ozean, am East End von Long Island, hieß alles, was wesentlich kleiner war als das Meer, ‹Teich›. Auch das hatte ich in den letzten eineinhalb Jahren gelernt. Wie ich auch die Erfahrung gemacht hatte, daß das Leben auf dem Land keineswegs billiger ist – es sei denn, man gräbt sich selbst die Muscheln aus. Arlene war ins Haus zurückgegangen. Ich hob die Harke und den Eimer mit Muscheln auf und stapfte den Abhang zur Wiese hoch. Die Stiefel hingen wie Bleiklumpen an meinen Füßen. Ein Schatten lief über das welke Gras. Ich schaute hoch: Es war eine Krähe. Eine einsame Unglückskrähe. Mir fiel der Krieg ein, mein Krieg, und das Kommando am Persischen Golf. Die Wüstenbewohner hatten bei einem einzelnen Raben die gleiche Empfindung. Und sie kannten eine Beschwörungsformel. Ich sah der Krähe zu, wie sie mit klatschendem Flügelschlag die Wiese überquerte, über den Knick und über das Talmadge-Haus in den dunklen Wald flog. Eine Krähe war nur ein kleiner Rabe. Laut sagte ich: «Rabe, such deinen Bruder!» Ich lächelte, aber ich meinte es ernst.

Ich sah hoch. Arlene saß mir mit gesenktem Kopf gegenüber. Sie schien in ihre Kaffeetasse zu starren. Sie brach eine Ecke des Toasts ab und belegte sie mit Butter. Sie legte es auf den Teller zurück.

«Was ist los», fragte ich.

Sie sah mich an und schüttelte den Kopf. «Nichts.»

«Aber du hast doch was. Sag es mir.»

«Es ist wirklich nichts besonderes», sagte sie. «Ich fühl mich irgendwie bedrückt.» Sie nippte an ihrem Kaffee. «Ich habe letzte Nacht von Charlie geträumt.»

«Oh.»

«Es ist wirklich nichts», beteuerte sie. «Wird schon wieder gehen.»

Ich ging den Weg hinunter zur Straße, öffnete den Briefkasten und nahm die Post heraus. Ich kehrte zum Haus zurück und sortierte dabei die Post. Der *New Yorker*. Ein Bußgeldbescheid. Eine Mahnung der East Hampton Leihbücherei. Mein Rentenscheck. Eine Rechnung von Mobil. Eine Rechnung von Larry's Müllabfuhr. Eine Rechnung von Gristede. Eine Rechnung vom White's Drug Store. Ich zerknüllte den Bußgeldbescheid und warf ihn in den Kamin. Die Buchmahnung, den Scheck und die Rechnungen legte ich auf den Kaffeetisch. Ich betrachtete das Stillleben: vier Rechnungen und ein Scheck.

«Irgendwelche Post?» rief Arlene vom obersten Treppenabsatz her.

«Eigentlich nicht», antwortete ich. «Der *New Yorker* ist gekommen. Und mein Scheck sowie ein paar Rechnungen.»

Ich nahm den *New Yorker* und setzte mich. Ich betrachtete die übliche Tiffany Werbung und das übliche unerhörte Steubenglas – ein Kristallgebilde für sechzehnhundert Dollar. Ich las die Cartoons und fühlte mich etwas besser. Ich überflog die Werbung für Cadillac und Porsche, für Chivas Regal und Countess Maras, für Urlaubsangebote in Griechenland und auf den Bermudas und studierte noch die Klatschspalte. Ich las den Bericht über eine Party auf einem Dachboden in Soho, ohne recht zu wissen, was ich da las. Ich stand auf, ging zum Fenster und sah hinaus auf die leere Straße, das leere Feld und den leeren Himmel darüber. Oben, im anderen Zimmer, Arlenes Nähzimmer, summte die Nähmaschine, war still und begann wieder zu summen. Arlene hatte recht. Pensionierung war wie ‹lebenslänglich›. Es war ein Urteil auf ‹lebenslänglich›. Es bedeutete, daß sich von nun an nichts mehr ändern würde – jedenfalls nicht zum besseren. Die einzige Hoffnung war der Gnadenerlaß. Und die Hoffnung war nicht sehr groß. Denn Geld war der einzige Gnadenerlaß.

«Mach ruhig weiter», sagte ich. «Ich will nur noch . . .»

Arlene setzte sich auf die Armlehne meines Sessels. Sie nahm mein Gesicht in beide Hände und gab mir einen heftigen Kuß.

«Ich steh gleich auf», sagte ich.

Sie erhob sich von der Sessellehne, ging einen Schritt und drehte sich um.

«Chick?»

«Ja?»

«Chick», sagte sie. «Es geht nicht um Recht oder Unrecht. Jetzt nicht mehr. Das ist eher eine Wortspielerei. Die einzige Frage ist nur, ob wir es nicht wenigstens versuchen sollten? Was bleiben uns denn sonst noch für Aussichten?»

«Ich steh gleich auf», sagte ich.

«Ich weiß», sagte sie. «Ich verstehe. Aber ich möchte, daß du auch etwas verstehst. Ich gebe nicht auf und mache immer so weiter. Soviel Jahre bleiben mir nicht mehr übrig. Ich hab das Knausern und Schuften satt. Sieh dir meine Hände an! Ich will mehr.»

Ich blieb allein im Wohnzimmer sitzen. Ich sagte mir, daß sie das nicht ernst gemeint haben konnte. Ich hörte, wie sie aus dem Schlafzimmer über die Diele ins Bad ging. Ich sagte mir, daß das undenkbar sei. Es war unmöglich. Ich hörte das Wasser laufen. Nur . . . es war nicht unmöglich. Es war undenkbar, aber es war möglich. Es war nur zu leicht möglich. Ich hörte die Toilettenspülung rauschen. Ich fühlte mich elend und ängstlich. Erschreckt. Es mußte erschreckend sein. Aber es war immer noch da. Noch war es ein Gedanke, eine Idee. Noch war es lediglich eine Möglichkeit.

Arlene kam aus dem Bad.

«Chick?»

Ich stand auf und knipste das Licht aus.

«Ich komme», sagte ich und tastete mich im Dunkeln durchs Zimmer.

2

Ich hörte, wie der Wagen die ausgefahrene Spur der Auffahrt hochpolterte und ging zur Küchentür. Arlene kam mit einer Tüte Lebensmittel im Arm aus der Garage. Ich öffnete das Fliegengitter und trat auf die Küchenveranda hinaus.

«Kann ich dir helfen?»

«Mhmm», machte sie. «Das ist noch 'ne Tüte. Und ein paar Sachen aus der Reinigung. Und eine Flasche Wein.»

«Wein?»

«Ein Château So-wie-so», sagte sie. Ihr Gesicht war gerötet. Sie sah aufgeregt aus. «Mr. England hat ihn mir empfohlen. Er sagte, er wäre sehr gut.»

«Okay», sagte ich. «Aber wieso?»

Ich hielt das Gitter auf, um sie durchzulassen.

«Um zu feiern», sagte sie. «Geh schon und hol den Rest, und dann erzähl ich's dir.»

Die andere Tür war halb so groß wie die erste. In dem Paket aus der Reinigung war meine Hahnentritt-Jacke (drei Jahre alt und das letzte Kleidungsstück von Brooks Brothers) und ein Rock auf einem Kleiderbügel. Ich klemmte mir die Flasche unter den Arm und drückte die Wagentür mit meiner Kehrseite zu. Arlene wartete auf der Veranda. Sie folgte mir durch die Küche und nahm mir den Wein und die Lebensmittel ab. Ich hängte Rock und Jacke an den Türgriff des Wandschranks.

Ich zog die Flasche aus der Papiertüte. Es war ein guter Bordeaux, ein «Pauillac de la Haute-Médoc». Vor ein paar Jahren, als wir noch die Wohnung in New York hatten, als ich noch Leitender Angestellter bei Lambert Tucker Associates war, als die Preise noch kein besonderes Thema waren, bekam man noch eine Flasche für keine zwei Dollar. Vorsichtig stellte ich die Flasche auf den Tisch.

«Er sieht gut aus», sagte ich. «Aber was feiern wir denn?»

Arlene sah mich über den Tisch hinweg an.

«Chick», sagte sie und holte tief Luft. «Ich glaube, ich hab ihn gefunden.»

«Was sagst du da?»

«Chick! Du weißt sehr wohl, was ich meine. Ich sagte, ich glaube, ich hab unseren Mann gefunden.»

Ich sagte nichts. Ich konnte nicht.

«Es war genau auf dem Newton Lane. Er stand vor diesem fürchterlichen Lokal neben dem Schuster. Das *Wampum*, oder wie das heißt.»

«Das *Wigwam*.»

«Ja. Es war phantastisch. Einfach unglaublich. Er hat die richtige Größe, Chick. Und das richtige Alter. Und die richtige Haarfarbe – abgesehen von den Koteletten. Ich blieb stehen und tat so, als betrachtete ich die Schaufensterauslagen vom Schuster, und da hab ich ihn mir genau angesehen. Er war etwas seltsam. Irgendwas Seltsames umgab ihn. Und das war ein Glück. Denn so hatte ich eine Entschuldigung, Mrs. Golden von der Reinigung zu fragen. Sie wußte nicht viel über ihn, aber sie konnte mir seinen Namen sagen. Er heißt Fago – Ed Fago.»

«Fago?» wiederholte ich. «Das hört sich nicht sehr gebräuchlich an.»

«Ist auch ein seltener Name hier», sagte sie. «Das ist ja gerade das Gute daran. Er ist ein Niemand, ein Nichts. Er ist nicht einmal verheiratet.»

Ich zitterte, es war fast wie ein Schauder, fast ein Adrenalinstoß. Aber ich hatte nicht das Gefühl von Furcht. Es war heftiger, schärfer. Es war Eifer, Begeisterung.

«Ja», sagte ich. «Ja, ich verstehe, was du meinst.»

Arlene kam um den Tisch herum. Sie legte die Arme um mich. Sie barg ihr Gesicht an meiner Brust. Ich konnte nicht sagen, ob sie lachte oder weinte.

Ich setzte die Brille auf und schlug die dicke Telefonschwarte des Suffolk County auf. Arlene stand hinter mir und sah mir über die Schulter. Ich fand den Buchstaben F, fand die Seite und verfolgte mit dem Zeigefinger die mikroskopisch kleinen Eintragungen. Fagan. Ein Dutzend Fagans. Fagelbaum, Fagelson. Fagerlund. Faggliani. Fagnet. Dann kam Fagone. Da gab es keinen Fago.

Ich klappte das Telefonbuch zu und legte es wieder auf das Bord. Ich nahm die Brille ab.

«So», sagte ich.

«Ich dachte immer, jeder hat ein Telefon», sagte sie.

«Offensichtlich nicht. Es sei denn, wir haben die falsche Schreibweise.»

Arlene schüttelte den Kopf. «Nein», sagte sie. «Da gibt's keine andere Schreibweise.»

«Vielleicht hast du recht», sagte ich. «Aber laß uns lieber nachsehen.»

Ich wandte mich wieder zum Bord und nahm das noch dickere Manhattan-Telefonbuch herunter. Ich setzte wieder die Brille auf, fand die Fs in Manhattan, und dann die Faganas von Manhattan, dann die Faganos. Dann die Fagens, die Fagins, dann Faglio. Dann – Fago. Da stand Fago Al Studios. Und Fago N. Und dann Robert Fago. Ich klappte das Buch zu und stellte es zu dem anderen.

«Ich schätze, du hast recht», sagte ich.

Arlene blieb stehen. Sie schüttelte heftig den Kopf. «Verdammter Kerl! Ich hab noch nie gehört, daß ein Mensch kein Telefon hat.»

«Das macht nichts. Wir werden ihn schon finden.»

«Oh, das weiß ich. Er ist ja hier. Er lebt hier. Aber wie sollen wir ihn finden?»

«Uns fällt bestimmt was ein.»

Das hat aber nicht lange gedauert», sagte Arlene.

Sie lag ausgestreckt in der Badewanne, bis zum Hals in duftendem, blauem Wasser, nur Kopf, Brüste und Knie ragten aus dem Wasser. Sie sah zwar nicht mehr wie ein junges Mädchen aus, aber bestimmt nicht wie fünfzig. Ich setzte mich auf den Toilettendeckel.

«Ich hab Parrot nicht getroffen», sagte ich. «Er hatte Heimweh oder sowas. Ich habe einen neuen Arzt entdeckt, und ich brauchte nur ein paar Minuten zu warten.» Ich sah auf sie hinunter. Sie lächelte mich aus ihrer karibischen See an. «Er scheint eine gut organisierte Praxis zu haben.»

«Erzähl mal.»

«Ich glaube, es ist gut angelaufen. Ich meine, er schien nicht mehr als üblich interessiert zu sein. Da bin ich ganz sicher. Er fragte mich, was ich hätte, und ich sagte, daß wüßte ich nicht genau. Ich habe es genau so gesagt, wie wir es besprochen hatten – vage, aber beunruhigt. Ich sagte, daß ich mich nicht wohl fühlte. Ich sagte, daß ich immer früh aufwachte, so zwischen vier und fünf, daß ich dann nicht mehr einschlafen könnte. Ich sagte, daß ich auch keinen richtigen Appetit hätte, daß ich mich zwar eigentlich nicht deprimiert fühlte, aber irgendwie lustlos und apathisch. Ich erzählte, daß ich früher immer viel gelesen hätte, aber in letzter Zeit das Interesse daran verloren hätte. Ich könnte mich nicht mehr konzentrieren. Ewig wäre ich müde. Gut so?»

«Erzähl weiter.»

«Ich finde ihn sympatisch. Er hat nicht viel gesagt, aber er schien wirklich zuzuhören. Ich hatte das Gefühl, daß er sowas oft zu hören kriegt. Er hat die Symtome nicht mit irgendwelchen Namen bezeichnet. Er sagte nur, daß es für meine Lage nichts ungewöhnliches sei. Er hatte meine Unterlagen mit meinem Alter und allem. Er sagte, daß es möglicherweise eine vorübergehende Reaktion sei. Er hat meinen Blutdruck gemessen. Mein Herz untersucht. Ein paar Fragen über Trink- und

Sportgewohnheiten gestellt. Er fragte was, das mich einen Augenblick lang verwirrte. Ich meine, ich war auf diese Frage nicht vorbereitet gewesen. Er fragte mich über mein Sexualleben aus.

«Oh!?»

«Er wollte wissen, ob sich da was geändert hätte. Habe ich da auch das Interesse verloren? Keine Lust mehr?»

Arlene lächelte. Dann fragte sie wieder ernst: «Was hast du gesagt?»

«Keine Sorge. Ich hab ja gesagt. Daß ich an gar nichts mehr interessiert sei. Und das war die richtige Antwort. Das merkte ich. Es war genau die Antwort, die er erwartet hatte.»

«Ja.»

Ja, das war's. Er erzählte was von neue Interessen wecken, neue Hobbies entwickeln, sich sozial engagieren, so was in der Art. Ich sagte, daß ich's schon versucht hätte. Daß ich mal daran gedacht habe zu jagen. Enten- oder Fasanenjagd. Ich erzählte, daß ich früher öfter mal auf die Jagd gegangen wäre.

Arlene nickte. «Gut, sehr gut.»

«Ja. Das fand ich auch. Und dann hat er mir ein Rezept für etwas gegeben, heißt Elavil. Der Apotheker bei White sagte, daß sei ein Tranquilizer. Gegen meine Schlafstörungen.»

«Das ist großartig. Das ist haargenau das richtige.»

«Es sieht so aus, als ob es pure Verschwendung ist. Ich mag dir gar nicht sagen, was das Zeug kostet.»

«Sei nicht albern. Es kann noch mal sehr wichtig werden.» Sie setzte sich mit einem Schwung auf, blaues Wasser spritzte von ihren weißen Brüsten. «Gib mir bitte mein Handtuch.»

«Dr. Chandler will mich in vier Wochen wiedersehen.»

«Das ist interessant», sagte sie. «Aber ich weiß nicht.» Sie nahm das Handtuch. «Warten wir erst mal ab.»

«Ich verstehe», sagte ich. «Haben Sie vielen Dank.»

Ich hängte auf.

«Nein?» fragte Arlene.

«Nein», sagte ich. «Auch die haben noch nie von ihm gehört.»

«Verdammter Kerl», sagte Arlene. «Langsam beginne ich, den Mann zu hassen.»

Ich sah Arlene an, aber sie schien es ernst zu meinen. Ihr Gesicht war angespannt, und ich kannte dieses Gesicht. Es war ihr ernst.

«Du hast mir gesagt, daß Mrs. Golden meint, er wäre nicht von hier. Vielleicht . . .»

«Stimmt, er ist nicht von hier. Er kommt von auswärts. Aber er wohnt hier.»

«Okay. Dann probieren wir's mal in Amagansett.»

«Gut.»

Wieder schlug ich das Telefonbuch auf, blätterte und suchte und fand die Nummer. Ich las sie laut. Arlene nahm den Hörer ab und wählte. Sie fuhr mit der Zunge über die Lippen und lächelte wie eine Schauspielerin, die in den Kulissen auf ihren Auftritt wartet.

Ich hörte das Geräusch einer Stimme.

Die Schauspielerin bekam ihr Stichwort. «Den Postamtsvorsteher, bitte. Mr. George Derring möchte ihn sprechen», sagte sie mit sanft arroganter Stimme.

Wieder rauschte es in der Leitung und sie gab mir den Hörer.

«Spreche ich mit dem Amtsvorsteher?» fragte ich und gebrauchte dabei den schönsten Ostküstentonfall. «Mein Name ist George Derring von der Firma Miles, Wickham, Tannhauser und Poole in Huntington. Wir haben ein kleines Erbschaftsproblem. Wir versuchen, einen Erben ausfindig zu machen, der wahrscheinlich in Ihrem Bezirk wohnt.»

«Ja, Sir?»

«Der Name lautet Fago – F-a-g-o. E. Fago.»

«Fago?» fragte er. «Könnte das Edwin Fago sein?»

Mein Herz machte einen kleinen Sprung. «Genau. Edwin Fago.»

«Ja, Sir. Mr. Edwin Fago ist Kunde bei uns.»

«Gut. Das ist wunderbar.» Ich sah Arlene an und nickte. «Könnten Sie mir bitte seine Adresse geben?»

«Es tut mir leid, Sir. Aber die Adresse haben wir leider nicht. Wir haben in diesem Bezirk keine Postauslieferung. Unsere Kunden holen sich ihre Post hier im Postamt ab.»

«Oh.»

«Ja, Sir. Wir sind hier nur ein kleiner Bezirk. Aber ich kann den Brief an Mr. Fago weiterleiten. Adressieren Sie nur Ihren Brief an dieses Postamt. Die Postleitzahl lautet 11930.»

«Oh.» Ich mußte mir einen Ruck geben. «Oh, ich verstehe. Ja, haben sie vielen Dank.»

«Gern geschehen», sagte er und hängte auf.

Einen Augenblick stand ich da, das Tönen von Raum und Leere wisperte in meinem Ohr. Ich legte den Hörer auf die Gabel zurück.

«Was ist los?» fragte Arlene. «Was ist passiert? Ich dachte . . .»

Ich erzählte es ihr.

Sie stand fassungslos und stumm vor mir. Dann zuckte sie kurz mit den Achseln und lächelte.

«Aber er lebt doch in Amagansett?»

«Ja.»

«Und er muß zum Postamt, um dort seine Briefe abzuholen?»

Ich nickte.

«Dann geht er womöglich jeden Tag hin.»

«Möglich.»

«Ich frage mich, um welche Uhrzeit. Denn da muß es doch eine bestimmte Zeit geben. Ich meine, wenn die Post sortiert ist.»

«Ich glaube, das kriegen wir schon raus», sagte ich. «Ich nehme nicht an, daß das ein großes Geheimnis ist.»

Ich war gerade in der Küche und machte uns einen Drink, als das Telefon klingelte. Es klingelte zweimal, dann hörte ich, wie Arlene antwortete. Ich beschäftigte mich weiter mit den Getränken – Scotch für Arlene, Bourbon für mich –, aber ich konnte nicht verstehen, was Arlene sprach. Ich stellte den Eiswürfelbehälter zurück ins Gefrierfach, nahm die Gläser und trug sie ins Wohnzimmer.

Arlene telefonierte immer noch.

«Ich weiß», sagte sie, «ich weiß.» Sie hatte ihr lächelndes Cocktail-Party-Telefon-Gesicht aufgesetzt. «Wir werden euch vermissen.»

Sie legte auf. Ihr Lächeln verlor sich in einem nachdenklichen Ausdruck. Sie ging zu ihrem Sessel, setzte sich und nahm einen großen Schluck aus ihrem Glas.

«Das war Gloria. Sie verbringen das letzte Wochenende; am Sonntag machen sie ihr Haus dicht. Sie haben uns zum Dinner am Samstag eingeladen.»

«So?»

«Ich möchte wirklich gern hingehen», sagte sie. «Wir haben seit Ewigkeiten nichts mehr unternommen.»

«Du hast doch nicht etwa schon zugesagt?»

«Natürlich nicht.»

«Was hast du denn gesagt?»

«Ich hab gesagt, daß ich meine, wir seien lange genug befreundet, als daß wir ihnen nicht die schlichte Wahrheit sagen könnten. Ich hab gesagt, du würdest dich zu niedergeschlagen fühlen. Sie würden dich kaum wiedererkennen. Ich hab gesagt, daß du an nichts und niemand Interesse hättest. Daß du was einnimmst, Elavil heißt es, aber ich nicht glaubte, daß es viel nützt. Aber ich hab gesagt, daß du Dr. Chandler recht sympathisch findest. Gloria sagte, daß sie vollstes Verständnis für alles habe und so. Sie war wirklich unheimlich nett.»

Arlene griff nach dem Glas und nippte daran. Sie schaute mich über das Glas hinweg an. Und lächelte.

«Ich hab gesagt, daß wir uns dann im Frühling wiedersehen.»

Das Postamt von Amagansett teilte sich den riesigen Parkplatz mit dem Supermarkt, dem Spirituosenladen, der Münzwäscherei und einem Delikatessengeschäft, das jetzt zum Saisonende geschlossen war. In dem bleiverglasten runden Erker hing ein Schild: «Auf Wiedersehen im April». Ich parkte nahe bei der Post zwischen einer Chevelle Malibu Limousine und einem Container-LKW. Weder ein Mercedes, BMW noch Alpha Romeo oder Volvo war in Sicht. Die Saison war endgültig vorüber.

Arlene gab mir den Brief. Es war eine Strom-Rechnung, die zweimonatliche Gebührenanweisung für die Long Island Lighting Company. Auf dem Umschlag stand die brutale Mahnung: Kleben Sie hier die Briefmarke hin. Unfrankierte Briefe werden von der Post nicht befördert. Ich gehörte zu denjenigen, die das nicht gewußt hatten – bis es zu spät war. Ich steckte das Kuvert in die Tasche meines Regenmantels und stieg hinaus in den Nieselregen. Ein schmaler Pfad, gesäumt von einer Berberitzenhecke und Zigarettenstummeln, führte zum Eingang. Ich trat ein und schob mich durch eine Gruppe von alten Männern, Frauen mittleren Alters und drei oder vier Geschäftsleuten hindurch. Ich wartete hinter einer mürrisch dreinblickenden Frau mit stachligen rosa Lockenwicklern. Der Postangestellte brachte ihr ein Paket in der Größe eines Schuhkartons, das nach Lebensmitteln roch. Er glich nicht im geringsten der Stimme, die ich am Telefon gehört hatte. Er war klein, dürr, vornübergebeugt und glatzköpfig. Er mußte den Kopf zur Seite neigen, um mich anzusehen.

Ich kaufte ein Heftchen Briefmarken und klebte eine auf das Kuvert.

«Scheußliches Wetter», sagte ich.

«Ja, Sir», sagte er. «Aber wir brauchen es.»

Ich nickte zu der Gruppe hin, die am Eingang wartete. «Haben Sie immer diese Versammlung hier oder liegt's nur am Wetter?»

Er reckte sich, machte einen langen Hals.

«Tja, ich glaub, das Wetter trägt mit dazu bei. Aber es sammeln sich immer eine Menge an, wenn morgens und nachmittags Postausgabe ist.

«Aha?» Das hörte ich gar nicht gern. «Sie geben also zweimal täglich die Post aus?»

«Ja, Sir. Die Post wird zweimal sortiert und ausgeteilt. Die Morgenpost ist fast vorüber. Die Nachmittagspost ist gewöhnlich zwischen vier, halb fünf fertig.»

«Da kommt also jeder zweimal am Tag?» fragte ich.

«Manche Leute schon. Andere nicht. Ich denke mir, das hängt davon ab, was sie erwarten.»

«Ah, ich verstehe.»

«Ja, Sir», sagte er. Seine Augen wanderten zur Seite und ein Stückchen abwärts. «Morgen, Fred. Sieht so aus, als würden wir jetzt unseren Regen kriegen.»

Ich warf das Kuvert in den Schlitz, durchquerte den Raum und ging hinaus. Es regnete jetzt wirklich. Ich lief zum Wagen.

Arlene kauerte in ihrer Ecke. Im Radio kreischten ein paar Teenies. Sie setzte sich auf und stellte das Radio ab.

«Nun?»

«Das wird nicht so einfach sein», sagte ich. «Die Postausgabe ist morgens, und dann noch mal am späten Nachmittag.»

Mr. England stellte die Flaschen dicht nebeneinander in einer kleinen Reihe auf den Ladentisch. Er trug ein permanentes Lächeln, glattes graues Haar und einen jugendlichen schwarzen Schnurrbart. Er bedachte die Flaschen mit einem freundlichen Blick.

«Na, dann wollen wir mal sehen», sagte er. «Ein Jim Beam, ein John Begg und ein Gordon Wodka.» Er stellte sich hinter seine Rechenmaschine und tippte auf die Tasten. Er trat zurück und sah auf eine Liste auf dem Ladentisch. Er tippte wieder und riß dann einen Papierstreifen ab. Er hielt das Papier auf Armlänge entfernt. «Das macht genau achtzehn Dollar und sechsundsiebzig Cent. Steuer inklusive.»

«Ich möchte mit einem Scheck bezahlen», sagte ich.

«Aber natürlich. Selbstverständlich, Mr. Hill.»

«Und ich möchte gern etwas Wechselgeld haben. Könnte ich, sagen wir, fünfzig Dollar dazuschreiben?»

«Aber natürlich. Geht in Ordnung.»

Ich schrieb den Scheck aus, steckte das Wechselgeld ein und nahm die Tüte mit den Flaschen. Mr. England stand hinter seinem Ladentisch und musterte mich im Vorbeigehen.

«Einen schönen Tag noch», sagte er.

Ich verstaute die Tüte auf den Rücksitz, wo schon die Tüten von Amagansett Wines & Spirits und vom Silver Discount Liquor lagen. Jetzt hatte ich genug. Mehr wagte ich nicht zu kaufen. Ich verließ den Robert C. Reuterhan Memorial Parkplatz. Ich fuhr am *Wigwam* vorbei. Es schien geöffnet aber leer zu sein. Elf Uhr vormittags war wohl für die Kundschaft noch etwas früh. Ich fuhr die North Main Street hinunter, unter der Eisenbahnbrücke hindurch in Richtung Heimat.

Ich mußte zweimal gehen, ehe ich alle drei Tüten im Haus hatte. Arlene kam gerade hinzu, als ich die Flaschen auf dem Küchentisch aufreihte. Sie sahen sehr beeindruckend aus.

«Mein Gott!» sagte sie.

«Find ich auch», sagte ich.

«Dann fangen wir am besten mit einem Drink vor dem Essen an», sagte sie. «Ich hoffe, daß es sich gelohnt hat.»

«Hat es.»

Ich zog aus meiner Tasche ein Bündel aufgerollter Geldnoten hervor: Zwanziger, Zehner und Fünfer.

«Wieviel?»

«Einhundertsechzig», sagte ich.

Ich zog die zweite Schublade unter dem Spülbecken auf und tastete unter dem Stapel Geschirrtücher. Ich fand den großen braunen Umschlag und legte die Rechnungen zu den übrigen Rechnungen. Es waren Rechnungen im Wert von insgesamt knapp siebenhundert Dollar.

Ich saß im Wagen auf dem Parkplatz vor dem Postamt in Amagansett und beobachtete durch die geschlossenen Fenster – jetzt am Spätnachmittag war es empfindlich kühl geworden – das Kommen und Gehen alter Männer mit Jagdhüten, ältere Frauen in Strickjacken, Schüler und Schülerinnen der High School in Jeans und Pullis und ab und zu einen Geschäftsmann in Schlips und Anzug. Schnell und zielstrebig gingen sie hinein und kamen langsam, mit gesenktem Kopf in die Lektüre vertieft, wieder heraus. Allmählich kannte ich viele Leute vom Sehen. Ich zweifelte, ob sie mehr als nur flüchtige Notiz von uns nahmen.

Ich rutschte auf meinem Sitz nach vorn, versuchte, die Beine auszustrecken und zündete mir eine Zigarette an. Ich blies eine lange Rauchfahne gegen die Windschutzscheibe.

Arlene wandte den Kopf. «Das ist jetzt schon deine dritte Zigarette, seit wir hier sind.»

«Tatsächlich?» sagte ich. «Okay.»

Ich kurbelte das Fenster herunter und warf die Zigarette hinaus. Ich schaute auf die Uhr. Es war zwanzig nach vier.

«Es ist fast halb fünf», sagte ich.

Sie nickte. Dann sagte sie: «Ich frag mich, ob wir nicht doch lieber morgens kommen sollten.»

«Natürlich, wenn du meinst. Aber ich weiß nicht . . . Ich kann mir nicht so recht vorstellen, daß er hier schon um zehn Uhr morgens herkommt. Er wird ja wohl so etwas wie einen Job haben.»

«Ich glaube, du hast recht.»

«Vielleicht ist er krank geworden», sagte ich. «Oder er bekommt einfach nicht viel Post.» Ich legte meine Hand auf ihr Knie und strich über die Rundung ihres Schenkels. «Mach dir keine Sorgen. Wir werden ihn schon finden.»

«Ich mach mir keine Sorgen.» Sie legte ihre Hand auf meine und drückte sie. «Aber ich denke, wir könnten genauso gut nach Hause fahren.»

«Schon bereit», sagte ich und drehte den Zündschlüssel.

Ich setzte zurück und wendete und blieb an der Straße stehen, um einen Lastwagen vorbeizulassen. Dann einen Personenwagen und dann noch einen.

Arlene stieß einen erstickten Laut aus und saß kerzengrade.

«Chik! Chick – das ist er. Das ist er – da, in dem gelben Wagen.»

«Fago?»

«Ja – in dem gelben Wagen.»

Obgleich noch ein weiterer Wagen in Sicht war, bog ich auf den Highway, trat hart aufs Gaspedal und folgte dem gelben Wagen. Aber ich hätte mich nicht zu beeilen brauchen. Der Lastwagen an der Spitze der Kolonne fuhr in mäßigem Tempo. Ich holte den gelben Wagen bis auf ein, zwei Längen auf. Es war ein alter viertüriger Dodge Dart, vier bis fünf Jahre alt, die hintere Stoßstange war gebrochen und der rechte hintere Kotflügel eingebeult und rostverkrustet. Viel konnte ich von dem Fahrer nicht sehen – nur seinen Hinterkopf und eine grüne Strickmütze.

«Ich kann's immer noch nicht glauben», sagte Arlene. Sie saß mit weit aufgerissenen Augen und verkrampften Händen auf der Kante ihres Sitzes. «Es ist einfach verrückt. Da sitzen wir und warten und warten und dann ganz plötzlich . . .»

«Es ist eigenartig», sagte ich.

Wir fuhren geruhsam den Highway entlang ins Dorf und hinunter die breite Main Street. Der Lastwagen führte inzwischen eine lange Schlange an. Wir fuhren an der großen Backsteinschule New Deal, der kleinen weißen katholischen Kirche, den Antiquitätenläden und der Tankstelle vorbei. Die Bremslichter des gelben Wagens leuchteten auf, dann der linke Blinker. Er schlüpfte durch eine Lücke im entgegenkommenden Verkehr und hielt auf dem Parkplatz vor *Rudy's Diner & Cocktail Lounge.* Ich trat hart auf die Bremsen, fuhr an die rechte Seite und hielt. Ich war etwas durcheinander. Ich stellte den Motor ab.

«So», sagte ich.

Die Fahrertür des gelben Wagens öffnete sich. Fago stieg aus. Ich kurbelte das Fenster herunter, um besser sehen zu können. Arlene rutschte zu mir rüber.

«Schau ihn dir an, Chick», sagte sie. «Schau ihn dir an; siehst du, was ich meine?»

Ich schaute. Er hatte etwa meine Größe und Figur, aber das war auch alles, was ich bei dieser Entfernung im zunehmenden Dämmerlicht entdecken konnte. Wir beobachteten, wie er um seinen Wagen herum über den Parkplatz ging. Er trug einen dunkelroten Anorak. Er schlurfte mit hängenden Schultern ins *Rudy's Diner.*

«Na?» sagte sie.

«Ja», sagte ich. «Ich glaube, du hast recht. Aber das ist für mich schwer zu sagen.»

«Er ist genau richtig.»

Ich lehnte mich zurück. Ich wollte nach einer Zigarette angeln, dachte nach und ließ es bleiben.

«Und jetzt? Fürs Abendessen scheint es mir noch zu früh. Meinst du, daß er hier arbeitet?»

«Nein. So sieht er nicht aus. Und ich glaub auch nicht, daß er ins Restaurant gegangen ist. Denk doch mal daran, wo ich ihn das erste Mal gesehen habe – vor der *Wampum* Bar. Ich glaub eher, daß er in die Cocktail Lounge gegangen ist.»

«Ach, du meine Güte. Hoffentlich nicht. Da verbringt er womöglich die ganze Nacht.»

«Wir auch», sagte sie. «Wir werden ihn nicht noch einmal aus den Augen verlieren.»

Einen Augenblick saß sie angespannt da, dann schaltete sie das Radio an. Sie fand den 24-Stunden-Muzak-Sender in Sag Harbor und drehte es leise. Wir saßen eingehüllt in eine endlose Dudelei und beobachteten und warteten. Das *Rudy's* war das Pendant zum *Wigwam*. Auf dem Parkplatz davor standen ein halbes Dutzend Autos und Lastwagen. Einer davon hatte auf der Stoßstange den Aufkleber «Iß Muscheln und lebe länger / Iß Austern und liebe länger». Die Restauranttür öffnete sich und ein schwergewichtiges Paar kam heraus. Der Mann stolperte, und die Frau packte ihn am Arm. Heftig schlug er ihre Hand weg. Sie stiegen in einen blaßgrünen Chevrolet Laster; die Frau nahm hinter dem Steuer Platz. Sie fuhren in einem Hagel von aufspritzendem Kiesel in Richtung East Hampton davon. Die Dämmerung war nun endgültig hereingebrochen, es war fast dunkel.

Ich sah auf meine Uhr. Es war 25 Minuten vor sechs.

«Wie wär's, wenn ich mal reinginge und einen Blick darauf werfen würde?»

«Lieber nicht», sagte Arlene.

«Ich könnte ja eine Schachtel Zigaretten kaufen.»

«Nein.»

Ein Wagen fuhr auf den leeren Parkplatz, wo vorher der grüne Laster gestanden hatte. Ein junger Mann mit einem spärlichen Backenbart stieg aus. Im Schein der Parkplatzleuchten kam mir sein Gesicht irgendwie bekannt vor. Aber ich konnte ihn nirgends unterbringen.

Arlene berührte meinen Arm.

«Da kommt er», sagte sie leise und geheimnisvoll, beinahe flüsternd.

Fago kam die Stufen herab und zündete sich eine Zigarette an. Er ließ das Streichholz fallen und schlurfte zu seinem Wagen.

Ich drehte den Zündschlüssel und wartete. Die Scheinwerfer des gelben Wagens gingen an. Er setzte zurück, wendete und fuhr auf die Straße zu. Es war nicht möglich, vorherzusagen, welchen Weg er einschlagen würde. Ich wartete und beobachtete seine Lichter.

«Chick!»

«Ich seh ihn ja.»

Der gelbe Wagen machte einen Satz nach vorn, zögerte und bog dann nach rechts, zurück nach Amagansett zum Postamt, woher er gekommen war.

Und ich hatte die andere Richtung eingeschlagen. Ich setzte zurück um zu wenden. Zwei Motorräder rasten mit aufheulender Maschine dicht hintereinander vorbei. Ich bremste und wartete. Ich versuchte links abzubiegen, mußte aber erst einen Wagen voll kreischender Jugendlicher vorbeilassen.

«Chick! Laß ihn nicht . . .»

Ich antwortete nicht. Ich hörte sie kaum. Hinter mir war die Straße frei. Ich wendete auf der Straße und war bald hinter den kreischenden Kindern. Ich hängte mich so dicht ich konnte an ihre Stoßstange, um bei passender Gelegenheit zu überholen. Der gelbe Wagen war unmittelbar davor. Ich konnte ihn nicht sehen, aber ich wußte es. Ich konnte seine Scheinwerferlichter sehen.

Rotes Licht blitzte auf. Es explodierte in meinem Kopf wie eine Bombe. Die Lichter flammten auf, der Wagen der Kinder bremste, schleuderte und rutschte und hielt. Ich trat die Bremsen bis zum Boden durch. Arlene schrie auf. Ich schleuderte, bekam den Wagen wieder in die Gewalt und hielt hinter dem Wagen der Kinder. Knapp einen Fuß dahinter. Auf der rechten Seite ging eine Tür auf und zwei Kinder – ein Junge und ein Mädchen – stiegen winkend und rufend aus. Der Wagen fuhr mit einem Satz los. Dann verringerte er wieder die Geschwindigkeit, hielt an und bog nach links in die Windmill Lane.

Ich fuhr rechts daran vorbei, trat aufs Gas und holte bald den letzten Wagen ein. Ich war jetzt dicht hinter ihm, näher wollte ich nicht kommen. Ich kam in die hellerleuchtete Main-Street. Aber es war nicht der gelbe Wagen. Der gelbe Wagen mußte entweder links oder rechts abgebogen sein oder irgendwo auf der Main Street sich in Luft aufgelöst haben. Der Wagen vor mir war ein blaumetallic Plymouth Kombi.

Arlene ging zum Kühlschrank. Sie nahm etwas heraus und ging an den Küchentresen zurück. Sie stand mit dem Rücken zu mir.

«Es tut mir leid», sagte sie. «So meinte ich es nicht. Es war nicht deine Schuld. Ich weiß es.»

«Na gut», sagte ich.

Sie drehte sich um und sah mich an. «Ich meine es wirklich, Chick.»

«Okay. Wollen wir einen Drink nehmen?»

«O ja, gern», sagte sie. «Gleich. In ein paar Minuten.»

«Okay. Sag mir dann Bescheid.»

Ich sah mich um. Außer Herumstehen gab es für mich in der Küche nichts mehr zu tun. Ich ging hinaus und ins Wohnzimmer und setzte mich. Ich nahm Arlenes «House & Garden» in die Hand – und legte es wieder hin. Da lag noch die *Times* vom Morgen. Aber ich hatte sie schon vor dem Essen durchgelesen. Dann war da noch der *Star* von gestern. Der East Hampton *Star* erschien einmal wöchentlich. Ich nahm ihn auf und starrte auf die Titelseite. Ich blätterte die Todesanzeigen, die Hochzeits- und Verlobungsanzeigen, die lokalpolitischen Artikel durch. Bei einer phantastisch-unheimlichen Aufnahme eines Mondaufgangs am Meeresstrand hielt ich inne. Mein Blick glitt über die Seite und blieb an einer Überschrift hängen: «Wieder eine Auseinandersetzung im *Wigwam.*» Und ich las weiter:

Das Police Department von East Hampton Village nahm in der letzten Woche wieder drei Verhaftungen vor und war zur Ermittlung eines Diebstahls gerufen worden. Zwei der Festgenommenen waren an der Auseinandersetzung – der fünften in diesem Jahr – am frühen Sonntagmorgen im Wigwam in der Newtown Lane beteiligt gewesen. Harlan K. Trooper, 51, wohnhaft in 30 Lester Street, Easthampton sowie Edwin Fago, 59, wohnhaft in Cedar Pond Road in Amagansett wurde ruhestörender Lärm zur Last gelegt. Beide bekannten sich am Montag vor dem Town Justice Court schuldig und wurden gegen ein Bußgeld von je fünfundzwanzig Dollar auf freien Fuß gesetzt. Den Aussagen der Polizei nach soll die dritte Festnahme . . .

Ich legte die Zeitung wieder auf den Tisch, stand auf und ging in die Küche. Mein Herz klopfte zum Zerspringen. Arlene hörte mich kommen und sah auf.

«Oh Chick, ich wollte gerade . . .»

«Hast du je schon mal was von einer Cedar Pond Road in Amagansett gehört?» fragte ich.

«Cedar Pond Road? Ich glaub nicht. Wieso?»

«Weil dort nämlich Ed Fago wohnt. Er wohnt in der Cedar Pond Road.»

3

Ich fuhr die breite, sonntäglich leere Straße hinunter, die Straßenkarte von East Hampton Town, aufgefaltet bis Amagansett, auf dem Sitz neben mir. Ich hatte die Karte bei «Things n'Stuff» gekauft. Es war völlig still, fast unheimlich still. Vor sämtlichen Schlafzimmerfenstern der Häuser, an denen ich vorbeikam, waren die Rollos heruntergezogen. Es war die totenstillste Stunde der Woche. Es war etliche Stunden zu spät für *Rudy's* und auch noch zu früh für die Kirche. Selbst die große Mobil-Tankstelle hatte geschlossen.

Kurz vor der Feuerwache verlangsamte ich die Geschwindigkeit und schaute wieder auf die lächerliche Landkarte. Cedar Pond Road war eine schmale asphaltierte Straße voller Löcher, von der ich immer angenommen hatte, daß es sich dabei um einen Privatweg oder -straße handelte. Ich fuhr von der Main Street landeinwärts zwischen zwei riesigen Ligusterbüschen hindurch. Die Straße führte an verfallenen Apfelgärten und Scheunen vorbei durch ein endloses Kartoffelfeld und stieg den Hügel von Egypt Ridge empor. Dann begann der Wald. Ich kam an einer Kiesgrube vorbei und an einem weißen Holzhaus, dessen Farbe abblätterte und auf dessen Veranda eine Waschmaschine stand. Auf einem handgemalten Schild, das an eine Eiche genagelt war, stand: Bud Chase. Der Wald wurde wieder dichter. Auf der rechten Seite bemerkte ich durch den Blättervorhang stahlblaues Wasser. Es gab auch Zedern. Eine Lichtung tauchte auf, und eine Reihe von drei verwitterten Schindelhäusern kam in Sicht. Eines der Häuser hatte über der Tür ein Schild: Lipton. Zwei hatten dreißig Fuß hohe Antennen auf dem Dach, und in jeder Auffahrt stand ein Wagen – ein grüner Ford LKW, ein hellbrauner VW Bus und ein schwarzer Oldsmobil. Auf dem Rasen vor dem Lipton-Haus stand ein altes Pfadfinderzelt. Ich fuhr weiter.

Die Straße machte eine plötzliche Biegung und führte einen langen, dichtbewaldeten Hügel abwärts. Am Fuß des Hügels befand sich ein Flecken Weide. Dort stand noch ein holzgeschindeltes Haus, dessen Ofenrohr zum Fenster rausragte, am anderen Ende der Wiese. Ein staubiger, tiefgefurchter Weg führte unterhalb des Hauses entlang. Und in der Auffahrt stand ein Wagen – ein gelber Dodge Dart, eine alte Limousine mit einer zerbrochenen Heckstoßstange und einem verbeulten rechten Kotflügel. Er stand schräg auf dem Weg, die Fahrertür offen.

Ich fuhr am Haus vorbei außer Sichtweite und hielt an. Ich betrachtete die Landkarte und fand heraus, wo ich mich befand. Die Cedar Pond Road endete an einer Kreuzung mit einer anderen Hügelstraße – dem Cross Highway. Cross Highway führte zur Old Springs Road. Ich kannte die Old Springs Road. Von da aus kam ich nach Haus. Ich schaltete das Radio an und fuhr zur Musik des «Zurück-zur-Bibel-Kirchenchors» davon.

Ich schob den Rasenmäher fort. Ich mußte ihn loswerden, mußte ihn verstecken. Ich konnte seinen Anblick nicht mehr ertragen. Ich fing an zu zittern, zu frösteln – und wachte auf. Ich zitterte noch immer. Und dann begriff ich. Es war Arlene, die mich schüttelte.

«Chick!»

Ich fühlte ihre weiche Wärme. Ich schlug die Augen im Dunkeln auf. Aber es war die vertraute Dunkelheit des Schlafzimmers. Ich war in Sicherheit. Es war nicht geschehen.

«Chick – geht's dir gut?»

«Was ist denn los?»

«Du hast gestöhnt. Ich dachte, dir fehlt etwas. Ich hatte Angst.»

«Ich glaube, daß ich . . .» Aber schon verblaßte der Traum, veränderte sich und entschwand. Ich sagte: «Ich mähte gerade den Rasen. Und fuhr dabei über eine Kröte. Ich glaub, daß es eine Kröte war. Der Rasenmäher . . . Ich weiß nicht mehr. Irgendwas war mit dem Rasenmäher. Es war grauenvoll.»

«Eine Kröte!» sagte Arlene. Ich hörte, wie ihr der Atem stockte. «Das ist ja unheimlich. Ich meine, das ist wirklich seltsam. Erinnerst du dich nicht, Chick? Letzten Sommer habe ich eine Kröte getötet. Nur war das nicht mit dem Rasenmäher sondern mit der Hacke. Ich jätete Unkraut. Erinnerst du dich nicht?»

Fago kam ums Haus herumgeschlurft. Ich beobachtete ihn aus dem schützenden Schatten des Waldrands jenseits der Straße. Er blieb stehen, sah zum wolkenverhangenen frühen Morgenhimmel empor und streckte sich. Er schnaubte sich zwischen Daumen und Zeigefinger die Nase und wischte sie an seinem Ärmel ab. Er ging um die offene Tür seines Wagens herum zum Heck und kniete sich hin. Ich war zu weit entfernt, um sehen zu können, was er da tat. Er stand auf und ging wieder an der Hausseite zurück. Ich sah die Straße auf und ab. Ich hatte meinen Wagen hinter dichtem Gebüsch und Gestrüpp an einem Waldweg stehen lassen. Er war zwar noch sichtbar, aber völlig unverdächtig.

Ich hörte ein Quietschen und Rattern. Dann erschien wieder Fago, übelnehmerisch und mit krummem Rücken, eine Art zweirädrigen Karren hinter sich herziehend. Es war ein selbstgemachter Anhänger mit einem großen flachen Brett, dessen vier Seiten mit hohem Kükendraht umgeben war. Er zog den Anhänger zum Heck seines Wagens und befestigte ihn an einem Haken. Er blickte wieder zum trüben Himmel auf, stieg dann in seinen Wagen und schlug die Tür zu. Er mußte sie zweimal zuschlagen. Der Motor lief aufheulend auf Hochtouren. Ich zog mich zwischen den Bäumen zurück und rannte zu meinem Wagen. Ich rutschte hinter das Steuer und verrenkte meinen Hals, um sehen zu können. Fago setzte zurück aus der Auffahrt und wendete. Er fuhr in Richtung Amagansett. Ich sah, wie er in einer Wolke verbrannten Öls davonfuhr. Der Anhänger wankte und schleuderte von einer Seite auf die andere. Als er den Hügel fast erklommen hatte, stellte ich den Motor an und folgte ihm.

Ich folgte ihm bis ins Dorf von Amagansett. Ich folgte ihm die lange Main Street hinunter. Mit seinem klapprigen Anhänger war es ein leichtes, ihn zu verfolgen, und ich ließ ihm einen guten Block Vorsprung. Ich folgte ihm nach East Hampton. Ich verließ mit ihm die lange Main Street von East Hampton. Ich folgte ihm um den Town Pond und die Grünanlagen herum, entlang dem alten Friedhof. Er bog in die Ocean Avenue ein. Rasen dehnte sich aus, mächtige Bäume streckten ihre Äste gen Himmel, die Häuser hatten sich ans Ende sorgfältig gewundener Kieswege zurückgezogen. Es waren die Besitztümer der hier verweilenden Reichen. Fago bog in eine der pompösen Auffahrten ein. Hier arbeitete Fago also. Ich verringerte die Geschwindigkeit und fiel zurück, dann fuhr ich langsam vorbei. Auf einem schmiedeeisernen Schild mit schmiedeeisernen Füßen stand: Hollister. Fago hatte auf einem Seitenweg für Lieferanten, der von der Auffahrt abzweigte, angehalten. Er stand neben dem Anhänger und hielt einen Bambusrechen in der Hand. Fago würde nie ernsthaft vermißt werden. Fago war ein Gartenarbeiter.

Ich fuhr ans Ende der Straße bis zum Sackgassenschild, dort, wo der leere Strand begann und der kalte graue Ozean sich erstreckte. Ich hielt auf dem Parkplatz «Nur für Rettungswagen. Parken verboten» und zündete mir eine Zigarette an. Ich saß da und rauchte und schaute aufs Meer. Man konnte sich nur schwer die glitzernd blaue Wasserfläche im August vorstellen. Ich sah auf die Uhr und blieb weitere fünf Minuten sitzen. Aber ich hatte mich schon entschlossen. Es war zwar nicht eingeplant, aber es war trotzdem notwendig. Ein kurzer Blick aus der Entfernung von Rudys Parkplatz in der Dämmerung und der noch entferntere heute morgen reichten nicht aus. Ich mußte mehr wissen, ganz genau sehen. Ich wendete und fuhr zum Hollister-Grundstück zurück.

Fago harkte Blätter im kahlen Schatten einer gewaltigen Blutbuche zusammen, nur wenige Schritte von der Straße entfernt. Ich fuhr näher heran und rutschte auf den Beifahrersitz. Ich streckte meinen Kopf zum Fenster heraus.

«Entschuldigen Sie . . .»

Fago hielt inne. Langsam drehte er sich um und guckte. Ein seltsamer Ausdruck lag auf seinem Gesicht. Eine richtige Galgenmiene.

«Mhm?» sagte er.

«Es tut mir leid, aber ich benötige Hilfe», sagte ich im Befehlston eines George Derring.

Er ließ den Rechen auf einen Haufen Blätter fallen, der auf einem ausgebreiteten Gummisack zusammengeharkt war und trottete näher.

«Wasis?»

«Ich suche eine Straße namens Cottage Avenue», sagte ich. «Ich dachte, daß es hier in der Gegend sein müsse.»

Fago stand da und sah mich an. Seine Augen waren blau, von einem sehr blassen Blau, beinahe wie Wacholderbeeren. Es sah aus, als bemühte er sich nachzudenken.

«Die Cottage Avenue?»

«Genau die. Es wurde mir gesagt, die sei hier zu finden.»

«Naja. Hier ist die Ocean Avenue. Was Sie suchen, ist . . .»

Ich hörte ihm nicht mehr zu. Ich hatte erkannt, was Arlene an jenem Tag im Newton Lane gesehen hatte. Ich sah es und begriff. Fago und ich sahen uns nicht im geringsten ähnlich. Seine Nase war zu groß, seine Ohren waren zu klein und unausgeprägt und das Blau seiner Augen war zu blaß. Da gab es keinerlei Ähnlichkeit. Nur die Größe und Gestalt hatten wir gemeinsam, etwa das gleiche Alter und die Fülle des graumelierten braunen Haares. Ein Wesentliches hatten wir gemein: die Silhouette. Ich fühlte eine Welle der Erleichterung. Ich sah nicht mein Spiegelbild. Ich betrachtete einen völlig Fremden.

«Ich weiß», sagte Arlene. «Aber ich habe nachgedacht, und ich habe meine Meinung geändert.»

Ich biß ein letztes Mal vom Schinken ab, ein letztes Mal vom Toast, trank einen letzten Schluck Kaffee. Ich nahm eine Zigarette aus der Pakkung und zündete sie an.

«Meinst du nicht, daß das zu riskant ist?»

«Ein Risiko ist immer dabei.»

«Ich bin nicht so sicher, daß ich's ein zweites Mal hinkriege. Ich sagte dir ja, daß er mich wirklich beeindruckt hat. Ich sagte dir auch, daß er kein Dummkopf ist. Womöglich vermassel ich alles.»

Sie schüttelte den Kopf. «Chick», sagte sie. «Er bat dich, in vier Wochen wiederzukommen. Er wartet darauf, daß du wiederkommst. Stell dir vor, du gehst nicht hin. Das könnte wirklich alles vermasseln. Er würde dich als bloße Zeitvergeudung abschreiben. Wieder so ein Hypochonder – oder noch schlimmeres. Wir brauchen ihn auf unserer Seite. Er könnte ein lebenswichtiger Zeuge werden. Er könnte den Ausschlag geben. Wir dürfen ihn nicht als Gegner haben.»

«Nein. Ich versteh schon.»

Ich schwieg. Ich wußte, daß sie recht hatte. Aber ich fühlte mich nicht wohl dabei.

«Ich weiß das auch», sagte ich. «Aber wie soll ich diesmal mit ihm sprechen? Was soll ich ihm sagen?»

«Das besprechen wir noch ausführlich», sagte sie. «Ich muß heute nachmittag ins Dorf. Ich werde wieder bei der Bücherei halten.»

Dr. Chandler lehnte sich in seinem ledergepolsterten Drehstuhl zurück. Er war knapp so alt wie ich, aber tiefe Falten zeichneten sein Gesicht, und sein dünnes Haar wurde schon grau. Ausdruckslos starrte er auf die Sammlung der gerahmten Diplome seines medizinischen Werdegangs. Der Bericht meines Befunds lag aufgeschlagen vor ihm. Er rollte einen Bleistift zwischen den Handflächen.

«Schlimmer geworden?» fragte er.

«Naja. Ich kann nicht behaupten, daß ich mich besser fühle», sagte ich.

«Ich verstehe.» Er schaute kurz auf den Bericht. «Sie litten unter Schlafstörungen. Glauben Sie, daß da irgendeine Besserung eingetreten ist?»

«Das Einschlafen macht mir keine Sorgen», sagte ich. «Ich kann nur nicht durchschlafen, das ist es. Ich wache auf und fange an nachzudenken, und dann lieg ich hellwach da. Manchmal lieg ich so bis zum Morgen.»

Dr. Chandler rollte mit seinem Bleistift. «Über was denken Sie nach?»

Ich zuckte mit den Schultern. «Über mein Leben», sagte ich. «Über mein Alter. Meine Finanzen. Ich denk an die Zukunft – oder das, was davon noch übrig geblieben ist. Es ist auch nicht so sehr, daß ich richtig darüber nachdenke. So kann man es eigentlich nicht bezeichnen. Es ist mehr ein . . . Ich weiß nicht. Mehr ein dumpfes Grübeln. Ein Verzweifeln.»

«Mmmmh. Und wie fühlen Sie sich morgens?»

Ich zögerte. «Nun ja. So nächtliche Gedanken sind natürlich was ganz anderes, denk ich mir. Morgens fühl ich mich nicht mehr ganz so hoffnungslos. Aber . . .»

«Ja», sagte er. «Würden Sie also sagen, daß Sie morgens frisch und ausgeruht aufwachen? Oder nicht?»

«Es ist schon lange her, daß ich gut geschlafen habe. Ich meine, eine ganze Nacht richtig durchgeschlafen habe», sagte ich. «Und ich wach auch nicht morgens auf. Ich bin schon wach.»

Er nickte. «Mmmmh», sagte er. «Und ich hatte gehofft . . .» Er sah wieder auf meinen Befund. «Sie haben Elavil genommen. Hmh . . . Fünfundsiebzig Milligramm vorm Schlafengehen?»

«Fünfundsiebzig Milligramm?» fragte ich. «Schon möglich. Wenn Sie es mir so verschrieben haben.»

«Und Sie können immer noch nicht schlafen», sagte er. «Und Sie sind immer noch apathisch. Und haben keinen Appetit. Und Ihr Sexualtrieb . . .» Er stieß mit dem Bleistift leicht gegen seine Nase. «Ich hatte gehofft . . . Ich hatte gehofft . . . Aber bei dem dreizyklischen Kompositum ist es schwer vorherzusagen. Unterschiedliche Menschen sprechen unterschiedlich darauf an. Ich denke, wir erhöhen die Dosis Elavil ein bißchen.»

Er öffnete die Schublade und zog einen Rezeptblock hervor. Ich beobachtete ihn, wie er schrieb. Er schien lediglich in seiner Funktion als Mediziner enttäuscht zu sein. Ich war sicher, daß es nicht mehr war. Langsam begann ich, mich zu entspannen. Jetzt würde es nicht mehr lange dauern.

Dr. Chandler reichte mir den bekritzelten Zettel. Er lehnte sich zurück. Er begann wieder seinen Bleistift zu rollen.

«Ich habe Ihre Dosis um fünfundsiebzig Milligramm erhöht», sagte er. «Bitte nehmen Sie wie gewohnt vor dem Schlafengehen fünfundsiebzig Milligramm. Wir erhöhen die Dosis über den Tag hinweg – fünfundzwanzig Milligramm vor jeder Mahlzeit.» Er ließ den Stift auf die Schreibplatte fallen und schaute zu, wie er wegrollte. «Das halten wir mal ein paar Wochen lang bei. Ich möchte Sie gern in – sagen wir drei Wochen – wiedersehen. Dann werden wir sehen. Ich meine, daß wir dann bestimmt eine Besserung feststellen können. Wenn nicht, dann müssen wir das Medikament wechseln. Oder, vielleicht, eine psychiatrische Beratung vornehmen. Da gibt's einen erstklassigen Mann in Southampton.»

«Ich glaub nicht, daß das für mich das richtige ist», sagte ich.

«Nein.» Er lächelte. «Für mich auch nicht.»

Die Sprechstunde schien vorüber zu sein.

«Nun, dann», sagte ich und wollte aufstehen.

Er räusperte sich. «Noch eins», sagte er. Sein Lächeln war verflogen. Er sah mich lange, ernsthaft an. Er war nicht nur ernst, er sah besorgt aus.

«Sagen Sie, haben Sie sich schon einmal schlimme Gedanken gemacht. Ich meine, haben Sie schon mal an – an Selbstmord gedacht?»

Ich stand regungslos. Innerlich aber zitterte ich, war ich aufgewühlt. Mehr konnte ich nicht tun, um seinem forschenden Blick auszuweichen. Ich schwieg einen Augenblick.

«Ich . . . Ja, ich hab wohl mal daran gedacht. Das ist vorgekommen. Aber ich glaube nicht, daß ich jemals so etwas tun würde.»

Ich fuhr im Regen nach Haus. Der Geschmack von zuvielen Gläsern Bier lag mir auf der Zunge, meine Finger rochen nach zu vielen Zigaretten. Ich war nicht betrunken. Ich glaubte jedenfalls, daß ich nicht betrunken war. Ich fühlte mich nur schwer und satt. Ich war kein Bier gewöhnt. Ich bog in die Auffahrt. Durch die Vorhänge der Schlafzimmerfenster sickerte Licht hindurch. Es war fast ein Uhr, aber Arlene war immer noch wach, immer noch auf. Ich lächelte, und meine Gesichtshaut war steif und spannte. Vielleicht war ich doch ein bißchen betrunken. Ich stellte den Wagen ab und tastete mich im Dunkeln nach vorn zur Garagentür. Ich blieb einen Augenblick im Schutz des vorspringenden Daches stehen, lauschte auf das Rauschen des Regens und atmete tief den frostig frischen Geruch der Nacht ein. Dann zog ich meinen Kopf ein und rannte zur Küchentür. Und drin war ich. Und durchs Eßzimmer.

«Chick! Bist du's, Chick?»

«Ich bin's.»

Ich rülpste und stieg die Treppe hoch, hielt mich am Geländer fest und ging den Flur entlang. Arlene saß aufrecht in ihrem geblümten Nachthemd im Bett, ein leeres Glas in der Hand, auf dem Tisch neben sich irgendeine Flasche, eine Ausgabe des *New Yorker* auf dem Schoß. Sie lächelte und streckte die Arme aus, und ich ging auf sie zu, um sie zu küssen.

Abrupt warf sie den Kopf zurück.

«Puh!» sagte sie. «Geh weg!»

«Was ist los?»

«O du riechst gräßlich. Du stinkst wie ein ganzer Bierkeller.»

«Oh?» Ich lächelte mein Gespannte-Haut-Lächeln. «Ich schätze, das stimmt. Aber ich dachte, Bier wäre dort besser als Whiskey.»

«Was heißt ‹dort›? Im *Wampum*?»

Ich schüttelte den Kopf. Er fühlte sich genauso seltsam an wie mein Lächeln.

«Ich weiß nicht, wie der Besitzer heißt», sagte ich. «Das ist die Bruchbude auf dem Weg zum Town Dock. *Swamp Creek Tavern* heißt es.»

«Und?»

«Da bin ich gewesen», sagte ich. «Ich meine, da bin ich zum Schluß gewesen. Dort hab ich ihn nämlich schließlich gefunden.»

«Und?»

«Ich hab's erst beim *Rudy's* versucht», sagte ich. «Aber da standen nur wenige Autos. Da brauchte ich nicht mal reinzugehen. Dann hab ich es im *Wigwam* versucht. Er war nicht da, und ich habe eine gute Stunde gewartet. Ich hab so ein Gefühl, daß er seit der Schlägerei nicht mehr dorthin geht. Dann fiel mir ein, daß ich mal in die *Swamp Creek Tavern* reinsehen könnte, und da war er.»

«Und?»

«Allein. Er war allein. Kein Mädchen, kein besonderer Freund – nichts. In der ganzen Zeit, die ich da war, hat er an der Bar gesessen und sich mit dem Barkeeper unterhalten oder auch mit ein paar Männern neben ihm. Aber die meiste Zeit saß er nur da und trank Bier und rauchte und sah sich das Fernsehen an. Der hat keinen engen Freund. Das ist ein Außenseiter. Da bin ich ganz sicher.»

Arlene nickte. «Das ist phantastisch», sagte sie. «Das ist fast zu schön, um wahr zu sein. Und die Idee mit der *Swamp Creek Tavern* gefällt mir. Das *Wampum* hab ich nie gemocht. Da ist zuviel Betrieb auf der Newton Lane. Aber die *Swamp Creek Tavern* gefällt mir – das gefällt mir großartig. Ich halte das für den besten Ort, da draußen im Wald. Es ist die perfekte Umgebung.»

«Ich weiß nicht, ob du dich noch dran erinnerst», sagte ich. «Aber da ist auf der einen Seite ein ziemlich großer Parkplatz. Und ohne jedes Licht.»

«Es ist einfach perfekt.»

«Das finde ich auch», sagte ich.

Wir saßen eine Weile und schauten uns nur an. Plötzlich kroch eine Spannung in mir hoch, ich bekam keine Luft mehr. Arlene lächelte. Ich beugte mich zu ihr hin.

«Nein», sagte sie.

Aber ich hörte das Zittern in ihrer Stimme, die vertraute, beredte Erregung. Sie faltete den *New Yorker* zusammen und legte ihn auf den Nachttisch und begann ihr Nachthemd aufzuknöpfen.

«Geh und putz dir die Zähne», sagte sie. «Und zieh die Swamp Creek Sachen aus. Und . . . Und dann komm wieder.»

Ich ließ den gelben, genormten Schreibblock auf den Küchentisch fallen, zog den anderen Stuhl heran und setzte mich. Ich zog meinen Füllfederhalter aus der Tasche. Und plötzlich fiel mir etwas ein. Ich sah Arlene über den Tisch hinweg an.

«Ich überlege», sagte ich. «Ich überlege, ob ein Bleistift nicht besser wäre.»

«Warum?»

«Ich weiß nicht», sagte ich. «Vielleicht nicht so formell. Es sieht dann vielleicht spontaner aus.»

«Ich glaube nicht, daß das so wichtig ist», sagte sie. «Ich glaube, die nehmen das, was sie sonst auch benutzen. Nimm ruhig deinen Füllfederhalter.»

«Es ist zu dumm», sagte ich. «Ich wünschte, wir hätten irgendwas, nach dem wir uns richten könnten. Da muß es doch so eine Art Muster geben. Aber die Zeitungen bringen nie irgendwelche Details.»

«Ich kann mir vorstellen, daß es da Dutzende von Möglichkeiten gibt», sagte sie. «Ich glaube, daß schließlich jeder nach seiner eigenen Vorstellung vorgeht.»

«Möglich», sagte ich. «Okay.» Ich sah auf das leere Blatt Papier. Es kam mir vor, als stünde ich wieder im Laden. Der Anfang ist immer am schwersten. Ich schraubte die Kappe ab und kritzelte ein paarmal auf der Rückseite des Blocks, damit die Tinte in die Federspitze floß.

«So – und wie fangen wir jetzt an?»

«Es ist ja ein Brief», sagte sie. «Du schreibst mir einen Brief. Also fängst du genauso an, wie du es sonst auch immer tust.»

«Ja, schon. Aber das meine ich nicht. «Ich meine, womit soll ich anfangen? Was soll ich sagen?»

Arlene zögerte. «Nun, versetz dich einmal in unsere Lage.»

Sie legte die Ellbogen auf den Tisch und stützte ihr Kinn mit den Händen.

«Vielleicht beginnst du mit einem Ausdruck des Bedauerns. Ich glaube, ich habe das irgendwo mal gelesen. Vielleicht gibt es da tatsächlich ein bestimmtes Muster; daß sich einfach von allein entwickelt. Jedenfalls glaube ich, daß du am besten damit anfängst, daß es dir leid tut.»

«Ich glaube, du hast recht.»

Arlene saß da und betrachtete die spinnwebartige Maserung des Tisches.

«Ja», sagte sie. «Es tut dir leid . . . Aber du tust es, weil du es tun mußt. Es gibt keinen anderen Weg für dich.»

«Ja», sagte ich. Ich konnte es nun nachempfinden. Der Anfang war gefunden; es ging weiter. «Ja – es ist der einzige Ausweg. Aber es ist nicht dein Fehler, deine Schuld. Niemand kann dir etwas vorwerfen. Du bist wunderbar gewesen. Es ist alles meine Schuld. Ich kann nicht mehr. Ich hab es versucht, aber ich habe nicht die Kraft dazu. Ich bin zu alt. Es ist zu spät. Ich bin zu nichts mehr nutze. Ich bin eine Last.»

Arlene hob den Kopf.

«Chick», sagte sie. «Chick, das ist genau richtig. Das ist absolut perfekt.» Ihre Augen waren groß und glänzend. «Es tut dir leid, und du bittest mich, dir zu verzeihen. Weil ich alles nur menschenmögliche getan habe. Ich sei wunderbar gewesen. Ich bin eine wundervolle, eine ideale Ehefrau gewesen.»

4

Mit steifen Gliedern stand ich auf, ging zum Fernseher und schaltete ihn ab. Brandon de Wilde gab einen letzten herzzerreißenden Schrei von sich – «Shane!» – dann verschwamm Alan Ladd und schrumpfte zu einem winzigen Lichtpunkt zusammen. Das Licht erlosch. Ich ging zurück zu meinem Sessel, aber ich setzte mich nicht hin, ich konnte mich nicht hinsetzen. Ich schaute auf die Uhr. Es war fast elf, beinahe Mitternacht. Es war Zeit.

Arlene bewegte sich in ihrem Sessel. «Ich glaube nicht, daß ich das jemals wieder sehen möchte.»

Ich sagte: «Es ist besser, wir gehen jetzt.»

«Gut. Aber, Chick . . . Versuch dich zu entspannen. Ich kann gar nicht mitansehen, wie verkrampft du bist.»

«Ich bin nicht verkrampft», sagte ich. «Ich bin nur ruhelos. Ich will endlich anfangen.»

«Ich bin soweit», sagte sie.

Wir nahmen unsere Mäntel aus dem Wandschrank, und Arlene setzte eine dicke gestrickte Mütze auf. Ich ging zum Küchenschrank, wo Arlene auf einer Magnetleiste die Messer hängen hatte, und suchte mir ein Messer aus, ein Fleischmesser mit einem Holzgriff und einer langen Stilettklinge. In einer Schublade darunter fand ich einen alten Weinkorken, steckte ihn auf die Messerspitze und verstaute das Messer in meine Tasche. Arlene sah mir von der Tür aus zu. Sie lächelte, aber ihr Gesicht blieb verschlossen. Sie öffnete die Tür und ging hinaus, und ich folgte ihr in die Nacht.

Arlene fuhr. Ich saß schweigend neben ihr und fühlte die ungewohnte Form des Messers mit der Korkenspitze in meiner Tasche. Wir hatten schon oft darüber gesprochen, hatten alle Einzelheiten erwogen, soweit das in einem Gespräch überhaupt möglich ist. Es gab nichts mehr zu besprechen. Es war eine schwarze Nacht, pechschwarz, mit der dichten Neumondfinsternis, die die Leuchtkraft der Scheinwerfer zu vermindern schien. Die Straße vor uns war kaum zu sehen, und die Scheinwerfer der wenigen Autos, die uns entgegenkamen, schimmerten wie Lichter im Nebel. Wir bogen aus dem trüben Tunnel der offenen Landstraße in den noch trüberen Tunnel von Aaron's Path. Aaron's Path führte hinunter ans Wasser, hinunter zum Dock, zur *Swamp Creek Tavern*. Ich kauerte auf meinem Sitz, zog den Kopf ein und versuchte, nicht zu denken, nichts auszumalen.

Arlene gab einen unsicheren Laut von sich. Ich wandte meinen Blick von der leeren Straße. Im schwachen Licht des Amaturenbretts konnte ich ihr Profil, ihre Kinnlinie sehen.

«Was ist los?» fragte ich.

«Nichts.»

«Ich dachte, du hattest was gesagt.»

«Nicht so richtig – ich dachte nur gerade an den Schlüssel zur Kellertür.»

«Du hast mich gebeten nachzusehen», sagte ich. «Ich habe das Schloß an der Tür gelassen. Der Schlüssel hängt am Nagel an der Veranda.

Arlene nickte. Dann sagte sie: «Ich sehe ein paar Lichter. Ist es da unten auf der linken Seite?»

«Ja, da ist es.»

Die *Swamp Creek Tavern* war ein langgestrecktes flaches Gebäude, das dicht an der Straße stand, am Ende einer Lichtung, die aus dem Wald geschlagen worden war. Es war aus Betontafeln gebaut, die man flaschengrün gestrichen hatte. In drei der vier Fenster leuchteten Neonschlangen: Budweiser, Miller High Life, Schmidt's. Das vierte Fenster wurde von einem Holzladen verschlossen. Das war die einzige Beleuchtung. Der Parkplatz war für Anfang November ziemlich besetzt. Und Fagos Wagen stand ebenfalls da.

Wir fuhren um Fahrrillen und Schlaglöcher herum und fanden seinen Wagen fast an der gleichen Stelle, wo ich ihn schon letzten Samstag gefunden hatte, am hintersten Ende des Parkplatzes, nur noch zwei, drei Wagen zwischen sich und der weißen, fensterlosen Rückseite des Gebäudes. Arlene parkte ein paar Wagen weiter weg in der Reihe dahinter. Sie stellte den Motor ab und schaltete das Licht aus. Wir saßen da in der undurchdringlichen Dunkelheit, und der einzige Laut war das Ticken des abkühlenden Motors.

Ich hörte wie Arlene sich bewegte, wie ihr Mantel über den Sitz rieb. Ich fühlte ihre Hand auf meinem Knie, auf meinem Arm. Sie fand meine Hand.

«Mit mir ist alles in Ordnung», sagte ich.

Sie drückte meine Hand.

«Ich weiß», sagte sie.

Die natürliche Dunkelheit der Nacht kehrte zurück. Die totale Finsternis wurde weicher, schwebte empor und zog sich in die Wälder zurück. Ich beobachtete, wie die Wand und die Umrisse des Dachs schwarz gegen den dunklen Himmel abstachen. Es war wie die Ahnung einer Dämmerung. Plötzlich war es hell oder dunkel genug, um zu sehen. Da durchzuckte mich ein Gedanke. Ich zögerte, doch dann öffnete ich die Wagentür.

«Was hast du vor?» flüsterte sie.

«Ich bin gleich wieder zurück», sagte ich. «Ich will nur nachsehen . . .»

Ich tastete mich zwischen den Autos die Reihen entlang bis zu einer bestimmten Silhouette. Ich tastete und strich und erkannte dann die

Beule im Kotflügel und die mit Draht befestigte, abgebrochene Stoßstange. Ich hatte meine Orientierungspunkte gefunden. Schnell trat ich auf die linke Seite neben die hintere Tür und probierte den Griff. Die Tür öffnete sich ganz leicht. Sie war nicht verriegelt oder festgeklemmt. Ich hatte eigentlich nicht geglaubt, daß sie verklemmt sein könnte, aber ich mußte sichergehen. Ich wollte keine Überraschungen in der letzten Sekunde erleben. Ich lehnte die Tür nur an und eilte zu unserem Wagen zurück. Sitzen. Und denken. Und warten.

Ich hörte ein Geräusch. Ich kurbelte das Fenster noch etwas weiter herunter, lehnte mich in die Kälte hinaus und lauschte. Das Geräusch war jetzt lauter – das Knirschen und Schlurfen von Füßen über groben Sand. Ich atmete flach, um zu hören. Die Schritte knirschten. Das Dunkel veränderte sich, ein dunklerer Schatten bewegte sich. Und dann sah ich ihn. Er kam schlurfend zwischen den Reihen entlang. Groß, gebeugt und plötzlich ganz deutlich – Fago.

Arlene packte meine Hand.

«Chick?»

«Ich weiß. Steig nicht zu schnell aus», flüsterte ich ihr ins Ohr.

«Nein.»

«Warte, bis du sicher bist, daß ich . . .»

«Natürlich.»

Vorsichtig öffnete ich die Tür. Vorsichtig stieg ich aus. Fago war jetzt bei seinem Wagen. Hinter der schwarzen Masse des Wagens konnte ich seine gebeugten Schultern sehen, seinen Nacken, den Bommel seiner Pudelmütze. Er schien einfach da zu stehen. Ich wartete. Dann hörte ich ein leises Plätschern, das leise Rieseln von Wasser. Fago urinierte. Es rieselte und rieselte, hörte auf, begann von neuem und hörte tröpfelnd auf. Er stand einen Augenblick, räusperte sich und spuckte. Er bückte sich und öffnete die Tür. Er kroch ins Auto. Die Scheinwerfer gingen an. Er betätigte den Anlasser, der Motor mahlte. Ich bewegte mich so schnell ich konnte.

Fago saß über das Steuerrad gebeugt und versuchte immer noch, den Motor anzukriegen. Er hörte mich nicht kommen. Er hörte nicht, wie ich hinter ihm auf den Rücksitz glitt. Ich tastete in meiner Tasche nach dem Fleischmesser und zog es heraus. Ich entfernte den Korken. Ich wartete bis der Motor gezündet hatte, aufbrüllte und dann gleichmäßig brummte. Mit einem Knall schloß ich die Tür. Fago zuckte zusammen und fuhr auf seinem Sitz herum. Ich ließ ihn mich in Ruhe ansehen. Ich lächelte, lehnte mich vor und hielt die Messerspitze genau unter seinen Adamsapfel.

«Hallo, Ed», sagte ich.

Regungslos starrte er mich an.

«Hey», sagte er. «Hey – was soll das?»

Er schluckte und sein Adamsapfel berührte die Messerspitze. Heftig schnellte er zurück. Mein Messer folgte ihm. Ich setzte die Messerspitze wieder an seinen Hals. Er hielt inne, verharrte mitten in der Bewegung.

«Was . . . Was soll das?»

«Ich habe eine Nachricht für Sie», sagte ich.

«Mhm?»

«Eine Verabredung für Sie, Ed.»

«Verabredung?» wiederholte er. Er riß die Augen auf, sein Kinn fiel herab. «Das versteh ich nich. Was soll das?»

«Er will Sie sehen, Ed.»

Er wollte mit dem Kopf schütteln – und besann sich. Reglos saß er da.

«Himmelherrgott! Was soll das heißen? Ich weiß nich, wovon Sie reden.»

«Nein?»

Ich drückte die Messerspitze ein wenig stärker in die Haut. Ohne sie zu ritzen. Nur damit er sie fühlte. Er stieß einen kleinen Schrei aus.

«Nein?» sagte ich.

Seine Augen traten aus den Höhlen. «Hör'n Sie zu», sagte er. Ich meine . . . Ganz ehrlich. Das is ja verrückt. Das muß 'n Irrtum sein. Ich meine, Sie haben den falschen Typ erwischt.»

«Ihm ist kein Irrtum unterlaufen», sagte ich. «Sie wissen das, Ed. So, und jetzt fahren wir!»

«Ich schwör zu Gott . . . .»

«Haben Sie mich nicht verstanden, Ed? Wir fahren jetzt.»

Er legte den Gang ein, setzte zurück, wendete und würgte den Motor ab. Die Zündung mahlte. Unvermittelt ruckte der Wagen an. Ein Scheinwerferkegel leuchtete hinter uns auf. Ich sah mich um. Ein Wagen bog um eine Reihe, erhöhte die Geschwindigkeit, Kies spritzte zur Seite. Arlene war auf dem Weg.

«Okay, Ed.»

Ich machte es mir auf dem Sitz hinter ihm bequem und zog das Messer ein Stückchen zurück. Ich wollte nicht, daß er es fühlte. Ich wollte ihn auch nicht verletzen, wenn wir plötzlich durch ein Straßenloch rumpelten. Ich wollte ihn nur daran erinnern, daß es noch da war. «Fahren Sie auf die Straße rauf, Ed, und dann nach rechts. Dann fahren Sie geradeaus, bis ich Ihnen weitersage.»

Fago saß zusammengesunken auf der Ecke der Canvasliege. Er trug immer noch seine Mütze und seinen Anorak, saß aber in Socken. Ich hatte sicherheitshalber ihm seine Schuhe abgenommen, braune, unverwüstliche Treter. Aber es schien unnötig zu sein. Ohne ein Wort ließ er es zu, daß ich sie ihm abnahm. Kampfgeist und Eifer waren verraucht. Es war, als hätte seine Samstagnacht ihn plötzlich ereilt, ihn ausgezählt. Er sah nur noch bierbetrunken aus.

«Okay, Ed», sagte ich. «Haben Sie Geduld. Er wird Sie ganz bestimmt als erstes morgen früh sehen.»

Fago hob den Kopf, starrte mich an, sagte aber nichts.

Ich langte nach oben, schraubte die Birne aus der Deckenfassung und steckte sie in meine Tasche. Das letzte, was ich sah, bevor der Keller im Dunkel versank, war sein schwermütiger, in sich versunkener Blick. Ich tastete mich zu den steilen Steinstufen hinauf und raus, schob den Riegel der Doppeltür hoch und verschloß ihn mit einem Vorhängeschloß. Das würde schon auf Fago über Nacht aufpassen. Ich ging im Dunkeln um das Haus herum zur Küchentür. Arlene stand im offenen Türrahmen.

«Ist er in Ordnung?» fragte sie. «Er ist so entsetzlich still.»

«Er ist in Ordnung.»

Ich stopfte die Birne in den einen braunen Schuh, das Messer in den anderen und stellte beide hinter die Tür für morgen. Fago würde wahrscheinlich bis dahin ein anderer Mensch sein. Aber im Augenblick wollte ich darüber nicht nachdenken. Unsere Samstagnacht war noch nicht zu Ende. Unsere Nacht hatte gerade erst angefangen. Ich schaute auf die Uhr. Es war zwanzig Minuten vor zwei. Ich setzte mich an den Küchentisch und zündete mir eine Zigarette an. Ich war eigentlich nicht müde, dazu war ich zu aufgedreht. Ich fühlte mich nur im Moment erschöpft. Und ich schwitzte. Ich knöpfte meinen Regenmantel auf.

Arlene blieb stehen und sah mich an.

«Und du? Bist du in Ordnung?»

«Ich könnte einen Dring gebrauchen», sagte ich.

Sie zögerte. «Meinst du wirklich, daß du . . .»

«Ich brauche einen Drink», sagte ich.

«Okay.»

Sie nahm ein Glas, Eis und meine Flasche Jim Beam. Sie goß mir einen guten Schluck ein, dunkel und reichlich und stellte es auf den Tisch. Ich nahm einen langen Zug.

«Willst du keinen?»

«Ich wage es nicht», sagte sie. «Ich trau mich nicht.»

Ich nahm noch einen Schluck. Ich fühlte mich schon beinahe wieder munter.

«Chick?»

«Mmmh?»

«Was ist passiert?» fragte sie. «Ich meine, du hast mir noch gar nichts erzählt. Hat alles geklappt?»

«Es hat prima geklappt», sagte ich. «Ich erzähl dir alles später. Aber jetzt . . .» Ich leerte mein Glas und stand auf. Ich schwitzte jetzt nicht mehr. Ich knöpfte den Mantel zu.

«Ich will einen guten Vorsprung. Sagen wir, mindestens zwanzig Minuten. Ich möchte nicht, daß du da draußen auf der Straße wartest. *Ich* will auf dich warten.»

«Ich weiß. Ich werde mir Zeit lassen.»

Angespannt stand sie da, mit den Händen hielt sie ihre Schultern umfaßt. «Chick?»

«Ja?»

«Vergiß nicht den Kühlschrank.»

Fagos Auto fuhr sich wie ein alter Lastwagen. Die Räder hielten nicht exakt die Spur, hatten zuviel Spiel, außerdem hatte er Schlagseite nach rechts, was auf eine gebrochene Feder schließen ließ. Ich dachte daran, daß es besser gewesen wäre, einen Vorsprung von einer halben Stunde einzukalkulieren. Ich überholte einen Wagen auf der Cross Highway. Dann traf ich auf dem Rest der Strecke niemand mehr.

Ich bog in Fagos Auffahrt ein. Fuhr bis zum Ende, bis zur Heckseite des brüchigen, mit Kükendraht geflickten Anhängers und der Schuppenwand. Ich blieb einen Augenblick lang sitzen, um mir die Lage des Hauses genau einzuprägen, dann schaltete ich die Scheinwerfer aus. Ich zog den Schlüssel ab, stieg aus und verschloß den Wagen. Ich wußte, daß Fago gewöhnlich seinen Wagen unverschlossen stehenließ, aber das hier war was anderes. Ich stand, um meine Augen an die Dunkelheit zu gewöhnen. Irgendwoher von jenseits der offenen Weide kam ein schwaches, aufundabschwellendes Pfeifen. Da wieder – der Ruf einer Eule. Es war ein Laut, der die Mitternachtsstunde verkündete. Ein Frösteln lief mir über den Rücken. Dann ließ ich mich von der Erinnerung des kurzen Augenblicks führen, als ich vor dem Platz gegenüber der rückwärtigen Seite des Hauses gehalten hatte. Ich fand die Tür und schloß auf.

Ich trat ein. Eine stickige, trockene Hitze und der Geruch nach gebratenen Zwiebeln und ausgelassenem Speck umfingen mich. Beim spärlichen Flackern des elektrischen Kamins fand ich den Schalter und knipste Licht an. Jetzt brauchte ich nicht mehr vorsichtig zu sein. Fagos Wagen stand ja in der Auffahrt. Ich schaute mich in dem Zimmer um. Eine Spüle, eine Arbeitsplatte an der Längswand, davor ein Stuhl. Ein Kühlschrank und ein Gasherd. Auf einem Bord stand ein kleines Radio mit weißem Kunststoffgehäuse, in einer Ecke ein einfacher Tisch und zwei Stühle. Auf dem Tisch lag eine rußige Muschel, die als Ascher diente und ein Stapel zerlesener Ausgaben des East Hampton *Star*. Auf der andere Seite des Zimmers lag die Diele, die Badezimmertür stand offen, und die andere Tür führte sicherlich in eine Abstellkammer. Die Tür am anderen Ende der Diele würde wahrscheinlich die Schlafzimmertür sein. Aus einem plötzlichen Impuls heraus ging ich zur Spüle und schaute hinein. Es sah schlimm aus: drei schmierige Teller, eine schwarze Bratpfanne, eine Kaffeetasse mit angetrocknetem hellgrauem Kaffeesatz, ein Messer, zwei Löffel und eine eigelbverkrustete Gabel. Ich sah mich nach einem Spülmittel und Küchentuch um. Mir war klar, daß ich jede Minute des Zwanzig-Minuten-Vorsprungs brauchte.

Ich entdeckte den Schrank für das Geschirr und die Schublade für das Besteck. Die Bratpfanne stellte ich auf den Herd. Ich wollte ins Schlafzimmer gehen, als mir Arlenes Mahnung wieder einfiel. Ich machte den Kühlschrank auf. Es lag nicht viel drin, aber es hätte doch merkwürdig ausgesehen. Kein Mensch läßt einen Kühlschrank voll mit Lebensmitteln zurück. Ich nahm die Sachen heraus, die unpassend erschienen: drei Eier, ein restliches Stück Schinkenspeck, etwas Margarine, ein bißchen graues Hackfleisch in einer Plastikschale, eine Tüte Milch und eine kleine Flasche Bier. Ich schüttete Bier und Milch in den Ausguß und warf Flasche und Tüte in den Mülleimer darunter. Die übrigen Sachen wikkelte ich in einen *Star* und legte das Paket auf die Arbeitsplatte. Mit der Küche war ich soweit fertig. Ich ging ins Schlafzimmer.

Fagos Bett war ungemacht. Es sah nicht so aus, als ob er es oft machte. Ich glättete das Laken und die Decke, und ließ es dabei bewenden. Unter dem Bett fand ich einen großen hellbraunen Koffer. Die Liste, die Arlene und ich aufgestellt hatten, war mir noch deutlich in Erinnerung. Ich begann mit der Kleidung. Ich fand einen braunen Anzug, einen verstaubten Mantel und Hosen, die auf einem Drahtbügel hingen. Dazu noch einen Regenmantel. Es standen nur zwei Paar Schuhe da: ein Paar Arbeitsschuhe und Schnürstiefel. Ich ließ sie im Wandschrank stehen. Ich durchsuchte die Schubladen und packte Unterwäsche, Socken, drei Hemden, ein paar Taschentücher und einen buntbedruckten Schlips. Einen Schlafanzug gab es nicht. Fago kümmerte sich wohl nicht um soetwas.

Dann nahm ich die Liste mit ins Badezimmer. Fago hatte sich um die Wasserspülung nicht gekümmert. Ich zog für ihn und breitete auf dem Toilettendeckel ein Handtuch aus. Ich leerte das Badezimmerschränkchen auf das Handtuch: Zahnbürste, Zahncreme, Rasierapparat, Klingen, Rasiercreme, Kamm, eine große Flasche Aspirin, eine Tube Brandsalbe, eine Schachtel Schmerztabletten, eine mit Magentabletten gegen Sodbrennen, eine Packung Abführmittel, eine vom Arzt verschriebene Flasche mit gelben und blauen Dragees. Meine Liste war zu Ende. Ich schloß den Koffer, knipste das Licht aus und ging in die Küche zurück, nahm das Lebensmittelpaket, löschte das Licht, ging hinaus und schloß die Küchentür ab.

Die Nacht schien dunkler, windiger, kälter. Es kam mir sehr viel kälter vor. Ich ging ein paar Schritte und blieb stehen, um nachzudenken. Da fiel es mir ein. Mein Herz tat einen dankbaren Sprung. Ich ging zurück, schloß wieder auf, knipste das Licht an und kniete mich hin, um das Gitter des elektrischen Kamins abzuheben. Ich fand den Hebel und drehte die Heizung aus. Wieder verriegelte ich das Haus und ging zur Vorderseite. Die Straße war leer. Ich hatte alles erledigt und noch etwas Zeit. Ich stellte den Koffer auf die Erde und wartete. Aber mein Herz klopfte immer noch heftig.

Aus dem Kellerraum drang kein Laut nach oben. Ich hängte unsere Mäntel in den Wandschrank, und Arlene schüttete das Paket mit Hackfleisch, Schinkenspeck, Eiern und Margarine in den Mülleimer. Sie drehte sich um und lächelte mich mit einem blassen, verzerrten Lächeln an. Ich folgte ihr durch die Diele die Treppe hinauf. Ihr Rücken war gebeugt, und die Haare hingen strähnig herab. Genauso fühlte ich mich auch. Jeder Schritt war wie Waten durch knietiefes Wasser. Ich nahm den Koffer in die andere Hand und sah auf die Uhr. Es war fünf Minuten nach drei. Das waren drei anstrengende Stunden gewesen.

Ich schleppte mich in das Gästezimmer – Arlenes Nähzimmer – und schob den Koffer unter das Bett. Ich mußte dreimal den Koffer hin- und herschieben, ehe er darunter verstaut war. Das Adrenalin, wenn es das gewesen war, war nun endgültig versiegt. Arlene ließ im Bad Wasser laufen. Ich hatte nicht einmal mehr die Kraft, mir die Zähne zu putzen. Mir gelang es gerade noch, die Kleidung abzustreifen und sie einfach auf den Stuhl zu werfen, dann fiel ich ins Bett und versank.

«Chick?»

Ich stieg ein wenig an die Oberfläche des Bewußtseins.

«Mhmm?»

«Chick? Hast du den Wecker gestellt?»

Mühsam schüttelte ich den Kopf.

«Weißt du, ich bin auch müde», sagte sie.

Mühsam öffnete ich die Augen. Der Wecker stand auf meiner Nachttischseite. Arlenes Gesicht tauchte auf, verschwand wieder aus meinem Gesichtskreis.

«Okay. Aber was meinst du? Sieben Uhr? Später geht es auf keinen Fall.»

Ich riß mich zusammen und nickte. Und versank wieder in tiefen Schlaf – endgültig.

Der Wecker klingelte. Mitten in einen wirren Traum. Es war die Türklingel, dann das Telefon. Es klingelte weiter bis in die Wirklichkeit hinein. Ich setzte mich im ersten Grau der Morgendämmerung auf und knipste das Licht an. Ich war plötzlich hellwach, mehr als das: ich fühlte mich erfrischt, wie neugeboren. Ich hätte es nicht für möglich gehalten.

Arlene hob den Kopf. Sie sah mich aus blicklosen Augen an und fiel aufs Kissen zurück. Ich ließ sie schlafen. Sie mußte später dran. Ich zog ein Paar saubere Drillichhosen und ein sauberes blaues Flanellhemd an und zog einen dicken Pullover darüber, der noch aus meinen Skiläufertagen stammte. Ich sammelte Hemd und Hosen vom Vortag oder besser der letzten Nacht auf, rollte sie zu einem Bündel und klemmte es mir unter den Arm. Ein paar Knitterfalten mehr würden auch nichts ausmachen. Ich schaltete für Arlene das Licht aus und ging ins Bad. Aber ich hatte weder zum Rasieren noch zum Waschen Zeit. Ich war bekannt als notorischer Frühaufsteher. Ich mußte spätestens um acht Uhr fertig sein. Ich öffnete das Arzneischränkchen, nahm die Flasche Elavil und schüttelte meine vorgeschriebene Schlafenszeitdosis heraus – drei Tabletten. Ich zögerte. Ich nahm noch eine. Die Hälfte der restlichen Tabletten schüttete ich in die Toilette und zog. Die Flasche sollte nicht so voll aussehen.

Ich steckte die Tabletten in die Tasche, ging die Treppe hinunter, durch das dunkle Haus in die Küche. Ein dünnes, kaltes Licht herrschte in der Küche, dünn und kalt wie Mondlicht. Es war schon fast Morgen. Durch das Fenster sah ich die ersten schimmernden Strahlen sich rosa und silbrig über den See ausbreiten. Ich ließ Wasser in den Teekessel einlaufen und setzte ihn zum Kochen auf den Herd. Es gab plötzlich so viel zu tun, daß ein Gefühl der Panik in mir aufstieg. Ich holte das alte Jagdjackett aus dem Wandschrank, das ich jeden Herbst getragen hatte und wickelte es um das Kleiderbündel, dazu packte ich Fagos alte braune Treter. Das Fleischmesser steckte ich in den Gürtel. Das Wasser begann zu kochen. Ich nahm einen Becher, tat ein paar Löffel Kaffeepulver und Zucker hinein und (mir fiel wieder die schmutzige Tasse in Fagos schmutziger Spüle ein) einen Schuß Milch. Ich goß das kochende Wasser in den Becher und rührte den Kaffee um. Ich ließ die vier gelben Elavil-Tabletten hineinfallen und rührte wieder. Ich probierte einen winzigen Schluck. Es schmeckte tadellos, nach nichts anderem als nach Pulverkaffee.

In der einen Hand hielt ich den Becher, das Kleiderbündel unter den Arm geklemmt, und griff mit der anderen nach dem Schlüssel, der am Nagel an der Veranda hing. Ich trat die wenigen Stufen hinunter ins volle Morgenlicht und um die Ecke zur Kellertür. Das Gras glitzerte vor Rauhreif. Ich kauerte mich hin und lauschte. Nichts. Ich schloß das Vorhängeschloß auf und öffnete die äußere Tür einen guten Spalt breit. Ich lauschte. Immer noch nichts. Ich stemmte jetzt beide Türen auf. Das Licht fiel auf die Treppe, die letzte Stufe, den Eisenfuß der Pritsche. Fago lag noch im Bett. Er schlief noch. Rasch ging ich hinunter. Ich ließ das Kleiderbündel auf den Fußboden fallen und stellte die Tasse auf die unterste Stufe. Ich trat an das Kopfende der Pritsche.

«Wach auf, Ed!»

Fago bewegte sich und grunzte. Mit einem Ruck fuhr er hoch. Er sah mich stehen. In seinem Gesicht arbeitete es. Er warf die Decke zurück, stellte mit einem Schwung die Füße auf die Erde und griff an. Ich hatte genügend Zeit, seinen Angriff kommen zu sehen. Ich trat gegen sein Schlüsselbein und stieß ihn zurück. Er fiel an die Wand. Ich zeigte ihm mein Messer. Er blieb liegen. Aber er starrte mich an wie ein Kettenhund.

«Du Scheißkerl. Was hast du eigentlich mit mir vor?»

«Ich habe Ihnen Kaffee gebracht, Ed.»

«Scheiß auf Ihren Kaffee.»

«Und ein paar ordentliche Sachen.»

«Scheiß auf Ihre Klamotten.»

Ich stand da und sah ihn an.

«Leck mich doch am Arsch», sagte er. «Wer zum Teufel Sie auch sein mögen. Übrigens, wer sind Sie denn?»

Ich lächelte ein gewinnendes Lächeln.

«Ich hab Sie was gefragt, Scheißer.»

Aber er war nicht wirklich bei der Sache. Sein Gesicht entspannte sich. Es wurde weicher, die Gesichtszüge fielen in sich zusammen. Er sah aus wie einer, der die Orientierung verloren hatte.

«Jesus Maria . . . Wo bin ich? Was soll das alles?»

«Ich sagte es Ihnen schon, Ed. Er will Sie sehen.»

«Ich versteh nicht, was Sie meinen.» Sein Mund zuckte. «Sie haben den falschen Typ erwischt. Sie reden immer von einem . . . so einen kenn ich nicht.»

«Aber er kennt *Sie*, Ed.»

Vorsichtig trat ich einen Schritt zurück und hob den Becher mit Kaffee auf.

«Hier», sagte ich und hielt ihm den Becher hin, in der anderen gut sichtbar das Messer. «Sie fühlen sich gleich besser, wenn Sie erstmal Kaffee getrunken haben.»

Er hockte mit angezogenen Beinen gegen die graue Kellerwand gelehnt. Sein Gesicht veränderte sich. Es spannte sich vor Konzentration, vor Entschlossenheit an. Es spannte sich – und fiel dann unvermittelt in sich zusammen. Wie zerbrochen. Wieder hatte er die Orientierung verloren.

«Na, kommen Sie», sagte ich. «Trinken Sie Ihren Kaffee.»

Er saß da und starrte. Sein Mund zuckte. Er atmete tief ein, streckte dann seine Hand aus und nahm den Becher. Er trank einen Schluck. Es schien ihm zu schmecken. Er nahm noch einen, größeren Schluck. Er wischte mit dem Handrücken über die Lippen, mit der linken Hand, und ich sah das silbrige Metallarmband einer Uhr aufblitzen. Daran mußte ich denken.

«Weswegen will er mich sehen?», fragte er.

«Ich weiß es nicht», sagte ich. «Er hat es mir nicht gesagt. Aber nun zu, trinken Sie Ihren Kaffee und ziehen Sie Ihr Zeug aus. Er möchte Sie halbwegs ordentlich gekleidet sehen.»

Er schaute auf seine Jeans, sein T-Shirt. «Ich weiß nicht, was Sie an meinen Sachen auszusetzen haben?»

«Aber ich. Und er auch. Sie haben darin geschlafen. Trinken Sie jetzt den Kaffee aus, Ed.»

Er trank einen Schluck und reichte mir den Becher. Er versuchte, mich mit seinem Blick zu durchbohren.

«Okay, Ed. Und jetzt das T-Shirt.»

Er zog erst das T-Shirt, dann die Jeans aus. Ich packte beide Sachen; eine dicke braune Brieftasche fiel auf den Fußboden. Ich schob sie mit dem Fuß in meine Reichweite und hob sie auf. Fago stieß einen kurzen Schrei aus.

«Ich bewahre sie für Sie auf», sagte ich.

Ich ging zur Treppe.

«Hey, wohin gehen Sie?»

Ich ging rückwärts die Treppe hoch.

«Ich bin gleich zurück», sagte ich. «Bis dahin sind Sie fertig angezogen.»

Arlene war aufgestanden. Ich hörte sie über mir im Schlafzimmer hin- und hergehen. Ich hoffte, daß sie sich nicht beeilen würde, sondern sich Zeit ließe. Mir war nicht nach reden zumute. Ich setzte wieder den Wasserkessel auf und wusch Fagos Becher aus und machte mir selbst einen Kaffee. So hatte ich etwas zu tun, bis das Elavil zu wirken begann.

Aber ich trank ihn nicht. Ich konnte den Kaffee nicht herunterkriegen. Mein Hals war dick und wie zugeschnürt. Nach einem würgenden Schluck stand ich auf und schüttete den Kaffee in das Spülbecken. Ich wusch den Becher ab und stellte ihn weg. Ich setzte mich und zündete eine Zigarette an. Ich saß und rauchte und versuchte, mein Gehirn von Gedanken freizuhalten. Und wartete.

Und dann konnte ich nicht mehr länger warten. Ich konnte nicht einfach so dasitzen und nicht denken. Ich drückte die Zigarette aus. Ich tastete im Wandschrank nach meinen Handschuhen, den abgetragenen, weichen Schweinslederhandschuhen und streifte sie über. Ich öffnete die Tischschublade und zog die endgültige Fassung des Abschiedsbriefes unter der Zeitung hervor, die sie zudeckte, verließ die Küche und ging um das Haus herum zum Keller. Ich schloß die Türen auf. Vorsichtig blickte ich nach unten. Fago saß mit meinem Hemd und der Hose, die ich gestern getragen hatte, bekleidet und dem alten Jagdjackett über den Knien am Fußende der ungemachten Pritsche. Das Kinn war auf die Brust gesunken. Mit ein paar Sprüngen war ich die Treppe hinunter und wedelte mit dem Zettel. Er hob den Kopf und machte den Mund auf, wollte etwas sagen, aber ich ließ ihn nicht dazu kommen.

«Menschenskind – sehen Sie sich das mal an!»

«Was . . . Was ist denn los?»

Ich hielt ihm die Mitteilung hin, streckte sie ihm entgegen, verkehrt herum und mit der Rückseite nach oben.

«Eine ganze Menge», sagte ich. «Sehen Sie nur. Sehen Sie sich das genau an.»

«Was . . . Was ist denn das?»

«Da – nehmen Sie!»

Er hob eine viel zu schwere Hand und nahm den Zettel. Mit leerem Blick starrte er auf die leere Seite. Er drehte das Papier um und schaute wieder. Er hielt inne und dachte nach und drehte es dann um.

«Oh, um Himmels Willen! Ich dachte, Sie könnten lesen!»

Er starrte mich mit leeren Augen an.

«Na, macht nichts», sagte ich. «Geben Sie's her.» Ich griff nach dem Papier und hielt es an einer Ecke zwischen Daumen und Zeigefinger. «Lassen Sie's los.»

Er ließ es los.

«Ich . . .», sagte er.

Aber ich war schon halb auf der Treppe. Ich schlug die Türen hinter mir zu und verriegelte sie. Vorsichtig trug ich das flatternde Papier ins Haus zurück.

Arlene öffnete mir die Tür. Sie trug kein Make-up, und ihr Haar sah ziemlich wild aus. Sie trug eine Hose und einen Sweater und machte den Eindruck, als habe sie willkürlich in den Schrank gegriffen und sich im Dunkeln angezogen. Sie sah genau richtig aus.

«Ich habe dich sprechen gehört», sagte sie. «Ich habe deine Stimme gehört. Ist alles . . .?»

Ich nickte nur. Zuviele Gedanken stürmten auf mich ein, um über Geschehenes nachzudenken. Ich trat in die Küche und ließ den Zettel auf den Tisch fallen. Ich sah mich um, nahm den Salzstreuer und rieb ihn mit meinem Handschuh sauber und legte ihn als Briefbeschwerer auf das Papier.

Ich wandte mich zu Arlene um. «Okay.»

Sie nahm den Streuer hoch und stellte ihn wieder hin. Sie nahm das Papier in beide Hände, wechselte ein wenig den Griff und legte es wieder auf den Tisch. Sie stieß mit gezielter Heftigkeit den Streuer um.

«Gut», sagte ich.

Ich räusperte mich. Mir war die Brust so eng, daß ich kaum atmen konnte. Und ich hatte ein so ziehendes, schweres Gefühl im Hodensack, als hinge ein Gewicht zwischen meinen Beinen. Ich ging zum Wandschrank und nahm das Gewehr heraus. Ich fand eine Patrone und lud den einen Lauf. Mit der behandschuhten Hand fuhr ich mehrmals über den Doppellauf, über den Schaft, den Hahn, den Abzug.

«So», sagte ich.

Arlene sah mir zu. Sie atmete heftig.

«Chick», sagte sie. «Oh, Chick!»

Es war jetzt ganz hell, aber kalt, immer noch kalt. Wieder öffnete ich die Kellertüren und riß sie weit auf. Aber dieses Mal ging ich nicht hinunter.

«Okay, Ed. Komm rauf!» rief ich.

Schwerfällig stand Fago von der Pritsche auf und zwängte sich mühsam in mein Jackett. Er murmelte etwas, wie ein Mensch, der im Schlaf redet. Langsam, schwerfällig kam er die Treppe hoch. Mit einem Ruck blieb er stehen und richtete seinen Blick geradeaus.

«Hey!» Er fuhr sich mit der Zunge über die Lippen und schluckte. «Wozu das Scheißgewehr?»

«Das ist so seine Art», sagte ich. «Er geht kein Risiko ein.» Ich hielt den Lauf auf seinen Bauch und stupste ihn sanft, spielerisch. «Na los – gehen wir.»

«Laß das sein!»

Er packte das Gewehr und stieß es heftig zur Seite. Ich stieß ihn wieder an und ließ ihn wieder zupacken. Soviel für den Lauf.

«Na schön», sagte ich. «Hier lang, Ed.»

Wir gingen ums Haus herum, an der Garage vorbei auf die hintere Wiese.

Ich weiß nicht, wieviel Sie von Gewehren verstehen . . .», sagte ich.

«Mmh?»

«Das ist schon ein gutes Gewehr», sagte ich. Ich hielt es ihm hin, sodaß er den Kolben fassen konnte. «Fühlen Sie nur.»

Er streifte ihn flüchtig.

«Na, los. Fassen Sie's mal richtig an. Das ist echtes Holz vom Weißen Hickorynußbaum.»

«So?» sagte er. «Hey – da unten ist ja Wasser. Das ist doch der Accabonac Pond. Wo zum Teufel gehen wir hin?»

Wir waren am Ende der gemähten Wiese angelangt, dort, wo die Weide begann und der lange Abhang zum Wasser. Es war immer meine Lieblingsaussicht gewesen.

«Genau hier bleiben wir», sagte ich.

«Ich dachte . . .»

Ich brachte das Gewehr in Anschlag, spannte es und bohrte die Mündung fest in seinen Bauch.

«Zurück an den Baum!»

«Hey . . .!»

Aber er ging rückwärts zu dem Baum.

Ich hob das Gewehr, balancierte es aus und legte die Mündung des geladenen Laufs unter sein Kinn an. Fago sagte etwas, versuchte, etwas zu sagen, aber ich konnte nichts hören. In meinen Ohren rauschte es wie ein Wasserfall. Ich lehnte mich soweit ich konnte zurück. Ich legte meinen Finger auf den Abzug – und drückte. Der Wasserfall schwoll zu einer gewaltigen Flutwelle an. Ich brauchte das Gewehr nicht fallen zu lassen. Es fiel, glitt, entschwand aus meinen Händen.

Einen Augenblick stand ich da, versuchte Atem zu schöpfen. Ich sah nicht hin, nichts hätte mich dazu bringen können hinzusehen. Dann kniete ich nieder, tastete nach der Armbanduhr, fand sie am Gelenk, zog sie ab und streifte ihm meine Uhr um. Dann zog ich meine Handschuhe aus und schob und arbeitete und drehte, bis sie an seinen Händen steckten. Dann erhob ich mich, stand und lauschte. Nichts als Stille. Sonntagmorgenstille.

Ich atmete tief und ging zurück zum Haus. Ich sagte mir, daß Arlene recht hatte. Ich sagte mir, daß nichts mehr irgendeine Bedeutung hätte. Es gab kein ‹richtig› mehr. Es gab kein ‹falsch› mehr. Es gab nur noch Gelegenheiten. Nur noch das eigene Überleben. Ich verfiel in eine Art Lauf. Ich sagte mir, daß ich nicht das geringste fühle.

Zweiter Teil

1

Ich stand am Schlafzimmerfenster, die Gardine einen schmalen Spalt zur Seite geschoben und beobachtete das Eintreffen des Polizeiwagens. Sie waren unverzüglich gekommen. Es waren noch keine zehn Minuten vergangen, seitdem Arlene angerufen hatte. Ich sah, wie der Wagen beim Briefkasten die Geschwindigkeit verringerte und dann scharf in die Auffahrt einbog. Er hielt kurz vor der Kellertür. Der Fahrer war ein uniformierter junger Mann mit dichtem schwarzem Haar und Schnurrbart. Er kam allein. Ich sah, wie er nach dem Funktelefon griff. Ich sah ihn sprechen und nicken und aufhängen. Ich sah ihn aussteigen, seine Mütze aufsetzen und auf die Küchentür zugehen. Ich sah ihm zu, bis er außer Sichtweite war. Jetzt war ich lediglich ein Beobachter, ein Zuschauer. Ich hatte getan, was ich tun mußte, was getan werden mußte. Ich war fertig. Nun war Arlene an der Reihe – jetzt und im weiteren Verlauf.

Ich durchquerte vorsichtig auf Strümpfen das Schlafzimmer und trat an das andere Fenster. Es war nichts zu sehen. Die Küchentür lag direkt unter dem Fenster. Aber ich hörte etwas – wenn auch wenig. Ich hörte Schritte auf der Veranda, ein gebieterisches Klopfen, das Quietschen der sich öffnenden Tür. Ich hörte das Grummeln der Polizistenstimme. Ich hörte Arlene. Hörte sie etwas sagen, ein wilder Schwall von Worten, unvermittelte Stille. Sie gab einen schluchzenden Laut von sich. Dann ein anderes, kürzeres Grummeln und der Polizist trat wieder in meinen Gesichtskreis, ging zurück. Er wandte sich um und sprang hastig die Stufen herab. Ich sah, wie er mit langen Schritten über die Wiese ging, den Abhang hinauf, zu dem großen Apfelbaum, dorthin, wo die Weide begann. Ich sah ihn plötzlich stehenbleiben. Sah, wie er ein, zwei Schritte weiterging und wieder stehenblieb. Dann drehte er sich um. Ging über die Wiese, zu seinem Wagen, zu seinem Telefon, fast lief er. Oberhalb des Bartes hatte sein Gesicht die Farbe von Zement.

Ich trat vom Fenster zurück und setzte mich auf das Bett. Ich sehnte mich nach einer Zigarette. Nach einem Drink. Ich sehnte mich . . . ich wußte nicht, wonach ich mich sehnte. Ich war müde. Ich war erschöpft. Ich war zu alt für so was. Ich wollte schlafen, mich hinlegen und eine

Woche lang schlafen. Ich stand auf und machte eine vorsichtige Runde durch das Zimmer. Dann ging ich hinaus ins Badezimmer. Und zurück ins Schlafzimmer. Ich hörte das Geräusch eines anderen Wagens in der Auffahrt. Hörte eine Wagentür zuschlagen. Ich trat ans Vorderfenster. Ich schaute durch die Gardine hinunter und sah verschwommen einen zweiten, größeren, älteren Polizisten – einen Sergeant. Ich sah, wie die beiden miteinander sprachen. Der jüngere Polizist machte sich Notizen in einem Buch. Er ging zum Wagen zurück, zum Funktelefon. Der Sergeant ging ein paar Schritte über die Wiese. Einen Augenblick stand er still wie ein Denkmal, dann wandte er sich wieder zum Haus. Ich setzte mich auf das Bett. Ich saß da, die Hände schlaff und leblos zwischen den Beinen. Ich hörte einen weiteren Wagen eintreffen. Und dann noch einen. Ich hörte Stimmen in der Küche, draußen, in der Auffahrt. Ich zwang mich dazu, auf dem Bett sitzenzubleiben. Ich konnte es nicht länger riskieren, am Fenster zu stehen. Es waren zu viele wachsame Augen, zu viele aufmerksame Ohren in der Nähe.

Ich wachte von einem Krachen auf. Die Küchentür wurde zugeschlagen. Ich öffnete die Augen; es war dämmrig. Ich kam zu mir, wurde vollends wach. Es war nicht Morgen, wahrscheinlich später Nachmittag oder früher Abend. Ich hatte den größten Teil des Tages verschlafen. Ich lag und überlegte. Ich hörte Schritte auf der Treppe. Wieder hörte ich im Geiste die Küchentür zuschlagen, und mein Herz machte einen Sprung. Ich rollte mich aus dem Bett und stand auf. Das Licht ging an. Arlene trat ins Zimmer.

«Oh», machte ich. Mein Herz schlug wieder im alten Takt. «Ich habe die Tür gehört. Ich wußte nicht, was . . .»

«Es ist alles in Ordnung», sagte Arlene.

Erschöpft sank sie aufs Bett.

«Ich war drüben bei den Talmadges», sagte sie. «Sie hätten nicht . . . herzlicher sein können. Es war grauenvoll.»

«Die *Talmadges*?»

Sie nickte. «Chick . . . Es war einfach entsetzlich. Sie wollten sogar, daß ich die Nacht bei ihnen verbringen sollte.»

Ich ließ mich neben sie auf dem Bett nieder.

«Bitte, ich versteh kein Wort von dem, was du sagst. Was hattest du bei den Talmadges zu tun?»

«Ich konnte es nicht verhindern. Sie kamen herüber und holten mich ab. Sie haben es von der Polizei erfahren . . . das mit dir. Und sie wußten, daß wir keine Einheimischen waren, daß ich jetzt allein war. Und so haben sie gehandelt, wie es gute Nachbarn tun. Das hat die Sache ja so entsetzlich gemacht.»

«Arlene. Sag mir doch, was passiert ist. Weshalb war die Polizei bei den Talmadges?»

Sie blickte mich an. «Sie war überall. Es muß ein gutes Dutzend von ihnen gewesen sein. Chief Inspector Horne eingeschlossen. Sie haben Aufnahmen gemacht, Messungen vorgenommen, haben sich hingekniet und sind im Gras herumgekrochen. Ein Glück, daß wir kein Risiko eingegangen sind. Selbst für den Abschiedsbrief hatten sie ein spezielles Plastiktütchen, um ihn zu schützen. Und alle haben mit mir gesprochen, mir Fragen gestellt, immer die gleichen Fragen, über deinen Geisteszustand, wegen deines Berufs und ob ich etwas derartiges erwartet hätte, und sie waren sehr an Dr. Chandler interessiert und haben sich jedes Wort von mir aufgeschrieben. Dann mußte ich dahingehen . . . zum Apfelbaum. Ich mußte dorthingehen . . . zum Identifizieren. Ich hab es nur sehr ungern getan.»

Sie hob die Schultern und ließ sie wieder sinken.

Ich wartete.

«Eigentlich waren sie unglaublich höflich. Beinahe mitfühlend. Aber ich weiß nicht . . . sie sind so anders als andere Leute. Vor allem der Detective. Er war es, der zu den Talmadges hinüberging und mit ihnen gesprochen hat.»

«So?»

«Ich weiß nicht, was er sich davon versprochen hatte. Es stellte sich heraus, daß sie nicht das Geringste gesehen hatten. Sie waren im Bett und schliefen. Sie haben nicht einmal den Schuß gehört. Aber es ist komisch – sie haben irgendwie geahnt, daß was mit dir nicht in Ordnung sein müßte.»

«Nicht in Ordnung? Was meinst du damit – ‹nicht in Ordnung›?»

«Sie haben es nicht so direkt gesagt. Aber ich hatte so den Eindruck, als ob sie in der letzten Zeit über dich gesprochen hätten. Daß du so seltsam geworden bist, so anders oder wie. Ich weiß nicht genau, was sie gesagt haben. Ist ja auch egal. Was wichtig ist, sie haben es dem Detective erzählt. Mir schien, daß er es ernst genommen hat.»

«So», sagte ich.

«Na ja.» Sie fuhr mit den Fingern durch die ungekämmten Haare. «Das Schlimmste war das Warten. Das ging mir ungeheuer auf die

Nerven. Sie sind erst vor zwei, drei Stunden gegangen. Ich saß schließlich da, das Gesicht in den Händen und tat so, als sei ich kurz vor dem Nervenzusammenbruch. Sie mußten erst auf den Arzt warten. Dann mußten sie auf den Gerichtsmediziner warten. Dann auf dessen Transporter, der den ganzen Weg vom County Office in Hauppauge hierher kommen mußte. Für die Leiche. Sie sagten, das sei der Leichenwagen.»

Ich schwieg. Einen Augenblick lang sagten wir beide kein Wort. Dann legte Arlene ihre Hand auf meine. Sie lächelte mich ernsthaft an.

«Es ist alles gutgegangen. Da bin ich ganz sicher, Chick. Wir haben's geschafft.»

«Und was soll jetzt geschehen?»

«Sie werden eine Autopsie durchführen. Morgen, nehme ich an. Aber das heißt nichts. Das machen sie immer in solchen Fällen. Der Rest ist Sache des Bestattungsunternehmers.»

Wir saßen beide auf der Bettkante. Es war ein seltsames Gefühl, wenn die daran dachte, wie die Leute über mich geredet hatten. Es war ein Glücksfall – einfach wunderbar. Dennoch hatte ich ein seltsames Gefühl dabei.

Arlene lächelte und drückte meine Hand.

«Du hast überhaupt nichts zu essen gehabt», sagte sie. «Ich mach dir jetzt was.»

«Nein.» Ich schüttelte den Kopf. «Ich habe keinen Hunger.»

«Tatsächlich? Ich auch nicht. Aber ich hab immerhin bei den Talmadges etwas gegessen.»

Das Telefon klingelte. Wir zuckten zusammen, saßen starr auf der Bettkante. Wütend klingelte es noch einmal.

«Mein Gott», flüsterte Arlene. «Hast du eine Ahnung, wer das sein könnte?»

«Es ist besser, du nimmst ab», sagte ich. «Vielleicht ist es wichtig.»

«Wenn du meinst.»

Sie lief die Treppe hinunter. Ich folgte ihr den Flur entlang bis zur Treppe. Wieder klingelte das Telefon und verstummte.

«Hallo? Ja, bitte?»

Ich wartete und lauschte.

Dann: «Gloria! Oh, Gloria, ich hab gar nicht dein . . .»

Stille.

Dann: «Oh, Gloria! Oh, mein Gott!» Ihre Stimme brach ab. «Du kannst es dir nicht vorstellen!»

Eine lange Pause.

Dann: «Ich weiß, Gloria, ich weiß. Natürlich tu ich das. Und ich weiß auch, was du empfindest. Es war so entsetzlich. Die letzten Wochen waren so . . . ich meine, ich habe meinen armen Schatz beobachtet . . .» Wieder brach ihre Stimme ab. «Aber ich hätte nie gedacht . . .»

Eine längere Pause.

Dann: «Oh, Gloria, du bist so lieb. Nur deine Stimme zu hören. Aber nein – wirklich, ich möchte lieber nicht . . . In ein, zwei Wochen oder so. Nein, ganz bestimmt. Und so allein bin ich auch nicht. Ich habe so reizende Nachbarn . . . diese jungen Leute von nebenan . . . George und Rita Talmadge. Sie waren einfach wunderbar.»

Stille.

Dann: «Aber ja, natürlich tu ich das. Ich versprech's dir. Und grüß Paul bitte ganz herzlich von mir. Ich kann dir gar nicht sagen, wie sehr . . .»

Stille.

Dann: «Ich weiß. Ja. Auf Wiedersehen.»

Ich hörte wie sie den Hörer auflegte. Sie ging zur Treppe und kam hoch.

«Das war Gloria.»

«Hab ich mir gedacht», sagte ich. «Aber wie zum Teufel . . .»

Arlene lächelte.

«Die Polizei hat sie angerufen. Dieser Detective. Ich hatte ihm ihren Namen gegeben. Ich dachte, wir könnten noch einen anderen Zeugen gebrauchen.»

Arlene drehte sich auf die andere Seite, zog die Beine an und schlang die Arme um mich. Ich fühlte ihre weichen Brüste, die sich gegen meinen Rücken preßten. Ich spürte einen Funken. Er funkelte, flackerte und erlosch.

«Chick? Bist du wach?»

Ich war wach, hellwach, aber ich brummelte nur.

«Mir ist kalt», sagte sie. «Ich friere.»

Ich brummelte noch einmal, freundlicher.

«Chick?»

Ich wußte, was sie sagen wollte. Aber ich fragte nur: «Möchtest du, daß ich das Fenster zumache?»

«Nein. Ich möchte, daß du dich herumdrehst. Daß du zu mir kommst.»

Ich spürte ihre warme, suchende Hand. Aber ich fühlte nichts. Überhaupt nichts. Angespannt und zugleich schlaff lag ich da.

«Chickie . . .»

Ich mußte es sagen. «Ich . . . Ich kann nicht.»

Einen Augenblick schreiender Stille trat ein.

«Was meinst du . . . du kannst nicht?»

«Ich kann einfach nicht.»

Sie bewegte sich. Zog ihre Hand fort. Sie schlug mich hart mit der Faust auf die Hüfte.

«Verdammter Kerl.»

«Es tut mir leid.»

Sie lag völlig steif neben mir. Ich konnte ihren Atem hören. Dann bewegte sie sich wieder. Sie schmiegte sich an meinen Rücken.

«Es tut mir leid, Chick», sagte sie. «Ich hab's nicht so gemeint.»

Ich saß auf dem Sofa und starrte in den leeren Kamin, auf die glänzende schwarze Rußschicht und hörte Arlene, wie sie hinter mir in einer Schublade des Schreibtisches kramte. Sie suchte meine Sozialversicherungskarte. Die Schublade wurde zugeschoben. Sie ging zurück zum Telefon.

«Mr. Temple? Ja, ich hab sie endlich gefunden. Seine Nummer ist 658/15/4433. Richtig – 4433.»

Sie nickte.

«Ja, ich verstehe. Ja, gut. Wir haben darüber gesprochen, mein Mann und ich, wir wollten beide lieber die Feuerbestattung. So, ja. Ich glaub auch.»

Sie sah zu mir hinüber und machte ein fragendes Gesicht.

«Nun ja, wir sind noch ziemlich neu hier, wissen Sie. Ich meine, wir kennen noch nicht sehr viele Leute. Ich meine, daß ein richtiger Gottesdienst . . . eh . . . eigentlich kaum erwartet wird, verstehen Sie? Wirklich, ich glaub nicht, daß ich das durchhalte. Ich meine, die Umstände . . . Ja. Sie haben recht.»

Sie nickte wieder, wobei sie mich immer noch fragend anschaute.

«So? Aha, ich verstehe. Oh, ja, natürlich. Ich meine . . . Ich hab darüber nicht nachgedacht. Was würden Sie – vorschlagen? Oh, wirklich? Ja. Das wäre sehr schön. Ich komme morgen im Laufe des Tages vorbei. Ich danke Ihnen. Aufwiederhören.»

Sie legte auf und fiel erschöpft in ihren Sessel.

«Was soll morgen passieren?»

«Ich muß eine Urne aussuchen», sagte sie. «Für deine Asche.»

Mein Bewußtsein trübte sich, die Seite verschwamm vor meinen Augen. Es war wie ein unruhiger Schlaf. Ich stand auf, ging hinaus in die Küche und nahm mir ein Glas Wasser. Arlene war ins Dorf gefahren. Zur Bank, zum Kaufhaus, zum Temple-Bestattungsinstitut. Ich stand am Spülbecken, das Glas in der Hand. Ich war zum erstenmal allein im Haus, und ich kam mir ausgeliefert und verwundbar vor.

Ich ging zum Sessel zurück und nahm mein Buch wieder auf. Es war «Die Schatzinsel». Ich hatte es in einem Karton alter Bücher von Charlie auf dem Boden gefunden. Ich erinnerte mich des fremdartigen, unaufdringlichen Zaubers. Ich machte es mir gemütlich und versetzte mich ins Admiral Bebow's Inn. Ich verkroch mich hinter die offene Tür und wartete mit dem Schwarzen Hund. Ich sah die zitternde Hand des Captains. Ich sah die fünf Reiter im Mondlicht und hörte den ersterbenden Schrei des blinden Pew. Der Zauber hielt mich umfangen. Ich hörte kaum das Geräusch eines herannahenden Autos. Nur langsam drang das Geräusch in mein Bewußtsein. Ich hörte, daß es auf der Straße hielt.

Im Nu war die Schwarzhügelbucht verschwunden, im Nu vergessen. Ich rutschte tiefer in meinen Sessel, tief genug, um vom Fenster her nicht gesehen werden zu können. Aber ich fragte mich, wer wohl da draußen parken könnte. Es konnte kaum jemand sein, den ich kannte. Selbst die Polizei hatte in der Auffahrt geparkt. Ich schaute in Richtung Eßzimmer, in Richtung Küche und wartete auf ein Klopfen an der Küchentür. Ich wartete – und hörte feste Schritte auf den Stufen vor der Haustür. Das konnte niemand sein, den ich kannte. Ein lautes Klopfen, dann Stille und ein erneutes hämmerndes Klopfen. Wieder eine Pause, eine längere Pause und dann noch ein letztes, halbherziges Klopfen. Wieder Schritte auf dem Treppenabsatz. Ich glitt aus dem Sessel, schlich gebückt zum Fenster und kniete mich hin.

Ich schaute hinaus und sah einen Mann in einem gegürteten Trenchcoat mit einem kleinen Tweedhut auf dem Kopf. Ich beobachtete, wie sein breiter Rücken den Weg hinunterging. Ich fragte mich, ob das Arlenes Detective war. Aber würde ein Detective so einfach gekommen sein – in einem ganz normalen Wagen, an die Haustür, unangemeldet? Ich konnte es mir schon vorstellen.

Der Mann stand jetzt bei seinem Wagen, er zögerte, sah zurück zum Haus. Und ich erkannte ihn. Es war Alva J. Bennett von der Bennett Agentur. Er war der Immobilienmakler, von dem wir vor fast zwei Jahren unser Haus gekauft hatten.

Ich beobachtete, wie er um den Wagen herumging, einstieg und langsam davonfuhr. Ich stand auf und reckte mich. Mir wurde plötzlich bewußt, daß ich lächelte. Mr. Bennett hatte mir einen kleinen Schrecken eingejagt, aber ich vergab ihm rasch. Er hatte mir auch eine ermutigende Neuigkeit gebracht. Man nahm es offensichtlich als selbstverständlich an, daß eine Frau nach dem Tod ihres Mannes schnellstens ihr Haus verkaufen will.

Der kleine Postlieferwagen schoß davon, und Arlene kam langsam den Weg hinauf, unter den Arm ein paar Briefe geklemmt und den East Hampton *Star* auseinandergefaltet. Sie blieb stehen und las. Sie faltete die Zeitung zusammen und stieg die Stufen hoch und trat ein. Sie ließ die Post auf den Tisch fallen und hielt mir den *Star* hin.

«Es steht auf der zweiten Seite», sagte sie.

Ich faltete die Zeitung auseinander und fand die Seite. Ich spürte, daß Arlene mich beobachtete. Es war gleich die erste Geschichte in der Kolumne der Todesnachrichten. Die Überschrift lautete: Charles L. Hill. Darunter stand:

Charles Landon Hill, pensionierter Geschäftsführer in einer Werbeagentur in New York, wurde am Sonntag, um 8.30 Uhr auf der Wiese hinter seinem Haus in der Fireplace Road, Springs, tot aufgefunden. Neben ihm lag eine Schrotflinte, von der ein Schuß abgegeben worden war. Wie die Polizei mitteilt, hat er in einem Brief an seine Frau geschrieben, daß er sich das Leben nehmen wollte. Er war 62 Jahre alt.

Mr. Hill und seine Frau Arlene, eine geborene Crawford, waren vor zwei Jahren von New York hierhergezogen. Vor seiner Pensionierung war Mr. Hill Leiter der Abteilung für Marktforschung in der Firma Lambert Tucker Associates. Er schrieb das Buch «Bring On Your Harvest», das 1949 veröffentlicht wurde. Geboren in Fulton, Mo., besuchte er die Kemper Military School und graduierte an der Universität von Missouri. Während des Zweiten Weltkriegs diente er in der Armee u. a. im Mittleren Osten und wurde im Rang eines

Captains entlassen. Ihr einziger Sohn, Charles L. Hill, Jr., USAF, wurde 1970 in Vietnam als vermißt gemeldet.

Ich las meinen Nachruf noch einmal. Es war seltsam. Ich hatte mehr Eindringlichkeit erwartet, ein gewisses voyeuristisches Entsetzen. Aber es gab mir nur einen Stich – wie immer – wenn ich Charlies Namen las. Das war alles. Ich hätte genausogut den biographischen Klappentext auf der stockfleckigen und verblichenen Buchhülle von «Bring On Your Harvest» lesen können. Ich legte die Zeitung aus der Hand. Arlene schaute mich immer noch an. Ich räusperte mich und versuchte ein Lächeln.

«Ich würde nicht behaupten, daß er viel vom Leben hatte, du vielleicht?» sagte ich.

Arlene zuckte die Schultern.

«Vielleicht klappt's bei ihm das nächste Mal besser», sagte sie.

2

Arlene legte den Hörer auf die Gabel und kam lächelnd zum Sofa zurück.

«Fred Fitch hat angerufen», sagte sie. «Wegen deiner Versicherung.»

«So?»

Sie setzte sich und griff nach ihrem Glas. «Er sagte, daß er schon den ganzen Nachmittag versuche habe, mich zu erreichen.»

«Schon möglich», sagte ich. «Das Telefon hat ein paarmal geklingelt.»

«Naja . . . Jedenfalls scheint jetzt alles in Ordnung. Er brauchte nur noch eine Kopie des Totenscheins. Er schickt morgen die ganzen Unterlagen an die Versicherungsgesellschaft. Die Auszahlung erfolgt von Hartford aus.» Sie nippte hastig an ihrem Glas. «Er hat mich gefragt, wie ich es haben wollte. Ich sagte, daß ich gern den ganzen Betrag auf einmal haben möchte. Und er sagte, das ginge in Ordnung.»

«Das ist ein ganz schöner Betrag», sagte ich.

«Ja», sagte sie, aber auf eine so seltsame Art.

«Findest du das nicht?» fragte ich.

«Ja, natürlich», sagte sie. «Die Sache ist nur so . . . Mr. Fitch sagte, daß damit eine gewisse Prozedur verbunden ist. Er sagte, es könne drei Wochen dauern.»

«Drei Wochen?!»

«Das hat er jedenfalls gesagt.»

«Mein Gott! Ich kann doch nicht drei Wochen lang hier eingesperrt leben.»

«Ich finde, das solltest du auch nicht.»

«Was meinst du damit?»

«Ich meine . . . nun, ich war immer der Ansicht, daß wir besser nicht zusammen von hier fortgehen.»

«Wie?»

«Je mehr ich darüber nachdenke, um so mehr erkenne ich das Risiko – und was für ein Risiko.»

«Mhm.»

«Und außerdem hättest du dann die Möglichkeit, dich mal umzusehen und einen Platz ausfindig zu machen – einen passenden Ort. Das nimmt schon eine Zeit in Anspruch, meinst du nicht.»

Ich dachte nach.

«Okay. Ich glaub, du hast recht. Stimmt schon. Aber wie soll ich denn hier rauskommen? Willst du, daß ich den Bus nehme? Oder mit dem Zug fahre?»

«Nein», sagte sie. «Das mein ich nicht. Ich meine . . .»

Sie saß und hielt das Glas in der Hand, trank abwesend einen Schluck. Sie gab eine Art Schnurren von sich, dann sah sie auf.

«Wie wär's mit Fagos Wagen?»

Ich sah sie an.

«Der steht doch da herum. Und du hast ja die Schlüssel.»

Ich nickte.

«Abgesehen davon, halte ich es für klüger, wenn er nicht da herumsteht.»

Ich nickte.

«Nun?» Sie sah mich über den Rand des Glases hinweg an. «Na, was hälst du davon?»

«Ich weiß nicht. Ich frag mich nur . . .»

Ich brach ab. Ich fragte überhaupt nichts. Ich wußte es. Ich stellte mein Glas ab und stand auf.

«Was habe ich mit Fagos Brieftasche gemacht?» fragte ich. Wo haben wir sie hingesteckt?»

«Was denn?»

«Fagos Brieftasche – wo ist sie?»

«In der Küche», sagte sie. «In der Geschirrtuchschublade, wo auch das Geld ist. Warum?»

«Ich bin gleich wieder da.»

Ich ging hinaus in die Küche und wühlte zwischen den Geschirrtüchern und unter dem Geldumschlag, und da lag sie. Ich öffnete sie, ein paar verknitterte Scheine lagen obenauf. Dann überprüfte ich sämtliche Fächer. Die Brieftasche hatte vier Fächer, vollgestopft mit Zetteln, Rezepten, Zeitungsausschnitten, notierten Adressen, Telefonnummern, ein Präservativ, ein Kunststoffkalender von 1973, ein überbelichteter Schnappschuß eines Mädchens mit Pagenfrisur. Aber ich fand, wonach ich suchte.

Ich ging ins Wohnzimmer zurück. Arlene sah mich aufmerksam an. Sie saß in erwartungsvoller Haltung und lächelte ein strahlendes, verwirrtes, erwartungsvolles Lächeln. Ich setzte mich neben sie an den Couchtisch. Ich spielte die erste der beiden Karten aus – Fagos Sozialversicherungskarte. Ich wartete eine Sekunde. Dann zog ich mit dem Führerschein die Trumpfkarte.

Arlene schaute auf die Karten. Sie nahm den Führerschein hoch und legte ihn vorsichtig wieder hin. Sie sah mich an.

«Das ist der perfekte Clou», sagte sie. «Chick, das ist einfach perfekt.»

«Nun ja», sagte ich.

Mir fehlte der Vollständigkeit halber noch eine Karte. Ich brauchte den Fahrzeugschein. Aber der würde wahrscheinlich im Wagen sein, im Handschuhfach. Und auch dafür hatte ich den Schlüssel.

Ich streckte den Arm aus und klopfte gegen das Holz des Tisches. «Warten wir's ab.»

Ich schüttete den Inhalt von Fagos Koffer auf den Fußboden im Gästezimmer und trug ihn ins Schlafzimmer und legte ihn geöffnet auf das Bett. Ich nahm ihn zwar nicht mit großer Begeisterung, aber er war geräumig und stabil genug und war außerdem nicht mit so verräterischen Aufklebern geschmückt wie mein eigener. Arlene hatte meine Sachen zurechtgelegt: drei Paar Hosen aus Popeline, mein Leinenjackett, meinen Sommeranzug. Ich legte noch ein paar kurzärmelige Hemden und T-Shirts dazu sowie meine Badehose. Ich hätte für einen Winterurlaub packen können, aber das tat ich nicht. Es war zwar Winter, oder beinahe, aber ich ging in den Süden, nach Florida. Und im Gegensatz zu einer Urlaubsreise würde ich nicht mehr zurückkommen.

Ich trat an das Fenster. Ich war nicht traurig darüber zu gehen. Ich war bereit, ich sehnte mich danach, alles hinter mir zu lassen. Und dies war ein guter Tag zum Fortgehen. Ich schaute hinaus in den dämmernden Nachmittag, sah den fleckiggrauen Himmel, die kahlen Bäume, die vergilbende Wiese und die Weide, die sich braun färbte, sah den kalten stahlgrauen Schimmer des Teiches. Hier gab es nichts, das ich vermissen würde.

Ich hörte, wie Arlene mich rief. Ich ließ den Vorhang fallen. Ich nahm mein Tweedjackett aus dem Schrank, klappte den Koffer zu, verschloß ihn und nahm meinen alten Attachékoffer. Ich sah mich zum letztenmal im Schlafzimmer um und ging hinunter in die Küche.

Arlene schloß den Kühlschrank. In der Hand hielt sie den Eiswürfelbehälter. Auf dem Tisch standen Flaschen und Gläser.

«Es ist noch zu hell», sagte sie. «Ich dachte, wir könnten noch einen kleinen Abschiedstrunk nehmen.»

«Von mir aus.»

Ich setzte mich an den Tisch und beobachtete sie beim Zubereiten der Drinks. Sie kam zu mir herum mit meinem Glas. Ich legte meinen Arm um ihre Taille und hielt sie einen Augenblick fest.

«Ich wünschte, ich müßte nicht allein gehen.»

«Ich weiß», sagte sie.

«Wie sehr ich mir das wünsche . . .»

«Ich weiß, Chick.»

«Das werden drei lange Wochen.»

«Ja.» Sie setzte sich. «Hast du dein Geld?»

Ich nickte. «In meiner kleinen Tasche.» Ich trank einen Schluck. «Es paßt mir gar nicht, daß ich alles mitnehme.»

«Mach dir meinetwegen keine Sorgen. Ich kann mir immer noch einen Vorschuß geben lassen oder so.» Sie lächelte mich über den Tisch hinweg an. «Ich habe übrigens schon einen Vorschuß genommen.»

«So?»

«Ich habe heute morgen Fred Fitch aufgesucht. Er ist ein wirklicher Freund.»

Sie stellte das Glas ab. Sie griff in die Tasche ihres Sweaters und reichte mir einen Umschlag, der sich wegen der Geldscheine weich anfühlte. Ich klappte die Umschlaglasche auf und schaute hinein. Es waren Fünfzigdollar-Scheine. Es schienen acht oder zehn Scheine zu sein.

«Arlene! Um Himmels willen . . .»

«Ich habe mich nicht getraut, um mehr zu bitten.»

«Soviel brauch ich nicht», sagte ich. «Ich habe schon mehr als genug.»

«Ich möchte, daß du's gut hast», sagte sie.

Ich ging zuerst mit meinem Gepäck raus. Arlene hatte den Wagen in der Auffahrt stehen lassen, damit er die Sicht vom Haus der Talmadges versperrte. Ich stand mit eingezogenem Kopf auf der anderen Seite des Wagens, verstaute das Gepäck auf dem Rücksitz und kroch auf den Beifahrersitz. Ich schlug den Kragen meines Regenmantels hoch und rutschte so tief ich konnte. Durch das Gespinst der Hecke konnte ich die Lichter des Talmadge-Hauses sehen, aber es schimmerte nur durch die Vorhänge. Ich hörte Arlene kommen. Sie öffnete die Tür und stieg schnell ein. Sie klopfte leicht auf meinen Schenkel und drehte den Zündschlüssel. Langsam fuhren wir rückwärts aus der Auffahrt.

Ich blieb zusammengekauert sitzen. Zu dieser Tageszeit gab es immer Verkehr auf der Fireplace Road. Ich starrte durch die Windschutzscheibe auf die ersten Abendsterne. Der Himmel war hoch und schwarz, und die Sterne glitzerten. Es würde eine kalte Nacht werden. Und eine lange Nacht. Ich mußte die Verrazano-Brücke hinter mich gebracht haben und in Jersey Turnpike sein, ehe ich einmal in Ruhe anhalten durfte. Aber zuerst mußte ich aus der Stadt raus sein. Ich hoffte, daß genügend Benzin in Fagos Tank war, jedenfalls so viel, um mich auf den Weg in den Süden zu bringen. Ich erinnerte mich an das Gefühl des Steuerrads, wie schwer es ging und an die gebrochene Feder. Ich hoffte, der Wagen würde die Reise noch überstehen. Aber es störte mich eigentlich nicht. Was ich wirklich fühlte, war das Gefühl der Anspannung, des Eifers, der Erregung. Ich war draußen, unterwegs, auf Reisen. Ich hatte etwas vor, zu tun. Ich hatte wieder eine Zukunft. Der Verkehr ließ nach und vereinzeltes Buschwerk tauchte auf. Wir bogen in die Cedar Pond Road. Es war niemand vor oder hinter uns. Ich setzte mich auf und streckte mich. Jenseits der Scheinwerfer schlossen sich die Bäume zu einem undurchdringlichen Dschungel. Ich fühlte, wie mein Magen sich zusammenzog. Dies war der riskante Teil der Fahrt. Die Bäume wichen zurück, die Sicht wurde freier. Aus dem Dunkel tauchte die Wiese auf. Arlene verringerte das Tempo.

«Es ist wohl besser, du machst die Scheinwerfer aus.»

«Okay.»

Die Straße wurde dunkel, aber die Wiese zeigte den Weg. Das Haus tauchte auf und dann war der Wagen in der Auffahrt. Arlene hielt direkt hinter ihm, ließ aber den Motor laufen. Ich stieg aus. Das Brummen des Motors war das einzige Geräusch. Nacht umgab mich. Ich holte mein Gepäck heraus, trug es zu Fagos Wagen und lud es ein. Ich ging zurück zu Arlene. Sie kurbelte das Fenster herunter, zog meinen Kopf hinab und küßte mich lange.

Unvermittelt setzte sie sich zurück.

«Du mußt jetzt gehen», sagte sie.

«Arlene», sagte ich. «Ich . . .»

«Ich weiß», sagte sie. «Ich weiß.»

Auf Wiedersehen.»

«Auf Wiedersehen», sagte sie. «Und paß auf – Ed.»

3

Als ich die Verrazano Brücke verließ, fing es an zu regnen, und es regnete die ganze Strecke bis Jersey Turnpike. Gegen ein Uhr gab ich auf und verbrachte den Rest der Nacht in einem Fernfahrermotel am Stadtrand von Wilmington. Das Zimmer war kalt, und die ganze Nacht über hörte ich Stimmen und Schritte, das Knallen der Fehlzündungen und Zischen von Luftdruckbremsen. Ich stand zweimal auf und schaute aus dem Fenster, um sicher zu gehen, ob mein Wagen noch dort stand. Ich verließ das Motel in dem gleichen grünen Lichtschein wie bei meiner Ankunft. Aber der Regen hatte aufgehört, und als ich durch Balitmore fuhr, war die Sonne aufgegangen und stand am Himmel, und ich fühlte mich wieder erleichtert.

Die zweite Nacht verbrachte ich im *Holyday Inn* in Fayetteville, North Carolina. Zum Dinner aß ich Landschinken und Felsenbarsch und zum Frühstück – das erste Mal seit zwanzig Jahren – Grütze. Das hielt mich den ganzen nächsten Tag über munter. Die Nacht darauf blieb ich irgendwo südlich von Brunswick in Georgia. Am frühen Nachmittag des nächsten Tages sah ich zum erstenmal den Golf von Mexiko. Ich zog mein Jackett aus und krempelte die Ärmel hoch. Ich fuhr unter Palmen und immergrünen Eichen, über die sanften Hügel weitläufiger Anwesen, an einer mannshohen Hecke mit weißen Sternenblüten entlang, in deren Mitte ein blau-weißes Schild umrahmt stand – wie ein historisches Hinweisschild – *Achtung! Oleander ist giftig. Nicht abschneiden oder verbrennen.* Ich fuhr durch Crystal River und New Port Richey und Tarpon Springs und gelangte nach Dunedin. Noch näher, noch blauer lag der Golf vor mir. Ein Mann in Arbeitskleidung, in richtiger Arbeitskleidung, schaute mich höflich an. Auf einem Schild, so groß wie ein Parkverbotsschild, stand *Diese Gemeinde ist ein Vogelschutzgebiet.* Ich hatte das Gefühl, an den richtigen Ort gekommen zu sein. Auf jeden Fall konnte ich hier anfangen. Ich bog von der Hauptstraße ab, fort vom Wasser, von der überwältigenden Üppigkeit des Küstenstreifens. Ich fuhr eine dichtbewachsene Villenstraße entlang, dann über eine verlassene Kreuzung. Vor mir standen blühende Hibiskusbüsche, so groß wie Bäume. Auf einer Art Totempfahl stand ein pagodenförmiges Schild: *Hibiscus Gardens Motel.* Gegenüber befand sich ein Steakhouse-Restaurant und an der Straßenecke ein Spirituosengeschäft. Ich bog in die Auffahrt des *Hibiscus Gardens* ein.

An diesem Abend aß ich im Steakhouse-Restaurant. Ich nahm erst einen Drink an der Bar, dann noch einen am Tisch und bestellte das Spezialsteak. Ich wußte, daß ich endlich wieder im Süden war. Das Steak war so dick wie eine Scheibe Bauernbrot und so zart wie ein Melbatoast. Nach dem Dinner machte ich einen Spaziergang. Es fiel mir schwer, daran zu denken, wo und warum ich hier war. Sommerlicher Duft von Blumen lag in der milden Nachtluft, und aus den versteckten Häusern drang das Geräusch von Stimmen und Schüssen und Gelächter aus den Fernsehern. Ich ging in einem Bogen zurück zum Motel. Ich betrat mein Zimmer und setzte mich in den einzigen großen Sessel. Ich saß und schaute auf das Telefon neben dem Bett. Ich brauchte nur den Hörer abzunehmen und in ein, zwei Minuten würde ich ihre Stimme hören. Aber das wäre nicht klug. Das wäre zu risikoreich. Wir waren darüber übereingekommen.

Ich zog mich aus und legte mich hin. Es war ein großes Doppelbett, das an einen Magic Fingers-Vibrator angeschlossen war. Ich stand auf, fand ein Vierteldollarstück und steckte es in den Schlitz. Das Bett begann sanft zu schaukeln. Wieder dachte ich an Arlene. Sehnsucht stieg in meiner Kehle auf und machte das Atmen schwer. Ein lächerliches Gefühl für einen Mann in meinem Alter, aber ich fühlte es eben.

Den Morgendienst am Empfang hatte eine große junge Frau übernommen mit langen weißblonden Haaren und schmalen Lippen. Dem hölzernen Schildchen nach zu urteilen hieß sie Miss Rockne. Sie sah mich mißtrauisch an.

«Guten Morgen», sagte ich. «Können Sie mir bitte sagen, wo ich das Frühstück bekomme?»

«Frühstück?» wiederholte sie. Ihr Blick wandelte sich von Mißtrauen in Mitleid. «Es tut mir leid, aber wir servieren kein Essen.»

Geduldig atmete ich tief durch. «Ich weiß, aber . . .»

Das Telefon klingelte. Miss Rockne erstarrte, kippte nach vorn und schnappte beim zweiten Läuten den Hörer.

«Guten Morgen. *Hibiscus Gardens.*»

Ihr Gesicht rötete sich, ihre Augen begannen zu glänzen und ihr Mund wurde weicher.

«Oh! Oh, einen Augenblick.»

Sie wandte mir ein strahlendes Lächeln zu.

«Es gibt ein wunderhübsches Café auf der Main-Street – *Henty's* –», sagte sie. «Nur ein paar Häuserblocks entfernt. Sie müssen rechts um die Ecke und dann einfach geradeaus. Sie können es gar nicht verpassen.»

Ihr Lächeln hüllte mich vollständig ein. Sie nahm wieder den Telefonhörer auf und drehte mir den Rücken zu.

Henty's gehörte zu einem großen Ladenzentrum. Der Orangensaft war gefroren und der Kaffee schwach. Aber die Kellnerin brachte mir genau das, was ich bestellt hatte und auch wie ich es bestellt hatte, und das Ladenzentrum entsprach ganz meinen Bedürfnissen. Es gab sogar zwei Immobilienbüros, an jedem Ende eines, einen Friseur, eine Münzwäscherei, eine Buchhandlung, in der man auch Taschenbücher, Glückwunschkarten, Schreibwaren, Ansichtskarten und Geschenke kaufen konnte. Ich kaufte eine Packung Briefpapier und Umschläge, und die Kassiererin beschrieb mir den Weg zur Post. Ich war für ihre Hilfe sehr dankbar. Das Postamt war ein langes, flaches Gebäude aus Glas, das man leicht mit den Ausstellungsräumen für Automobile verwechseln konnte. Ich parkte an einer Stelle, die wohl gewöhnlich als Parkplatz diente, ging in das Gebäude, kaufte Briefmarken und fand eine stille Ecke, in der ich schreiben konnte. Der Brief würde nicht einfach zu schreiben sein. Es gab nichts und soviel zu sagen. Ich schrieb zuerst die Adresse auf den Umschlag. Ich schrieb in einer mädchenhaft runden Handschrift, meine Mutter nannte das immer die Pensionatschrift. Ich fand, daß es genau so aussah, wie ich es haben wollte. Dann stand ich da und starrte auf das leere Quadrat des Schreibpapiers. Ich beschloß, nicht viel zu schreiben. Ich beschloß, nur einen einfachen Bericht zu geben. Ich beschloß, so etwas zwischen den Zeilen zu schreiben. Ich schrieb:

Liebe Arlene,
gestern nachmittag bin ich hier angekommen. Gottseidank war meine Fahrt ohne Zwischenfälle. Dunedin ist eine entzückende kleine Stadt an der Golfküste in der Nähe von Tampa. Alles ist hier schottisch, besonders die Straßennamen – Aberdeen, Douglas, Highland, Inverness, St. Andres. Vielleicht ist es genau das Richtige für uns. Ich wohne im Hibiscus Gardens Motel – *es ist nicht teuer und in Ordnung. Heute nachmittag werde ich die ersten Makler aufsuchen. Schreib mir hauptpostlagernd, und schreib mir bald. Die Postleitzahl ist 33528. Ich möchte gern wissen, was los ist. Ist alles okay? Ich bin sicher, alles ist in Ordnung, aber ich muß es wissen. Wann, glaubst du, kannst du fort? Bitte beeil dich. Es ist wunderschön hier, aber einsam. Ich liebe und vermisse Dich mehr als ich sagen kann.*

Ich wollte gerade meinen Namen darunter schreiben, da hielt ich inne. Ich hatte einen plötzlichen Einfall. Ich erinnerte mich wieder an ihre Stimme, ihr Lächeln beim Abschied. Fast hörte und sah ich sie vor mir. Ich lächelte zur Antwort und unterschrieb mit «Ed».

Ich saß auf einer Bank im wechselnden Schatten einer Fächerpalme, aß das Muschel-Sandwich, das ich mir auf dem Rückweg zum *Hibiscus Gardens* in einem Drive-In gekauft hatte und sah den Badenden in und am Swimmingpool zu. Es kam mir vor, als seien alle entweder unter sechs oder über vierzig Jahre alt. Ich hätte mich gern zu ihnen gesellt – ich hatte noch nie im November geschwommen – aber nicht jetzt. Zuerst stand die Haussuche auf dem Plan. Ich war ein voll domestizierter Mann, ich war für die Domestizierung programmiert.

Die Reste meines Sandwichs war ich in einen Abfallbehälter und ging zurück in mein Zimmer, um mein Leinenjackett zu holen. Nach der Mittagssonne am Swimmingpool war mein Zimmer kalt und dunkel, und ich mußte mein Jackett ertasten. Im Spiegel sah mein Gesicht aus wie Protoplasma. Ich kniete mich vor dem Schreibtisch hin, um die Teppichstelle zu kontrollieren, die ich gelockert hatte, um dort mein Geld zu verstecken. Es war noch da. Dem «Gästeführer» nach gab es in Dunedin kein Verbrechen, aber trotzdem kontrollierte ich mein Geldversteck. Ich stand auf, ging hinaus und verschloß die Tür.

Eine Stimme – es war eine Frauenstimme – sagte: «Aha, *Sie* sind also unser New Yorker.»

Ich erschrak, konnte mich aber noch zusammenreißen, glättete meine Gesichtszüge und wandte mich um. Es gab keinen Grund zur Besorgnis. Es war eine lächelnde, breithüftige Frau in einem nassen Badeanzug, die nasse Badekappe in der Hand. Ihr Haar hatte die leuchtende Farbe von Lavendel und ihre rosa Nase schälte sich. Mir war so, als hätte ich sie unter den Badegästen am Pool gesehen. Sie sah aus, als sei sie in den schönsten Fünfzigern. Ich versuchte, ebenso freundlich zu lächeln.

«Was sagten Sie?»

«Nun sehen Sie nicht so erschreckt aus», sagte sie. «Haben Sie Angst vor aggressiven Damen?»

Das Lächeln gelang mir schon besser.

«Sie sagten etwas von New York.»

«Ich habe nur Sie und Ihren Wagen in Verbindung gebracht», sagte sie. «Und so stellte ich fest, daß Sie der einzige New Yorker in unserer kleinen Gruppe sind.»

Das waren erfreuliche Neuigkeiten.

«Ich bin tatsächlich der einzige?»

«Stimmt. Jedenfalls im Augenblick. Aber ich hoffe, das steigt Ihnen nicht zu Kopf.»

«Ich denke, ich kann es noch verkraften.»

«Und aus welcher Ecke New Yorks kommen Sie?»

Ich zögerte, aber nur kurz.

«Von Long Island», sagte ich.

«Long Island. Ich bin beeindruckt. Das ist die vornehme Gegend, nicht wahr?»

«Es ist eine große Halbinsel.»

«Ich habe davon keine Ahnung», sagte sie. «Ich komme aus Omaha – Omaha in Nebraska.»

«Ich habe von Omaha schon gehört.»

«Wirklich? Das ist ja schön. Die meisten Leute von der Ostküste kennen den Ort überhaupt nicht.»

Ich zuckte die Achseln.

«So.» Sie war eine attraktive Frau, eine nette Frau, aber ich mußte ein Haus finden. «Ich glaube es ist besser, wenn ich . . .»

«Oh, ich weiß schon», sagte sie. «Ich kann's an Ihrem Jackett sehen – Sie haben eine Verabredung.»

«Sie haben recht», sagte ich. «Ich bin tatsächlich verabredet.»

Ich lächelte und entfernte mich, ging durch das kleine, umrankte Tor hinaus zu meinem Wagen.

«Bis später», sagte ich noch.

Sie erwiderte mein Lächeln und lächelte stärker, sehr viel stärker.

«Gern», sagte sie.

Mr. Beauchamp (ausgesprochen wie der Name ‹Beecham›) von der Firma Beauchamp & Beauchamp, Immobilienmakler seit 1923, lehnte sich in seinem großen Ledersessel zurück und fuhr mit langen gebräunten Fingern durch sein langes, leicht ergrauendes Haar.

«Gut, Mr. Fago», sagte er. «Habe ich richtig verstanden – Fago? Ein interessanter Name, hört sich französisch an. Wie buchstabieren Sie ihn – nein, lassen Sie mich raten. Ich würde sagen *Fageau.*» Er sah mich erwartungsvoll an. «Oder vielleicht *Fageaux*?»

«Nein, leider nicht. Einfach *Fago.*»

«Aha. Da muß der Name irgendwann einmal angliziert worden sein. Ich weiß auch nicht, wieso wir unseren Namen so lange rein erhalten konnten. Purer Zufall, schätze ich.» Er lachte bellend. Er schob ein letztes Mal sein Haar zurecht, stützte die Ellbogen auf und legte das Kinn auf die übereinanderliegenden Hände. «Dann wollen wir mal. Soweit ich Sie verstanden habe, sind Sie an Grundstücken allein nicht interessiert. Sie wollen ein fertiges Haus. Sehr schön. Nun erzählen Sie mir einmal, was Sie sich so vorstellen, und ich sage Ihnen, was ich habe. Wir sind wahrscheinlich nicht die größte Firma am Ort, aber dafür sind wir die älteste. Mein Vater hat die Firma gegründet, als Dunedin noch ein ganz kleiner Ort war, und wir sind sozusagen mit ihm gewachsen. Wenn es also jemand gibt, der den Markt hier kennt, dann sind es höchstwahrscheinlich wir.»

«Gut. Was ich . . .»

Mr. Beauchamp hielt eine Hand hoch. «Trotzdem brauche ich ein wenig Ihre Hilfe. Wenn ich Sie also richtig verstanden habe, dann suchen Sie kein Mietobjekt. Was auch sehr gut ist, da es nur sehr wenige Häuser zu mieten gibt. Es gibt natürlich Appartements, aber keine Häuser – oder so gut wie keine. Wir sprechen also über ein Haus oder ein Besitztum als Kaufobjekt. Da sind nun zwei Dinge, die ich wissen muß. Das eine betrifft das Geld. Wieviel gedenken Sie auszugeben? Und das andere ist: Was brauchen Sie? Fangen wir mit der letzten Frage an. Wie groß ist Ihre Familie?»

«Ich habe keine richtige Familie», sagte ich. «Es gibt nur uns beide.» Ich zögerte. Es war ein wenig peinlich, etwas seltsam für einen Mann meines Alters, ein Mann meiner Generation. Aber ich mußte es sagen. «Ich habe einen guten Freund – genauer gesagt, eine Freundin. Sie kommt in ein paar Wochen nach.»

«Prima», sagte er. «Sehr schön. Und ich bin sehr froh, daß Sie ‹Freundin› sagen. Er lachte sein bellendes Lachen. «Wir sind hier nicht so freizügig wie ihr im Norden. Aber wir machen Fortschritte. Ich meine, mit Leuten in Ihrer Situation – das sind wir schon gewöhnt. Wir haben Verständnis dafür und akzeptieren das. Das ist schlicht eine finanzielle Frage. Es ist eben eine Erfahrungstatsache.»

Ich spitzte die Ohren. Das war interessant.

«So?»

«Ja, Sir», sagte er. «Es gibt in Dunedin eine Menge Pensionäre, eine Menge Witwen, die von der Sozialversicherung ihrer Ehemänner leben und so; wir sehen so etwas alle Tage. Vor nicht allzulanger Zeit hatte ich hier ein Paar, die gut in den Siebzigern waren. Freundliche, ordentliche Leute, die zur Kirche gingen. Und die haben nicht einmal mit der Wimper gezuckt, als sie mir ihre verschiedenen Namen nannten. Naja, warum sollten sie auch. Wir sind keine Moralapostel mehr. Können wir auch nicht. Wird ja alles von den Politikern und Bürokraten in Washington erledigt und von den Steuerleuten und den Sozialversicherungsleuten und so. Da lachen ja schon die Hühner, um was die sich alles kümmern.»

Ich sah Mr. Beauchamp an. Ein Blick voller Dankbarkeit. Das hatte ich nicht gewußt. Hatte nicht darüber nachgedacht. Arlene und ich würden hier überhaupt nicht auffallen. Würden keine Erklärungen abzugeben brauchen. Da gab es nichts mehr zu erklären.

«Ich glaube, Sie haben recht», sagte ich. «Sie haben völlig recht.»

«Naja.» Er lächelte gedämpft und rückte ein Papier auf dem Schreibtisch zurecht. «Nun sagen Sie mir bitte, wieviel Sie ausgeben wollen.»

Ich kaufte eine Ausgabe der Tampa *Tribune* aus einem Automaten und folgte den anderen Vormittagsbummlern zur Post. Ich warf einen Blick auf die Schlagzeilen der *Tribune* und las den Schönwetterbericht und wartete am Schalter für postlagernde Sendungen, bis ich an die Reihe kam. Der Angestellte gab einem untersetzten Mann mit blauer Seglermütze ein Kuvert, das wie ein Bankauszug aussah, und schaute mich an.

«Fago», sagte ich. «Edwin Fago. Ist was für mich da?»

Der Angestellte nahm ein Bündel Briefe – so dick wie eine Faust – aus dem Fach und blätterte es blitzschnell durch. Er schüttelte den Kopf.

«Nichts», sagte er. «Tut mir leid.»

Ich bedankte mich und ging. Ich war nicht wirklich enttäuscht. Es war erst Donnerstag, und so früh hatte ich noch gar keinen Brief erwartet. Sie würde meinen Brief am Montag erhalten haben und hätte sich sofort hinsetzen und schreiben und es am gleichen Tag zur Post bringen müssen. Es war nur ein Wunsch gewesen. Eine Hoffnung. Aber morgen war schon möglich. Das war sogar wahrscheinlich.

Ich parkte den Wagen auf einem Parkplatz, der von australischen Kiefern umgeben war, wie ich erfuhr. Ich ging im Schatten von Seetraubenbäumen hinunter an den blendend weißen Strand. Verglichen mit dem endlosen Strand von Amagansett war der Strand nicht sehr groß, aber ich hatte noch nie so weißen Sand gesehen oder so klares blaues Wasser oder so reine Meeresluft geatmet. Auf der linken Seite lagerten Familien am Strand. Ich schlenderte durch den Sand, der so weich und pudrig wie Mehl war, bis ans Wasser und wandte mich dann nach rechts.

Außer einer kleinen Gruppe von Kindern war in dieser Richtung kein Mensch zu sehen. Es waren zwei Jungen in abgeschnittenen Jeans und ein Mädchen, die auf einer Armeedecke lagen. Handtücher, braune Papiertüten und leeren Colaflaschen, T-Shirts, Hosen, ein Cowboyhut und ein Haufen Zeitungen lagen verstreut herum. Als ich auf sie zukam, rollten sie sich auf den Rücken, streckten sich und standen auf. Einer der Jungen hatte einen schwarzen Oberlippenbart. Das Mädchen hatte die üblichen dicken Beine und das übliche lange glatte Haar und den üblichen Schlafwandlerblick. Sie hakte ihr Bikinioberteil zu und zog sich das übliche bunte T-Shirt an. Der Junge mit dem Schnäuzer schüttelte die Decke aus, faltete sie zusammen, und der andere Junge sammelte die Handtücher ein. Ich ging vorbei, drehte mich um und schaute zurück. Die drei standen da. Das Mädchen hatte den Cowboyhut auf. Einer der Jungen bückte sich und hob eine Schachtel Zigaretten auf. Dann verließen sie den Strand und ließen ihren Abfall – Colaflaschen, Papiertüten und Sonntagszeitung – liegen. Ich betrachtete den Abfall und ging weiter. Nicht daß ich etwa entsetzt war, aber ich war doch überrascht. Ich hätte genauso gut am Strand von Amagansett stehen können, an einem Sonntagnachmittag im August. Irgendwie hatte ich gedacht, daß es hier anders wäre.

Ich breitete mein Handtuch aus und legte T-Shirt und Schuhe ab und setzte mich mit dem Rücken zu dem Abfallhaufen hin. Ich schob die schlampigen Kinder aus meinen Gedanken. Immerhin hatten sie mir jetzt den Strand überlassen. Ich saß eine Zeitlang und schaute auf das herrliche Wasser, beobachtete ein Segelboot, das am Horizont entlangkroch und einen Pelikan, der hoch auf einem Pfahl hockte. Ich legte mich zurück, schloß die Augen und spürte die herrliche Sonne auf meiner Winterhaut. Ich versuchte, meine Gedanken baumeln zu lassen, an nichts zu denken.

Ich konnte es nicht. Die Villen und Häuser, die ich gesehen hatte, und die Barzahlungen, Hypotheken und Unterhaltungskosten, die Stadtsteuer und die Gemeindesteuer, die Befreiung von der Grunderwerbsteuer, all diese komplizierten und juristischen Dinge schwirrten mir im Kopf herum. Und noch immer war nichts geklärt. Ich richtete mich auf und zündete eine Zigarette an. Ich hatte eine weitere Verabredung am nächsten Morgen mit Mr. Beauchamp. Ich mußte endlich eine Entscheidung treffen. Aber eine solche Entscheidung hatte ich noch nie getroffen. Immer war Arlene dabeigewesen. Die drei New Yorker Wohnungen, die Sommerhäuser in Pound Ridge und Fire Island, das Haus in East Hampton – immer hatten wir die Entscheidung gemeinsam getroffen. Ich saß hier in der Sonne von Florida und dachte an Arlene im Nebel und Graupelschauer des dunklen Long Island-Winters.

Aber warum schrieb sie nicht? Ich wollte wissen, was los war. Ich wollte wissen, wann sie herkommen würde. Ich mußte ihre Pläne erfahren. Das sah ihr so gar nicht ähnlich. Sie war viel zu praktisch, tüchtig und äußerst sorgfältig in der Planung, als daß sie Dinge auf die lange Bank schob und einfach treiben ließ. Ich verstand nichts mehr. Das war so gar nicht Arlenes Art. Ich starrte auf den Pelikan, der immer noch geduldig auf seinem Pfahl hockte. Und da dämmerte es mir. Natürlich war das nicht Arlenes Art. Konnte es gar nicht sein. Es lag an dem hoffnungslosen Service der amerikanischen Post. Sie hatte es mal wieder geschafft, was sie am besten konnte. Es war ihr gelungen, meinen Brief zu verschlampen.

Ich sah auf die Uhr – auf Fagos Uhr. Es war zehn nach drei. Ich zog mich an und nahm das Handtuch auf. Mir war übel. Ich sah sie direkt vor mir, wie sie zum Briefkasten hinauslief, wie sie zurückkehrte. Sah, wie sie sich wunderte, sich beunruhigte, zu verstehen suchte. Aber wenn ich jetzt gleich einen Brief abschicken würde, müßte sie ihn bestimmt am Dienstag in den Händen halten.

Wir bogen vom Kirkcaldy Drive in den Rob Roy Circle und fuhren durch eine höhlenartige Öffnung in den Dschungel einer blühenden Hecke. Hinter den Heckenrosen die nackten Stämme und fedrigen Spitzen der Palmen. Das Haus war wie alle Häuser in Dunedin, außer den ganz großen, nicht zu sehen. Mr. Beauchamp winkte mir zu, den Weg hochzukommen.

«Als ich noch ein Junge war», sagte er, «ach, nein, als ich zur Highschool ging, war das ganze Gelände hier noch bebautes Ackerland. Da können Sie mal sehen, wie unsere kleine alte Stadt gewachsen ist. Und dieses Haus steht erst seit kurzem auf der Liste. Ich habe es selbst kaum gesehen.»

Wir überquerten das struppige Gras einer Wiese. Vögel zwitscherten in der Hecke, und hoch über unseren Köpfen knisterten und knarrten die langen Palmwedel. Mr. Beauchamp zog sein Schlüsselbund hervor und schloß eine verblichene rosa Tür auf. Die Hauswand war von blühendem Strauchwerk überwachsen. Wir betraten ein leeres Zimmer, an dessen gegenüberliegender Wand sich hohe französische Fenster befanden.

«Also, dieser Raum ist natürlich das Wohnzimmer», sagte Mr. Beauchamp. «Wohn- *und* Eßzimmer, besser gesagt. Links durch den Türbogen liegt die Küche. Und diese Durchreiche dort ist natürlich sehr vorteilhaft. Zwei Schlafräume und das Bad befinden sich . . .»

Ich nahm zwar seine Stimme wahr, hörte ihm aber nicht mehr zu. Ich schaute mich im Zimmer um, schaute auf die Fensterwand, die zum Garten hinausführte – einem schattigen, von einer Mauer umgebenen Garten, der der Breitseite des Hauses entsprach. Ich ließ Mr. Beauchamp stehen und ging zum Fenster. Der Garten war mit alten rosafarbenen Ziegelsteinen gepflastert. In der Mitte stand ein kleiner Brunnen, daneben ein Zitronenbaum, umgeben von blühenden Büschen und Ranken. Ich stand da und schaute, starrte, sog das Bild in mich auf. Es sah so europäisch, so italienisch aus. Wie ein Renoir, Monet und all die anderen Impressionisten, die Arlene so sehr liebte. Ein Garten, wie für sie gemacht – für uns. Ich brauchte kaum noch die übrigen Räume zu sehen, um zu wissen, daß ich unser Heim gefunden hatte.

Ich wachte auf, den Traum noch in lebhaftester Erinnerung. Beim Rasieren, beim Duschen, beim Anziehen, immer mußte ich daran denken. Ich fühlte immer noch den Schock über das leere Versteck, die Reaktion meines Magens. Der Traum war zu lebendig, zu realistisch, um ins Vergessen zu entschwinden. Er blieb im Gedächtnis wie eine warnende Vorahnung.

Es war noch zu früh für die Runde der Zimmermädchen. Trotzdem ging ich zur Tür und sah hinaus. Aber außer dem Gärtner war niemand zu sehen. Ich trat ins Zimmer zurück, kniete mich auf den Boden und fand die lose Stelle des Teppichs unter dem Schreibtisch. Ich nahm den immer noch dicken Umschlag heraus. Die Frage war nur: Wieviel? Ich wußte, hatte es erfahren, daß die Banken bei größeren Bareinzahlungen sehr vorsichtig waren. Ich hockte wie ein Geizhals vor seinem angehäuften Schatz und überlegte. Es war besser, zu diesem Zeitpunkt in unserem neuen Leben so wenig Aufmerksamkeit wie möglich auf uns zu ziehen. Dreihundert Dollar? Vierhundert? Aber ich wußte, daß ich nicht eher beruhigt und sicher war, bis nicht alles in einem Safe untergebracht war. Nicht zu vergessen die Inflation. Ich beschloß, noch einen weiteren Hunderter dazuzulegen. Die Bank, in der ich mein Konto eröffnen wollte, sah aus wie ein Mammutmuseum und lag am Ende der Straße, wo sich das *Henty's* befand. Außerdem machte es einen ermutigend unpersönlichen Eindruck. Ich zählte fünfhundert Dollar. Ich steckte den Umschlag ins Versteck zurück und stand auf. Ich fühlte mich schon besser, erleichterter. In der kommenden Woche, am kommenden Dienstag, wollte ich weitere fünfhundert einzahlen. Es würde ein gutes Gefühl sein, wieder einen Scheck ausstellen zu können. Ein Mann, der bar zahlt, hinterläßt immer einen leicht schäbigen Eindruck. Es gab mir nicht nur das Bewußtsein der Sicherheit, sondern auch des Geachtetwerdens.

Zum erstenmal stand keine Schlange vor dem Schalter für postlagernde Sendungen. Der Angestellte stand müßig herum und schaute mich gelangweilt an, während ich auf ihn zukam. Ich blieb vor ihm stehen und lächelte.

«Ja, bitte?»

«Oh», sagte ich. Ich hatte geglaubt, daß er mich inzwischen vom Namen her kannte. «Fago – Edwin Fago. Ist für mich was da?»

Er wandte sich um. Er nahm das Bündel Briefe und blätterte es rasch durch. Er stellte es in das Fach zurück.

«Tut mir leid», sagte er. «Nichts für Fago.»

«Danke», sagte ich.

Ich durchquerte den Raum und verließ das Postgebäude. Das schien mir doch ein schlagender Beweis zu sein. Da gab es gar keine Frage mehr. Arlene hatte nie meinen ersten Brief erhalten. Ich war froh, daß ich ihr in weiser Voraussicht am Sonntag noch einmal geschrieben hatte.

Ich hinterließ die Schlüssel des Hauses am Rob Roy Circle bei Beauchamp & Beauchamp und fuhr im leichten Nachmittagsverkehr nach Haus – nach Haus zum *Hibiscus Gardens*. Ich hatte ein Sandwich im rosa Ziegelgarten gegessen und den Nachmittag in einem alten Liegestuhl verträumt, den ich in einem der Schlafzimmer gefunden hatte. Seit Montag war ich das zweite Mal dort gewesen, und es gefiel mir von Mal zu Mal besser – auch das Haus, nicht nur der Garten, wenn er natürlich auch den Ausschlag gab. Selbst den Kilt- und Dudelsacknamen der Straße hatte ich schon fast akzeptiert.

Ich parkte vor meinem Zimmer und stieg aus. Ich hörte fröhliche Laute und Stimmen vom Swimmingpool her. Ich hatte Lust zum Schwimmen. Ich mußte mir irgendwie den richtigen Hunger für ein weiteres Steakhouse Dinner erarbeiten.

Ich hörte hinter mir Schritte.

«Chick!»

Es war eine Männerstimme.

Eine Oktave heller. *«Chick!»*

Sekundenlang nahm ich es nicht wahr, realisierte es nicht. Dann traf es mich. Mein Atem stockte. Das Gefühl, knietief im Sand zu stecken. Wie ein Läufer im Traum. Ich zwang mich mich umzudrehen.

Es war ein kleiner dickbäuchiger Mann in Madrasshorts. Er schaute mich an, ging in schnellen Schritten die Auffahrt entlang.

«Chick!» rief er freudig erregt. «Zum Teufel – wo hast du denn gesteckt?»

Ich starrte ihn an. Erstarrt, schwitzend, dahinschwindend. Ich fühlte mich gepackt, gehalten und langsam zurückgezogen vom bröckelnden Grat des Küstenhangs.

Der kleine Mann warf mir noch einen Blick zu. Er schüttelte den Kopf und lachte.

«Keine Bange», sagte er. «Er beißt nicht. Er ist zwar groß – aber nur ein großes, altes Baby.»

«Ja, bitte?»

«Fago», sagte ich. «Edwin Fago. Ist etwas für mich da?»

«Buchstabieren Sie bitte.»

Da bemerkte ich, daß es ein anderer Angestellter war.

«F-a-g-o», sagte ich.

Er drehte sich um, und ich konzentrierte meinen Blick auf ein Werbe-Poster für die Marine. Ich wollte nicht zusehen. Ich wollte, daß es passiert.

«Nichts für Edwin Fago. Tut mir leid.»

Ich wandte mich und um starrte ihn an. Es war kaum zu glauben. Heute war Sonnabend. Sie müßte meinen Brief Dienstag bekommen haben; spätestens Mittwoch.

«Sind Sie sicher?» fragte ich. «Würden Sie bitte noch einmal genau nachsehen?»

Der Mann zuckte die Achseln. Ich vermutete, daß er diese ängstlichen Fragen gewöhnt war. Wieder nahm er das Päckchen und befeuchtete seinen Daumen. Langsam blätterte er den Stapel durch. Jetzt sah ich ihm genau zu. Aber es war umsonst. Nach dem letzten Brief hob er die Augen und schüttelte den Kopf.

«Tut mir leid», sagte er. «Nichts dabei.»

Ich ging schneller, verfiel in einen leichten Dauerlauf, und da goß es schon in Strömen. Ich rannte los und schaffte es gerade noch bis zur Markise des Steakhouse-Restaurants. Es goß nicht nur, es war auch kalt – oder zumindest sehr kühl. Und außerdem war es windig. Ich mußte richtig an der Tür zerren, um sie zu öffnen. Jetzt glaubte ich es beinahe, daß wir Dezember hatten. Ich hängte meinen Mantel an die Garderobe und setzte mich auf meinen alten Platz in der Nische. Ich schaute mich in dem vertrauten Raum um, in meistens unvertraute Gesichter und sagte mir, daß Montag ganz bestimmt ein Brief da sein würde. Er mußte da sein. Aber wie sollte ich die kommende Nacht aushalten? Und den nächsten Tag und die folgende Nacht? Ich versuchte, darüber nachzudenken, was wohl passiert sein mochte. Wahrscheinlich gab es eine einfache Erklärung dafür. So war es meistens. Da gab es unzählige Möglichkeiten, alles ganz einfache Erklärungen – jedenfalls im Nachhinein war alles sonnenklar. Ich zündete mir eine Zigarette an und versuchte, an eine mögliche Erklärung zu denken.

Die Kellnerin kam zu mir und reichte die Speisekarte.

«Möchten Sie einen Cocktail?»

Ich bestellte einen Bourbon, dachte wieder nach und rief sie zurück.

«Ich möchte lieber einen Martini.»

Ich saß da mit meinem Martini. Wenn ich ihn ausgetrunken habe, würde ich mir einen neuen bestellen. Und danach wieder einen. Ich sah, wie der Regen gegen die große Scheibe peitschte. Die Tür ging auf, und eine Frau kam herein. Es war die Frau aus Omaha. Sie hatte einen hellblauen Regenmantel über die Lavendelhaare gezogen und eine große Handtasche unter den Arm geklemmt. Sie war allein.

Sie ließ den Mantel auf die Schultern rutschen und erblickte mich. Sie berührte ihr Haar. Lächelnd kam sie die Reihe der Nischen entlang.

«Nanu . . . Hallo.»

«Hallo.»

Sie schien zu zögern. Sie war eine heitere, attraktive Frau. Und ich hatte schon zu viele Mahlzeiten allein gegessen. Ich setzte meine Brille ab.

«Nun, es sieht so aus, als seien wir beide allein», sagte ich. «Vielleicht leisten Sie mir Gesellschaft?»

«Gern», sagte sie. «Ich rede lieber, als daß ich lese.»

Sie hängte ihren tropfenden Mantel über meinen. Sie setzte sich mir gegenüber und legte Handtasche und Buch neben sich auf den Tisch. Sie sah auf meinen Drink.

«Ist das ein Martini?» fragte sie. «Schön. Da möchte ich auch gern einen. Aber ich weiß nicht einmal Ihren Namen. Ich heiße Martha Rice. Meine Freunde sagen alle Marty zu mir.»

«Ich heiße Fago», sagte ich. Ich brauchte nicht mehr darüber nachzudenken. Ich mußte mir keinen Ruck mehr geben. Ich hatte mich schon fast daran gewöhnt. Dennoch klang er noch immer etwas fremd. «Edwin Fago.»

«Edwin?»

«Ed», sagte ich.

«Fein», sagte sie. «Schon viel besser.»

Die Kellnerin brachte ihr den Drink. Ich gab ihr mein Glas für einen neuen Martini. Marty nahm einen winzigen Schluck.

«Es ist schön», sagte sie. «Ich bin so oft allein. Ich bin Witwe – so wie die meisten Frauen hier. Mein Mann starb vor drei Jahren. Ja – und Sie sind auch verheiratet gewesen. Sie sehen so aus. Aber doch nicht ganz. Und deshalb glaube ich, daß Sie zur Zeit nicht verheiratet sind. Habe ich recht?»

«Ja», sagte ich. «Das stimmt. Ich . . .» Aber das reichte. Ich wollte das Thema nicht vertiefen. Ich langte über den Tisch und nahm ihr Buch auf. Auf dem Umschlag war ein halbnacktes Mädchen. Der Autor hatte einen schwedischen Namen. Es war ein Roman.

«Ist es gut?»

«Lieben Sie Kriminalromane?»

Ich schauter wieder auf das Buch in meiner Hand. Ich hätte genauer hinsehen sollen. Das Mädchen auf dem Einband war nicht nur nackt, sie schrie auch. Ich legte das Buch auf den Tisch.

«Nicht besonders», sagte ich. «Ich bin sowieso kein großer Leser.»

«Ich liebe Krimis. Ich lese sie von morgens bis abends. Ich weiß auch nicht wieso, aber ich mag alle Sorten. Ich meine zum Beispiel Agatha Christie – ich liebe Agatha Christie und Dorothy Sayers und all die netten englischen Ladies. Und ich bin ganz wild nach Ross Macdonald. Aber auch die anderen gefallen mir. Ich nenn sie immer die psychologischen – die einen in die Gehirnwindungen des Mörders hineinversetzen. Ich finde sie einfach faszinierend. Aber ich frag mich immer, wie weit sie der Wahrheit entsprechen. Ich meine, wer weiß denn schon, was ein Mörder wirklich denkt?»

Ich zuckte die Achseln. «Das ist schwer zu sagen. Ich nehme an, das hängt davon ab . . .» Ich zündete mir eine Zigarette an, wedelte das Streichholz aus und legte es sorgfältig in den Aschenbecher. «Mein Sohn ist ermordet worden.»

«Oh!» Sie holte tief Luft und starrte mich über den Tisch hinweg an. «Oh – wie *entsetzlich*! Oh, es tut mir so leid.»

«Ist schon gut», sagte ich. «Schmeckt Ihr Martini?»

Der Angestellte sah von dem letzten Brief hoch.

«Tut mir leid, Mr. Fago», sagte er. «Heute ist nichts da.»

Ich blieb stehen.

«Gar nichts?»

«Nein, Sir.»

Ich blieb stehen.

Eine Stimme hinter mir sagte: «Entschuldigung . . .»

Ich stand immer noch da.

Der Angestellte sagte: «Wenn Sie gestatten, Sir. Da warten noch andere Leute . . .»

Ich hob den Hörer hoch und legte ihn wieder auf. Ich wußte nicht, was ich tun sollte. Ich wußte nicht, was ich denken sollte. Ich hatte mich noch nie so reingelegt und übertölpelt gefühlt. Es gab nur eine Gewißheit: irgend etwas war schiefgegangen. Irgendwas mußte ernstlich schiefgegangen sein. Und ich wußte, daß ich es irgendwie gewußt hatte, geahnt hatte, die ganze Zeit befürchtet hatte. Das Postamt hatte es nur noch heute morgen bestätigt. Arlene hatte irgendwelchen Ärger. Das war die einzig sinnvolle Erklärung. Sie konnte oder wagte nicht, zu schreiben. Aber warum? Ich drückte meine Zigarette aus. Aber das war nicht das Wichtigste. Aber das war nicht die echte, eigentliche Frage. Die eigentliche Frage lautete: Was sollte ich tun?

Ich steckte mir wieder eine Zigarette an. Sie schmeckte so scheußlich wie oder noch scheußlicher als die letzte, aber ich zündete sie trotzdem an. Ich stand auf und ging zum Fenster. Der Gärtner jätete Unkraut unter den Hibiskusreihen. Ein verschrumpelter alter Mann mit einem Gesicht wie der echte John D. Rockefeller rollte in seinem Rollstuhl langsam über die Auffahrt, geschoben von einem älteren Farbigen mit einer St. Louis Baseballmütze. Ein gelber Singvogel bewegte sich wie der Blitz in den schimmernden Tiefen eines Lorbeerbaumes. Ich dachte an den rosa Ziegelgarten. Es kam mir vor wie eine Szene aus einem anderen Leben. Ich fürchtete mich anzurufen, aber ich mußte anrufen. Ich konnte nicht sitzenbleiben und warten. Ich hatte die Nase voll davon. Ich faßte einen Entschluß. Ich mußte es einfach wissen.

Ich ging zurück und setzte mich auf das Bett und nahm den Hörer ab. Ich wählte die Nummer der Motelzentrale.

«Hibiscus Gardens». Es war eine Frauenstimme, eine fröhlich trällernde Stimme. Eine Stimme, die ich nicht kannte. «Sie wünschen bitte?»

«Hier spricht Mr. Fago», sagte ich. «Zimmer siebzehn. Ich möchte gern ein Ferngespräch anmelden.»

«Selbstverständlich. Und welche Nummer bitte?»

Ich gab ihr die Telefonnummer. Ich räusperte mich – mein Hals war zugeschnürt und trocken – und wartete. Ich lauschte dem Piepen und Summen aus dem Weltall. Ich fühlte das Pochen meines Herzens. Ich angelte nach den Zigaretten.

«Hallo?»

«Arlene?»

«Ja?»

«Arlene – ich bin's, Chick.»

«Wer?»

«Chick. Ich bin es, Chick. Arlene, ich mußte anrufen. Ich will wissen, was passiert ist. Ist etwas . . .»

Ihre Stimme wurde abweisend. «Wer spricht da? Soll das ein übler Scherz sein? Ich kenne keinen mit dem Namen Chick – außer meinem Mann. Und mein Mann ist tot.»

«Arlene, hör doch . . .»

Aber sie hatte aufgehängt.

Ich saß und starrte auf das Telefon. Ich fühlte mich so schwer wie Blei und zugleich so leicht wie Luft. Ich fühlte mich betäubt. Das konnte gar nicht passiert sein. Konnte nicht wahr sein. Das war nicht Arlene. Da mußte es ein Mißverständnis gegeben haben, eine Verwechslung, einen Irrtum. Ich schaute mich nach meinen Zigaretten um. Es war fast dunkel im Zimmer. Ich knipste die Nachttischlampe an. Ich fand die Schachtel auf dem Boden neben meinen Füßen. Sie war zusammengeknüllt und leer. Ich stand auf, ging ins Bad und machte mir noch einen Drink. Ich ging zurück und setzte mich wieder neben das Telefon. Es war schwer, genau ihre Worte zu erinnern. War es möglich, daß ich sie nur mißverstanden hatte? Hatte sie mich mißverstehen können? Es war keine sehr gute Verbindung gewesen. Ich trank einen Schluck, und dann fiel mir noch etwas ein. Vielleicht war sie gar nicht allein gewesen. Vielleicht war jemand bei ihr gewesen? Vielleicht konnte sie nicht frei sprechen? Ich saß und dachte darüber nach. Es konnte schon wahr sein. Es war wahr. Ich stellte mein Glas hin und hob den Hörer ab.

Eine Männerstimme sagte: *«Hibiscus Gardens.* Sie wünschen bitte?»

«Hier spricht Mr. Fago. Ich möchte einen Anruf machen – ein Ferngespräch.»

«Gern, Sir. Darf ich Ihre Zimmernummer haben?»

«Zimmer siebzehn.»

«Und mit welcher Nummer möchten Sie verbunden werden?»

Ich gab ihm die Nummer. Ich wartete. Ich war gespannt vor Aufregung und Erleichterung. Das Telefon klingelte und klingelte.

«Hallo?»

«Arlene – hier ist Chick. Es tut mir leid, wenn ich . . .»

Die Leitung brach ab.

4

«Sie verlassen uns?» fragte Miss Rockne. «Und gehen zurück in den Norden? Im Dezember? Puh! Ich muß sagen, das ist eine frühe Abreise. Ich selbst bin erst fünf Minuten hier.»

«Ich habe eine lange Reise vor mir», sagte ich.

«Da wollen wir mal sehen», sagte sie. «Ah, ja.» Sie zog eine Karte aus dem Ordner. «Sie sind zwei Tage über die Woche. Da muß ich ich Ihnen den vollen Tagessatz anrechnen.»

«Wie, bitte?»

«Ich muß ihnen den regulären Tagessatz anrechnen. Sie sind über eine Woche. OK?»

«OK», sagte ich und zückte meine Brieftasche. Mir fiel der Zigarettenautomat neben der Tür ein, und ich sagte: «Ich möchte gern Kleingeld für den Automaten.» Zigaretten waren alles, was ich brauchte. Da waren noch gut drei, vier Drinks in der Flasche von der letzten Nacht. Ich hatte weder an Essen, Frühstück oder selbst an einer Tasse Kaffee Interesse. Ich wollte nur fort, mich auf den Weg machen. Ich hatte einen langen Weg vor mir.

«. . . und sechs sind hundert», sagte Miss Rockne. Sie gab mir die Rechnung und schenkte mir ein strahlendes Lächeln. «Auf Wiedersehen», sagte sie. «Und gute Reise.»

Ich schnippte gegen mein Glas. Nichts geschah. Mein Glas war leer. Ich schob es über den Tresen. Es war eine ganz gewöhnliche Bar mit Hockern und Messingstange und glänzendem dunklem Holz, aber irgendwie kam sie mir nicht echt vor. Sie sah eher aus wie eine Bücherei, die Theaterkulisse einer Bücherei. Ich saß und studierte sie eingehend. Es lag an der Rückwand der Bar. Es gab keinen Spiegel. Statt dessen waren dort schmale Regale, und auf den Regalen standen kleine Flaschen mit Bourbon, Whisky und fertigem Martini aufgereiht, so, wie man sie im Flugzeug serviert bekommt. Das war interessant. Ich suchte den Blick des Barkeepers auf mich zu ziehen und zeigte dann auf mein Glas.

«Noch eine Flasche», sagte ich. Ich mußte beinahe lächeln. «Ich möchte noch eine Flasche Jim Beam.»

Er kam herangeglitten. Er nahm mein Glas und stellte es hinter den Tresen. Er sah mich freundlich an.

«Besser nicht», sagte er. «Heute nacht nicht mehr, alter Kumpel. Wir haben strenge Gesetze in diesem Staat. Ich glaube, Sie haben genug.»

Am nächsten Tag fuhr ich gute vierhundert Meilen bis zu einem durchgehend geöffneten Motel in Richmond. Mein Mittagessen bestand aus einer Packung Erdnußbutterkeksen und einer Cola, und das Abendbrot aus einem Hamburger. Ich hatte sogar fast die Hälfte davon gegessen. Weder vorher noch hinterher trank ich etwas Alkoholisches. Ich brauchte keinen Drink. Nach knapp acht Stunden Fahrt war mein Gehirn betäubt genug. Sobald ich mein Zimmer hatte, legte ich mich hin und war gegen acht Uhr schon eingeschlafen. Aber ich träumte. Ein Traum nach dem anderen, immer noch ein Traum. In allen war Arlene, und sie bewegte sich aus meiner Reichweite und lächelte.

Die Benzinsäule gab das Verschlußgeräusch von sich und hörte auf zu fließen. Wie immer rann ein wenig Benzin am Kotflügel herab. Der Tankwärter folgte meinem Blick. Es war ein stämmiger, junger Mann mit rosigen Backen und einem roten Schopf wie ein Mop. Würdevoll wandte er sich um.

«Tja, liegt garantiert am Bremsbelag», sagte er. «Wußt ich sofort, als Sie reinfuhren. Hab's sofort erkannt, verstehn Sie. So'n knirschendes Geräusch.»

«Und was bedeutet das?»

«Bedeutet?» sagte er. «Das bedeutet, daß er gleich seinen Geist aufgibt.»

«Und was dann?»

«Wenn er hinüber ist? Dann kriegen Sie 'ne Menge Ärger. Dann können Sie vorn links nicht mehr bremsen. Da können Sie die ganze Bremstrommel mit ruinieren. Ich geb Ihnen einen Rat, lassen Sie's wieder in Ordnung bringen.»

«Ist das viel Arbeit?»

«Es geht, nicht so schlimm.»

«Und wie lange würde das dauern?»

«Das kann ich nicht sagen. Da müssen Sie meinen Bruder fragen. Wenn er ihn heute nachmittag kriegt, denke ich, daß Sie ihn morgen mittag zurückhaben.»

«Morgen?»

«Na, sehen Sie mal. Man muß das Rad abbauen. Und dann den neuen Bremsbelag anmachen. Das braucht seine Zeit.»

Ich hörte ihm kaum noch zu, nickte aber mit dem Kopf. Ich sah durch die Windschutzscheibe auf den brausenden Verkehr des Maryland Kennedy Highway, nahm ihn aber gar nicht wahr. Morgen! Ich konnte nicht bis morgen warten. Ich konnte nicht noch einen Tag, noch eine Nacht warten. Ich war zu nahe am Ziel, an der Wahrheit. Jetzt konnte ich nicht anhalten. Ich hatte das Gefühl, daß mich nur diese Triebfeder am Laufen hielt.

«Wie lange, glauben Sie, wird es so halten?»

Er starrte mich an.

«Wollen Sie *so* fahren? Sie wollen wirklich mit Ihrem Wagen in *dem* Zustand fahren?»

«Ich habe eine Verabredung», sagte ich.

«Mann! Das weiß ich wirklich nicht», sagte er. «Und wie weit wollen Sie noch fahren?»

«Bis Long Island, im östlichen Teil.»

Ich zuckte die Achseln. «Wie weit ist das – ein paar hundert Meilen? Ich weiß nicht. Denke schon, daß Sie's versuchen können.»

Die Verkehrsampel hing in einiger Entfernung über der Straße. Sie war kurz rot, dann leuchtete sie grün. Es war niemand hinter mir, niemand vor mir, aber ich wollte nichts riskieren. Die knirschende Trommelbremse trommelte ihre ständige Warnung. Ich hatte diese Nacht schon zu viele Angstpartien mit Schlingern und Ausbrechen hinter mir. Ich nahm den Fuß vom Gaspedal und tippte leicht auf die Bremse. Der Wagen zog zur Seite und schwankte, aber ich hatte ihn sicher unter Kontrolle. Die Ampel war immer noch grün. Ich fuhr durch, holte tief Luft und trat wieder aufs Gas. Aber nicht zu viel. Ich kannte diese Straße.

Das war nur die erste von vier Ampeln auf dieser Strecke gewesen; die nächste befand sich an der großen Kreuzung North Sea Road. Trotzdem war es zum Wahnsinnigwerden, so zu schleichen.

Ich beobachtete, wie die North Sea-Ampel auftauchte. Ich sah auf die Uhr. Es war zehn nach zehn. Mir fiel ein, daß gleich hinter der Kreuzung ein McDonald-Restaurant lag und ich seit Mittag nichts mehr gegessen hatte. Aber ich bog nicht ab. Mir kam es vor, als hätte ich jegliches Bedürfnis nach Nahrung verloren. Ich schlich über die Kreuzung und in einem durch zur nächsten Ampel. Ich schlich auch über diese Kreuzung und weiter zur nächsten. Ich schlich durch Water Mill. Dann war ich auf der langen Geraden nach Bridgehampton. Vorsichtig beschleunigte ich bis auf vierzig Meilen. Fernlicht blinkte hinter mir auf. Ich fuhr an die Seite und ließ ihn überholen. Es war ein LKW mit nur einem Rücklicht und dem Aufkleber «Registriert Streichhölzer, nicht Feuerwaffen». Er fuhr mindestens fünfundsiebzig, achtzig. Ich folgte seinem schwindenden Licht bis Bridgehampton. Die einzigen Lichter von Bridgehampton waren die der kalten, einsamen Straßenlampen und das Licht hinter den Fensterläden von *Bobby's Van*. Hinter den Vorhängen lockte die rauchige Wärme. Es war eine echte Versuchung. Doch selbst für einen kurzen Drink war ich jetzt zu nahe. Eine ungeahnte, flimmernde Spannung hatte mich gepackt.

Den ganzen Tag und die Nacht über war mir Arlene nicht aus dem Kopf gegangen. Aber dies war plötzlich was völlig anderes. Plötzlich war ich so gut wie da. Es war nur noch eine Frage von Minuten. Ich sah mich die Stufen hochgehen, über die Veranda zur Hintertür, und Arlene stand da – und was würde ich sagen? Was war da zu sagen? Daß sie mich in die Wüste geschickt hat? Daß sie mich angelogen hat? Daß sie mich nur *benutzt* hat? Ich fühlte das erste Mal echten Zorn in meinem Innern aufflammen. Ich hörte wieder das Klicken des aufgelegten Hörers. Glaubte sie, daß ich das so einfach akzeptieren würde? Glaubte sie, daß ich nicht wagen würde zurückzukommen? Glaubte sie, ich sei wirklich Fago? Glaubte sie, ich würde mich feige in der Sicherheit Floridas niederlassen? Unvermittelt sah ich wieder das kleine Haus am Rob Roy Circle vor mir, mit dem grünen Schatten des rosa Ziegelgartens. Es gab mir einen Stich, der mir die Tränen in die Augen trieb. Ich war nicht nur betrogen und übers Ohr gehauen worden. Sie hatte mich lächerlich gemacht. Ich umklammerte das Steuerrad und dämpfte die Wut zu einer beizenden Flamme. Ich hatte Arlene nichts zu sagen. Sie hatte mir schon alles gesagt, was zu sagen war. Ich bin nicht aus freien Stücken nach

Florida gegangen. Sie hat mich dorthin geschickt. Sie hat immer alles geschickt, erledigt, besorgt. Unmerklich hatte sie immer die Führung übernommen. Ich wußte genug; ich wußte schon zuviel. Aber ich wollte ihr gegenüberstehen und sie ansehen. Ich wollte von ihr die Bestätigung hören, wollte sehen, ob sie es wagen würde, dies zu bestätigen, diese Stimme am Telefon.

Die Fireplace Road war ebenso dunkel wie die Bridghampton Main Street. Nicht nur die Reihen der Sommerhäuser lagen im Dunkel, sondern auch die Häuser der Einheimischen waren dunkel, und nur die blaue Nachtbeleuchtung von Barnes Geschäft brannte im Innern. Eine Szenerie, seltsam entrückt und doch zugleich vertraut, von der ich geglaubt hatte, sie nie wieder zu sehen. Ich fuhr an der kleinen Presbyterianischen Kirche vorbei. Die Straße machte ihre vertraute Biegung, und die schwarze gedrängte Masse des Talmadge-Hauses kam in Sicht. Auch die Talmadges waren schon zu Bett. Mein Herz begann zu klopfen. Auch Arlene schien zu schlafen. Manchmal blieb sie lange auf, wenn es im Fernsehen etwas besonderes gab. Nur heute nicht. Hinter den Wachposten der dürren Bäume tauchte das Haus auf. Und alle Fenster – jedenfalls die, die ich sehen konnte – waren dunkel. Nun, lange würde sie nicht mehr schlafen. Es sei denn . . . Das Herz schlug mir im Hals. Es sei denn, sie wäre nicht zu Hause. Es sei denn, sie wäre gegangen, schon weggezogen. Ich hatte ihr soviel Zeit gegeben, wie sie brauchte.

Ich bog in die Auffahrt. Mir war nicht kalt, ich schwitzte beinahe, aber plötzlich klapperten meine Zähne. Mir fielen wieder die ständigen Schlaglöcher ein. Die Scheinwerfer fegten über die vertrauten Fahrspuren, den breitausladenden Ahorn, die Garage. Ich bemerkte, daß ich zu schnell fuhr und trat auf die Bremse. Der Wagen rutschte weg, brach aus der Spur. Ich drehte mich auf der Auffahrt, rutschte über ein Stück Rasen und schlitterte bis zur Kellertür. Holz krachte und splitterte. Die Tür gab nach. Der Kühler und das rechte Vorderrad brach mit einem Ruck durch die Tür und blieben auf halbem Weg abwärts hängen. Mir selbst war nichts passiert. Nicht einmal eine Schramme. Ich war nur gegen das Steuerrad gequetscht. Ich drehte und wand mich. Die Hupe gab einen seltsamen Ton von sich. Ich befreite mich.

Ich stieß die Wagentür auf und zwängte mich raus. Von außen sah der Wagen schlimmer aus als von drinnen. Den konnte nur noch ein Abschleppwagen rausholen. Ein Scheinwerfer war völlig kaputt, der andere war zwar verbogen, aber beleuchtete das Haus. das Regenrohr; bis zur Dachrinne kletterte der Strahl. Ich sah wie sich die Schlafzimmerscheibe widerspiegelte. Arlene war nie eine furchtsame Frau gewesen. Aber ich sah sie jetzt förmlich in unserem großen Bett, wie sie die Beine anwinkelte, gespannt lauschend, voller Furcht und Wissen. Ich mußte fast lachen. Ich hätte mir keine gelungenere Ankunft ausdenken können. Mit Pauken und Trompeten.

Ich lief durch den Lichtstrahl, um die Hausseite herum zur rückwärtigen Veranda. Ich drückte die Klinke. Verschlossen. Ich tastete nach dem Ersatzschlüssel am Nagel unter dem Küchenfensterbrett. Da hing kein Schlüssel. Natürlich – es gab ja auch keinen Grund mehr dafür. Ich hob die Faust, um gegen die Tür zu schlagen und zog sie wieder zurück. Wieder stieg ein Lachen in mir hoch. Das konnte man kaum ein herzliches Willkommen nennen. Es wäre zuviel erwartet, daß sie das Fenster öffnen und den Schlüssel hinunterwerfen würde. Ich stand und dachte einen Augenblick nach. Dann sprang ich mit einem Satz von der Veranda, lief über den Rasen, an der Garage vorbei zum Holzschuppen. Ich fand die Tür, stieß sie auf, fuhr mit der Hand an der Wand lang bis in die Ecke und packte meine alte Axt. Ich drehte mich um und lief zum Haus zurück.

Ich blieb stehen und lauschte. Nichts als das tiefe Schweigen einer ländlichen Gegend. Ich hob die Axt. In Filmen hatte ich tausendfach gesehen, wie Türen aufgebrochen wurden. Aber wie machte man das wirklich? Sollte ich das Türschloß zerschlagen? Oder das Paneel? Sollte ich die Klinge oder die stumpfe Seite benutzen? Ich entschied, daß das keinen großen Unterschied machen würde. Ich hob die Axt und hieb mit der Klinge in die obere rechte Holzkassette. Sie zerbrach wie eine Eischale. Ich zog die Axt heraus, langte durch das Loch und unten und öffnete die Tür. Mit einem Krach stieß ich die Tür auf, suchte und fand den Küchenschalter und knipste das Licht an.

Arlene stand in der Tür zum Eßzimmer. Ihr Gesicht war weiß, das Haar wild zerzaust, und der geblümte Morgenmantel hing offen. In der Hand hielt sie meine zwölfkalibrige Schrotflinte.

Ich stand und starrte. Es war eine Arlene, die ich kaum wiedererkannte. Auf ihrem Gesicht lag ein Ausdruck, wie ich ihn noch nie gesehen hatte. Es war ein Blick, der genau zu der Stimme am Telefon paßte.

Sie stieß eine Art Seufzer aus.

«Mein Gott», sagte sie. «Mein Gott! Was für ein Narr bist du. Du bist ein noch viel größerer Narr, als ich es für möglich gehalten hätte. Warum mußtest du das tun? Warum hast du den Wink nicht akzeptiert? Warum konntest du denn nicht allein fortgehen?»

Ich sagte nichts darauf. Ich stand im grellen Licht der Küchenlampe und sah sie an – Arlene, meine Frau. Ich hatte es gewußt, hatte geglaubt es zu wissen, aber ich hatte es nicht für möglich gehalten.

«Armer Chick», sagte sie. «Wie konntest du nur so dumm sein? Nach all diesen Jahren überraschst du mich immer noch. Ich hatte mir schon gedacht, daß du anrufen würdest. Ich hatte deinen Anruf erwartet, war darauf vorbereitet. Ich dachte, du verstehst mein Schweigen. Ich weiß nicht, wie ich es dir hätte deutlicher machen sollen. Mir ist es nicht im Traum eingefallen, daß du so dumm sein und hier wieder auftauchen würdest.»

«Nein», sagte ich. Ich mußte mich räuspern. «Du hast dich schon deutlich genug ausgedrückt.»

«Ich dachte, du würdest es merken», sagte sie. «Ich dachte, du würdest begreifen, daß wir frei und sicher waren. Ich wußte, wo du warst. Mehr war nicht nötig. Ich hätte dich nie verhungern lassen.» Ihre Gesichtsmuskeln spannten sich. «Wenn es nur um Charlies Willen gewesen wäre.»

«Oh», sagte ich.

«Es ist wahr», sagte sie. «Du weißt, daß das wahr ist. Charlie war alles, was wir hatten. Und dann hast du ihn getötet.»

«Arlene! Arlene – was sagst du da!»

«Du hast ihn getötet. Er wollte so sein wie du. Er wollte Soldat sein, mit allen Auszeichnungen und Ehren. Und du hast ihn gehen lassen. Du hast nicht einmal versucht, ihn zurückzuhalten.»

«Du Hure. Was bist du für eine verkommene Frau.»

«Mein Gewissen ist rein», sagte sie.

«Ja, das glaube ich. Da bin ich sogar sicher.» Ich sah, wie ihre Augen glänzten und die Backenknochen hervortraten. «Nun gut. Okay. Ich werde dir schon nichts tun, Arlene. Du kannst also das Gewehr weglegen.»

«Bist du wahnsinnig? Du bleibst genau da stehen, wo du jetzt bist.» Sie hob die Flinte eine Handbreit. «Glaubst du, ich lasse dich jetzt von hier gehen?»

Ich versuchte, so ruhig und entspannt wie möglich zu sein.

«Willst du mich erschießen, Arlene?»

«Ich bin eine Witwe», antwortete sie. «Eine alleinlebende Frau. Ich habe ein Recht, mich gegen Eindringlinge zu wehren.»

Ich versuchte, ein ungläubiges Gesicht zu machen. Ich versuchte zu lächeln.

«Das wäre kein guter Einfall von dir.»

«Meinst du? Du wirst immer dämlicher. Kein Wunder, daß Lambert Tucker dich hat gehenlassen.» Wieder bewegte sie die Flinte. «Ich weiß nicht, wer Sie sind. Ich habe Sie nie zuvor in meinem Leben gesehen. Bis Sie sich Ihren Weg mit der Axt in mein Haus gebahnt haben. Und kein Mensch wird Sie je wiedersehen. Denn von Ihnen wird nicht viel übrigbleiben. Aber ich bin sicher, daß draußen im Wagen Papiere zur Identifikation liegen. Oder in Ihrer Brieftasche. Oder sonstwo. Die Polizei wird sich sicherlich schon Gedanken darüber gemacht haben, was mit Edwin Fago passiert sein mag.»

«Du willst mich wirklich erschießen?»

Sie hob die Waffe an die Schulter.

«In dem Fall ist es besser, wenn du entsicherst.»

Ihre Augen gingen hin und her. Der Lauf schwankte. Ich hob die Axt, schwang sie zurück und nach vorn und ließ sie fliegen.

Die Schrotflinte fiel, polterte und rutschte unter den Küchentisch.

Arlene machte einen Schritt zurück. Ihre Knie knickten ein. Sie fiel auf die Knie und rollte dann auf den Rücken.

Mit zwei Sätzen durchquerte ich die Küche. Ihr erschrockenes Gesicht sah zu mir hoch. Nirgends war Blut. Nur an der Seite ihres Kopfes, unmittelbar vor dem Ohr, war eine Art Kerbe. Ich kniete neben ihr nieder. Sie schien nicht mehr zu atmen. Ich nahm ihr Handgelenk und fühlte nach dem Puls. Da war kein Puls mehr. Sie war tot. Ich war am Leben, wunderbarerweise war ich am Leben, aber Arlene war tot. Sie war *tot*. Mein Magen fiel ins Bodenlose. Alles fiel ins Bodenlose.

Irgendwann stand ich auf, ging zum Küchentisch und sank auf den nächsten Stuhl. Ich legte meine Arme gekreuzt auf den Tisch und ließ den Kopf darauf sinken. Ich hatte immer noch meinen Regenmantel an und auch die Handschuhe. Ich zog den Kragen hoch, damit ich mich wohler fühlte. Ich schmiegte die Wange in die Wärme meiner Handschuhe. Ich schloß die Augen. Ich sagte mir, daß ich mich ausruhte. Ich sagte mir, daß alles, was ich brauchte, nur ein, zwei Minuten zum Ausruhen waren. Ich sagte mir, daß ich schon fühlen konnte, wie ich mich entspannte. Ich konnte fühlen, wie mein Herz regelmäßiger schlug, langsamer wurde. Ich lauschte seinem ruhiger werdenden Schlag. Ich sagte mir, daß ich bereit sei. Daß ich genug ausgeruht hätte. Ich mußte ausgeruht sein. Ich mußte bereit sein. Ich mußte aufstehen und gehen. Ich mußte immer noch mein Leben in Sicherheit bringen. Ich mußte nur damit anfangen. Arlene hatte mir den Weg gezeigt.

Ich schob den Vorhang ein wenig zur Seite und sah hinaus. Das Talmadge-Haus lag hinter der nackten Hecke im Dunkel, noch im Schlaf. Aber der Wagen . . . Ich hatte den Wagen vergessen. Ich hatte den verbogenen, leuchtenden, winkenden Scheinwerfer vergessen. Ich trat hinaus, ging um die Ecke und schaltete ihn aus. Das erinnerte mich an etwas anderes. Ich griff ins Handschuhfach, fühlte die Kraftfahrzeugkarte in der Hülle – und ließ sie im Handschuhfach. Das würde Zeugnis genug abgeben. Und seine Anwesenheit, seine vergessene Anwesenheit, war ebenso natürlich. Ich öffnete den Kofferraum, holte mein Gepäck heraus und lud es in meinen eigenen Wagen in der Garage. Auf dem Weg zum Haus betrachtete ich noch einmal eingehend Fagos Wagen. Er machte einen etwas merkwürdigen Eindruck, aber nicht auf den ersten Blick, dachte ich. Für jemanden, der im Dunkeln vorüberfuhr, würde es nur aussehen, als sei er in Eile geparkt worden. Selbst bei Tageslicht mochte es noch so aussehen. Aber diese Nacht, die nächste Stunde, die nächsten paar Minuten – das war alles, worauf es ankam.

Ich hob die Flinte auf. Etwas baumelte daran. Es war ein polizeiliches Identifizierungsetikett. Ich drehte die Waffe um, sah auf das Schloß. Ein Bolzen war unten, der andere war gespannt, genauer gesagt, halb gespannt. Er war noch gesichert. Ich hatte ein mulmiges Gefühl. Ich entsicherte und klappte die Flinte auf. Zwei gelbe Hülsen fielen heraus. Auch das verursachte mir ein mulmiges Gefühl. Ich sammelte sie auf. Ich stellte die Flinte in den Wandschrank, wo sie immer stand und legte die Munition in die Schachtel zurück. Um die Axt brauchte ich mich nicht zu kümmern. Ich wußte, daß sie ohne jeden Fingerabdruck war. Ich ließ sie liegen, damit sie gefunden werden konnte. Ich sah nicht auf Arlene. Trotzdem sah ich sie. Ich nahm an, daß ich sie immer dort liegen sehen würde. Ich sagte mir, daß ich jetzt dort liegen könnte. Ich es gewesen sein könnte. Die Polizei hatte die Flinte nicht geladen.

Ich knipste das Küchenlicht aus und tastete mich durch das Eßzimmer zum Wohnzimmer und hinüber zum Schreibtisch. Ich knipste die Tischlampe an, öffnete die mittlere Schublade und zog sie so weit heraus, bis sie herunterfiel und der Inhalt sich auf den Boden verstreute. Dann zog ich auch die anderen Schubladen heraus. Ich stieß mit dem Fuß in den Papierhaufen. Ich trat zurück und betrachtete alles. Das Zimmer war auf gespenstische Weise verändert. Es war nicht länger bloß ein Zimmer. Ich hatte es zu einem Bühnenbild verwüstet.

Ich trat an das Buchregal am Fuße der Treppe. Ich zog den dicken, zerlesenen, blauen Bartletts «Volkstümlicher Zitatenschatz» heraus. Der Bartlett war schon in unserem Haus in der Tenth Street gewesen, fast von Anfang an, und er war immer unser ‹Sparschwein› gewesen, unsere geheime Bank. Wir hatten immer versucht, einen Geldbetrag für Notfälle dort aufzubewahren. Und Arlene hatte die Gewohnheit beibehalten. Es lag Geld darin: vier Zwanziger und ein Zehner. Ich nahm das Geld und steckte es in meine Brieftasche. Sorgsam stellte ich das Buch zurück. Bartlett gehörte nicht zum Bühnenbild.

Ich ging die Treppe hinauf. Ich sah auf die Uhr. Nichts drängte; es gab keinen Grund zur Eile. Es war erst viertel vor zwölf. Ich hatte viel Zeit. Nichts, was mich alarmiert hätte. Und dennoch fühlte ich Panik in mir hochsteigen. Es war das Haus, der Ort, die Nacht. Die letzten Stufen nahm ich immer zwei auf einmal. Fast lief ich den Flur entlang zum Schlafzimmer. Ich knipste das Licht an und ging zu Arlenes Nachtischschublade. Ich fand ihre große Brieftasche und öffnete die innen liegende Geldbörse. Wagenschlüssel und etwas Kleingeld und ein paar zerknitterte Scheine: ein Zehner, zwei Fünfer und drei Einer. Ich steckte die Scheine zu den anderen in meine Brieftasche, Schlüssel und Kleingeld in meine Manteltasche und warf Portemonnaie und Brieftasche quer durchs Zimmer. Ich fand Arlenes roten Schmuckkasten aus Leder. Ich wollte ihn nicht aufmachen, wollte ihn nicht berühren. Ich wollte nicht sehen, daß sie darin die Kappa Alpha Teta-Nadel aufbewahrt hatte. Ich wollte nicht ihr silbernes Identifikationsarmband sehen. Und die Ohrringe, die ich ihr aus Teheran mitgebracht hatte. Aber es mußte getan werden. Ich nahm ihr Goldarmband, ihre Zuchtperlenkette und die Ohrringe und warf sie unter das Bett. Meine Hand berührte etwas – meine Uhr. Der Anhänger von der Polizei war noch daran. Ich riß ihn ab und steckte die Uhr in meine Tasche. Ich ließ den Schmuckkasten auf den Boden fallen. Ich zog die anderen Schubladen heraus und auch die von meiner Kommode. Ich knipste das Licht aus und rannte die Treppe hinunter.

Vorsichtig öffnete ich die Garagentüren und schaute nach dem Haus zurück. Alle Lichter waren aus, und die Hintertür verschlossen. Es sah wie jedes andere schlafende Haus aus. Ich sah zum Talmadge-Haus hinüber. Es war immer noch dunkel. Ich schlich in die Garage, zum Wagen. Das war der kritische Augenblick. Ich drehte den Zündschlüssel. Ich saß und ließ den Motor langsam kommen. Ich konnte nicht riskieren, den Motor mit Vollgas warmlaufen zu lassen. Allmählich ging der Motor in ein verläßliches Brummen über. Ich fuhr rückwärts nach Gefühl, ohne Licht, aus der Garage. Ich bremste, stieg aus, schloß und verriegelte leise die Garagentüren. Stieg wieder ins Auto. Das Talmadge-Haus war immer noch ermutigend dunkel. Aber ich schaltete die Scheinwerfer erst an, als ich längst auf der Hauptstraße und am kleinen Park vorüber war.

Ich schaute mich im Spiegel in der Herrentoilette. Meine Augen waren gerötet. Mein Gesicht grau. Ich brauchte dringend eine Rasur. Mein Kinn sank herab. Ich sah genauso aus, wie ich mich fühlte. Die Papiertuchbox war leer. Ich trocknete die Hände an einem Knäuel Toilettenpapier und ging hinaus. Die Bar war gemütlich und belebt. Am Tresen standen sieben Männer und zwei Frauen, in den Nischen waren weitere Leute. Die Uhr an der Wand zeigte zwanzig Minuten nach sechs. Ich hatte also noch eine gute halbe Stunde totzuschlagen. Ich wollte erst kurz vor sieben zur Babylon Station gehen, lange bevor der Berufsverkehr einsetzte. Ich setzte mich an den Tresen und knöpfte den Regenmantel auf.

Der Kellner kam mit einem Glas Wasser und einer maschinengeschriebenen Speisekarte in einer Plastikhülle. Ich schob die Speisekarte zur Seite.

«Nur einen Kaffee, bitte. Schwarz.»

Ich hatte keinen Hunger. Ich hatte unterwegs gegessen. Dies war mein vierter Halt, mein viertes Dinner. Es war die einzige Art, die Stunden im sicheren Auto zu zählen. Ein Mann, der einsam durch die Nacht fahrt, verläßt nur selten den Highway, um zu halten.

Der Kellner brachte den Kaffee. Ich zündete mir eine Zigarette an. Sie schmeckte scheußlich. Ich machte sie aus und saß und starrte in meinen Kaffee und hörte meinem rechten Nachbar zu, wie der seinem rechten Nachbar die letzte Fortsetzung der «Unerwarteten Begebenheiten» erzählte.

Die letzten Straßenblocks fuhr ich in einem heftigen Schneegestöber. Der Verkehr wurde stärker; er schien den Weg zu kennen, und ich ließ mich von dem Strom treiben. Wir krochen durch schmale schlafende Straßen. Wir krochen in und aus einem Tunnel. Auf der rechten Seite lag der Parkplatz. Dahinter, mit hellerleuchteten Fenstern, lag der große Steinklotz der Babylon Station. Hoch oben auf dem Gleis standen zwei blaue Lokomotiven mit einer silbrigen Kette von Waggons und warteten auf die Abfahrt. Ich bog auf den Parkplatz und parkte auf dem erstbesten freien Platz. Ich stieg aus und nahm mein Gepäck. Ich wollte gerade den Wagen abschließen, da fiel mir etwas ein. Es schien mir ein Einfall zu sein. Ich wußte nicht viel über die Babylon Station, aber sie schien mir groß genug für ein bestimmtes Quantum an Kriminalität. Ich öffnete die Tür und steckte die Schlüssel ins Zündschloß. Es bestand immerhin eine Chance, daß der Wagen gestohlen wurde, ehe man ihn hier verlassen auffand. Das würde die Suche nach Fago erheblich erschweren.

Eine der Lokomotiven stieß ein warnendes Tuten aus. Ich ging quer über den Parkplatz, versuchte schnell zu gehen. Die Reisetaschen schlugen gegen meine Beine. Ich kaufte eine Fahrkarte nach New York, Penn Station, und schleppte mich die lange Treppe zum Gleis hoch. Das Schneetreiben hatte sich noch verstärkt, und ich zitterte in meinem Regenmantel. Die Waggons bevölkerten sich rasch, aber ich fand noch einen freien Platz, verstaute meine Taschen und setzte mich ans Fenster. Die Lokomotive gab noch ein kurzes Tuten von sich. Ich lehnte mich zurück und schloß die Augen. Ich schlief schon, ehe der Zug den Bahnhof verlassen hatte.

Erschreckt wachte ich auf. Jemand schüttelte mich am Arm. Ich roch billigen Rum. Ich öffnete die Augen. Ich sah in ein freundliches Gesicht mit einer Pelzmütze und einem dunkelblauen Mantel darunter.

«He!» sagte er. «Wachen Sie auf. Hier ist Endstation.»

«Oh», sagte ich.

Ich blinzelte und nickte und stand auf. Meine sämtlichen Knochen krachten und knackten. Ich spürte jedes einzelne meiner zweiundsechzig Jahre. Ich nahm meine Tasche und folgte der Menschenmenge durch den Gang und den trüben Bahnsteig entlang. Es mochte sowohl Mitternach als auch Mittag sein. Ich wartete vor dem Aufzug, bis ich dran war. Ich trat mit der Menge auf den Bahnsteig, Höhe Long Island-Ausgang, der hier zu Ende war, und folgte der Menge zum Nachbarausgang.

Plötzlich gerieten meine Gedanken ins Trudeln, drehten sich im Kreis. Ich ging langsamer und blieb stehen. Die Menge strömte um mich herum, an mir vorbei, links zur Eighths Avenue, rechts zur Seventh, die Treppe hoch zur Amtrak. Ein komischer Geschmack drang in meinen Mund. Ich fragte mich, was nun? Ich fragte mich jetzt, was ich tun sollte. Ich stellte mein Gepäck ab und stand da. Ich hatte nur bis zu dieser Stelle geplant. Und wohin sollte ich jetzt gehen?

Und wohin sollte ich von dort gehen?

Zitat aus dem East Hampton *Star*, Donnerstag, den 20. Januar, 1977:

Edwin Fago, 59, wohnhaft in Amagansett, Cedar Pond Road, wurde letzten Freitag in einem Motel in Yazoo City, Mississippi, tot aufgefunden. Er hatte eine Schußverletzung im Kopf. Der Revolver, Kaliber 32, von dem der Schuß abgefeuert worden war, lag neben ihm.

Mr. Fago war von der Polizei gesucht worden in Verbindung mit dem Axt-Mord vom 17. Dezember an Mrs. Arlene Crawford Hill. Die Einundfünfzigjährige war in ihrem Haus an der Fireplace Road in Springs ermordet aufgefunden worden.

Mrs. Hill war die Witwe von Charles L. Hill, ehemaliger Werbemanager, der im November letzten Jahres Selbstmord beging.

Edwin Fago, ein früherer Angestellter des Städtischen Straßenamtes, war erst vor kurzem als Gärtner und Hilfsarbeiter angestellt worden. Die Polizei sagt, daß mit Hilfe des Führerscheins und anderer Papiere, die man in seinem Besitz fand, eine Identifizierung möglich war.

Paula Gosling

Die Falle im Eis

Deutsch von
Ute Tanner

Zu diesem Buch

«Da war gerade ein Anruf, Sir...»

«Ja?»

«Flug 816 wird als vermißt gemeldet. Die letzte Nachricht wurde von Beirut aufgefangen, alles normal, keinerlei Unregelmäßigkeiten. Seither haben sie nichts mehr gehört.»

Ainslie ließ die Akte, die in der Hand gehalten hatte, auf die Schreibtischunterlage fallen. «Das ist Lauras Maschine, nicht?»

«Ja, Sir.» Larry schluckte. «Das ist alles, was sie zur Zeit wissen.»

Für den amerikanischen General Ainslie und Larry Carter beginnt eine Zeit der Angst und des Wartens, ein Warten, das um so entsetzlicher ist, als die Militärmaschine, in der sich auch Ainslies Tochter Laura befindet, die mit Larry verlobt ist, mit neun Passagieren an Bord pünktlich zum Flug nach Norwegen gestartet ist. Die Stunden verrinnen, ohne daß eine neue Meldung eintrifft. Die Maschine muß entweder abgestürzt oder entführt worden sein. Doch offenbar sind beide Vermutungen falsch: Das Flugzeug und die beiden Piloten werden auf einem improvisierten Flugplatz entdeckt. Die Männer sind betäubt, die Maschine ist leer, nicht einmal eine Zigarettenkippe befindet sich darin. Die Passagiere, drei Frauen, fünf Männer und ein achtjähriger Junge, scheinen sich in Luft aufgelöst zu haben.

Immer wieder stellen sich die Männer die Frage, warum jemand es ausgerechnet auf diese Passagiere abgesehen hat. Wegen Laura? Weil General Ainslie an einem wichtigen Projekt der NATO arbeitet? Als der englische Captain Skinner eintrifft, scheint sich zum erstenmal ein Motiv abzuzeichnen. Irgend jemand von den neun Passagieren – genauer gesagt acht, denn Timmy kommt ja wohl kaum in Frage – fungiert als Kurier, um eine Liste, einen Mikrofilm, auf dem so ziemlich sämtliche Agenten, die auf der Soldliste der Engländer stehen, aufgeführt sind, in Sicherheit zu bringen. Doch der Mann, der als einziger den Kurier kennt, ist plötzlich gestorben...

Und ein anderer Mann, der eigentlich in der entführten Maschine sitzen sollte, wird tot aufgefunden. Die Zeit verrinnt. Sie arbeitet für die Entführer.

Paula Gosling ist gebürtige Amerikanerin und lebt seit 1964 als freie Schriftstellerin in England. Für ihren ersten Kriminalroman Töten ist ein einsames Geschäft (Nr. 2796), der auch verfilmt wurde, wurde sie mit dem Gold Dagger der British Crime Writers' Association ausgezeichnet.

In der Reihe rororo-thriller liegt noch vor Die Dame in Rot (Nr. 2681).

Die Hauptpersonen

Laura Ainslie Professor David Skinner Mr. und Mrs. Morgan Timothy Morgan Sergeant Goade Federal Marshall Denning Joey Hallick Sherri Lasky	sind entführt worden und bereiten sich, auf engem Raum eingepfercht, eine private Hölle, der sie aber nicht entfliehen können. Denn draußen, außerhalb des Hauses, tobt ebenfalls eine Hölle. Sturm und Eis und Einsamkeit. Und 28 Grad Kälte.
Orange Gelb	bringen den nötigen Nachschub und verschwinden wieder.
General Ainslie Larry Carter Captain Edward Skinner	verfügen über alle Mittel, ein verschwundenes Flugzeug aufzuspüren. Aber nicht, wenn sich die gesuchte Maschine ‹in Luft auflöst›.

Für Tony – auch eine Inkarnation

Das weiße Telefon unter der Vase mit Treibhausrosen schlug einmal an.

Die sorgfältig manikürte Männerhand streckte sich aus einer blütenweißen Hemdenmanschette und einem Smokingärmel hervor.

«Ja?»

«Die Maschine steht jetzt auf der Rollbahn.»

«Und sie sitzt ganz bestimmt drin?»

«Ja.»

«Und unser Freund?»

«Ebenso.»

«Sehr gut. Plan läuft.»

Der Hörer wurde aufgelegt.

1

Alle Triebwerke liefen, das gedämpfte Grollen war durch die metallenen Wände der Maschine spür- und hörbar. Laura schnallte sich an und lehnte sich zurück. Die von den Strahlen der untergehenden Sonne beschienene Rollbahn blendete so stark, daß sie die Augen schließen mußte. Im Flugzeug hatte sich die Nachmittagshitze gefangen, und sie hoffte auf einen baldigen Start. Sehnlichst wünschte sie sich die kühle Luft der Ferne.

Die letzten sechs Wochen hatten sie ausgelaugt, sie war wie betäubt von dem aufwendigen Luxusleben, das ihre Mutter führte. Ihre Mutter, soviel stand fest, war glücklich dabei, sie genoß diese Gesellschaft, in der sie durch die Stellung ihres neuen Ehemannes in der Hierarchie des Ölkonzerns automatisch eine führende Rolle spielte. Doch auf Laura hatte das hohle Geschwätz, das Lachen, das Rangeln um sinnlosen gesellschaftlichen Einfluß beängstigend gewirkt. All diese Menschen schienen nur aus weißblitzenden Zähnen in gebräunten Gesichtern zu bestehen, trugen Gold und Diamanten wie billigen Kaufhausschmuck, die Augen taxierten rastlos ihre Umgebung.

«Ihr müßt unbedingt meine Tochter kennenlernen», hatte ihre Mutter den Partygästen zugerufen. «Mein kleines Mädchen, ach nein, eigentlich ist sie ja gar kein kleines Mädchen mehr ... Endlich hat Daddy ihr einmal erlaubt, ihre schreckliche Mutter zu besuchen. Er hat wohl Angst, ich könnte ihr den Reichtum zu schmackhaft machen. Ich bin eben ein schlechter Einfluß.»

Nein, Mutter, dachte Laura, das bist du nicht, das warst du nie. Du hattest nur Angst, in jener anderen Wüste, der Wüste des Armylebens, ungesehen zu verkümmern.

«Hallo.»

Sie hatte so sehr gehofft, daß sich niemand neben sie setzen würde. Auf dem langen Flug in der fast leeren Maschine hatte sie versuchen wollen, wieder zu sich selbst zu finden. Sie raffte all ihre Manieren zusammen, machte die Augen auf und sah einen kleinen Jungen von etwa acht Jahren vor sich stehen. Er hatte ein liebes, rundes Gesicht und große graue Augen. Um den Hals trug er einen gewaltigen Feldstecher. Er stand an der Sitzlehne, bereit, sofort den Rückzug anzutreten, falls sie Ärger über die Störung erkennen ließ.

«Hallo», sagte Laura erleichtert. «Wie heißt du denn?»

«Timothy Andrew Morgan. Und du?»

«Laura Amanda Louise Ainslie.»

Er dachte einen Augenblick nach. «Lala», befand er dann.

Sie mußte lachen, seine Ernsthaftigkeit wirkte unwiderstehlich. «Wie bitte?»

«Aus deinen Anfangsbuchstaben kann man Lala machen. Bei mir kommt Tam heraus.»

«Richtig, darauf bin ich bisher noch gar nicht gekommen.»

Ermutigt schob er sich ein Stück näher heran. «Man findet eine Menge Wörter in anderen Wörtern, man muß nur darauf achten.»

«Sag mal eins.»

«In Blumentopferde steckt 'n Pferd, und in Springseil ein Ring.»

«Stimmt. Und in absentieren ist beinah ein Rentier versteckt.»

«Was ist absentieren?»

«Sich entfernen, weggehen.»

«Ach so.» Er spielte an dem Fernglas herum, das seine schmale Brust fast vollständig bedeckte, dann schob er sich in den Sitz neben ihr. «Das Flugzeug absentiert sich jetzt gleich vom Flugplatz, nicht?»

«Ja, so könnte man sagen.»

Laura sah auf. Eine gutaussehende, gepflegte, aber gehetzt wirkende Frau stand im Mittelgang; es sah aus, als halte sie sich an ihrer Handtasche fest. «Komm jetzt zurück an deinen Platz, Timmy. Hoffentlich hat er Sie nicht belästigt?» Sie war ein bißchen rundlich, mochte etwa fünfunddreißig Jahre alt sein und hatte große graue Augen wie ihr Sohn.

«Überhaupt nicht. Wir haben über Semantik gesprochen, nicht wahr, Timmy?»

Er machte große Augen. Schon wieder ein neues Wort. Laura redete mit ihm wie mit einem Erwachsenen. Er fand sie furchtbar nett, auch wenn sie zusammenzuckte wie ein Kaninchen, sobald jemand sie ansprach.

«Ich will aber hierbleiben», erklärte er sehr energisch.

«Das geht nicht, Timmy. Du kannst später mal wieder vorbeikommen, wenn Miss –»

«Ainslie, Laura Ainslie. Komm wieder, wenn das Flugzeug in

der Luft ist, Tim. Inzwischen überlege ich mal, ob mir noch ein paar Wörter einfallen, okay?» Laura merkte, daß die Frau den Jungen bei sich haben wollte, sie schien ihn zu brauchen. Reisten die beiden allein? Sie meinte, vorhin, als sie an Bord ging, einen Mann bei ihnen gesehen zu haben.

«Na schön», murrte Timmy und erhob sich müde wie ein ganz alter Mann.

«Wo hast du das Fernglas schon wieder her?» fragte seine Mutter.

«Der Mann hat gesagt, daß ich durchsehen darf. Ich mach es bestimmt nicht kaputt.» Laura sah, wie die Frau ein paar Reihen vor ihr stehenblieb und mit jemandem sprach. Timmy müsse das Fernglas zurückgeben, erklärte seine Mutter, es sei ein teures Stück, und er dürfe nicht –

Eine sehr britische, leise, leicht belustigte Männerstimme antwortete. «Timothy wird sich bestimmt vorsehen. Und ich kann Ihnen versichern, daß es durchaus kein teures, sondern ein sehr altes und nicht besonders gutes Stück ist. Vielleicht geht damit die Zeit ein bißchen schneller vorbei. Es ist ein langer Flug.»

«Er will mir die Namen der Sterne sagen, wenn es dunkel wird», bettelte Timmy.

«Tja, ich weiß nicht recht ...»

«Das ist schon ganz in Ordnung so», sagte die leise, ruhige Stimme. Laura sah einen Kopf mit sandfarbenem, graumeliertem Haar über eine Rückenlehne ragen. Auch an diesen Passagier meinte sie sich zu erinnern. Er war, ohne nach rechts oder links zu sehen, den Gang hinuntergegangen und hatte eine dicke Aktentasche an sich gepreßt.

«Vielen Dank, Mr. –»

«Skinner. Gern geschehen, wirklich.»

Die Frau warf dem dunkelhäutigen Steward, der sie finster ansah, einen nervösen Blick zu. Die Triebwerke waren jetzt sehr laut. Mit einem leichten Ruck rollte die Maschine an. Timmy und seine Mutter setzten sich, Laura hörte ein Klicken und eine männliche Stimme, die in dem Lärm des Starts unterging. Sie schloß die Augen, umklammerte die Sitzlehnen und ärgerte sich, daß das Aufbäumen und Abheben des Flugzeugs sie ängstigte. Sie war mit ihrem Vater schon durch die ganze Welt geflogen, sie hatte Zeit genug gehabt, sich daran zu gewöhnen. Was sie ängstigte, war die geballte Kraft, ja, und auch die prickelnde Erregung. Das war es, was sie beunruhigte. Immer wieder.

Als die Leuchtschrift erlosch, löste Laura mit einem erleichterten Seufzer den Sitzgurt. Sie holte ihre Puderdose heraus, tat, als ob sie sich die Nase puderte, und sah in den kleinen Spiegel. Ihr neues «Gesicht», das unter der Aufsicht ihrer Mutter im Kosmetiksalon entstanden war, wollte nicht recht zu ihr passen. Möglich, daß es der letzte Modeschrei war, aber sie fand sich häßlich damit. Ebenso ging es ihr mit der Frisur. Entschlossen ließ sie die goldene Puderdose zuschnappen und ging zur Toilette. Als sie zurückkam, stand Timmy neben Skinner, der ihm zeigte, wie man das Fernglas einstellte und benutzte. Ein neuerlicher Blick in den Spiegel sagte ihr, daß der kräftige Wasserguß die lächerlichen Löckchen weitgehend aus ihrem Haar entfernt hatte. Zum erstenmal seit Wochen kam sie sich frei vor, und als sie die Nase krauste, spürte sie wieder ihre Haut.

«Du siehst aus wie ein Karnickel.» Timmy war wieder da.

«Meinst du?» Sie steckte die Puderdose ein.

«Ja. Und du hast auch dein Haar losgemacht.»

«Losgemacht?»

«Glattgemacht.»

«Ich hab es einfach wieder so gemacht, wie ich es immer trage.»

«Aha.» Er nickte weise. «Steht dir besser.»

«Das freut mich.»

Er setzte sich neben sie und stemmte die Füße gegen die Lehne des Vordersitzes. «Magst du mich?»

«Ja. Magst du mich auch?»

«Ja. Du siehst nicht mehr so alt aus wie vorhin.» Er sah sie von der Seite an. «Wenn ich groß bin, werde ich Ingenieur.»

«Auf der Eisenbahn?»

Er sah sie verächtlich an. «Nein! Bauingenieur, wie mein Daddy.»

«Oh, entschuldige.»

«Ich bin doch kein Baby mehr.»

«Ich hab mich doch entschuldigt ...»

Der Steward kam durch den Gang und ließ seinen Blick ungeduldig über das Kind gleiten. Laura dachte, daß sie schon nettere Stewards erlebt hatte, selbst auf Militärmaschinen. Er hatte sie zu ihrem Sitz geleitet, ohne eine Miene zu verziehen, und machte kein Hehl daraus, daß er seine Pflichten an Bord ziemlich widerwillig erfüllte. Offensichtlich ärgerte es ihn, daß die wenigen Passagiere sich über den ganzen Kabinenraum verteilt hatten.

«Was willst du mal werden?» fragte Timmy.

«Wenn ich groß bin, meinst du?» Laura lächelte. «Dann heirate ich und bekomme vielleicht einen kleinen Jungen, wie du einer bist.»

Er lehnte sich vor und sah auf ihre Hände. «Aber noch bist du nicht verheiratet, das ist nur ein Verlobungsring. Was macht dein Bräutigam?»

Um Lauras Mundwinkel zuckte es. «Er arbeitet für meinen Vater, in der Army.»

«Ist dein Vater Soldat?»

«Ja, er ist General.»

«Ein richtiger General mit Sternen und so?» Timmy war sichtlich beeindruckt.

«Ein ganz richtiger General. Mit drei Sternen.»

«Drei?» Timmy atmete schwer. «Hier?» Er deutete auf seine schmalen Schultern; das Fernglas stieß gegen die Armlehne.

«Ja, er –»

«Meine Damen und Herren, hier spricht Ihr Kapitän», unterbrach sie die metallische Stimme aus dem Lautsprecher.

«Hops doch nicht immer so rum», sagte Timmy mißbilligend.

«Wir überfliegen jetzt den Golf und gehen auf eine Höhe von 30000 Fuß.» Laura hatte die leichte Neigung bemerkt, mit der die Maschine den neuen Kurs einschlug. «Wir haben Rückenwind und werden etwas vor der festgesetzten Zeit in Rom landen. Während des ganzen Fluges ist mit gutem Wetter zu rechnen, ich wünsche Ihnen weiterhin eine angenehme Reise. Vielen Dank.»

«Fliegst du auch nach London?» fragte Timmy.

«Nein, ich will nach Oslo, zu meinem Vater. Daddy und ich, wir halten nämlich unheimlich fest zusammen.»

«Und wie kommt ihr wieder auseinander, wenn einer mal woanders hin will?» Timmy war begeistert von seinem Witz.

«Ach, weißt du, dann machen wir einfach Ratsch und kleben uns hinterher wieder zusammen. Mit Kleister.» Timmy wollte sich ausschütten vor Lachen, und Laura lächelte. Wie leicht war es doch mit Kindern. Warum konnte sie mit Erwachsenen nie so unbefangen reden? Da erklang hinter ihr eine jener Stimmen, die sie in Gesellschaft von einer Minute auf die andere zu lähmen vermochten.

«Dann bringen Sie mir wenigstens einen Tonic. Oder ist das auch zuviel verlangt?» Eine viel zu laute, viel zu anspruchsvolle Stimme. Eine Hoppla-jetzt-komm-ich-Stimme – so pflegte ihr Vater diese Tonlage zu nennen. Auch er beherrschte sie und scheute sich nicht, in bestimmten schwierigen Situationen damit zu arbeiten.

Sie hörte das beschwichtigende Gemurmel des Stewards, und das Hoppla-jetzt-komm-Ich senkte sich zu einem verärgerten Brabbeln. Metall klickte gegen Glas, und der Steward ging mit einem vor Grimm wie versteinerten Gesicht wieder nach vorn.

Sie ließ sich von Timmy die Benutzung des Feldstechers zeigen. Die nächsten zehn Minuten vergingen mit einem ausführlichen Vortrag, bei dem Timmy fehlende Sachkenntnis durch um so größeren Eifer wettmachte. Laura sah aus dem Fenster, und Timmy lehnte an ihrer Schulter, bemüht, einen Wal zu sichten, als plötzlich ein Schrei ertönte. Laura wandte sich so rasch um, daß sie Timmy fast mit dem Fernglas am Auge getroffen hätte. Auch er hatte sich dem unerwarteten Laut zugewandt und sah nach vorn. Alle sahen sie nach vorn.

Zunächst dachte Laura, es sei der Steward, aber gleich darauf wurde ihr klar, daß der Mann, der an der Tür zum Cockpit stand, sehr viel größer und kräftiger war. Daß er eine Gasmaske aufgesetzt hatte, wirkte fast bedrohlicher als der große Revolver, den er in der einen, und der Gaskanister, den er in der anderen Hand hielt. Die Stimme war durch die Gasmaske gedämpft, aber was er sagte, war deutlich zu verstehen.

«Sitzenbleiben, wenn ich bitten darf. Und keine Bewegung.»

Jetzt erschien der Steward, ebenfalls mit dem erschreckenden Gummirüssel vor dem Gesicht. Einen langen Augenblick war es totenstill in der Maschine. Dann kam von hinten die zu laute Stimme: «Das haut ja wohl den stärksten Eskimo vom Schlitten.»

Der größere Maskierte antwortete nicht, sondern drückte das Ventil des Gaskanisters herunter, man hörte ein scharfes Zischen, und Laura legte die Arme um Timmy und zog ihn an sich. Der kleine Körper hatte sich versteift. Vor Wut, vor Angst, vor Aufregung? Es war schwer zu entscheiden, weil sie sein Gesicht nicht sah. Und dann spielte es auch keine Rolle mehr, denn sie glitt trudelnd, schwebend, kreiselnd in eine schwarze Bewußtlosigkeit hinein. Sie merkte nicht, wie Timmy schlaff auf ihrem Schoß zusammenfiel, die rosige Wange an die harte Kante des Feldstechers gelegt.

2

Larry Carter starrte das Telefon an, als hätte es ihn gebissen, aber man sah kein Blut, nur den matten Abglanz der Deckenbeleuchtung, der sich schlangengleich um den Hörer wand.

«Würden Sie das bitte wiederholen?»

Wieder quäkte das Telefon die Nachricht von Gefährdung, vielleicht von Tod. Er griff mit einer langen, schmalen Hand nach Block und Bleistift, machte sich Notizen und überlegte gleichzeitig, was er dem General sagen würde. Sein Gehirn, gewöhnt, zwei oder sogar drei Gedankengänge gleichzeitig zu verfolgen, gab Fakten in den einen, Emotionen in den anderen Kanal ein. Als er auflegte, waren die beiden Kategorien einigermaßen klar getrennt, aber das half ihm wenig.

Er schob den Stuhl zurück, griff sich den Block, ging durch das Vorzimmer, klopfte und öffnete gleichzeitig die Tür zum Zimmer des Generals. Ainslie sah leicht irritiert von seinen Berichten auf. Er war ein großer, linkisch wirkender Mann, dessen gütiges Gesicht von einer grimmigen Nase beherrscht wurde. Fremden pflegte zuerst seine Nase aufzufallen, aber es waren die Augen, die ihnen im Gedächtnis blieben.

«Da war gerade ein Anruf, Sir ...»

«Ja?»

Carter betrat das große, aufwendige Büro, machte behutsam die Tür hinter sich zu und lehnte sich dagegen. «Flug 816 wird als vermißt gemeldet. Die letzte Nachricht wurde von Beirut aufgefangen, alles normal, keinerlei Unregelmäßigkeiten. Seither haben sie nichts mehr gehört.»

Ainslie ließ die Akte, die er in der Hand gehalten hatte, auf die Schreibtischunterlage fallen. Aus seinem Gesicht wich die Farbe, nur auf den Wangenknochen zeichneten sich zwei rote Flecken ab. «Das ist Lauras Maschine, nicht?»

«Ja, Sir.» Larry schluckte. «Das ist alles, was sie zur Zeit wissen.

Weder die Italiener noch Zypern oder Kreta hatten sie auf dem Radar. Es sieht so aus, als habe sich das Flugzeug zwanzig Minuten nach dem Start in Luft aufgelöst. Kein Schiff in dem betreffenden Gebiet hat irgendwas gemerkt, andere Flugzeuge auch nicht.»

«Ausgeschlossen. Die Strecke ist doch derart belebt ...»

«Ich weiß», sagte Carter bedrückt. «Trotzdem ... Als die Maschine bei der Luftkontrolle Kreta zehn Minuten überfällig war, haben sie die üblichen Suchmeldungen losgelassen. Seit zwanzig Minuten sind die Suchflugzeuge unterwegs, aber sie haben bisher auch noch nichts gefunden.»

«Und über Funk meldet sich die Maschine nicht?»

«Nein, Sir. Sie versuchen es natürlich weiter, aber ...»

«Es muß doch Hunderte von Schiffen geben, Linienschiffe, Kutter, die Marine ...»

«Es ist trotzdem eine Menge Wasser, Sir.»

«Mein Gott», flüsterte Ainslie. «Sie meinte, es wäre Geldverschwendung, einen Linienflug zu buchen. Der Militärtransport bot sich an ... sie bestand darauf ...»

«Ich weiß.» Carter ließ die Schultern hängen.

«Was war es für eine Maschine?» Ainslie stand unvermittelt auf.

«Eine 707, hauptsächlich für Fracht, mit begrenztem Passagierraum. Letzte Wartung vor vierzehn Tagen, keine Beanstandungen, der Pilot galt als erfahrener Mann.»

«Aber die Maschine ist verschwunden.» Ainslie wandte sich zum Fenster. Seit dem Morgengrauen schneite es, eine dicke Schneeschicht lag auf dem Fensterbrett und an der Scheibe, schmolz am Rahmen, wo die Wärme nach draußen drang, zu Spitzenkanten zusammen. «Sabotage?»

«Möglich.»

«Entführung?»

«Auch möglich. Aber noch wurde kein Kontakt aufgenommen.»

«Kraftstoff?»

Carter warf einen Blick auf seine Notizen. «Spätestens in der nächsten halben Stunde müßten sie landen. Irgendwo.»

«Und Laura war bestimmt in dieser Maschine?»

Carter stieß sich von der Tür ab und kam mit schweren Schritten näher. «Ja, Sir. Ich habe die Liste hier. Neun Passagiere plus Pilot, Copilot und Steward. Sie hatten ziemlich viel Fracht an Bord, aber nichts Brisantes, hauptsächlich Umzugsgut. Es war einer unser üblichen Pendelflüge.»

«Ich weiß. Sie hatte jede Menge Hochzeitsgeschenke dabei, die sie nicht per Schiff schicken wollte. Sie sollten sie gleich sehen.»

Carter sank in einen der Ledersessel und starrte auf seinen Block, während Ainslie zu dem Tablett mit Flaschen und Gläsern ging, das auf dem Bücherregal stand. Der Hals der Whiskeyflasche klirrte kurz gegen Kristall. Als der General Carter seinen Drink brachte, ließ er seine Hand kurz auf der Schulter seines Adjutanten liegen, dann ging er wieder zum Schreibtisch und griff zum Hörer.

«Dave? Hier Marsh Ainslie. Hör mal, diese überfällige Maschine ... Ja, genau die. Meine Tochter sitzt darin.» Er hielt inne, hörte zu; das Kondenswasser von der Glasunterseite bildete einen Ring auf der Schreibunterlage. «Ja, ich wäre dir dankbar ... sobald du etwas hörst. Ich muß dummerweise zu einer Sitzung, aber Larry ist hier.» Er nahm einen Schluck Whiskey, zog ein Gesicht. «Deutet irgend etwas auf eine politische Entführung hin? Nein? Hm ... Noch etwas: Wir sollten versuchen, es aus der Presse herauszuhalten. Es ist unsere Maschine und folglich auch unser Problem. Ja. Schön. Sieh zu, was sich tun läßt. Gierige Reporterschwärme kann ich jetzt absolut nicht gebrauchen. Danke.»

Carter sah auf. «Können Sie sich nicht vor der Sitzung drücken, Sir?»

«Vor dieser nicht. Außerdem ist es eine Ablenkung.»

Sein Adjutant nickte und sah woanders hin. Er bedauerte sehr, daß er sich nicht in eine wichtige Sitzung flüchten konnte. Vor ihm lagen nur lange Stunden hilflosen Wartens.

Zwei Stunden später wurde Ainslie von Carter aus der Sitzung geholt. «Sie haben die Maschine gefunden, Sir.» Der General registrierte erleichtert, daß in Larrys grünen Augen nicht Trauer, sondern unverkennbare Wut stand. «In der Wüste, etwa sechzig Meilen außerhalb von Adabad. Der Sand war durch Besprühen mit einem chemischen Mittel hart wie Beton geworden. Die Maschine war leer.»

«Leer?»

Carter nickte. «Unbeschädigt, sauber gelandet, vorschriftsmäßig versorgt. Nein, nicht ganz leer, Pilot und Copilot waren noch drin. Betäubt. Auch die Fracht war noch da, es fehlte kein Stück. Aber die Passagiere waren weg, samt Gepäck. Polizei und Sicherheitsdienste sind schon da. Sie meinen, die Passagiere seien mit einem Hubschrauber ausgeflogen worden.»

«Hat sich schon jemand gemeldet?»

«Nein. Keine Nachricht, keine Forderung, keine Erklärung, nichts. Es sieht so aus, als wären die Passagiere nie in der Maschine gewesen. Sogar die Aschenbecher haben sie leergemacht.»

«Sie entführen neun Personen und nehmen sich noch die Zeit, die Aschenbecher sauberzumachen?»

«Ja. Die Abfallcontainer haben sie auch weggeschleppt.»

«Das ist doch sinnlos, Larry.»

Carter lehnte sich vor und spannte die Schultern. «Wahrscheinlich ist es ganz und gar nicht sinnlos, nur haben wir den Sinn noch nicht durchschaut.»

Ainslie sah auf die Landkarte an der Wand. «Wohin könnte man sie entführt haben?»

«Vielleicht kommen wir der Antwort näher, wenn wir wissen, warum man sie entführt hat.»

«Und wer sagt uns etwas zu dem Warum?»

«Ich schätze, das werden früher oder später die Kidnapper besorgen.»

3

Timmy wachte als erster auf. Als er durchs Fenster den vielen Schnee sah, wurde ihm klar, weshalb er so fror, und er nickte zufrieden. Die Eltern in dem großen Doppelbett schliefen noch immer. Sein Vater atmete schwer, seine Mutter hatte sich neben ihm zusammengerollt. Timmy versuchte, sie zu wecken, aber er schaffte es nicht.

Wenn man das Zimmer verließ, kam man auf eine Galerie, unter der ein großer Wohnraum mit bequemen Sesseln und Sofas, einem Eßtisch, vielen Bücherregalen und einem großen Kamin lag. Dort unten war es wärmer als auf der Galerie.

Er wandte sich um und öffnete die Tür zum Nebenzimmer. In zwei Betten nebeneinander lagen zwei Männer und schliefen. Mr.

Skinner, der nette Mann mit dem Feldstecher, lag auf dem Bauch, der große Dicke mit der lauten Stimme, der ganz hinten gesessen und aus einem kleinen silbernen Flachmann getrunken hatte, lag auf dem Rücken und schnarchte rasselnd und grunzend. Timmy versuchte, Skinner wachzurütteln, aber auch das gelang ihm nicht.

Im Zimmer daneben fand er Laura und eine andere Frau, die ebenfalls schliefen. Er ging wieder hinaus, öffnete die nächste Tür ... Timmys glatte Kinderstirn krauste sich. Daß erwachsene Männer sich beim Schlafen an der Hand hielten, das hatte er noch nie gesehen. Er trat näher und stellte fest, daß sie sich gar nicht an der Hand hielten, sondern mit Handschellen aneinander gefesselt waren: ein alter Mann mit grauem Haar und ein junger Mann mit langem dunklem Haar. Komisch, wirklich sehr komisch.

Fröstelnd trat Timmy wieder auf die Galerie hinaus. Es war bis auf das Schnarchen des großen Dicken scheußlich still im Haus. Langsam ging er die Treppe hinunter. Der Wohnraum hatte ein sehr großes Glasfenster, durch das man den Schnee und viele dünne kahle Bäume sah. Der Himmel war weiß bis blaßgrau, ganz glatt und überall gleich. Es sah nicht sehr gemütlich aus dort draußen.

Unter der Galerie und der Treppe waren Türen. Die beiden Türen unter der Treppe waren abgeschlossen, aber unter der Galerie fand er eine große, moderne Küche, einen klinisch-nüchternen Raum mit allen möglichen Maschinen, von denen er nur Waschmaschine und Trockner erkannte. Ein Raum daneben war vom Boden bis zur Decke mit Dosen und Lebensmittelpackungen in hohen Regalen vollgestopft, was ihn daran erinnerte, daß er Hunger hatte, so schrecklichen Hunger wie noch nie in seinem Leben. Er fuhr mit dem Finger an dem nächstgelegenen Regal entlang, entdeckte einen Karton, auf dem Kekse abgebildet waren, zögerte, griff schließlich danach. Sie schmeckten nicht besonders, fand er, nachdem er fünf oder sechs verdrückt hatte, aber ein bißchen füllten sie doch seinen Bauch. Den Kekskarton in der Hand, setzte er seinen Erkundungsgang fort. In dem Vorratsraum stand auch eine große Kühltruhe, aber der Deckel war zu schwer für ihn. Alles war so groß, und er kam sich sehr klein vor.

Außerdem tat sein Arm weh. Er sah hin. An der Innenseite seines Ellbogens entdeckte er mehrere kleine Einstiche, die Haut drumherum war rot. Jemand hatte ihn gepiekst, mit einer Spritze. Jetzt hätte er am liebsten angefangen zu weinen. Er haßte Spritzen.

Er rannte die Treppe hinauf. Seine Eltern lagen noch genauso da wie vorhin. Er lief ins Nebenzimmer und schüttelte Mr. Skinner, der aber nur leise brummte und ansonsten nicht reagierte. Jetzt kamen dem kleinen Jungen doch die Tränen. Er flüchtete sich ins Nebenzimmer zu Laura, der netten Laura, die so hübsch die Nase krausziehen konnte, Lauira mit dem blassen Gesicht unter dem wirren braunen Haar.

«Laura ... Laura ... bitte wach auf ... bitte ...»

Auch Laura fror. Wahrscheinlich waren wieder mal sämtliche Decken heruntergerutscht. Sie griff danach, um sie hochzuziehen, aber da waren keine Decken. Da war nur das Weinen eines Kindes. Es fiel ihr schwer, die Augen aufzumachen, sie waren wie zugeklebt. Das weinende Kind war ganz in der Nähe, ein kleiner Junge, er kauerte neben dem Bett auf dem Boden, hatte eine Schachtel Kekse an sich gedrückt und schluchzte hilflos.

«Timmy?»

Er rappelte sich auf und sah sie flehend an. «Alle schlafen, ich krieg niemanden wach ... und sonst ist keiner da ... und draußen ist überall Schnee ... bitte, steh auf, bitte, bitte ...» Sein Gesicht war tränenverschmiert, und er war derart außer sich, daß Laura ganz automatisch die Arme ausbreitete. Er fiel ihr um den Hals und schluchzte an ihrer Schulter, während sie versuchte, sich von dem dumpfen Druck zu befreien, der sie noch immer lähmte. Sie sah sich um, blinzelte. Sie befand sich in einem geschmackvoll eingerichteten Zimmer mit hellen Vorhängen und Teppichen. Hatte Timmy «Schnee» gesagt?

Sanft schob sie den Jungen ein Stück zur Seite, richtete sich auf und sah zu dem anderen Bett hinüber. Sie erinnerte sich, daß man unmittelbar hinter der Frau die Treppe weggefahren hatte. Lachend und quieksend war sie buchstäblich in die Maschine hineingefallen und hatte sich haltsuchend an die Sitze geklammert. Sie hatte eine atemberaubende Figur unter dem hellgrünen Leinenkleid, lange, elegante Beine, einen makellosen Teint, leuchtende kastanienrote Haare. Timmy zappelte in Lauras Armen, und sie ließ ihn los. Noch immer war sie leicht benommen. Er zupfte sie am Arm.

«Komm doch, Laura ...»

«Schon gut, mein Kleiner, ich komme.» Als sie aufstand, begann sich der Raum um sie zu drehen, aber während sie langsam, Schritt für Schritt, zur Tür ging, wurde es schnell besser.

Dann stand sie auf der Galerie und sah nach unten in den großen Wohnraum, sah vor dem Panoramafenster Birken, Schnee und weiße weite Unendlichkeit. Links von ihr bewegte sich etwas. Sie schreckte zusammen. Ein Mann stand in der Tür des Nebenzimmers. Timmy stürzte auf ihn zu.

«Mr. Skinner, Mr. Skinner ...»

Skinner war von einem besonders grauenhaften Schnarchcrescendo aus dem Bett neben ihm aufgewacht. Es hatte eine Weile gedauert, bis er sich orientiert, seine Brille gefunden und seine Benommenheit abgeschüttelt hatte. Jetzt hatte er eine Hand auf Timmys Schulter gelegt und sah zu dem Mädchen hinüber, das neben ihm am Geländer lehnte. Nicht sehr groß, mittelbraunes, kinnlanges Haar, zerknittertes Jerseykleid, das dunkelblau war wie die Schatten unter ihren Augen.

Laura ihrerseits sah einen mittelgroßen, kräftigen Mann in Hemd und Hose und mit schiefgerutschtem Schlips. Er hatte ein sympathisches, leicht verwirrtes Gesicht, das halb hinter einer Nickelbrille verborgen war.

Sie standen da und sahen sich lange an.

Die anderen würden jetzt auch bald aufwachen, meinte Professor Skinner, nachdem sie mit Timmy durch die Zimmer gegangen waren. Ja, so hieß er. Professor D. B. Skinner.

«David Benjamin», antwortete er lächelnd auf Timmys unvermeidliche Frage. «Mit DBS ist nicht viel anzufangen, was?»

«Nein», bestätigte Timmy bedauernd. «Ich hab noch Hunger.»

«Ich auch», meinte Skinner. «Wahrscheinlich haben alle Hunger. Und du bist sicher, daß sonst niemand im Haus ist, Tim?»

«Nein, Sir. Zwei Türen waren zugeschlossen, ich hab geklopft und gerufen, aber es ist niemand gekommen. Da unten sind Sachen zum Essen», fügte er mit Betonung hinzu.

«Na, dann schauen wir am besten mal nach», meinte Skinner. In dem Haus wohnten offenbar reiche Leute, das sah man an der Qualität der Einrichtung, alles war mit einem wachen Blick für Farben und Formen ausgewählt, vermittelte aber nicht den Eindruck vollendeter Harmonie, wie sie ein Innenarchitekt wohl angestrebt hätte. Dazu war der Geschmack des Einrichters zu individuell. In den Bücherregalen standen sichtlich ge- oder sogar zerlesene Hardcover- und Taschenbuchausgaben einträchtig beieinander. Laura nahm aufs Geratewohl ein paar Bände heraus.

«Offenbar sind wir in Finnland», sagte sie zu Skinner, als er mit Timmy von seinem Rundgang zurückkam. «Jedenfalls sind die Bücher finnisch geschrieben.»

«Ja», meinte Skinner mit seiner sanften, präzisen Stimme. «Die Beschriftung der Etiketten auf den Decken und Vorhängen in meinem Zimmer war auch in finnischer Sprache. Und der Herstellername unten auf den Schreibtischschüben klingt auch sehr finnisch.»

«Ach so», sagte sie verlegen. Er hatte also schon weiter gedacht als sie.

«Natürlich könnte es auch das Haus eines besonders chauvinistischen Finnen im Ausland sein», fügte er nachdenklich hinzu und kam ein paar Schritte näher. «Der Junge hat übrigens recht, außer uns Passagieren ist offenbar niemand im Haus.»

«Aber warum sind wir hier? Wer hat uns hergebracht? Es muß doch irgend etwas ...»

«Wir sind ja noch nicht fertig.» Er drehte sich um, ließ seinen Blick über Möbel und Wände wandern. «Na also», sagte er befriedigt. Er trat zum Kamin und griff nach dem Umschlag, der am Kaminsims lehnte. Laura hatte ihn übersehen. Auf der Vorderseite stand in großen Druckbuchstaben ein Wort: PASSAGIERE.

Lächelnd nahm er einen Bogen aus dem Umschlag, aber beim Lesen verging ihm das Lächeln. «Ach du liebe Güte ...»

«Was ist?» Sie stellte sich neben ihn. Sein plötzlich ausdrucksloses Gesicht beunruhigte sie. «Was steht darin?»

«Wie bitte?» Er fuhr herum. «Entschuldigen Sie, das war wirklich sehr unhöflich von mir.» Er gab ihr das Blatt und stellte sich mit auf dem Rücken verschränkten Händen vor das Panoramafenster, während sie las.

JEDER FLUCHTVERSUCH IST ZWECKLOS! SIE FINDEN NUR DEN TOD, WENN SIE ES PROBIEREN. ES GIBT KEINEN AUSWEG. SIE WERDEN AUS GRÜNDEN GEFANGENGEHALTEN, DIE SIE NICHT ZU INTERESSIEREN BRAUCHEN. WENN UNSERE ZIELE ERREICHT SIND, WERDEN SIE FREIGELASSEN. LEBENSMITTEL SIND GENUG DA. ÖL IST GENUG DA. SIE SIND GUT AUFGEHOBEN. FÜGEN SIE SICH, UND SIE WERDEN LEBEN. WIR BEDAUERN DIE UNGELEGENHEITEN.

«Höfliche Leute.» Skinners Atem beschlug die Scheibe. «Sie entschuldigen sich sogar.»

«Aber wie –»

«Schauen Sie hinaus.» Wieder trat sie neben ihn. Vor dem Fenster sah man die Spuren vieler Füße im Schnee – oder die Spuren einiger weniger Menschen, die viele Male hin- und hergegangen waren. Die Spuren führten von der rechten Seite des Hauses über eine weite Schneefläche zu einem See und hörten ein paar Meter jenseits des Ufers auf der Eisfläche auf. «Zum Haus zu sind sie tiefer, vom Haus weg flacher», stellte Skinner fest. «Wir wurden hergetragen.» Er wandte sich Laura zu. «Wahrscheinlich hat uns ein Hubschrauber hertransportiert. Ein Flugzeug hätte Spuren auf dem Eis hinterlassen.»

«Den ganzen Weg von Adabad?»

«So scheint es.» Er trat vom Fenster zurück und wandte sich dem Jungen zu. «Gefunden, Tim?»

«Ich glaube schon. Das Bild sieht jedenfalls nach Kaffee aus.» Tim hatte eine große Dose mitgebracht. «Was draufsteht, kann ich nicht lesen.»

Skinner lächelte. «Hoffentlich sind auf allen Lebensmitteln Bilder, sonst werden wir beim Essen noch unser blaues Wunder erleben. Stell dir mal vor, wir erwischen Dosenananas statt Mohrrüben.»

«Macht nichts», meinte Timmy unbekümmert. «Ich mag Ananas.»

Laura stand noch immer am Fenster und sah hinaus auf die Spuren, die kahlen Bäume, die endlose Schneefläche. Sie hätte gern geschrien oder geweint oder sonst etwas Hysterisches unternommen, aber sie hatte das Gefühl, daß Skinner für derlei Gefühlsausbrüche nicht viel übrig hatte.

«Miss Ainslie?» Er stand in der Küchentür.

«Ja?»

«Es wäre vielleicht ganz zweckmäßig, für alle etwas zu essen zu machen. Nach so langer Sedierung dürfte der Blutzuckerspiegel stark abgesunken sein. Könnten Sie vielleicht so nett sein ...»

«Ja, natürlich. Ich habe nur –» Sie legte den Brief auf einen der kleinen Beistelltische und ging zu ihm.

«Es ist wirklich sehr beunruhigend», sagte er mit unerwartet herzlichem Lächeln. «Wenn Sie ein bißchen weinen möchten ...»

«Ich möchte aber nicht weinen», unterbrach sie ihn gereizt.

«Nein? Dann stimmt bei mir etwas nicht, denn ich würde im Augenblick sehr gern weinen, schon aus lauter Wut. Aber das würde den Jungen erschrecken, meinen Sie nicht? Am besten beschäftigen wir uns, bis die Anwandlung vorübergeht.» Er nickte vor sich hin. «Beschäftigung, Miss Ainslie, scheint mir in dieser Situation sehr hilfreich zu sein.»

Sie sah jetzt, daß die Augen hinter der strengen Brille von einem tiefen, leuchtenden Blau waren. Ehe sie seine Augen gesehen hatte, hätte sie ihn als einen indifferenten Menschen bezeichnet, als fade und prosaisch. Jetzt war sie ihrer Sache nicht mehr so sicher.

«Ich glaube nicht, daß –» Trotz aller guten Vorsätze kam ihre Stimme ins Schwanken.

«Am besten holen Sie uns ein paar Sachen aus dem Vorratsraum», sagte er sanft. «Tim und ich suchen inzwischen Teller und Besteck zusammen. Nehmen Sie etwas, was schnell geht und leicht verdaulich ist. Und lassen Sie sich ruhig Zeit.» Er lächelte ihr zu und verschwand in der Küche.

Nacheinander erschienen auch die anderen.

Mit einem Freudengeheul lief Timmy zur Küchentür, als seine Mutter, noch etwas unsicher auf den Beinen, hereinkam, gefolgt von ihrem empörten Mann. Sie nahm den Jungen in die Arme. Als sie ihn losließ, war ihr Gesicht tränennaß. «Ich dachte ... ich hatte Angst, daß ...»

«Ich hab Professor Skinner und Laura geholfen», erklärte Timmy ein bißchen zu beiläufig und schaltete den Kessel wieder ein. «Wir haben nämlich für alle was zu essen gemacht. Nach der Suppe wirst du dich gleich besser fühlen, Mom. Du hast nur zuwenig Blutzucker.»

«Wirklich, Liebling?» Sie lächelte ein bißchen gezwungen.

«Setzen Sie sich ruhig schon immer zu Mr. Goade und Miss Lasky», meinte Laura. «Wir sind schon länger wach. Das flaue Gefühl vergeht nach einer Weile.»

«Nein, nein, ich helfe Ihnen, es ist mir lieber so.»

Kaum hatte sie alles aufgetragen, als die beiden letzten Passagiere auf der Galerie erschienen, wobei der Jüngere den offenbar noch sehr benommenen älteren Mann halb stützte, halb mitschleppte.

«Hey, kann mir mal jemand ein bißchen mit Pop helfen?» rief der junge Mann herunter. «Er möchte am liebsten noch weiterpennen.»

Skinner hatte eine Suppenterrine in der Hand, aber Tom Morgan lief rasch nach oben.

«Das wäre alles viel einfacher, wenn Sie mich losmachen würden», maulte der junge Mann, als sie glücklich unten angekommen waren.

«Kommt überhaupt nicht in Frage, Hallick», knurrte der Alte.

Goade, der große Dicke in der Army-Uniform, der in Skinners Zimmer geschlafen hatte, sah mürrisch auf und nahm sich noch Suppe. «Was hast du denn angestellt – 'ne Bank beraubt?»

Der junge Mann, der seinen Wächter gerade auf einem Stuhl untergebracht hatte und einen zweiten Stuhl für sich heranzog, warf ihm einen bösen Blick zu. «Was geht das Sie an?»

«Mich? Nicht das mindeste, mein Sohn, nicht das mindeste ...»

«Dann halten Sie gefälligst das Maul, Sie.»

«Möchten Sie einen Kaffee, Mr. – Mr. –»

Laura streckte dem älteren Mann eine dampfende Tasse hin.

«Denning, Miss, Frank Denning, Federal Marshall. Danke.» Er griff mit der freien Hand nach der Tasse und begann unbeholfen zu trinken.

«Was wird hier eigentlich gespielt?» wollte Hallick wissen, während Laura auch ihm eine Tasse Kaffee hinstellte. «Was ist das hier für 'ne Bude, und wie sind wir –»

Skinner reichte Tom Morgan den Brief, der ihn rasch überflog und dann laut vorlas. Selbst Goade hörte, den Löffel hoch erhoben, aufmerksam zu, obgleich er den Brief vorhin, als er heruntergekommen war, bereits gelesen hatte. Skinner holte noch Suppentassen, Löffel und Brot, das sie im Mikrowellenherd aufgetaut hatten, und setzte sich dann zwischen Laura und Timmy.

«Das ist vielleicht 'n Hammer», knurrte Goade. «Warum sitzen wir nicht in der Maschine, wenn's 'n Hijacking war? Und wenn's kein Hijacking war, was zum Teufel ist es dann?» Niemand antwortete. Er richtete sich auf und sah sich angriffslustig um, als argwöhnte er, man enthalte ihm die Wahrheit vor. «Na los, Leute, sagt mal was.»

«Wir wissen es auch nicht, Sergeant Goade», gab Skinner zu. «Haben Sie irgendwelche Vermutungen?»

«Vermutungen? Ich doch nicht, Mann. Ich erinnere mich nur noch an den Typ mit der Gasmaske, und dann bin ich plötzlich hier aufgewacht. Nee, da sind Sie bei mir an der falschen Adresse.»

Skinner antwortete nicht. Laura fiel auf, daß er sich, seit die anderen auf der Bildfläche erschienen waren, immer mehr in sich zurückgezogen hatte.

Aus irgendeinem Grunde schien gerade seine Zurückhaltung Goade zu ärgern. «Der Herr kommt sich wohl mächtig schlau vor, was? Da wird mal eben 'ne Suppe zusammengerührt und 'n bißchen Brot geschnitten, und dann spielt man sich schon auf wie der liebe Gott persönlich mit solchen blöden Fragen.»

Skinner hob den Kopf. «Ich habe mir nur gedacht, daß Sie als Soldat doch sicher mehr Erfahrung in der Bewältigung ungewöhnlicher Situationen haben», sagte er milde.

Goade zeigte sich von dem Kompliment nur mäßig beeindruckt. «Nee, mit solchen Sachen hab ich bisher noch nichts zu tun gehabt. Was ist mit Ihnen, Denning, Sie sind doch 'n Cop.»

Der Federal Marshall sah von seiner Kaffeetasse auf. «Mit Kidnappern habe ich keinerlei Erfahrung. Und mit Hijackings auch nicht.»

«Er ist bloß 'n mickriger Botenjunge», ergänzte Hallick boshaft. «Mehr hat er heute nicht mehr drauf.»

«Ist ja wirklich 'n Bombenauftrag, 'nen Typ, der noch nicht ganz trocken hinter den Ohren ist, wieder nach Hause zu bringen», höhnte Goade.

«Mag sein, daß er noch nicht trocken hinter den Ohren ist, aber immerhin war er alt genug, um jemanden umzubringen», erklärte Denning. «Die Anklage lautet auf Mord.»

Goade sah Hallick überrascht an, der frech zurückgrinste.

«Sieh mal, Pop, jetzt haste ihn richtig erschreckt.» Hallicks Gesicht verdüsterte sich. «Bloß, ich hab niemanden umgebracht, das sagen die Scheißbullen nur so.»

«Bitte ...» unterbrach Anne Morgan mit einem Blick auf Timmy.

«Was?» Hallick wandte sich rasch zu ihr um und wurde rot. «Pardon, den Jungen hab ich ganz vergessen. 'tschuldigen Sie bitte.» Seine Verlegenheit hatte etwas Rührendes. Anne Morgan nickte lächelnd und wandte sich wieder ihrer Suppe zu. Hallick betrachtete sie noch einen Augenblick, dann ging sein Blick zurück zu Goade.

«Das wird ja immer besser», raunzte der. «Als ob das mit der Entführung noch nicht schlimm genug wäre, hock ich jetzt auch noch mit 'nem Mörder, 'nem Cop, 'nem kleinen Hosenscheißer und 'nem überkandidelten Professor zusammen. Und dabei hab ich doch bloß drei Wochen Urlaub.»

«Sicher hatten wir alle etwas Besseres vor», erklärte Morgan betont. «Aber durch Jammern wird die Situation auch nicht besser.»

«Man hat einen beträchtlichen Aufwand getrieben, um uns hierher zu transportieren», fing Skinner an und unterbrach sich ziemlich plötzlich, als habe er nur aus Versehen laut gedacht. «Verzeihung, ich –»

«Nein, sprechen Sie nur weiter, Professor Skinner», drängte Morgan. «Sagen Sie nur, was Sie denken.»

«Ja, also – ich habe mir ein paar Gedanken zum Zeitfaktor gemacht. Entführt wurden wir in der Nähe des Äquators, jetzt befinden wir uns in der Arktis. Allein der Flug erforderte einen erheblichen Organisationsaufwand, und –»

«Jetzt möchte ich aber wirklich mal wissen, wieso wir in der Arktis sein sollen», wehrte sich Goade. «Sie behaupten das so einfach. Sie behaupten, wir sind in Finnland, aber –»

«Wahrscheinlich in Finnland, ja. Denkbar wären noch Norwegen oder Schweden, aber Finnland liegt sehr viel näher. Die Landschaft ist typisch, weitere Hinweise sind die Bücher und anderes. Das Thermometer zeigt im Augenblick minus 28 Grad, das würde bedeuten –»

«Ich hab kein Thermometer gesehen», fuhr Goade dazwischen.

«Es hängt vor dem Küchenfenster.» Skinner warf den anderen einen raschen Blick zu, aß ein Stück Brot und fuhr fort: «Wir dürften uns auf etwa 65 Grad nördlicher Breite befinden. Wenn die Sonne untergeht, kann ich den Breitengrad natürlich noch genauer bestimmen.»

«Natürlich», knurrte Goade höhnisch.

«Ja, und dann die Einstichstellen», fuhr Skinner ungerührt fort. «Ich habe an meinem Arm fünf. Wenn man berücksichtigt –»

«Mindestens zwei Tage», sagte Denning. «Vielleicht sogar drei.»

«Ja», sagte Skinner zustimmend und aß noch ein Stück Brot.

«Aber sie scheinen nicht damit zu rechnen, daß wir lange hier bleiben.» Zum erstenmal mischte sich Sherri Lasky mit rauchiger Stimme in das Gespräch ein. Sie warf das schwere kastanienfarbene

Haar zurück und lächelte. «Sie haben mir nämlich die meisten Kleidungsstücke weggenommen, sogar die Schuhe. Zum Glück haben sie meine Kosmetiksachen nicht angerührt. Ohne Maskara und Lippenstift würde ich mich geradezu nackt fühlen.» Sie zwinkerte Goade zu, der sie stur anglotzte.

«Das ist mir auch aufgefallen.» Anne Morgan legte den Löffel aus der Hand. «Sie haben uns allen nur zwei Garnituren Kleidung gelassen, und nicht einmal Hausschuhe.»

Skinner nickte.

«Na, was sagen Sie dazu, Professor?» fragte Goade. «Haben Sie auf dieses Problemchen auch eine Antwort?»

«Sehr einfach: Wir sollen daran gehindert werden, das Haus zu verlassen.»

«Damit wir die vierspurige Autobahn nicht finden, die dahinten am Wald langgeht, was? Mann, die können uns doch viel erzählen. Wollen Sie sich das tatsächlich alles bieten lassen?»

«So weit nördlich gibt es keine vierspurigen Autobahnen», erklärte Skinner.

«Ach nee ... Was für 'n Professor sind Sie eigentlich. Einer, der sich auf Autobahnen und Thermometer versteht, was? Verdammter Klugscheißer.»

«Ich bin Astronom.»

«Er weiß alles über die Sterne, und nach dem Essen erzählt er mir davon», sagte Timmy vertrauensvoll. Skinners Mundwinkel zuckten leicht. Dann wurde er wieder ernst und sah auf seine Hände.

«Astronomie? Das Ding ist gut», feixte Goade. «Wieso komme ich dann eigentlich dazu, Ihnen das alles abzunehmen? Ich denk nicht dran, auf meinem Hintern sitzenzubleiben wie 'n braver Bubi und meine Suppe zu essen. Ich wette, ich könnte in 'ner Stunde Hilfe holen.»

«Länger als eine Stunde würden Sie dort draußen nicht überleben», erklärte Skinner. «Nicht einmal mit Stiefeln und wenn wir Ihnen alle unsere Sachen zur Verfügung stellen würden. Ein Mensch in unzureichender Ausrüstung ist bei diesen Temperaturen nach einer halben Stunde physisch und psychisch erschöpft, verliert die Orientierung, und wenn Sie Glück haben, werden Sie nach weiteren dreißig Minuten bewußtlos; eine Stunde später sind Sie tot.»

«Sie scheinen sich da sehr genau auszukennen, Professor», sagte Morgan.

«Vor so 'nem bißchen Kälte hab ich doch keine Angst», schnaubte Goade.

«Ich habe ein halbes Jahr bei der britischen Polarexpedition gearbeitet», erklärte Skinner. «Damals war Sommer, trotzdem trugen wir dicke Schutzkleidung, sind nie allein hinausgegangen, und bei Wind nie länger als eine halbe Stunde.»

Das Haus war sehr solide gebaut, trotzdem hörte man den Wind um die Ecken heulen; die kahlen Birken schwankten.

«Ist doch bloß 'ne Brise», protestierte Goade.

«Die durch den Wind erzielte Abkühlung kann sehr genau ermittelt werden», dozierte Skinner. «Für jeweils zehn Meilen pro Stunde –»

«Mann, halten Sie bloß die Luft an.» Goade schob seinen Stuhl zurück.

«Wollen Sie damit sagen, daß es die Kälte ist, die uns gefangenhält?» fragte Tom Morgan. «Die Kälte – und weiter nichts?»

«Mehr ist nicht nötig. Nach Lage der Dinge können sich unsere Entführer Wachpersonal ganz sparen. Wir haben wenig Bekleidung und keine Schuhe. Im ganzen Haus befindet sich kein einziger Mantel, kein Anorak, nichts dergleichen. Jedes Bett hat eine elektrische Heizdecke und eine leichte zusätzliche Decke. Wir haben erst Anfang Dezember, es kann noch weit kälter werden. Telefon und Radio sind natürlich nicht vorhanden. Was in dem Brief steht, ist, davon bin ich überzeugt, ganz wörtlich zu nehmen. Es gibt keinen Ausweg, keinen Weg hinaus.»

Goade machte eine ungeduldige Bewegung. «Aber einen Weg hinein muß es doch geben. Das Haus scheint – zeitweise jedenfalls – bewohnt zu sein. Von betuchten Leuten, so, wie's aussieht. Wie kommen die denn her? Wie haben sie den Kasten hier hochgezogen? Es *muß* eine Straße geben.»

«Nicht unbedingt», wandte Tom Morgan ein. «Der See scheint ziemlich groß zu sein, er steht vielleicht in Verbindung mit einem schiffbaren Fluß. Am Ufer steht etwas, das wie ein Bootshaus aussieht. Vielleicht haben sie das Baumaterial auch per Hubschrauber eingeflogen, wie sie es mit uns gemacht haben, Geld spielt hier offenbar keine Rolle. Wer sich so ein Sommerhäuschen leisten kann, für den kommt's auf ein paar Hubschrauber mehr oder weniger nicht an.»

«Da greift sich also jemand neun Leute von einem Flug aus Adabad, bringt sie in das Refugium eines Geldsacks nach Finnland ...» Goade hatte sich vor dem Kamin in Positur gestellt. «Man gibt uns genug zu essen und so weiter und läßt uns hier vermodern, ja?»

«In dem Brief stand etwas von Zielen, die sie erreichen wollten», sagte Denning. «Offenbar erwarten sie ein Lösegeld. So einfach ist das.»

«Aber warum?» Laura sah sich ratlos um. «Warum gerade wir? Ist einer von uns besonders bedeutend?»

«Nur ich, meine Süße.» Hallick grinste. «Findest du nicht, daß ich einen kolossal bedeutenden Eindruck mache?»

4

«Also das hilft mir überhaupt nicht weiter.» Ainslie legte verärgert die Akte in den Schoß.

«Mehr war so kurzfristig einfach nicht zu machen.» Larry trank einen Schluck Kaffee. Als er den Plastikbecher auf die Armlehne stellte, setzten die Schwingungen der Maschine die Flüssigkeit in wellenförmige Bewegung. Er sah sein und Ainslies Profil in der dunklen Scheibe, dahinter das Glimmen der Triebwerke vor dem Nachthimmel. «Was ist mit diesem Professor? Hat er irgend etwas mit Geheimsachen zu tun?»

Ainslie hob eine Ecke der Akte an, ließ sie wieder fallen. «Schwerlich. Er hat einen Lehrstuhl für Astronomie an einer kleinen Hochschule in den Midlands. Skinner ist Experte für Sonnenflecken – oder Sonnenprotuberanzen, was wohl nicht ganz dasselbe ist. Er ist so eine Art internationaler Autorität, in Adabad sollte er an der neuen Universität ein Sonnenobservatorium errichten. Ansonsten ist er ein typischer britischer Universitätsprofessor, siebenunddreißig, Witwer, lebt allein, hat wenig Freunde, sein einziges Hobby ist die Musik. Elfenbeinturm in Reinkultur. Pantoffel-und-Pfeifen-Typ.»

«Und die anderen?»

Ainslie zuckte die Schultern. «Morgan ist selbständiger Bauingenieur, sehr fähiger Mann. Er hat für die Regierung in Adabad ein Bewässerungssystem gebaut. Frau und Kind hatte er mit. Die Arbeiten sind abgeschlossen, er hat einen neuen Vertrag mit einer großen Ölfirma gemacht. Sergeant Goade ist Beschaffungsoffizier für den militärischen Stab der Botschaft und dort allseits beliebt, weil er, sofern man das nötige Kleingeld hat, alles besorgen kann, einschließlich Schnaps, der da unten eigentlich streng verboten ist. Denning ist Federal Marshall, er sollte Hallick zurückbringen, der auf Kaution freigelassen worden war und sich nach Adabad abgesetzt hatte.»

«Was hat er angestellt?»

Über Ainslies Gesicht ging ein Schatten. «Die Anklage lautete auf Vergewaltigung und Mord.»

«Das sind sieben», rechnete Carter. «Wer fehlt noch?»

«Miss Sherri Lasky, Berufsname schlicht ‹Sherri›. Nachtklub-Sängerin. Muß nach dem Foto eine beachtliche junge Dame sein.»

Carter besah es sich kurz und nickte. «Irgendwie aktenkundig?»

«Nein. Trotz ihres exotischen Aussehens ist Miss Lasky offenbar einfach ein nettes Mädchen, das sich auf ehrliche Weise ihre Brötchen zu verdienen sucht. Mit Singen – mehr nicht.»

«Und Laura. Macht neun.»

«Ja, ganz gewöhnliche Leute, wenn man von Hallick absieht. Mörder sind keine gewöhnlichen Leute. Im übrigen ist er der Sohn von Joseph Hallick alias Joe the Snow, einem der größten Kokain-Importeure in den Staaten. Hallick senior ist ein hohes Tier in der Organisation, der Familie oder wie man das heutzutage nennt.»

«Na also, da haben wir's ja. Sie wollen verhindern, daß er vor Gericht kommt. Vielleicht weiß er zuviel.»

Ainslie schüttelte den Kopf. «Sie hätten Zeit genug gehabt, ihn aus dem Knast zu holen oder umzubringen.»

Carter überlegte. «In der Maschine saßen drei Fachleute, Skinner, Morgan, Goade. Vielleicht gibt es da einen Ansatzpunkt?»

«Kaum, es sei denn, jemand hätte sich in den Kopf gesetzt, auf einem Berg ein Teleskop zu bauen, das mit Schwarzmarktschnaps betrieben wird. Aber Sie haben natürlich im Grundsatz recht. Die Entführer waren nicht auf irgendeine, sondern auf diese Maschine aus. Oder auf einen der Passagiere.»

«Und was ist mit Laura?» fragte Larry nachdenklich.

«Säße ich in irgendeiner Schlüsselstellung, könnte ich das noch verstehen, aber die ACRE-Verhandlungen dürften außer den skandinavischen Ländern niemanden interessieren.»

«Vergessen Sie die Russen nicht.»

Ainslie schnaubte verächtlich. «Kommen Sie, Larry. Die Entführung war gut organisiert, aber so gut nun auch wieder nicht. Wir wissen, daß den Russen die Vorstellung von ACRE so nah an ihrer Grenze nicht sympathisch ist, aber wenn sie mich indirekt unter Druck setzen, ändert das überhaupt nichts an der Sache.» Plötzlich zogen in schneller Folge Bilder von Laura an ihm vorbei. Er sah sie mit zwölf, mit traurigen Augen, als er ihr zu erklären versucht hatte, weshalb ihre Mutter weggezogen war. Er sah ihr glückliches Gesicht, als sie mit achtzehn das Stipendium fürs Smith College gewonnen hatte, sah sie mit zweiundzwanzig, sah ihren gequälten Blick, als ihr erster Verlobter in Vietnam gefallen war, sah, wie sie sich seither immer mehr verschlossen hatte, wie sie sich vor den Parties, dem gesellschaftlichen Trubel zu Büchern, in Konzerte flüchtete. Deshalb war er ebenso erstaunt gewesen wie sie, als der gutaussehende Larry Carter, der Liebling der Frauen, plötzlich anfing, sich für sie zu interessieren. Sie war überhaupt nicht Larrys Typ – weder eine Schönheit noch eine Intelligenzbestie oder Sexbombe. Sie war – einfach Laura, sein Baby, der einzige Mensch auf dem Welt, an dem ihm etwas lag. Und jetzt war sie verschwunden.

*

Kurz vor Morgengrauen landete die Maschine in Adabad. Ein Dienstwagen der Botschaft hielt vor der Treppe, ein junger Lieutenant stieg aus und salutierte.

«Mein Name ist Grey, General. Wir haben eine Nachricht von den Kidnappern bekommen.»

«Na los, Grey, heraus damit.» Der kalte Nachtwind aus der Wüste strich wie eine Eishand über Ainslies Stirn, die plötzlich naß geworden war.

«Es ist ein Päckchen, Sir, es traf vor etwa einer Stunde in der Botschaft ein, an Sie persönlich gerichtet. Unsere Sicherheitsleute haben es durchleuchtet, es ist keine Bombe oder dergleichen.»

«Fahren wir.»

Die amerikanische Botschaft in Adabad war, wie viele Gebäude in dem kleinen, rasch wachsenden Land, hochmodern und grellweiß. In dem rosigen Licht der Morgenröte sah sie aus wie ein Geburtstagskuchen mit rosa Zuckerguß. Laura hatte ein Kleid in genau dieser Farbe angehabt, als sie nach Adabad geflogen war.

«Sir?» Larry wartete auf der obersten Stufe.

«Ich komme schon.» Ainslie setzte sich wieder in Bewegung. Sie kamen zu einer Glastür und folgten Grey durch eine Halle, die so schlicht wie teuer gestaltet war, zu einem Korridor, in dem statt des fein geäderten Marmors in der Halle dunkles Linoleum lag.

Der große, gebräunte Mann stand auf, als sie eintraten. Grey beeilte sich mit der Vorstellung, denn die beiden Neuankömmlinge interessierten sich wohl mehr für den dicken Umschlag auf dem Schreibtisch als für den Mann dahinter.

«General Ainslie, Lieutenant Carter. Konsul Bowden.»

«Es tut mir sehr leid, General. Die Polizei hier tut, was sie kann, allerdings ist sie wohl personell nicht stark genug besetzt ...»

«Ich bin Ihnen sehr dankbar, Mr. Bowden. Das ist das Päckchen?»

«Ja, nach Meinung unseres Sicherheitsbeamten kann man es bedenkenlos öffnen.»

«Danke.» Ainslie griff sich den Umschlag, ohne seine Ungeduld zu verbergen, schob einen Finger unter die Lasche und riß ihn auf. Er sah hinein, schüttete den Inhalt auf die Schreibtischplatte. Neun Pässe, acht graublau wie sein eigener, einer dunkelblau mit goldgeprägtem Löwen und Einhorn. Ein dickes Blatt Papier flatterte beiseite. Bowden griff danach und reichte es Ainslie.

WIR HABEN IHRE TOCHTER UND DIE ANDEREN. HEUTE NACHMITTAG UM FÜNF ERHALTEN SIE WEITERE INFORMATIONEN IN DER BOTSCHAFT. DEN ANWEISUNGEN IST GEWISSENHAFT FOLGE ZU LEISTEN.

5

Mit dem frühen Abend kam die Langeweile. Nachdem sie gegessen und abgeräumt hatten, versuchten sie lustlos das eine oder andere Gespräch anzufangen, das eine oder andere über ihre Mitgefangenen zu erfahren. Wie es weitergehen sollte, wenn die Kidnapper ihre Ziele nicht erreichten, darüber mochte keiner sprechen, nicht einmal denken mochten sie daran. Und bald schwiegen sie alle wieder und starrten ins Leere. Laura war ziemlich sicher, daß die anderen ebenso große Angst hatten wie sie selbst, aber noch äußerte sich diese Angst nicht offen. Da sie sich selbst überlassen waren, gab es niemanden, an dem sie Angst oder Empörung hätten auslassen können. Das Haus wirkte deshalb wie ein Warteraum, oder eher noch wie ein Luftschutzbunker. Sie lächelten, heuchelten und warteten auf den nächsten Angriff.

Eine Ausnahme bildeten Skinner und Timmy. Bewaffnet mit Block und Bleistift machten sie zusammen einen Rundgang durchs Haus und erstellten Listen. Sie zählten die Dosen und Lebensmittelpakete, die Laken und Decken und Handtücher, die Fenster und Türen, die Teppiche auf dem Parkettfußboden, die Heizkörper, die Seifenstücke und Toilettenpapierrollen, die Möbel, die Hausgeräte und Vorhänge. Sie hielten fest, daß der große Wohnraum mit Teak getäfelt, die Räume oben verputzt und gestrichen und alle Decken mit Styroporplatten isoliert waren, bis auf den großen Wohnraum, in dem man oben bis zu den schweren Dachbalken sehen konnte. Sie zählten Töpfe und Pfannen, Besteck, Porzellan und Gläser. Als Timmy sich an die Bücher machen wollte, streikte Skinner, aber auf Timmys Drängeln notierte er zumindest die Zahl der Regalbretter; es waren vierzig. Die beiden abgeschlossenen Zimmer unten hatten sich – nachdem Goade in einem Wutanfall die Türen eingetreten hatte – als in sich abgeschlossene Dienstbotenräume erwiesen, die jeweils aus Wohn-Schlafzimmer und Bad bestanden.

Laura hatte den Verdacht, daß Skinner seine eifrige Tätigkeit hauptsächlich deshalb entfaltet hatte, um in Timmy keine Angst aufkommen zu lassen. Aber vielleicht las sie in sein Verhalten auch zu viel hinein, vielleicht hatte er sehr wohl Gründe für seine Listenschreiberei. Gesagt hatte er es allerdings nicht ausdrücklich. Er sagte überhaupt sehr wenig, wenn man ihn nicht ausdrücklich fragte.

Anne und Tom Morgan waren offenbar sehr froh, Timmy mit seiner bohrenden Neugier an Skinner abschieben zu können. Anne Morgan war sichtlich eine hingebungsvolle Mutter, aber klug genug, es nicht allzu deutlich zu zeigen. Ihr Mann schien sich für den Jungen nur mäßig zu interessieren. Timmy begegnete seinem Vater mit scheuer Achtung. Die Morgans waren Anfang Dreißig, nach ihren Meinungen und Einstellungen aber hätte man sie für gut doppelt so alt halten können. Das galt besonders für Tom Morgan, während Anne sich mit wortloser Zustimmung begnügte und im übrigen kaum einen Blick von Timmy ließ. Endlich schien sich Morgan seinen Vorrat an Empörung über die Schändlichkeit der modernen Welt, ihren moralischen Verfall, ihre Habsucht und ihren politischen Extremismus – Erscheinungen, denen sie letztlich ihre jetzige Lage verdankten – von der Seele geredet zu haben. Jetzt saßen er und seine Frau auf einem der beiden Sofas, hielten Händchen und schwiegen.

Denning hatte schließlich, wenn auch widerstrebend, Hallick von seinen Handschellen befreit, da weder von seinem Gefangenen noch von einem der anderen ein Fluchtversuch zu befürchten war. Laura stellte zu ihrer eigenen Überraschung fest, daß ihr Joe Hallick mit seinem kecken Trotz fast sympathisch war. Seine Reaktion auf Sherri Lasky allerdings fand sie weniger erfreulich.

Sherri mochte um die Dreißig sein. Hallicks Annäherungsversuche schien sie als selbstverständlich hinzunehmen, ja, sie ermutigte ihn sogar noch unauffällig, als brauche sie diese Bestätigung ihrer Macht über Männer. Das werde ich nie lernen, überlegte Laura. Sie war gut erzogen, sie war weit gereist, aber es war ihr nie gelungen, diese Sicherheit zu erreichen, die Sherri und übrigens auch ihrer eigenen Mutter offenbar angeboren waren. Aber sie mußte diese Kunst lernen, um Larrys willen. Er hatte glänzende Aussichten, da war es eben doch nicht genug, die Tochter eines einflußreichen Vaters zu sein.

Sherri und Hallick hatten die Stereoanlage entdeckt, die in die Wand neben dem Kamin eingebaut war. Zu ihrem Ärger fanden sich aber nur Bänder und Platten mit klassischer Musik. Sie hatten einen Debussy aufgelegt, den Laura liebte, aber nach Goades lautstarkem Protest hatten sie die Anlage schnell wieder abgestellt.

Goade war ihr Sorgenkind. Ständig zwischen dumpfem Brüten und offener Aggression wechselnd, machte er ihnen allen das Leben schwer. Mit seinen Attacken wegen ihrer «miesepetrigen» Haltung erinnerte er sie immer wieder an ihr Dilemma. Mag sein, daß wir miesepetrig sind, dachte Laura, aber ist das denn ein Wunder? Sie sah zu Professor Skinner hinüber, der drüben am Eßtisch saß und arbeitete.

Zunächst hatte es Skinner beunruhigt, daß er keine Uhr im Haus gefunden hatte, denn seine Uhr zeigte noch Adabad-Zeit, und erst als er auf den Gedanken gekommen war, auf die Uhr an der Steuerung für die Zentralheizung zu sehen, hatte er auf Ortszeit umstellen können. Der Sonnenuntergang war demnach um 16 Uhr 28. Während die anderen miteinander redeten, brütete er über Tabellen und Diagrammen aus seiner Aktentasche und erklärte schließlich, daß sie sich, soweit er das ermitteln konnte, auf 67° nördlicher Breite befanden, also knapp oberhalb des Polarkreises.

«Ist ja herrlich», knurrte Goade. «Ich hab schon gedacht, wir wären vielleicht auf 66° oder vielleicht gar 68°. Wäre doch schrecklich.» Hallick lachte, aber Hallick lachte über fast alles.

Skinner packte seine Papiere exakt und mit sparsamsten Bewegungen wieder in die Aktentasche. Goade saß im Sessel am Kamin und beobachtete ihn mit einem höhnischen Zug um den Mund. Als Skinner aufstand, sagte er: «Niedlich, Ihr Handtäschchen.»

Skinner erstarrte. Dann drehte er sich langsam um. «Finden Sie?» Er besah sich die abgewetzte Ledertasche. «Schweinsleder, glaube ich. Wenn ich Sie so anschaue – Ihr dickes Fell müßte sich dafür auch gut eignen.»

Sie sahen alle Skinner nach, der mit sehr geradem Rücken die letzten Stufen hinaufstieg und in seinem Zimmer verschwand. Hallick begann zu lachen, verstummte aber, als er sah, daß Goades Wangenknochen rot angelaufen waren.

«Ich an Ihrer Stelle würde den Professor nicht reizen, Goade», sagte Denning vom anderen Ende des Eßtischs her, wo er mit den Karten, die er gefunden hatte, die nächste Patience legte. «Wenn Sie den nur nicht unterschätzen!»

«Was heißt hier schon Professor», knurrte Goade und stieg mit finsterem Gesicht über Timmy hinweg, der auf dem Kaminvorleger mit Holzstückchen spielte. «'n vertrockneter Pauker ist er, das ist alles.»

«Ich mag ihn», erklärte Timmy eigensinnig. Goade sah ihn an.

«So, du magst ihn. Dann paß man auf, daß du ihn nicht gar zu sehr magst, sonst erlebst du irgendwann mal eine ganz große Überraschung.»

Timmy machte ein erstauntes Gesicht. «Das war absolut überflüssig», erklärte Tom Morgan scharf.

Goade schnaubte durch die Nase und ging in die Küche; gleich darauf hörten sie ihn mit Geschirr klappern. Zum zweitenmal an diesem Abend schon machte Goade sich zusätzlich etwas zu essen. Er schien unersättlich zu sein.

«Sind das Soldaten, die du da hast?» fragte Hallick mit allen Anzeichen echten Interesses.

Tim seufzte ein bißchen. «Nö, eigentlich sind's bloß Holzstücke.»

«Stimmt. Aber der hier, der sieht aus, als ob man was aus ihm machen könnte.» Hallick griff in die Hosentasche und holte ein kleines Schälmesser heraus. Im Licht der Flammen blitzte die kurze Klinge auf, und Denning erhob sich, unbemerkt von den anderen, halb aus seinem Sessel. Mit einer raschen Bewegung griff Hallick nach dem Holzstück und begann daran herumzuschnitzen. Denning setzte sich wieder, behielt aber die restlichen Karten in der Hand, ohne seine Patience weiterzulegen.

«Siehst du? Wenn man das hier ein bißchen glatt macht, und den kleinen Zweig da abschneidet... hier.» Hallick hielt das Stück Holz hoch. Mit wenigen Messerschnitten hatte er den Klotz in einen Mann verwandelt, der ein Schwert oder ein Gewehr hochreckt. «Sind da noch ähnliche Stücke?»

«Ich glaube schon», sagte Timmy eifrig und kroch auf allen vieren zu der Holzkiste hinüber. Er kramte einen Augenblick darin herum, dann kam er mit mehreren Klötzchen zurück, die er vertrauensvoll Hallick überreichte.

Skinner kam aus dem Schlafzimmer und besah sich die Szene. Timmy sah mit leuchtenden Augen zu, während Hallick geschickt eine primitive Figur nach der anderen produzierte und sie in einer Reihe aufstellte.

Der Kummer regte sich jetzt nicht mehr häufig in Skinner, eigentlich nur noch, wenn er Eltern sah, die ihre Kinder betrachteten, wie die Morgans jetzt Timmy betrachteten. Das Kind in Margarets Leib sei ein Junge gewesen, hatten sie ihm gesagt, aber er wußte, wie ein vier Monate alter Fetus aussieht, und der Verlust des Sohnes hatte ihn nie geschmerzt. Der Verlust Margarets und ihrer gemeinsamen Zukunft um so mehr. Er verschränkte die Arme und lehnte sich an einen der Stützpfeiler. Sherri schien ganz von ihrer Maniküre gefesselt zu sein; die Morgans, Hallick und Timmy waren von der hölzernen Armee in Anspruch genommen, Denning legte Patiencen, Laura las. Er beobachtete sie eine Weile; sie starrte auf die Buchseite, ohne umzublättern. Er erkannte ein Foto von Fels und Heide, es mußte ungewöhnlich fesselnd sein. Und plötzlich begriff er, daß sie unter den halb gesenkten Wimpern die anderen beobachtete, ihnen zuhörte und sich hinter ihrem Haar verbarg wie ein kleines Tier. Er nickte zufrieden vor sich hin. Für verängstigte Kreatuturen war dies die beste Möglichkeit, die Gefahr abzuschätzen.

Dann erschien Goade mit einem angebissenen Sandwich in der Hand in seinem Blickwinkel, und Skinner hatte plötzlich den unvernünftigen Drang, etwas Großes, Schweres auf ihn zu werfen.

Anne Morgan regte sich. «Es wird spät, Timmy.»

«Ich bin aber noch nicht müde, Mom.» Skinner merkte, daß es den Jungen große Mühe kostete, wach zu bleiben, und auch Mrs. Morgan hatte das offenbar begriffen. Nachdem Timmy noch ein paarmal protestiert hatte, war Morgan mit seiner Geduld am Ende.

«Tu jetzt, was deine Mutter sagt, Timothy», fuhr er den Jungen an. «Marsch ins Bett.»

Einen Augenblick stand in dem Gesicht des Jungen fast so etwas wie Angst. Hallick warf dem erbosten Vater einen ärgerlichen Blick zu, dann stieß er Timmy an.

«Gegen die Großen kommen wir kleinen Würstchen doch nicht an», sagte er mit Verschwörermiene. «Aber weißt du was? Ich mache hier weiter, und wenn du morgen früh runterkommst, findest du vielleicht was Schönes. Einverstanden?»

«Was denn?» fragte er erwartungsvoll.

«Na ja, ein Phidias bin ich nicht gerade, aber ich will sehen, was sich tun läßt», versprach Hallick.

Skinner richtete sich langsam auf. Woher hatte ein ungebildeter junger Mörder einen Namen wie Phidias, den er auch noch im richtigen Zusammenhang benutzte? Merkwürdig. Auf der Treppe kamen Anne Morgan und Timmy an ihm vorbei.

«Gute Nacht, Tim.»

«Ist ja gar nicht Nacht», widersprach Timmy.

«Hier nicht, das stimmt. Aber dein Körper ist noch auf Adabad-Zeit eingestellt, und da ist es jetzt ungefähr Mitternacht. Um Mitternacht ist jeder müde.»

Timmy blieb stehen und wandte sich zu ihm um. «Du auch?»

«Ja», gab Skinner zu. «Ich mache mir nur noch was zu trinken, dann gehe ich auch schlafen.»

«Ach so.» Timmy mußte das offenbar erst verdauen. «Joey schnitzt mir noch mehr Soldaten.»

«Das sehe ich. Dann hast du morgen schon eine ganze Sammlung.»

«Ja. Eine richtige Armee.» Er folgte seiner Mutter. Oben drehte er sich noch einmal um. «Lauras Vater ist General, einer mit drei Sternen. Kannst du Joey sagen, daß er mir einen General macht?»

«In Ordnung», versprach Skinner. «Gute Nacht.»

«Und das Fernglas wird abgenommen, ehe du schlafen gehst», verlangte Anne Morgan, während sie den Jungen ins Schlafzimmer schob.

Skinner gab Tims Bestellung an Hallick weiter, dann ging er in die Küche und setzte auf dem Herd Trockenmilch mit Wasser auf. Während er den Topf beobachtete, hörte er Schritte hinter sich und sah Laura.

«Möchten Sie auch einen Becher Kakao?» fragte er.

«Gern», sagte sie überrascht. «Als kleines Mädchen habe ich oft vor dem Schlafengehen Kakao getrunken. Mein Vater hat ihn mir gemacht und mir dann noch eine Geschichte vorgelesen.»

«Ich bin leider kein guter Geschichtenvorleser», sagte Skinner entschuldigend, den Blick auf die Kasserolle gerichtet.

«Das war er auch nicht. Meist ist er noch vor mir eingeschlafen.»

Er maß den Kakao ab, tat ihn in den Topf und sah zu, wie er sich über die Oberfläche ausbreitete und unvermittelt nach unten sank. «Timmy sagt, Ihr Vater sei ein Drei-Sterne-General, stimmt das?»

«Ja, ich bin eine richtige Army-Göre.»

Er schaltete die Kochplatte aus. «Wäre es denkbar, daß die Entführung gegen Ihren Vater gerichtet ist? Drei-Sterne-Generäle sind wohl doch recht bedeutende Persönlichkeiten.»

«Da wäre Daddy wahrscheinlich anderer Meinung. Außerdem – warum hat man dann nicht mich allein entführt?»

«Ich habe keine Ahnung. Was für Funktionen hat eigentlich Ihr Vater?» fragte er beiläufig, während er sich den Zucker griff. «Der Name Ainslie kommt mir irgendwie bekannt vor, aber ich kann ihn nicht unterbringen.»

Sie hatte sehr schöne, glänzende Augen, goldbraun, von langen Wimpern umgeben. «Zur Zeit ist er zu den Vereinten Nationen abkommandiert. Sie haben ihn zum Vorsitzenden der ACRE-Verhandlungen in Oslo gewählt. Vielleicht haben Sie in der Zeitung darüber gelesen. Dafür eignet er sich sehr gut. Er ist nämlich schrecklich jähzornig, und wenn die Leute denken, daß er kurz vor einem Tobsuchtsanfall steht – in Wirklichkeit ist er natürlich noch nie richtig explodiert –, tun sie doch lieber, was er sagt.»

«Ein wertvolles Talent für einen Vorsitzenden», meinte Skinner trocken, während er den Topf von der Platte nahm und den Kakao in die bereitgestellten Becher goß. Die Flüssigkeit paßte genau hinein, es blieb kein Tropfen übrig. Er ging mit dem Topf zur Spüle und wusch ihn ab. «ACRE hat irgend etwas mit einer Stadt auf Eis zu tun, nicht wahr?»

Laura stand mit einem Handtuch bereit, um den Topf abzutrocknen. «Ja, es ist die Abkürzung für *Arctic City Research Establishment*. Den Skandinaviern liegt an einer Erschließung ihrer nördlichsten Gebiete. Sie haben deshalb bei der UN Gelder beantragt, um eine Modellstadt am Polarkreis –» Sie hielt mitten in der Bewegung inne und sah ihn erschrocken an.

«Auch uns hat es an den Polarkreis verschlagen», sagte er leise.

Sie rieb energisch den Topf trocken. «Aber ACRE ist ganz unpolitisch. Die Russen sind natürlich nicht begeistert von dem Plan, aber sonst hat niemand etwas dagegen. Das Land liegt brach, wenn man es nicht bewohnbar machen kann.»

«Vielleicht ist es wirklich nur ein Zufall.»

«Glauben Sie an solche Zufälle?» fragte Laura.

Sie sah, daß er viel jünger war, als sie zunächst gedacht hatte. Die Augen hinter der altmodischen Gelehrtenbrille waren sehr jung und sehr wach. «Eigentlich nicht», sagte er vorsichtig. «Die Statistik spricht wohl dagegen.»

Als Skinner nach oben ging, ertappte er Goade beim Durchsuchen seiner Aktentasche. Er blieb einen Augenblick in der Tür stehen, dann fragte er: «Wollten Sie sich vielleicht meinen Lippenstift borgen, Sergeant?»

Goade fuhr wütend herum. «Nein, mich interessierte nur mal, auf was für Pornoliteratur Sie stehen.»

«Ach so.» Skinner ging zum Schrank und begann seine Sachen herauszunehmen. Er hatte schon vor dem Zwischenfall beschlossen, in eines der Dienstbotenzimmer zu ziehen, um das Zimmer nicht mit Goade teilen zu müssen. «Diese Gewohnheit hat meine Frau mir schon vor Jahren abgewöhnt. Tut mir leid, daß ich Sie enttäuschen muß.»

Goade sah ihn im Spiegel finster an. «Frau? Sie sind verheiratet?»

«Ich war verheiratet», sagte Skinner und wandte sich zum Gehen. «Sie ist bei einem Autounfall ums Leben gekommen. Gute Nacht.»

Krachend wurde oben die Tür zugeschlagen. Skinner lächelte ein wenig bitter. Goades Anzüglichkeiten begannen ihn zu langweilen.

Es hatte auch nach Margaret Frauen gegeben, allerdings nicht viele. Ein Mensch wie Goade würde nie begreifen, daß manche Männer lieber allein blieben, als einen Kompromiß zu schließen.

Unten an der Treppe traf er Laura und lächelte ihr zu. «Gute Nacht», sagte er leise. «Schlafen Sie gut.»

«Was ist denn los?» fragte Sherri, als Laura ins Schlafzimmer stürmte.

«Nichts – warum?» gab Laura abwehrend zurück.

Sherri wandte sich um, während sie weiter mit langen, gleichmäßigen Strichen ihr Haar bürstete. «Sie sehen ja ganz aufgelöst aus.»

«Ich bin ein bißchen zu schnell nach oben gegangen, das ist alles.»

«Aha.» Sherri beobachtete Laura, die sich ziemlich nervös auszog und in einen Bademantel schlüpfte. «Ich hab Sie draußen in der Küche mit unserem kleinen Professor lachen hören.»

«Er ist nicht klein», protestierte Laura und beugte sich über ein Kommodenschubfach. «Er ist sehr nett, ich mag ihn.»

«Den Eindruck habe ich allerdings auch», meinte Sherri trocken. «Aber gerade die Netten, das sind die Gefährlichsten, bei denen kannst du ganz schön ins Schleudern kommen.»

«Ins Schleudern? Was soll das heißen?»

Sherri zuckte die Schultern und warf den roten Schopf zurück. «Wenn du nicht höllisch aufpaßt, verliebst du dich in die, und dann sagen sie: Tschüß, Baby, hast dir wohl nicht eingebildet, daß es was Ernstes war ... Nee, da halte ich mich doch lieber an die anderen, die geilen Böcke, da weiß ich, woran ich bin.»

Laura meinte, in den großen grünen Augen Schmerz, Sympathie, eine Spur Zorn zu sehen. «Wenn du was erreichen willst in der Welt, muß du zäh werden», fuhr Sherri fort. «Du bist weich wie Butter, Kleines, und wenn du nicht aufpaßt, schmilzt du mal so richtig über 'nen Kerl weg, und dann gibt's 'ne Riesenschweinerei.» Unvermittelt wandte sie sich ab. «Ach was, Schwamm drüber. Ich bin doch keine Briefkastentante.»

Laura berührte scheu Sherris seidige Haut. «Wenn ich aussehen würde wie Sie, würde ich – könnte ich alles bekommen, was ich wollte. Aber ich sehe ja nach nichts aus.»

«Du könntest was aus dir machen», meinte Sherri sachlich. «Aber laß dir raten: Tu's nicht.»

«Warum nicht?» fragte Laura überrascht.

«Weil du so, wie du aussiehst, bessere Chancen hast. Wenn eine aussieht wie ich, denken die Kerle, die ist hartgesotten, die kann schon was einstecken. Aber eine wie du, die ist was zum Behüten, zum Beschützen. Verdirb dir das nicht.»

«Aber genau davon will ich ja weg», erklärte Laura leidenschaftlich. «Ich bin keine Porzellanfigur, ich bin zäher, als ich aussehe.»

Sherri betrachtete sie nachdenklich. «Du, ich glaube, das stimmt sogar. Wenn ich dich so ansehe ...»

«Ja, aber dann –»

Sherri ließ sich auf die Bettkante fallen. «Jetzt hör mal zu. Irgendwann muß man Bestandsaufnahme machen und seine Werte so einsetzen, daß sie möglichst viel bringen. Meine Werte, das ist mein Hintern und sind meine Titten und ist mein Gesicht. Ob ich kochen und nähen kann und all den Scheiß, das wollen die Männer gar nicht wissen, die wollen bloß wissen, wie schnell sie mich aufs Kreuz legen können.» Sie lachte hart auf. «Leider ziemlich schnell, aber das ist mein Problem.» Sie strich den pfirsichfarbenen Satin ihres Unterrocks glatt. «Vergiß, was ich gesagt habe, Kleines, werde nicht zäh. Nur – ein bißchen vorsichtig solltest du werden. Wahrscheinlich landest du dann eines Tages bei Kochtopf und Windeln, schuftest dich halbtot und bist selig dabei. Komischerweise wäre das bei mir genauso, es müßte eben nur der Richtige sein. Und entweder sind's nie die Richtigen, oder dann kommt mal einer, der – ach, was soll's.»

«Aber wenn Sie nun –» Laura hielt verlegen inne.

«Wenn ich was?» Sherri machte schmale Augen. «Wenn ich nicht ganz so herausfordernd mit dem Hintern wackeln würde? Ich hab dir doch gesagt, jeder setzt ein, was er hat. Außerdem muß ich mich ranhalten, so wie jetzt seh ich nicht mein ganzes Leben lang aus.» Sie stand auf. «Ich geh ins Bad, es dauert nicht lange.»

Laura fand ihre Kosmetiktasche schließlich im untersten Kommodenfach. Der Inhalt war rücksichtslos durcheinandergewühlt worden. Sherri? Wohl kaum. Mit ihren eigenen Schönheitsmittelchen hätte der Rotschopf einen ganzen Laden aufmachen können. Außerdem hätte Sherri wohl nicht Löcher in die Nachtcreme gebohrt und den Lippenstift abgebrochen.

Wer hatte das getan? Und warum?

6

Der zweite Umschlag kam zehn Minuten vor fünf. Die Sicherheitsbeamten verhörten den Taxifahrer, der ihn brachte, aber das half ihnen nicht weiter. Ein Unbekannter hatte ihm den Umschlag und eine ansehnliche Geldsumme in die Hand gedrückt mit dem Auftrag, den Brief in der Botschaft abzugeben. Nein, kein Einheimischer, ein Europäer mit Sonnenbrille und in weißem Anzug. Er hatte Französisch mit leichtem Akzent gesprochen, aber mit was für einem Akzent, das konnte der Taxifahrer nicht sagen.

Der Umschlag enthielt vier Fotos, auf denen Laura und eine andere Frau, die Familie Morgan, Goade und Skinner, Denning und Hallick auf ihren Betten zu sehen waren. Der Begleittext war kurz und knapp:

NOCH SCHLAFEN SIE NUR.

Es folgten einige kurze Instruktionen. Ainslie sollte sich an diesem Abend um sieben auf einer bestimmten Straße vier Meilen in die Wüste fahren lassen. Dort würde man Kontakt zu ihm aufnehmen, er würde dann Einzelheiten über die Forderungen erfahren. Um elf würde man ihn an der gleichen Stelle wieder abliefern.

Bei einem leichten Essen in der Botschaft diskutierten sie die Frage, ob Ainslie einen Minisender mitnehmen sollte, ob er in persönlicher Gefahr war und warum der persönliche Kontakt gewünscht wurde. Ainslie stocherte lustlos in seinem Hühnerfrikassee herum. Bowden sah ihn mitfühlend an.

«Ich glaube nicht, daß es zu Gewalttätigkeiten gegenüber den Geiseln kommen wird», sagte er schließlich und trank einen Schluck Eiswasser. «Das Unternehmen ist bisher erstaunlich diskret und reibungslos abgelaufen. Kein Trara in der Öffentlichkeit, keine der bekannten Terror-Organisationen hat die Verantwortung übernommen. Ich habe das Gefühl, daß es letztlich doch nur um Geld geht.»

«Die Operation selbst hat eine Menge Geld verschlungen», widersprach Ainslie. «Es gibt zum Beispiel billigere und einfachere Methoden, an Lösegeld heranzukommen, als mit teuren Chemikalien eine provisorische Landebahn zu betonieren. Ich sage Ihnen, es geht ihnen um die Geiseln selbst.»

«Oder um eine von ihnen», unterbrach Grey.

Ainslie hob jäh den Kopf. «Was meinen Sie? Was haben Sie gehört?»

«Pardon, ich habe nur laut gedacht, Sir.»

«Dann denken Sie gefälligst weiter.»

Bowden seufzte. «Grey meint wahrscheinlich die etwas verwirrenden Anweisungen, die wir von einer gewissen Organisation in Virginia erhalten haben. Erst haben sie die Passagierliste angefordert, dann die Bestätigung, daß alle auf der Liste verzeichneten Personen tatsächlich in der Maschine waren, als sie verschwand. Als die Maschine sich dann angefunden hatte, wurden unsere Sicherheitsbeamten – verschlüsselt übrigens – beauftragt, sich persönlich in die Ermittlungen einzuschalten, aber ich glaube, sie haben nicht gefunden, was sie suchten. Jedenfalls waren sie ziemlich sauer, als sie zurückkamen. Ich behaupte nicht, daß das relevant ist –»

«Ich verstehe schon. Sie vermuten, daß einer der Passagiere ein gottverfluchter CIA-Agent ist.»

«So deutlich würde ich das nicht aussprechen. Merkwürdig ist nur –» Bowden zögerte, dann gab er sich einen Ruck. «Auch der britische Geheimdienst hat Anfragen in dieser Richtung gestellt.»

«Skinner?» fragte Ainslie.

«Ich hab's gewußt.» Larry Carter warf seine Serviette auf den Tisch. «Der ist einfach zu harmlos, um echt zu sein.»

Der Konsul nickte. «Daß er mit einer amerikanischen Militärmaschine geflogen ist, fand ich auch erstaunlich.»

«Dafür gibt es eine ganz einfache Erklärung. Der Flug, auf den er gebucht war, ist wegen einer technischen Störung ausgefallen, er hätte erst am nächsten Tag fliegen können. Daraufhin haben die Leute von Dan-Air, die wußten, daß wir direkt nach London flogen, bei uns angerufen und gefragt, ob wir aushelfen könnten. Er schien es sehr eilig zu haben ...»

«Eben.» Bowden nickte. «Er muß einen ziemlichen Wirbel gemacht haben. Denn von dieser Maschine ist sonst niemand auf Ihren Flug umgebucht worden. Nur er.»

Ainslie sah den Rücklichtern des Botschaftswagens nach, bis sie in der Dunkelheit verschwunden waren. Über der Stadt sah man den Widerschein der Lichter, rechts lagen die beleuchteten Türme der nächstgelegenen Ölfelder. Sterne funkelten am klaren Wüstenhimmel, aber der Mond war noch nicht aufgegangen.

Als von fern das Dröhnen eines Hubschraubers aufklang, hob Ainslie den Kopf. Jetzt sah er ihn – ein ferner Stern, der langsam größer wurde. Knapp fünf Meter von ihm entfernt ging er herunter. Ein Mann stieg aus, duckte sich unter den laufenden Rotorblättern hindurch und kam auf ihn zu.

«Ainslie?» rief er.

«Ja», rief der General zurück.

«Kommen Sie bitte.»

Ainslie erkannte in dem dunklen Gesicht weiße Augäpfel, blitzende Zähne, sonst nichts. Er spürte den Sand, der durch die Luft wirbelte, und kniff die Augen zu.

«Soll ich einsteigen?»

«Ja, einsteigen.»

Der Mann verriegelte die Tür, dann bückte er sich und reichte Ainslie, der sich hinten hingesetzt hatte, eine Art Fliegerbrille, aber mit völlig lichtundurchlässigen Gläsern. Als Ainslie sie aufgesetzt hatte, war er praktisch blind.

Jetzt drückte der Mann ihm etwas in die Hand. «Gegen den Lärm», schrie er ihm zu. Es waren Wattepfropfen. Ainslie nickte und steckte sie sich in die Ohren. Das Dröhnen des Hubschraubers war zwar noch immer hörbar, aber erträglich. Er spürte den Ruck, als sie aufstiegen, es gab einen Augenblick verwirrenden Schwankens, dann stabilisierte sich die Lage. Ainslie faßte sich, so gut es gehen wollte, in Geduld.

«Ich hoffe, der Drink ist nach Ihrem Geschmack», sagte sein Gastgeber höflich.

«Sehr erfrischend.» Ainslie stellte das Glas auf die Messingtischplatte und betrachtete den Mann, der ihm gegenübersaß. Sehr blaß, gut aussehend, korrekt gekleidet, dunkler Anzug, weißes Hemd, dunkler Binder, goldene Manschettenknöpfe, flache goldene Digitaluhr, sonst kein Schmuck. Das dunkle Haar war dicht, kurz geschnitten, an den Schläfen schon weiß. Man hätte ihn eher für einen alternden Filmstar gehalten denn für das, als was ihn sein Paß auswies, den er Ainslie bei dessen Ankunft überreicht hatte. Hinter dem Patio, auf dem sie saßen, erhob sich das Haus, das Ainslie nicht betreten hatte. Durch die Schiebeglastüren sah er in einen luxuriösen Wohnraum mit indirekter Beleuchtung. Was enthielt das Haus noch? Vielleicht Laura und die anderen?

Der Paß besagte, daß es sich bei seinem Gast um einen gewissen Felix Doppler, handelte, Rechtsanwalt, zweiundsechzig Jahre alt, keine besonderen Kennzeichen, gestern nach Adabad eingereist.

Dopplers Stimme war leise, und Ainslie mußte sich, so still es hier auch war, ein wenig vorlehnen, um kein Wort zu verlieren.

«Ich handele in dieser Angelegenheit lediglich als neutraler Vermittler», erklärte Doppler. «Ich habe gewisse Erfahrungen in dieser Materie.» Er lehnte sich zurück, holte eine goldene Zigarettendose aus einer Jackentasche, reichte sie Ainslie und zündete beide Zigaretten an. Ainslie sah, daß die knochigen Finger zitterten und daß Doppler Etui und Feuerzeug fest umklammert hielt, um den Tremor zu verbergen. «Ich bin beauftragt, Ihnen mitzuteilen, daß Ihre Tochter und die anderen Geiseln gesund sind und gut behandelt werden. Nun zu den Bedingungen.» Er hielt inne, und Ainslie spürte, wie sich sein Magen zusammenkrampfte. Doppler seufzte, klopfte die Asche von seiner Zigarette, sah zum Himmel. «Einige sind leicht zu erfüllen, andere nicht.»

«Es ist mehr als eine Bedingung?»

«Nun, es ist ja auch mehr als eine Geisel.» Er legte seine Zigarette an den Rand des Aschenbechers und balancierte sie dort sorgfältig aus. «Sehen Sie, ich halte mich an das militärische Prinzip, nur das zu wissen, was ich unbedingt wissen muß.»

Ainslie nickte.

«Ich wurde in diese recht unerfreuliche Angelegenheit lediglich über Telefonkontakte eingeschaltet», fuhr Doppler fort, «und bin erst aktiv geworden, als meine Bank mir bestätigte, daß eine bestimmte Summe auf meinem Konto eingegangen war. Der Mann, der den Kontakt mit mir aufnahm, bat mich, ihn der Einfachheit halber ‹Mr. Brahms› zu nennen. Und um Ihrer nächsten Frage gleich zuvorzukommen: Nein, ich weiß nicht, wer er wirklich ist.»

«Mr. Brahms?» wiederholte Ainslie ratlos.

«Etwas wunderlich, ganz meine Meinung. Es gibt, wie in solchen Fällen üblich, eine Frist, bis zu deren Ablauf die Bedingungen erfüllt sein müssen, doch handelt es sich diesmal nicht um Stunden, sondern um volle sechs Wochen. Falls dann sämtliche Bedingungen erfüllt sind, bekommen Sie Ihre Tochter und die anderen Geiseln unversehrt zurück. Sollte das nicht der Fall sein, wird man sie nicht mehr lebend wiedersehen.»

«Sechs Wochen?»

«Ja. Aber in Anbetracht der Forderungen ist das vielleicht nicht einmal übertrieben großzügig.»

Doppler sah die im Aschenbecher vor sich hin schmorende Zigarette an, hatte aber offenbar wenig Neigung zum Weiterrauchen. «Zunächst geht es um Geld. Drei Millionen Dollar in Gold, die bei einer Schweizer Bank zu hinterlegen sind.»

«Drei Millionen?»

«Ganz recht. In Gold. Weiterhin soll eine Rede, die ich Ihnen zu einem späteren Zeitpunkt noch zustellen werde, vor der Generalversammlung der Vereinten Nationen verlesen werden.»

«Das geht nicht», fuhrt Ainslie auf. «Politische Verlautbarungen würde man dort nicht –»

«Die Rede ist angeblich nicht im landläufigen Sinne politisch, sondern eher humanitär und dürfte nirgends Ärgernis erregen. Mr. Brahms legt großen Wert darauf, daß sie zu Protokoll genommen wird. Er ist überzeugt davon, daß Sie das arrangieren können. Sie haben doch gute Freunde bei der UNO.»

«Mag sein, aber –»

«Weiter geht es um die Entlassung von drei zur Zeit in Amsterdam einsitzenden Gefangenen», fuhr Doppler fort. «Die Namen bekommen Sie, ehe Sie gehen.»

Ainslie horchte auf. «Terroristen?»

«Nein, ich glaube, die Anklage lautete auf Einbruch. Wie kommen Sie auf Terroristen?»

«Meist sind es doch –» Ainslie unterbrach sich. «Diebe? Ganz gewöhnliche Kriminelle?»

«Der Wert der Beute betrug drei- bis viertausend Dollar, es handelte sich um Industriediamanten, glaube ich.»

Ainslie legte die Hände vors Gesicht, rieb sich die Augen und lehnte sich zurück. «Ihr Mr. Brahms sorgt für Abwechslung. Ist das alles?»

«Nein, leider nicht. Bestimmte Angehörige der Botschaften hier in Adabad sollen abberufen werden. Drei von der amerikanischen Botschaft, zwei von der Botschaft der Bundesrepublik Deutschland, zwei von der britischen Botschaft.»

«Das wird ja immer besser, Doppler.»

«Ich fürchte, es wird eher schlechter. ACRE.»

Ainslie ließ seinen Stuhl zurückfallen. «Jetzt kommen wir der Sache schon näher. Wegen ACRE haben sie sich Laura geschnappt, nicht wahr? Um an mich heranzukommen.»

«Vielleicht. Ich weiß es nicht. ACRE muß rückgängig gemacht oder vom Nordkap an einen akzeptableren Standort verlegt werden.»

«Akzeptabler für wen?»

«Für Mr. Brahms, möchte ich annehmen. Ich kann Ihnen nicht sagen, was ich nicht weiß.»

«Aber ACRE existiert noch gar nicht, wir stehen erst am Anfang der Planung, bis zum Bau vergehen noch Jahre.»

«Um so einfacher müßte es sein, den Standort zu verlegen.»

«Wohin?»

Doppler zuckte die Schultern. «Nach Grönland? Island?»

«Warum sagen Sie das nicht den Norwegern und den Schweden? ACRE ist ihr Projekt, nicht meins.»

«ACRE ist ein Projekt der Vereinten Nationen, deshalb müßte dort auch die Entscheidung darüber fallen, wo es errichtet wird.»

«So einfach ist das nicht.»

«Tja, ich fürchte, das ist allein Ihr Problem. Als nächstes –»

Ainslie machte schmale Lippen. «Wie lang ist diese lächerliche Liste noch? Dieser Brahms ist offenbar völlig verrückt.»

«Nein, das glaube ich nicht. Nicht verrückt im üblichen Sinne.» Doppler legte nachdenklich die Fingerspitzen aneinander. «Mr. Brahms spricht mit der Stimme eines Toten, General Ainslie. Als Anwalt kenne ich diesen Tonfall. So sprechen nur Menschen, die nichts, absolut nichts mehr zu verlieren haben. Natürlich kann es sein, daß er nicht ganz normal ist. Es kann aber auch sein, daß einfach seine Werte nicht unseren Vorstellungen entsprechen, seine Beweggründe nicht so leicht zu entschlüsseln sind.»

«Sie wissen, wer er ist, nicht wahr?» fragte Ainslie unvermittelt.

«Ich habe Ihnen gesagt –»

«Ich weiß, was Sie mir gesagt haben. Sie kennen die Stimme, nicht wahr?»

«Ich bin nicht sicher. Vielleicht nach einigen weiteren Gesprächen ...»

«Und werden Sie es uns sagen, sobald Sie es wissen?»

Doppler sah ihn über seine Fingerspitzen hinweg an. «Er bezahlt mich.»

«Auch wir können Sie bezahlen. Wenn Sie wirklich neutral bleiben wollen, ist das Ihre Chance. Sie sagten, daß Sie das, was Sie tun, nicht gern tun.»

«Wenn die Verhandlungen erfolgreich verlaufen, gedenke ich mein Honorar dem Roten Kreuz zu spenden, General. Wenn Sie mehr bieten, soll es mir recht sein.» Doppler schloß einen Augenblick die Augen, wurde sehr blaß, rang nach Atem. Aber als er wieder anfing zu sprechen, war seine Stimme ganz ruhig. «Wenn hinter Mr. Brahms der Mann steckt, an den ich denke, haben Sie nichts davon, wenn Sie seine Identität kennen. Um Ihrer Tochter willen möchte ich wünschen, daß ich mich irre.»

«Sie brauchen mir keine Angst mehr einzujagen. Die habe ich schon.»

«Eine sehr vernünftige Einstellung. Und jetzt die letzte Forderung. Sie ist vergleichsweise einfach zu erfüllen und wird Ihnen keine Schwierigkeiten machen.»

«Kennen Sie die Namen?» fragte Ainslie zwei Stunden später Konsul Bowden.

«Sicher. Ozawa, Groves, Previn, Mehta – das sind alles Dirigenten der Spitzenklasse, besonders für moderne Werke.»

«Ich verstehe nichts von Musik», sagte Ainslie unglücklich. «Es ist eine ganz und gar verkorkste Geschichte. Was sollen wir gegen einen Wahnsinnigen ausrichten?»

Bowden legte die Liste auf den Schreibtisch zurück. «Irgendein Sinn muß dahinterstecken, zumindest für den Entführer. Vielleicht kann uns der neue Mann helfen, der aus London kommt.»

«Was für ein neuer Mann? Wer kommt aus London?» Ainslie, der vor der Landkarte gestanden hatte, wandte sich um.

«Ein Mann namens Skinner, so heißt es.»

7

Das Frühstück verlief schweigend, nur an einem Tischende unterhielten sich Timmy und Skinner leise miteinander.

«Und da hing sie in Ketten an dem Felsen und hat gewartet, bis die Seeschlange sie fressen kam?» flüsterte Timmy hingerissen. «Und hat gesehen, wie das Ungeheuer immer näher gekommen ist?»

«Ja, so war es», bestätigte Skinner mit ernstem Gesicht. «Andromeda war sehr tapfer, denn sie wollte ja das Reich ihres Vaters, des Königs, retten. Aber dann geschah etwas Wunderbares.»

Timmys Augen wurden noch ein bißchen größer. «Was denn?»

Skinner bestrich langsam und sorgfältig seinen Toast mit Butter und legte ihn ungegessen aus der Hand. «Sie hörte einen Windstoß, einen lauten Flügelschlag am Himmel, und aus den Wolken kam Pegasus, das fliegende Pferd, hervor. Auf seinem Rücken ritten Perseus, der Sohn des Zeus, den die Götter liebten. Sie hatten ihm viele Dinge geschenkt, um einen großen Krieger aus ihm zu machen, das geflügelte Pferd, Flügelschuhe, ein mächtiges Schwert, einen Schild, der blank war wie ein Spiegel, und einen Helm, mit dem er sich unsichtbar machen konnte. Perseus war prachtvoll anzusehen. Er war gerade auf dem Heimweg, er hatte nämlich die Medusa erschlagen.»

«Die kenne ich, die hatte überall Schlangen auf dem Kopf.»

Skinner lächelte. «Siehst du, du weißt ja gut Bescheid. Es sah nicht sehr hübsch aus. Da flog also nun Perseus durch die Lüfte, und als er auf die Erde niedersah, erblickte er das schöne Mädchen, das an den Felsen gekettet war. Auch die Seeschlange sah er. Da kam er mit Pegasus angeritten und tötete das Ungeheuer, ehe es Andromeda verschlingen konnte. Dann hieb er mit seinem Schwert Andromedas Ketten entzwei und nahm sie mit sich hinauf in die Lüfte.»

«Toll. Und hat er noch mehr Ungeheuer erschlagen?»

Skinner warf einen raschen Blick zu Laura hinüber, die von der alten Sage offenbar ebenso gefesselt war wie der Junge. «Nein. Er nahm Andromeda mit heim und heiratete sie.»

«Och, das ist ja langweilig», sagte Timmy enttäuscht.

«Ja, weißt du, sie war eben ein sehr schönes Mädchen. Später ist Perseus dann wieder ausgezogen, um Ungeheuer zu erschlagen. Seine Frau hat er wahrscheinlich zu Hause gelassen. Aber sie hatten einen Sohn, und dieser Sohn hatte wieder einen Sohn, und wer, glaubst du, war das?»

«Wer?» fragte Timmy zurück.

«Herkules.»

«Den hab ich mal im Kino gesehen», sagte Timmy aufgeregt.

«Na siehst du», meinte Skinner und griff nach seinem Toast.

Als Timmy aufgestanden und zu seinen Soldaten gegangen war, setzte Laura die Kaffeetasse ab. «Das ist eine wunderschöne Geschichte.»

«Es sind alles schöne Geschichten», meinte Skinner, «und deshalb haben sie sich auch gehalten. Dabei sind die sogenannten Sternbilder ganz willkürliche Muster, Formationen von Gestirnen, die eigentlich gar nichts miteinander zu tun haben und teilweise Tausende von Lichtjahren voneinander entfernt sind.»

«Gibt's für alle Sterne solche albernen Geschichten?» fragte Goade vom anderen Ende des Tisches her. Skinner sah ihn an. «Für die meisten Sternbilder, ja.»

«Mannomann.» Goade schüttelte angewidert den Kopf. «Komische Wissenschaft betreiben Sie da, Skinner. Bringen Sie diesen Quatsch auch Ihren Studenten bei?»

«Die meisten haben, wenn sie zu mir kommen, die Mythen, die man sie gelehrt hat, längst wieder vergessen, Sergeant. Es ist eine sehr nüchterne Generation. Statt in bewunderndem Staunen zu verharren, macht sie sich daran, sämtliche Probleme per Computer zu lösen, oder sie besteigt ein Raumfahrzeug, um sich durch eigenen Augenschein vom Stand der Dinge zu überzeugen.»

«Was Ihnen ein bißchen gegen den Strich zu gehen scheint», bemerkte Morgan.

«Durchaus nicht. Zahlen sind weitaus faszinierender als Sagen, aber sie dürften für einen Achtjährigen sehr viel weniger interessant sein.»

«Es ist sehr lieb, daß Sie sich so nett um Timmy kümmern, Professor Skinner», sagte Anne Morgan. «Wenn Ihre Sterne nicht wären und Mr. Hallicks Soldaten, hätte er bestimmt viel mehr Angst.»

Hallick wurde rot. «Hat mir Spaß gemacht», sagte er schüchtern. «Nachher mach ich ihm noch mehr. Er ist ein prima kleiner Kerl.»

«Hört mal», sagte Goade plötzlich. Er schob seinen Stuhl zurück und lief zum Fenster. «Da draußen rührt sich was. Vielleicht ist es Skinners geflügeltes Pferd. Quatsch, ein Hubschrauber ist es, Mannomann, ein verdammter Hubschrauber landet auf dem verdammten Eis.»

Die beiden Männer aus dem Hubschrauber trugen schwere arktische Schutzanzüge, der eine in Gelb, der andere in Orange. Über die Gesichter hatten sie Strickmasken mit Schlitzen für Augen und Mund gezogen. Beide waren mit Maschinenpistolen bewaffnet.

«Guten Morgen», sagte Orange. «Ihr machen, was wir sagen, euch nichts passieren.»

Skinner stand unmittelbar vor Laura, die geballten Fäuste an die Seiten gelegt. «Was sollen wir tun», fragte er leise.

«Nicht schlimm», sagte Orange. «Hinsetzen, fotografieren lassen.» Der Besuch hatte die Atmosphäre im Haus schlagartig verändert. Mit den beiden Bewaffneten war die Realität zurückgekehrt, das Gefühl der Zeitlosigkeit war verschwunden. Die Männer meinten es ernst, und sie brachten eine tödliche Bedrohung mit.

Orange wandte sich an Goade. «Sie zuerst.» Goade wurde blaß, dann zeichneten sich auf seinen Wangen rote Flecken ab. Gelb hob drohend die Waffe, und Orange folgte seinem Beispiel. «Wir euch umbringen, ganz leicht. Alle. Klar?»

«Klar», krächzte Goade. Die roten Flecken verblaßten. Die anderen nickten gehorsam, wie Puppen.

Gelb nahm Goade am Arm, zog ihn zum Eßtisch und stieß ihn auf Skinners Stuhl. Mit einer weit ausholenden Bewegung wischte der Maskierte Teller und Schüsseln beiseite. Eine Tasse rutschte herunter und zerbrach, Kaffee floß über den Parkettboden. Aus der Vordertasche seines Parka holte er eine kleine Kamera mit Blitzlicht und eine zusammengefaltete Zeitung, die er Goade in die Hand drückte. Goade schlug sie auf. Die Zeitung war in arabischer Sprache gedruckt.

Gelb gab Goade durch Handbewegungen zu verstehen, er solle die Zeitung so an die Brust halten, daß die Titelseite nach außen zeigte. Dann drückte er ab, das Blitzlicht flammte bläulichweiß auf. Gelb nickte, stützte den Apparat gegen die MPi und betätigte den Filmtransport.

«Jetzt Frau und Kind zusammen», wies Orange an. Nacheinander wurden sie mit der Zeitung in der Hand fotografiert. Als letzter kam Skinner an die Reihe. Er nahm die Zeitung Denning aus der Hand und hielt sie so, als sei er dabei, die Nachrichten zu überfliegen.

«Steht was Interessantes drin, Professor?» höhnte Goade.

«Wie bitte?» Skinner fuhr nervös herum.

«Sie fertig?» fragte Orange etwas ungeduldig.

«Entschuldigen Sie bitte», flüsterte Skinner. Er setzte sich und hielt die Zeitung ungeschickt vor sich hin. Als der Blitz losging, fuhr er heftig zusammen, und Gelb knurrte ärgerlich. «Entschuldigen Sie», wiederholte Skinner, ließ die Zeitung in den Schoß fallen und strich sie mit raschen, erregten Bewegungen glatt. «Ich hatte nicht erwartet ... es tut mir leid ...»

«Noch mal», befahl Orange.

Wieder nahm Skinner die Zeitung, und diesmal zuckte er nur leicht zusammen, als der Blitz aufleuchtete. Fragend sah er Gelb an.

«Muß genügen», entschied Gelb. Gelb drehte den Film zurück, verstaute die Kamera wieder in seinem Parka und zog den Reißverschluß zu. «Ihr etwas brauchen?» fragte Orange. «Medikamente? Sonst etwas?»

«Wenn ihr zufällig noch 'n Platz im Hubschrauber frei habt ...» sagte Goade.

Orange ignorierte ihn. Er winkte Gelb. Zusammen gingen sie die Treppe hinauf, zogen von Zimmer zu Zimmer und sammelten irgendwelche Gegenstände ein, die sie in einem Handtuch verstauten. Auch das Zimmer im Erdgeschoß, das Skinner sich genommen hatte, kam an die Reihe.

«Das sind Rasierer; rasieren unnötig. In der Halle ist Kiste, aufmachen, wenn wir weg. Wir kommen zurück, vielleicht morgen, vielleicht übermorgen. Danke.» Die Haustür schlug zu.

«Wenn die wiederkommen, können sie sich auf was gefaßt machen», knirschte Goade.

«Warum, haben Sie eine Hubschrauberlizenz?» fragte Skinner interessiert.

«Nee, aber da ist doch bestimmt ein Funkgerät drin.»

«Kaum. Sie werden sicher damit gerechnet haben, daß wir auf diese Idee kommen würden. Es wäre also sinnlos, Ärger zu machen, nicht wahr?»

«Verdammter Feigling», knurrte Goade, aber es leuchtete ihm offenbar doch ein, daß Skinner recht hatte.

Die Rotorblätter des Hubschraubers begannen sich zu drehen, dann erhob sich der Helikopter von der Eisfläche und war zwei Minuten später hinter den Birken verschwunden.

Es war Hallick, der sich an die Kiste erinnerte und sie hereinbrachte. Sie enthielt Zigaretten, drei Flaschen Brandy, Äpfel und

Apfelsinen, Spielzeug für Timmy, unter anderem auch einen kleinen Hubschrauber, eine große Flasche Aspirin, einen Stapel englischer Taschenbücher, *Telegraph, Guardian* und die Pariser Ausgabe der *Herald Tribune* vom Vortag, sogar ein paar Päckchen Damenbinden. Ganz unten lag eine große Schachtel mit teuren Schweizer Pralinen.

«Wer sagt, daß es keinen Weihnachtsmann mehr gibt?» Hallick grinste.

8

Captain Edward Skinner war eine lebhaftere Ausgabe seines professoralen Bruders. Während der Professor nach seinem Paßfoto blaß und verschwommen wirkte, war der britische Marineoffizier, der jetzt vor Ainslie stand, dunkel und scharfäugig. Er hatte den General um ein Gespräch unter vier Augen gebeten.

«Guten Flug gehabt?» fragte Ainslie und goß Kaffee ein.

«Zwei Stunden Verspätung in London wegen Nebel, ansonsten bestens. Gibt's was Neues?»

«Wir hatten gestern abend Kontakt mit den Kidnappern.» Ainslie zeigte Captain Skinner die Liste der Forderungen und wartete auf seine Reaktion. Der Captain lachte. «Unglaublich», sagte er und gab ihm das Blatt zurück. «Wie weit können sie erfüllt werden?»

«Das Geld ist von der Ölfirma garantiert worden, die Morgan unter Vertrag hat. Wegen des Konzerts haben wir uns mit dem Leiter des BBC World Service in Verbindung gesetzt, er will uns morgen Bescheid sagen. Wie steht's Ihrer Meinung nach mit den übrigen Bedingungen?»

«In der UN-Sache kann ich nichts sagen, aber in der Frage der Gefangenen könnten wir wahrscheinlich vermitteln, wenn sie tatsächlich nur das sind, was Doppler behauptet.»

«Wir?» Ainslie goß sich Sahne in den Kaffee und rührte um.

Captain Skinner reichte ihm eine flache kleine Ledermappe. Ainslie setzte seine Tasse ab, schlug sie auf und gab sie zurück. «Warum dann die Uniform?»

«Sie steht mir zu, ich bin tatsächlich Marineoffizier. Es ist eine ausgezeichnete Tarnung, selbst David hält mich für einen alten Seebären, den es an den Schreibtisch verschlagen hat. Und meist sitze ich ja tatsächlich am Schreibtisch. Nur nicht in diesem Fall.»

«Als was würden Sie sich in diesem Fall bezeichnen?»

Captain Skinner nahm einen Schluck Kaffee. «Als Bruder und als Agent im Geheimdienst Ihrer Majestät. Das ist die Reihenfolge, die ich bevorzuge. Meine Vorgesetzten sehen das natürlich umgekehrt.»

Ainslie nickte. «Agent in welchem Sinne?»

Captain Skinner leerte seine Tasse, stellte sie auf das Tablett zurück und wechselte scheinbar das Thema. «Meinen Respekt, daß es Ihnen so lange gelungen ist, die Sache aus den Schlagzeilen zu halten.»

«Zunächst haben wir mal eine Geschichte über Instrumentenversagen und eine Notlandung in der Wüste erfunden, das war recht einfach. Da es eine Militärmaschine war, ließ sich da schon einiges machen. Wie lange ich es noch geheimhalten kann, weiß ich allerdings nicht.»

«Es muß sein, General. Sie bekommen alle nur erdenkliche Unterstützung. Es ist wesentlich, daß niemand anfängt, sich Gedanken darüber zu machen, was aus den neun harmlosen Passagieren von Flug 816 geworden ist.»

«Nur – es sind nicht neun harmlose Passagiere, nicht wahr? Es sind acht harmlose Passagiere und ein gottverfluchter Geheimagent. Darauf kommt es Ihnen an bei Ihrer Geheimniskrämerei, stimmt's?»

Der Captain griff in die Jackentasche, holte ein ziemlich verknautschtes Päckchen Zigaretten und eine Schachtel Streichhölzer heraus. «Hat man Ihnen das gesagt?»

«Nicht ausdrücklich. Aber ich bin ja kein Trottel. Ist Ihr Bruder der Agent?»

«Ich glaube nicht.»

«Aber Sie wissen es nicht?»

«Leider nein. Der einzige, der es wußte, ist am Abend vor dem Flug in Beirut ganz plötzlich gestorben.»

«Das hat uns gerade noch gefehlt.» Ainslie hieb mit der Hand auf die Schreibtischplatte und schwenkte seinen Sessel zur Landkarte herum.

Captain Skinner stand auf und begann langsam im Zimmer auf

und ab zu gehen. «Zuerst die Vorgeschichte. Vor etwa eineinhalb Jahren stellten wir fest, daß jemand unter dem Vorwand, geheimdienstliche Ermittlungen über politische Aktivitäten im Nahen Osten durchzuführen, Ihrer und meiner Regierung erkleckliche Sümmchen abknöpfte. Nun gehöre ich nicht zur James-Bond-Riege unseres Dienstes, sondern bin nur ein schlichter Buchhalter –»

«Buchhalter?»

Captain Skinner lächelte. «Ganz recht. Auch Spione müssen bezahlt werden, und jemand muß den Überblick darüber behalten, wohin das Geld geht. Wir stellten also fest, daß uns jemand seit geraumer Zeit nach Strich und Faden betrog. Daraufhin haben wir uns mit Washington in Verbindung gesetzt und alles, was wir wußten, in einen Topf geworfen. Interessant, sage ich Ihnen. Natürlich haben Sie, weil Sie eben so viel mehr zum Ausgeben haben, am meisten eingebüßt. Aber auch unsere Verluste waren beträchtlich. Damit aber nicht genug. Es stellte sich heraus, daß eine Menge von dem Geld in Kanäle floß, die wir für absolut zuverlässig gehalten hatten. Daß wir für unsere eigenen Spione Geld lockermachen müssen, damit haben wir uns abgefunden, aber zu erfahren, daß wir unfreiwillig damit die Russen unterstützt haben, das tut weh.»

«Kann ich mir vorstellen.» Ainslie drehte sich wieder zur Zimmermitte.

«Wir haben also gemeinsame Ermittlungen eingeleitet», fuhr Skinner fort, «und eine Menge über einander erfahren, was wir eigentlich gar nicht hätten wissen dürfen. Es ging nicht immer ohne Knirschen ab, aber das ist nun einmal so bei diesen Dingen. Unter anderem mußten wir Aufstellungen unserer Zahlungen machen, um die echten von den falschen unterscheiden zu können. Dazu brauchten wir die Namen sämtlicher Agenten und Doppelagenten beider Seiten und der Agenten anderer Geheimdienste – der Israelis, der Araber, der Deutschen, Franzosen und so weiter. All das war von dem Mann, der zu einer so unpassenden Zeit starb, zusammengestellt worden. Er war ein guter Mann, aber er wollte alles selber machen, das war schon fast eine fixe Idee bei ihm. Er war der Filter, die Anlaufstelle, bei ihm kam alles zusammen. Und es ging ja nicht um Pläne für eine Vernichtungswaffe, sondern gewissermaßen um Außenstände.»

Captain Skinner drückte seine Zigarette aus und zündete sich gleich die nächste an. «Er stellte also die ganzen Daten übersichtlich zusammen und dann – vielleicht traute er seinem üblichen Kontaktmann nicht – suchte er sich jemanden auf dieser Maschine, dem er das Zeug für die Zentrale mitgeben konnte. Einen Boten, einen Briefträger, wenn Sie so wollen. Oder eine Briefträgerin. Alles, was er – oder sie – bei sich hat, sind Listen. Aber wenn man die in einen Computer eingibt, werden Muster daraus, Muster und Namen. Er hatte uns schon gewisse Vorinformationen gegeben, und danach sieht es so aus, als ob uns einige der Namen ganz und gar nicht schmecken werden. Die Sache kann bis in die höchsten Kreise gehen.»

«Kein Wunder, daß Sie sich Sorgen machen.»

«Eben. Nun sind uns die Listen natürlich für unsere Zwecke nützlich, aber die Russen beispielsweise oder die Chinesen könnten sie noch für ganz andere Dinge gebrauchen. Sie könnten jahrelang erfolgreich getarnte Agenten hochgehen lassen, sie könnten alle möglichen Leute unter Druck setzen ...»

Ainslie schüttelte voller Verzweiflung den Kopf. «Also deshalb wurden sie entführt – um an die Listen heranzukommen?»

«Tja, wissen Sie, da haben wir gleich die nächste Schwierigkeit. Nach dem, was Sie mir erzählt haben, sind sie aus ganz anderen Gründen gekidnappt worden – dieser Doppler, die Forderungen, die Pässe, die Fotos und so weiter. Es ist durchaus denkbar, daß unser Kurier in eine Sache hineingeraten ist, die mit seiner Mission überhaupt nichts zu tun hat. Möglicherweise ist er ebenso hilflos und verzweifelt wie die anderen Geiseln, wenn auch aus anderen Gründen.»

«Es könnte also doch Ihr Bruder sein.»

Captain Skinner nickte. «Ja, es könnte David sein. Seine astronomischen Aufzeichnungen wären ideal zum Verschlüsseln von Informationen, sie bestehen hauptsächlich aus Zahlen. Es könnte jeder Beliebige sein, der einen genügend vertrauenswürdigen Eindruck macht, um eine Geheiminformation von A nach B zu befördern – selbst Ihre Tochter, obgleich ich das für sehr unwahrscheinlich halte.»

«Sehr», bestätigte Ainslie mit einiger Ironie.

«Einen Vorteil haben wir allerdings. Unser verblichener Freund war nämlich trotz seines Geheimhaltungsfimmels schlau genug, auch die möglichen Gefahren zu sehen, und deshalb hat er noch einen Wachhund hinterhergeschickt. Leider war die Maschine gestartet, ehe wir mit seinem Mann Kontakt aufnehmen konnten, aber die Sache scheint in guten Händen zu sein. Es ist übrigens – wohl im Sinne des notwendigen Gleichgewichts – einer von Ihren Leuten.»

«Und wie heißt er?»

Captain Skinner setzte sich wieder und reckte sich. «Goade, Sergeant John Goade. Er soll einer Ihrer Spitzenleute sein.»

9

Mit vereinten Kräften hatten Hallick und Goade bis zum Einbruch der Dunkelheit eine Flasche Brandy geleert und die zweite angebrochen. Goade wurde immer ausfälliger und verstärkte seine Angriffe auf Skinner, der ihn ignorierte. Laura, die Skinner gegenübersaß, spürte, daß er die Bemerkungen sehr wohl hörte, wenn er auch nicht darauf reagierte, sondern ungerührt Zeitung las.

«Wer steht denn nun wirklich hinter mir, wenn sie zurückkommen?» fing Goade wieder an. «So wie ich das sehe, ist da mit Timmy immer noch mehr anzufangen als mit unserem alten Ofenhokker hier. Morgan hat nur Muskeln im Hals, und Denning ist einfach zu alt. Sieht so aus, als ob wir die Chose allein deichseln müssen, was, Joey?»

«Wir werden die Chose schon deichseln», lallte Hallick und goß sich mit großer Behutsamkeit den nächsten Brandy ein.

«Unsere Freunde kommen bestimmt nicht unvorbereitet, Goade», sagte Denning vom Fenster her, wo er das letzte rötliche Glühen des Sonnenuntergangs beobachtete.

«Na und? Wenn sie wieder Fotos machen wollen – und das müssen sie, um zu zeigen, daß wir noch leben –, müssen sie durch die Tür da reinkommen, 'ne andere Möglichkeit gibt's nicht.»

Hallick drehte sich um. «Durch die Tür da», wiederholte er entzückt. «Durch die liebe kleine Tür d-da.» Er hatte jetzt einen Zustand kindlicher Fröhlichkeit erreicht, in dem jedes Wort einen geheimen, ihn höchlichst erheiternden Sinn barg. Er stand auf und trat schwankend an die Tür heran. »Sie haben recht, Goade.»

«Klar hab ich recht», erklärte Goade selbstgefällig.

Hallick wandte sich um und ging zurück zu seinem Platz. «Is wirklich 'ne Tür, ka-kann gar nichts anneres sein.»

«Ach, geh doch zum Teufel.» Goade schenkte sich noch einen Brandy ein. Hallick blieb stehen und wiegte sich auf den Hacken. «Pfui, so was sagt man nicht, Goade, is kein schöner Schortwatz, Wo-Wortschatz, mein ich.»

«Halt die Luft an», brummte Goade.

«Nee, wirklich, Goade, alter Junge. Wir haben Kinder und Damen hier, darfste nicht vergessen. Hallo, meine Damen. Hübsche Damen, wirklich, alles was recht is.» Zielbewußt steuerte er Anne Morgan an, die seinem Blick auswich. «Die da is 'n Mutti-Typ», erklärte er und wanderte weiter zu Sherri. «Und die da, die is 'ne Wucht, ehrlich wahr. Auch ohne Schminke und Lippenstift im Gesicht. Bildschön is die, das haut dich um, Mann, echt.»

«Dich hat was ganz anderes umgehauen», stellte Goade fest.

Hallick war vor Laura stehengeblieben. «Und die da – ja, was is das wohl für eine?»

Er streckte die Hand aus und hob Lauras Kinn. «Was für eine bist 'n du? Keine Brille – keine Pau-Paukerin nich. Kein Busen – oder nich der Rede wert – keine Malyrin Ronmoe nich. Keine Kinder nich – kein Mutti-Typ nich. Weißte was die is? Eine von der aussterbenden Sorte isse – 'n nettes Mädchen. Biste 'n nettes Mädchen, Laura? Ich mag nette Mädchen.»

«Das freut mich», sagte Laura. Hallicks Musterung machte ihr – trotz Dennings Warnung – keine Angst. Seine Ernsthaftigkeit, sein Versuch säuberlicher Einteilungen in Kategorien erinnerten sie irgendwie an Timmy. Für sie ging nichts Bedrohliches von ihm aus.

«Freut dich? Mich auch.» Hallick ließ ihr Kinn los. Als er sich umdrehte, sah er, daß Skinner ihn über den Rand seiner Zeitung hinweg beobachtete. «Hallo, Professerchen. Hab schon gedacht, du bist eingepennt. Magste nette Mädchen?» Skinner sah ihn unbewegt an, ohne zu antworten, bis Hallick sich wieder Anne Morgan zuwandte. Als er ein Stück weit weg war, vertiefte sich Skinner wieder in seine Zeitung.

«Der mag überhaupt keine Mädchen», höhnte Goade.

Hallick sah seinen Saufkumpan an. «Falsch, Goade, ga-ganz falsch. Er mag sie schon, er weiß bloß nich, was er mit ihnen machen soll. Weiß nich, wo er dran ist, stimmt's, Süße?» Anne Morgan starrte auf den Teppich, während Hallick vor ihr hin und her schwankte. «Er weiß schon, daß da was is, aber dann zieht er den Reißverschluß hoch und hat vergessen, wozu es da is. Also ich, ich weiß, wozu es da is, da kannste Gift drauf nehmen.»

«Bitte –» flüsterte Anne Morgan abwehrend.

«Bitte? Kannste haben, Süße.» In dem Augenblick, als er nach ihr griff, trat Morgan auf die Galerie und sah die beiden.

«Du dreckiger Strolch, daß du mir meine Frau nicht anrührst», brüllte er außer sich und lief zur Treppe.

«Mach doch nicht soviel Wind, Joey», schaltete sich unerwartet Sherri ein. Sie nahm Hallicks Arm und legte ihn um ihre Hüfte. Er bedachte sie mit einem verschwimmenden Blick, dann grinste er. «Wenn das nich unsere Wuchtbrumme is. 'n Abend, Wuchti.»

«'n Abend, Joey. Habt ihr noch 'n Schluck Brandy für mich übrig? Hättest mir auch mal einen anbieten können, du Geizkragen.»

«Tut mir leid, Wuchti. Komm, kannst haben, was du willst», erklärte Hallick großartig und ließ sich von Sherri zur Schnapsflasche lotsen. Während er einschenkte, flüsterte er ihr etwas ins Ohr. Sie kicherte, kletterte mit den Fingern an seiner Wirbelsäule entlang und zerstrubbelte ihm das Haar.

«Ist das ein Versprechen?» fragte sie rauh.

Morgan, seines Opfers beraubt, besah sich das immer vertraulicher miteinander flüsternde und fummelnde Paar. «Alles in Ordnung, Anne?» fragte er gereizt. Er konnte sich von Sherris und Hallicks Anblick gar nicht trennen.

«Ja, danke, Tom. Reg dich nicht auf, er ist betrunken.»

«Aber sie nicht. Die beiden haben sich gesucht und gefunden, wenn du mich fragst. Nur gut, daß du Timmy heute so zeitig schlafen gebracht hast.» Er ließ sich neben seiner Frau aufs Sofa fallen. «Ekelhaft, diese Nutte.»

«Sie wollte ihn nur ablenken, Mr. Morgan», erklärte Laura zu ihrer eigenen Überraschung. «Wahrscheinlich weiß sie, wie man mit solchen Männern umgeht.»

«Ja, Erfahrung hat sie bestimmt, das glaub ich gern», meinte Morgan eine Spur zu laut. Sherri wandte sich um, zwinkerte ihm unverschämt zu und flüsterte dann Hallick etwas ins Ohr. Er sah Morgan an und schüttelte sich vor Lachen. «Mann, das kannste wohl annehmen», prustete er.

Skinner legte die Zeitung aus der Hand, warf Sherri und Hallick einen raschen Blick zu und sah wieder weg.

«An der Zeitung haben Sie sich ja ordentlich festgehalten», rief Goade zu ihm hinüber. «Schade, daß Sie das heute vormittag nicht so gut geschafft haben. So was Erbärmliches hab ich mein Lebtag noch nicht gesehen. Ich hab gedacht, Sie fangen vor lauter Angst gleich an zu flennen.»

Skinner stand auf, um Holz nachzulegen. «Freut mich, daß Sie dachten, ich hätte Angst gehabt, Sergeant. Hoffentlich waren unsere Freunde der gleichen Meinung.»

Morgan riß sich von seiner gerechten Empörung über Sherri und Hallick los. «Sie haben das absichtlich gemacht?»

Skinner hängte den Schürhaken wieder an den Ständer. «Ja. Wirkte es überzeugend?»

Laura merkte, wie sich etwas in ihr löste. Skinner lächelte Morgan zu. Es war, als sähe hinter dem Männergesicht plötzlich ein Junge hervor.

«Was haben Sie gemacht, David?» Denning kam vom Fenster und stellte sich hinter Lauras Stuhl.

Skinner erklärte es ihnen, und Morgan begann zu lachen. «Donnerwetter, da waren Sie aber fix.»

Skinner zuckte die Schultern. «Ich hatte ja lange genug Gelegenheit zum Lesen. Vielleicht fällt niemandem etwas auf, aber versuchen mußte ich es. Leider werden sie nicht noch einmal mit dieser Methode arbeiten.»

«Warum nicht?» Laura spürte, wie der Stoffbezug des Sessels sich unter Dennings geballter Faust spannte.

«Es lohnt den Aufwand nicht. Sie mußten die Zeitung heranschaffen, um den Eindruck zu erwecken, daß wir im Nahen Osten festgehalten werden. Alle Hinweise, die dem widersprechen könnten, wurden sehr sorgfältig aus dem Bildhintergrund entfernt. Auf dem Foto sieht man nur einen ganz normalen Tisch und eine ganz normale Wand.»

«Was werden sie dann tun, um zu zeigen, daß wir noch am Leben sind?» fragte Morgan. «Denn das war doch wohl der Sinn der Übung, nicht?»

«Ja, sicher.» Skinner hob Timmys Hubschrauber vom Kaminvorleger, richtete sich auf und setzte mit dem Zeigefinger die Rotorblätter in Bewegung.

«Was meinen Sie?»

Skinner stellte den Hubschrauber auf einen der Beistelltische.

«Die Bärte natürlich. Sie haben uns die Rasiersachen weggenommen. Auf jedem Bild wird der Bartwuchs stärker sein. Daran erkennt man, daß wir leben – Toten wächst kein Bart mehr – und daß zwischen den Aufnahmen Zeit verstrichen ist.»

«Aber wir haben keine Bärte», wandte Laura ein.

«Sie werden immer einen Mann und eine Frau zusammen fotografieren», sagte Denning.

«Ja», bestätigte Skinner nachdenklich. «Deshalb werden wir sehr sorgfältig planen müssen. Wir wissen noch nicht, wie sie uns gruppieren werden, aber wenn wir –»

«Planen? Was soll das heißen?» fuhr Goade dazwischen. Daß Skinner nicht aus Angst die Zeitung hatte fallen lassen, wurmte ihn offensichtlich.

«Ich habe mir unsere Lage hier durch den Kopf gehen lassen», begann Skinner zurückhaltend.

«Ach, du ahnst es nicht», stöhnte Goade. «Wenn der sich schon was durch den Kopf gehen läßt ...»

«Jetzt hab ich aber langsam genug, Goade», erboste sich Denning. «Sie verlassen sich nur auf Ihre Fäuste und erreichen damit vermutlich nur, daß man uns alle über den Haufen schießt. David hat wenigstens etwas Konstruktives getan, er hat sich *nicht* betrunken, er hat *nicht* an Weibern herumgemacht, und er hat *nicht* dämlich gequatscht.»

«Jetzt ist er plötzlich ganz groß, bloß weil er zufällig ein paar Brocken Arabisch kann, was?» höhnte Goade. «Am besten fallen wir alle vor ihm auf die Knie. Skinner, der Wundertäter. So weit kommt's noch.»

Skinner seufzte und lachte verlegen.

Denning ging zum Kamin herüber und warf ein abgebrochenes Streichholz ins Feuer. «Ich hätte gar nichts dagegen, unserem Wundertäter ein Loblied zu singen. Wir müßten uns nur noch auf einen Text einigen. Wie wär's mit –»

Goade warf mit einem Fluch die leere Brandyflasche an die Wand. Beim Klirren und Splittern von Glas fuhren alle zusammen.

«Das war sehr töricht», sagte Anne Morgan tadelnd.

Goade schnitt ein Gesicht und hielt sich die zweite Brandyflasche an die Lippen. «Sehr töricht, Goade», brabbelte er vor sich hin. «Was bist du doch für ein Dummer, Goade, ein ganz Unnützer bist du ...»

«Was wollten Sie sagen, David?» fragte Denning.

«Wie bitte?» Skinner betrachtete Goade mit einem ganz sonderbaren Ausdruck, es dauerte einen Augenblick, bis er Dennings Frage registriert hatte. Als er den Kopf wandte, spiegelte sich das Licht in seinen Brillengläsern, und sein Gesicht wirkte seltsam ausdruckslos, fast leer. «Ach so, ja.» Er lächelte Laura unbestimmt zu, dann fröstelte er leicht und hatte sich wieder in der Gewalt. Jetzt war es nicht der kleine Junge, der hinter seinem gewohnten Gesicht hervorsah, sondern etwas Fremdes, das Laura die Kehle zusammenzog.

«Ach so, ja», wiederholte Skinner und sah Dennings Zigarette an. «Könnte ich wohl auch eine haben?»

Denning schien überrascht, streckte aber Skinner die Packung hin, der sich eine Zigarette herausnahm und sie an einem brennenden Scheit aus dem Kamin anzündete. Er hustete, nahm die Zigarette aus dem Mund. «Es ist Jahre her, ich weiß gar nicht, ob ich noch –» Seufzend nahm er einen tiefen Zug. «Sehen Sie, die Fotos sind unsere einzige Möglichkeit, mit der Außenwelt Kontakt aufzunehmen, und das sollten wir zumindest versuchen. Das Nächstliegende wären natürlich Handzeichen, aber sie dürfen nicht zu auffällig sein. Ob sie wohl weiterhin diesen Tisch und den Stuhl benutzen werden?»

Er sah sich um. Anne Morgan hatte Müllschaufel und Handfeger aus der Küche geholt und begann, die Scherben zusammenzukehren. Goade sah ihr zufrieden beim Arbeiten zu, als habe er sich fest vorgenommen, zu einem zweiten Wurfgeschoß zu greifen, sobald sie die Reste des ersten beseitigt hatte. Aber dann goß er sich doch nur den nächsten Brandy ein und starrte in die goldgelbe Flüssigkeit, als gäbe es darin einen erstklassigen Western zu sehen. Anne Morgan blieb neben ihm stehen, als wollte sie etwas zu ihm sagen, schluckte es herunter und verschwand in der Küche. Man hörte, wie sie die Scherben in den Mülleimer warf. Skinner nickte vor sich hin.

«Sergeant Goade?»

«Der meint mich», sagte Goade zu dem Brandy.

«Können Sie morsen, Sergeant?»

Goade warf erst dem Brandy, dann Skinner finstere Blicke zu. «Morsen? Nee.»

«Wie schade», sagte Skinner enttäuscht.

«Ich kann morsen», sagte Anne Morgan von der Küchentür her.

«Sie? Das ist ja großartig.»

«Ich glaube jedenfalls, daß ich noch weiß, wie es geht.»

«Du glaubst es? Komm, Schatz, du weißt ganz genau, daß du es kannst», sagte Tom Morgan mit einer Spur von Ungeduld in der Stimme. Er wandte sich an Skinner. «Anne hat nämlich ein eidetisches Gedächtnis.»

«Was ist ein eidetisches Gedächtnis?» fragte Denning neugierig.

«Hundertprozentiges Erinnerungsvermögen.» Skinner betrachtete Anne mit Genugtuung. «Das ist eine große und seltene Gabe.»

«Ach, ich weiß nicht», wehrte Anne ab. «Meist ist es eher eine Last.»

«Heißt das, daß Sie sich an alles erinnern, was Sie je gelesen oder gehört haben?» fragte Laura fasziniert.

«Sie braucht etwas nur einmal zu lesen und hat es auf immer gespeichert», bestätigte Tom Morgan, zwischen Stolz und Verlegenheit hin und her gerissen. «Und sie kann es jederzeit wiederholen, wenn sie will. Der Morsecode dürfte kein Problem sein.»

«Unglaublich», sagte Denning vom Kamin her.

«Ungla-unglabaublich», tönte Hallick plötzlich. Er schob Sherri weg, ging mit verglasten Augen auf Anne zu und packte sie am Arm. «Muß ich mir doch mal näher begucken, die Puppe mit dem dollen Kopp.» Er trat dicht an sie heran. Sie zuckte zurück. Er machte ein gekränktes Gesicht. «He, Puppe, was soll 'n das ... ich tu dir doch nichts ... Du bis nämlich sehr – He, laß das ...» fuhr er sie wütend an, als sie sich aus seinem Griff zu befreien versuchte. «Du stehst still, wenn ich's dir sage, haste verstanden?»

Tom Morgan erhob sich, Denning machte einen Schritt nach vorn, aber Skinner kam beiden zuvor. Gleich darauf rutschte Hallick mit sehr verwundertem Gesicht an der Wand neben der Küchentür herunter.

«Es tut mir schrecklich leid», sagte der Professor zu Anne. «Ist alles in Ordnung?»

«Ja ... Ja, danke.»

Goade sah Skinner an, sah Hallick an, sah wieder Skinner an. «Mit dem Treffer haben Sie aber verdammten Dusel gehabt.»

«Er hat mich gar nicht getroffen», widersprach Hallick. «Jedenfalls nicht mit der Faust.»

«Ich denke, du legst dich jetzt am besten aufs Ohr, Joey», sagte Skinner ganz freundlich. «Die Party ist vorbei.»

Denning ging zu Hallick hinüber und zog ihn hoch. «Komm, du Heini. Der Professor hat recht, du gehörst ins Bett.» Er sah nachdenklich zu Skinner hinüber, schüttelte lächelnd den Kopf und lotste Hallick, der jetzt wieder lammfromm war, die Treppe hinauf.

«Sie waren enorm eindrucksvoll, David», gurrte Sherri.

«Das war nicht beabsichtigt», gab Skinner ziemlich kurz angebunden zurück.

«Trotzdem ...» lächelte sie, und Morgan gab einen Laut von sich, der zwischen Wut und Verachtung die Mitte hielt.

«Schon Ersatzbedarf, Miss Lasky?» fragte er.

«Soll das ein Angebot sein?» schoß sie zurück. Morgan schien sie mit seinen moralinsauren Bemerkungen immer zu besonderen Ausfällen zu reizen.

Laura stand unvermittelt auf. «Ich mache ein paar Sandwiches. Wer hat Appetit?»

Skinner strahlte sie an. «Vorzügliche Idee. Ich helfe Ihnen.»

Aber als sie mit den belegten Broten aus der Küche kamen, waren nur noch Denning und Goade da, und es wurde keine besonders heitere Mahlzeit.

Skinner saß allein in dem dunklen Wohnraum. Er war noch nicht müde, und als die anderen nach oben gegangen waren, hatte er das Licht ausgeschaltet und gesagt, er wolle sich noch in der Küche seinen Kakao machen. Jetzt saß er an der Stereoanlage, hatte sich die Kopfhörer aufgesetzt und hoffte, Mozart und Frederick Delius würden ihm den Frieden bringen, den er im eigenen Herzen nicht gefunden hatte. In seinem tiefen Sessel beobachtete er das Kommen und Gehen der anderen auf der Galerie. Sie war wie eine zu seiner Kurzweil errichtete und beleuchtete Bühne. Die beiden Badezimmer lagen ganz rechts und ganz links. Gefesselt betrachtete er das stumme Kommen, Gehen, Warten, Anklopfen, das die ahnungslosen Schauspieler dort oben für ihn aufführten wie einen gemessenen Tanz. Tom Morgan war der letzte. Er warf einen kurzen Blick in die dunkle Tiefe des Wohnraums, dann knipste er das Licht auf der Galerie aus und verschwand in seinem Zimmer.

Allmählich gewöhnten sich Skinners Augen an die Dunkelheit, und in dem schwachen Licht des verlöschenden Feuers und des aufgehenden Mondes wurden die Umrisse der Möbel wieder sichtbar.

Die *North Country Sketches* waren zu Ende. Skinner blieb unbeweglich sitzen und starrte in die mattrote Glut.

Nach dem Besuch der Bewaffneten hatten sich alle von ihrer schlechtesten Seite gezeigt. Goade war noch unruhiger geworden, Hallicks alkoholische Lüsternheit hatte ähnliche Empfindungen bei Sherri ausgelöst, Morgan hatte ein Ziel für seine Selbstgerechtigkeit gefunden, Anne sich noch mehr in sich zurückgezogen, und er selbst hatte die Beherrschung verloren. Schon nach wenigen Tagen setzte langsam, aber sicher der Verfall ein.

Laura und der Junge waren bisher unverändert. Jedenfalls äußerlich. Was in ihnen vorging, das konnte man nicht wissen. Er richtete sich auf – und hielt mitten in der Bewegung inne, als er auf der Galerie eine Tür gehen hörte. Dann vernahm er Schritte. Vorsichtige, verstohlene Schritte. Eine andere Tür öffnete und schloß sich. Er saß stirnrunzelnd auf der Sesselkante, die Kopfhörer in der Hand. Wer war zu wem gegangen? Er hatte den Versuch, das Rätsel zu lösen, schon fast aufgegeben, als wieder eine Tür geöffnet und geschlossen wurde. Wieder Schritte, nicht verstohlen, sondern eilig, ungleichmäßig. Jemand lief über die Galerie und stolperte die Treppe hinunter. Ein dunkler Schatten durchquerte die hellere Fläche vor dem Panoramafenster, ließ sich in einen Sessel fallen. Selbst in der Dunkelheit hatte er sie erkannt. Sie begann zu schluchzen. Er sprach so leise wie möglich, um sie nicht zu erschrecken, aber seine Stimme machte ihrem Jammer jäh ein Ende. Er sah förmlich, wie sie würgte, um ihre Fassung zurückzugewinnen.

«Es wird besser sein, wenn Sie nach unten in das zweite Dienstbotenzimmer ziehen», sagte er ruhig. Sie antwortete nicht. Skinner seufzte ein wenig. «War es Hallick? Hat er versucht –»

Laura hatte die Stimme erkannt. «Ja, ich nehme an, daß es Hallick war, aber er wollte nichts von mir, er ist gleich zu Sherris Bett gegangen. Sie dachten wohl –»

«Sie hatten sich verabredet und dachten, Sie wären schon eingeschlafen. Es tut mir leid.»

Laura richtete sich erstaunt auf. «Weshalb sagen Sie das?»

«Ich weiß nicht recht – aber es tut mir ehrlich leid. Das alles ...» Die Stille dehnte sich. Er ging zur Stereoanlage hinüber, wickelte sorgsam die Zuleitungsschnur um die Kopfhörer und schob sie unter die Anlage. «Daß es früher oder später passieren würde, zeichnete sich natürlich ab. Etwas mehr Zurückhaltung wäre gut gewesen, aber leider halten sich die Leute eben nicht immer an anderer Leute Anstandsregeln.»

«Es ist nicht so, daß ich prüde bin –» setzte Laura an.

«In meinen Augen ist das keine Frage der Moral, sondern der Kinderstube.»

«Sie haben bestimmt gedacht, daß ich schon schlafe.»

«Wirklich? Sehr lange gewartet haben die beiden allerdings nicht.»

Einigermaßen verblüfft hörte er, daß sie plötzlich anfing zu glucksen.

«Mit dem Warten haben sie wohl überhaupt nicht viel im Sinn. Er kam herein und – und kam gleich zur Sache.»

Skinner richtete sich auf. «Zur Sache?»

Das Glucksen verstärkte sich. «Ja. Fünf Schritte zum Bett, ein kurzer Quietscher der Bettfedern, zwei Seufzer, und es ging los.»

«Bei seinem Zustand eine beachtliche Leistung», meinte Skinner trocken.

Laura fing an zu lachen. Er stand im schwachen grünen Glimmen der Stereoanlage und versuchte, ernsthaft und teilnahmsvoll zu bleiben, aber je mehr Laura lachte, desto mehr kam auch ihn das Lachen an, sein Mund begann zu zucken, und schließlich fand er ihre Versuche, mit dem Lachen aufzuhören, womöglich noch komischer als seine eigenen Versuche, nicht damit anzufangen – und ebenso vergeblich. Es war natürlich Hysterie, nichts weiter, eine Hysterie, die der Anspannung und Erschöpfung entsprang. Laura konnte ihn jetzt sehen – oder zumindest sah sie das Blitzen seiner Brillengläser, die Form seines Kopfes, das Weiß seiner Zähne und den blassen Umriß seines Hemdes. Als sie begriffen hatte, was sich im Nachbarbett abspielte, war sie zunächst maßlos verblüfft gewesen. Als dann das Keuchen und Rangeln sich verstärkt hatte, war sie geflohen, ohne daß die beiden etwas gemerkt hatten. Sie war nicht prüde, aber sie konnte einfach nicht so tun, als schliefe sie, nicht, wenn sich *das* in unmittelbarer Nähe vollzog. Sie hatte die Flucht ergriffen, um allein zu sein. Jetzt war sie froh, daß Skinner hier war, ebenso hilflos von Gelächter geschüttelt wie sie. Skinner versuchte sich zu fassen, aber dann prusteten sie beide wieder los. Dabei hatte er nur gesagt: «Erst weicht Goade jedesmal entsetzt zurück, wenn ich ihm zu nahe komme, jetzt benehmen sich Sherri und Hallick wie die Höhlenmenschen – man sieht, Sex gibt es eben überall.»

Er ließ sich in einen Sessel fallen, nahm die Brille ab, wischte sich die Augen, und ganz allmählich beruhigten sie sich wieder. «Mein Gott, das ist alles so lächerlich ...» Er setzte die Brille wieder auf. «Sie müssen mich für einen ausgemachten Idioten halten.»

Alles war leichter in der Dunkelheit. «Ganz und gar nicht. Ich glaube, ich habe noch nie in meinem Leben einen weniger idiotischen Menschen kennengelernt.»

Er seufzte ein bißchen. «Besten Dank.» Er horchte, den Kopf an den rauhen Polsterstoff gelehnt, auf das Knistern ihres Morgenrocks, während sie sich bequemer in ihrem Sessel zurechtsetzte. Nach einer Weile sagte er nachdenklich: «Ich weiß, wir befinden uns in einer Ausnahmesituation, und trotzdem fühle ich mich hier nicht unbehaglicher als an einem beliebigen Tag anderswo. Neun Monate im Jahr bin ich an der Universität, im Sommer reise ich viel. Ich bewohne ein kleines Haus in einer kleinen Stadt, seit Jahren schon. Ich habe es – von dem Notwendigsten abgesehen – nie möbliert, für mich ist es kein eigentliches Heim, nur ein Wohnsitz. Und deshalb ist es – wenn man einmal von meiner Arbeit absieht – eigentlich gleichgültig, ob ich hier sitze oder dort. Finden Sie das absonderlich?»

«Nein.» Er war ein Fremder, sie wußte kaum etwas über ihn, und doch erfaßte sie in diesem Augenblick ein Gefühl der Vertrautheit.

«Haben Sie Angst?» fragte sie unvermittelt. Ihre eigene Angst war vergangen.

«Noch nicht. Nein, noch nicht, glaube ich ...» Er stand auf und ging an ihr vorbei zum Fenster. Der Himmel war klar. In der Schwärze erkannte er alte Bekannte in ihren vertrauten funkelnden Formationen. Der Mond hinter dem Haus war heller geworden und tauchte den Schnee und die schwarzen Baumreihen in ein geisterhaftes Licht.

«Ich vestehe nicht –» Laura unterbrach sich und starrte ins Feuer, in dem ein Holzscheit funkensprühend zerbarst.

«Was verstehen Sie nicht?» fragte er leise.

«Warum Sie das alles so gelassen hinnehmen. Alle haben wütend oder irgendwie betroffen reagiert. Bis auf Sie.»

«Und auf Sie.»

Sie zog den Saum ihres Morgenrocks über die Knie. «Ich – hatte meine Anfechtungen. Jetzt zum Beispiel.»

«Meinen Sie das Weinen oder das Lachen?»

«Beides. Sie beobachten nur.»

«Ja, wissen Sie, das ist mein Beruf. Wenn man mit Gegenständen zu tun hat, die es schon Millionen von Jahren vor einem gegeben hat, die einen um Millionen von Jahren überleben werden, verliert das tägliche Leben im Hier und Jetzt irgendwie an Bedeutung.» Er ging ein wenig in die Knie, um den Aldebaran ausmachen zu können. «Und dann habe ich mich auch dazu erzogen, meine Zeit nicht mit Unwichtigem zu vertun. Damit meine ich nicht schöne oder interessante Dinge, die sind immer wichtig für mich. Nein, ich denke an das Gerangel um Macht und Ansehen, das Bestreben, immer und überall die Nase vorn zu haben und ähnlichen Unfug. Nach dem Tod meiner Frau habe ich dieses Spiel sehr intensiv betrieben, aber dann hörte ich eines Tages das Getrampel all der vielen Füße auf der Jagd nach sinnlosen Siegen, und meine Schritte waren die lautesten von allen. Es war ein albernes Geräusch, fand ich, und ich stellte es schleunigst ein. Ich werde nicht die Welt verändern, ich werde nicht reich oder berühmt oder sonst irgendwie bemerkenswert sein. Ich bin alles, was ich habe, und gehe deshalb jetzt ein bißchen sparsam mit mir um.» Er lachte leise. «Entschuldigen Sie die Sonntagsblattphilosophie zu so später Stunde.»

«Es ist die beste Zeit zum Philosophieren.»

«Nennen wir es die Rechtfertigung eines Mannes ohne Ehrgeiz. Nicht sehr eindrucksvoll.»

«Und es gibt kein Ding so weich, daß es nicht zur Nabe des kreisenden Weltalls werden könnte» *, sagte sie leise vor sich hin.

«Wie meinten Sie?»

Sie wurde rot und versuchte, zum Lachen zurückzufinden. «Sie philosophieren, ich sondere Lyrik ab.»

«Sagen Sie es noch einmal.»

Sie wiederholte die Zeile. Er überlegte. «Wordsworth?»

«Der britische Chauvinismus kennt keine Grenzen. Nein, das ist Whitman.»

«Gesang von mir selbst?»

«Ja.» Der eigene Chauvinismus drückte sie ein bißchen. «Ihre Philosophie mag nicht welterschütternd sein, damit hätte sie ja auch ihr Ziel verfehlt, aber eindrucksvoll ist sie allemal.»

* Walt Whitman, *Gesang von mir selbst.* Deutsch von Hans Reisiger. Suhrkamp Verlag, Berlin 1946

«Sie machen einen alten Mann sehr glücklich, mein Kind», sagte er mit zitternder Greisenstimme.

Sie lächelte – und wurde gleich wieder ernst. «Sehen Sie sich wirklich als alten Mann?»

«Meine Studenten sehen mich so. Wie dürfte ich mir anmaßen, so viel kraftvoller Jugend zu widersprechen?» sagte er mit leisem Spott.

Laura lehnte sich seufzend tiefer in den Sessel zurück. «In mir sehen alle noch das kleine Mädchen», gestand sie. «Mein Vater nennt mich sein Baby, Larry glaubt, ich käme nicht heil über die Straße, wenn er mir keinen Plan zeichnet, und Mutter sagt, mein Modebewußtsein sei das einer Sechsjährigen. Warum sehen die Menschen einander nicht richtig?»

«Mein Fach ist die Astronomie, nicht die Erkenntnislehre. Jeder Mensch wird nach den Signalen beurteilt, die er an seine Umwelt gibt. Vielleicht mögen Sie als kleines Mädchen, vielleicht möchte ich als alter Mann gesehen werden. Vielleicht verstehen wir es beide gut, uns zu verbergen; wir dürfen uns dann aber auch nicht beklagen, wenn sich das einmal gegen uns wendet.»

Laura nickte. Es war schön, mit ihm zu sprechen. Oder vielleicht war es nur der Klang der leisen, gebildeten Stimme aus der Dunkelheit, die ihr Trost brachte. Er war ein seltsamer Mann. Sobald sie glaubte, ihn erkannt zu haben, verwandelte er sich vor ihren Augen – oder Ohren. Timmy sah Skinner als lieb und geduldig, Goade sah ihn als zimperlich, Morgan schien seiner Intelligenz zu mißtrauen; Sherri sah ihn offenbar überhaupt nicht. Laura wandte sich um. Er hatte ihr den Rücken zugedreht und sah zum Himmel auf. Dunkel hob sich seine Gestalt von der mondhellen Nacht ab, und was sie in diesem Augenblick empfand, verstörte sie zutiefst.

Sie sah ihn als männliche Kreatur.

Es war, als sei er nackt. Sie konnte sich seinen Körper ganz deutlich vorstellen. Breite, untersetzte Männer hatte sie nie attraktiv gefunden, die wenigen, die sie rein körperlich angezogen hatten, waren groß und schlank gewesen wie Larry Carter. Dennoch spürte sie in diesem Augenblick in Skinners Körper ganz deutlich die ruhende Kraft. Es war die Erwartung der plötzlichen Kehrtwendung, der Konfrontation, des zwingenden Blicks, der sich öffnenden Hände, die dem Bild, das sie sich von ihm gemacht hatte, den sexuellen Beiklang gab. Es mußte etwas mit dem zu tun haben, was sich oben in dem dunklen Zimmer abgespielt hatte. Denn dieser kühl-intellektuelle Fremde, der sich mit einem schlechtsitzenden Anzug maskierte, hatte einen plötzlichen, fast überwältigenden physischen Hunger in ihr geweckt, wie sie ihn nie zuvor erlebt hatte. Nie hatte sie den ersten Schritt in der Beziehung zu einem Mann getan – jetzt sehnte sie sich danach, es zu tun. Sie sehnte sich danach, zu ihm zu gehen, ihn zu berühren, sich die Vision der Männlichkeit und der Verheißung zu bestätigen, ihn zu erregen, von ihm genommen zu werden. Besonders sein Mund, sie sehnte sich nach seinem –

«Sie kennen sicher alle Sterne auswendig», sagte sie mit nicht ganz sicherer Stimme.

«Wie bitte? Ja, schon seit meiner Kindheit. Sie ändern sich nie.» Er senkte den Blick, sah zu den Bäumen hinüber. «Natürlich ändern sie sich ständig, aber nie so sehr im Laufe eines Menschenalters, daß man diese Änderung anders als hypothetisch erfassen könnte. Meine Arbeit besteht im wesentlichen aus Hypothesen. Wir wissen im Grunde nicht sehr viel, und gerade, wenn wir meinen, wir wüßten etwas, macht irgendjemand eine Entdeckung, die alles wieder auf den Kopf stellt. Es sind alles nur Mutmaßungen. Einen Stern kann man nicht anfassen oder in der Hand halten, man kann ihn nicht fragen, was er da draußen treibt. Und selbst wenn man es könnte, wäre da wohl noch das Verständigungsproblem ...»

«Ja, also dann ...» Sie konnte nicht hierbleiben, in diesem Zustand, während er nur Gedanken für seine Arbeit hatte. Und natürlich waren diese Sehnsüchte, die sie sich da einbildete, reiner Unsinn, waren – wie hatte er gesagt? – einfach lächerlich. «Ich werde Ihrem Vorschlag folgen und mir das zweite Dienstbotenzimmer nehmen. Es ist sowieso besser, ich bin es nicht gewöhnt, ein Zimmer zu teilen.»

«Ja, es hat seine Tücken.» Er sah noch immer aus dem Fenster.

Sie stand auf, zwang sich, zur Tür zu gehen. «Gute Nacht.»

Er warf ihr einen kurzen Blick zu, lächelte. «Gute Nacht.»

Als sie hinter ihm vorbeiging, roch er den schwachen Duft warmer Sommerblumen, widersinnig bei all dem Schnee dort draußen. Er vertiefte sich wieder in die Betrachtung der Landschaft. Dann runzelte er die Stirn, stellte sich an eine Ecke des Fensters und beugte sich so weit wie möglich vor. Der Mond schien jetzt sehr hell, und die Schatten, die er warf, ergaben ein seltsames Muster, ein Muster, das plötzlich ganz und gar keinen Sinn gab. Er räusperte sich. «Laura?»

Sie war schon an der Schlafzimmertür und wandte sich rasch um. «Ja?»

«Können Sie eigentlich nähen?»

10

«Um welche Zeit kommt dieses Blatt in Beirut auf die Straße?»

Carter sah in sein Notizbuch. «Morgens um halb sechs ist es fertig gedruckt, jederzeit danach sind Exemplare greifbar. Wenn man entsprechende Beziehungen hat, braucht man den Straßenverkauf nicht abzuwarten.»

«Und welche Zeit zeigt Goades Uhr?»

Carter sah erneut in sein Notizbuch und dann auf die Fotos, die mit Reißnägeln an der Tafel vor ihnen befestigt waren. In der obersten Reihe hingen die acht Originale, auf denen die Geiseln mit der Zeitung zu sehen waren, darunter Ausschnittvergrößerungen. «8 Uhr 50, aber wir wissen nicht, ob es vor- oder nachmittags ist. Auf den Fotos ist kein natürliches Licht zu sehen.»

«Wenn es Vormittag ist, könnten sie drei Stunden von Beirut entfernt sein – oder weniger.»

«Ja, aber wenn es Abend ist, können sie praktisch sonstwo sein.»

«Der Junge trägt einen Schlafanzug, als ob er gerade aufgestanden ist.»

Captain Skinner schüttelte den Kopf. «Er könnte auch gerade schlafen gelegt werden, das ist nicht schlüssig.»

Ainslie besah sich das Foto einen Augenblick aufmerksam, dann erklärte er überzeugt. «Es ist Vormittag.» Er deutete auf Sherri. «Sie trägt kein Make-up. Frauen nehmen ihr Make-up nie vor neun ab, aber manchmal fangen sie mit der Kriegsbemalung erst nach dem Frühstück an.»

«Vielleicht hat sie gar kein Make-up mit.»

«Doch, schauen Sie her.» Er griff nach den ersten Fotos, die sie von den Entführern bekommen hatten. Neben Sherris Bett sah man eine Tisch- oder Kommodenplatte, auf der verschiedene Flaschen und Töpfchen standen. «Laura benutzt diese Marke nicht, sie müssen also Miss Lasky gehören», folgerte er.

«Na schön, das nehme ich Ihnen ab.» Carter machte sich eine

Notiz. «Sie sind also im Umkreis von drei Stunden oder weniger von Beirut.»

«Drei Stunden – aber mit welchem Verkehrsmittel?» fragte Captain Skinner. «Mit dem Wagen sind das etwa hundert Meilen, mit dem Hubschrauber mindestens doppelt soviel. Und mit dem Flugzeug ...» Er hob die Schultern.

Mit düsterem Gesicht legte Ainslie die Fotos aus der Hand. «Sonst noch was, Larry? Diese sogenannten forensischen Experten müssen doch auch irgendwelche Vorstellungen haben.»

«Vorstellungen haufenweise, aber keine Fakten. Es seien alles nur Mutmaßungen, sagen sie.»

«Egal, heraus damit.»

«Wie Sie wollen. Auf dieser Vergrößerung sehen Sie die Innenseite von Timmys Ellbogen. Wir haben fünf oder sechs Einstichstellen gezählt, die meisten sind fast geheilt, aber bis der Bluterguß abklingt, dauert es länger. Wenn sie unmittelbar nach der Gefangennahme betäubt wurden, sagen die Experten, was wahrscheinlich ist, da die Piloten betäubt aufgefunden wurden, standen sie längere Zeit unter Drogenwirkung. In den letzten Tagen dagegen hat man ihnen offenbar nichts verpaßt, sie haben alle ziemlich klare Augen, wenn man auch Gaodes Gesicht wegen der Lichtstreifen nicht besonders gut erkennen kann. Das hier allerdings kommt mir ein bißchen komisch vor.» Er tippte mit dem Kugelschreiber auf Skinners Foto.

Zum Glück hatten die Brillengläser den Blitz nicht reflektiert. Die Augen waren deutlich zu erkennen, das eine Lid hing weiter herunter als das andere, und beide Augen wirkten trübe.

«Was meinen Sie, Captain?» fragte Ainslie. «Wäre es denkbar, daß Ihr Bruder den Entführern Schwierigkeiten gemacht hat, so daß sie genötigt waren, ihn ruhigzustellen?»

Captain Skinner verzog den Mund zu einem gequälten Lächeln. «David? Sehr unwahrscheinlich. Meist sieht er einfach zu und wartet ab. Nicht, daß er fischblütig wäre, ganz im Gegenteil, er kann unheimlich hitzig werden, aber es muß schon sehr dick kommen, ehe er loslegt. Ich könnte mir vorstellen, daß Hallick, Goade, selbst Morgan zurückschlagen würden, wenn die Entführer sich an seiner Frau oder seinem Sohn vergriffen hätten, aber nicht David. Noch nicht jedenfalls.»

«Aber früher oder später dann doch?»

«Wenn sie ihn bis aufs Blut reizen ... Ich hoffe es nicht, in ihrem Interesse.»

Carter sah ihn verblüfft an. «Das hört sich ja an, als ob er –»

«Was?» Captain Skinner hob eine Augenbraue.

«Ach, ich weiß nicht ... Als ob er ein ganz gefährlicher Typ wäre.»

«Ein jähzorniger Mann ist immer gefährlich, für sich und seine Umwelt. David weiß, daß er destruktiv sein kann, wenn er die Beherrschung verliert, deshalb sorgt er dafür, daß es nicht so weit kommt.»

Carter wandte sich an Ainslie. «Wohl eine besondere Abart von Pantoffel-und-Pfeifen-Typ ...»

Ainslie zuckte die Schultern. «Was sagen Ihre Experten sonst noch?»

«Ihrer Meinung nach hält man alle zusammen gefangen. Goade wurde vermutlich als erster fotografiert, solche Streifen treten meist am Anfang eines Films auf, wenn beim Einlegen etwas Licht hineingekommen ist. Angeblich deutet das auch darauf hin, daß es sich um einen Apparat einer höheren Preisklasse handelt, in den meisten billigen Kameras hat man heutzutage Kassetten. Zumindest seine Hände aber sieht man ganz deutlich, die Knöchel sind weiß, was nach Meinung der Fachleute auf Wut oder Angst hindeutet. Er hat die Zeitung verknüllt, man sieht die Knitterfalten auf allen anderen Fotos, weil die meisten anderen das Blatt offenbar weiter oben angefaßt haben. Und vielleicht haben sie den Professor zuletzt aufgenommen. Wir haben seine Uhr vergrößert, sie zeigt auf 9.03, ein Zeitunterschied von dreizehn oder vierzehn Minuten, wenn die Uhren einigermaßen synchronisiert waren. In dieser Zeit hätten sie, wenn sie rasch gearbeitet haben, die ganze Folge abknipsen können.»

Captain Skinner stand auf und betrachtete die Fotos genau, während Carter seinen Bericht fortsetzte. «Die Wand hinter ihnen ist echt Teak. So etwas findet man hier nicht allzu häufig, des Klimas und der Insekten wegen. Die Experten meinen deshalb, es müsse sich um ein Haus mit Klimaanlage handeln, ein Büro vielleicht oder eine Luxusvilla.»

«Was ist mit dem Haus, vor dem Sie sich mit Doppler getroffen haben?» fragte Captain Skinner, ohne von den Fotos aufzusehen. «Sind Sie hineingekommen?»

Ainslie schüttelte den Kopf. «Nein, ich habe durch die Glastüren nur in ein Zimmer sehen können, und das hatte weiße Wände.»

«Ist das Haus schon lokalisiert?»

Wieder schüttelte Ainslie den Kopf. «Nein. Ich habe unseren Leuten erzählt, daß ich dreiundzwanzig Minuten in der Luft war, aber ein Richtungswechsel läßt sich bei einem Hubschrauber kaum bestimmen.»

«Was halten Sie von einem Schiff?» fragte Carter. «Diese Täfelung – spricht das nicht für eine Jacht?»

«Gute Idee», sagte Captain Skinner anerkennend. «Ich kann das prüfen lassen.»

Ainslie beobachtete ihn scharf. Er spürte, wie der Captain sich verspannte. «Was ist?» fragte er.

Captain Skinner richtete sich auf. «Könnte man eine genaue Übersetzung der Titelseite beschaffen?»

«Larry?»

«Ja, sicher, es wird zwar ein, zwei Stunden dauern, aber machen läßt es sich natürlich. Warum?»

«Vielleicht hat es überhaupt nichts zu bedeuten, es ist nur –» Er nahm eine Hand aus der Tasche und tippte auf das Foto seines Bruders. «Da sind zunächst einmal seine Augen. Er zwinkert, ja, er schielt beinah.»

«Wir hatten das für eine Folge der Beruhigungsmittel gehalten.»

«Nein, ich glaube, das macht er absichtlich. Als Kinder hatten wir so ein Zeichen, es bedeutete: Ich schwindele jetzt, stärk mir den Rücken. Sehr nützlich, wenn man sich aus irgendwelchen Klemmen befreien wollte. Und wir steckten ständig in der Klemme, David und ich. Vielleicht hat er gehofft, ich würde die Fotos zu sehen bekommen, und da hat er es einfach mal versucht.»

«Aber wie kann er auf einem Foto schwindeln?» wandte Carter ein. Die ganze Sache schien ihm ziemlich weit hergeholt.

«Vielleicht meint er, daß das Foto schwindelt», erklärte Carter. «Sehen Sie sich mal seine Hände an. Alle anderen hielten die Hände einander gegenüber, wie man es normalerweise macht. Bei David ist die rechte Hand um gut zwölf Zentimeter höher als die linke, und die Finger sind ganz komisch gespreizt. David achtet sehr auf seine Hände, weil er so viel Klavier spielt. Ich glaube, er zeigt auf etwas.»

Die anderen beiden gingen näher an das Foto heran.

«Kann Ihr Bruder Arabisch?» fragte Ainslie.

«Weshalb, meinen Sie, hat man ihn zum Aufbau des Sonnenobservatoriums geschickt? Er ist zwar ein Könner, aber für einen Wissenschaftler doch noch recht jung. Daß er die Landessprache beherrscht, hat den Ausschlag gegeben. Er spricht übrigens sechs Sprachen, zwar mit grauenvollem Akzent, aber immerhin verständlich. Wenn er mit Worten nicht weiterkommt, schafft er's vermutlich mit seinem Lächeln. Jedenfalls funktioniert es.»

«Er muß ein Genie sein.»

«Davids Gehirn saugt Wissen an wie ein Schwamm, speichert Daten und Fakten für den Fall, daß er sie irgendwann einmal brauchen könnte. Sein Klavierspiel hat praktisch Konzertreife, er liest wahnsinnig viel, wandert meilenweit und hält sich fit, schreibt Lehrbücher, forscht – alles nur, um sich zu beschäftigen. Er ist sehr einsam, er muß die Zeit ausfüllen, wenn er nicht überschnappen will.» Captain Skinner warf einen Blick auf das Foto seines Bruders. «So war er natürlich nicht immer. Er dürfte einer der rasantesten Rugbyspieler gewesen sein, die wir je in Cambridge hatten, und als Laienschauspieler war er auch nicht schlecht. Aber nach Margarets Tod ist er wie umgewandelt, er hat sich gleichsam eingeschlossen und den Schlüssel versteckt. Wenn es zu schlimm wird, kommt er zu uns und spielt ein bißchen Familie. Wir würden ihn gern öfter bei uns sehen, aber er macht sich rar.»

«Wie lange war er verheiratet?» fragte Ainslie.

«Ein halbes Jahr. Sie kannten sich von klein auf. Es hat ihn sehr getroffen.» Er wandte sich unvermittelt ab und ging, die Hände tief in den Taschen vergraben, zum Fenster.

«Kümmern Sie sich um die Übersetzung, Larry?» bat Ainslie. Carter nickte und verließ das Zimmer. Ainslie suchte Lauras Blick auf dem Foto. Einen solchen Mann müßte sie verstehen, dachte er. Auch sie hatte nach einem tiefen Schmerz ähnlich reagiert. Sie hatte sich in sich selbst zurückgezogen und die Tür abgeschlossen. Er hatte ebensowenig den Schlüssel finden können wie der Bruder des Professors.

Die Worte, auf die Professor Skinner zeigte, waren *Sonne, kalt* und *Mitternacht.*

«Sagt Ihnen das irgendwas, Captain?»

«Nein, ich habe mich wohl doch geirrt. Aber versuchen mußten wir es.»

«Vielleicht ergibt es später einen Sinn.»

Der Engländer nickte und lächelte ein wenig. «Vielleicht.»

Abends um neun stürzte Grey mit vor Erregung gerötetem Gesicht ins Speisezimmer. «Sie sind gefunden, mit größter Wahrscheinlichkeit jedenfalls.»

Es war ein altes Haus in einer gewundenen Altstadtgasse. Sie gingen die letzten fünfhundert Meter zu Fuß; die Wagen kamen nicht näher heran. Die Polizei hatte auf Grund einer eher zufälligen Information eines ihrer Spitzel das Haus seit dem späten Nachmittag beobachtet. Ein Mann in amerikanischer Army-Uniform hatte sich kurz an einem der Fenster gezeigt. Das Haus war nach Angabe der einheimischen Polizei schon früher von «verdächtigen» Personen benutzt worden.

«Was verstehen Sie unter ‹verdächtig›?» flüsterte Ainslie Grey zu, während sie sich auf dem Holperpflaster zwischen den dunklen Häusern vortasteten.

«Das hat man uns nicht näher erklärt», flüsterte Grey zurück. «Sie wissen ja, daß wir hier nicht sehr beliebt sind. Unser Geld, ja, das nehmen sie gern, aber viele Einheimische sind mit den Veränderungen nicht einverstanden, die das Öl mit sich gebracht hat. Hammad, der Einsatzleiter, haßt uns wie die Pest.»

«Jetzt erzählen Sie mir bloß nicht, daß ein amerikanischer GI seine Schwester geschwängert hat», witzelte Ainslie.

«Ach, kennen Sie die Geschichte?» fragte Grey überrascht. «Aber der Mann war nicht Soldat, sondern Angestellter bei einer Ölgesellschaft.»

«Es ändert sich doch nichts auf der Welt», sagte Ainslie leise zu Carter.

«Wie bitte?»

«Nichts ... Das da vorn scheint es zu sein.» Ainslie schlug den Jackenkragen hoch und unterdrückte ein Niesen. In Oslo war er immer kerngesund gewesen, aber hier in einem heißen Wüstenland hatte er sich einen Schnupfen geholt.

Grey machte sie mit Captain Hammad bekannt. Hammad hatte ein scharfgeschnittenes Gesicht und einen Mund wie ein schlechtgelaunter Barrakuda. Sie kauerten in einem Torweg mit Blick auf das gegenüberliegende Haus, und Hammad berichtete widerstrebend, der Uniformierte sei, soweit sie wüßten, noch im Haus.

«Ein Mann ist gegangen hinein, keiner ist gekommen heraus.»

«Kennen Sie den Mann, der hineingegangen ist?»

«Wir kennen ihn. Kein guter Mann.»

«Wie meinen Sie das?» erkundigte sich Captain Skinner neugierig. «Ist er kriminell? Politisch unzuverlässig? Oder was sonst?»

Hammad sah Skinner eine Weile wortlos an und wandte sich dann ab, ohne die Frage zu beantworten. «Wir jetzt gehen hinein», sagte er leise. «Meine Männer sein in Stellung.»

«Sind sie bewaffnet?» erkundigte sich Captain Skinner besorgt. «Möglicherweise sind Frauen und ein Kind im Haus. Wenn es zu einer Schießerei kommt –»

«Sie mich entschuldigen.» Hammad schob sich aus dem Torweg in den nächsten schützenden Schatten, sie sahen ihn noch zweimal kurz auftauchen, dann hatte die Dunkelheit ihn verschluckt.

«Unverschämter Hund», knurrte Ainslie.

«Sie müssen das verstehen, General, wir haben hier im Grunde überhaupt nichts zu sagen», versuchte Grey abzuwiegeln. «Sie hätten uns überhaupt nicht zu benachrichtigen brauchen.»

Carter versetzte ihm einen Rippenstoß, und Grey verstummte. Die Nacht um sie herum schien den Atem anzuhalten. Dann zerriß ein Schuß, unmittelbar gefolgt von zwei weiteren, die Stille. Captain Skinner stöhnte auf und hieb mit der geballten Faust an die Wand. Dann fiel noch ein Schuß, und Ainslie verlor die Nerven. Er verließ den Torweg und lief über die holprige Straße auf das Haus zu, dicht gefolgt von Captain Skinner. Grey packte Carter am Ärmel und machte stumm den Mund auf und zu wie ein Guppy.

«Ja, ich weiß, wir haben hier eigentlich nichts zu sagen», fuhr Carter ihn an und machte sich los. «Hören Sie bloß auf, Mann.»

Als Ainslie das Haus erreicht hatte, flog die Tür auf, ein Mann rannte geradewegs in ihn hinein und drückte ihn an die Hauswand. Hammad war dicht hinter ihm, aber gerade, als er die Waffe hob, um auf den Rücken des Mannes zu schießen, stolperte Captain Skinner über einen losen Pflasterstein, packte im Fallen Hammads Knie, und der Schuß ging in die Luft. Hammad trat fluchend nach dem Engländer, um sich zu befreien und verschwand in der Dunkelheit. Noch ein Polizist kam aus dem Haus, Knochen knirschten, als sein Fuß die Hand des am Boden liegenden Captain Skinner auf das Pflaster drückte. Dann verschwand auch er mit erhobener Waffe in der Nacht. Mit einem Schmerzensschrei fiel der Captain zurück. Die verletzte Hand schien vor seinen Augen anzuschwellen. Ainslie stieß sich von der Wand ab, packte Skinner unter den Armen, richtete ihn auf und schleppte ihn ins Haus, das voller Menschen war, an denen ihnen samt und sonders nichts lag.

Carter war ihnen gefolgt. Ratlos sahen sie sich um. Captain Skinner umklammerte seinen Unterarm, um seine gequetschte Hand zu stützen und zu schützen. Ainslie rang würgend und keuchend nach Luft.

«Dort hinein», überschrie Carter das Lärmen der Polizisten. Er nahm Ainslies Ellbogen und lotste ihn zwischen rudernden Armen und glotzäugigen Gesichtern hindurch zu einer halb geöffneten Tür an der gegenüberliegenden Seite des Raumes. Dort hatte sich ein jüngerer Polizist postiert, als wolle er jemanden am Verlassen oder Betreten des dahinterliegenden Zimmers hindern. Beim Anblick der drei Uniformen trat er automatisch zurück, setzte zu der Andeutung eines militärischen Grußes an und ließ dann den Arm schlaff herabfallen.

Das zweite Zimmer war größer als das erste, wirkte aber durch die vielen Möbel, mit denen es vollgestellt war – Schreibtisch, Kommode, Waschtisch, Schrank, drei Stühle, Bett –, eher noch enger. Auf dem Bett lag ein Mann in einer Army-Uniform.

Carter wandte sich schon zum Gehen, um die andere Seite des Hauses zu durchsuchen, aber als er Greys Gesicht sah, blieb er stehen.

«Ist er tot?» stieß Grey hervor.

«Weiß ich nicht. Lassen Sie mich mal durch.» Carter drängte sich durch den Polizistenschwarm. Grey trat zu Ainslie und Skinner, die vor dem Bett standen.

«Wo ist Larry?» fragte Ainslie gepreßt.

«Er wollte wohl die anderen suchen, aber die Cops sagen, daß sonst niemand im Haus ist. Er ist doch nicht tot?»

«Nein, aber sein Atem geht ziemlich schwer. Kennen Sie ihn?»

«Ja. Sie nicht?» fragte Grey zurück. «Das ist Johnny Goade.»

Der einheimische Arzt, der für die Behandlung des Botschaftspersonals zuständig war, verband gerade Skinners Hand, als Carter ins Büro kam und mit einem gezielten Tritt einen Stuhl zur Seite stieß.

«Was gibt's?» fragte Ainslie.

«Es ist wirklich Goade, aber sie haben ihn derart mit dem Zeug vollgestopft, daß er erst morgen mittag wieder vernehmungsfähig sein wird.»

«Können Sie ihm nicht etwas geben, damit er schneller wieder zu sich kommt?»

«Das haben sie schon versucht, aber es hat nicht geklappt, und mehr wollen sie ihm nicht geben, das ist angeblich zu gefährlich.»

«Und inzwischen haben die Entführer Zeit, die anderen weit weg zu bringen», stöhnte Ainslie. Carter schüttelte den Kopf.

«Die anderen können sie unmöglich hier gefangengehalten haben, dazu ist das Haus zu klein. Sie müssen die Geiseln gleich nach der zweiten Fotoserie getrennt haben, das ist die einzig mögliche Erklärung.»

Captain Skinner gab ein schmerzliches Knurren von sich. Der Arzt entschuldigte sich demütigst und arbeitete weiter. Carter sah zu ihm hinüber.

«Gebrochen?»

«Angeblich nur verstaucht. Aber seine Hand ist es ja nicht», knirschte der Engländer durch die Zähne.

Carter sah ihn noch einen Augenblick an, ohne ihn richtig wahrzunehmen, dann trat er näher an Ainslie heran und flüsterte ihm zu: «Ihre Frau ist am Telefon, Sir.»

«Meine – was?»

«Mrs. Ainslie, Sir – pardon, die jetzige Mrs. Potts. Offenbar hat sie erfahren, daß und warum Sie hier sind. Es steht zwar nicht in der Zeitung, aber –»

«O verdammt.» Zum erstenmal, seit die Maschine als vermißt gemeldet worden war, ließ Ainslie Angst erkennen. «Scheiße», ergänzte er. Und auch das hörte Carter zum erstenmal von ihm.

«Sie scheint sehr aufgeregt zu sein, Sir. Sie sollten mit ihr sprechen, sie weint und –»

«Grace hatte schon immer nah am Wasser gebaut. Verdammt, ich hatte gehofft, sie würde nicht erfahren, daß ich hier bin.»

«Das Land ist klein ... es wird geredet ...»

«Komisch, wenn sie mich sucht, ist es ein kleines Land, und wenn wir Laura suchen, ist es so groß. Seien Sie nett und reden Sie mit ihr.»

«Das habe ich schon versucht, Sir.»

«Ja, schon gut, schönen Dank auch.» Ainslie ging langsam zum Schreibtisch und griff nach dem Hörer. Noch ehe er ihn am Ohr hatte, hörte er das Geheule und Gejammer und seufzte. Es würde eine lange, heiße Nacht werden. Er hatte etwas gegen lange, heiße Nächte.

11

Skinner hatte vergessen, wie schmerzhaft Kälte sein kann. Noch ehe er um die Hausecke gebogen war, begann seine Nase zu brennen. In der eisigen Luft gefroren die Nasenschleimhäute bei jedem Atemholen, tauten, wenn er den Atem wieder ausstieß, froren wieder, tauten wieder. Sie hatten keinen windstillen Tag abwarten können. Selbst hinter der grob gestrickten Maske und den Fausthandschuhen spürte er, wie sich seine Haut unter dem Ansturm des eisigen Luftzugs spannte. Bald würden ihm Gesicht und Hände weh tun. Er schlug die Arme übereinander und schob die Hände zwischen Ellbogen und Oberkörper. Hinter der Hausecke war er wenigstens etwas geschützt. An den primitiven Säumen seines Anzugs entlang bildeten sich schon Eisstreifen an seinem Körper.

Sie hatten zwei Tage für den Anzug gebraucht. Einmal waren sie durch die Männer mit den MPi unterbrochen worden, die sie wieder fotografiert hatten, obgleich er noch längst nicht mit seinen Vorbereitungen fertig war. Sie hatten sich die größte Mühe gegeben, aber vermutlich würde ihre zweite Botschaft nicht so deutlich wie die erste sein, wenn diese überhaupt zur Kenntnis genommen worden war. Während der Aufnahmen hatten sie in ständiger Angst gelebt, die Bewaffneten könnten wieder die Schlafzimmer inspizieren und bestimmte Dinge darin vermissen, aber zum Glück waren sie unten geblieben und waren, nachdem sie ihre Fotos gemacht hatten, gleich wieder abgezogen. Denning hatte um ein bestimmtes Medikament gebeten, Goade hatte weiteren Brandy und Anne Morgan Spielzeug für Timmy bestellt. Wären ihre Besucher in die oberen Räume gegangen, hätten sie durchaus Grund zum Mißvergnügen gehabt. Sechs Handtücher, eine Bettdecke, ein Laken, vier Kissen, ein Schlafzimmervorhang, vier Styropor-Dekkenplatten, eine Gummibadematte und zwei Duschvorhänge waren verschwunden. Die Besucher hätten sich bestimmt gefragt, wo das Inventar abgeblieben war. Skinner hätte es ihnen sagen können: Er trug es am Leib.

«Wenn wir wissen, wo wir sind, können wir das in den Fotos zum Ausdruck bringen», hatte er den anderen erklärt. «Ich werde mich mal tagsüber draußen umsehen, um zu erkunden, ob das da unten am See wirklich ein Bootshaus ist und ob vielleicht nicht doch irgendwo eine Straße oder eine Stadt in Sicht ist. Dann gehe ich noch einmal nachts hinaus, um unsere genaue Lage nach den Sternen zu bestimmen. Aber das braucht Zeit, und ich muß warme Sachen haben.»

Sein schlurfender Gang durch den Schnee mußte ebenso komisch wirken wie sein Aussehen, und er vermied es, zum Fenster zu sehen, als er daran vorüberging. Sicher waren sie dort alle versammelt und beobachteten ihn, Goade zweifellos noch immer von der unbändigen Heiterkeit erfüllt, die ihn übermannt hatte, als Skinner in dem in Gemeinschaftsarbeit zusammengebastelten Polaranzug vor sie getreten war.

Viele Schichten – das war das Geheimnis der Isolation. Nicht ein dicker, schwerer Mantel wärmte am besten, sondern eine ganze Garnitur dünner «Mäntel», zwischen denen sich die Luft fangen und erwärmen konnte. Was gebraucht wurde, wußte er, aber wie man es verfertigte, davon hatte er keine Ahnung. Es war Sherri gewesen, die das Muster entworfen und die Oberaufsicht über die Näherei übernommen hatte.

«Mit zehn habe ich mir schon meine Sachen selber genäht», sagte sie. «Bei uns wuchs Getreide, aber kein Geld. Sachen, die man im Laden kauft – das war nur was für die Städter.» Diese praktische Ader war ein seltsamer Widerspruch zu dem von ihr gepflegten Image des Vamps, aber er war ihr dankbar.

Zum Zuschneiden hatten sie die Küchenschere, zum Nähen die beiden gekrümmten Dressiernadeln fürs Geflügel, alles andere war Notbehelf. Zuerst hatten sie einen der grob gewebten Schlafzimmervorhänge aufgeräufelt, um an Nähfäden zu kommen. Das hatte Timmy besorgt. Was sie nicht zum Nähen brauchten, wurde zu Bändern für Handgelenke, Taille, Kapuze und Knöchel geflochten und zu der Strickmaske und den Fäustlingen verstrickt, die jetzt sein Gesicht und seine Hände schützten. Anne Morgan hatte gestrickt, Sherri, Laura und Skinner selbst hatten den Anzug genäht. Dennings arthritische Finger waren zu steif dazu, und Goade hatte sich rundheraus geweigert, an dem Unternehmen teilzunehmen, sah man von gelegentlichen Hinweisen auf Dior, der sich im Grabe umdrehen würde, einmal ab. Die Stiefel hatte Morgan mit Hilfe von Hallick beigesteuert. Das Ergebnis war in seiner Art einmalig, wenn auch, wie Skinner allmählich feststellte, nicht in allen Punkten zufriedenstellend.

Er hatte sich in Unterwäsche von Laura Maß nehmen lassen, was sie offenbar weit mehr in Verlegenheit gebracht hatte als ihn. Sie nannte Sherri die Werte, die sie auf ihr Schnittmuster aus Zeitungspapier übertrug. Dann schnitten sie aus Handtüchern einen weichen, saugfähigen inneren Anzug zu. Der Schneeanzug selbst war aus Laken, Kissen und einer Decke zu Jacke und Hose zusammengesteppt. Darüber kam als letzte Schicht der Duschvorhang aus Plastik, den sie mit Speiseöl eingerieben hatten, damit er in der Kälte elastisch blieb. An dem Duschvorhang hatte sich Goades Lachlust entzündet. Dabei konnte Skinner schließlich nichts dafür, daß er ein Muster aus Blumen, Weinlaub und Trauben hatte. Das war immer noch besser, als das, was die anderen Badezimmer boten: bunte Papageien, Meerjungfrauen oder lange Reihen unmöglicher Fische, die ebenso unmögliche Blasen aus ihren Mäulern aufsteigen ließen.

Goade hatte sich gar nicht wieder fassen können. «Nee, das ist zu schön. Zu schön ist das. Was 'n Jammer, daß wir nicht noch 'n Glöckchen für seine Kapuze haben, was?»

Skinner wäre im warmen Haus fast erstickt, während Morgan und Hallick ihm die «Stiefel» angezogen hatten. Da sie keinen Leim hatten (trotz einiger übelriechender Versuche, welchen zu kochen), hatten sie sich auf Sohlen aus Isolierplatten und Badematten geeinigt, die sie mit Deckenstreifen an den Beinen festbanden, bis Skinner aussah wie ein Patient, der die Gicht in beiden Beinen hat. Hätte er *auf* dem Schnee gehen können, hätte das ganz gut geklappt, aber der Schnee war tief, und schon jetzt waren die äußeren Deckenstreifen durchweicht. Trockene Kälte war schlimm genug, feuchte Kälte war tödlich. Er hätte sich schnell bewegen müssen, was ihm aber in dieser Ausrüstung nicht möglich war.

Das Panoramafenster lag jetzt hinter ihm, und er konnte nun doch der Versuchung nicht widerstehen, einen Blick zurückzuwerfen. Er machte eine Hand frei, winkte kurz und schob sie rasch wieder in die Wärme zwischen Ellbogen und Körper. Jetzt stand er vor dem Schornstein. Schnee hatte sich in die Ritzen zwischen den ungleichmäßig großen Steinen gesetzt, es wirkte sehr malerisch. Und dann kam er zu dem, was ihm der mondbeschienene Schatten auf dem Schnee verraten hatte. Er sah am Haus hinauf, es war äußerst eindrucksvoll: Breite, dunkle, waagerecht überlappende Holzplanken, an dieser, der Südseite, zu seiner Linken, unterbrochen durch den Schornstein und das Panoramafenster; und zu seiner Rechten ...

Drei lange, schmale Fenster erstreckten sich, die Holzverkleidung unterbrechend, über zwei Geschosse. In ihrem Glas spiegelten sich Birken, Schnee, Himmel und er selbst, eine lächerliche Figur in buntgemustertem Schneeanzug. Nein, er hatte sich nicht getäuscht: Das Haus war außen doppelt so groß, wie es von innen schien.

Mit einem befriedigten Knurren stapfte er zu dem nächstgelegenen Fenster, aber Vorhänge verwehrten ihm die Sicht. Langsam ging er weiter zur Hinterfront des Hauses, dort blieb er stehen und sah zurück auf seine Spuren, die sich schon mit dem über die weite Fläche wehenden lockeren Schnee füllten. In die andere Hälfte des Hauses führte von außen keine Tür.

Er machte einen kurzen Abstecher in den Wald hinter dem Haus, sah aber keine Anzeichen eines Weges oder Pfades in irgendeine Richtung. Verbissen vollendete er seinen Rundgang. Er schnitt gräßliche Grimassen, schlug sich mit der Hand auf die Nase und registrierte, daß sie, da es weh tat, offenbar noch nicht erfroren war. Seine verkrampften Muskeln verlangten nach Sauerstoff, den er ihnen aber nur in sparsamen Portionen zubilligen konnte. Tiefe Atemzüge konnten einen Menschen hier draußen teuer zu stehen kommen. Aber das Stillstehen, bei dem er das wenige an Körperwärme, was er produzierte, wieder verlor, war noch gefährlicher. Entschlossen verließ er den Schutz des Hauses und schlug den baumlosen Weg ein, der zum See führte. Hier im Freien packte der Wind wieder erbarmungslos zu und trieb ihn förmlich dem etwa achtzig Meter entfernten Ufer entgegen. Ein Bootshaus konnte der kleine Holzbau dort vorn nicht sein, er stand zwanzig Meter vom Wasser entfernt. Er trat ein. Natürlich, eine Sauna, in Finnland eigentlich naheliegend. Im Licht, das durch die geöffnete Tür fiel, erkannte er in dem fensterlosen Raum die niedrigen Holzbänke, die sich an allen vier Wänden entlangzogen, und in der Mitte die mit

Steinen gefüllte Mulde. Am anderen Ende führte eine zweite Tür zum See, wo man durch ein Tauchbad den überhitzten Körper herrlich erfrischen konnte – eine Vorstellung, der Skinner im Augenblick allerdings keinen rechten Reiz abzugewinnen vermochte. Er ging zum See hinunter.

Weit und breit war nur die weite Eisfläche zu sehen. Wenn er die Augen zusammenkniff, konnte er gerade noch das andere Ufer als leise Verdickung am Horizont erkennen. Er versuchte, aus der Erinnerung eine Landkarte Finnlands hervorzuholen, aber es gelang ihm nicht. Er wußte nicht einmal, ob er, außer während der Schulzeit, je eine angesehen hatte. Und die Schulzeit war – wie alles andere – sehr weit weg.

Außer dem Knarren der Äste im Wind war kein Laut zu hören. Er machte ein paar vorsichtige Schritte auf das Eis hinaus; es schien zu tragen. Trotzdem ging er vorsichtig, denn jetzt wich allmählich das Gefühl aus seinen Füßen, er würde es nicht rechtzeitig merken, wenn er zu einer Spalte oder einer dünnen Stelle kam, und ein unerwartetes Bad konnte er sich nicht leisten. Der Himmel über ihm war von einem gleichmäßigen, ausdruckslosen Grau, auf dem keine Wolkenbewegung auszumachen war. Das diffuse Licht gab der trostlosen Szene etwas Surrealistisches. Erst als er, jetzt gegen den Wind ankämpfend, wieder das Haus erblickte, fühlte er sich einigermaßen menschlich.

Am Ufer drehte er sich um, damit er den Wind im Rücken hatte, und ging rückwärts zum Haus zurück, die Straße entlang, vorbei an der Sauna. Ab und zu warf er einen Orientierungsblick über die Schulter und versuchte, in seine Spuren zu treten. Der ganze Körper tat ihm jetzt weh. Während er das Gesicht verzog und Finger und Zehen bewegte, horchte er auf das Knirschen des Schnees unter seinen Füßen und das unheimliche Knarren der Äste, die der Wind aneinanderrieb. Seine Augen tränten, die Tränen sammelten sich unter den Brillengläsern auf der Maske und gefroren ebenso wie der Dampf, den er aus Mund und Nase stieß. Wieder schlug er sich auf die Nase, aber diesmal spürte er nichts. Er war zu lange draußen geblieben.

Als er endlich das Haus erreicht hatte, waren seine Lider verklebt, und er wagte nicht, sie zu berühren, aus Angst, er könnte seine Brille zerbrechen oder mit dem Eis auch die Haut von den Lidern reißen. Er mußte ein paarmal klopfen, ehe jemand ihn hörte. Ehe er eintrat, griff er sich zwei Handvoll Schnee und drückte sie gegen die Brille, um die Gläser vor der zu plötzlichen Erwärmung zu schützen. Von der Schneekälte spürte er nur unter seiner Nase etwas, wo sein Atem die Oberlippe erwärmt hatte.

Jemand packte ihn am Arm und führte ihn in den großen Wohnraum, er hörte, wie die innere und äußere Haustür zugeschlagen wurden. Langsam begann der Schnee, den er noch in den Händen hielt, zu schmelzen und lief zwischen den Fingern an seinen Handgelenken herab.

«Wir haben Ihnen ein heißes Bad eingelassen», hörte er Tom Morgan sagen.

«Nein», brachte er mühsam hervor. «Ein kühles Bad ... besser noch kalt ...»

«Aber –» protestierte jemand.

«Tut, was er sagt», befahl Tom Morgan scharf.

«Bleiben Sie 'n Augenblick stehen, Professor», kam Hallicks Stimme von der anderen Seite. Die letzten Schneereste tauten von seinem Gesicht. Sofort beschlug seine Brille, und er war so blind wie zuvor. Er hörte Badewasser laufen. Dann stützten sie ihn rechts und links, und er spürte, wie sie ihm den Anzug auszogen. Da sie keine Befestigungsmittel gehabt hatten, hatten sie ihn hineingenäht und mußten jetzt die Naht aufschneiden. Er spürte, wie Hände sich an den Nähten zu schaffen machten, spürte das Rucken beim Trennen der Fäden, und dann eine Frauenstimme: «O du mein Gott ...»

Der steifgefrorene Anzug wurde weggenommen, die Strickmaske über seinen Kopf gezogen. Endlich konnte er die Brille abnehmen, merkte, wie das Eis auf seinen Lidern schmolz und es naß über sein Gesicht lief. Die plötzliche Wärme war ebenso qualvoll, wie draußen die Kälte gewesen war. Leicht schwankend machte er sich los und ging ins Badezimmer. Noch in der Unterwäsche rutschte er ins Wasser, die bandagierten Füße ließ er über den Wannenrand hängen. Morgan, der ihm gefolgt war, begann die Stoffstreifen zu lösen, bis Skinner die Füße herausziehen und auch ins Wasser tauchen konnte. Er wußte, daß es kühl war, aber ihm erschien es warm. Er lehnte sich vor, holte tief Atem und hielt auch das Gesicht ins Wasser. Bald würde er den Hahn mit dem roten Punkt aufdrehen. Bald, aber jetzt noch nicht.

Er schlief eine Weile unter dem Kokon der Heizdecke, obgleich es nicht seine Absicht gewesen war, als er sich daruntergelegt hatte. Er wollte gerade aufstehen, als Laura mit einem Tablett hereinkam. Ihre Augen weiteten sich beim Anblick seines unbekleideten Körpers, und er zog sich rasch die Bettdecke bis zur Brust herauf. Dann wurde ihm klar, daß nicht seine Nacktheit sie getroffen hatte, sondern der Anblick seiner frostroten Haut. Waren das Mitleidstränen, die in ihren Augen glitzterten, oder bildete er sich das nur ein? «Es sieht schlimmer aus, als es ist», sagte er schroff. «Es ist so, als wenn Sie an einem Wintertag rote Wangen bekommen, vielleicht nur über eine größere Fläche. Es geht bald vorbei.»

Sie lächelte schüchtern, und er lächelte zurück. «Ich habe Ihnen Tee und eine heiße Suppe gebracht.» Laura stellte ihm das Tablett auf die Knie und setzte sich ans Bettende.

«Das bewährte Allheilmittel in allen Lebenslagen.» Er griff nach dem Löffel. Als er mit Suppe und Tee fertig war, setzte er das Tablett zur Seite und lehnte sich aufseufzend in die Kissen zurück. «Trocknen Sie den Anzug?»

«Wir haben ihn in den Heizungsraum gehängt. Warum?»

«Es ist besser, wenn er im Warmen hängt. Er muß ganz trocken sein, wenn ich heute abend wieder hinausgehe.»

«Aber Sie können nicht –»

«Ich habe gesagt, daß ich zweimal gehen würde, einmal, um die Umgebung zu erkunden, und ein zweites Mal, um nach den Sternen unsere Lage zu bestimmen.»

«Sie sind ein entsetzlich eigensinniger Mann», tadelte sie.

Er schlug die Arme über der Brust zusammen. «Eigentlich nicht. Ich mache nur immer gern eine Sache fertig, ehe ich die nächste anfange.»

«Ich sag's ja: Eigensinnig ...»

«Verbohrt?» schlug er vor.

Jetzt mußte sie doch lächeln. «Eigensinnig.»

«Entschlossen? Edel? Hingebungsvoll?»

«Eigensinnig.»

«Es wäre Ihnen also lieber, wenn ich schlicht und einfach eigensinnig wäre. Na gut, ich bin ein eigensinniger Mann. Und Sie sind eine furchtbar eigensinnige Frau.»

Sie sah ihn einigermaßen fassunglos an. «Wie kommen Sie denn darauf?»

«Ganz einfach. Ihr Kinn verrät Sie.»

Unwillkürlich griff sie sich ins Gesicht Und sah ihn geknickt an, als er leise anfing zu lachen. Der Erkundungsgang hatte sein Gesicht gerötet, seine Augen wirkten blau, ein Kranz kleiner Fältchen umgab sie jetzt, als er sie gutmütig auslachte. Wer war dieser andere Mann, der ihr aus Skinners Gesicht entgegenlächelte? Wer immer er sein mochte – offenbar war er plötzlich ebenso verwirrt wie sie und wandte den Blick ab. Sie stand auf. «Kann ich den anderen sagen, daß Sie bald kommen?»

Er ließ langsam den Löffel auf dem Tablett kreisen. «Ja, ich ziehe mich sofort an.»

Als Skinner auf der Bildfläche erschien, sah Laura, daß der andere Mann, der sie so verblüfft hatte, spurlos verschwunden war. In den zerknitterten Sachen, mit der Brille auf der Nase, in leicht vornübergebeugter Haltung sah er aus wie immer – wie ein schüchterner Astronomieprofessor, der noch nicht so recht einsehen will, daß er sich auf der Erde und nicht zwischen Sternbildern und Galaxien bewegt.

«Na, haben Sie den Weihnachtsmann getroffen?» fragte Goade.

«Leider nein», meinte Skinner bedauernd. «Der Holzbau dort draußen ist eine Sauna, kein Bootshaus, es sind keine Straßen in Sicht, nur Bäume, Schnee, Himmel und Gegend.»

«Dann war also alles umsonst», murrte Morgan. «Sie waren halb tot, als Sie zurückkamen.»

«Umsonst würde ich nicht sagen», meinte Skinner, während er an ihnen vorbei zu den Bücherregalen ging. «Informationen sind immer nützlich.» Er merkte, daß jemand ihn am Ärmel zupfte.

«Du warst tapfer, Skinnie», erklärte Timmy.

«Ein bißchen mehr Respekt, Tim», mahnte Anne Morgan.

Skinner lächelte. «Ich habe ihm erlaubt, Skinnie zu mir zu sagen. Meine Studenten nennen mich so und denken, ich wüßte es nicht. Aber ich war gar nicht tapfer, nur – eigensinnig.» Er sah zu Laura hinüber, die am Kamin stand. «Ich wollte es einfach wissen, verstehst du?»

«Ach so.» Tim überlegte einen Augenblick. «Aber keiner der anderen hat es tun wollen.»

«Na ja, weißt du, in der kurzen Zeit konnten wir auch nur einen Anzug nähen.» Er wandte sich an Anne Morgan. «Könnten Sie mir aus der Erinnerung eine Karte von Finnland zeichnen?»

Sie schüttelte den Kopf. «Ein fotografisches Gedächtnis habe ich leider nicht.»

«Schade.» Er ging zu der Leiter in der Ecke und begann, sie an ihrer Schiene bis zur hintersten Ecke zu schieben, dann machte er, den Blick zu Boden gerichtet, kehrt und schob die Leiter langsam wieder zurück. Er sah die anderen über den Brillenrand hinweg an. «Hilft mir jemand auf der Suche nach einem Atlas?» Wieder setzte er die Leiter in Bewegung. Nach zwei Dritteln der Strecke blieb er stehen. «Vielleicht bringt uns das weiter.»

«Aber die Bücher sind alle in Finnisch», widersprach Hallick, der auf der Lehne von Sherris Sessel saß und mit einer ihrer Haarsträhnen spielte.

«Stimmt.» Skinner stieg die Leiter hinauf und lehnte sich vor, um die Regalreihen genauer zu betrachten. «Aber Landkarten sind Bilder, Längen- und Breitenangaben sind Zahlen, die Sprache braucht uns daher nicht zu stören. Der See dort draußen ist so groß, daß er auf einer Karte verzeichnet sein müßte. Vielleicht erspare ich mir damit einen zweiten Gang nach draußen.»

«Dafür lohnt es sich schon zu suchen», sagte Laura und begann, vielversprechend aussehende Bände aus dem Regal zu nehmen.

«Ja, nicht wahr?» bestätigte Skinner von der obersten Leitersprosse.

In der Bücherwand fand sich kein Atlas. Sie hatten zwischendurch gegessen, hatten Timmy gute Nacht gesagt und dann weitergearbeitet, sie hatten auch nach Geschichtswerken oder Biographien gesucht, nach allem, worin sich Landkarten vermuten ließen. Allmählich hatten die anderen die Lust verloren, und schließlich war es nur noch Laura, die bei der Stange geblieben war und Skinner half. Er kam vorsichtig die Leiter hinunter und warf einen Blick auf die anderen. Denning und Morgan spielten Karten, Hallick schnitzte wieder einmal Soldaten, Sherri und Anne Morgan saßen auf getrennten Sofas und sahen sich nicht an.

«Ich hätte das gern vermieden», sagte er leise, «aber ich muß es wissen.»

Laura saß auf dem Boden, einen Bücherstapel neben sich. Jetzt sah sie verblüfft auf. «Was hätten Sie gern vermieden?»

Skinner gab der Leiter einen kräftigen Stoß, so daß sie bis in die hinterste Ecke glitt, an die Wand stieß und ein paar Zentimeter zurückrutschte. Er begann an den Büchern herumzutasten, die hinter der Leiter versteckt gewesen waren. Dann hielt er inne, lehnte sich vor, richtete sich wieder auf. «Natürlich, wie dumm von mir.» Er griff nach einem der Regalteiler, legte die Finger um eine Nut rechts und links davon und zog kräftig. Es klickte leise, und die ganze Regalwand vor Skinner und Laura bewegte sich auf sie zu.

Er packte Laura, drückte sie mit einem Arm an sich und zog sie aus dem Weg, während er mit der freien Hand seine Brille geraderückte. Etwa dreißig Zentimeter bewegte sich das Regal lautlos nach vorn und glitt dann nach rechts. Als es stehenblieb, war eine etwa 1,20 Meter breite und 3 Meter hohe Lücke entstanden – ein schwarzes Loch, aus dem ein feuchtkalter Lufthauch wehte. Laura fröstelte. Skinners Griff wurde fester.

«Völlig logisch», sagte er leise, seine Lippen nur Zentimeter von ihren Lippen entfernt. «Ein Steigerung der Isolation bis zum völligen Rückzug zu sich selbst.»

Daß plötzlich an einer Stelle, an der sie es nie vermutet hätte, ein schwarzes Loch gähnte, hatte Laura einen Schock versetzt, aber der starke Arm, der sie umfaßte, der feste Körper, den sie spürte, hielt ihre Angst in Schach, ließ sie nicht nach außen dringen. Als die anderen sich um sie drängten, gab er sie unvermittelt frei und ging in das Loch hinein.

«Was, zum Teufel –», setzte Goade an, als Skinners weißes Hemd noch einmal kurz aufleuchtete und dann verschwand.

«Ah, da ist ja der Schalter», hörten sie Skinners Stimme, und der Hohlraum hinter dem Bücherregal wurde plötzlich hell. Skinner tauchte wieder auf. Mit hinter dem Rücken verschränkten Händen spazierte er in den Raum hinein, den er scheinbar soeben herbeigezaubert hatte. Sie folgten ihm wie eine Herde verdatterter Schafe.

«Durchtriebener Hund», knurrte Goade.

Es war ein einziger Raum, so breit wie der Wohnraum hinter ihnen, aber länger und mit raffinierter Schlichtheit eingerichtet. Skinner stöberte in den Regalen, die sich an der ganzen Wand entlangzogen und auch die Zwischenräume zwischen den hohen Fenstern zu ihrer Rechten ausfüllten. An der gegenüberliegenden Wand stand ein Tisch aus warm leuchtendem Mahagoni, der bis auf einen Stapel Papier und eine Dose mit den verschiedensten Stiften und Kugelschreibern leer war. Vor dem Tisch stand ein ordinärer Bürodrehstuhl, der leicht zur Seite gewandt war, als sei, wer immer darauf gesessen hatte, nur mal eben aufgestanden und hinausgegangen. Der Boden war von Wand zu Wand mit einem dunkelroten Teppich ausgelegt. Vor den hohen Fenstern hingen schwere Samtvorhänge im gleichen Farbton. In der Mitte des Zimmers standen zwei Reihen von Ledersesseln mit kleinen Tischen dazwischen, die in leichtem Bogen um jenen Gegenstand angeordnet waren, der den Raum beherrschte – ein Flügel im gleichen Mahagoniton wie der Tisch. Während sie sich – selbst zum Fragen zu verdattert – noch umsahen, begab sich Skinner mit einiger Ehrfurcht zum Flügel, zögerte einen Augenblick und klappte ihn dann auf. Er schlug aufs Geratewohl ein paar Töne, dann leise hintereinander einige Akkorde an. Das Zischen eines Luftbefeuchters bildete den diskreten Hintergrund zu den vollen, schwingenden Tönen. Die anderen starrten noch immer wortlos das Zimmer und Skinner an, der ganz in sein Spiel vertieft schien.

Hallick fand als erster seine Stimme wieder. «Was zum Teufel ist das?»

«Ein Bösendorfer. Unter dem hätte er's nicht getan.»

Laura stellte sich neben Skinner und betrachtete seine kraftvollen, eckigen Hände, die einen Akkord nach dem anderen anschlugen.

«*Wer* hätte es unter dem nicht getan?» fragte sie. Er lächelte ihr kurz zu und setzte sich auf die Klavierbank. «Axel Berndt, unser Gastgeber», sagte er mit einer umfassenden Bewegung einer Hand, während die andere jetzt Läufe und Melodienfetzen spielte. «Das hier ist sein Arbeitszimmer. In den Regalen stehen Noten, die Bücher zwischen den Fenstern dürften Nachschlagewerke über Theorie und Komposition sein. Er weiß ja vielleicht gar nicht, daß wir hier sind.»

«Aber Sie wissen, wo wir sind?» fragte Laura.

«Ja, jetzt weiß ich es. Vorher habe ich es nur vermutet. Wir können heute abend die Flaschen zerschlagen, und von Ihnen, Anne, brauche ich den Morsecode. Es wäre nett, wenn Sie ihn mir aufschreiben könnten.»

Laura hatte sich in einem der Ledersessel zusammengerollt und hörte zu, wie Skinner Chopin spielte. Vorher war es Bach gewesen, ein bißchen Mozart, etwas Ravel. Er war ganz vertieft, hatte den Kopf leicht schräg gelegt, gelegentlich spannte sich das Hemd über den Schultern, wenn er die ganz hohen oder ganz tiefen Töne griff.

Geduldig hatte er Fragen beantwortet, bis er nichts mehr zu sagen hatte, und die anderen waren schließlich zu Bett gegangen. Die Schiebetür war eingeschnappt, schuf ihnen und der Musik einen eigenen Raum.

Ihr Gefängnis, so hatte Skinner es ihnen erklärt, war das Sommerhaus von Axel Berndt, der zu den zwanzig reichsten Männern der Welt gehörte und ein sehr unglücklicher Mensch war.

Am Beginn seines Reichtums hatte eine Erbschaft gestanden, aus der er durch eigene Leistungen ein großes Vermögen gemacht hatte. Munition, schwere Waffen, Stahl, Industrieausrüstungen, Elektronik, Kosmetikartikel – das alles fertigten und lieferten Berndts Unternehmen. Das Geld hatte ihm – ein klassisches Muster – zwar Luxus, aber kein Glück gebracht. Anfang der sechziger Jahre hatte Axel Berndt bei einem Zugunglück seine große Liebe verloren. Bei dem Versuch, sie zu retten, hatte er schwere Verbrennungen erlitten und hatte seither nie wieder sein Gesicht in der Öffentlichkeit gezeigt. Er versteckte sich hinter seinem Geld und zog rastlos von Ort zu Ort. Im Sommer kam er immer hierher, um sich dem zu widmen, was allein ihm Freude machte, der Musik. Sein finnisches Refugium war zwar bekannt, war aber nie fotografiert worden und daher ein Geheimnis geblieben wie Berndts ganzes Leben. Drei Monate in jedem Jahr – unabhängig von der Weltlage und dem Zustand seines Imperiums – schrieb Axel Berndt hier neue Kompositionen. Skinner waren die Initialen AB auf den Wasserhähnen und auf einigen Werkzeugen im Heizungsraum aufgefallen, aber er hatte nichts gesagt. Sicher war er seiner Sache erst gewesen, als er den Flügel gesehen hatte.

Das Erstaunlichste an der ganzen Geschichte, fand Laura, war die Reaktion der anderen gewesen. Goade war natürlich wütend, weil Skinner nicht schon eher etwas gesagt hatte. Denning war sehr still geworden, und Hallick hatte Anne Morgan zu deren großem Ärger im Kreis herumgewirbelt. Offenbar meinte er, ihre Rettung könne, wenn Skinner mit Hilfe des Fotos ihren Aufenthaltsort an die Außenwelt vermittelt hatte, nur noch eine Sache von Stunden sein. Als Anne atemlos und ziemlich erbost gesagt hatte, daß das für ihn wohl kaum die Freiheit bedeuten dürfte, war seine Begeisterung jäh in Groll umgeschlagen, und er hatte ihr vorgeworfen, sie könne ihn offenbar ebensowenig leiden wie die anderen. Anne, die sich vor Hallicks Launen zu ihrem Mann hatte flüchten wollen, mußte feststellen, daß er sich an Berndts Arbeitstisch angeregt mit Sherri unterhielt. Sie schützte Kopfschmerzen vor und verzog sich ins Schlafzimmer. Denning blieb es überlassen, Hallick zu beschwichtigen. Sherri hatte schließlich von Morgans Moralpredigten genug und lockte Hallick mit geflüsterten Verheißungen aus dem Zimmer, woraufhin Morgan wütend Denning vorwarf, er ließe sich von seinem Gefangenen auf der Nase herumtanzen. Laura war froh gewesen, als sie endlich alle weg waren.

Skinner hatte das Chopinstück beendet.

«David?»

«Ja?» Er wandte sich halb um. «Hat die Dame in der ersten Reihe irgendeinen besonderen Wunsch?»

«Glauben Sie, daß man die Botschaft auf den Fotos erkennen wird?»

Er rieb sich den Nacken und wandte sich ihr ganz zu. «Das weiß ich nicht. Aber versuchen müssen wir es. Die anderen beiden Nachrichten haben uns offenbar nicht weitergeholfen. Ich habe irgendwie nicht den Eindruck, daß die Rettungsmannschaften schon angedonnert kommen.»

«Das ist wahr ... Hören Sie schon auf zu spielen?»

«Nein, aber Sie brauchen nicht zuzuhören. Ich muß noch vier Tage wettmachen, an denen ich nicht üben konnte, das wird noch eine Weile dauern.»

«Aber ich höre gern zu.» Sie sah auf ihre Hände herunter. «Ich glaube, Joey liegt im Grunde gar nichts daran, gerettet zu werden.»

Skinner stand auf, nahm auf gut Glück eines der Manuskripte aus dem Regal und blätterte darin herum. «Das mag schon sein. Wie Anne mit einem bewundernswerten Mangel an Taktgefühl bemerkte, sieht seine Zukunft nicht gerade rosig aus. Was für uns eine unerträgliche Situation ist, genießt er als eine Art Urlaub.» Er stellte das Manuskript zurück und holte ein anderes heraus. «Oder jedenfalls als eine Verlegung in ein anderes Gefängnis. Wenn Denning ihn erst einmal in die Heimat zurückgebracht hat, dürfte es aus sein mit den Vergünstigungen.»

«Sie meinen Sherri?»

Er lächelte flüchtig. «Unter anderem auch Sherri. Dazu die vorurteilslose Bewunderung eines Achtjährigen, ein aufwendiger Lebensstil, interessante Leute – und Ihr Brot.»

Sie lachte. «Es ist absolut nicht nötig, daß Sie mich auch noch deswegen aufziehen. Die Frotzeleien der anderen genügen mir.»

Er stellte das Manuskript auf den Notenständer des Flügels. «Nicht jeder kann in einer solchen Lage seine Persönlichkeit entfalten.» Er setzte seine Brille wieder auf und besah sich die Noten.

«Aber Sie haben das geschafft», entfuhr es ihr.

Er sah sie verdutzt an. «Was für eine erstaunliche Feststellung.»

Insgeheim mußte sie ihm recht geben. «Ist das eine von Axel Berndts Kompositionen?» fragte sie rasch.

«Ich denke schon. Hören wir sie uns einmal an?» Nach ein paar Fehlstarts spielte er das Stück in einem Zug durch. Es war sehr reizvoll, eine einfache, lebhafte Melodie mit recht komplizierten Modulationen und Progressionen. Er schüttelte den Kopf. «Daran muß ich noch arbeiten, es ist komplizierter als es aussieht.»

«Wie der Mann, der es geschrieben hat?»

Er klappte das Notenheft zu. «Vielleicht. Man fragt sich natürlich, ob er von dem, was sich hier abspielt, Kenntnis hat. Vielleicht hat er uns entführt, um in einer seiner Fabriken einen Streik zu brechen?»

«Das ist lächerlich.»

Skinner begann den Flohwalzer zu klimpern. «Nicht lächerlicher, als wir es sind, verehrte Miss Laura Ainslie, die wir zanken und streiten, uns mit Sex betäuben, Moralpredigten halten, im Schnee herumstapfen und Chopin spielen wie ein arthritisches Känguruh, Brot backen, das auffallend braun gerät, Socken waschen, aus dem Fenster starren und uns über das Wetter auslassen. Und dabei müssen wir jederzeit damit rechnen, daß unsere beiden Freunde mit den MPi zurückkommen und uns, wenn etwas nicht nach ihrer Nase geht, mausetot schießen, peng-peng.» Ein paar klirrende Dissonanzen, dann ließ er die Hände von den Tasten gleiten. Sein Lachen mißlang. «Es tut mir leid.»

«Warum holen Sie Ihr Übungspensum nicht morgen nach, David? Ich weiß, Sie machen am liebsten das fertig, was Sie einmal angefangen haben, aber –»

«Na gut», gab er nach. Er schlug ein paar Töne an, ließ seine Hand auf den Tasten, spielte weiter, als könnte er sich nicht trennen.

Laura stand auf. «Ich mache uns noch einen Kakao.» Er nickte und spielte weiter. Zum erstenmal hatte er ein Zeichen von Schwäche gezeigt. Es war nur eine vorübergehende Unbeherrschtheit gewesen, die ihr den Mann eher noch sympathischer machte. Sie drängte die Regung zurück, zu ihm zu gehen. Statt dessen drückte sie den Knopf, der die Schiebetür beiseite gleiten ließ. Der Raum dahinter lag im Dunkeln. Sie ließ die Tür offen. Für den Weg in die Küche war es hell genug. Dort knipste sie das Licht an – und erstarrte. Jetzt war sie froh, daß die Tür zum Musikraum offenstand. Hinter den schallgedämmten Wänden hätte Skinner sie nie schreien hören.

Anne Morgan lag auf dem Küchenboden neben dem großen Kiefernholztisch; das Nachthemd war ihr bis zur Taille hochgerutscht, ihre Beine waren gespreizt. Am Hals hatte sie rote Male, unter ihrem Kopf war ein See von Blut. Sie blinzelte nicht, als das Licht über ihr anging.

Sie war tot.

12

«Können Sie die Männer beschreiben, die Sie entführt haben?» fragte Ainslie.

Sergeant Goade schüttelte langsam den Kopf. Er konnte die beiden Offiziere, die vor seinem Bett standen, offenbar noch immer nicht klar erkennen. Daß einer eine amerikanische, der andere eine britische Marineuniform trug, verwirrte ihn sichtlich. Beide wollten sie Auskünfte von ihm, und da er mit den britischen Rangabzeichen nicht vertraut war, wußte er nicht, welcher der Diensthöhere war. Der amerikanische General stellte zwar mehr Fragen, aber den britischen Offizier schienen die Antworten mehr zu beunruhigen. Er wußte, eigentlich müßte er vor dem General Haltung annehmen, aber das fiel ihm im Augenblick seltsam schwer, zumal die beiden die verwunderliche Angewohnheit hatten, gelegentlich zur Decke zu entschweben, von wo ihre Stimmen nur ganz fern und leise zu ihm herabdrangen. Er gab sich trotzdem große Mühe.

«Ich ... hab sie ... nicht sehr gut erkannt. Essen haben sie mir bei Dunkelheit gebracht, und dann war ich wohl auch ziemlich groggy, Sir.»

«Haben sie mit Ihnen gesprochen, Sie etwas gefragt, haben Sie ihnen etwas über Ihren Auftrag erzählt?» Eigentlich, fand Ainslie, wäre es an Captain Skinner gewesen, diese Fragen zu stellen.

«Auftrag? Hatte kein Auftrag, Sir ... drei Wochen Urlaub ... haben mich soweit ganz anständig behandelt ... wollten sonst nichts weiter von mir ... konnte bloß nicht weg.»

«Was ist aus den anderen geworden?»

«Welchen anderen, Sir?»

«Herrgott, Mann, die anderen Passagiere meine ich.»

Angestrengt nachdenkend runzelte Goade die Stirn. «Ich war allein, Sir, mein Sprit war alle, ich hab mich an den Straßenrand gestellt, da waren sie plötzlich da. Ich kann mich sonst an keinen erinnern ...»

«Verstehe.» Ainslie sah zu Captain Skinner hinüber, der sich die nächste Zigarette ansteckte. «Vermutlich gehört das alles zu seiner Ausbildung?»

Captain Skinner fuhr zusammen und sah ihn über die Streichholzflamme hinweg an. «Was meinten Sie eben?»

«Er drückt sich offensichtlich um klare Antworten, wahrscheinlich weiß er nicht recht, auf welcher Seite ich stehe. Zeigen Sie ihm Ihren Ausweis, damit wir die Sache endlich hinter uns bringen.»

Captain Skinner zog ein paarmal an seiner Zigarette und musterte den verwirrten Mann im Bett nachdenklich. «Am besten wär's, wenn Sie mich mal allein mit ihm reden ließen.»

«Ich will wissen, was passiert ist, wo die anderen stecken, warum sie getrennt wurden. Was redet er da von Sprit?»

«Das will ich ja gerade feststellen. Sie vertrauen mir doch, oder?»

«Verdammt, darum geht es gar nicht.» Ainslie ging mit ein paar schnellen, nervösen Schritten bis zum Fenster und kam wieder zurück. «Sie meinen also, das wäre besser, ja?»

Captain Skinner erlaubte sich ein kurzes Lächeln und schnippte die Zigarettenasche in den Papierkorb neben dem Bett. «Denken Sie daran, was uns der Arzt über seinen Zustand gesagt hat. Er wurde offenbar mehrere Tage lang in einem verdunkelten Raum gefangengehalten und betäubt und ist infolge des zeitweiligen Verlusts sinnlicher Wahrnehmungen desorientiert. Ähnliche Fälle gab es bei Kriegsgefangenen in Vietnam. Er ist redlich bemüht, sich in der Wirklichkeit wieder zurechtzufinden, aber es ist durchaus denkbar, daß er gar nicht mehr viel weiß oder daß er nur Unklares oder

Dinge im Gedächtnis behalten hat, die so überhaupt nicht stimmen. Ich habe leider einige Erfahrungen mit solchen Fällen. Lassen Sie mich da ruhig mal allein ran. Vielleicht klappt es besser, wenn wir unter vier Augen miteinander reden und ich mich ausweise.»

«Kennt er Sie?»

Captain Skinner schüttelte den Kopf. «Nein, aber es gibt da festgelegte Identifizierungsverfahren, Möglichkeiten, ihn davon zu überzeugen, daß er mir vertrauen kann. Und dann –»

«Also meinetwegen. Daß ich bei dem Burschen nicht weiterkomme, steht fest. Ich warte draußen.» Ainslie verließ mit finsterem Gesicht das Zimmer und machte seinem Ärger mit donnerndem Türenknallen Luft. Er lehnte sich an die Wand, die Ellbogen aufs Fensterbrett gestützt, die Sonne heizte ihm von außen, seine Wut von innen ein. Der lange Gang war praktisch leer. Sie hatten dafür gesorgt, daß Goade in einen wenig benutzten Trakt des neuen Krankenhauses gelegt worden war, für den das Sicherheitskorps der Botschaft die Zuständigkeit übernommen hatte. Die Polizei von Adabad hatte diese Maßnahme sehr erbost, aber da Goade Army-Angehöriger war und kein Verbrechen begangen hatte, konnte sie gar nichts machen. Zwanzig Meter weiter drückte sich ein Sicherheitsbeamter herum, ansonsten war Ainslie allein. Wenn in den anderen Zimmern Patienten lagen, waren sie offenbar weitgehend sich selbst überlassen. Im Lauf einer Viertelstunde kam nicht eine einzige Schwester vorbei.

Endlich öffnete sich die Tür, und Captain Skinner kam heraus. Über seine Schulter hinweg sah Ainslie einen Moment lang Goades Gesicht auf dem Kissen. Es sah aus, als habe der Mann das Bewußtsein verloren.

«Na, was ist?»

Captain Skinner seufzte. «Er ist gar nicht bis zur Maschine gekommen. Sie haben ihn sich auf dem Weg zum Flugplatz geschnappt und seither hier in Adabad gefangengehalten. Der Mann auf den Fotos ist nicht Goade. Ohne die Lichtstreifen wären wir vielleicht schon eher darauf gekommen. Der Bursche hat offenbar dieselbe Größe und sieht ihm einigermaßen ähnlich, aber das ist auch schon alles.»

«Es ist also jemand, der hinter dem Mann her ist, den Goade bewachen sollte?»

«Es sieht so aus.»

«Demnach geht es doch um Ihre Sache?»

«Es sieht so aus», wiederholte Captain Skinner und machte ein recht unglückliches Gesicht. «Ich hatte schon gehofft, es bestünde da kein Zusammenhang, das wäre nämlich einfacher gewesen.»

«Wen sollte er bewachen?»

«Der Kurier sollte sich in der Maschine möglichst rasch zu erkennen geben. Goade sollte einfach Augen und Ohren aufsperren, den Kurier beobachten und aufpassen, daß sich während des Fluges niemand an ihn – oder sie – heranmachte. Nach der Landung sollte er an unsere Leute in Heathrow übergeben. Ein letzter kleiner Auftrag vor seinem Urlaub, völlig harmlos.»

«Der Mann, der an seiner Stelle den Flug angetreten hat, weiß demnach gar nicht, wer der Agent ist?»

«Nein, es sei denn, daß sie aus Goade während seiner Betäubung die Erkennungsmethode herausgeholt haben.»

«Verdammt harte Sache», sagte Ainslie mitfühlend. Langsam schritten sie nebeneinander den Gang entlang.

«Es könnte immer noch sein –» setzte Captain Skinner an.

«Was?» fuhr Ainslie ungeduldig auf.

«Ein unglückliches Zusammentreffen.» Captain Skinner klopfte die Taschen seiner Uniformjacke nach Streichhölzern ab. Ainslie holte sein Feuerzeug hervor. Noch ein gutes Stück von dem Sicherheitsbeamten entfernt blieben sie stehen. Captain Skinner blies einen Rauchfaden. «Was Ihr Adjutant da sagte ... Die Liste der Forderungen, die Doppler Ihnen übergeben hat, meinte er, hätte sich gelesen, als habe sie ein Spinner zusammengestellt, der es satt hatte, Leserbriefe an die *Times* zu schreiben und all seine Rechnungen auf einen Schlag begleichen wollte.»

«Ach so, das ... Ich glaube, das sollte nur ein Witz sein. Larry ist nicht dumm, beileibe nicht, aber mit der Menschenkenntnis ist es bei ihm nicht weit her.»

«Trotzdem könnte es sein, daß mein Mann in diese Entführung ganz zufällig hineingeschlittert ist. Der Mann, der Goades Rolle übernommen hat, war möglicherweise gar nicht hinter dem Kurier her, vielleicht sollte er bei den Passagieren nur den Horcher spielen, um den Wachen, beispielsweise im Fall eines Ausbruchsversuchs, einen Tip zu geben.»

«Hört sich ziemlich kompliziert an. Wenn sie genug Wachen haben, könnten die Geiseln ohnehin nicht ausbrechen. Wozu dann noch ein V-Mann?»

«Herrgott, das weiß ich doch auch nicht», brauste Captain Skinner auf. «Vielleicht haben sie eben nicht genug Wachen. Vielleicht ist dieser Brahms ein Freund von Komplikationen. Können Sie mich nicht was Leichteres fragen?»

«Schon gut», sagte Ainslie, aufgeschreckt von Captain Skinners plötzlichem Ausbruch. «Tut mir leid», fügte er mit einiger Überwindung hinzu.

Captain Skinner sah ihn an. «Mir auch. Die ganze Sache ist so verdammt sinnlos, jedenfalls ich kann keinen Sinn darin entdecken, und das geht mir allmählich auf die Nerven.»

«Es wäre leichter, wenn Ihr Bruder nicht dabei wäre.»

«Und Ihre Tochter», bestätigte der Captain. Sie sahen sich an, akzeptierten ihre Verletzlichkeit, dann gingen sie schweigend weiter.

Die zweite Fotosendung kam am Nachmittag des nächsten Tages, und diesmal verdeckten keine Lichtstreifen Goades Gesicht oder vielmehr das Gesicht des Mannes, der sich als Goade ausgab. Captain Skinner schickte sofort eine Kopie nach London.

Knapp drei Stunden später war die Antwort da. Er legte den Hörer auf und sah Ainslie und Carter düster an.

«Der Mann auf dem Foto ist Alan Webb. Er war mal auf unserer Seite. Wir hielten ihn für tot.»

«Tot?» wiederholte Carter.

«Ja. Vor etwa drei Jahren gab es da eine Affäre, bei der Webb – also, sagen wir, daß Webb in Ausübung seiner Pflicht angeschossen wurde und spurlos verschwand. Wir dachten zuerst, die andere Seite hätte ihn geschnappt, aber etwa eine Woche später wurde die Leiche ans Ufer gespült, die seine Sachen trug, seine Ausweispapiere bei sich hatte und so weiter. Die Hände waren total kaputt, so daß wir keine Fingerabdrücke nehmen konnten, aber wir hatten keinen Zweifel daran, daß es Webb war. Er war immer zuverlässig gewesen, ein guter, ein sehr guter Mann sogar. Offenbar hatten wir uns geirrt, in der Leiche und in unserem Mann.»

«Mit anderen Worten: Er hat sein Verschwinden selbst inszeniert und wollte, daß Sie ihn für tot hielten.»

«Er oder jemand anders. Jedenfalls ist er nun wieder da.»

«Kannten Sie ihn?»

«Ich hatte ihn ein-, zweimal flüchtig gesehen. Sie haben ihn nach der Knochenstruktur, der Ohrform identifiziert. Er hat eine plastische Operation hinter sich, sagen unsere Leute, nichts Einschneidendes, gerade nur so viel, daß er Leute täuschen konnte, die ihn nicht gut kannten.»

«Warum haben Sie die Leiche nicht auch nach dieser Methode identifiziert?»

«Ich sage Ihnen doch, damals hatten wir keinen Grund zu der Annahme, daß etwas faul an der Sache sein könnte. Außerdem war der Kopf ziemlich unkenntlich, er sah aus, als wäre er auf Felsen aufgeschlagen.»

Schweigend betrachteten sie die Fotos. Sie waren insofern beruhigend, als die Geiseln gelockerter wirkten als in den Aufnahmen mit der Zeitung; andererseits sahen sie weniger gepflegt aus.

«Wahrscheinlich hat man ihnen die Rasiersachen als potentielle Waffen weggenommen», überlegte Ainslie laut, während er die Fotos von seiner Tochter und dem Professor ansah. Diesmal waren es alles in allem nur vier Aufnahmen: die Familie Morgan zusammen, Sherri Lasky und der Gefangene Hallick, Goade und Marshall Denning, Skinner und Laura.

Larry sah Ainslie über die Schulter. «Sie lächelt beinahe», sagte er.

«Beinah», bestätigte Ainslie. «Aber sie sieht auch nicht gerade aus wie auf einer Cocktailparty.»

«Also, wenn Sie mich fragen, sieht sie genauso aus wie auf einer Party. Als ob sie sehr viel lieber ein Buch lesen oder Platten hören würde.» Carter lachte, aber es klang nicht sehr heiter.

Captain Skinner sah von dem Foto auf, das Sherri und Hallick zusammen zeigte. «Ihre Tochter macht sich auch nicht viel aus Gesellschaften?»

Ainslie schüttelte den Kopf. «Vielleicht kommt das daher, daß sie zuviel von diesem Trubel über sich ergehen lassen mußte. Wenn man in der Army da angelangt ist, wo ich jetzt bin, hat man Verpflichtungen, da gibt es Essen, Parties, Empfänge und so weiter. Seit einem Jahr spielt Laura offiziell für mich die Gastgeberin. Sie versteht sich großartig auf sämtliche Vorbereitungen, sorgt dafür, daß alles zur rechten Zeit bereitsteht, das Essen gut ist, die Gäste zueinander passen. Aber wenn der Abend erst mal läuft, möchte sie sich am liebsten in Luft auflösen. Herumstehen und Konversation machen – das liegt ihr nicht.»

«Sie wird schon noch Gefallen daran finden, sie ändert sich noch, bestimmt», beteuerte Larry.

Ainslie warf seinem Adjutanten einen leicht gereizten Blick zu. «Wenn wir sie überhaupt zurückbekommen.»

«Wir bekommen sie schon zurück. Sehen Sie sich die Geiseln doch an, sie sehen nicht mehr so aus, als ob sie Angst hätten. Und zu hungern brauchen sie offenbar auch nicht. Wenn Sie mich fragen, hat Doppler völlig recht. Sie sind gut versorgt. Daß die Männer sich nicht rasiert haben, hat nichts zu bedeuten, sie sitzen ganz lokker da, mit gefalteten Hän–»

«Verdammt, verdammt, verdammt!» Captain Skinner hieb mit seiner heilen Hand heftig auf den Tisch, dann griff er sich alle vier Fotos und besah sie sich genau. «Ich Idiot, ich habe es einfach nicht gesehen ...»

«*Was* haben Sie nicht gesehen?» wollte Ainslie wissen.

Captain Skinner drückte Carter die Aufnahmen in die Hand. «Lassen Sie die Hände vergrößern, los, Mann, beeilen Sie sich ein bißchen. Die verdammten Fotofritzen sollen Dampf dahintermachen. Es kommt mir auf die Hände an, klar?»

Ainslie nickte Carter zu, der einigermaßen ratlos mit den Fotos abzog.

«Immer mit der Ruhe», mahnte der General, als Captain Skinner aufsprang, im Zimmer herumzulaufen begann, sich mit der gesunden Hand immer schneller gegen das Bein schlug und sich bei jedem Schlag einen verdammten Idioten nannte. «Was haben Sie entdeckt?» Er fragte nicht nur aus Wißbegier, sondern weil er das Gefühl hatte, der Captain könnte jeden Augenblick platzen, wenn er es nicht loswurde.

Captain Skinner fuhr herum. «David hat absichtlich auf die Worte in der Zeitung gedeutet.» Seine Worte überstürzten sich. «Und bei der zweiten Serie hat er wieder Hände zu Hilfe genommen. Ich hätte nicht lockerlassen dürfen, ich hätte wissen müssen, daß er es immer wieder versuchen würde, so ist er, was er einmal angefangen hat, das führt er auch zu Ende. Immer.»

«Und?»

«Ich hätte es vielleicht auch ohne Vergrößerung erkannt, aber ich will doch lieber sichergehen. Die Leute auf den Fotos haben die Hände nicht gefaltet, sie bilden Buchstaben mit den Fingern, versuchen uns eine Botschaft zu übermitteln. Was bin ich für ein Idiot!»

«Sie meinen –»

«David versucht uns klarzumachen, wo sie sind. Diese verdammten Bilder sind die einzige Möglichkeit, die er dazu hat.»

Ainslie lehnte sich erstaunt in seinem Sessel zurück. «Ist er immer so – umsichtig? Darauf wäre ich nie im Leben gekommen, ich hätte viel zu große Angst gehabt.»

Captain Skinner lachte kurz auf. «Angst hat er bestimmt auch, aber sein Gehirn hört nie auf zu arbeiten. Wahrscheinlich haben sie dort auch kaum etwas anderes zu tun, oder meinen Sie, daß man für sie Beschäftigungstherapie eingeführt hat? Körbeflechten zum Beispiel oder –»

«Schluß jetzt», sagte Ainslie scharf. Captain Skinner klappte sehr plötzlich den Mund zu, zwang sich, die Hände sinken zu lassen, holte ein paarmal Luft und atmete tief wieder aus. Dann kam er zum Schreibtisch zurück und ließ sich in seinen Sessel fallen.

«Mir scheint, Ihr Gehirn ist auch nicht gerade untätig», meinte Ainslie bedächtig. «Jetzt versuchen Sie mal, zur Ruhe zu kommen. Bis die Vergrößerungen fertig sind, kann eine Weile vergehen. Wenn Sie hier herumlaufen wie eine hungrige Hyäne und sich beschimpfen, kommen sie auch nicht schneller.»

«Das weiß ich», murrte der Captain.

Die Regung, aufzuspringen und Skinner auf seinen Rundgängen zu folgen, hätte Ainslie um ein Haar überwältigt, aber da er älter war und steifere Gelenke hatte, drehte er sich nur mit seinem Sessel eine Weile hin und her, dann holte er eine Zigarre aus dem Schreibtischfach, schnitt die Spitze ab, zündete sie an und beobachtete den Jüngeren, bis die Spannung von Skinner abzugleiten begann. «Jetzt erzählen Sie mir mal von den Gefangenen», bat er und wischte sich einen Tabakkrümel von der Unterlippe.

«Wie meinten Sie?» Der Captain fuhr hoch und sah Ainslie verständnislos an.

«Von den Burschen, die Brahms aus dem Gefängnis holen will», erklärte Ainslie geduldig.

«Ach so, das meinen Sie.» Skinner klopfte seine Taschen ab und förderte schließlich ein gefaltetes Blatt Papier zutage. Dann zog er eine Hornbrille heraus und setzte sie auf. Plötzlich war die Ähnlichkeit zwischen den beiden Brüdern stärker. Verbarg sich, wenn in dem Captain ein Stück Professor steckte, vielleicht ein Stück Geheimagent in dem Professor? Der Captain war Ainslie sympathisch; er hatte das Gefühl, daß auch der Bruder ihm gefallen würde. Captain Skinner begann ohne Begeisterung mit seinem Vortrag.

«Rudolf Winefeldt, 23, Jan Velden, 25, Karl Boyar, 20. Die ersten beiden sind vorbestraft, Boyar ist Ersttäter. Er war Student, ist aber letztes Jahr ausgestiegen – es gab Ärger um ein Mädchen –, schloß sich einer dieser Sekten an und tauchte unter.»

«Meinen Sie –»

«Nein, nein, nicht im Sinne einer Flucht zu irgendeiner Untergrundbewegung, er verschwand einfach. Er ist Waise, bei den Großeltern aufgewachsen, ein hochbegabter, aber labiler Junge. Erst zehn Monate später hörten seine Angehörigen wieder von ihm, als er wegen des Einbruchs verhaftet und vor Gericht gestellt wurde. Sie versuchten ihm zu helfen, aber er wollte nichts mit ihnen zu tun haben. Offenbar wollte er sich schuldig bekennen, aber die Anwälte der anderen beiden brachten ihn dazu, vor Gericht zu gehen. Die Polizei sagt, er habe sie förmlich angefleht, ihn in den Knast zu schicken.»

«Warum haben sie die Strafe nicht zur Bewährung ausgesetzt?»

«Bei dem Einbruch wurde ein Wachmann verletzt, das wirkte natürlich straferschwerend. Aber er kam besser weg als die anderen beiden. Er ist Schwede, die anderen sind Holländer. Jemand hat durch sanften Druck versucht, die schwedische Regierung zu veranlassen, ein Auslieferungsverfahren in Gang zu setzen, aber –»

«Und wer –»

«Das steht noch nicht fest. Wir bemühen uns darum. Es war inoffiziell ...»

«Glauben Sie, daß man ihn freiläßt?»

«Ich denke schon. Unter scharfer Überwachung natürlich.»

«In der Hoffnung, daß er uns zu Brahms führt?»

«In der Hoffnung, daß er uns irgendwohin führt.» Captain Skinner warf das Blatt mit seinen Notizen auf den Tisch und verschränkte die Hände.

«Hat jemand mit den Gefangenen gesprochen?»

«Natürlich, wofür halten Sie uns? Sie wissen von nichts, sie sind erstaunt, verwirrt, hoffnungsvoll ... Entweder die besten Schauspieler außerhalb der Bühne, die die Welt je gesehen hat, oder sie haben mit der Sache wirklich nichts zu tun.»

«Was ist mit diesem Boyar, der unbedingt ins Gefängnis wollte?»

«Er will dort bleiben. Sie werden ihn noch mit Gewalt an die frische Luft setzen müssen.»

«Hat er Angst, herauszukommen?»

Skinner schüttelte den Kopf. «Nein, das ist es nicht. Er will seine ‹Schuld an der Gesellschaft› abtragen, so ähnlich hat er sich ausgedrückt. Er leidet unter einem Schuldkomplex, ist superfromm, sehr reuig, mehr ist nicht dran an ihm. Sieht gut aus, hat gute Manieren, ganz im Gegensatz zu den anderen beiden. Mit denen will er jetzt übrigens auch nichts mehr zu tun haben. Hockt in seiner Zelle und liest die Bibel. Und den Koran. Und den Talmud. Und alles andere, was er in dieser Richtung in die Finger kriegt. – Wo zum Teufel sind die Bilder?»

Ainslie sah auf die Uhr. «Vermutlich im Entwicklungsbad.»

Captain Skinner lächelte etwas kläglich. «Ist Ihnen schon aufgefallen, daß Sie immer, wenn ich mich aufrege, die Ruhe selbst sind, und immer wenn Sie sich aufregen, ich ruhig werde?»

«Allerdings. Keine schlechte Arbeitsteilung. Wenn wenigstens einer von uns einen kühlen Kopf behält, kann uns eigentlich gar nichts passieren.»

Captain Skinners Lächeln erlosch. «Uns vielleicht nicht ...» sagte er leise.

Die Vergrößerungen bestätigten die Theorie des Captain. Sie waren noch naß, Carter mußte sie vorsichtig voneinander lösen, um sie auf den Schreibtisch zu legen. «War es das, was Sie wollten?» fragte er, noch immer einigermaßen perplex.

Es war wirklich ganz eindeutig.

Professor Skinner hielt seine Finger so, daß etwas wie eine Sechs und eine Sieben entstanden, Laura hatte ein N nachgebildet, bei den anderen entdeckten sie T, E, R, I, B und noch ein E.

«TERIBE?» fragte Carter. «Was soll denn das heißen?»

«Sie konnten ja nicht wissen, in welcher Reihenfolge wir die Fotos legen würden», fuhr der Captain ihn ungeduldig an. «Sie wußten vielleicht nicht einmal im voraus, wer mit wem fotografiert werden würde.»

«Ein Anagramm also», meinte Ainslie. «Darin war ich früher mal ganz gut.» Er griff nach Papier und Bleistift. «BIER, TIER, BEI ...» In seinem Eifer brach Ainslie fast die Bleistiftspitze ab.

«Mit dem Computer ginge es vermutlich schneller», bremste Captain Skinner ihn. «Ob David wirklich Zahlen gemeint hat, oder ob wir da auch nur die Buchstaben verwenden sollten?»

«Das läßt sich schnell feststellen», sagte Carter zuversichtlich. «Wie viele mögliche Kombinationen gibt es?»

Wie sich herausstellte, gab es für sieben Buchstaben 5040 mögliche Kombinationen; daraufhin fanden sie, daß der Professor wohl doch richtige Zahlen gemeint hatte. Jedenfalls hofften sie es.

Carter besah sich den langen Computerausdruck. «Ob Ihr Bruder wohl gewußt hat, was er uns da eingebrockt hat, Captain?»

Captain Skinner seufzte. «Ich denke schon. Aber zumindest gibt er sich Mühe.»

«Ja, sehr», bestätigte Carter mit einigem Nachdruck.

13

«Ich war's nicht! Ich war's nicht!» wimmerte Hallick, sein Gesicht mit den Händen schützend.

Denning, noch schlafbefangen – Skinner hatte ihn geweckt –, stand vor Hallicks Bett und hatte mit einer Hand seinen Arm umklammert, während er die andere zum nächsten Schlag erhoben hatte. Wäre Skinner nicht dazwischengegangen, hätte er Hallick bewußtlos geschlagen.

«Du Hurenbock, du mieser kleiner –»

«Ich hab sie nicht angerührt, ich habe –»

«Aber warum? Hattest du an Sherri nicht genug? Mußtest du unbedingt noch einer zweiten Frau nachstellen und sie umbringen?»

«Vielleicht sehen Sie es sich erst mal an, Frank.» Skinner zog Denning so lange am Ärmel, bis er Hallick losließ. Noch immer zitternd vor Wut ging er zur Kommode und nahm die Handschellen heraus.

«Ich hätte sie ihm nie abnehmen dürfen, ich hab's ja gewußt.» Rasch fesselte er Hallick mit den Händen an den Bettpfosten und zog die metallenen Armbänder so fest an, daß sie ins Fleisch schnitten. Hallick lag mit über dem Kopf erhobenen Händen da und schien überhaupt nicht zu begreifen, was hier geschah. Skinner runzelte die Stirn und machte sich so seine Gedanken. Dann ging er mit Denning die Treppe hinunter. Laura hockte in einem Sessel vor dem Kamin; sie hatte die Hände vors Gesicht geschlagen, gab aber keinen Laut von sich.

Sie hatten ein Tischtuch über Annes Leiche gebreitet, das Denning rücksichtslos wegzog, so daß sie wieder dem grellen Licht ausgesetzt war. Skinner schloß kurz die Augen, zwang sich aber, sie wieder zu öffnen, während Denning sich hinkniete und die roten Male an dem Hals der Toten betrachtete. Dann griff er nach ihrem Kinn und bewegte den Kopf vorsichtig hin und her.

«Sieht so aus, als ob er zuerst versucht hat, sie zu erwürgen», meinte Denning mit blassem, aber grimmig entschlossenem Gesicht.

«Woher kommt dann das Blut?» fragte Skinner gepreßt. Er lehnte am Küchenschrank und betrachtete sein Spiegelbild in dem schwarzen Fenster über der Spüle.

Denning drehte Annes Kopf so, daß die toten Augen auf das Unterteil der Spüle gerichtet waren. «Ihr Schädel ist eingeschlagen. An der Ecke vom Küchentisch ist Blut, David. Sieht aus, als hätte er es mit seinen üblichen Spielchen versucht, sie hat sich gewehrt und ist mit dem Kopf auf den Tisch aufgeschlagen. Vielleicht hat es nicht gleich angefangen zu bluten, vielleicht –» Aber dann schüttelte er den Kopf. Er beugte sich vor, besah sich das verklebte Haar genauer und tastete behutsam mit den Fingerspitzen. «Komisch ...»

«Was ist denn?» fragte Skinner gepreßt.

«Die Form der Wunde stimmt nicht, es muß etwas Langes, Schmales gewesen sein, das sie am Kopf getroffen hat, es kann keine Tischkante gewesen sein. Es fühlt sich an, als ob – o verdammt ...» Er zog seine Hand weg, und der Kopf fiel mit einem dumpfen Laut auf den Boden zurück. Er richtete sich auf und starrte auf seine blutigen Fingerspitzen. «Ich bin mit der Hand durchgekommen, die Schädeldecke ist dünn wie Papier.» Er wirkte plötzlich ganz elend und sah aus, als könnte er jeden Augenblick umkippen.

«Ist Ihnen nicht gut?» fragte Skinner besorgt.

Denning schüttelte den Kopf und holte ein paarmal tief Atem.

«Es ist lange her, daß ich ... Ich arbeite schon jahrelang nicht mehr als Cop.»

«Es brauchte demnach keinen heftigen Schlag, um sie zu töten», fragte Skinner, mehr um Denning abzulenken als wegen der Information selbst.

«Nein, wohl nicht. Ich hätte ihm die Handschellen lassen müssen, nicht eine Minute lang hätte ich –»

«Was hätte das für einen Sinn gehabt?» Jetzt standen sie beide da und stützten sich gegenseitig. Denning fuhr herum, wobei Skinner beinahe das Gleichgewicht verlor.

«Sinn? Da liegt er, Ihr Sinn, da auf dem Küchenboden. Ich hab Ihnen doch gesagt, daß er ein Killer ist.» Er schüttelte Skinners Hand ab, ging zur Spüle und griff nach dem Wasserhahn. Mitten in der Bewegung hielt er inne. In dem Edelstahlbecken lag ein zerbrochenes Glas, daneben war ein weißer Niederschlag, der nach zerfallenen Aspirintabletten aussah.

«Sie sagte, sie hätte Kopfschmerzen», erinnerte sich Skinner. «Sie kam herunter, um sich Wasser für ihr Aspirin zu holen, jemand näherte sich von hinten –»

«Sie meinen, Hallick näherte sich von hinten», knurrte Denning.

«So genau können Sie das nicht sagen», wandte Skinner ein. «Noch ist er nicht verurteilt. Bisher ist er nur ein mutmaßlicher Mörder.»

«Jetzt reden Sie wie einer von diesen Rechtsverdrehern.»

«Mal angenommen, er wäre nicht einmal ein mutmaßlicher Mörder, angenommen, er wäre einfach ein Passagier wie Sie oder ich – wen würden Sie in einem solchen Fall verdächtigen?»

«Weiß ich nicht», stöhnte Denning. «Jetzt seien Sie doch vernünftig, David. Hier unten liegt eine tote Frau, und oben ist ein Mörder – ein mutmaßlicher Mörder meinetwegen. Für eine Auslieferung müssen schon handfeste Beweise vorliegen, und das genügt mir. Der Fall ist klar, wozu unnötig Probleme schaffen?»

«Der Fall ist wirklich auffallend klar», räumte Skinner ein. Er sah hinaus zu Laura, die noch immer vor dem Kamin saß. Ihre Hände lagen im Schoß, aber sie war wie erstarrt, ihr Gesicht war ohne jeden Ausdruck. «Weniger klar ist, wie wir uns verhalten sollen, wenn die Bewaffneten morgen wieder auftauchen, und damit ist zu rechnen, da sie heute nicht da waren.»

Denning sammelte die Glasscherben ein und legte sie vorsichtig auf das Ablaufbrett. «Ich verstehe nicht –»

Skinner seufzte. «Der Sinn einer Geiselnahme besteht darin, daß man droht, die Geiseln zu töten, es aber nicht soweit kommen läßt. Wenn man sie umbringt, nimmt man damit seinem Verhandlungspartner jede Hoffnung. Unsere Freunde haben zwar mit ihren MPi herumgefuchtelt und gesagt, sie würden uns umlegen, wenn wir nicht spuren, aber sie haben andererseits weder Mühe noch Kosten gescheut, um uns die Gefangenschaft so angenehm wie möglich zu machen. Wenn nun –»

Denning hatte den Wasserhahn aufgedreht, um sich das Blut von den Händen zu waschen und holte sich ein Glas aus dem Oberschrank. «Wenn nun –?»

«Wenn nun eine Geisel tot ist, sind wir für die Entführer allesamt wertlos geworden. Außerdem sind wir Zeugen eines Mordes. Zwar haben nicht sie den Mord begangen, aber juristisch ist das wohl unerheblich. Was geschieht, wenn es während der Verübung einer Straftat zu einem Todesfall kommt?»

«Keine Ahnung. Was denn?» fragte Denning zurück.

«Soviel ich weiß, gilt das – unabhängig von den Begleitumständen – immer als Mord. Oder irre ich mich?»

«Mich müssen Sie da nicht fragen.» Denning goß das Glas Wasser in einem Zug herunter und stellte es zu den Scherben auf das Ablaufbrett. «Wie wär's, wenn Sie langsam zum Thema kämen?»

«Gern. Wenn unsere Freunde morgen kommen, darf Anne nicht tot sein. Sie muß leben – schon wegen der Fotos. Wir sind auf die Fotos angewiesen, Frank, wir haben eine Botschaft zu übermitteln, es ist unsere einzige Chance. Wenn die Bewaffneten morgen eine Tote im Haus finden, werden sie nicht mehr mit ihren MPi herumfuchteln, sondern sie benutzen.»

Denning starrte ihn an. «Das kann doch nicht Ihr Ernst sein.

Skinner wandte sich ab, ballte die Fäuste. Sie würden Laura umbringen, alle würden sie umbringen.

«Sie sind der kaltschnäuzigste Hund, der mir je begegnet ist», staunte Denning.

Skinner schloß die Augen und löste langsam die Hände. «Mag sein. Aber kaltschnäuzig oder nicht – ich habe eigentlich noch keine Lust zum Sterben. Sie vielleicht?»

«Blöde Frage.»

«Dann würde ich vorschlagen, daß Sie von ihrem blöden hohen Roß heruntersteigen und die Fakten akzeptieren. Wir haben keine Zeit, heikel oder pingelig oder sonst etwas zu sein. Nach meiner Uhr ist es drei, und das heißt, daß wir uns beeilen müssen.»

«Was hier geschehen?» fragte Orange und sah sich um.

Der große Wohnraum sah aus, als hätte ein Hurrikan von Westindien her mal kurz einen Abstecher an den Polarkreis gemacht. Zwei Stühle am Eßtisch waren umgefallen, Glasscherben und angebissene Sandwiches lagen auf dem Boden und auf den Möbeln herum.

«Wir haben 'ne kleine Party gefeiert», sagte Goade angriffslustig. «Kann Ihnen doch egal sein, oder? Hauptsache, wir bleiben hier hocken.» Er stieß mit dem Fuß einen Teller beiseite. «Habt ihr Brandy mitgebracht, oder vielleicht zur Abwechslung 'ne Pulle Scotch?»

«Wir bringen. Wir vielleicht lieber nehmen wieder mit ...»

«Und meine Tabletten? Haben Sie die auch mitgebracht?» erkundigte sich Denning besorgt. Orange sah ihn an. Er sah aus, als brauchte er sie dringend, sein Gesicht war grau, seine Stimme schwankte.

Orange wandte sich Hallick zu, der in einem der Stühle am Eßtisch hing; sein Gesicht war bläulichrot verfärbt und verschwollen, und er war mit Handschellen an ein Tischbein gefesselt. «Sie raufen mit diesem hier?»

«Jawohl, wir raufen mit diesem hier», bestätigte Goade hämisch. «Wir *schön* raufen mit diesem hier.»

Auch das war ohne weiteres sichtbar. Goade und Denning hatten wunde Knöchel, und Skinner ein blaues Auge. Morgans Augen waren verschwollen, und er sah aus, als hätte er einen gewaltigen Kater. Auch Laura und Timmy hatten rote Augen. Orange machte eine Kopfbewegung.

«Der Junge –»

«Er hat Angst bekommen bei dem Geschrei», erklärte Skinner. «*Er* hat nicht getrunken.»

«Ob ihr's glaubt oder nicht», ergänzte Goade sarkastisch.

«Ihr hier aufräumen», befahl Orange. «Wir machen Bilder.»

«Wenn ihr so versessen auf Ordnung seid, räumt selber auf», sagte Goade. «Uns gefällt's so, wie's ist. Richtig gemütlich, die Bude.»

Orange ließ den Blick von einem zum anderen wandern; er zählte.

«Fehlt eins. Wo andere Frau?» fragte er schließlich.

Es gab eine kleine Pause. Dann gab Laura sich einen Ruck. «Sie fühlt sich nicht wohl, sie liegt im Bett.»

«Sie mir zeigen.»

Laura zögerte einen Augenblick, dann ging sie zu Skinners Zimmer hinunter und öffnete die Tür. Orange folgte ihr. Der Raum roch nach Brandy. Anne Morgan lag mit geschlossenen Augen, von der Bettdecke fast verborgen, im Bett.

«Aufwecken, wir Fotos brauchen.»

«Ich – ich versuche es mal», sagte Laura gepreßt. Sie trat ein und machte die Tür hinter sich zu. Skinner fragte, ob die Fotos an der üblichen Stelle gemacht werden sollten und drückte heimlich die wunden Daumen.

«Ja, am Tisch. Sie räumen Sachen weg.»

Sie gehorchten. Hallick und Sherri, Denning und Goade wurden zusammen fotografiert, Orange machte wieder die Tür zu Skinners Zimmer auf. Laura beugte sich über Anne Morgan und schüttelte sie. Dann sah sie auf. «Ich bekomme sie nicht wach.» Auf ihrem Kleid waren Flecken, und ein See von Erbrochenem breitete sich auf der Bettdecke aus. «Sie hat sich übergeben, und jetzt ist sie wieder hinüber.»

Orange knurrte angeekelt und winkte Gelb. «Trag sie heraus.»

«Lassen Sie mich das machen», mischte Morgan sich ein. «Sie fassen meine Frau nicht an mit Ihren dreckigen Pfoten.» Timmy begann zu schluchzen und klammerte sich an seinen Vater. Morgan machte sich behutsam los und schob den Jungen Skinner zu, der ihn auf den Arm nahm.

«Warum lassen Sie die arme Frau nicht, wo sie ist?» meinte der Professor freundlich. «Sie können das Kind mit Miss Ainslie und mir fotografieren, und Morgan knipsen Sie dort im Zimmer zusammen mit seiner Frau. Warum wollen Sie sie noch mehr plagen?»

Gelb wandte seinem Begleiter fragend das maskierte Gesicht zu.

«Mach», befahl Orange. «Wir nicht haben Zeit.»

Als die Aufnahmen im Kasten waren, fuchtelte er den Geiseln mit der Waffe vor der Nase herum. In seiner Stimme schwang Verachtung. «Dies hier sehr schlecht. Verletzungen nicht gut für Fotos, gibt Schwierigkeiten, Sie verstehen?»

«Wir verstehen sehr gut», sagte Skinner, der noch immer Timmy auf dem Arm hielt. Morgan kam aus Skinners Zimmer und machte die Tür hinter sich zu. Er sah elend und verzweifelt aus. «Das beste ist, wenn Sie einfach die Wahrheit sagen. Immerhin leben wir ja alle noch, oder?»

Sherri fing an zu lachen. Hallick sah mit verkniffenen Augen zu ihr hinüber. «Halt's Maul, verdammte Nutte», quetschte er mühsam durch die geschwollenen Lippen. Sherri verstummte.

«Es ist Ihre eigene Verantwortung. Wenn –»

«Ja, ja, das wissen wir alle», fuhr Denning unvermittelt los. Orange sah ihn verblüfft an. Dann stellte er die übliche Frage: «Sie brauchen etwas?»

«Brandy», tönte Goade. «Massenweise.»

«Vielleicht ein Beruhigungsmittel», meinte Skinner. «Sie können kaum erwarten –»

«Wir bringen.» Orange winkte Gelb, der sich die Kamera griff und ihm folgte. Sie warteten, bis sie die beiden draußen vor dem Fenster sahen, dann ging Denning nach draußen, um die Kiste hereinzuholen.

«Glauben Sie, daß –» setzte Morgan an, aber in diesem Augenblick hörten sie Denning rufen, und kalte Luft strömte ins Zimmer. Dann tauchte Denning – in Hemdsärmeln – vor dem Fenster auf und stapfte hinter Orange und Gelb her. Sie sahen ihn mit den Armen fuchteln und hörten gedämpft sein Rufen und Schreien.

Skinner setzte Timmy ab und stand auf. «Ja, um Himmels willen, was macht er denn da?»

Orange und Gelb hatten sich umgedreht und kamen mit gezogener Waffe auf Denning zu. Sie befahlen ihm offensichtlich, wieder ins Haus zu gehen, winkten und hoben drohend die Maschinenpistolen. Aber Denning ließ sich nicht einschüchtern, es sah aus, als streite er mit ihnen. Sie standen sich jetzt ganz nah gegenüber und plötzlich gab Gelb dem Marshall einen Stoß, und Denning fiel, Arme und Beine von sich streckend, in den Schnee.

«Diese Schweine. Er ist ein alter Mann!» Goade rannte aus dem Haus, ehe jemand ihn zurückhalten konnte. Gelb und Orange schrien noch immer auf den am Boden liegenden Denning ein, aber man hörte nur Wortfetzen durch die offene Tür, die vom Wind hin und her geschlagen wurde. Jetzt erschien Goade, sein breiter Körper bewegte sich zielbewußt auf die Gruppe zu. Gelb sah auf, erblickte Goade, zupfte Orange am Ärmel und beide zogen sich schleunigst zurück. Es sah fast aus, als hätten sie Angst. Dann fiel Gelb offenbar wieder ein, daß er ja eine MPi in der Hand hielt. Er hob die Waffe, was aber Goade nicht weiter beeindruckte. Er ging unerschütterlich auf Denning zu. Da drückte der Mann in Gelb ab.

Auf der Scheibe des Panoramafensters erschienen mehrere Kreise, von denen dünne Linien ausgingen. Goade war stehengeblieben, als die MPi angefangen hatte zu spucken. Auch jetzt rührte er sich noch nicht. Orange und Gelb sahen ihn noch einen Augenblick an, dann gingen sie rückwärts auf den Helikopter zu, kletterten hinein, schlugen die Tür hinter sich zu. Im Haus hörte man das Knattern der Rotorblätter. Noch immer hatten sich weder Goade noch der am Boden liegende Denning, noch die drinnen Wartenden gerührt. Doch dann, als der Motorenlärm sich verstärkte, entstand Bewegung.

Die von den Einschußstellen ausgehenden Linien wurden länger, und plötzlich erzitterte die äußere Glasscheibe und fiel in einem Regen glitzernder Scherben zu Boden. Nur ein paar schartig-spitze Glassplitter blieben am Rahmen hängen. Es kam ihnen wegen des Motorenlärms vor, als sei dies völlig lautlos vor sich gegangen. Und sehr langsam. Als der Hubschrauber sich vom Eis des Sees erhob und davonflog, gab Goade sich einen Ruck und ging entschlossen weiter auf Denning zu. Der Helikopter war jetzt nur noch ein Punkt am Himmel vor dem gleichmäßigen Weiß der tiefhängenden Wolken. Goade half Denning hoch und stützte ihn, als sie den langen Rückweg zum Haus antraten.

Plötzlich fing Timmy an zu weinen. Er lief zu der Tür des Zimmers, in dem seine Mutter lag. Morgan fing ihn ab und drückte ihn an sich, der Junge zappelte und wehrte sich.

«Mommy ... Ich will zu meiner Mommy!»

«Laß Mommy schlafen», sagte Morgan mit erstickter Stimme und vergrub sein Gesicht an Timmys Schulter.

Als Skinner zur Haustür ging, um Goade zu helfen, sah er, daß Laura anfing zu zittern. Er zögerte einen Augenblick. Wer brauchte ihn jetzt mehr? Er suchte ihren Blick, sah, daß ihr Tränen in die Augen stiegen und wandte sich ihr zu. Aber sie schüttelte den Kopf, machte eine kleine, mutlose Handbewegung, dann rannte sie in ihr Zimmer und schlug die Tür hinter sich zu. Skinner ging hinaus in den Schnee.

Als er eine Stunde später bei ihr klopfte, kam keine Antwort. Er machte leise die Tür auf. Sie lag bäuchlings auf dem Bett. Er wollte die Tür schon wieder schließen, als sie den Kopf hob. «David?»

Er trat ein, zauderte einen Augenblick und setzte sich dann auf die Bettkante.

«Denning ging es um seine Tabletten», berichtete er. «Das war alles. Ein Wunder, daß ihm bei der Kälte draußen nichts passiert ist.»

«Hat er sie bekommen?»

«Sie waren in der Kiste, ganz unten.»

Plötzlich lag sie zitternd in seinen Armen und schluchzte sich an seiner Schulter aus. Unbeholfen zog er sie enger an sich und strich ihr übers Haar. Sherris Lidschatten war verlaufen und verschmierte seine Wange, sein blaues Auge war verschwunden.

«Es ist alles in Ordnung», tröstete er. «Es ist ja vorbei ... es ist in Ordnung, alles ist gut.» Aber sie wußten beide, daß eben nicht alles in Ordnung war. Geduldig wartete er, bis aus dem Schluchzen ein Würgen, kleine Schluckser wurden, erst dann ließ er sie los.

«Sie sind ganz naß», brachte sie heraus und richtete sich auf.

«Ich bin vielleicht nicht das saugfähigste Taschentuch hier im Haus, aber entschieden das größte», versuchte er zu flachsen. «Außerdem ist etwas von der Nässe auch vom Schnee; ich habe sie nach draußen gebracht.»

Das Schreckliche, das er noch hatte tun müssen, erzählte er ihr nicht. Vielleicht würde er es Denning erzählen, wenn der sich erholt hatte, vielleicht auch nicht. Er war kein Detektiv, und auch Denning war es nicht. Aber der Dämon in ihm, der es einfach wissen wollte, war – zumindest vorläufig – beschwichtigt.

«Ich mache gleich in Ihrem Zimmer Ordnung», sagte Laura mit einem letzten Schniefer und fuhr sich mit den Fingerspitzen über das verschwollene Gesicht.

«Nicht nötig, das ist schon erledigt.»

«Tut mir leid, daß ich weggelaufen bin, ich konnte einfach nicht mehr.»

«Sie waren großartig», versicherte Skinner. «Die beiden Kerls waren überzeugt davon, daß sie lebte, bestimmt. Und das Zeug läßt sich doch aus der Wäsche leicht wieder herauswaschen, oder?» Entscheidend war dieser letzte Trick gewesen, das Pseudo-Erbrochene, das Laura aus Gott weiß was für Zutaten zusammengebraut und in einer Schüssel unter dem Bett versteckt hatte. Laura hatte recht gehabt, nicht einmal starke Männer mit Maschinenpistolen in der Faust waren scharf darauf, von einer Betrunkenen angekotzt zu werden. «Sie waren großartig», wiederholte er.

«Timmy hat hoffentlich nicht gesehen, wie Sie –»

«Sherri hat ihn mit hinaufgenommen. Ich habe Anne in ein Laken gewickelt und sie mit Schnee bedeckt. Was wir ihm jetzt sagen sollen, weiß ich allerdings nicht.»

«Es wird Ihnen schon etwas einfallen», meinte sie vertrauensvoll.

Er schüttelte lächelnd den Kopf. «Langsam wird es ein bißchen knapp mit den Einfällen.»

Und mit der Zeit, fügte er für sich hinzu.

14

Aus lauter Verzweiflung hatten sie alle scheinbar sinnlosen Buchstabenkombinationen ignoriert, die der Computer ausgespuckt hatte und sich auf die ganzen Wörter konzentriert, die sich aus den auf den Fotos erkennbaren Buchstaben zusammensetzen ließen. Auch das waren noch genug.

«BEIN, EITER, BEI ...»

«67 NIERE?»

«Was für eine Niere?»

Das Telefon stand neben Ainslies Ellbogen, aber es war Carter, der, als es läutete, nach dem Hörer griff und den Apparat zu sich herüberzog.

«General Ainslie ist zur Zeit nicht –» Er verstummte und legte die Hand über die Sprechmuschel. «Es ist Doppler, Sir.»

Ainslie warf den Kugelschreiber weg und ließ sich den Hörer geben. «Hier Ainslie. Ja, Mr. Doppler, ich höre. Ja ... ja, ich verstehe. Wie beim erstenmal? In Ordnung. Hätten Sie etwas dagegen, wenn ich jemanden mit ... Ja, das verstehe ich natürlich, aber –» Der Wortschwall am anderen Ende der Leitung war auch für die anderen vernehmbar. «Gut, ganz wie Sie wollen ... Ja, ich bringe einen Bericht über den Stand der Vorbereitungen mit. Gut, also dann bis heute abend.» Er legte auf und sah die anderen beiden an. «Er möchte mich sprechen, die Lage hätte sich geändert, sagt er.»

Auch Captain Skinner legte seinen Stift beiseite. «Was zum Teufel meint er damit?»

Ainslie runzelte die Stirn. «Wenn ich das wüßte.»

Carter stand auf. Er öffnete die Tür und beriet sich kurz mit dem draußen wartenden Grey. «Sie machen den Minisender fertig.»

«Ich halte das nach wie vor für einen Fehler.» Ainslie ließ sich in seinen Sessel zurückfallen. «Wenn er nun merkt, daß ich –»

«Es ist ein ganz kleines Ding, Sir, ein kleiner Knopf unter Ihrem Kragen oder hinter Ihrem Gürtel, das fällt ihm bestimmt nicht auf. Sobald die anderen weg sind, können wir –»

«Die Lage hätte sich geändert, sagt er», wiederholte Ainslie. «Mir gefällt das nicht. Es könnte bedeuten, daß –»

«Was hatten Sie für einen Eindruck von ihm?» fragte Captain Skinner, dem auch die Miene des Generals nicht recht gefallen wollte.

«Er schien erregt», erwiderte Ainslie. «Fast – fast verzweifelt.» Er griff nach dem Kugelschreiber und klopfte damit auf die Schreibunterlage. «Er wirkte wie ein Mann, der große Angst hat.»

15

Skinner nahm den Fuß vom Pedal. «Schläft er?»

Laura sah Timmy an, dessen Kopf an ihrer Schulter lag. «Ja», flüsterte sie und wischte sanft die letzten Tränenspuren von den runden Wangen.

«Ich trage ihn hinauf», erbot er sich.

«Warten Sie noch ein bißchen, bis er wirklich fest schläft.» Sie hob den Kopf und lächelte ihn in dem schwachen Licht an, das vom Nebenzimmer zu ihnen hereindrang. Skinner hatte im Dunkeln gesessen und mit langen, beruhigenden Weisen auf dem Klavier den Jammer des Jungen zu beschwichtigen versucht.

Zwei Tage waren vergangen. Die Bewaffneten hatten sich nicht wieder sehen lassen. Aber auch die erhoffte Rettung war nicht gekommen.

Timmy hatten sie gesagt, seine Mutter sei so krank, daß er nicht zu ihr dürfe, er könne sich sonst anstecken. Eine Weile hatte der Junge das geschluckt, zumal er sah, daß gelegentlich jemand Essen auf einem Tablett ins Zimmer brachte. Aber an diesem Abend war er, als Laura herausgekommen war, zur Tür gestürzt und hatte das leere Bett gesehen. Morgan hatte erfolglos versucht, eine neue Geschichte zu erfinden, und schließlich hatte Skinner ihm die Wahrheit gesagt. Oder vielmehr, er hatte ihm möglichst ruhig und mit möglichst einfachen Worten erklärt, daß seine Mutter tot war. Morgan schien in seinem Kummer blind dafür zu sein, was sein Sohn brauchte. Er war schweigsam und in sich gekehrt. Sein Haß richtete sich gegen Skinner, der sie alle zu der Komödie um die Leiche seiner Frau veranlaßt hatte, aber auch gegen die anderen, wobei er seine Wut besonders an Hallick ausließ. Und so wurde denn Timmy, wie üblich, von allen außer seinem eigenen Vater getröstet; allerdings schien der Junge von dieser Seite auch wenig Hilfe zu erwarten.

Skinner stand auf und zog den Vorhang vor einem der hohen Fenster beiseite. «Verdammt.»

«Was ist?» Laura gab es einen Ruck, als sie sah, daß Skinners Silhouette von einem seltsamen, flackernd-irisierenden Glanz umgeben war. «Kommt jemand? Ist das –?»

«Das ist die Aurora borealis, eines der größten Naturwunder dieser Welt.» Mit einer fast theatralischen Bewegung schob er den Vorhang ganz beiseite und öffnete dann auch die Vorhänge vor den anderen beiden Fenstern. Die hohen, schmalen Scheiben schimmerten, sie schienen in den steigenden und fallenden Lichtwellen zu schmelzen, die über dem dunklen Horizont am Himmel sichtbar wurden.

«Das Nordlicht ...»

«Sehr richtig. Das Nordlicht, das von jetzt ab jede Nacht Ihnen – allerdings nicht mir – zur Freude und Erbauung erscheinen wird.»

«Warum nicht Ihnen zur Freude und Erbauung?»

Hilfloser Zorn schüttelte ihn, sie sah, wie er die Hände ballte und wieder streckte.

«Weil es mir zeigt, wo ich jetzt eigentlich sein müßte.»

«Rätsel haben wir schon genug, David.»

«Entschuldigen Sie.» Er ließ sich in den Ledersessel neben sie fallen. «Die Aurora borealis wird von Sonnenflecken ausgelöst. Ich habe mich auf Sonnenflecken spezialisiert, oder genauer gesagt, auf die Sonnenprotuberanzen, die diese Lichterscheinungen da draußen verursachen. Ehe wir Adabad verließen, verschwand eine ziemlich große Gruppe von Flecken, die ich regelmäßig beobachtet hatte, aus unserem Gesichtskreis; gestern wurden sie wieder erwartet. Und da sind sie, wie Sie sehen. Wäre ich rechtzeitig zurück gewesen, hätte ich ein Projekt anlaufen lassen können, das ich seit acht Jahren plane. Wir hatten eine Computerverbindung nach Jodrell Bank geschaltet, wir hatten über Satellit Verbindung mit dem McMath Hulbert Observatory in Michigan und mit dem Pic du Midi in Frankreich, wir hatten unsere eigenen – na ja, Schwamm drüber. Einer meiner Kollegen wird für mich auf den Knopf drükken.»

«Und Sie sollten eigentlich dabei sein», sagte Laura. Um seinetwillen tat es ihr leid, daß er es versäumte, um ihret- und der anderen willen war sie froh darüber. Timmy regte sich in ihren Armen und legte sich mit einem zufriedenen kleinen Schnaufer bequemer zurecht.

«Hm ...»

«Erzählen Sie!»

«Es ist alles sehr langweiliger, technischer Kram, zu erzählen gibt es da nicht viel. Ich hatte da so einige Ideen, ein paar neue Programme, an denen ich in Adabad gearbeitet hatte. Blöderweise habe ich sie für mich behalten ...»

«Weiter», drängte sie. «So ganz vernagelt bin ich schließlich auch nicht. Was hofften Sie zu entdecken?»

Nach einer Weile fing er tatsächlich an zu erzählen. Jeder Astronom, sagte er, habe sein Spezialgebiet, und sein eigenes Interesse habe von Anfang an besonders der Sonne gegolten.

«Sie rechnet nicht zu den wichtigsten und ganz gewiß nicht zu den größten Sternen, aber sie ist uns nun einmal am nächsten. Sterne sind sich im Grunde alle ähnlich, was wir über die Sonne erfahren, können wir auf andere Sterne übertragen. Aber ich will ehrlich sein. Was mich an der Sonne interessiert, ist nicht die Logik dieses Arguments.» Er lächelte vor sich hin. «Nein, für mich ist die Sonne das Unglaublichste, das Aufregendste, das Schönste und Erschreckendste, was ich je gesehen habe. Natürlich beobachten wir sie nicht direkt, sie würde uns sofort die Augen verbrennen, aber wir fotografieren sie mit Solarteleskopen und Spektroheliographen und anderen Instrumenten.»

«Ich würde sie sehr gern einmal sehen», sagte Laura leise.

«Es würde mir große Freude machen, sie Ihnen zu zeigen», sagte Skinner. Sie begriff in diesem Augenblick, daß er der geborene

Lehrer war. Nach seiner Beschreibung konnte sie die Sonne sehen, dieses feurige, lebendige Gebilde, das ihnen so nahe war. Auch David Skinner hatte, wie Perseus mit Helm und Schild, ein Geschenk von den Göttern erhalten.

Sie hörte es immer gern, wenn ein Experte über seine Arbeit sprach, ob sie es nun verstand oder nicht, aber diesmal ging ihr Interesse tiefer. Sie nickte, wenn ein Nicken angezeigt war, stellte sogar ein, zwei Fragen. Meist allerdings begnügte sie sich damit, ihn zu beobachten – den beweglichen Mund, die sehr blauen, lebhaften Augen. Schließlich verstummte er, legte die Brille in den Schoß und sah darauf hinunter.

«Das haben Sie bestimmt alles gar nicht hören wollen», sagte er und sah auf. Es war, als habe ihn jemand sanft, aber nachdrücklich vor die Brust gestoßen. Laura Ainslie leuchtete wie einer seiner Sterne.

«Doch», widersprach sie, «sonst hätte ich Sie schon unterbrochen. Es hört sich an, als hätten Sie ganz dicht vor einer wichtigen Entdeckung gestanden.»

Er lachte ein wenig. «Wichtig für mich vielleicht, aber ganz gewiß nicht für die Zukunft der Menschheit. Wir haben noch etwa sechs Millionen Jahre zur Beobachtung zur Verfügung, ehe die Sonne mit ihrem Werk der Selbstzerstörung beginnt, und brauchen deshalb nichts zu überstürzen.»

«Aber Sie müssen zu Ende führen, was Sie angefangen haben, David, soviel begreife sogar ich, wenn ich auch von den Zahlen und Namen nichts verstehe. Sie *müssen* es zu Ende führen.»

«Muß ich?»

«Ja. Ich wünschte, es gäbe etwas, was mir so sehr am Herzen läge.» Sie schluckte und begriff, daß es dieses Etwas sehr wohl gab und daß sie nur die Hand danach auszustrecken brauchte, um es zu berühren.

Wieder lachte er ein wenig. «Da finde ich nun eine Frau mit Scharfblick und Wahrnehmungsvermögen, eine richtige Größe, und was tue ich Unglücksmensch? Öde sie mit meinen Tiraden an. Typisch – die Tragödie meines Lebens.»

«Ich bin keine Größe», fuhr sie verärgert auf. «In keiner Beziehung. Meine Abschlußprüfung am Smith College habe ich mit *summa cum laude* gemacht, jawohl, sehr eindrucksvoll, aber von speziellen Neigungen, speziellen Talenten war bei mir weit und breit keine

Spur zu entdecken. Ich habe beruflich alles mögliche gemacht, aber eine Karriere, geschweige denn eine Berufung, ist nicht daraus geworden. Ich bin wie ein Paket in braunem Packpapier. Wenn man es auswickelt, kommt statt irgendeiner tollen Überraschung nur wieder Packpapier zum Vorschein.»

«Das hört sich aber verdächtig nach Selbstmitleid an. Bei der Aktion Anne waren Sie alles andere als eine Packpapier-Persönlichkeit.»

«Das war leicht, es mußte ja sein. Was man sonst von mir erwartet, fällt mir nicht so leicht. Ich bin nicht schön, aber auch nicht häßlich, nicht geistig hochfliegend, aber auch nicht dumm, nicht gerade sprühend vor Witz, aber auch nicht stocklangweilig – eben Mittelmaß, braves, braunes Packpapier.»

«Möchten Sie denn das sein: geistig hochfliegend, schön, sprühend vor Witz?»

«Ich müßte es wohl sein, wenn ich die Frau eines schönen, geistig hochfliegenden Mannes mit Aussichten auf eine schöne, hochfliegende Karriere werden will.»

«Er selbst muß ja wohl diese Eigenschaften in Ihnen sehen, sonst hätte er Ihnen kaum einen Heiratsantrag gemacht ...»

«Die Hauptsache ist, daß ich nicht zwei Köpfe habe. Ansonsten sieht man bei der Tochter von General Marshall Ainslie über vieles hinweg, wenn man das Endziel Pentagon anpeilt.»

«Das ist ein sehr böses Wort», sagte er zornig. «Ich bin schokkiert, Miss Ainslie. Das hätte ich nicht von Ihnen erwartet.»

«Vielleicht habe ich dann doch zumindest ein Talent, Professor Skinner – das Talent, Astronomen zu schockieren. Was meinen Sie, ob ich wohl damit ins Geschäft kommen könnte?»

Es gab einen kurzen, trockenen Knacks. Professor Skinner hatte einen Brillenbügel abgebrochen. «Verdammt, jetzt sehen Sie mal, was Sie angerichtet haben!»

Schuldbewußt sah sie ihn an, ihr Zorn war so rasch verflogen, wie er gekommen war. Kein Wunder, daß er jetzt böse war, sie hätte ihn nicht mit ihrem Mangel an Selbstvertrauen nerven dürfen. Es lag einfach daran, daß man so gut und leicht mit ihm reden konnte, es war fast so leicht wie mit Timmy, er hörte wirklich zu, mit schräg geneigtem Kopf, ohne daß man sich dumm und albern vorkam, wenn man etwas sagte.

«Es tut mir leid», sagte sie bedrückt.

Er sah auf, und um seine Augen sprangen wieder die Lachfältchen auf. «Es war ein Scherz, der Bügel wackelt schon seit Wochen.»

«Wirklich?» Sie schob Timmy sanft ein Stück zur Seite, holte das Fernglas hervor, das gegen ihre Rippen drückte, und gab es Skinner. «Was ich gesagt habe, war auch nicht so ernst gemeint», erklärte sie leise. «Ich bin wohl einfach ein bißchen müde.» Sie räusperte sich, dann sagte sie fest: «Larry findet mich nämlich bildhübsch.»

«Na also, das habe ich mir doch gleich gedacht.»

«Und er meint, daß ich eine großartige Ehefrau und ein ganz großes Plus für seine Karriere sein werde.»

«Das will ich meinen.»

Warum hätte sie jetzt am liebsten losgeheult? «Und ich werde in Washington oder London oder Paris oder wo immer sie ihn hinschicken, ganz groß Furore machen, nicht?»

«Nur, wenn Sie sich jetzt brav schlafen legen.» Er stand auf, schob die zwei Brillenteile in die Hemdentasche. «Geben Sie mir Ihren kleinen Prinzen, ich trage ihn hinauf.»

Als sie am Fuß der Treppe im Licht standen, sah sie mit einem plötzlichen Gefühl der Zärtlichkeit, daß sein Haar am Scheitel schon ein bißchen dünn wurde. Er war ein lieber Mensch, ein guter Mensch. Er brachte für sie ebensoviel Geduld auf wie für den Jungen und mochte sie wohl auch ein wenig wie ein Kind sehen. Er konnte gewiß nichts dafür, daß sie sich bei dem Wunsch ertappte, er möge sie und nicht Timmy ins Bett tragen. Sie begriff, daß sie diesen ruhigen Astronomieprofessor mit der leisen Stimme heftig begehrte. Vermutlich hätte ihn das ebensosehr schockiert, wie es sie schockiert hatte.

Skinner ging, nachdem er sich von der seltsam still gewordenen Laura verabschiedet hatte, ins Musikzimmer zurück, schloß den Flügel und stellte Berndts Noten wieder ins Regal zurück. Als er sich zum Gehen wandte, sah er das Fernglas, das noch auf dem Sessel lag und ging damit zum Fenster. Die Strahlung der steigenden und fallenden Lichtschleier war so intensiv, daß er außer dem Polarstern nichts erkennen konnte. Er drehte an der Einstellung herum, runzelte die Stirn. Ein schmaler schwarzer Strich ging quer durch das linke Glas. Es war kein Sprung; aber vielleicht hatte Timmy es für einen Sprung gehalten und Angst gehabt, es ihm zu gestehen? Er nahm das Glas mit auf sein Zimmer. Wahrscheinlich hatte sich der Überwurfring verschoben oder war gerissen. Er würde den Schaden beheben, ohne dem Jungen etwas davon zu sagen.

Aus dem Badezimmerschrank holte er eine Rolle mit Klebeband, um seine Brille zu reparieren, dann setzte er sich auf den Rand der Badewanne, nahm den Feldstecher auseinander und legte die Einzelteile sorgsam auf den geschlossenen Toilettendeckel. Als er den Tubus öffnete, stellte er fest, daß nicht der Überwurfring das Problem war. Er schüttelte den Feldstecher, und etwas Schwarzglänzendes, Gerolltes fiel in seine Handfläche.

Er hielt den Zelluloidstreifen gegen das Licht, dann setzte er den Feldstecher wieder zusammen. Es war, da gab es gar keinen Zweifel, ein Stück Mikrofilm. Soviel erkannte er durch das Glas, daß sich darauf Namen, Worte und Zahlen, vielleicht auch Daten oder Mengen- bzw. Maßangaben befanden. Näheres konnte er beim besten Willen nicht entziffern.

Seit ihrer Ankunft in diesem Haus hatte Timmy ständig den Feldstecher mit sich herumgeschleppt und sich nur nachts von ihm getrennt. Auf Drängen seiner Mutter, die ermordet worden war und die ein eidetisches Gedächtnis besessen hatte ...

«Verdammt, verdammt, verdammt.» Skinners Stimme hallte von den Kachelwänden wider. Sie war also nicht aus emotionellen Motiven ermordet worden, er hatte falsch gelegen mit seiner Theorie. Es war eine professionelle Hinrichtung gewesen, und dem Mörder war Hallick als Sündenbock gerade recht gekommen. Wenn man das eidetische Gedächtnis vernichtet, so hatte sich wohl der Täter gesagt, zerstörte man damit gleichzeitig die Möglichkeit der Informationsweitergabe. Doch Anne hatte, ehe sie den Flug antrat, die Information noch einem zweiten Träger, diesem Mikrofilmstreifen, anvertraut. Warum hatte sie ihn in dem Feldstecher versteckt? Hatte jemand sich verraten? Oder hatte sie sich als gute Agentin, die sie offenbar gewesen war, ganz einfach rückversichert?

Er, Skinner, hatte Anne nicht umgebracht, das wußte er. Timmy hatte Anne nicht umgebracht, und Laura hatte wohl kaum Zeit gehabt, Anne umzubringen, ehe er sie hatte schreien hören, obgleich er fairerweise die Möglichkeit nicht von vornherein ausgeschlossen hatte. Blieben die anderen – auch Morgan und Hallick, der ja immerhin versucht haben konnte, sich mit einem doppelten Bluff zu dekken. Und er war so felsenfest davon überzeugt gewesen, daß nicht Hallick der Täter war!

Schließlich griff Skinner wieder nach dem Klebeband, reparierte seine Brille und stellte das Fernglas auf die Kommode, um es Timmy am nächsten Morgen zurückzugeben. Er schaltete die Heizdekke ein, zog sich langsam aus und duschte lange, während er überlegte, wie er sich verhalten sollte.

Er kam zu dem Schluß, daß es vermutlich am besten war, wenn alle weiterhin an Hallicks Schuld glaubten, die ja auch noch immer nicht ganz ausgeschlossen war. Wenn er plötzlich mit anderen Ideen daherkam, machte er nur alle – sich selbst eingeschlossen – verrückt. Er würde niemandem etwas sagen, auch Denning nicht. Es dauerte lange, bis er an diesem Abend einschlief.

Es war kalt. Er zog die Decke fester um sich, aber das half nur wenig. Wirklich, es war verflixt kalt. Er stützte sich auf einen Ellbogen. Die Kontrollampe für die Heizdecke brannte nicht. Der Spalt zwischen den Vorhängen war hell, es wurde sowieso Zeit zum Aufstehen.

Er hatte unruhig geschlafen, teils wegen des Mikrofilms, teils wegen seines Gesprächs mit Laura. Wahrscheinlich hatte er bei dem ständigen Hinundherwälzen den Heizdeckenstecker aus der Steckdose gezogen. Er warf die Decke zurück, um aufzustehen, zog sie aber schleunigst wieder an sich. Das Zimmer war eiskalt.

Sie hatten die Temperatur höhergestellt, nachdem die äußere Scheibe des Panoramafensters zu Bruch gegangen war. Offenbar genügte das nicht, sie würden die Heizung durchlaufen lassen müssen.

Er gab sich einen Ruck, sprang aus dem Bett und zog sich schleunigst an. Dann ging er hinunter in den Heizungsraum, um die Zeitschaltuhr umzustellen. Die Lampe in dem fensterlosen Raum funktionierte nicht. Im schwachen Licht, das von der Küche hereinkam, erkannte er den Generator, der wie eine große schwarze Kröte aussah, bösartig und – stumm. Stumm. Mein Gott, flüsterte Skinner. Sein Atem stieg weiß vor ihm auf. Der Generator war ausgefallen.

Er stürmte die Treppe hinauf und stürzte in Morgans Zimmer, wo nur Timmy in seinem Kinderbett lag. Das Doppelbett war leer. Morgan war auch nicht in einem der Badezimmer. Während Skinner noch unentschlossen die Türen auf der Galerie betrachtete, kam

Morgan aus einem der Zimmer – Sherris Zimmer – und knöpfte sich das Hemd zu. Als er Skinner sah, wurde er rot. Aber dies war nicht die Zeit für moralische Wertungen. «Tom, wir stecken in der Klemme. Der Generator streikt.»

Morgan sah ihn einen Augenblick mit offenem Mund an. «Machen Sie keine Witze», sagte er schließlich.

«Haben Sie nicht gemerkt, wie kalt es ist? Ach nein, wahrscheinlich nicht ...» Morgan machte ein finsteres Gesicht und wollte etwas sagen, aber Skinner kam ihm zuvor. «Ich weiß nicht, wie lange er schon aus ist, mir kommt es ziemlich kalt vor, aber die Frage ist: Was tun?»

«Moment mal.» Morgan hatte offenbar einige Mühe, sich zurechtzufinden. «Ich bin Bauingenieur, kein Fachmann für Maschinenbau.»

«Immerhin sind Sie Techniker, ein bißchen Ahnung von den Dingen müssen Sie doch haben.»

«Aber nur theoretisch.»

«Das ist mehr, als ich von mir sagen kann. Am besten sehen Sie sich die Bescherung mal an. Vielleicht ist es ja nur eine Kleinigkeit.»

Sie holten sich die Laterne aus dem Vorratsraum, und Morgan bemerkte, daß sie vielleicht dort hing, weil so etwas öfter mal passierte. Etwas ermutigt betraten sie den stillen Heizungsraum. Im flackernden Licht der Laterne sah der Generator noch massiger aus.

«Ein Riesending», sagte Morgan. «Ungefähr fünfzig Kilowatt. Haben Sie eine Vorstellung von der Kompressionsrate in so einem Diesel?»

«Ich weiß nicht mal, was eine Kompressionsrate ist», gestand Skinner ganz unglücklich.

Morgan setzte zu einer Erklärung an, gab es aber bald wieder auf. «Vielleicht sind es nur die Zuleitungen, manchmal setzt sich da irgend etwas hinein. Ich sehe mal nach.»

Skinner setzte die Laterne ab. «Kann ich helfen?»

Die Zuleitungen waren frei.

Inzwischen hatten sich auch Goade, Denning und Laura eingefunden. In Decken gehüllt standen sie fröstelnd unter der Tür.

«Wir können zumindest mal versuchen, ihn zu starten», sagte Morgan und sah sich um. Sein Blick fiel auf einen kleinen Motor in der Ecke. «Zu dumm, daß ich während des Studiums nicht besser aufgepaßt habe», sagte er bedauernd. «Erst müssen wir den da in Gang bekommen.»

«Wie meinen Sie das?» Skinner hatte sich Zellstofftücher aus der Küche geholt. Er war es nicht gewohnt, sich die Hände schmutzig zu machen und fand die Erfahrung wenig erfreulich.

«Wir müssen den Benzinmotor starten, um den Dieselmotor anlassen zu können, der den Stromgenerator betreibt», erklärte Morgan. «Aber wie gesagt, von Motoren verstehe ich nicht viel.»

«Joey ist da Experte», ließ sich Denning von der Tür her vernehmen. «Er redet doch dauernd von dem Auto und den Feuerstühlen, die er zu Hause hat.»

«Dann holen Sie ihn», entschied Skinner.

«Hören Sie mal», protestierte Morgan, aber Skinner sah ihn nur an, bis er die Augen niederschlug. «Also gut, hol ihn her, Frank», sagte er widerstrebend.

Als Denning mit dem mürrisch dreinblickenden Hallick ankam, waren auch Sherri und Timmy eingetroffen. Jetzt war die Gruppe komplett. Der Junge lief zu seinem Vater. «Warum ist es so kalt, Daddy?» fragte er und zupfte ihn am Ärmel. Morgan, der Hallick ansah, schüttelte Timmy ab.

«Wir frieren alle, Tim, stör uns jetzt nicht.» Seine Stimme klang härter, als er sich an Hallick wandte. «Denning sagt, daß Sie was von Motoren verstehen.»

«Bißchen was», gab Hallick zu.

«Dann versuchen Sie, den da in Gang zu bekommen.» Morgan deutete auf die Maschine in der Ecke.

«Wozu?»

«Weil wir sonst den Generator nicht starten können, Joey», erklärte Skinner ungeduldig. «Und wenn der Generator nicht bald wieder läuft, werden wir alle erfrieren.»

«Ach so.» Mit seinen zerschlagenen Lippen brachte Hallick ein mühsames Lächeln zustande. «Okay, Skinnie, der Junge soll sich ja keinen Schnupfen holen.»

Timmy hatte sich vor Hallick aufgebaut. «Sie sollen dir die Dinger da wegnehmen, Joey.» Er warf Denning einen bösen Blick zu. «Du bist gemein.»

«Findest du?» Denning holte den Schlüssel aus der Pyjamatasche. «Hier, schließ auf.»

«Das ist ja reizend», fauchte Goade. «Ganz reizend ist das, wenn der Junge dem Burschen die Handschellen abnimmt, der –»

«Weißt du denn, wie man das macht, Timmy?» fragte Skinner rasch dazwischen.

«Na klar», sagte Timmy munter. «Handschellen hab ich doch auch zu Hause in der Spielzeugkiste.» Gleich darauf war Hallick frei und rieb sich die entzündeten Handgelenke.

«Schönen Dank, Stöpsel.»

Timmy brachte Skinner die Handschellen und den Schlüssel, der beides in die Hosentasche steckte. «So, und jetzt werden wir mal die Sache schmeißen, Joey und ich», erklärte Timmy und ging zu dem Motor in der Ecke.

Joey folgte ihm grinsend. «Das Ding ist zwar eine Weile nicht mehr gelaufen», befand er nach fünf Minuten, «aber es macht soweit einen ganz ordentlichen Eindruck.»

«Der Motor läuft nur, bis der Diesel anspringt, dann schaltet ein Relais ihn ab», erklärte Morgan. «Am besten trennen wir die beiden, bis wir sicher sind, daß er wirklich funktioniert.»

«Sie müssen's ja wissen», meinte Hallick sarkastisch und trat zurück. Nach ein paar vergeblichen Versuchen lief der kleine Motor lärmend und spuckend an. Skinner, der in der Nähe gestanden und die Vorgänge interessiert beobachtet hatte, trat erschrocken einen Schritt zurück. «Was ist denn los, Skinnie?» lachte Hallick. «Haben Sie noch nie mit 'nem Motor zu tun gehabt? Fahren Sie nicht Auto?»

«Natürlich fahre ich Auto», rief ihm Skinner, der sich über seine Reaktion ärgerte, über den Lärm hinweg zu. «Ich steige ein und lasse den Motor an, und dann gibt es zwei Möglichkeiten: Entweder fährt der Wagen, oder er fährt nicht, und dann muß er eben in die Werkstatt.»

Alles horchte lächelnd und erleichtert auf das kräftige Stampfen des kleinen Motors. Morgan wandte sich an Hallick. «Was meinen Sie, ist der große auch okay?»

«Das ist 'n Diesel, was?»

Morgan nickte.

«Mit Dieselmotoren hab ich noch nie zu tun gehabt, bloß mit Motorrädern und Autos. Aber probieren wir's mal.»

Der große Motor sprang nicht an. Das Lächeln verging ihnen.

«Scheiße», sagte Hallick und gab dem Generator einen Tritt.

Timmy hatte sich neben Skinner gestellt. «Mist, Skinnie», sagte er ernsthaft. «Ganz großer Mist, wenn du mich fragst.»

Morgan warf seinem Sohn einen bösen Blick zu, aber Skinner nickte. «Ganz meine Meinung, Tim. Sag mal, wie wär's, wenn du inzwischen mit Laura zusammen versuchst, uns was zu essen zu machen? Vielleicht könnt ihr auch im Kamin ein bißchen Wasser heiß machen, damit wir wenigstens etwas Warmes zu trinken bekommen.»

«Okay.» Tim ging zu Goade hinüber. «Mach du das mit dem Feuer, ich hol inzwischen Wasser.»

Goade sah den Kleinen an, der ihm knapp bis zum Gürtel reichte; um seine Mundwinkel zuckte es. «Das bestimmst du so einfach, du Stöpsel ...»

«Weil's vernünftig ist», erklärte Timmy ungerührt. «Wir brauchen jetzt Kope – Kopa –»

«Kooperation?» half Laura aus.

«Ge–nau», bestätigte Timmy zufrieden und verschwand in der Küche. Skinner hörte ihn fragen: «Da steckt 'ne Operation drin, nicht?»

«Ja», antwortete sie. «Und eine Oper. Weißt du, was eine Oper ist?»

«'türlich. Wenn jemand laut singt, statt zu reden», erläuterte Timmy.

Morgan und Hallick nahmen die Verkleidungen des Dieselmotors ab und bauten die Einspritzpumpe aus. Drei Minuten später warf Morgan fluchend den kleinen Schraubenzieher, mit dem er gearbeitet hatte, quer durch den Raum. «Wie lange dauert es, bis ein Mensch erfroren ist, Skinner? Zwei Stunden? Drei?»

«Wieso?» fragte Skinner besorgt. Er hatte geholfen, so gut er konnte, sein Gesicht war eine Maske aus Öl und Dreck. Selbst auf einem Glas seiner Brille, die jetzt recht prekär mit Klebeband zusammengehalten war, prangte ein dicker, fettiger Fingerabdruck, der ihm die Sicht nahm.

«Wieso? Weil wir den Generator nicht zum Laufen bringen und wenn wir uns auf den Kopf stellen», erklärte Morgan rundheraus. Hallicks zerschlagenes Gesicht war blaß geworden. Jetzt sah er auf, und Skinner las die Bestätigung in seinem trostlosen Blick.

Aus der Küche kam das Klappern von Geschirr und Lauras und Timmys vergnügte Unterhaltung.

«Warum nicht?»

Morgan lehnte sich gegen die Werkbank und schlug die Arme übereinander. «Sie haben uns erzählt, daß dies Berndts Sommerhaus ist, nicht?» Skinner nickte. «Jetzt haben wir Winter», fuhr Morgan fort. «Der Generator ist schätzungsweise fünfundzwanzig, dreißig Jahre alt. Wir sind neun –» Er schluckte und verbesserte sich: «Wir sind acht Personen. Wir haben die Zentralheizung laufen lassen, haben aus Langeweile gebadet, für ein Hemd oder zwei Paar Socken Waschmaschine und Trockner laufen lassen. Drei Mahlzeiten pro Tag für acht Personen, dazwischen noch Imbisse, Gefriertruhe, Kühlschrank, Fön, Mikrowellenherd, Geschirrspülmaschine, Beleuchtung im ganzen Haus, weil die Tage so kurz sind, Stereoanlage, Wasserpumpe, Toaster, Friteuse – wir haben benutzt, was da war, und zwar ausgiebig. Vor dreißig Jahren hat es viele von diesen Geräten überhaupt noch nicht gegeben. Ein alter Mann und zwei Dienstboten strapazieren das Stromnetz nicht übermäßig, aber wir haben Energie verschwendet, was das Zeug hielt. Der Generator war schließlich total überlastet, und die Pumpenwelle ist gebrochen. Das wär's, Professor.»

«Können wir sie nicht reparieren, vielleicht was anderes dafür einbauen ...»

«Nein», sagte Morgan.

«He, ihr», rief Goade aus dem Wohnraum. «Das Wasser kocht über.»

Skinner sah Hallick an, der stumm den Kopf schüttelte.

Langsam erstarb das Leben im Haus.

16

Ainslie war entsetzt über die Veränderung, die in Doppler vorgegangen war. Beim erstenmal hatte er einen nervösen und etwas angegriffenen Eindruck gemacht, jetzt war er offensichtlich ernsthaft krank.

«Großer Gott, Doppler, Sie brauchen einen Arzt», entfuhr es Ainslie, während der Helikopter, der ihn gebracht hatte, sich in die dunkle Wüstennacht erhob.

«Keine Sorge, das geht vorbei.» Doppler winkte ihn zu einem Sessel. «Es ist noch immer vorbeigegangen ...»

Der Bericht über Doppler aus der Schweiz lag ihnen inzwischen vor. Er war ein bekannter Anwalt – seine Klienten kamen hauptsächlich aus der Großindustrie – und hatte auch als Vermittler für verschiedene Gewerkschaften beachtliche Erfolge zu verzeichnen. Er habe vor einigen Jahren einen Schlaganfall erlitten, stand in dem Bericht, habe sich aber wieder vollkommen davon erholt und sei seitdem eine Art Gesundheitsapostel geworden. Scheint ihm nicht viel genützt zu haben, dachte Ainslie und setzte sich.

Doppler deutete auf den gelben Umschlag auf dem Tisch. «Das sind die neuesten Fotos der Geiseln», sagte er.

Ainslie starrte fassungslos auf die Bilder. Hallick, Skinner und Goade waren wund und zerschlagen, Anne Morgan lag offenbar halb bewußtlos im Bett, während ihr Mann mit besorgtem Gesicht neben ihr saß, Denning wirkte merklich gealtert, Lauras Gesicht war verängstigt und verkrampft, Timmy, der auf ihrem Schoß saß, schien geweint zu haben.

«Was zum Teufel –»

«Es hat offenbar ein bißchen Ärger gegeben. Mr. Brahms hat sich da nicht ganz klar ausgedrückt. Vielleicht ein Fluchtversuch. Ich – die Verantwortlichen sind abgelöst, für Ersatz und eindeutigere Instruktionen wird gesorgt werden. Mr. Brahms erwartet den Bericht über den Erfolg Ihrer Bemühungen. Die nächsten Fotos werden zweifellos die Geiseln wieder in besserem Zustand zeigen. Es tut mir leid, Ihnen sagen zu müssen, daß Mr. Brahms sehr verstimmt ist.»

«*Er* ist verstimmt?» Ainslie warf die Bilder wütend auf den Tisch. «Mein Gott, Doppler, sehen Sie denn nicht, was da los ist? Sie müssen völlig verzweifelt gewesen sein. Sie müssen etwas unternehmen, Mann, sonst geschieht noch ein Unglück.»

«Sobald sämtliche Bedingungen erfüllt sind, erledigt sich die Sache von selbst.»

Ainslie rang um Fassung und versuchte, den Ausdruck im Gesicht seiner Tochter zu vergessen.

«Das Gold ist hinterlegt», begann er, «die Abberufung der Diplomaten und das Konzert sind in Vorbereitung.»

«Mit welchem Dirigenten?» Doppler lehnte sich ein wenig vor.

«Sir Charles Grove hat sich bereit erklärt ... Zum Glück für Ihren Mr. Brahms hatte er wegen einer Verletzung seine Verpflichtungen für diese Saison absagen müssen.»

«Doch nichts Ernstes?» fragte Doppler erschrocken.

«Brahms ist vielleicht gerade dabei, die Geiseln umzubringen. Wie können Sie da fragen –»

«Die Geiseln sind nicht in Gefahr. Ich möchte wissen, was Sir Charles –»

«Er hat sich, als er mit seinem Patensohn im Garten Fußball spielte, den Knöchel gebrochen», gab Ainslie bissig Bescheid. Dann griff er zu seinem Glas und nahm einen tiefen Zug. Wo blieben Captain Skinner und Larry? Der Sender, den er unter dem Kragen trug, hätte ihnen längst seinen Standort melden müssen.

«Ach so», sagte Doppler erleichtert. «Sir Charles ist ein großer Mann. Mr. Brahms ist sich natürlich darüber im klaren, daß man das Konzert nicht überstürzen kann, aber er hofft, daß Ihr Versprechen –»

«Da braucht sich Ihr Mr. Brahms keine Sorgen zu machen, mit dem Konzert geht alles klar. Die Leute sind ganz begeistert von den Kompositionen, die Sie mir mitgegeben haben. Alle wollen wissen, von wem sie sind.»

«Sie haben also Sir Charles gefallen?» fragte Doppler beglückt.

«Ja, sie haben Sir Charles gefallen. Jetzt hören Sie mal zu, Doppler –»

Aber Doppler hatte sich in seinem Sessel zurückgelehnt; sein Gesicht wirkte entspannter. Wie hochherzig von ihm, wie wunderbar ...»

«Nur wegen des Copyrights oder der Aufführungsrechte soll es noch gewisse Probleme geben.»

«Die Unterlagen sind bereits unterwegs», erklärte Doppler. «Was ist mit den Gefangenen?»

«Sie werden entlassen, sobald Sie uns sagen, wohin wir sie schikken sollen.»

«Die Entlassung selbst genügt, sie werden dann abgeholt», sagte Doppler mit fast träumerischer Stimme. Aber als er dann Ainslie ansah, war sein Blick hellwach. «Und was ist mit ACRE?»

Diese Frage hatte Ainslie gefürchtet. «Bei ACRE bin ich machtlos.»

Aus der Ferne hörte man das Geräusch eines, vielleicht mehr als eines Hubschraubers. Endlich, dachte der General erleichtert. Auch Doppler hörte das Geräusch und sah verärgert auf.

«Wir sind noch nicht fertig.» Er umklammerte die Sessellehnen. «Sie müssen die ACRE-Angelegenheit regeln, General, das Projekt muß gestrichen werden. Von allen Forderungen ist das die –»

«Ich habe Ihnen von Anfang an gesagt, daß ich da nichts machen kann», unterbrach ihn Ainslie mit erhobener Stimme. «Dazu bin ich einfach nicht wichtig genug. ACRE ist ein Großprojekt, an dem Tausende von Leuten beteiligt sind.»

«Ja, eben», bestätigte Doppler mit plötzlicher Bitterkeit. «Tausende von Leuten, die aus lauter Profitgier Land und Leben zerstören.»

«Wollen Sie mir allen Ernstes erzählen, daß Brahms bereit ist, Menschen umzubringen, um ein paar lächerliche Büsche und einige wenige Vogelarten zu erhalten?» fuhr Ainslie auf.

Die Helikopter waren draußen in der Dunkelheit gelandet, sie standen so dicht beieinander, daß Doppler möglicherweise noch immer dachte, es sei sein Hubschrauber, der zu früh zurückgekommen war. Sein Gesicht war noch blasser geworden, die Augen hatten sich geweitet, an seinem Mundwinkel saß ein Schaumbläschen. «Alle denken nur an morgen, das Gestern kümmert niemanden. Raffen und zerstören, das ist alles, was ihr könnt. Es gibt keine Achtung mehr vor den kleinen Dingen, dem Alten, Bewährten. Wie satt ich das alles habe ... Wie satt ich die Menschen habe ... Das Projekt ACRE muß in der Versenkung verschwinden, ist das klar?»

Am Rande des Patio entstand Bewegung. Captain Skinner und seine Leute rückten vor.

«Aber warum denn nur, warum?» fragte Ainslie erregt. «Was können Sie dagegen haben, brachliegendes Land zu erschließen, solange Millionen nicht genug Platz zum Leben haben und –»

«Millionen?» In Dopplers Gesicht zuckte es. «Millionen interessieren euch doch nur, wenn sie sich in einer Währung ausdrücken lassen, stimmt's? Sie wissen, daß die ganze Geschichte ein ausgemachter Betrug ist. In Wirklichkeit ist es schiere Ausbeutung ...» Doppler stand jetzt Schaum vor dem Mund, weiße Flocken sprühten in die Dunkelheit, während er erbittert weitersprach. «Sagen Sie einfach den Norwegern, daß die Berichte nicht stimmen, daß die Geologen sich geirrt haben, daß es kein Gold und kein Öl gibt. Ihr seid doch sonst immer so schnell mit euren Lügen bei der Hand, auf eine Lüge mehr oder weniger dürfte es euch da doch nicht ankommen. Das Gold und das Öl laufen euch nicht weg, beides gibt es seit Millionen von Jahren. Aber die Menschen –»

«Ja, welche Menschen denn? Es gibt keine Menschen am Nordkap, nichts gibt es da, außer Schnee und Eis und Rentieren.»

Doppler schüttelte den Kopf. «Sie irren sich. ACRE muß verhindert werden. Sie werden dafür sorgen, sonst müssen Ihre Tochter und die anderen ster –» Dopplers Gesicht verzog sich krampfartig, er kippte vornüber und griff sich an den Magen.

«Skinner», rief Ainslie. «Larry!»

«Medizin ... Tasche ...» würgte Doppler. Ainslie tastete Jacke und Hose ab und fand ein Fläschchen mit einer hellen Flüssigkeit ohne Aufschrift oder Dosierungsanweisung.

«Wieviel? Alles?»

Doppler nickte. Ungeschickt schraubte Ainslie die Flasche auf, während er gleichzeitig den vornübergesunkenen Mann festhielt. Dann war Captain Skinner neben ihm, hielt Doppler fest, und Ainslie bekam die Hände frei. Aber ehe er ihm den Inhalt der kleinen Flasche einflößen konnte, würgte der Sterbende, und ein Blutstrom ergoß sich über Ainslies Uniform und Dopplers Anzug.

Skinner ließ ihn behutsam zurücksinken; der Anwalt sah mit brechenden Augen auf den Drei-Sterne-General, der vor ihm kniete, und lächelte.

«Schade ... daß es ... so früh kam. Sagen Sie meinem Sohn ... daß es mir leid tut ... Daß es für ihn war ... und für die Samen ... nicht Web ... niemals für Webb ...»

«Wo ist meine Tochter, bitte sagen Sie es mir», flehte Ainslie.

«In Sicherheit. Wenn der Frühling kommt ...»

«Sagen Sie es mir. Wo ist sie?» Ainslie packte Dopplers Jacke, schüttelte ihn. Der Körper in den blutbefleckten Sachen bewegte sich schlaff, widerstandslos.

«Er ist tot, Ainslie», sagte Captain Skinner tonlos.

«Er hat mir nicht gesagt, wo sie sind, er hat nicht –»

«Er hat gesagt, daß sie in Sicherheit sind», beschwichtigte der Captain, aber es klang nicht sehr überzeugt. «Brahms wird sich mit uns in Verbindung setzen. Er hat ja noch nicht alles bekommen, was er wollte.» Er half Ainslie beim Aufstehen. «Was hat er da von Gold und Öl erzählt?»

Ainslie sah ihn an, holte sein Taschentuch hervor, wischte an Gesicht und Händen herum und verschmierte Dopplers Blut nur noch mehr.

«Na, hören Sie mal, Captain!» In seiner Stimme schwang eine leise Spur seines Zorns von vorhin. «Wollen Sie mir wirklich erzählen, daß es Rätsel gibt, die Sie noch nicht gelöst haben?»

17

Der große Raum glitzerte frostig. Am Panoramafenster wuchsen die Eisblumen immer dichter zusammen. Stumm und regungslos standen die nutzlos gewordenen Geräte in der Küche. Da kein Wasser mehr durch die Rohre gepumpt wurde, hingen die letzten Tropfen gefroren in den Hähnen. In den Toiletten fror das Wasser.

Nachdem sie begriffen hatten, daß der Generator nicht mehr zu reparieren war, hatten die Verzweiflung und Skinner sie vorwärtsgetrieben. Aus den Schlafzimmern hatten sie sämtliche Vorhänge, Decken, Teppiche und Matratzen geholt, aus den Matratzen hatten sie eine Unterlage gebildet und darauf um den Kamin herum die Sofas, den Eßtisch und die Stühle gestellt. Über die Möbel hatten sie die Vorhänge, Teppiche und Decken gespannt und sie abgestützt oder mit Kissen verankert, bis eine Art Zeltraum entstanden war.

Jetzt waren ihre Stimmen gedämpft und verloren sich in den Falten des provisorischen Zeltes. Als es dunkel wurde, bildeten die Flammen aus dem Kamin und das Licht der Laterne die einzige Beleuchtung. Dunkel, stumm und kalt umstand sie das Haus.

Lebensmittel und Wasser hatten sie genug. Sherri hatte Skinner wieder in seinen Schneeanzug genäht. Um nicht immer wieder die Haustür aufmachen zu müssen, hatte er das Badezimmerfenster von Lauras Zimmer eingeschlagen und war von dort aus ins Freie gestiegen. Zuerst schob er das Kaminholz durch, das Goade ihm abnahm und an einer Seite des Zelts aufstapelte, was auch die Isolierung verbesserte. Allerdings würde diese Isolierung rasch aufgebraucht sein. Skinner sagte ihnen nicht, wie wenig Brennholz er draußen fand, es war ja nur für dekorative Kaminfeuer und nicht als Lebensretter gedacht gewesen. Als das Holz im Haus war, reichte Skinner Schnee herein, mit dem sie die Badewanne füllten. Sie konnten ihn dann nach Bedarf schmelzen.

Der Wind war stärker geworden, er heulte um die Hausecken und rüttelte am Dach, schob sich neugierig in die Fensterrahmen und den Spalt um die Haustür.

Vordringlich war jetzt zunächst die Kleidungsfrage. Da der elektrisch betriebene Mechanismus versagte, hatten sie die Schiebetür zum Musikzimmer gewaltsam aufgebrochen und die dicken roten Vorhänge von den Fenstern genommen. Noch benutzten sie den warmen Stoff als Decken, aber Sherri war dabei, einfach geschnittene Hosen und Ponchos daraus zu machen. Sie konnten nicht ständig im Zelt bleiben, sie mußten Lebensmittel aus dem Vorratsraum, Schnee aus dem Badezimmer holen. Die Toilettenfrage stellte sie vor neue Probleme. Im Zelt war nicht genug Platz für ein stilles Örtchen, also stellten sie zwei große Kochtöpfe in den Vorraum des Hauses, die draußen in den Schnee geleert werden konnten. Es würde, wie Goade bemerkte, ein sehr wohlriechendes Frühjahr werden.

Aufrecht konnten sie im Zelt nicht stehen, aber darauf legte auch niemand Wert. Sie hatten sich zusammengekauert, um nicht so sehr zu zittern, obgleich Skinner ihnen erklärt hatte, daß das Zittern ihr bester Schutz gegen die Kälte war.

«Könnten wir nicht das Öl verbrennen?» fragte Morgan plötzlich in die Stille hinein.

«Ich weiß nicht ...» sagte Skinner nachdenklich. Er saß zwischen Laura und Denning, Timmy hatte sich an seine Knie gelehnt. Das Licht des Feuers ließ seine Brille aufblitzen, als er zu Morgan hinübersah, der neben Sherri lag. «Wie denn?»

«Man braucht nur einen Behälter und eine Art Docht, damit die Flamme nicht mit der Oberfläche des Öls in Berührung kommt», überlegte Morgan.

«Im Vorratsraum hab ich ein paar große Kanister gesehen», erinnerte sich Goade. «Ich weiß nicht, was drin ist, aber so zwölf bis fünfzehn Liter dürften sie fassen.»

«Das ist ideal», meinte Morgan.

«Wäre eine offene Flamme nicht zu gefährlich im Zelt?» fragte Laura.

«Wir stellen die Dinger ja nicht *in* das Zelt», erklärte Morgan ein bißchen herablassend, «sondern auf die andere Seite, dem Kamin gegenüber. Dann haben wir zwei Wärmequellen.»

«Das machen wir morgen», entschied Skinner. «Jetzt sollten wir etwas essen und dann möglichst ein bißchen schlafen. Wenn sich morgen auch niemand bei uns hat sehen lassen, können wir uns weiter um unser Überleben kümmern.»

Niemand widersprach.

Laura sah ihm nach, als er das Zelt verließ, um ein paar Dosen aus dem Vorratsraum zu holen. In ihrer Angst hatten sie jetzt alle seine Führungsrolle akzeptiert. Nicht, weil er der Größte oder der Stärkste gewesen wäre, sondern weil er am meisten wußte. Allen war klar, daß zumindest im Augenblick zum Überleben Einfälle, nicht Muskeln, gefragt waren. Er war in der Arktis gewesen, folglich mußte er wissen, wie man Kälte verkraftet. Es war vielleicht gut, daß die anderen nicht ahnten, wie angreifbar diese Argumentation war. Laura hatte sich mit Skinner über seinen Arktiseinsatz unterhalten, und er hatte sich über den Aufwand lustig gemacht, den sie damals getrieben hatten, den albernen Schneeanzug zum Beispiel, dessen Kunstfaserstoff ein so kläglicher Ersatz für die von den Eskimos benutzten Felle und Pelze war. Statt sich auf ihre Umgebung einzustellen, hatten sie sich einfach eine künstliche kleine Welt geschaffen, die hundertprozentig auf die vom Menschen geschaffene Technik angewiesen war. Genauso hatte es Berndt mit seinem Haus gemacht. Hätte er zum Beispiel eine Windmühle gebaut, statt einen Generator zu benutzen, hätte er Sonnenenergie statt Strom verwendet, brauchten sie jetzt nicht zu frieren. Doch in den fünfziger Jahren, als das Haus entstanden war, galt die Technik als der neue Gott – mit dem Erfolg, daß jetzt, nur weil ein kleines Stück Metall gebrochen war, alles lahmgelegt war. Alles.

Nach dem Essen – einem Eintopf, zu dem sie einfach alle möglichen Dosen in dem einen Topf zusammenrührten, der in den Kamin paßte – versuchten sie, sich zum Schlafen zurechtzulegen. Morgan, der, wie er sagte, ohnehin schlecht schlief, hatte einen Stapel Holz neben sich, um von Zeit zu Zeit nachzulegen. Laura hatte Timmy vor sich, und Skinner lag hinter ihr an der Zeltwand. Nach einer Weile schlug sie vor, den Jungen in die Mitte zu nehmen, damit er es wärmer hatte, und Skinner stimmte zu.

So unsinnig es schien – er betete um die Rückkehr der Bewaffneten. Drei Tage waren vergangen, aber sie hatten sich nicht sehen lassen. War bei den Verhandlungen etwas schiefgelaufen? Waren die Entführer gefaßt, sogar tot? Spielten ihre Verhandlungspartner auf Zeit, da sie die Geiseln in Sicherheit wähnten? Oder war die Rettung schon ganz nah?

Vielleicht ging es nur noch um Stunden. Oder höchstens Tage. Das war auszuhalten. Heute nacht waren sie alle müde und würden schlafen. Morgen würden sie tagsüber viel zu tun haben und abends wieder müde sein.

Aber bei einem längeren Zusammenleben auf derart beschränktem Raum würde es zu Spannungen, zu Sticheleien, zu kleinlichem Streit kommen, das beengende Zelt würde unerträglich werden, Groll und Reizbarkeit würden dafür sorgen, daß auch in übertragenem Sinne «dicke Luft» entstand. Gewiß, zuerst würden sie um des Überlebens willen alle am gleichen Strang ziehen, aber sie waren alle nur Menschen, und Menschen reiben sich nun einmal aneinander, wenn sie zu dicht beisammen sind. Durch Reibung entstehen Funken. Und einer von ihnen, einer, der dieselbe rauchgeschwängerte, abgestandene Luft atmete wie er, war ein Mörder. Stumme Bestätigung dafür war die Tote, die draußen im Schnee lag.

18

Werner Doppler war ein junger Mann mit pausbäckigem Gesicht, der aussah wie ein gereiztes Backenhörnchen.

«Warum hat man mich verhaftet? Warum hat man mich hierhergeschleppt, ohne –»

«Sie sind nicht in Haft, Mr. Doppler», sagte Ainslie, «aber Eile und Geheimhaltung waren wesentlich. Ihre Botschaft weiß Bescheid und billigt unser Vorgehen.

«Wir müssen Ihnen leider mitteilen, daß Ihr Vater tot ist», ergänzte Captain Skinner sachlich. «Er ist gestern nacht hier in Adabad gestorben.»

«Tot? Mein Vater? Hier?» stieß Doppler ungläubig hervor.

«Bitte kommen Sie, wir führen Sie zu ihm», sagte Ainslie.

Der junge Mr. Doppler gehorchte widerspruchslos; die Fragen, die in seinem Blick standen, blieben unausgesprochen.

Im Kellergeschoß der US-Botschaft war, wie Ainslie einigermaßen überrascht erfahren hatte, sogar ein kleines Leichenschauhaus untergebracht. Als Captain Skinner das Tuch vom Gesicht des Toten nahm, ging über Werner Dopplers Gesicht ein boshaftes Grinsen.

«Das ist nicht mein Vater», erklärte er. «Und ich möchte sofort mit einem Vertreter der Schweizer Botschaft sprechen. Sofort, ist das klar?»

19

Der Einfallsreichtum, den sie entwickelten, überraschte sie selbst. Sie leerten die Kanister, in denen Speiseöl gewesen war, reinigten sie und schnitten mit einem Dosenöffner große Halbkreise in die obere Vorderseite. In stundenlanger, mühseliger Arbeit entfernte Goade zwei Bettfedern aus einer der Matratzen, die ihnen als Stütze für die aus Bettuchstreifen geflochtenen Dochte dienten. Sie mußten das Zelt erweitern, um die Ölöfen unterzubringen; es wäre zu gefährlich gewesen, sie direkt auf die Matratzen zu stellen. Sie nahmen die Fächer aus Kühlschrank und Herd, banden sie mit den jetzt nutzlos gewordenen Zuleitungsschnüren zusammen, bespannten sie mit Alufolie aus der Küche und bauten daraus einen großen dreieckigen Ofenschirm, der die Hitze zurückstrahlte. Nachdem sie jetzt an beiden Seiten eine Wärmequelle hatten, war es im Zelt nicht mehr ganz so frostig, aber noch immer zu eng.

Ohne Schuhe war niemand scharf darauf, öfter als unbedingt nötig das Zelt zu verlassen. Erst wickelten sie sich Lakenstreifen und Stücke von den Polsterbezügen um die Füße, aber dann erinnerte sich Laura an den Teppichboden im Musikzimmer. Wieder öffneten sie mit Gewalt die Schiebetür. Als sie den Teppich hochhoben, entdeckten sie darunter einen noch größeren Schatz, eine dicke Filzunterlage, die sich leicht reißen oder schneiden und ganz mühelos nähen ließ. Der Filz reichte nicht nur zu Stiefeln, sondern auch zu Handschuhen und Kapuzen für ihre kurzen Gänge ins Freie.

Zwei Tage waren sie mit diesen Aktivitäten ganz gut ausgelastet, aber nicht länger.

«Warum zum Teufel kommt denn keiner?» fragte Goade immer wieder. Die anderen blieben ihm die Antwort schuldig.

Die von Skinner vorausgesehenen Verfallserscheinungen setzten ein. Am auffälligsten waren sie bei Sherri, die jeden Versuch, sich zu pflegen, aufgegeben hatte und nur noch reichlich Parfum gegen den Gestank versprühte, den so viele auf so engem Raum aufeinanderhockende Menschen zwangsläufig verbreiten mußten. Im Schneidersitz, von fettigem Haar wie von einem Fransenvorhang umgeben, saß sie neben Morgan und ließ unablässig die stumpfe Dressiernadel hin- und hergehen. Dank ihrer Fleißarbeit besaßen sie jetzt alle rote Samtanzüge, die sie über ihre anderen Sachen gezogen hatten.

Im Zelt selbst war es angenehm warm, der Wohnraum war sehr kalt, die oberen Zimmer noch frostiger, aber durch die gute Isolierung war es im Haus immer noch wärmer als draußen. Draußen wartete die Arktis. Wenn sie wieder einmal vor der Tür gewesen waren, wußten sie die dumpf-fetale Wärme ihrer Höhle erst richtig zu schätzen.

Laura bestand auf warmem Wasser, um sich und Timmy die Haare zu waschen – worauf er mit öffentlich zur Schau getragener Empörung und heimlicher Erleichterung reagierte –, und ließ nicht locker, bis sich alle einmal am Tag wenigstens Arme, Beine und Gesicht wuschen.

«Wir wollen es uns doch nicht noch schwerer als nötig machen», sagte sie, wenn sie Handtücher und Seife austeilte und die Abwaschwanne als Gemeinschaftsbecken in die Zeltmitte setzte.

«Warum kommt denn niemand?» fragte Goade wieder einmal. «Irgend jemand muß doch kommen ...»

Timmy war immer schweigsamer geworden. Verstohlen beobachtete er seinen Vater, der ihn überhaupt nicht zu beachten schien. Morgans hochtrabende Selbstgerechtigkeit hatte sich längst in Apathie und Selbstmitleid verwandelt. Meist saßen er und Sherri beieinander; wenn sie überhaupt sprach, dann mit ihm. Ihr Flüstern klang beinah flehend. Skinner mußte oft an den Tag denken, als er Morgan vor ihrem Zimmer überrascht hatte. Daß ein Mann Trost im Sex suchte, war verständlich, für Morgan allerdings erstaunlich. Daß die Beziehung anhielt, war klar, sie verschwanden gelegentlich miteinander in einem der eisigen Schlafzimmer und machten die Tür hinter sich zu.

Über den Mord an Anne wurde, schon wegen Timmy, nie gesprochen. Skinner hatte Hallicks Handschellen hinter der Tiefkühltruhe verschwinden lassen, und niemand, nicht einmal Denning, hatte je wieder danach gefragt. Hallick war ihnen offenbar dankbar für die stillschweigende Duldung und versuchte sich nach Kräften nützlich zu machen. Unter anderem lehrte er Timmy zeichnen.

Hallick selbst hatte darin beachtliches Talent, und an den Zeltwänden hingen zahlreiche Skizzen von ihm.

Es war Timmy, überlegte Skinner, der ihnen half, nicht ganz den Verstand zu verlieren. Er selbst hatte angefangen, dem Jungen Rechenstunden zu geben, und Laura gab ihm Englischunterricht. Schreibmaterial hatten sie genug, denn alle Bücher hatten zumindest vorn und hinten je ein leeres Blatt.

Nachdem das Brennholz zu Ende gegangen war, bekam Goade eine Möglichkeit, seine Aggressionen abzubauen. Mit einem kleinen Beil, das er im Heizungsraum gefunden hatte, begann er, planmäßig die Einrichtung zu demolieren. Skinner zitterte vor dem Tag, an dem er sich an den Bösendorfer heranmachen würde. Wenn Goade nach diesen Leibesübungen noch immer schlechter Laune war, ließ er sie beim Kartenspiel an Denning aus.

Sie hatten auch damit angefangen, das Parkett aus dem Fußboden herauszustemmen; es war sehr hart und brannte langsam, so daß sie es hauptsächlich nachts auflegten. Das Feuer mußte ständig brennen, nicht nur wegen der Wärme, sondern weil ihnen längst die Streichhölzer ausgegangen waren.

Mit einer Art von Nestinstinkt hatten sie sich alle kleine Ecken abgeteilt, in denen sie ihre wenigen persönlichen Habseligkeiten aufbewahrten. An einem Nachmittag hatte Laura eine kleine Amethystbrosche in altmodischer Fassung gefunden und wollte sie gerade Sherri geben, als Skinner die Hand danach ausstreckte.

«Das ist meine», sagte er leise und steckte sie wieder an die Innenseite seiner Brieftasche.

«Gehörte sie Ihrer Frau?» fragte Laura sanft.

«Eigentlich gehörte sie meiner Großmutter. Ich hatte sie reinigen und den Verschluß reparieren lassen. Ich wollte sie meiner Frau zum Geburtstag schenken, in der Woche, in der sie dann verunglückt ist.»

«Wie hieß sie?» fragte Laura nach einem kleinen Schweigen.

«Margaret. Das war auch der Name meiner Großmutter, deshalb dachte ich ...» Er klappte die Brieftasche zu und schob sie in die Zeltnische, in der seine Aktentasche stand. «Viel ist sie nicht wert, ich weiß nicht, warum ich sie noch mit mir herumtrage. Albern eigentlich ...» Er zögerte einen Augenblick, dann griff er in die geöffnete Aktentasche. «Dafür habe ich etwas gefunden, was wohl Ihnen gehört.» Er zog ein paar dicht beschriebene Blätter heraus. Sie wurde rot. «Es ist Ihnen hoffentlich klar, wie gut das ist», sagte er. Es war ein Gedicht. Zuerst hatte er gedacht, sie hätte es aus dem Gedächtnis für eine der Unterrichtsstunden mit Timmy notiert, aber dann hatte er gesehen, wie von Seite zu Seite Form und Inhalt klarer herausgekommen waren, hatte das Versmaß des Haiku, jenes japanischen Dreizeilers mit jeweils fünf, sieben und fünf Silben, erkannt.

Sonne, rotäugig,
glimmt auf, einmal, nachmittags,
und blinzelt. Eis tropft.
Die kleine Birke
schüttelt ihr Schneekostüm ab
und ist wieder nackt.
Mitleidslos dreht sich
der grüne Winterhimmel.
Tag friert, ist dahin.
Nacht wartet. Lang. Schwarz.
Nicht Wärme bringt dein Schweigen
mir und der Birke.

«Es ist noch nicht fertig, es ist noch im Werden.» Laura streckte die Hand nach den Blättern aus, aber er hielt sie fest.

«Gute Gedichte zu schreiben ist schwer.»

«Und nichts für einen nüchternen Wissenschaftler, nicht wahr?» fragte sie leichthin. Aber er spürte, wie sehr ihr die Verse am Herzen lagen.

«Vergessen Sie nicht, daß ich Waliser bin. Wir Waliser haben zwei nationale Leidenschaften – Rugby und Lyrik. Schreiben Sie weiter, lassen Sie sich nicht beirren. Lyrik ist als Kunst so alt, wie die Astronomie es als Wissenschaft ist. Oder noch älter.»

Jetzt gab er ihr die beschriebenen Blätter zurück und stand auf. «Ich glaube, wir brauchen noch Holz.»

Sie schob die Blätter in ihre Kosmetiktasche. Dabei fiel ihr ein, daß sie Goade versprochen hatte, ein paar Schubläden von oben mitzubringen. Sie kroch aus dem Zelt, schlüpfte in die Filzstiefel, die draußen neben den anderen standen und ging die Treppe hinauf zu dem Zimmer, das sie einmal mit Sherri geteilt hatte.

Als sie in den hohen Spiegel an der Tür sah, mußte sie lachen. In dem roten Samtponcho, den roten Hosen und den formlosen Filzstiefeln sah sie aus wie ein lebender Fliegenpilz oder einer der weniger gelungenen Disneyzwerge.

«Was gibt's denn da zu gackern?» Goade stand mit mürrischem Gesicht in der Tür. Bei seinem Anblick schüttelte das Lachen sie noch heftiger. Ein fast zwei Meter großer Fliegenpilz wirkte entschieden noch komischer. Sie erzählte ihm, was sie so erheitert hatte. Er ging zur Kommode hinüber, ohne eine Miene zu verziehen und zog mit einiger Mühe die beiden obersten Schubladen heraus.

«Besser als erfrieren», murrte er, klemmte sich eine Schublade unter jeden Arm und verschwand. Das Lachen verging ihr. Er hatte natürlich recht, im Grunde genommen war das alles überhaupt nicht komisch. Sie machte sich daran, die nächsten beiden Schubladen herauszuziehen. Dann hielt sie inne. Goade hatte Mühe mit den beiden obersten Schubladen gehabt, weil sich etwas darin verklemmt hatte. Das Hindernis war heruntergefallen. Sie nahm es an sich.

Es war eine Strumpfhose von Sherri, die um einen kleinen Briefstoß gewickelt war. Eines der handgeschriebenen Blätter flatterte zu Boden. Sie bückte sich. Ihr Blick streifte über die ersten Wörter – und dann kam sie nicht wieder los. Es war offenbar ein Liebesbrief, allerdings eher ein Pornomachwerk als eine romantische Epistel. Nicht die Ausdrücke schockierten Laura, sondern die Tatsache, daß sie es fertigbrachte, anderer Leute Post zu lesen. Rasch legte sie das Blatt wieder zusammen und schob es zu den übrigen. Offenbar hatte Sherri sie nicht vermißt. Sie würde ihr die Briefe und ihre Kosmetiksachen mitbringen, beschloß Laura. Vielleicht gab ihr das ein bißchen Auftrieb.

Skinner sah sie aufmerksam an, als sie herunterkam. «Sie machen einen recht munteren Eindruck.»

«Bin ich auch. Falls Sie deprimiert sind, gebe ich Ihnen einen guten Rat: Stellen Sie sich mal vor einen Spiegel. Das ist eine Erfahrung ganz eigener Art.» Sie ging zum Zelt zurück, stellte die Schubladen neben Goade, der bereits mit großer Befriedigung auf den ersten beiden herumhackte, streifte die Filzstiefel ab und kroch auf allen vieren wieder in das Zelt zurück. Skinner sah ihr nach, dann schaute er ratlos an sich herunter. Hatte er sich mit Suppe bekleckert, oder was hatte sie gemeint? Vielleicht war sie doch nicht so ausgeglichen, wie er dachte, und er merkte, wie sich Angst in ihm regte. Wenn sie auch die Nerven verliert, dachte er, das könnte ich nicht ertragen. Ich brauche sie so, wie sie ist. Ich brauche sie so sehr ...

Sherri und Timmy waren allein im Zelt. Laura kämpfte sich über die Matratzen hinweg zu ihnen vor und legte die Sachen, die sie von oben mitgebracht hatte, vor Sherri hin. Sherri sah von dem Filzstiefel auf, an dem sie gerade eine Naht reparierte. «Was soll das?»

«Ich war oben und habe Ihnen das mitgebracht, falls Sie sich ein bißchen frisch machen wollen.»

«Wozu? Ich müßte das Zeug nachher nur wieder abnehmen. Und wer sieht mich schon in diesem Loch? Ich kann ja kaum selber die Hand vor Augen sehen.» Sie legte die Nadel beiseite und blätterte lächelnd, leise vor sich hin summend, die Briefe durch. Dann lehnte sie sich vor und warf das Päckchen ins Feuer. «Die brauche ich jetzt doch nicht mehr.» Sie sah Laura durch ihre strähnigen Haare hindurch an. «Du hast sie gelesen, nicht? Hat's dich gekitzelt?»

«Ich lese nie anderer Leute Briefe», wehrte sich Laura, aber sie merkte, daß sie rot geworden war. Sherri lachte auf.

«Verstehe. Man spielt immer noch die feine Dame. Denkst du, das nehme ich dir ab? Natürlich hast du die Briefe gelesen. Du hast dir vorgestellt, wie der Kerl es mit mir getrieben hat, und das hat dich angemacht. Du bist geil nach deinem Skinnie, denkst du denn, das sehe ich nicht? Was du an diesem kalten Fisch findest, ist mir ja schleierhaft. Aber meine Briefe helfen dir da garantiert nicht weiter. Da gibt's nur eins: Steck ihm die Hand in die Hose. Heute nacht. Ich petze nicht, kannst dich drauf verlassen.»

Wir werden alle zu Tieren, dachte Laura entsetzt. Aber ich will das nicht, ich darf das nicht. «Machen Sie sich nicht lächerlich», fuhr sie Sherri an und wich Timmys neugierigem Blick aus. Er wußte nicht, worüber sie sprachen, nur, daß es um Skinner ging und Laura offenbar verstimmt war.

«Laß sie in Ruhe», sagte er zu Sherri.

«Halt die Klappe, du vorlauter Zwerg», giftete Sherri. «Spiel mit deinen blöden Soldaten und stör uns nicht.»

«Timmy, geh doch mal zu Daddy in die Küche und hilf ihm ein bißchen», sagte Laura gepreßt. Dann wandte sie sich an Sherri. «Es ist mir egal, was für ein Leben Sie geführt haben, und es ist mir auch egal, was Sie von mir denken. Aber was ich für David empfinde, ist meine Sache, und ich wünsche nicht, daß Sie vor dem Jungen darüber sprechen.»

Sherri hielt mitten in der Bewegung inne. «Du hast noch nie vorher einen Mann haben wollen, stimmt's?» fragte sie leise.

«Ich –»

«Es macht dir Angst, aber gleichzeitig ist es auch ein tolles Gefühl, weil du dich zum erstenmal so richtig lebendig fühlst ...»

Laura sah sie lange an. «Ja.»

Sherri nickte und nähte weiter. «Nun wirst du sterben, ohne daß du deinen kleinen Professor gehabt hast. Schade drum.»

«Ich gedenke nicht zu sterben.»

«Du bist schon tot. Wir sind alle tot. Oder nennst du das etwa Leben?»

Laura wandte sich ab und begann die Decken zusammenzulegen. Sie kämpfte mit den Tränen.

«Laß gut sein», tröstete Sherri rauh. «Es tut nicht ewig weh.»

«Was tut nicht ewig weh?» fragte Morgan vom Zelteingang her.

«Ihr Kopf», gab Sherri ungerührt zurück. «Sie hat Kopfschmerzen. Kommt vom vielen Lesen.»

«Wenn's danach geht, dürfte dir nur höchst selten der Kopf brummen», sagte Morgan höhnisch, während er das Geschirr fürs Abendessen zurechtstellte.

Und dann kamen die anderen, und immer größer wurden die Kreise, die Spannung und Gereiztheit in dem eng umgrenzten Raum zogen.

Goade schmollte, weil Denning einen hohen Gewinn eingestrichen hatte, und als Hallick ihn anstieß, so daß er seine Suppe verschüttete, fuhr er ihn an: «Als ich in Fort Bragg war, durften Killer nicht in die Messe kommen.»

Laura sah auf. «Ich wußte gar nicht, daß Sie in Bragg waren, John. Wann war das?»

«Wie? Muß ungefähr vor zwei Jahren gewesen sein. War Ihr Dad da mal stationiert?»

«Ja, ein halbes Jahr, aber ich dachte –»

«Was?»

«Nichts. Ich war damals noch ziemlich klein und kann mich kaum mehr daran erinnern. Mein Vater ist häufig versetzt worden, als ich klein war.»

«So ist das eben in der Army.» Goade rückte ein Stück von Hallick weg. «Aber wie man 'n Bunker baut und wen man da reinsteckt, darauf verstehen sie sich.»

«Was ist ein Bunker?» wollte Timmy wissen.

«Ein Gefängnis», erklärte Skinner und warf Goade einen warnenden Blick zu.

«Auch gut für Schummler zu gebrauchen», fügte Goade mit einem bösen Blick auf Denning hinzu.

«Du mußt's ja wissen», konterte Denning.

Hallick schien immer kleiner zu werden, und Timmy sah ihn an. «Kannst du mir einen Bunker für mein Fort bauen, Joey? So was habe ich nämlich noch nicht.»

«Mal sehen», sagte Hallick widerstrebend. «Morgen vielleicht.»

«Okay.» Timmy kaute. «Da ist Ananas drin», stellte er plötzlich fest.

«Ich weiß», sagte Laura. «Ich habe zur Abwechslung mal Stew Hawaii gemacht, weil wir keine Kartoffeln mehr haben.»

«Vielleicht sollten wir allmählich mit den Lebensmitteln ein bißchen sparsamer umgehen», meinte Skinner.

«Wieso denn das?» fragte Morgan.

«Ich fürchte, wir müssen uns mit der Möglichkeit vertraut machen, daß uns niemand hier herausholt», sagte Skinner ruhig. «Im Frühjahr, wenn der Schnee schmilzt und es warm genug ist, können wir es dann aus eigener Kraft versuchen.»

Sie beendeten ihr Essen schweigend. Es erwies sich als ähnlich schwer verdaulich wie das, was Skinner ihnen soeben beigebracht hatte.

«Ich helf Ihnen beim Abwaschen», sagte Joey und folgte Laura mit dem schmutzigen Geschirr. Nachdem es bei dem Versuch, heißes Wasser vom Kamin in die Küche zu tragen, ein paarmal zu einer Überschwemmung gekommen war, hatte Goade neben der Spüle einen Ölofen aufgestellt, auf dem sie sich in einer Schüssel Wasser warm machen konnten.

«Ich hab sie nicht umgebracht, Laura», versicherte Hallick, während sie mit dem Geschirr hantierten.

«Es hat jetzt keinen Sinn, darüber zu reden, Joey», sagte Laura freundlich.

«Aber ich muß mal darüber reden. Sie haben ja gehört, was Goade gesagt hat, und wie Morgan mich ansieht ... aber ich hab es nicht getan. Das Mädchen in Cleveland habe ich nicht umgebracht ...

und die andere Sache, das war ich auch nicht.» Er faßte nach ihrem Arm. «Laura, Sie dürfen mich nicht hassen wie die anderen alle.»

«In unserer Situation wäre Haß eine reine Energieverschwendung ...»

Hallicks Griff wurde fester, und sie stand sehr still. «Sie tun mir weh, Joey. Bitte lassen Sie mich los.»

«Sagen Sie mir nur, daß Sie mich nicht hassen, daß Sie nicht denken –»

«Laß sie los, Hallick.» Denning stand in der Küchentür.

Hallick zog rasch seine Hand weg. «Ich hab ja gar nichts gemacht.»

«Noch nicht.» Er zerrte Hallick an seinem Poncho von Laura fort. «Du dreckiges kleines Schwein, wer glaubst du denn –»

«Genug!» Das war Skinner, und das eine Wort klang wie ein Peitschenhieb.

«Er hat Laura angefaßt, er hatte seine Hände –» knurrte Denning.

«Lassen Sie ihn los», befahl Skinner. «Geht zurück ins Zelt. Beide. Haben wir nicht schon genug Probleme?»

«Er –»

«Tun Sie, was ich sage.»

«Für wen halten Sie sich eigentlich?» murrte Denning.

«Hier und jetzt für den lieben Gott. Geht zurück ins Zelt, verdammt noch mal, ehe ich euch das Genick breche. Na los schon.»

Sie zogen ab.

Skinner lehnte sich kraftlos an den Küchentisch. Als Laura zu ihm hinüberging, merkte sie, daß er zitterte. «David –»

«Hat er Ihnen – etwas getan?» Seine Stimme war wieder weich und sanft wie sonst auch, die Peitsche war verschwunden.

«Nein, er hat nur beteuert, daß er Anne nicht umgebracht hat.»

«Und Sie glauben ihm?»

«Ich – weiß es nicht. Glauben Sie ihm?»

«Ich weiß es auch nicht.»

Sie spürte die harten Schultermuskeln unter dem Samtstoff und den Hemden, die er übereinander trug. «Hätten Sie die beiden wirklich geschlagen?»

«Aber ja.» Er räusperte sich. «Ich fürchte, ich hätte da keine Hemmungen gehabt ...»

Laura lag in dem dunklen Zelt und sah zu, wie das schwache Licht des Feuers über das Zeltinnendach streifte. Wieder braute sich ein Sturm zusammen. Wind, hatte David erklärt, mache den Menschen reizbar. Es sei viel schwerer, an einem stürmischen Tag eine Vorlesung zu halten, es habe etwas mit der Ionisierung zu tun. Er sprach über so viele Dinge in der Dunkelheit. Und dann wieder schlief er tief und regungslos neben ihr, das Gesicht in den Kissen vergraben, um die Umwelt ganz auszuschalten. Sie kam mit einer Hand unter der Decke hervor und streckte sie aus, um seine Stirn zu berühren. Sie konnte nicht anders. Timmy hatte sich heute neben Hallick gelegt, als habe er dessen Jammer gespürt. David und sie waren sich ganz nah. Und doch sehr fern.

Unruhig setzte sie sich auf und legte die Arme um die Knie. Es war wohl wirklich der Sturm, der alle so reizbar machte. Goade und Denning hatten sich erneut wegen ihrer Karten gezankt, und Sherri und Morgan waren von einem ihrer Ausflüge offenbar zerstritten zurückgekommen. Sie seufzte. Beim Einatmen fiel ihr ein scharfer, beißender Geruch auf. Leise kroch sie zu den Ölöfen hinüber. Bei dem einen war das Öl so weit heruntergebrannt, daß ein Docht angefangen hatte zu glimmen. Eigentlich war es Goades Aufgabe, das Öl nachzufüllen, aber nach seinem Streit mit Denning hatte er es offenbar vergessen. Sie würde ihn nicht wecken; das Öl abzapfen und in eine Dose füllen konnte sie ebenso gut wie er.

Sie griff sich die Laterne, verließ, über die anderen hinwegsteigend, das Zelt, schlüpfte draußen in ihre Filzstiefel und schlurfte durch die Küche in den Heizungsraum.

Die schwarze Masse des stummen Generators und die Rundung des Öltanks wirkten beängstigend in der Dunkelheit. Sie hob die Laterne. Die Wände waren hier nicht isoliert, die Temperatur war eisig. Goade hatte einen Lappen um den Ölhahn gewickelt, um zu verhindern, daß seine Haut bei der Berührung an dem Metall anfror. Laura stellte die Laterne ab und drehte den Hahn auf. Da hörte sie Schritte im Nebenraum.

«Das Öl war ziemlich heruntergebrannt», sagte sie über die Schulter. Die Schritte verstummten.

«Gehen Sie ruhig zurück, wozu sollen wir uns beide eine Lungenentzündung holen?» Sie lachte und stellte den Hahn ab. «Dabei ist es noch nicht einmal unsere Aufgabe.»

Sie hielt die Dose dicht unter den Hahn, um die letzten Tropfen aufzufangen. Die Sorgfalt war umsonst, denn als der Schlag von hinten kam, flog ihr die Dose aus der Hand, Öl ergoß sich in hohem Bogen über den Tank, den kleinen Benzinmotor und die vordere Ecke des Generators. Als sie vom Tank zurückgezerrt wurde, folgte ihr eine breite Ölspur, die sich glitzernd über den schmutzigen Zementboden schlängelte.

20

«Wer zum Teufel ist Axel Berndt?»

Larry Carter sah Captain Skinner in hilfloser Wut an.

«Nach Interpol ist Axel Berndt der Name des Toten dort unten und vermutlich der wahre Name unseres geheimnisvollen Mr. Brahms. Er hat auf eigene Rechnung gearbeitet, es gab keinen Vermittler.»

«Und wo steckt der richtige Doppler?» fragte Ainslie vom Schreibtisch her. Captain Skinner wußte, daß er gerade eine weitere hysterische Konfrontation mit seiner Ex-Frau und ihrem aufgeblasenen Ehemann hinter sich hatte. Auch die Presse verlangte jetzt ihr ‹Recht› – das Recht auf Wahrheit, auf Sensationen, auf höhere Auflagen und einen Sündenbock. Mit Berndts Tod war die ganze Geschichte an die Öffentlichkeit gekommen.

«In einem Sanatorium in der Schweiz, bemüht, mit Hilfe fremder Drüsensekrete noch einmal hundert Jahre zu leben. Axel Berndt war offenbar einer seiner wichtigsten Klienten. Er hatte Doppler gebeten, ihm für ‹Geheimverhandlungen› seinen Paß zu leihen. Das hatte er schon ein paarmal gemacht.»

«Nach dem Obduktionsbericht hatte Berndt höchstens noch ein paar Wochen zu leben, und das hat er wohl auch gewußt», ergänzte Ainslie. «Er lag im Sterben, aber er hat gesagt, daß die Geiseln in Sicherheit sind.»

«Dann sind sie es vermutlich auch», meinte Captain Skinner, aber es klang nicht überzeugt.

«Weiß Doppler – ich meine der aus dem Sanatorium – irgend etwas, was uns weiterhelfen könnte?»

«Nichts.»

«Der Sohn?»

«Dopplers Sohn meinen Sie? Nein.»

Ainslie richtete sich auf. «Und wo steckt Berndts Sohn?»

Captain Skinner schlug nach einer Fliege, die auf seinem Handgelenk gelandet war. «Berndt war nicht verheiratet.»

«Aber er hat ‹mein Sohn› gesagt», beharrte Ainslie. «Ich habe mich da bestimmt nicht verhört.»

«Haben Sie auch nicht», meinte der Captain. «Berndt war vor vielen Jahren mit einer norwegischen Schauspielerin liiert. Die große Liebe, wie man so sagt. Sie ist bei einem Zugunglück ums Leben gekommen. Sie hieß Eva Boyar.»

«Boyar? Das ist doch der –»

«Ja», bestätigte Captain Skinner müde. «Es sieht so aus, als ob Karl Boyar Axel Berndts Sohn ist. Wenn er es beweisen kann – und das sollte wohl möglich sein –, wartet ein Erbe von etwa zweihundert Millionen Pfund auf ihn.»

Carter begann zu lachen, erst leise, dann zunehmend hysterisch. Die anderen beiden warteten mit ausdruckslosen Gesichtern, bis er sich wieder beruhigt hatte. «Und sie haben ihn wegen ein paar lächerlicher Industriediamanten in den Knast gesteckt», stieß Carter hervor. «Hat er denn nicht gewußt –»

«Nach Aussage der Großeltern mütterlicherseits hat er es nicht gewußt», erklärte Captain Skinner. «Sie hatten Anweisung von Berndt, ihm seine Herkunft erst zu enthüllen, wenn er ihnen die Erlaubnis dazu gab.»

«Aber er könnte doch – mit all dem Geld hätte er doch –»

«Der Junge wollte mit seiner Familie nichts zu tun haben, und Berndt hatte noch anderes zu regeln», meinte Captain Skinner. «Er war äußerst zielstrebig. Und vielleicht auch sehr rachsüchtig.»

«Und jetzt ist er tot. Wo aber steckt meine Tochter?» fragte Ainslie. «Wo steckt Ihr Bruder, Captain, wo stecken die anderen?»

21

Es war kalt. Es war so kalt, daß das Luftholen zur Qual wurde.

Laura rollte sich auf den Rücken, spürte Schnee unter sich und fast unerträgliche Schmerzen am Kopf und in allen Gliedern. Ihr Samtanzug war weg, sie trug nur ihre beiden Kleider und leichte Unterwäsche. Sie würde erfrieren. Jemand wollte, daß sie erfror.

Mühsam setzte sie sich auf. Wo war das Haus? Wie lange lag sie schon hier? Nach kurzem Überlegen sagte ihr der gesunde Menschenverstand, daß sie nicht weit vom Haus entfernt sein konnte und vermutlich nicht lange bewußtlos gewesen war. Die eisige Kälte hatte wie ein Schock gewirkt, so daß sie sehr schnell wieder zu sich gekommen war. Sie sah an sich herab. Die Filzstiefel hatte man ihr gelassen. Wie albern sie aussahen an den nackten Beinen. Warum –? Und dann sah sie die Spuren – Fußstapfen, die zur ihr führten, aber keine in entgegengesetzter Richtung. Jemand, der ebensolche großen, formlosen Stiefel getragen hatte wie sie, hatte sie hier ausgesetzt und war in denselben Spuren zurückgegangen, so daß es aussah, als sei sie aus eigenem Antrieb hierhergekommen, um auf den Tod zu warten.

Sie versuchte aufzustehen, knickte zusammen und fiel aufs Gesicht. Gut, wenn sie nicht gehen konnte, würde sie eben kriechen, sie würde niemandem den Gefallen tun, sich kampflos zu ergeben.

Ihr Körper schmerzte und ihre Hände brannten, als sie sich auf den Ellbogen im Schnee vorwärtsschob. Ihr Atem kam aus Mund und Nase wie weißer Rauch. Immer wieder sank sie in dem weichen Schnee ein. Sie begann zu weinen und spürte, wie die warmen Tränen vereisten, während sie ihr Kinn erreichten oder von ihrer Nase heruntertropften.

Sie würde es doch nicht schaffen, sie würde sterben. Wer würde jetzt das Essen machen, wer würde Timmys Sätze verbessern, wer würde zuhören, wenn David über Satie und Sonnenflecken und japanische Netsuke-Figuren sprach?

Und dann sah sie plötzlich zwei Beine in Filzstiefeln und roten Samthosen vor sich. Sie hob den Kopf. Vor ihr stand Goade und lächelte sie an.

«Sie lassen sich nicht unterkriegen, was?»

Hatte er sie hier herausgeschleppt, war er es, der ihr den Tod wünschte? Aber warum?

Sie wollte aufstehen, nach ihm schlagen, sich wehren, aber dann blieb sie doch auf allen vieren im Schnee hocken und schluchzte in hilfloser Wut.

Er hüllte sie in seinen Poncho, nahm sie auf den Arm und begann, ihren und seinen Spuren folgend, sich so schnell wie möglich durch den tiefen Schnee vorwärtszubewegen.

Ihre Zähne klapperten. «Ich wollte nicht sterben», brachte sie mühsam hervor. «Jemand hat mich hierhergeschleppt ...»

«Nicht reden. Ganz ruhig bleiben. So, wir sind da. Es ist alles gut.» Goade schob sich durch die offenstehende Haustür, die er mit dem Fuß zuwarf. «Skinnie», rief er. «Frank, bringt mal ein paar Decken her, los, beeilt euch.»

Undeutlich nahm Laura Davids überraschtes Gesicht wahr, merkte, wie er sie Goade abnahm, in Decken rollte und abrubbelte, in die stinkende, schweißige, wundervolle Wärme des Zeltes trug.

«Ich bin nicht von selbst rausgegangen, jemand hat mich ins Freie geschleppt, ich wollte ja zurückkommen, David, ich hab's versucht, sei nicht böse ... ich habe mir solche Mühe gegeben ...»

«Ja, ich weiß. Es ist ja alles gut, Liebling.» Seine Hände ertasteten behutsam die Beule an ihrem Hinterkopf. Wie wütend er war, wie schrecklich wütend. Alle redeten durcheinander, versuchten zu helfen und standen sich dabei gegenseitig im Wege. Skinner beugte sich zu ihr herunter und steckte die Decke um sie fest. «Bleib ganz still liegen ... sag nichts ... nichts sagen, Liebes ... sei ganz ruhig. Ganz ruhig ...» Und dann war sie eingeschlafen.

Er sei aufgewacht, erzählte Goade, und da sei ihm doch noch eingefallen, daß er die Ölöfen nachfüllen mußte. Er war in den Heizungsraum gegangen, dort sei alles voller Öl gewesen, und Laura war nicht mehr da. Die Haustür sei offengestanden, und davor habe ihr zusammengeknüllter Samtanzug gelegen. Er sei ihren Spuren gefolgt, habe sie draußen im Schnee herumkriechen sehen und zurückgebracht. Ende der Geschichte.

«Sie sagt, daß jemand sie herausgetragen hat», ergänzte Goade und sah Hallick an.

«Ich nicht», protestierte Hallick sofort.

«Sie haben Miss Ainslie gestern abend in der Küche belästigt», stellte Morgan fest.

«Joey würde Laura nie etwas tun», ließ sich Timmy vernehmen, der neben Sherri saß. Sie hatte abwesend einen Arm um ihn gelegt und starrte in die Dunkelheit.

«Schon gut, Timmy», tröstete Skinner ihn. «Joe wird nichts geschehen. Wir legen uns jetzt alle wieder hin. Morgen reden wir weiter.»

Skinner hatte sich schützend vor Laura gelegt. Ob wohl der Mörder die Kraft seines Zorns spürte? Hoffentlich, dachte er. Hoffentlich.

Als der Morgen graute, schickte Skinner die anderen mit den verschiedensten Aufträgen aus dem Zelt und schüttelte Laura sanft, bis sie aufwachte. Sie lächelte ihn an. «Guten Morgen.»

Seine Reaktion war unerwartet. «Hat man dich vergewaltigt?»

«Nein. Jemand hat mich niedergeschlagen, das ist alles, woran ich mich erinnern kann.»

Sie versuchte, so genau wie möglich zu berichten, aber alles war jetzt so verschwommen, so undeutlich. «Ich konnte nicht schlafen. Ich sah, daß das Öl in den Öfen weit heruntergebrannt war und ging in den Heizungsraum, um Öl zu holen. Da hörte ich Schritte und sagte, eigentlich sei es ja nicht mal unsere Aufgabe, Öl nachzufüllen, weshalb sollten wir also beide frieren . . .»

«Es ist Goades Aufgabe, die Öfen zu versorgen.»

«Aber es war nicht John, der hinter mir stand, David.»

«Wer war es dann?»

«Das weiß ich nicht, ich habe ja nichts gesehen.»

«Woher wußtest du dann, daß es nicht John war?»

Sie überlegte einen Augenblick, dann schüttelte sie ratlos den Kopf. Sie lag ganz still und sah ihn an. Sein Bart war dunkler, als man bei einem Mann mit blauen Augen und sandfarbenem Haar erwartet hätte, er kam ihr vor wie eine weitere Maske, hinter der er sich verbarg.

«David?»

«Ja?»

«Ist Anne vergewaltigt worden?»

Er sah sie an. «Nein, Anne ist nicht vergewaltigt worden. Es sollte nur so aussehen.»

«Woher weißt du das?»

Er wurde dunkelrot und sah ins Feuer. «Ich habe – nachgesehen. Es waren –»

«– keine Samenspuren in der Vagina?» ergänzte sie nüchtern. Er sah sie überrascht an. «Sehr vernünftig», sagte sie anerkennend.

«Das wäre ein Beweis, daß Joey es nicht getan hat.» Eine Falte sprang zwischen ihren Augenbrauen auf. «Aber warum hast du mich danach gefragt?»

«Ich mußte es genau wissen. Es tut mir leid.»

Sie sah ihm an, wie schrecklich es ihm war, ihr sagen zu müssen, was er getan hatte. Dabei leuchtete ihr vollkommen ein, daß es notwendig gewesen war, und Notwendiges mußte nun einmal getan werden. Wenn ein Kind blutet, fällt man nicht in Ohnmacht, man stillt die Blutung. Wenn ein Hund leidet und keine Hoffnung mehr besteht, läßt man ihn vom Tierarzt einschläfern. Wenn man nicht wiedergeliebt wird, verbittet man sich die Liebe. In all diesen Fällen liegen die Dinge klar und eindeutig, und das macht einem in gewisser Weise die Entscheidung leicht.

«Du Schwein, du mieses kleines Schwein.» Das war Morgans Stimme, schrill vor Empörung. Vor dem Zelt gab es ein Gerangel, dann einen Fall. Skinner kroch zum Zelteingang und verschwand. Laura wickelte sich mit einiger Mühe aus ihrer Decke und kroch ihm nach.

Morgan und Hallick rollten neben dem Zelt auf dem Boden herum, es sah aus, als sei Morgan dabei, Joey zu erwürgen. Goade stand in der Küchentür, hielt Timmy an den Schultern und sah interessiert dem Kampf zu. Denning hockte in der entgegengesetzten Zimmerecke, wo er Parkettbohlen hochgestemmt hatte. Sherri war dem Kampfgeschehen näher, ihre Augen glitzerten gierig. Sie schien stolz auf Morgan zu sein, der in diesem Augenblick seine Hände erbarmungslos um Hallicks Hals schloß.

«Schluß jetzt.» Skinner packte Morgan an der Schulter. Der beobachtete, ohne sich um Skinner zu kümmern, zufrieden grinsend Hallicks Gesicht, das sich dunkelrot gefärbt hatte.

«So ein Dickschädel.» Skinner hob die verschränkten Hände über den Kopf und ließ sie mit aller Wucht auf Morgans Nacken niedersausen. Morgans Arme wurden schlaff, er ließ Hallick los und fiel zu Boden.

«Er hatte es verdient», rief Denning durchs Zimmer. «Er war hinter Sherri her.»

«War ich nicht», krächzte Hallick. «Hab nur –»

Morgan schüttelte den Kopf und versuchte, sich aufzurichten, während Hallick sich hustend herumrollte.

Skinner sah Morgan einen Augenblick schweigend an, dann

schüttelte er bedauernd den Kopf und wandte sich ab. «Es wäre gescheiter, wenn Sie Ihre Frustrationen in etwas Konstruktiveres umsetzen würden, Tom. Holzhacken beispielsweise könnte ich Ihnen wärmstens empfehlen.»

Morgan sah ziellos vor sich hin. «Soll ich euch mal was sagen? Ich hab die ständigen Bevormundungen satt. Sie ziehen hier eine Schau ab, Skinner, als ob das ein Überlebenstraining ist, bei dem hinterher Zeugnisse verteilt werden. Pingelige Vorschriften, pingelige Vorlesungen, pingelige Übungen aus der Praxis ... Der ganze Zauber hier kotzt mich an.» Er war aufgestanden, sein Gesicht wirkte ausdruckslos, als sei er in Gedanken gar nicht bei dem, was er sagte, sondern als habe er sich zurückgezogen, um das ganze Problem noch einmal zu überdenken. Er trat einen Schritt näher an Skinner heran. Skinner wich zurück.

«Ich warne Sie», sagte er leise.

«Ich glaube, es würde mir Spaß machen, Sie umzubringen», meinte Morgan gedankenvoll.

«Ich an Ihrer Stelle würde das nicht tun», gab Skinner zurück.

Es dauerte nur eine Sekunde. Mit einem dumpfen Fall landete Morgan auf dem Haufen von Bücherruinen in der Ecke. Von den eindrucksvollen Folianten waren nur noch die nackten Seiten geblieben. Die Buchdeckel hatten sie verheizt, die Vorsatzblätter beschrieben. Skinner richtete sich auf.

«Ihr habt wieder das ganze Öl verschüttet», stellte er ärgerlich fest. Es geschah nicht zum erstenmal, die dunklen Flecken auf dem Fußboden und der ständige Ölgestank gehörten schon so sehr zu ihrem täglichen Leben wie die ständigen Spannungen um Hallick. «Am besten wischen wir das Zeug auf, ehe jemand ausrutscht. Bringen Sie ein bißchen Papier, Tom.»

Er wandte sich Morgan zu, der duckte sich, umschlang mit beiden Armen Skinners Knie und brachte ihn zu Fall, wobei dem Professor die Brille von der Nase flog und bis zur Scheuerleiste rutschte. Erwartungsvoll grinsend holte Morgan aus, um Skinner mit der Faust ins Gesicht zu schlagen, aber da schob sich Skinner unter ihm hervor, bekam Morgans Handgelenk zu fassen, befreite sich mit einer unvermittelten Drehung, sprang auf, noch immer Morgans Handgelenk umklammernd, hob den Fuß, trat ihm kräftig gegen die Rippen und wich dann zurück.

Morgan schrie auf, dann war im Raum eine Weile nur noch sein mühsames, rasselndes Luftholen zu hören. Skinner atmete noch immer ganz ruhig, und die anderen waren so verblüfft, daß sie keinen Laut von sich geben konnten. Nach einer Weile rappelte Morgan sich auf und nahm einen neuen Anlauf. Diesmal erwischte er Skinner an der Kehle, aber der Professor packte einfach Morgans Arm, hob die Füße und ließ sich nach hinten fallen. Wieder segelte Morgan durch die Luft, diesmal landete er auf dem Stapel leerer Konservendosen an der Tür, die scheppernd über den Fußboden rollten.

«Jetzt reicht es aber wirklich.» Skinner wischte sich, so gut es gehen wollte, den rußigen Schmutz von seinen Sachen. «Das ist eine völlig sinnlose Zeit- und Energieverschwendung.»

Goade sah ihm bei seiner Reinigungsaktion zu. «Ist das Karate?»

«Nein, nur Judo. Ich habe damit angefangen, als ich vor ein paar Jahren in Japan war. Karate finde ich etwas übertrieben, all das Hauen und Schreien und so weiter.» Er hob seine Brille auf. Jetzt war der zweite Bügel abgebrochen. «So ein Pech.» Er war noch dabei, den Schaden zu untersuchen, als Morgan sich von hinten näherte.

«Nein, Daddy, nicht ...» Timmy lief auf seinen Vater zu, aber Morgan schubste ihn unsanft beiseite, der Junge stieß sich am Türrahmen und schrie auf. Skinner wirbelte herum, er sah Timmy hinfallen, er sah Morgan auf sich zukommen, warf die zerbrochene Brille auf das Zeltdach und stürzte sich auf Morgan.

Gegenüber von Laura trafen sie aufeinander. Sie sah, daß Skinners Gesicht jetzt weiß vor Zorn war, seine hellen Augen waren fast schwarz geworden, sein Mund war verzerrt, sein ganzer Körper wirkte wie eine geballte Faust, über die sich Morgan stülpte wie ein schlapper Handschuh. Skinner warf Morgan zu Boden, kniete sich auf seine Brust und begann mit der Regelmäßigkeit eines Metronoms Morgan ins Gesicht zu schlagen.

Laura schrie entsetzt auf. «David!» Morgans Kopf ruckte von einer Seite zur anderen, und jedesmal flogen auch ein paar Blutstropfen mit. Daß Morgen Timmy beiseite gestoßen hatte, war der Auslöser für Skinners Koller gewesen, aber Laura begriff, daß seine Reaktion tiefere, dunklere Quellen hatte als nur den Zorn über einen Mann, der seinen Sohn mißhandelt. Sie richtete sich auf, um zu ihm zu gehen. Die Kälte draußen im Zimmer empfing sie wie ein eisiger Guß. Haltsuchend griff sie nach einer Zeltkante, berührte den heißen Ofenschirm, zog schleunigst die Hand wieder weg und verlor das Gleichgewicht. Sie fiel schwer gegen den Ofenschirm, verbrannte sich die Schulter und hörte gleichzeitig, wie die Behelfsöfen hinter dem Schirm umkippten. Sie schrie auf vor Schmerz, dann sah sie, wie brennendes Öl sich hinter dem Ofenschirm hervor auf den Bücherstapel zubewegte.

Skinner hatte mit erhobener Faust mitten in der Bewegung innegehalten. Als er sich umdrehte, sah er Laura auf den Knien, eine Hand an der Schulter, dahinter eine wachsende Feuerwand aus Büchern, Öl und Flammen.

Goade rannte schon hin und begann mit den Filzstiefeln auf den nächstgelegenen Büchern herumzutrampeln, aber sofort hatte sich ein Stiefel mit Öl vollgesaugt und fing ebenfalls an zu brennen. Ungeduldig streifte er ihn ab, er landete auf der hinteren Zeltseite, von niemandem bemerkt, da alle zu dem Feuer stürzten bis auf Sherri, die neben Morgan kniete und ihm schluchzend das Blut vom Gesicht wischte.

«Tommy ... Tommy ...» Ihre dünne Stimme verlor sich im allgemeinen Lärm, während Skinner und Goade versuchten, den roten Teppich vom Zelt zu ziehen, um die Flammen zu ersticken, und Denning und Hallick nach draußen rannten, um Schnee hereinzuholen.

«Zieh dich an, Laura», rief Skinner. Sie duckte sich, als der Teppich über ihren Kopf hinwegrutschte. Die beiden Stücke von Skinners Brille fielen neben ihr zu Boden, sie griff danach, kroch zurück ins Zelt und schob sie in ihren Büstenhalter. In fieberhafter Hast zog sie den roten Samtanzug an, während schon Rauchschwaden ins Zelt zogen. Plötzlich begann die Zeltwand direkt neben ihr zu rauchen, zu verkohlen und dann in Flammen aufzugehen. Vor ihren Augen lief eine Flamme an der Kunstfaser an einer Decke entlang und teilte sie wie ein Reißverschluß. Dahinter wurden Skinner und Goade sichtbar, die gegen die jetzt bis zur Galerie hochschlagenden Flammen ankämpften.

«David», schrie sie auf. «David, das Zelt brennt.» Aufs Geratewohl begann sie, während die Flammen sich ausbreiteten, Gegenstände in ihren Poncho zu stecken.

«Joey», rief Skinner, und während Laura aus dem verräucherten Zelt flüchtete, rannte sie beinahe Hallick über den Haufen, der, gefolgt von Denning, mit Schnee angelaufen kam.

«Auf das Zelt», befahl Skinner, begriff aber gleich darauf, daß hier nicht mehr viel zu machen war. Wassermassen umgaben das Haus, aber sie konnten jeweils nur eine Handvoll Flüssigkeit hereinbringen.

Die losen Buchseiten brannten jetzt lichterloh, und der Wind, der durch die Haustür pfiff, ließ die Flammen noch höher schlagen. Brennende Papierfetzen erhoben sich in die Luft und landeten auf den Ölflecken an der Küchentür, die sofort Feuer fingen. Die Flammen leckten gierig an Lachen, Pfützen, Rinnsalen, fanden immer mehr Nahrung, ließen sich so schwer fassen wie Quecksilber aus einem zerbrochenen Thermometer.

Laura lief zu Timmy, der an der Wand kauerte und nahm ihn auf den Arm. Das Zelt brannte an mehreren Stellen. Brennendes Papier hatte sich auf die Decken gesetzt, die durch die Wärme im Zelt trocken geblieben waren. Schicht für Schicht begannen die Betttücher und Decken Feuer zu fangen, manche zerschmolzen einfach, manche, bei denen Naturfasern die Flammen hemmten, schwelten nur. Dann erhob sich wie eine steigende Flut schwarzer Rauch. Die Schaumstoffpolster der Sofas brannten. Und dieser Rauch, das wußte Laura, konnte tödlich sein.

«David, der Rauch ...» Sie deutete auf die häßlichen schwarzen Wirbel und Schlangen, die sich über den Boden wanden. Er fuhr herum.

«Bring den Jungen heraus. Lauft zur Sauna hinunter, an den See.»

Sie wollte nicht fort von ihm und schüttelte, Timmy an sich drückend, heftig den Kopf. «Lauft, wir können hier nichts mehr tun. Hilf Sherri, Morgan herauszuschaffen. Los, Tempo ...»

«Du mußt aber auch kommen, David, bitte ...»

In der hinteren Ecke des Wohnraums fiel ein dicker Eisblock mit dumpfem Laut von der Decke. Sie fuhr zusammen. «Bitte, David ...»

«Geht schon immer, wir kommen nach. Wir müssen retten, was zu retten ist.» Er schob sie weg. Jetzt brannte die Teaktäfelung, und die Flammen breiteten sich in dem Hohlraum zwischen den Paneelen und den Querbalken aus, an denen die Paneele befestigt waren. Sie begannen zu schwitzen in ihren warmen Sachen.

Skinner packte Hallick am Arm. Laura konnte nicht hören, was er sagte, aber er deutete zur Küche, zum Vorratsraum. Die Flammen hatten jetzt eine Stimme. Knisternd fraßen sie sich an den Bücherregalen entlang.

Laura schob Timmy zur Haustür und ging zu Sherri hinüber. Morgan kam gerade wieder zu sich, er stöhnte und bewegte fluchend die wunden Lippen.

«Er muß hier raus, er darf nicht auf dem Boden liegenbleiben, der Rauch ...» rief sie Sherri zu. Mit vereinten Kräften halfen sie Morgan beim Aufstehen. Denning und Hallick rannten an ihnen vorbei zum Vorratsraum. An der Tür wandte Laura sich noch einmal um. Aus irgendeinem Grund hatte Skinner versucht, durch die Schiebetür ins Musikzimmer zu kommen, aber es war ihm nicht gelungen. Sein Samtponcho schwelte an mehreren Stellen.

«Ich muß – ich muß ... ich hole nur noch –» Morgan wandte sich wieder dem Zelt zu. Schweiß und Blut vermischten sich auf seinem Gesicht zu einer rötlichen Zebramaske.

«Laß sie doch verbrennen, laß sie abkratzen, die Schweine», rief Sherri ihm zu und zog ihn mit sich. Lauras Hand bewegte sich ohne ihr Zutun. Sie schlug Sherri ins Gesicht.

«Los, gehen Sie, so gehen Sie doch schon», rief sie außer sich. «Jetzt haben Sie ja, was Sie wollten ...»

Sie überließ die beiden ihrem Schicksal und rannte zurück.

Skinner sah mit vor Rauch tränenden Augen machtlos zu, wie die Flammen das Haus auffraßen. In dem großen Wohnraum war das Holz unter der glitzernden Eisschicht trocken geblieben. Paneele, Querbalken und Stützen brannten wie Zunder. Der schwarze Rauch der schmorenden Schaumstoffpolster waberte um Skinners Hüfte. Plötzlich ging ein Ächzen durch das erst vereiste, jetzt zu schnell erhitzte Panoramafenster, und die Scherben fielen klirrend nach außen. Sofort stürzte sich der Wind ins Zimmer. Der dicke, ölige Rauch stieg in die Höhe und mischte sich mit weißem Qualm. Würgend und hustend wandte Skinner sich um und lief Laura in die Arme.

«Die Stiefel», stieß sie hervor. «Die Stiefel ...» Es dauerte eine Weile, bis er begriffen hatte, was sie wollte. Die Filzstiefel standen direkt am Rand der immer näher rückenden Feuerwand. Er nickte ihr zu. Sie brachte die Schuhe in Sicherheit und kam zu ihm zurück.

«Das Öl», rief Goade ihnen zu und deutete zur Küche. Hinter der Küche lag der Heizungsraum mit dem Öl- und dem Benzintank.

Skinner schob Laura zu Goade hinüber und warf die schwere Tür des Heizungsraums zu. Wieviel Zeit würde er ihnen damit erkaufen können? Er öffnete die Tür der Küchenschränke und griff sich, was er nur fassen konnte, Teller, Töpfe, Tassen, Besteck. Hallick und Denning hatte er in den Vorratsraum geschickt mit dem Auftrag, möglichst viel Lebensmittel in Sicherheit zu bringen. Ob sie vernünftig genug sein würden, das Fenster über der Tiefkühltruhe einzuschlagen und die Sachen einfach hinauszuwerfen? Vielleicht hatte er es Joey sogar gesagt, er wußte es nicht mehr genau.

Zu ärgerlich, daß er nicht mehr an den Bösendorfer herangekommen war. Er hätte eben früher anfangen sollen, sobald er begriffen hatte, daß sie es nicht bis zum Frühjahr würden aushalten können, sobald er Lebensmittelvorräte, Personenzahl und die Tage bis zur wärmeren Jahreszeit zusammengezählt und festgestellt hatte, daß die Rechnung nicht aufging.

Mehr konnte er nicht tragen, es wurde Zeit, daß er herauskam. Die Hitze um ihn herum steigerte sich, einige Schränke, an denen er eben noch gewesen war, standen jetzt in Flammen. Zu seinem Glück war jetzt aus dem Wind ein ausgewachsener Sturm geworden, der zwar die Flammen anfachte, aber den Rauch wegblies. Er warf einen Blick zum Vorratsraum hinüber, konnte aber nicht erkennen, ob Hallick noch darin war. Die Treppe brannte lichterloh. Durch die Haustür schaffte er es nicht. Als er an dem brennenden Kreis der Möbel entlanglief, der das Zelt gestützt hatte, spürte er, wie Flammen ihn von beiden Seiten erfaßten. Er stieß mit dem Schienbein an den niedrigen Rahmen des zerschmetterten Panoramafensters, kletterte hinüber. Der Wind traf ihn mit voller Wucht und warf ihn beinahe um, spitze Glasscherben drangen durch Socken und Deckenstreifen hindurch in seine Fußsohlen. Die glitzernde Barriere aus Glasscherben lag ein paar Meter hinter ihm, als innerhalb weniger Sekunden die beiden Tanks im Heizungsraum explodierten.

Es war, als habe ihn ein großes Brett von hinten getroffen; er fiel bäuchlings in den Schnee. Eine Rauchwolke quoll aus dem Fenster, es regnete Holz und Metall, ein paar brennende Brocken sanken sofort in die hohen Schneewehen ein und waren gleich darauf spurlos verschwunden. Der große Topf, den Skinner mitgeschleppt hatte, lag unter ihm. Hätte der weiche Schnee nicht nachgegeben, hätte er sich beim Fallen sämtliche Rippen brechen können. Er atmete mühsam. Auch so war es vielleicht nicht ganz ohne Verletzungen abgegangen.

Im Haus hinter ihm rumorte es. Die Explosionen hatten dem Bau den inneren Halt geraubt. Öl und Benzin waren in sätmliche Ritzen gedrungen. Das Haus war nicht zu retten. Er spürte Hitze an seinem Rücken, vielleicht brannten seine Sachen, sein Haar. Er warf sich in den Schnee und rollte sich herum. Das Haus schien wie aus Flammen gebaut. Wände, Balken, Dachsparren, Böden, Türen – alles war deutlich sichtbar, und alles brannte lichterloh. Der Schnee ringsherum war geschmolzen, schon lagen die Glassplitter, über die er vorhin gegangen war, auf der nackten, nassen Erde, in der sich das Feuer spiegelte. Die Linie des schmelzenden Schnees hatte eine Art Eigenleben entwickelt, bewegte sich fließend auf ihn zu, fiel in sich zusammen, die rußigschwarze Oberfläche teilte sich, sekundenlang kam darunter leuchtendes Weiß zum Vorschein, wurde zu Wasser, das sich weiter in den Schnee hineinfraß.

Skinner merkte, wie jemand ihm unter die Arme griff. Goade half ihm auf und zog ihn weg.

«Sind die anderen – sind alle –» würgte er.

«Glaub schon. Los, weg hier.»

Der Sturm zerrte an ihren Sachen, Graupelkörner wirbelten durch die Luft und schlugen schmerzhaft gegen ihre versengten Gesichter. Um ein Haar wäre Goade über den Topf mit Küchenutensilien gefallen, den Skinner aus dem Haus gerettet hatte.

«Ich hätte ja an Ihrer Stelle lieber den ganzen Küchenschrank mitgenommen», sagte er ironisch.

Skinner sah ihn an. «Ja, aber dazu hatte ich leider keine Zeit. Ich war gerade mit meinem Augen-Make-up beschäftigt.» Er fing an zu husten und griff sich an die Rippen.

«Lassen Sie's gut sein», tröstete Goade. «Inzwischen haben Sie überhaupt keine Augenbrauen mehr.»

22

Nach Aussage von Berndts Personal hatte es Webb verstanden, sich in den letzten Monaten Berndt fast unentbehrlich zu machen, berichtete Captain Skinner. «Er ist ein begnadeter Schauspieler, voller

Charme und sehr geschickt im Manipulieren von Menschen. Offenbar hat er Berndt davon überzeugt, daß er auf diesem Wege das erreichen könne, was ihm am Herzen lag.»

«Was Berndt am Herzen lag, oder was Webb am Herzen lag?»

«Raten Sie mal ...»

«Und Webb ist jetzt bei den Geiseln?»

«Ja.»

«Um sich die Informationen zu schnappen, die Ihr Kurier bei sich hatte?»

Captain Skinner nickte. «Es sieht so aus, als ob es Webb war, der die Betrügereien inszeniert hat, denen wir auf die Spur gekommen sind. Er arbeitete früher für uns, bis er eines Tages fand, daß wir seine Dienste nicht hoch genug honorierten. Da hat er sich selbständig gemacht. Die notwendigen Tricks und Kniffe kannte er ja. Alte Bekannte müssen ihn gewarnt haben, daß die Falle zuzuschnappen drohte.»

«Was geschieht, wenn er die Informationen tatsächlich bekommt?»

Der Captain zuckte die Achseln. «Das kommt auf die Situation an. Um an die Daten heranzukommen, hat er sich als Geisel getarnt. Aber wenn er sie erst einmal hat, wird er versuchen, sich in Sicherheit zu bringen. Hätte Berndts Plan geklappt, hätte Webb sich nach der Befreiung der Geiseln wahrscheinlich von ihnen getrennt und sich früher oder später in aller Ruhe von den drei Millionen Dollar in Gold bedient, die auf einem Schweizer Konto auf ihn warteten.»

«Sie meinen, daß das Geld für ihn war?»

«Für Berndt war es jedenfalls nicht.»

«Wozu aber dann die Abberufung der Diplomaten?»

«Möglich, daß er damit einfach eine falsche Spur legen wollte; vielleicht wollte er sie auch gegen Leute austauschen, die er später hätte unter Druck setzen können.» Captain Skinner zündete sich die nächste Zigarette an und setzte sich in Ainslies Sessel hinter den Schreibtisch. «Sie haben mir noch immer nicht verraten, was es mit dem Gold und dem Öl auf sich hat, von dem Berndt gesprochen hat.»

Ainslie hob die Schultern. «Nach neuesten geologischen Erkenntnissen gibt es am Nordkap Gold- und Ölvorkommen. Die Norweger wollten ohne viel Aufhebens mit der Erschließung beginnen, ehe alle möglichen Geier sich auf die Beute stürzen konnten. Daneben gab es das Projekt ACRE. Es lag nahe, beides miteinander zu verbinden. Das ist alles. Die ganze Geschichte läuft frühestenfalls in fünf bis acht Jahren an. Ich begreife noch immer nicht so recht, weshalb er ausgerechnet jetzt einen Riegel vorschieben wollte.»

«Er lag im Sterben.»

Ainslie verzog das Gesicht. «Sterben müssen wir alle. Manche früher als andere, das ist der ganze Unterschied.»

Captain Skinner beobachtete ihn durch den Zigarettenrauch hindurch. Nach Dopplers – oder vielmehr Berndts – Tod war Ainslie merklich in sich zusammengefallen. Das Abreißen der Verbindung zu den Geiseln schien ihn davon überzeugt zu haben, daß er seine Tochter nie wiedersehen würde. Er machte sich Vorwürfe, daß er mit dem Sterbenden gestritten hatte, statt ihn zu zwingen, den Aufenthaltsort von Laura, David und den anderen zu verraten. Es war kein Trost für ihn, daß Dutzende von Agenten auf der Suche nach Hinweisen auf den Verbleib der Geiseln Berndts Vergangenheit durchforschten, mit sämtlichen Bekannten von ihm sprachen, seine Unterlagen prüften, ja, selbst Papierkörbe durchwühlten. Nachdem sie einmal wußten, wo sie den Hebel anzusetzen hatten, meinte Captain Skinner, würden sie früher oder später auch zum Ziel kommen.

Aber inzwischen, hatte der General darauf nur gesagt, blieb Zeit genug zum Sterben. Womit er natürlich recht hatte.

Captain Skinner lehnte sich vor und betrachtete die letzte Fotoserie, die sie aus dem Haus in der Wüste mitgebracht hatten. Müßig schob er die Bilder auf der Schreibtischplatte hin und her und versuchte, die Hoffnungslosigkeit im Blick seines Bruders nicht zu sehen.

23

Vielleicht, dachte Skinner, der am Eingang zur Sauna stand und durch die Bäume auf die leere Hülse des Hauses sah, haben wir es falsch gemacht. Vielleicht hätten wir den schwarzen Rauch einatmen sollen, in tiefen Zügen. Damit wäre uns viel erspart geblieben.

Schwach leuchtete die Glut in der mit Steinen gefüllten Mulde, dunkel zeichneten sich dagegen die Umrisse der Menschen ab, die um die Mulde herumlagen. Skinner stellte die Dose ab, und Goade stützte sich auf einen Ellbogen und sah zu ihm hinüber.

«Sind das die letzten?» krächzte er. Sie waren, soweit sie überhaupt sprechen konnten, alle heiser von dem vielen Rauch, den sie geschluckt hatten.

«Ein paar liegen, glaube ich, noch unter den Bäumen.» Auch Skinner fiel das Sprechen schwer. «Die können wir morgen holen.»

Goade war auf die Holzbank zurückgesunken und sah zu, wie Skinner einer Dose mit einem Stein zu Leibe rückte. Ein Büchsenöffner war nicht unter dem geretteten Küchengerät gewesen, den hatten sie im Zelt gehabt. «Ist genug Holz da?»

«Draußen.» Es hatte inzwischen wieder geschneit. Erstaunlicherweise hatten sie unter dem Schnee immer wieder unverbrannte Holzstücke gefunden, obgleich das Haus selbst völlig zerstört war. Dahin war auch der Bösendorfer und mit ihm die Stahlsaiten, aus denen Skinner Schneeschuhe hatte machen wollen. Endlich gelang es ihm, die Dose zu öffnen. Er reichte sie Sherri, die wortlos den Kopf abwandte.

Heute früh hatten Goade und er Morgan an der heruntergebrannten Hauswand neben seiner Frau gefunden. Er war noch einmal zurückgegangen, um ihre Leiche zu bergen. Dort hatte ihn die Explosion überrascht. Er war neben ihr eingefroren. Hoffentlich, dachte Skinner, war er da nicht mehr bei Bewußtsein gewesen. Die Flammen hatten die Toten verschont, sie waren beide völlig unversehrt.

Skinner streckte Timmy die Dose hin, der neben Hallick lag.

«Iß du, Skinnie», flüsterte der Junge. «Ich hab keinen Hunger.»

«Ich hab schon gegessen», schwindelte Skinner. «Es sind Pfirsiche, glaube ich. Du magst doch Pfirsiche.»

Timmy nahm die tropfende Dose und begann vorsichtig den Inhalt herauszuangeln. Er kaute einen Augenblick, dann meinte er: «Es ist Ananas, glaube ich.»

«Aber Ananas magst du doch auch», krächzte Skinner und begann zu husten.

«Nicht so sehr. Laura kann was davon haben, wenn sie aufwacht.»

Skinner stellte die Dose unter die Bank, dann ging er zu Laura hinüber und berührte ihre heiße Stirn. Es war mehr als die Wärme der Saunaglut, die er fühlte, sie fieberte. Der nächtliche Aufenthalt draußen in der Kälte, dann der Rauch – es war wohl unvermeidlich.

«Wie geht's ihr, Skinnie?» brachte Hallick heraus. Er war, als die Tanks explodierten, noch im Vorratsraum gewesen, hatte sich aber hinter die Tiefkühltruhe ducken können. Der Explosionsdruck hatte die Truhe in seine Richtung geschleudert und ihm Arm und Brust eingequetscht. Er hatte sich noch durchs Fenster retten können, war aber recht mitgenommen. Sie hatten den Arm geschient, aber die Brüche waren kompliziert, und sie hatten keine Antiseptika. Denning lag neben ihm und atmete rasselnd. Eine Rauchvergiftung bei älteren Leuten war kein Spaß.

«Mittelprächtig», sagte Skinner lakonisch.

«Sie ist zäh», meinte Goade schroff. «Sie wird's überstehen.»

Skinner sah ihn an, sagte aber nichts. Er setzte sich neben Laura und lehnte sich an die Wand. Es war still und warm. Er wußte, daß er morgen, spätestens übermorgen versuchen mußte, Hilfe zu holen. Er wußte auch, daß es praktisch hoffnungslos war. Aber wenn er und Goade genug Holz und möglichst viele Dosen einlagerten, konnten die anderen in der Sauna noch eine ganze Weile überleben. Und wenn es ihm gelang, ein paar kleinere Birkenzweige abzubrechen und zu biegen, konnte er vielleicht doch so etwas wie Schneeschuhe daraus machen. Er konnte Morgans und vielleicht auch noch Dennings Anzug über seinen ziehen. Wenn er etwas zu essen mitnahm und einen Schlitten ... Es war den Versuch wert. Er mußte einfach nach Süden gehen, die Sterne würden ihn leiten. Sie als einziges in seiner Welt waren unverändert, unveränderlich.

Er fing wieder an zu husten. Sie husteten alle, so daß niemand besonders auf seinen Husten geachtet hatte. Aber irgendwie hatte sich ein Sekret tief in den Lungen angesammelt, das er nicht herausbringen konnte. Er legte sich auf die Seite, hustete, schlief ein, wachte auf, döste wieder, wachte wieder auf.

Der Raum war dunkel, nur das Feuer glühte rot. Er würde noch etwas Holz hereinholen, beschloß er, damit es die Nacht über reichte. Müde rappelte er sich auf, zündete einen der letzten Zweige an und trat ins Freie. Feuchte weiße Schwaden umgaben ihn. Er kannte diese Erscheinung von der Polarexpedition her, dieses plötzlich eintretende scheinbare Ineinanderfließen von Himmel und Erde, bei dem man von einer Minute zur anderen nicht mehr die Hand vor Augen erkennen konnte. Vielleicht war es bis zum nächsten Morgen wieder besser.

Er tastete nach dem Haufen verkohlter Holzstücke, die er an der Hüttenwand aufgestapelt hatte und hielt mitten in der Bewegung inne. Träumte er? Er hörte Dinge, die es gar nicht gab, gar nicht geben durfte.

«Bist du das, Santa Claus?» rief er heiser. Irgendwo – vermutlich in seiner Phantasie – bimmelte ein Glöckchen. Er lachte auf, hustete, lehnte sich gegen die Wand. Das ist das Ende, Skinner, jetzt bist du wirklich erledigt. Jetzt hörst du schon Glöckchen läuten, nächstens wirst du Gespenster sehen.

Er schüttelte energisch den Kopf, aber den Glöckchenklang bekam er nicht aus dem Ohr. Seine kümmerliche Fackel versuchte sich tapfer gegen den Nebel zu behaupten. Ein dunkler Schatten tauchte in den weißen Schwaden auf.

Und dann stand plötzlich ein Rentier vor ihm.

Unverkennbar: Langes Gesicht, große, dunkle Augen, mächtiges Geweih – ein Rentier, wie es leibte und lebte. Das Tier sah mit verstörtem Blick auf die lodernde Fackel, warf den Kopf zurück, und das Glöckchen an seinem Hals bimmelte.

Jetzt erklang hinter dem Rentier eine menschliche Stimme. Skinner wandte sich um in der festen Erwartung, die gemütlich-runde Gestalt von Santa Claus vor sich zu sehen. Das Bild, das sich ihm bot, war womöglich noch phantastischer.

Das Rentier bäumte sich erschrocken auf, als Skinner sich in hilfloser Hysterie zu schütteln begann; fröhlich klingelte das Glöckchen. Skinner lachte, noch immer die Fackel hochhaltend, bis ihm die Tränen kamen.

Er lachte und weinte eine ganze Weile, bis er zusammenbrach.

24

«Captain Skinner?» Der Copilot beugte sich zu ihm herüber. «Wir haben eine Meldung bekommen. Wenn Sie mal eben nach vorn kommen könnten ...»

Captain Skinner warf einen raschen Blick auf Ainslie und Carter, die vor sich hin dösten, dann nickte er dem Copiloten zu und folgte ihm in die Kanzel. Er blieb eine ganze Weile weg; als er zurückkam, war er sehr blaß. Ainslie war aufgewacht und sah ihm mit einem flauen Gefühl in der Magengegend entgegen.

«Haben sie die Geiseln gefunden?»

Captain Skinner schob sich auf die Lehne des Sitzes gegenüber von Ainslie, angelte nach seinen Zigaretten und zündete sich ziemlich umständlich eine an. «Das Haus ist völlig ausgebrannt. Die finnische Polizei hat unten in einer Sauna am See zwei Leichen gefunden – die Morgans. Die anderen sind verschwunden. Ein paar Spuren führten zum See hinaus, aber es hatte inzwischen wieder angefangen zu schneien, und ...»

Ainslie vergrub das Gesicht in den Händen. «Mein Gott.»

«Wie lange fliegen wir noch?» fragte Carter schroff. Sein Gesicht war fahl vor Enttäuschung.

«Noch etwa sechs Stunden. Wir tanken in London auf, und dann geht es auf direktem Wege nach Norden. In Helsinki müssen wir in einen Hubschrauber umsteigen, Ivalo ist nicht auf Düsenmaschinen eingerichtet.»

«Wo ist Ivalo? Ach was, lassen Sie nur.» Carter wandte sich ab, ehe Captain Skinner antworten konnte. Der Engländer zögerte noch einen Augenblick, dann ging er wieder zu seinem Platz und griff nach den Fotos.

Du hast mir deine Nachricht geschickt, David, dachte er, aber ich habe sie nicht rechtzeitig bekommen. Es tut mir leid. Er nahm Skinners Bild und sah seinem Bruder ins Gesicht. Über David an der Wand, stand die Antwort, die seit Tagen auf dem Schreibtisch in Adabad gelegen hatte. David hatte es irgendwie fertiggebracht, ihre genaue Lage festzustellen und hatte mit großer Sorgfalt, der Maserung der Teaktäfelung folgend, kleine Glassplitter in die Wand gedrückt, die im Schein der Blitzlichter aufglänzten. So winzig, so unregelmäßig waren diese kleinen Lichtpünktchen, daß die Kidnapper nichts gemerkt hatten. Aber auch er hatte nichts gemerkt – bis er das Bild zur Seite gedreht hatte und plötzlich in den Sternen hatte lesen können. Er – oder besser gesagt ein Morsefachmann in seinem Auftrag.

A. Berndt. 67 n Br. 27,5 ö L.

Verzeih mir, David.

Man hatte sie mit Parkas und Stiefeln ausgerüstet. Der Helikopter setzte am Seeufer auf, und sie traten ins Freie, wo sie ein wirbelnder Flockenfall empfing. Jenseits der Rotorblätter schwebten die Flokken dann langsamer herab, feucht und dicht und liefen auf ihren Schultern und Kapuzen wie Zuckerguß zusammen. Durch die kniehohen Schneewehen kämpften sie sich zu den geschwärzten Überresten vor, die sich wie mahnende Finger in den grauen Himmel reckten. In den schon fast zugeschneiten Trümmern bewegten sich mehrere Gestalten. Ainslie wischte sich die schmelzenden Flocken von den Wimpern. Es kam ihm etwas wärmer vor als in Helsinki. Trotzdem fiel ihm das Atmen noch immer schwer.

Ein Mann mit einer Kapuze über dem Kopf kam ihnen entgegen. Er stellte sich als Inspector Leem vor und machte keinen besonders glücklichen Eindruck. Mit der Pfeife seine Worte unterstreichend, erzählte er ihnen, was er wußte. Es dauerte nicht lange.

Captain Skinner sah über die Schulter. «Und das da unten ist die Sauna, in der Sie Morgan und seine Frau gefunden haben?»

«Ja», erwiderte Leem. Er sprach ein bedächtiges, aber sehr gutes Englisch. «Die Frau war schon längere Zeit tot. Offenbar haben sie sich nach dem Feuer dorthin geflüchtet, wir haben leere Konservendosen und dergleichen gefunden. Aber man hat sie wohl wieder weggeholt, oder sie haben versucht, sich auf eigene Faust durchzuschlagen. Wir haben Suchhubschrauber losgeschickt, aber der Schnee ... es ist nicht einfach, die Sicht ist schlecht.»

«Das haben wir schon auf dem Flug hierher bemerkt», sagte Carter. «Wie weit können sie in so einem Wetter kommen?» Er sah auf. Der nächste Suchhubschrauber schwebte über ihnen ein und steuerte den vereisten See an.

«Sie haben keine Sachen für kaltes Wetter, Sie verstehen? Die Leichen in der Sauna waren nur leicht bekleidet. Die Steine in der Mulde sind kalt, sie müssen schon länger weg sein.»

«Und Sie haben nicht viel Hoffnung, was?» fragte Ainslie.

Leem sah ihn an und schüttelte den Kopf. «Es tut mir sehr leid.»

Ainslie sah mit blinden Augen auf das Gewirr von geschwärztem Holz und Stein.

Ein Hubschrauber kreiste einmal um die Ruinen und flog in einer anderen Richtung davon. Captain Skinner sah, wie Leem stirnrunzelnd zum See hinaussah und wandte sich neugierig um. Zwei Männer waren einem soeben gelandeten Hubschrauber entstiegen und kämpften sich durch den Schnee. Der eine gehörte offenbar zur finnischen Polizei, der andere war so phantastisch angezogen, daß Skinner ein paarmal blinzeln mußte, um sich zu überzeugen, daß er nicht träumte.

Dieser zweite Mann war sehr groß, sein hüftlanges Cape war üppig mit roten und blauen Bändern verziert, darunter trug er eine Jacke, die durch einen breiten Ledergürtel zusammengehalten war. Auf dem Kopf hatte er einen hohen Hut, der ein wenig Ähnlichkeit mit der Kappe eines Hofnarren hatte und von dem lange, bestickte Bänder bis auf den Rücken herunterfielen. Er hatte hohe Wangenknochen, hellblaue Augen und ein wettergegerbtes Gesicht.

Leem ging auf die Neuankömmlinge zu und rief einen der Männer, die in den Ruinen herumsuchten, zu sich. Es gab ein kurzes Gespräch, dann klopfte Leem dem sonderbar gewandeten Riesen auf den Rücken. Der Mann lachte und deutete nach Norden.

«Sie haben die Geiseln, es geht ihnen gut.» Leem wandte sich strahlend um. «Dieser Mann heißt Aslak», fuhr er fort. «Er ist Lappe. Zum Glück beherrscht einer meiner Leute die Sprache. Aslak hat den Rauch gesehen und ist der Sache nachgegangen, weil er wußte, daß das Haus Berndt gehört. Berndt war ein guter Freund der Lappen, sonst hätte Aslak das gewiß nicht getan. Für einen Lappen ist es ein großes Opfer, die Rentierherde weiterziehen zu lassen, wenn sie auf der Wanderung ist. Sie treiben die Herde ja nicht, sie folgen ihr nur. Und die Rentiere sind das Kapital der Lappen oder Samen, wie sie sich selbst nennen.»

«Aber warum war Aslak überhaupt hier in der Gegend?»

«Weil die Rentiere zweimal im Jahr auf ihrer Wanderung Berndts Land durchqueren», erklärte Leem, als sei das etwas, was jeder Schuljunge wußte. Das mochte für finnische Schuljungen gelten; Captain Skinner war diese Weisheit neu. Jetzt waren auch Ainslie und Carter herangekommen.

«Ist sie – sind sie –»

«Er sagt, es sind ein Kind, zwei Frauen, vier Männer», sagte Leem. «Die Frauen sind krank, und einer der Männer ist ziemlich schwer verletzt. Wir müssen sie so schnell wie möglich nach Inari bringen, dort haben wir ein gutes Krankenhaus.»

Aslak flog mit ihnen im ersten Hubschrauber. Über den Dolmetscher versuchte er zu berichten, was sich zugetragen hatte. Ainslie hatte sich vergewissert, daß Laura tatsächlich unter den Geretteten war. Danach sah er schweigend hinaus in den Schnee, der in schrägem Fall die Plexiglaskuppel des Helikopters traf. Auch Captain Skinner wußte nun, daß sein Bruder in Sicherheit war. Aslak hatte erzählt, daß einer der Männer eine Brille trug. Es war warm im Hubschrauber, und sie schwitzten alle. Doch Aslaks schwere Sachen rochen nur nach frischer Luft und ganz schwach nach Heu. Die Lappen, erläuterte Leem, pflegten ihre Füße gegen die Kälte mit einem speziellen Gras zu schützen, das sie im Sommer sammelten und trockneten. «Es ist wirksamer als alles andere, da kommen die modernen Fasern nicht mit. Wie so oft ist das Altbewährte immer noch das Beste, wenn es zu der Lebensart der Menschen paßt.»

Ainslie wandte den Kopf. «Zweimal im Jahr, sagen Sie, ziehen die Lappen hier durch. Wie weit kommen sie?»

«Manche Familien wandern Hunderte von Meilen, von der norwegischen Küste durch ganz Finnland bis nach Rußland. Alle Lappen haben von den Regierungen die Erlaubnis, ungehindert die Staatsgrenzen zu überschreiten. Der Zug der Rentiere kennt ja auch keine Landesgrenzen.»

«Kommen sie auch bis zum Nordkap?»

«Aber ja. Warum?»

«Angenommen, das Nordkap würde erschlossen werden ...»

«Erschlossen? Sie meinen – Industrie, Städte?»

«Ja, genau das meine ich. Was für Konsequenzen würde das für die Lappen haben?»

Leem paffte eine Weile nachdenklich vor sich hin. «Früher oder später wäre das für viele das Ende. Die Routen wären unterbrochen, und die Rentiere nähren sich nur von den Flechten, die da oben wachsen.» Er zog nachdenklich an seiner Pfeife und betrachtete Aslaks Profil. «Wohlgemerkt, auch heute schon hat sich viel geändert. Die Kinder gehen zur Schule, geben später das Nomadenleben auf und lassen sich weiter südlich nieder. Viele Familien werden seßhaft. Sie sind ein sehr unabhängiges Volk, aber früher oder später ... Tja, das ist wohl heute überall so. Das Alte kann sich auf die Dauer nicht halten.»

«Sie sagten, Berndt sei ein Freund der Lappen gewesen», meinte Captain Skinner, während der Hubschrauber zur Landung auf dem Schneefeld unter ihnen ansetzte. Wie ein lebendes Band zog sich die Herde über die weiße Fläche hin. Männer in der gleichen farbenfrohen Tracht, wie Aslak sie trug, und flinke Hunde versuchten, sie zusammenzuhalten. In großem Abstand voneinander standen mehrere große Zelte im Schnee, wie hingetupft. Sie erinnerten an Indianer-Wigwams, waren aber niedriger und breiter.

«Ja», bestätigte Leem und reckte sich ein wenig, um nach unten sehen zu können. «Seine Mutter stammte von Lappen ab, soviel ich weiß. Er hat immer die Meinung vertreten, daß die Lappen nicht gezwungen werden sollten, eine Lebensform aufzugeben, die seit Urzeiten bestand, daß sie nur auf freiwilliger Basis seßhaft gemacht werden dürften. Berndt war ein moderner Mensch, ein Mann der Industrie, wie Sie wissen, aber er hat einmal gesagt oder geschrieben, man solle den Lappen die ‹Würde der Zeit› zubilligen, damit sie ihren Frieden mit dem Fortschritt machen könnten. Er war ein guter Mensch, aber ein bißchen wunderlich. Kannten Sie ihn?»

«Nein.» Captain Skinner sah Ainslie an. «Wären die Umstände anders gewesen, hätte ich ihn wohl gern kennengelernt.»

«Es war schwer, an ihn heranzukommen», sagte Leem. «Er hat sich vor unserer Welt verborgen. Manche sagen, er habe sie gehaßt.»

«Ja», bestätigte Ainslie. «Das ist wahr. Er hat sie wohl gehaßt.»

Die Lappen hatten den überlebenden Geiseln ihr größtes Zelt zur Verfügung gestellt. Sie lagen um das Feuer herum, das in der Mitte brannte und waren mit Decken und Fellen zugedeckt. Ainslie und Carter stürzten herein, sahen sich kurz um und eilten dann zu Laura, der David Skinner und eine junge Lappenfrau gerade etwas zu trinken einflößten. Skinner sah über die Schulter, dann drückte er der Lappenfrau den Becher in die Hand.

«Mein Gott, David ... Alles in Ordnung?» Captain Skinner stolperte über den weich gepolsterten, holprigen Zeltboden zu seinem Bruder hinüber und packte ihn an den Armen.

David lächelte müde. «Alles in Ordnung, Edward, wie du siehst. Und wie geht es dir?»

«Mir?» Um Captain Skinners Mundwinkel zuckte es. «Danke der Nachfrage; ich kann nicht klagen.»

«Um so besser», sagte Skinner leise. Er sah zu Laura hinüber, dann setzte er sich im Schneidersitz auf die Felle und rieb sich den Bart, als ob er ihn störte. «Sie muß ins Krankenhaus, ich glaube, sie hat eine Lungenentzündung. Hallick – das ist Hallick dort drüben – hat sich einen Arm und mehrere Rippen gebrochen. Und Goade hat sich den Knöchel verstaucht, aber das ist natürlich nicht so eilig. Moment, was war noch? Ja, richtig, Timmy, der kleine Junge. Jemand muß sich um ihn kümmern, die Eltern sind beide tot. Und die Frau dort drüben ist ein bißchen –»

«David», unterbrach ihn Captain Skinner.

«Was?» Skinner sah sich noch immer im Zelt um. Er zählt die Häupter seiner Lieben, dachte sein Bruder unwillkürlich.

«Du brauchst dir keine Sorgen mehr zu machen, David, es ist alles vorbei.»

Skinners Blick suchte wieder Laura, die jetzt von Carter gestützt wurde. «Es war – schwierig, Edward. Verdammt schwierig.»

«Schwierig nennst du das? Na ja ...» Auch er sah sich im Zelt um. «Entschuldige mal einen Augenblick, ich muß noch was erledigen.»

Ainslie hätte seine Tochter am liebsten überhaupt nicht wieder losgelassen, er konnte es noch gar nicht fassen, daß sie lebte, daß sie wieder bei ihm war. «Mach dir keine Sorgen, Liebling, wir bringen dich heim, es kommt alles wieder in Ordnung. Es tut mir so leid, daß –» Er unterbrach sich. Captain Edward Skinners Stimme hatte einen unnatürlich amtlichen Tonfall angenommen.

«Im Namen der Königin. Alan Joseph Webb, ich verhafte Sie wegen Geheimnisverrats. Ich muß Sie darauf aufmerksam machen, daß –»

Ainslie drehte sich um und erstarrte. Es war Denning, den der Captain verhaftete.

«Ach, und wegen Mordes an Anne Morgan, Edward», ergänzte Professor Skinner vom Feuer her. Die Flammen ließen seine Brille aufblitzen. Er griff danach, wollte sie abnehmen, überlegte es sich anders und ließ die Hand wieder sinken.

Goade sah Skinner überrascht an. «Wie kommen Sie denn darauf, Skinnie?» fragte er in unverkennbar englischem Tonfall.

«Wenn Edward ihn wegen Spionage verhaftet, muß er es gewesen sein, der –»

Ein schneidendes Lachen unterbrach ihn, bei dem es alle Anwesenden kalt überlief. Sherri sah mit wildem Blick zu ihnen hinüber.

«Und alle haben sie Joey verdächtigt, alle.» Aus dem Lachen wurde ein jämmerliches Schluchzen. «Selbst Tommy.»

«Nein», protestierte Denning.

«Nein», stieß Laura hervor und machte die Augen auf. Sie versuchte, sich in Larrys Armen aufzurichten, die anderen drehten sich nach ihr um. Es war nur eine kurze Ablenkung, aber Denning nutzte den Augenblick. Er warf die Decken ab, stürzte sich auf die Lappenfrau, die beiseite getreten war, damit Ainslie und Carter sich mit Laura unterhalten konnten, legte ihr einen Arm um den Hals und zog ihr mit der freien Hand das breite Messer mit dem Horngriff aus dem Gürtel. Dann stieß er sie zu Captain Skinner hinüber, der auf den Fersen hockte und prompt das Gleichgewicht verlor. Die beiden stürzten ins Feuer und kippten den dort brodelnden Kochtopf um. Qualm und der Geruch nach brennendem Fleisch erfüllten das Zelt.

«Keine Angst, er kommt nicht weit», ließ sich durch Rauch und Geschrei hindurch Goades ruhige Stimme vernehmen.

Captain Skinner rappelte sich auf und erstickte die Flammen an seinem Parka. Die Lappenfrau war so verblüfft, daß sie erst merkte, daß ihr Ärmel Feuer gefangen hatte, als Skinner daran herumzuklopfen begann.

«Offenbar haben Sie den Vorgang, den ich Ihnen geschickt habe, nicht gründlich genug gelesen», sagte Captain Skinner mißbilligend. «Webb hat den Pilotenschein und kann auch Hubschrauber fliegen. Wer, meinen Sie wohl, hat Sie in Berndts Privatmaschine aus Adabad ausgeflogen?»

Laura war von einem Hustenanfall geschüttelt und versuchte vergeblich zu sprechen. Sie sah denselben Ausdruck auf Davids Gesicht, den sie darin gesehen hatte, als Timmy von seinem Vater beiseite gestoßen worden war. Sie wußte, daß er diesmal ihretwegen so wütend war, und sie wußte, was er tun würde, aber sie konnte es nicht verhindern.

Larry Carter und Skinner stürzten fast gleichzeitig aus dem Zelt, und sie wandte sich an ihren Vater. «Halt ihn auf, Daddy, es wird ihm etwas passieren, er kann nicht –»

«Larry weiß sich schon seiner Haut zu wehren, Kleines», beschwichtigte er sie. Laura schüttelte den Kopf, versuchte etwas zu sagen und mußte wieder husten. Kraftlos sank sie zurück. Ainslie wischte ihr den Mund ab und trocknete ihre Augen, als sie in ihrer Hilflosigkeit zu weinen anfing.

«Sie haben mir gesagt, daß der da Webb ist», sagte Ainslie vorwurfsvoll und nickte zu Goade hinüber.

Captain Skinner blieb am Zeltausgang stehen, sah Goade an und grinste.

«Ich habe gesagt: Der Mann auf dem Foto. Denning und Goade waren zusammen auf dem Bild.»

«Aber Sie haben gesagt, er sei –»

«Das war geschwindelt», gestand Captain Skinner, dann verschwand auch er.

«Er ist ein gräßlicher Schwindler», ergänzte Goade. Er rollte sich herum und versuchte aufzustehen. «Nur Cross war noch schlimmer. Die beiden hatten sich gesucht und gefunden.»

Als Captain Skinner aus dem Zelt kam, stellte er fest, daß es nicht mehr schneite und etwas wärmer geworden war. Bei den Hubschraubern stand nur die finnische Polizei. Carter und David waren nicht mehr zu sehen. Die Lappen gingen gelassen ihrer Arbeit nach, ein paar Frauen lächelten ihm zu.

Leem kam auf ihn zu. Die Sanitätshubschrauber seien wegen des Wetters aufgehalten worden, berichtete er.

Plötzlich kam Bewegung in das friedliche Bild. Einige Lappen rannten rufend und mit den Armen fuchtelnd zu der Herde hinüber. Zwischen den braunweißen Tierleibern tauchte eine dunkle Gestalt auf, die Tiere warfen nervös ihr Geweih zurück. Hinter dem letzten Zelt sah Captain Skinner Carter und David hervorkommen, die sich durch den Schnee auf die Herde zubewegten – und dann sah er gar nichts mehr. Eine weiße Wand senkte sich vor ihm nieder und verdeckte Herde, Männer, Zelte und Hubschrauber.

Er hatte das Gefühl, gleichzeitig taub und blind zu werden.

Die Rufe der Männer, das Bellen der Hunde verstummte, selbst die Unterhaltung der Frauen, das Klappern der Töpfe in seiner unmittelbaren Umgebung war kaum noch zu hören. Nur das Gebimmel der Glöckchen durchdrang den weißen Schleier. Captain Skinner erkannte undeutlich die Umrisse des Zeltes neben sich, aber schon das nächste war nur eine dunkle Ahnung im wabernden Nebel. Jemand rannte von hinten in ihn hinein, es war Leem, dann erschien Ainslie im Zelteingang und sah sich sachkundig um.

«Wenn er senkrecht startet», sagte er zu Captain Skinner, «können wir nicht mal schießen, und dann –»

Leem machte ein verblüfftes Gesicht, und Captain Skinner setzte ihn rasch ins Bild.

«Ich warne meine Leute.» Leem drehte sich um und war nach drei Schritten im Nebel verschwunden.

«Wo –» begann Ainslie. Captain Skinner deutete in den Nebel, aus dem wie aus weiter Ferne schwaches Rufen, Bellen und Glöckchenklang ertönte. «Da drüben», sagte er. «Irgendwo da drüben.»

Als der Nebel sie überfiel, packte Skinner Carter am Ärmel. «Bleiben Sie stehen.» Aber Carter kämpfte sich noch ein paar Schritte vor, ehe auch er aufgab.

«Er wird uns entwischen», zeterte er und versuchte, sich loszumachen. Skinner hielt ihn ungerührt fest.

«Er kann Sie nicht besser sehen als wir ihn. Jetzt vergessen Sie mal Ihre Augen und benutzen Sie statt dessen Ihre Ohren.»

Carter musterte den Mann, den er bisher nur auf Fotos gesehen hatte. Skinner war größer, als er nach den Bildern gedacht hätte, und für einen Gelehrten erstaunlich kompakt gebaut. Zu der Tracht, die er von den Lappen bekommen hatte, trug er noch immer seine Nickelbrille, die auf der einen Seite durch einen schmutzigen Klebestreifen, auf der anderen durch einen dünnen Streifen Rentierhaut zusammengehalten wurde. Und der Ausdruck der Augen hinter der Brille ... Einen Professor für Astronomie hatte Larry Carter sich eigentlich anders vorgestellt. Ganz anders. Und er kam zu dem Schluß, daß Professor David Benjamin Skinner ihm ganz und gar nicht unsympathisch war. Warum, das hätte er allerdings nicht zu erklären gewußt.

«Er wird versuchen, sich zu den Hubschraubern durchzuschlagen», mutmaßte Skinner. «Wenn wir hier stehenbleiben, können wir damit rechnen, daß er ganz nah an uns vorbeikommt.»

«Wenn Sie sich da nur nicht verrechnen», fuhr Carter auf. «Bleiben Sie hier, wenn Sie wollen. Ich gehe ihm nach.»

«Das wäre sehr töricht», sagte Skinner. «Glauben Sie mir.»

Carter warf ihm einen verächtlichen Blick zu und verschwand, dem Bimmeln der Glöckchen folgend, im Nebel.

Skinner blieb, wo er war. Er streifte die Kapuze zurück und neigte den Kopf zur Seite. Ihn interessierten weder die Herdenglocken noch das Bellen der Hunde oder das Rufen der verärgerten Lappen. Ihn interessierten nur zwei Geräusche – schweres Atmen und das Knirschen von Schnee unter Stiefelsohlen. Er dachte an jenen Denning, den er in Berndts Haus erlebt hatte, beim Essen, beim Kartenspielen, beim Holznachlegen. Denning war Linkshänder. Skinner machte einen Schritt nach rechts, hielt inne, lauschte, machte noch einen Schritt. Die Hände hatte er zu Fäusten geballt, denn ein Bild hatte jetzt alle anderen verdrängt: Denning, der etwas Schweres in der linken Hand hielt, Laura von hinten niederschlug, sie nach draußen trug und im Schnee liegenließ. Denning hatte versucht, Laura umzubringen. Dafür würde er mit dem Tode büßen.

Keinen Meter vor ihm tauchte eine Gestalt aus dem Nebel. Skinner griff an den breiten Ledergürtel mit dem Messer, ohne das kein Lappenanzug komplett ist. Aber es war nicht Denning, der vor ihm stand, es war Aslak, der hochgewachsene Lappe, der sie auf Berndts Grundstück gefunden und gerettet hatte.

«Skinna?» Aslak kam langsam auf ihn zu. Er schien sehr ärgerlich zu sein, überfiel ihn mit einem Wortschwall von Lappisch, deutete in Richtung der Glocken und des Bellens. Ein Wort wiederholte sich immer wieder: *Poro*. Aslak war wütend, weil die Herde aufgestört worden war; viele der Kühe waren trächtig. Zwei Kinder von Aslak waren in Inari zur Schule gegangen und sprachen ein bißchen Englisch. Über sie hatten sie sich verständigen können. Trotzdem hatten sie oft genug auf die Zeichensprache zurückgreifen müssen.

Aslak verstummte und sah Skinner scharf an. Dann stellte er eine Frage, die Skinner nicht einmal andeutungsweise verstand. Ehe er etwas sagen konnte, hörte man plötzlich Schüsse aus der Richtung, in der die Herde wogte. Aslaks Augen weiteten sich, er drehte sich rasch, mit wehendem Cape, um. Auch Skinner hatte sich umgedreht und horchte. Es war sehr still. Und dann verrieten ihm seine Füße eher als seine Ohren, was geschehen war. Durch die Schüsse war in der Herde Panik ausgebrochen. Der Boden bebte, die Schwingungen teilten sich durch den Schnee hindurch den weichen Ledersohlen ihrer Stiefel mit.

«Poro», flüsterte Aslak entsetzt. Dann begann er zu schreien und rannte mit rudernden Armen in den Nebel hinein. Das Hundegebell war jetzt näher, die Rufe der Lappen wurden dringlicher. Mit

aller Kraft versuchten sie, die unsichtbare Herde von den Zelten zurückzudrängen. Skinner blickte sich um, aber er sah noch immer nichts, hörte nur das Glockengebimmel in nervösem Crescendo und das heisere Keuchen der flüchtenden Tiere.

Eben noch war er allein im Nebel gewesen, jetzt war er umgeben von einer Masse wogender, drängelnder Tierleiber, sah lange, weit heraushängende Zungen, feuchte Nüstern, die weißen Dampf in den Nebel bliesen. Sie liefen nicht sehr schnell, aber es waren so viele, daß er hin und her geschoben wurde, ohne Widerstand leisten zu können. Ein Geweihzinken verfing sich in dem Ärmel seines dicken, bestickten Mantels, das Tier warf heftig den Kopf zurück, der Stoff riß, und das Geweih war wieder frei. Skinner spürte die Kälte, die durch den Riß drang. Es fiel ihm schwer, in dem Gewoge der schweren Tierleiber auf den Beinen zu bleiben. Die Rentiere versuchten nicht absichtlich, ihn umzurennen; die Flut teilte sich, wenn sie an das menschliche Hindernis stieß, strömte rechts und links von ihm vorbei, als sei er ein Fels im Flußbett, und schlug hinter ihm wieder zusammen. Die großen Spreizhufe wirbelten Schneebrocken auf, die Skinner ins Gesicht schlugen.

Er begann zu schreien und mit den Armen zu rudern, wie er es bei Aslak gesehen hatte. Sofort ließen die Tiere ihm mehr Freiraum. Die vordersten blieben zaudernd stehen, wurden aber von den nachdrängenden beiseite gestoßen. Wirbel und Strudel entstanden in dem breiten Strom. Zwar waren Rentiere keine gezähmten Haustiere, aber das lange Zusammenleben mit den Lappen hatte sie immerhin gelehrt, daß ein Mensch nicht ohne Grund schreit. Die Erinnerung an die Schüsse verblaßte, die Panik legte sich, aber immer noch waren die Tiere erregt, noch immer drängte es sie zu den Zelten. Wie groß mochte die Herde sein, wenn es schon hier, um ihn herum, so viele waren? Die ganze Herde hatte er nur kurz vom Schlitten aus gesehen, als Aslak sie ins Lager gebracht hatte. Die Zahl war sehr schwer zu schätzen, es konnten fünfhundert, es konnten aber auch sechshundert sein. Erstreckte sich die Herde in die Länge oder in die Breite? Er schrie, er fuchtelte mit den Armen – und dann sah er durch einen Nebelstreifen hindurch, daß noch jemand in der Flut gefangen war: Denning.

Er war nur wenige Meter von Skinner entfernt. Die Tiere zerrissen beim Laufen den Nebel, deshalb hatte Skinner ihn jetzt entdeckt. Denning lief mit der Herde, benutzte sie als Tarnung, um näher an die Hubschrauber heranzukommen. Es konnte nicht Denning gewesen sein, der geschossen hatte, er trug keine Waffe. Carter vielleicht? Oder einer der finnischen Polizisten?

Auch Skinner setzte sich jetzt in Trab, nahm die Verfolgung Dennings auf, so gut er konnte, versuchte, sich zwischen den stoßenden Rentierleibern diagonal zu ihm vorzuarbeiten. Denning war jetzt fast unmittelbar vor ihm. Seine Bewegungen hatten alles Steife, Ältliche verloren, er bewegte sich rasch und federnd wie ein junger Mann. Ab und zu stolperte er, fing sich aber immer wieder rechtzeitig und blieb auf den Beinen. Skinner hatte sich ihm fast bis auf Tuchfühlung genähert, als ein kräftiges Ren gegen Denning anrannte und ihn zu Boden warf. Skinner versuchte, über ihn hinwegzuspringen, aber er fiel hin, rollte sich zur Seite und legte die Hände über den Kopf, um ihn vor den trampelnden Hufen zu schützen.

Denning hatte noch immer das Messer in der Hand. Als er Skinner erkannte, hob er den Arm; die Klinge traf eines der vorbeilaufenden Tiere zwischen den Rippen. Mit einem heiseren Brüllen wirbelte es herum, Blut rann über das weißbraune Fell. Der Tierstrom war dünner geworden, sie hatten jetzt mehr Platz. Skinner stand auf und griff seinerseits zu dem Messer im Gürtel. Das verletzte Rentier betrachtete Denning mit einem Blick, in dem sich Schmerz, Angst und Empörung mischten. Mit den kräftigen Vorderhufen scharrte es auf dem Boden und zog neue Spuren in die aufgewühlte Fläche. Denning beeilte sich, aus der Reichweite des gefährlichen Geweihs herauszukommen. Blut rann an den Rippen des Tieres entlang und tropfte rot auf den weißen Schnee. Immer wieder sah Denning von dem Rentier zu Skinner hinüber, versuchte, gleichzeitig zur Seite zu rutschen und wieder auf die Füße zu kommen.

Jetzt kam ein Hund angerannt, ein Samojede mit dichtem Fell, der bellend das Rentier umsprang. Noch ein letztes Mal schüttelte das Tier das Geweih, dann machte es kehrt und lief, den Hund auf den Fersen, in die Nebelschleier hinein.

Die beiden Männer waren allein.

Skinner faßte den breiten Messergriff fester und ging auf Denning zu.

«Ich weiß nicht, wer Sie wirklich sind, aber ich weiß, was Sie getan haben», krächzte er.

Denning war aufgestanden. «Ich habe sie nicht umgebracht», erklärte er. Auch seine Stimme klang nicht mehr alt. In den Augen über dem verwilderten Bart stand äußerste Entschlossenheit, aber auch Wachsamkeit. Er schätzte ab, wie groß die Bedrohung war, die von Skinner ausging, er kalkulierte die Entfernung, Skinners Kraft und seine Wut.

Skinner reagierte gar nicht. Er hatte dieses oder ein ähnliches Ablenkungsmanöver erwartet. Natürlich würde Denning versuchen, auf Zeit zu spielen. Er rückte vor.

Statt ihn zu erwarten, wo er stand, machte Denning plötzlich einen Ausfall und schwang sein Messer. Skinner wich seitlich aus, traf Denning mit der Linken an der Schulter und drückte nach, so daß er das Gleichgewicht verlor. Denning fiel aufs Knie, drehte sich aber noch so rasch um, daß er Skinners Messerhieb ausweichen konnte. Er packte Skinner am Handgelenk, zog sich hoch und schwang sein Messer. Die Klinge traf die Kante des breiten Gürtels, rutschte ab und schnitt einen langen Schlitz in Skinners dicke Wolljacke.

Skinner spürte Kälte an der bloßen Haut und ein frostiges Gefühl an der Stelle, wo die Messerspitze die Haut geritzt hatte. Noch immer hatte Denning Skinners Handgelenk mit eisernem Griff umfaßt, so daß sein Gegner das Messer nicht benutzen konnte.

Jetzt holte er mit einem Fuß aus, während er gleichzeitig mit dem linken Unterarm auf Dennings Hand eindrosch, die das Messer hielt. Der Tritt traf Denning am Oberschenkel. Zu tief. Aber dann bekam er plötzlich Dennings Handgelenk zu fassen. Auf Armeslänge standen sie einander im Schnee gegenüber, jeder bemüht, dem anderen das Messer aus der Hand zu winden, verkrampft, die Muskeln angespannt, bis ihre Arme zu zittern begannen.

Dann ließ sich Skinner auf den Rücken fallen, stieß Denning beide Füße in den Leib und warf sich den Mann über den Kopf. Skinner rollte sich rasch nach vorn, zog die Knie an, stützte die linke Hand in den Schnee. Noch ehe auch Denning sich hatte aufrichten können, war Skinner bei ihm und setzte ihm einen Fuß auf den Arm. Doch der Arm brach nicht, sondern sank einfach tiefer in den weichen Schnee ein.

Skinner trat Denning ins Gesicht. Die Stiefelspitze war so weich, daß sie wenig Schaden anrichtete, aber der Stoß warf doch Dennings Kopf nach hinten, und Skinner verlor durch den Schwung das

Gleichgewicht und fiel hin. Die Rippen, die er sich bei dem Sturz nach der Explosion gebrochen hatte, taten wieder weh. Bei jedem Atemzug fuhr die kalte Luft schmerzhaft durch seine wunde Kehle. Auch Denning war atemlos vor Anstrengung, aber er war dabei, sich schwankend zu erheben.

Skinner holte tief Luft. Keuchend sah Denning ihn an.

Etwas in Skinners Miene schien ihm zu sagen, daß das Ende gekommen war. Seine Schultern sanken nach vorn. «Na schön, ich gebe auf.»

«Aber ich nicht.» Skinner hob das Messer.

Denning trat einen Schritt zurück und starrte ihn ungläubig an. Skinner rückte weiter vor.

«Ich habe doch gesagt, daß ich aufgebe. Sie können nicht –» Er wich jetzt immer schneller zurück, in seinem Gesicht stand die blanke Angst. «Nein, Skinnie, hören Sie doch ...» Er stolperte auf dem aufgewühlten Boden, schwankte, rappelte sich wieder auf, ging noch immer rückwärts. «Hören Sie mal –» Er sah zurück. Der Nebel war dünner geworden, er glaubte einen Augenblick Gestalten zu erkennen, die auf sie zukamen. Aber dann waren sie wieder verschwunden. «Ich weiß, es ist hoffnungslos, ich –» Entschlossen ließ er das Messer los und warf es mit einer Geste der Kapitulation in den Schnee.

«Das war eine Dummheit», bemerkte Skinner im Gesprächston.

«Aber um Gottes willen, Skinnie ...» Dennings Stimme war schrill vor Furcht.

«Den lieben Gott lassen wir beide lieber aus dem Spiel.» Skinner zielte auf Dennings Kehle, aber Denning hob die Arme und wandte sich zur Seite, so daß Skinners Messer an seinem Gesicht vorbeizischte. Sie stürzten zusammen zu Boden. Mit einem Wutschrei kniete sich Skinner mit seinem ganzen Gewicht auf Dennings Leib. Langsam, unerbittlich preßte er ihm die Luft aus den Lungen. Dann legte er ihm die Hände um den Hals und begann lächelnd zuzudrücken.

Dennings Körper zuckte, er versuchte sich zu befreien, seine Hände schlugen hilflos gegen Skinners zerschnittene Jacke.

«Sie hätten sie nicht da draußen liegenlassen dürfen», krächzte Skinner. «Sie hatte Ihnen nichts getan, gar nichts.»

«Hab nicht ... hab geschlafen ... hatte ... meine Pillen genommen ... Sie haben es gesehen ... Pillen ...» gurgelte Denning, während ihm die Augen aus den Höhlen traten.

Skinner sah nach unten. Denning hatte die Augen verdreht, sein Gesicht war dunkelrot angelaufen.

Und dann war es plötzlich nicht mehr Skinners Entscheidung. Ein Seil legte sich über seine Schultern und wurde angezogen, er mußte Dennings Hals loslassen und fiel in den Schnee zurück. Er sah viele Beine um sich herum, jemand kniete neben ihm, sauber gelegte Lassoschlingen locker in einer Hand. Aslak. Er sah auf den atemlos am Boden liegenden Skinner herunter. Ganz allmählich wurden die Augen hinter der schiefgerutschten Brille wieder klar, ganz allmählich kehrte die Wirklichkeit wieder zurück.

«Nein, Skinna», sagte Aslak kopfschüttelnd und streifte das Lasso von Skinners Armen und Brust. «Nein ...»

Skinner schloß die Augen. Als er sie wieder aufmachte, lehnte sich sein Bruder zu ihm herunter. In seinen Augen stand ein ganz seltsamer, besorgter Blick. «David ...»

«Habe ich ihn umgebracht?» fragte Skinner, kraftlos im kalten Schnee liegend.

«Fast. Aber er wird wieder», sagte sein Bruder.

Skinner sah in den dünner werdenden Nebel hinauf. «Gott sei Dank. Ich glaube, er hat es doch nicht getan.»

Die Hubschrauber waren angekommen, um die Kranken und Verletzten ins Krankenhaus nach Inari zu bringen. Ainslie stand zwischen den Skinner-Brüdern und sah zu, wie die Polizei die Trage mit Laura verlud. Sie hatte, als Skinner und Larry Dennings Verfolgung aufgenommen hatten, das Bewußtsein verloren. Larry ging neben der Trage her, half den Polizisten, die günstigste Position dafür zu finden, dann kletterte er hinterher und setzte sich in Besitzerpose daneben.

David Skinner saß auf einem der fertig beladenen Lappenschlitten. Er hatte den Kopf gesenkt und rührte sich nicht. Die kurze Nachmittagssonne war verschwunden, Wolkenfelder näherten sich von Norden. Er sah zu Lauras Vater hinüber und hob die Hand.

«Jetzt ist ja alles in Ordnung», sagte er munter. «Sie wird sich bald erholen.»

«Larry wird schon auf sie aufpassen», meinte Ainslie zurückhaltend. «Er ist ein guter Junge. Sie sind verlobt, wissen Sie ...»

«Ja», bestätigte Skinner leise. «Ja, ich weiß.»

‹Goade› kam zu ihnen hinübergehinkt. Inzwischen wußten sie, daß er in Wirklichkeit Mike Halloran hieß und einer von Captain Skinners Agenten war. «Endlich», sagte er zu dem Captain, der ihm zunickte und sich dann an Ainslie wandte.

«Tut mir leid, daß ich ein bißchen schwindeln mußte, General, aber da wir die Liste nicht hatten, wußten wir auch nicht, wer von Ihrer Botschaft die Finger in dem schmutzigen Geschäft hatte und wer nicht. Daß Webb versuchen würde, den Kurier abzufangen, damit hatten wir gerechnet, aber den Trick, auf den er verfallen ist, hatten wir nicht erwartet. Cross hatte uns angedeutet, daß wir mit dem Beweismaterial aus seinen Listen alle übrigen würden festnageln können, nur nicht Webb selbst. Möglich, daß einer der Beteiligten unter Druck ausgepackt und ihn verraten hätte, aber inzwischen wäre er über alle Berge gewesen. Es waren meine Leute, die den richtigen Goade in Adabad festgehalten haben. Auf ihn sind wir verfallen, weil Mike ihm zumindest soweit ähnlich sah, daß er seinen Paß benutzen konnte. Als Cross so plötzlich starb, hatten wir keine Zeit mehr, irgend etwas umzupolen. Wir konnten nur noch hoffen, daß sich Webb irgendwie verraten würde. Dann hätten wir ihn stellen können. Zunächst haben wir ihn jetzt durch die Mordanklage auf Nummer Sicher. Mit der Untersuchung müssen wir dann eben noch einmal ganz von vorn anfangen.»

David Skinner hatte die Brille abgenommen und begann, langsam und bedächtig das schmutzige Klebeband aufzuwickeln. «Mrs. Morgan hat er demnach umgebracht, weil sie sämtliche Informationen in ihrem Gedächtnis gespeichert hatte?»

«Gedächtnis?» fragte Captain Skinner verblüfft zurück. «Ich verstehe dich nicht ...»

‹Goade› lächelte traurig. «Es war nicht Anne Morgan, die für uns tätig war, Skinnie. Der Kurier war Tom.»

Skinner sah auf und hielt einen Augenblick in seiner Tätigkeit inne. «Ach so.» Dann wickelte er weiter. «Und er wußte, wer Webb war?»

«Nein. Und ich wußte es auch nicht. Wir haben dann gefolgert, daß Sie es waren.»

Skinner starrte ihn an. «Wie bitte?»

Der Agent grinste. «Niemand wußte, wie Webb jetzt aussah. Sie sind beide etwa gleich groß, und daß er sich mit Handschellen an jemanden fesseln würde, wie er es mit Hallick gemacht hat, hätten wir uns natürlich nicht träumen lassen. Es war ein verdammt geschickter Schachzug. Bei seinen Beziehungen muß es ihm auch ein Leichtes gewesen sein, die Sache einzufädeln. Sein Kontaktmann in der Botschaft schnappte sich einfach Dennings Paß und sagte dem Alten, er sollte eine Weile untertauchen, während er bei der Polizei von Adabad alles Nötige veranlaßte. Der richtige Denning sitzt in einem Luxushotel in Adabad am Swimmingpool und läßt es sich auf anderer Leute Kosten wohl sein. Er hatte es gar nicht so eilig, wieder in Richtung Heimat zu reisen. Eines erschien uns ziemlich sicher: Webb würde allein arbeiten. Sie, Skinnie, *waren* allein. Wir glaubten, Webb habe den richtigen David Skinner umgebracht und seinen Platz eingenommen. Edward kannte ich, aber Sie hatte ich nie gesehen. Ich wußte auch gar nicht, daß Sie mit dieser Maschine fliegen würden. Die Vorstellung, Edward beibringen zu müssen, daß sein Bruder tot war, schmeckte mir ganz und gar nicht. Indem ich nun den Widerling spielte, lenkte ich die Aufmerksamkeit auf mich und weg von Tom, denn das war wichtig. Ich hatte es natürlich darauf angelegt, Sie herauszufordern und hoffte darauf, daß Sie sich durch irgendein Wort, irgendeine Handlung verraten würden. Ich war felsenfest davon überzeugt, daß Sie Webb sein mußten.»

Skinner sah ihn nur sprachlos an, und ‹Goade› mühte sich weiter mit seiner Erklärung ab. «Sie interessierten sich einfach für alles, Skinnie, Sie schnüffelten überall herum, das mußte einen ja stutzig machen. Als Anne ermordet wurde, war ich meiner Sache nicht mehr so sicher, aber dafür glaubte jetzt Morgan, Sie hätten seine Frau umgebracht. Er tat, als ob er Hallick für den Täter hielt, aber in Wirklichkeit wartete er nur auf eine Gelegenheit, es Ihnen heimzuzahlen. Als Laura niedergeschlagen und im Schnee ausgesetzt worden war, habe ich natürlich kapiert, daß nicht Sie das auf dem Gewissen hatten, aber Tom wollte einfach nicht begreifen, daß Sie sich an Laura ganz gewiß nicht vergriffen hätten. Er sah darin schlicht und einfach ein Ablenkungsmanöver. Immer wieder gab er sich die Schuld an Annes Tod, weil er es gewesen war, der ihr phänomenales Gedächtnis erwähnt hatte. So ganz allmählich ist er wohl richtig ausgeflippt, er brauchte bloß noch einen Vorwand, um Sie umzubringen. Irgendeinen Vorwand. Als er dann seine Chance sah, ist die Sache prompt schiefgegangen.»

Skinner nickte und beschäftigte sich weiter mit seinem Klebeband. «Ich habe den Eindruck, daß eine ganze Menge schiefgegangen ist», bemerkte er milde. Aber dann wurde seine Stimme schärfer. «Nicht nur schief, nein, voll in die Binsen ist er gegangen, euer schöner Plan, nicht wahr? Du hättest lieber eine Brieftaube losschicken sollen, Edward, vielleicht wäre Timmy dann jetzt keine Vollwaise.»

«David –» begann Captain Skinner entschuldigend, aber was er noch hatte sagen wollen, blieb ihm im Halse stecken. Er starrte auf etwas, was ihm sein Bruder auf der flachen Hand hinstreckte.

«Das dürfte der Gegenstand sein, der euch so viel Kopfzerbrechen gemacht hat, nicht?» sagte Skinner bitter. Auf seiner Handfläche lag der Mikrofilmstreifen, den er um den Bügel seiner Brille gewickelt und unter dem Klebeband verborgen hatte. Man sah an einigen Stellen noch etwas von dem weißen Klebstoff. «Du hast mich nicht um meine Ansicht gebeten, Edward, aber meiner Meinung nach betreibst du ein schmutziges Geschäft. Du solltest aussteigen, dich irgendwo als Steuerberater niederlassen, dich um deine Frau und die Kinder kümmern und in Zukunft die Finger von solchen albernen Spielchen lassen.»

Captain Skinner nahm ihm den Mikrofilm ab und nickte. «Wahrscheinlich hast du recht, David, du hast ja meistens recht. Dieses Spiel jedenfalls ist zu Ende, und das verdanken wir dir.»

Skinner schob die Brillenstücke in die Tasche und sah dem Hubschrauber nach, der nur noch ein immer kleiner werdender dunkler Fleck am Himmel war.

«Ja», sagte er. «Es ist zu Ende. Unwiderruflich.»

25

«Leider kannst du es nicht beweisen, Kleines», sagte Ainslie und sah hinaus auf das Schneetreiben vor dem Fenster. «Allerdings behauptet Denning, Webb oder wie immer er heißen mag, noch immer steif und fest, daß nicht er Anne Morgan umgebracht hat und daß er auch nicht versucht hat, dich zu töten.»

Laura versuchte, tief Luft zu holen, aber das ging noch nicht so, wie sie wollte, und sie mußte sich mit einem vorsichtig-flachen Atemzug begnügen. «Natürlich hat er es nicht getan, er hatte ja kein Motiv. Sie dagegen –»

«Vielleicht –»

«Sherri hat Anne Morgan umgebracht, Daddy, und dann hat sie versucht, auch mich zu töten. An jenem Nachmittag hatte ich ihre Briefe gefunden und sie ihr zurückgegeben. Sie war davon überzeugt, daß ich sie gelesen hätte, aber das stimmte nicht, jedenfalls wußte ich nicht, wer der Absender war. Jetzt bin ich davon überzeugt, daß die Briefe nur von Tom Morgan gewesen sein können. Sherri dachte, ich hätte das damals schon gewußt und daraus gefolgert, sie habe Anne Morgan umgebracht. Ich habe mir den Kopf zerbrochen, was ich wohl gesehen, gehört oder gespürt habe, als sie im Heizungsraum hinter mich trat, weil ich doch so sicher war, daß es nicht der Sergeant gewesen sein konnte. Jetzt ist es mir wieder eingefallen. Ich hatte ihr Parfum gerochen. Gerüche bleiben einem ja nur in den seltensten Fällen bewußt im Gedächtnis, nicht wahr? Und dann fing sie an zu lachen, als der Captain Denning verhaftete ...»

«Aber warum hätte sie denn Anne Morgan umbringen sollen?»

«Das habe ich dir doch schon erklärt, Daddy. Sie hatte offensichtlich ein Verhältnis mit Tom. In Adabad gibt es sicher Leute, die das bestätigen können. Er war ihr hörig, er begehrte sie, aber er liebte nicht sie, sondern seine Frau. Vielleicht hat Anne von der Beziehung erfahren, das kann ich nur vermuten. Höchstwahrscheinlich aber sind die beiden aus Adabad weggegangen, um einen neuen Anfang miteinander zu machen. Tom Morgan fühlte sich von Sherri nur körperlich angezogen, aber sie hat ihn geliebt, ist ihm kurz entschlossen gefolgt und wollte ihn möglicherweise mit Hilfe seiner Briefe dazu bewegen, wieder zu ihr zurückzukommen. Sie war verzweifelt.» Laura sah auf die Bettdecke herab und schluckte. «Wenn man jemanden liebt, der einen nicht wiederliebt, das ist schlimm. Es tut weh, fast unerträglich weh. Nachdem Hallick als idealer Verdächtiger zur Verfügung stand, hat sie sich wohl entschlossen, Anne zu beseitigen. Wahrscheinlich hat sie sich gesagt, daß sie Tom dann ja nicht mehr zu erpressen brauchte, weil er ganz von selbst zu ihr zurückkommen und ihr nun auch seine Liebe schenken würde. Daß Sherri Anne getötet haben könnte, darauf ist er nie gekommen, er war viel zu sehr mit dieser anderen

Geschichte beschäftigt, von der du mir erzählt hast. Er hat mit ihr geschlafen, weil sie nun einmal da war, vielleicht auch, weil sie ihn von Anfang an und ganz bewußt mit Hallick verrückt gemacht hat. Wahrscheinlich hat er sich gesagt, daß sein Privatleben mit der Agentengeschichte nichts zu schaffen hatte.»

Ainslie wandte sich stirnrunzelnd um und sah seine Tochter an. Heute früh hatten sie das Sauerstoffzelt weggenommen. Sie sieht schon besser aus, dachte er – und wußte, daß er sich belog. In ihren Augen stand noch immer eine Müdigkeit, die nicht weichen wollte.

«Du scheinst neuerdings einen scharfen Blick für die Seelenzustände deiner Mitmenschen zu haben, Kleines», sagte er freundlich. «Aber ein Beweis ist auch das noch nicht.»

Sie seufzte und spielte mit der Bettdecke. «Ich weiß. Aber die Briefe waren da, soviel steht fest.»

«Ja», räumte er ein. «Ich habe Skinnie gefragt. Er kann sich erinnern, daß du mal Briefe mit heruntergebracht hast.»

«Und hast du ihm auch erzählt, was ich von Sherri denke?»

Ainslie zog sich einen Stuhl heran und setzte sich. «Ja, das habe ich ihm auch erzählt. Es sieht ganz so aus, als ob er deiner Meinung ist.»

«Ja, aber dann –»

«Du hast keine Beweise, Kleines. Und auch dann könnte sie in ihrem jetzigen Zustand nicht vor Gericht gestellt werden. Vielleicht nie mehr.» Er erinnerte sich daran, wie er Sherri zum letztenmal gesehen hatte, ehe sie Laura nach Oslo verlegt hatten, damit er die ACRE-Gespräche weiterführen konnte. Sherri Lasky hatte dagesessen und stumpf und stumm vor sich hin gestarrt, gefangen in einer Geiselhaft, aus der es keine Rettung gab.

«Als Tom zurückging, um Annes Leiche zu bergen, hat sie gewußt, daß alles umsonst war, daß er an der toten Frau mehr hing als an der lebenden Geliebten. Und da hat sie sich einfach fallenlassen», sagte Laura leise.

«Ja, so wird es wohl gewesen sein, Kleines. Es sei ganz logisch, meinte dein Skinnie.»

«Er ist nicht ‹mein› Skinnie, Vater, und sein Vorname ist David.»

Ainslie lachte ein wenig. «Er ist schon ein bemerkenswerter Mann, dein – dieser David Skinner. Du hättest ihn auf der Pressekonferenz erleben sollen, als alles schrie und tobte und nach Sensationen gierte. Da saß er ganz gelassen vor ihnen, antwortete in seiner gemessenen Art und ließ sich nicht aus der Fassung bringen. Als ginge ihn das Ganze überhaupt nichts an.»

«Wie geht's ihm denn so?» fragte sie ein bißchen zu beiläufig.

«Ganz gut soweit. Ein bißchen bedrückt scheint er zu sein, aber das ist ja kein Wunder bei dem, was er hinter sich hat. Nach allem, was ich so gehört habe, ist es ihm zu verdanken, daß ihr überhaupt noch am Leben seid. Stimmt das?»

«Ja, das stimmt.» Sie stellte sich David auf der Pressekonferenz vor, sah ihn, wie er durch die Räume des Hauses am Polarkreis ging, wie er neben ihr im Zelt schlief, leise in der Dunkelheit mit ihr sprach, wie er lachte, Timmy Geschichten erzählte, Chopin spielte, wie er sie in der Kälte und Finsternis an sich gedrückt hatte, nachdem sie von ‹Goade› zurückgebracht worden war ... «Doch, das kann man durchaus so sagen.»

«Hat dir Larry erzählt, daß er sich erboten hatte, den Jungen zu adoptieren?«

Sie sah ihren Vater erstaunt an. «Nein.»

«Nicht? Sonderbar. Wahrscheinlich hat er's vergessen. Aber die Sache hat sich zerschlagen. Morgans Bruder nimmt Timmy zu sich, er und seine Frau sind gestern angekommen. Nette Leute, sie werden dir gefallen. Sie wollen dich besuchen, und Timmy auch.»

«Und David?» Die Bettdecke war an den Rändern gefaltet wie eine Ziehharmonika.

«Wie? Ach so, nein ... Allerdings sehe ich, daß seine Blumen angekommen sind.» Er sah zu dem großen Strauß weißer Rosen hinüber, die Skinner am Morgen im Hotel bestellt hatte. «Nein, Larry hat für alle noch Plätze auf der Mittagsmaschine bekommen. Skinner kommt wohl ohnehin zu spät zum Semesterbeginn, und außerdem läuft da irgendein Experiment, das ihm am Herzen liegt. Ich habe den Eindruck, daß er jetzt die ganze Sache so schnell wie möglich vergessen will. Das würde dir vermutlich ebenso gehen, hat er gemeint.» Er verstummte und betrachtete Lauras Profil. Sie hatte sich abgewandt und sah aus dem Fenster. «Du hast doch versucht, es zu vergessen, nicht wahr, Liebling?»

Nein, dachte Laura. «Ja», sagte sie.

«Gut. Sobald du wieder auf den Beinen bist, geht es ja dann los mit den Hochzeitsvorbereitungen, das wird dir Spaß machen.» Er stand ziemlich unvermittelt auf. «Tja, Larry wird gleich hier sein. Ich muß heute nachmittag mal kurz nach Helsinki fliegen.»

«Warum?» Sie sah ihn an, und er lächelte.

«Weil jetzt die Auslieferung Joey Hallicks in Finnland beantragt werden muß. Er möchte, daß ich mich für ihn verwende. Ein Gutes hat die ganze Sache doch gehabt, es sieht so aus, als ob sein Fall noch einmal aufgerollt wird. Die Welt liebt Helden, vielleicht findet sich sogar noch neues Entlastungsmaterial.» Er sah sie noch einen Augenblick an, dann räusperte er sich. «Heute abend bin ich aber wieder zurück. Übrigens –» Er griff in seinen Mantel, der über dem Stuhl gelegen hatte. «Skinnie hat mir das hier gegeben und mich gebeten, es dir zu bringen. Er hat also bessere Manieren, als du ihm zugetraut hast, nicht?» Er lächelte und reichte ihr den langen, dikken Hotelumschlag. «Er gefällt mir. Ein komischer Vogel vielleicht, aber sehr sympathisch.»

«Kein komischer Vogel, Daddy. Man kann nur nicht in ihm lesen wie in einem aufgeschlagenen Buch. Er gehört zu den Menschen, die man erst allmählich entdeckt.»

«Sehr weise gesagt», lachte er, winkte ihr von der Tür her noch einmal zu und war verschwunden.

Liebe Laura, las sie, bei einem unserer nächtlichen Gespräche haben Sie gesagt, Sie seien eine ‹Packpapier-Persönlichkeit›, mit anderen Worten ein unscheinbares Wesen. In jener Nacht habe ich Ihnen widersprochen, und ich habe recht behalten. In allem, was geschehen ist, hat sich erwiesen, daß Sie ein bemerkenswerter Mensch sind, voller Stärke, Mitleid, Humor und Wärme. Aber Sie geben den anderen so viel, daß Sie nicht genug für sich selbst behalten. Bitte seien Sie ein bißchen selbstsüchtig, sonst merken Sie eines Tages, daß Sie gerade dann, wenn Sie es sich am meisten wünschen, nicht die Kraft haben, zuzupacken und festzuhalten. Glauben Sie mir, ich weiß, wie quälend eine solche Erfahrung sein kann. Suchen Sie Ihren eigenen Weg, lassen Sie sich nicht von anderen sagen, wer Sie sind. Vergessen Sie das Packpapier, Laura, es ist nicht da. Sie sind eine Frau, auf die ein Mann stolz sein kann, und das weiß sicher auch Larry ganz genau. Ich wünsche Ihnen alles Glück. Mit herzlichen Grüßen

David B. Skinner

Es war ein schöner, korrekter Brief, den Professor Skinner da – vermutlich auf einer Hotelschreibmaschine – getippt hatte. Aber ganz unten, hastig hingekritzelt, als habe der Verfasser Angst gehabt, wieder anderen Sinnes zu werden, kam ein Satz, der ganz offensichtlich von einem anderen Mann stammte. Der Stift hatte sich tief ins Papier gegraben, die Worte liefen ineinander, als müßten sie sich stützen, nackt und bloß, wie sie da auf dem weißen Papier standen:

Bitte nehmen Sie dies von mir an. Ich könnte nicht haben, daß eine andere Frau es trägt.

Langsam wickelte sie das kleine Schmuckstück aus dem Seidenpapier. Sie hatte es für ihn aus dem Feuer gerettet, und jetzt hatte er es ihr zurückgeschickt. Sie sah es noch immer an, als ein strahlender Larry hereinstürzte und ihr einen Kuß gab.

«Stell dir vor, meine Beförderung ist da. Endlich haben diese Holzköpfe im Pentagon auf deinen Vater gehört. Nach der Hochzeit geht's nach Washington, was sagst du dazu? Es geht los, Liebling, wir sind im Kommen.»

Sie sah in sein hübsches Gesicht, betrachtete die neuen Streifen auf seiner Uniform. Ja, er war im Kommen, das war nicht zu übersehen.

Er geriet ins Schwärmen, redete von Parties und Leuten und Chancen, und erst als er merkte, daß sie auf einen kleinen Gegenstand in ihrer Hand starrte, statt in die erwarteten Freudenschreie auszubrechen, bremste er sich. «Was ist denn das?»

«Ein Hochzeitsgeschenk von Professor Skinner.»

«Komisches Hochzeitsgeschenk, wenn du mich fragst.» Er sah sie an, zuckte die Schultern. «Ich meine ... ganz nett, aber ein bißchen altmodisch, findest du nicht? Jedenfalls ist das nicht dein Stil, mein Schatz. Wenn wir nach Washington gehen, suche ich dir die tollsten Sachen aus. Wir werden mit wichtigen Leuten zusammenkommen, staunen sollen die über meine Frau. Sie sind alle schon sehr gespannt auf dich.»

Sie schloß die Hand über der Amethystbrosche und erkundigte sich pflichtschuldigst nach seinem neuen Posten.

26

Das Taxi hielt in der kleinen Nebenstraße der kleinen Stadt.

Laura beugte sich vor, zahlte, stieg aus und sah dem Wagen nach, der in der Nacht verschwand. In keinem der Häuser brannte Licht, nichts regte sich – mit Ausnahme einer einsamen Katze, die sich auf einer niedrigen Backsteinmauer putzte und Laura neugierig anblinzelte.

Laura griff nach ihrem Koffer und öffnete die Gartenpforte. Er käme immer später nach Hause, hatte die Haushälterin gesagt. Aber so spät? Vielleicht hatte sie ihm nicht den versprochenen Zettel auf den Schreibtisch gelegt? Es hatte sich nicht angehört, als sei sie besonders aufgeweckt, und die Verbindung war schlecht gewesen.

Laura war müde. Sie hatte festgestellt, daß es ein schweres Stück Arbeit sein kann, sich seinen eigenen Weg zu suchen.

Sie ging die beiden Stufen hinauf, hob die Hand, um zu klopfen, und zögerte. Von der Seite her hörte sie leises Klavierspiel. Vorsichtig wurden die Töne angeschlagen, um die Nachbarn nicht zu stören. Nur sie und die Katze hörten die Musik. Sie stieg die Stufen wieder hinunter und ging über den Rasen, der weich und feucht war nach der für Januar ganz ungewöhnlichen Tauwetter-Periode. Sie kam zu einer halb geöffneten Terrassentür, ein Stück Vorhang wehte im Nachtwind. Die Katze folgte ihr durch den Garten und beobachtete sie aus großen gelben Augen. Laura setzte ihren Koffer ab.

Es war dunkel im Zimmer, aber der Mond schien, so daß sie sich zurechtfand. Er drehte ihr den Rücken, man sah seinen Hemdkragen über dem ausgefransten Rand einer uralten braunen Strickjakke. Ein Haarschnitt wäre durchaus angebracht gewesen.

Leise öffnete sie die Terrassentür, trat an den Flügel und wartete. Er wandte den Kopf, und seine Augen weiteten sich. Er war schmaler, als sie ihn in Erinnerung hatte und wirkte blaß. Vielleicht sah das aber auch nur so aus, weil er keinen Bart mehr hatte. Sie lächelte, sagte aber nichts. Er zögerte sekundenlang, dann spielte er weiter.

Sie ging an ihm vorbei, berührte leicht seine Schulter, fühlte die Bewegung seiner Muskeln unter ihren Fingerspitzen, sah sich um. Abgesehen von dem Flügel war das Zimmer kaum möbliert. Sie holte sich einen kleinen Hocker und setzte sich neben ihn.

Und weil sie inzwischen wußte, daß David Benjamin Skinner nie etwas Neues anfing, ehe er das, was er sich vorgenommen hatte, zu Ende geführt hatte, hörte sie sich geduldig den letzten Teil des Nocturne von Chopin an, das er auf ihre Bitte so oft auf dem Bösendorfer gespielt hatte. Sein Flügel war lange nicht so großartig, aber irgendwie hörte sich die Musik hier schöner an.

Er griff kein einziges Mal daneben, obgleich er den Blick nicht von ihr ließ. Und als die Musik verstummt war, als ihre Schatten sich in dem dunklen Zimmer trafen, miteinander flüsterten und ineinander verschmolzen, bekam sie ihre erste Lektion in Astronomie.

Wir bewegen uns auf einem einsamen kleinen Planeten durch den Weltraum. Um uns herum sind die großen Gestirne: Der Polarstern, Arcturus, Antares, Wega, Rigel, Deneb, Atair ... Sie mögen uns eiskalt erscheinen, aber ihr Licht erreicht uns durch die endlose Nacht nur deshalb, weil sie so hell, so strahlend, so leidenschaftlich brennen.

Perseus: Nördliche Hemisphäre, Rektaszension 3 h 20 min, Deklination + 45°, Algol β (Pers.) 2 mag, Mirfak 1,9 mag und andere.

> Von schicksalhaftem Tun kehrt Perseus,
> der hochberühmte, geflügelt zurück.
> Ihn zu begrüßen rennen alle zuhauf.
> Vom breiten Rücken des Rosses gleitend
> nimmt er ihm die schweißnassen Zügel,
> treibt es mit einem Klaps in den Stall.
> Das sternenäugige Weib heißt er
> sich weiß zu gewanden,
> wendet sich dann zu seiner Tafel.
> Der Helm fällt in ein Eck, der Schild auf den Boden,
> nach Wein und Fleisch ruft er mit mächtiger Stimme,
> versinkt in den Sessel mit Lachen:
> «Genug jetzt der Schlangen und Drachen,
> sagt lieber, was euch widerfahren,
> seit ich euch verlassen.»

Aus: *Sternbilder* von Laura Ainslie Skinner.

Serientäter

Colin Dexter
Eine Messe für all die Toten (2764)
Der letzte Bus nach Woodstock (2718)
. . . wurde sie zuletzt gesehen (2726)
Die schweigende Welt des Nicholas Quinn (2748)
Die Toten von Jericho (2782)

Henry Farrell
Was geschah wirklich mit Baby Jane? (2727)
Scheußlich, die Sache mit Allan (2736)

B. M. Gill
Zündstoff für das Parlament (2767)
Der zwölfte Geschworene (2738)
Seminar für Mord (2775)

Ross Macdonald
Camping im Leichenwagen (2361)
Anderer Leute Leichen (2436)
Reiche sterben auch nicht anders (2496)
Triff mich in der Leichenhalle (2594)
Tote ertrinken nicht (2640)

Jon Michelet
Tod im Vorüberfahren (2749)
Zwischen Hammer und Amboß (2755)
Weiß wie Schnee (2790)

Peter Schmidt
Die Regeln der Gewalt (2686)
Ein Fall von großer Redlichkeit (2701)
Erfindergeist (2719)
Der EMP-Effekt (2765)
Die Stunde des Geschichtenerzählers (2743)
Der Agentenjäger (2784)
Mehnerts Fall (2774)

thriller rororo

C 2115/7

Boileau/Narcejac

Mensch auf Raten (2115)

Parfum für eine Selbstmörderin (2174)

Tote sollten schweigen (2349)

Die Gleichung geht nicht auf (2643)

Gesichter des Schattens (2655)

Werthers zweiter Selbstmord (2666)

Ohne Spuren (2696)

Die trauernden Witwer (2707)

Aus dem Reich der Toten (2716)

Wenn eine Tote mit zwei Männern lebt (2739)

Der Tod erlaubt kein Double (2760)

Die Karten liegen falsch (2786)

Schußfahrt (2794)

Das Leben ein Alptraum
im 3er Band (2721)

thriller rororo

C 302/25

Felix Huby

Der Atomkrieg in Weihersbronn
(2411)

Tod im Tauerntunnel
(2422)

Ach wie gut, daß niemand weiß . . .
(2446)

Sein letzter Wille
(2499)

Schade, daß er tot ist
(2584)

Bienzle stochert im Nebel
(2638)

Bienzle und die schöne Lau
(2705)

Bienzles Mann im Untergrund
(2768)

Klugmann/Mathews

«Da werden endlich wieder Geschichten erzählt, die so intelligent wie spannend sind, die zum Zittern und zum Lachen bringen. Allererste Empfehlung: die subtil anarchistischen Polizeikomödien der beiden Hamburger Norbert Klugmann und Peter Mathews» LUI

Beule oder
wie man einen Tresor knackt
(2675)

Ein Kommissar für alle Fälle
(2700)

Flieg, Adler Kühn
(2734)

Die Schädiger
(2771)

Herausgegeben von Klugmann/Mathews:

Schwarze Beute
thriller-Magazin 1 (2753)
Neues von Georges Simenon, Maj Sjöwall, Ruth Rendell, Janwillem van de Wetering, Martine Carton, Michael Molsner, Friedrich Glauser und andere Stories, Fälle, Täter und Autoren

Schwarze Beute
thriller-Magazin 2 (2802)
Neues von Dashiell Hammett, Raymond Chandler, Per Wahlöö, Irene Rodrian, Richard Hey, Felix Huby, -ky und anderen

thriller rororo

C 2307/1

Manuel Vázquez Montalbán

Carvalho und der tote Manager
rororo thriller 2680

Tahiti liegt bei Barcelona
rororo thriller 2698

Carvalho und der Mord im Zentralkomitee. rororo thriller 2717

Carvalho und die tätowierte Leiche
rororo thriller 2732

Die Vögel von Bangkok
rororo thriller 2772

Der Pianist
Barcelona 1936: Der Bürgerkrieg teilt Spanien in zwei Lager. Doria und Rosell, zwei befreundete Musiker, sehen sich vor die Entscheidung ihres Lebens gestellt – der eine engagiert sich für die Freiheit der Republik, der andere lehnt es ab, seine Karriere den politischen Umständen zu opfern. Fünfzig Jahre später treffen sie sich wieder ...
Ein Roman über Kunst und Macht, ein Panorama der jüngeren Geschichte Spaniens.

Deutsch von Maralde Meyer-Minnemann
384 Seiten. Gebunden

rororo

C 2304/1

Janwillem van de Wetering

Outsider in Amsterdam
(2414)

Eine Tote gibt Auskunft
(2442)

Der Tote am Deich
(2451)

Tod eines Straßenhändlers
(2464)

Ticket nach Tokio
(2483)

Der blonde Affe
(2495)

Massaker in Maine
(2503)

Ketchup, Karate und die Folgen
(2601)

Der Schmetterlingsjäger
(2646)

Der Commissaris fährt zur Kur
(2653)

Die Katze von Brigadier de Gier
Kriminalstories (2693)

Rattenfang (2744)

Inspektor Saitos kleine Erleuchtung
Kriminalstories (2766)

thriller rororo

C 979/5